Christoph Kessel

# Darjeeling Hauptbahnhof

## Eine Weltreise mit öffentlichen Verkehrsmitteln

EDITION OCTOPUS

Christoph Kessel, »Darjeeling Hauptbahnhof,
Eine Weltreise mit öffentlichen Verkehrsmitteln«

Die Edition Octopus erscheint im
Verlagshaus Monsenstein und Vannerdat OHG Münster
www.edition-octopus.de

Satz: Christoph Kessel
Umschlag: MV Verlag
Photos: Christoph Kessel
Karte: Helmut Zeuner

Druck und Bindung: MV-Verlag

ISBN 3-86582-257-6

# Inhalt


Auf geht's Mainzer auf geht's! 7
Drei Länder auf einer Insel 14
Inselhüpfen nach Norden 20
Unterwegs in Snæland 27
Europa ade – Willkommen in der »Neuen Welt« 32
Neu gefundenes Land und ein bisschen Europa in Amerika 40
Auf durch Amerika – ohne Auto 49
Der »Dog« und seine Tücken 56
Fans und Football 65
Abschied von Freunden 76
Goldener Herbst im sonnigen Westen 82
¡Hola! – Ankunft in Lateinamerika 91
Tequila und Wendekreise 102
Endlich wieder ein Zuhause 113
Sohlenschnitzen und Hausaufgaben 120
Immer wieder Palenque! 128
Reggae, Rum und Rasta 135
Die sichere Vulkanbesteigung 143
Weihnachten am Strand 152
Fiesta Columbiana 160
Eingeschmiert, angeschmiert, aber nicht abgeschmiert 170
Pinguine in der Wüste und Schneeberge vor dem Fenster 180
Prima Klima in Lima? 190
Inseln, biologisch abbaubar 198
Land der unbegrenzten Hochebene 207
Abnehmen einmal anders 216
Kreuzfahrt ans Ende der Welt 225
Mitten im Nichts 232
Polyglottes Inselhüpfen 239
Kaffee trinken, E-Mail schreiben und Schwätzchen halten 248
Das gespaltene Land 256
Der Treffpunkt 265
Blasmusik im Outback 274
Grenzen und ihre Hürden 281
»Hello Mister!« 290
Ostermarsch durch den »Jurasic Park« 299
Fan Akquisition für Mainz 05 305

| | |
|---|---|
| Babylonisches Religionsgewirr | 315 |
| »Selamat Tinggal« Südhalbkugel | 327 |
| Unfreiwilliges Abenteuer | 336 |
| Leben im Jahr 2546 | 345 |
| Reise in die Vergangenheit | 355 |
| Rückkehr zur Meinungsfreiheit | 362 |
| Erholung am Dach der Welt | 370 |
| Das »Aschram« von Varanasi | 379 |
| Vom Chai zum Scheich | 390 |
| Unterwegs auf der »Achse des Bösen« | 401 |
| Ansichten über den großen »Satan« | 411 |
| Abschied von der Abstinenz | 422 |
| Merhaba Europa – Güle güle Asia | 432 |
| Von den Türken nach Siebenbürgen | 438 |
| Rückkehr ins Euro-Land | 448 |
| Mainz bleibt meins | 455 |
| Nachbetrachtung | 461 |

# Auf geht's Mainzer auf geht's!

Etappe: Von Mainz, Deutschland 50° Nord, 08° Ost (GMT+2) nach Bangor, Cymra 53° Nord 05° West (GMT+1): 1.800 km – Total 1.800 km

Bangor, 24. August 2002

Sieben Uhr morgens an einem sonnigen Tag im August 2002 am Mainzer Hauptbahnhof: Schlaftrunken warten einige Menschen auf den Zug, der pünktlich auftaucht, um alle Fahrgäste rechtzeitig zur Arbeit zu bringen. Alle? Nein, denn natürlich ist der Begriff Arbeit ein Jahr lang für mich zu einem Fremdwort geworden, habe ich mir doch in den Kopf gesetzt, einmal um unseren Planeten zu fahren – mit öffentlichen Verkehrsmitteln und möglichst ohne Flugzeug. Schnell noch ein letzter Gruß aus dem Fenster in Richtung meiner Heimatstadt, bevor es mit dem Regional Express auf die große Reise nach Saarbrücken ging. Ein wenig mulmig wurde es mir nun doch auf dieser ruhigen angenehmen Bahnfahrt. Wie wird das Reisen in Lateinamerika, in der Südsee oder in Asien funktionieren? Werde ich überall in der Lage sein, mich zu verständigen? Wie komme ich von Australien wieder nach Hause? Schließlich hatte ich nur Flugtickets für die Atlantik- und Pazifiküberquerung dabei? Ich verließ mich schließlich auf mein gutes Gefühl, das ich von früheren Reisen her kannte, und das mir sagte, dass es immer irgendwie weiter geht.

Ausgeruht in der saarländischen Landeshauptstadt angekommen, wurde ich mit den Tücken der Bahnprivatisierung konfrontiert. Eigentlich wollte ich nur schnell noch einmal auf Toilette gehen, doch ich musste nun unter folgenden »Menüs« wählen: Toilette 30 Cent, Pipibox 20 Cent, Händewaschen zehn Cent. Leider gab es kein »Super-Sparmenü«, sodass ich doch nochmals 30 Cent für Pipi plus Hände waschen inklusive Seife und Trocknen investieren musste. Anschließend war Schluss mit Deutschland, und das nächste Land stellte sich auch gleich richtig vor.

Trotz weggefallener Grenzkontrollen behandelten die französischen Polizisten jeden Passagier des Eurocity nach Metz so, als handele es sich um Osama Bin Ladin persönlich. Ein Afrikaner hatte keinen Personalausweis oder Pass griffbereit. Daraufhin startete das große Theater, das für Frankreich so typisch ist und nach dem Drehbuch »Viel Lärm um nichts« abläuft. Der Afrikaner wurde in immer lauterem Ton aufgefordert, seinen Pass zu zeigen. Dieser lehnte es ab und berief sich auf das Schengener Abkommen. Danach erschien der zweite Polizist, wenig später der SNCF[1]-Beamte und jeder schrie fortan so gut wie er konnte. Die Polizei wollte den Pass, der Bahnbeamte bestand auf Pünktlichkeit, der Afrikaner auf die persönliche Freiheit. Schließlich übergab er ein Papier, das die Gemüter aber zunächst nicht beruhigte. Der Beamte und die Polizisten zogen sich zu Beratungen zurück. Der Zug fuhr nun endlich weiter. Ab und zu kam der Beamte noch einmal vorbei und meckerte den Afrikaner wegen der Verspätung an. Schließlich gab man aber dem Afrikaner das Papier zurück, und es herrschte wieder Ruhe. Wie gesagt: viel Lärm um nichts.

Im Bahnhof von Chalons-en-Champagne hatte ich fast eine Stunde Aufenthalt und wollte mich vom Geschrei im Zug mit einem angenehmen ruhigen Picknick auf dem Bahnsteig erholen. Leider hatte ich die Rechnung ohne den »DJ« am Ansagepult gemacht. Kurz nachdem ich aus dem Zug ausgestiegen bin, sollte ein anderer Zug auf Gleis 1 ohne Halt durch den Bahnhof rollen. Diese Ansage wurde zur Dauerbeschallung, da sie mindestens fünf Mal wiederholt wurde. Nachdem der Zug mit etwa 10 km/h am Gleis vorbeigerauscht war, wurde sie, um ganz sicher zu sein, dass es jeder kapiert hatte, noch einmal wiederholt. Dieser Vorgang wurde anschließend auf Gleis 2 wiederholt, auf dem ich mich gerade befand. Danach musste verkündet werden, dass nun der Regionalzug aus Verdun ankommt, später musste jeder Bescheid wissen, dass mein Zug nach Reims ca. fünf Minuten Verspätung hatte. Kurz bevor der Zug einrollte, wurde über dieses »Ereignis« ebenfalls

[1] SNCF: französische Eisenbahngesellschaft

informiert. Langsam wurde ich fast taub, doch mit Oropax war ich gegen die Krachmacher der SNCF gewappnet.
In Reims beendete ich meinen ersten Reisetag in der Champagne ohne Gehörschaden aber dafür mit einer Führung durch die Keller des Gesöffs, das den selben Namen trägt, wie diese Region. Ich lernte, dass bei der Produktion von Champagner Sirup beigemischt wird. Je nachdem wieviel Sirup hineingekippt wird, heißt der Stoff schließlich »Sec« oder »Demi-Sec«. Bei der Führung durch den Keller entgingen wir nur knapp einer Katastrophe, da natürlich Touristen alles begrapschen möchten, so auch die horizontal liegenden Flaschen, in denen es gerade gärte. Zum Glück wurde gerade noch darauf hingewiesen, die Flaschen nicht zu berühren. Schließlich können diese bereits durch geringste Erschütterungen explodieren. Zum Abschluss erhielt ich eine Kostprobe. Ein Glas Champagner zum Start einer Weltreise ist sicherlich der Situation angemessen, seitdem ich aber die Sache mit dem Sirup erfahren habe, denke ich zu wissen, warum ich von diesem Gesöff immer einen »dicken Schädel« bekomme. Deshalb war mir von da an der gute alte Gerstensaft natürlich noch sympathischer.
Am nächsten Tag stand lediglich die kurze Fahrt mit der Bahn durch endlose Weinberge in der Champagne nach Paris auf dem Programm. Statt des touristischen Besuchsprogramm besuchte ich Peter, einen Mainzer Freund, der dort gerade studierte. Es war ein schönes Gefühl, noch einmal jemanden aus der Heimat zu sehen, ehe es nun auf unbestimmte Zeit hieß, auf alles Vertraute und Gewohnte zu verzichten. Die nächste Etappe führte in die Bretagne, genauer gesagt nach St. Malo. Anders als in den meisten Ländern mit Eisenbahnverkehr kommt man in der Grande Nation[2] mit dem TGV[3] tatsächlich wesentlich schneller als mit dem Bus oder dem Auto voran. So befand ich mich nach knapp zwei Stunden 400 Kilometer weiter westlich auf dem Globus, und ich konnte die graue Granitfestung von St. Malo bei relativ

[2] Grande Nation: Frankreich
[3] TGV: französischer Hochgeschwindigkeitszug

gutem Wetter besichtigen. Überhaupt hatte ich bisher mit dem Wetter viel Glück gehabt. Ich war schon gespannt, wie dies in Großbritannien sein würde.

Da ich mich nicht dazu durchringen konnte, vom kulinarischen Paradies Frankreich direkt ins »Land von Fish and Chips« und fritierten Snickers zu fahren, fuhr ich zunächst mit dem Boot von St. Malo aus zur Kanalinsel Guernsey, die zwar seit 1066 zum Vereinigten Königreich gehört, aber doch noch viele französische Einflüsse hatte – hoffentlich auch kulinarischer Art. Guernsey, wie auch die Nachbarinsel Jersey, gehört nicht zur Europäischen Union (EU) und nicht zu Großbritannien, sondern ist in fast allen Belangen unabhängig. Staatsoberhaupt ist die britische Königin. Dank dieser Autonomie hat man eigenes Geld und eigene Briefmarken. Glücklicherweise akzeptiert man dort auch das britische Pfund, in »Mainland«[4] jedoch werden Geldscheine der Kanalinseln nicht akzeptiert. Dank des Golfstroms wachsen auf Guernsey die unterschiedlichsten Palmen und Blumen, sodass die Insel wie ein großer Garten auf mich wirkte, in dem es sich wunderbar radfahren, oder malen wie Renoir beziehungsweise dichten wie Victor Hugo ließ. Mir fiel die Hilfsbereitschaft und der höfliche Umgang der Menschen miteinander auf. Ich schaute beispielsweise nur etwas unbeholfen auf den Fahrplan – sofort sprang mir jemand zur Seite und fragte, ob ich Hilfe bräuchte. Abends blieb mir aus finanziellen Gründen leider nur die Möglichkeit, Fish and Chips zu essen, da die ansonsten angebotenen Köstlichkeiten meinen finanziellen Rahmen total gesprengt hätten. So wurde nun stattdessen mein Magen fast gesprengt, indem er mit Fett, Fett und nochmals Fett bombardiert wurde. Nun konnte mich auf der Insel kulinarisch nichts mehr schockieren und ich fühlte mich bereit, die Insel an derselben Stelle bei den Kreidefelsen von Poole zu betreten, an der Lord Baden Powell[5] sein erstes Pfadfinderlager veranstaltet hatte. Von Poole aus reiste ich weiter nach Salisbury im

---

[4] Mainland: <engl.> Hauptland, hier Hauptinsel

[5] Lord Baden Powell: Gründer der Pfadfinderbewegung

Südwesten Englands. Bereits auf der ersten Fahrt wurde ich positiv überrascht. Die Bahn, die als so »schlecht« galt, war pünktlich. Nur was den Komfort anbetraf war sie unterstes deutsches S-Bahn-Niveau. Danach die nächste Überraschung. Blauer Himmel, Sonnenschein und wunderschöne Parklandschaften, die bei diesem Sonnenschein so richtig strahlten. In Salisbury angekommen, gab es wieder eine Überraschung. Die Stadt, wie nun viele, die ich mittlerweile bereist habe, ähnelt einem Freilichtmuseum, da sie von beiden Weltkriegen verschont geblieben war. Das Kulinarische bot eine weitere Überraschung. Da ich in Hostels selbst kochen konnte, machte ich um das fette eklige Essen einen großen Bogen. Dank Lidl, Safeway und Tesco[6] lebte ich relativ gut, gesund und günstig.

Es lag allerdings nicht an den Supermarktketten oder dem dort erhältlichen halbwegs erschwinglichen Lidl-Bier, warum ich nach Salisbury fuhr, sondern an einem Steinhaufen, der etwa 5000 Jahre zuvor dort errichtet worden war. Glücklicherweise machte ich eine Fahrradtour, um nach Stonehenge zu gelangen, denn leider war diese berühmte Attraktion nicht wirklich attraktiv. An grünen Wiesen vorbeiradelnd, die jeden Fußballer ans Paradies erinnern würden, wenn er normalerweise die Äcker der Bundesliga gewohnt ist, entdeckte ich plötzlich eine riesige Herde Touristen hinter einer Kuppe, die über die Straße pilgerten. Dann erst sah ich den Grund, warum sich diese Herde formiert hatte. Einige bis zu 50 Tonnen schwere Steinbrokken waren so angelegt worden, dass man zur Winter- und Sommersonnenwende den Sonnenauf- beziehungsweise -untergang zwischen den Steinen sehen kann. Viel mehr ist über Stonehenge leider nicht bekannt, bis auf die Tatsache, dass ca. 600 Leute notwendig waren, solche Felsbrocken über weite Strecken zu schleppen. Diese stammen von einem etwa 30 Kilometer entfernten Berg. Die Fahrradtour durch die südenglische Landschaft war aber auch so wunderschön, da ich dabei die Engländer bei ihrer Lieblingsbeschäftigung beobachten konnte: dem Rasen mähen. Anders als in

[6] Lidl, Safeway, Tesco: britische Supermarktketten

Deutschland wird hier nicht das Auto aufgemotzt und poliert, sondern der Rasenmäher, von dem es natürlich die tollsten Tuningmodelle mit Spoiler gab.

Eine anderes Hobby der Engländer ist das »Queueing«[7]. Bevor das Postamt öffnete, standen die Menschen bereits in Reih und Glied in einer Schlange, die bis um die Ecke des Gebäudes reichte. Nach dem Öffnen wurde nicht gedrängelt, sondern im Marschschritt an die Abzäunungen für die »offizielle« Schlange getreten. Diese Sitte ist fair und sollte bei uns mit etwas weniger Passion auch beim Anstehen für Karten des 1. FSV Mainz 05[8] eingeführt werden.

Von Salisbury fuhr ich weiter nach Bath, das für seinen georgianischen Baustil bekannt ist, und von der UNESCO[9] zum Welt-Kulturerbe erklärt wurde. Der Baustil ist, um es banal auszudrücken, folgendermaßen zu beschreiben: kleine Reihenhäuser mit unzähligen Schornsteinen, gebaut im 18. Jh., die aneinander gedrängt aus 50 Häusern oder mehr bestehen. Vom Bürgersteig gelangt der Besucher über eine Brücke zum eigentlichen Haus. Unter der Brücke befand sich eine weitere winzige Wohnung, die dazu noch eine Kellerterrasse besaß. Vom Bürgersteig konnte man direkt auf die Terrasse gaffen – sozusagen »Big Brother« für Fußgänger.

Bath verließ ich anschließend mit dem Zug weiter in Richtung Wales. Dieses Mal gab es die erste Verspätung, da eine der wenigen in Großbritannien noch verbliebenen Rinder nun auch wahnsinnig geworden war und unbedingt auf den Gleisen weiden wollte. Überhaupt lief das Zug fahren etwas anders ab als im Land er Deutschen Bahn AG. Die Bahnsteige waren manchmal viel zu kurz für den Zug, sodass nur aus einem Wagen ausgestiegen werden konnte. Dieser wurde kurz vor der Ankunft vom Schaffner verraten.

---

[7] Queueing: <engl.> Schlange stehen

[8] 1. FSV Mainz 05: Mainzer Fußballverein, als bester Fastnachtsverein der Welt bekannt

[9] UNESCO: Kulturorganisation der Vereinten Nationen

Anschließend zog eine Karawane durch den Zug und die Fastnacht[10] erhielt im nicht karnevalistischen Britannien in Form einer Polonaise Einzug in den Alltag. Den Rest der Zeit machte der Schaffner nicht viel, denn Fahrscheine kontrollieren gehörte eher nicht zu seinem Tätigkeitsprofil. Dafür schaffte es der »Catering Manager« mit seinen Chips so viel Müll zu produzieren, dass ein weiterer Manager, der Umweltbeauftragte, oder altdeutsch »Müllmann«, den Kram, den sein Kollege gerade verkauft hatte, wieder einsammelte. Draußen vor den Zügen arbeiteten noch weitere Manager: die Bahnsteigmanager, die sich mittels Pfeifen peu à peu verständigen, ehe der Zug losfahren durfte.

---

[10] Fastnacht: <mainzerisch> Karneval

# Drei Länder auf einer Insel

Etappe: Von Bangor, Cymra 53° Nord 05° West (GMT+1) nach Inverness, Alba 57° Nord 04° West (GMT+1): 960 km – Total 2.760 km

Inverness, 29. August 2002

In Wales angekommen, kam ich mir wie in einem anderen Land vor, als das zuvor bereiste England. Sämtliche Schilder waren zunächst in Walisisch verfasst. Die englische Version folgte meist, aber nicht immer. Offiziell ist Wales ein Fürstentum wie Monaco oder Liechtenstein. Erster Mann beziehungsweise erste Frau im Staate ist seit 1302 der Prince of Wales, also seit 1969 nun Prinz Charles. Dass ein Engländer Staatsoberhaupt ihres weitgehend autonomen Landes ist, passt vielen Walisern gar nicht in den Kram. Aber seit 1999 haben sie ein eigenes Parlament mit einigen Entscheidungsbefugnissen.

Für mich war der Unterschied zu England, was den Alkohol anbetraf, nicht groß, da auch hier der Stoff weitgehend unbezahlbar war. Das hatte aber auch etwas Positives. Da in Wales Ortsnamen oft besonders lang und zudem schwer auszusprechen sind, ist folgende Situation eher unwahrscheinlich. Falls man wieder einmal ein paar Ale zuviel getankt hat und dem Taxifahrer seinen Heimatort mitteilen will, bevor man total weggetreten ist, und ausgerechnet in Llanfairpwllgwyngyllgogerychwyrndrobwllllantysiliogogogoch lebt, bleibt man am Ende sicher auf der Straße liegen. Der Name ins Deutsche übersetzt bedeutet etwa: Sankt Maria Kirche in der Umgebung der weißen Hasel nahe an einer Stromschnelle und die Kirche des heiligen Tysilio nahe der roten Höhle. Außer diesem ungewöhnlichen Namen und den entsprechend langen Schildern, beispielsweise des ortsansässigen Volvo-Autohauses, habe ich dort nichts besonderes entdecken können.

In Wales hat mich vor allem die unberührte Natur mit dem höchsten Berg des Landes in ihren Bann gezogen. Obwohl der Snowdon mit etwas über 1.000 Metern sehr niedrig ist, sah die Gegend eher aus wie in den Alpen ab

Höhen von um die 3.000 Meter. Daher lag die Baumgrenze auch bei 250 Metern. Bevor der Leser sich über meine kleine Maulwurfshügel-Expedition lustig macht, will ich mitteilen, dass an diesem Berg für die erste gelungene Mt. Everest Expedition 1957 trainiert wurde, und dieser »Hügel« alles andere als ein Kinderspiel war. Da der Snowdon höher als jeder Berg in England ist, sind die Waliser natürlich besonders stolz auf diese Erhebung. Der Nationalstolz drückte sich auch auf den Kfz-Kennzeichen aus. Statt wie bei uns ein »D« auf dem Grund der Europafahne, haben Waliser links oben in der Ecke des Nummernschilds die Europafahne, darunter die walisische Fahne mit dem roten Drachen und ganz unten die Abkürzung »CYM« für Cymra[11].

Nationalsport ist nicht Fußball sondern Rugby, das sich vom Fußball angeblich folgendermaßen unterscheidet. Fußball ist ein Gentleman-Sport, der von Hooligans gespielt wird, Rugby ist ein Hooligan-Sport, der von Gentlemen gespielt wird. Tatsächlich wurde Rugby 1821 im Ort Rugby von einem Engländer erfunden, der während eines Fußballspiels plötzlich den Ball unter den Arm nahm und damit abhaute ehe die Meute hinterherrannte.

Was die Menschen im Allgemeinen anbetraf, muss ich meine Bilder von Engländern, die hauptsächlich durch englische Hooligans geprägt wurden, revidieren. Durch das permanente Bahn fahren traf ich Menschen aller Schichten im Zug an. Am besten erkannte ich dies, wie auch in Deutschland, an den Zeitungen, die der jeweilige Passagier las. Es besteht anscheinend tatsächlich ein Zusammenhang zwischen Chips essenden, Weißwurst hautfarbenen, knallroten glatzkopfartigen Wesen und der »Sun« oder dem »Daily Star«,[12] die von dieser Gattung hauptsächlich gelesen wird. Der »Observer«[13] hingegen wurde meist von Typen mit Oberlippenbart, Schlapphut und Trenchcoat studiert. Trotzdem waren beide Gattungen äußerst

---

[11] Cymra: walisischer Name für Wales

[12] Sun und Daily Star: englische Boulevardblätter

[13] Observer: angesehene englische Tageszeitung

höfliche Wesen, die nicht das Geringste mit den im Fernsehen gezeigten Bilder von englischen Hooligans zu tun hatten. Ich bekam sogar die »Sun« von einer Passagierin als Leseprobe geschenkt. Das berühmte amerikanische »F-Wort« mit vier Buchstaben habe ich nie zu hören bekommen.

Wales verließ ich mit dem Zug in Richtung Fußballmekka Manchester. In der englischen Industriemetropole liefen die Mädchen wie in Brasilien mit Fußballtrikots durch die Gegend. Nummer 7, das Trikot von David Beckham, war eindeutig der Renner. In Deutschland ist dies eher ein nicht vorstellbarer Anblick – die Fans vom 1. FSV Mainz 05 einmal ausgenommen. Aber bis auf das Fußball spielen bekam Man U[14] aber auch gar nichts hin. Da die Bahn in Großbritannien mittlerweile privatisiert war, zuckeln ein Dutzend Unternehmen quer über die Insel, ohne zu wissen, was das andere Unternehmen gerade macht, das heißt fahren oder nicht macht, also streiken. Mein Anschlusszug nach Newcastle existierte gar nicht auf der Anzeigetafel im Bahnhof von Manchester. So musste ich wieder an der Lieblingsbeschäftigung der Engländer teilnehmen, dem »Queueing« am Info-Schalter. Anscheinend warteten mehrere Passagiere auf den Geisterzug, ähnlich den Touristen am Loch Ness auf »Nessie«, dem Monster von Loch Ness. Dass der Zug wegen eines Streiks ausfiel, musste ich schon selbst herausfinden.

Ich hatte Glück und musste nur einen Umweg von etwa zwei Stunden in Kauf nehmen, um schließlich nach Durham bei Newcastle zu gelangen. Seit dem 11. September 2001 existiert in England ein so genannter »Anti-Terror-Plan«. Diesen lernte ich nun in der englischen Provinz kennen, denn ich wollte mir nicht mit meinem 20-Kilo-Rucksack auf dem Rücken die schöne Stadt anschauen. Daher beschloss ich, ein Schließfach im Bahnhof zu nutzen. Dass dies ein potenzieller terroristischer Akt sein kann, war mir »natürlich« bewusst. Daher war zunächst wieder »Queueing« am Ticketschalter angesagt, um eine Fahrkarte für das Schließfach zu erhaschen. Danach musste ich einen der pfeifenden Stationsmanager finden, der mir das

---

[14] Man U: Abkürzung für den Fußballverein Manchester United

Schließfach aufschließen und das Ticket entwerten konnte. Bevor ich endlich den Rucksack einschließen lassen durfte, musste eine physische Untersuchung des Gepäcks durchgeführt werden: d. h. einen Reißverschluss zum Öffnen antippen. Das war es dann auch schon. Der Sinn dieser Aktion war mir im wahrsten Sinne des Wortes schleierhaft geblieben.
Am nächsten Tag ließ ich England endgültig hinter mir. Ich fuhr am Hadrianswall entlang weiter nach Norden. Um mit Kaiser Hadrians Worten zu reden, gelangte ich damit ins »Land der Barbaren«. Er ließ diesen Wall ca. 140 n. Chr. errichten, um sich und das römische Reich von den nördlich lebenden Wesen im wörtlichen Sinne abzuschotten. Denn diese »Barbaren«, heute unter dem Namen Schotten bekannt, hauten den Römern damals ziemlich oft eins auf den Helm.
Als erstes fiel mir auf der Fahrt durch Schottland das veränderte Licht auf. Die Farben im Norden Europas sind wesentlich intensiver als bei uns oder auch nur südlich des Hadrianswalls. Wenn die Sonne schien, sah alles phantastisch aus, wie auf künstlich aufgehellten Postkarten. Erstes Ziel in Schottland, das die Einheimischen Alba nennen, war die Hauptstadt Edinburgh, welche sich gerade voll und ganz im Festivalfieber befand. Das beste an den vielen verschiedenen Festivals waren die kostenlosen Freiluft-Konzerte in der Altstadt, der so genannten »Royal Mile«. Die beste Stimmung kam natürlich bei schottischen Gruppen auf. Einige »Connor Mc Lords«, alias Highlander droschen ununterbrochen auf riesige Trommeln ein, während ein Dudelsack-Spieler die eher melodischen Töne anschlug. Dass die Jungs alle im Kilt auftraten war selbstverständlich. Schotten sind angeblich geizige Leute und daher sparen Kilt-Träger natürlich an Unterwäsche. Nach meiner »repräsentativen« Umfrage unter dem weiblichen Geschlecht waren diese Kilt-Träger natürlich »très, très sexy«. Ich habe allerdings nur Französinnen gefragt.
Was den Walisern das Rugby, den Engländern der Fußball, ist den Schotten das Golf spielen. Diesen Sport haben die Bewohner dieses Teils der Erde seit

dem 15. Jh. in die weite Welt exportiert. In Edinburgh ist Golf im wahrsten Sinne des Wortes Volkssport, kann man doch einfach in den Park gehen und kostenlos seine Bälle um sich schlagen, da der Park gleichzeitig Golfplatz ist. Sprachlich betrachtet war Schottland im Gegensatz zu Wales überhaupt kein Problem. Alles war in Englisch verfasst. Lediglich in den »Highlands«[15] fand ich überhaupt die Landessprache Gälisch in schriftlicher Form. Dass die Schotten auch bei der Entwicklung ihrer Sprache geizig waren, zeigt die Anzahl der Buchstaben im Alphabet. Es sind tatsächlich nur 18.

Von den so genannten »Lowlands«[16] um Edinburgh rollte ich anschließend sehr gemächlich ratternd und polternd mit etwa 40 km/h mit Scotrail[17] den Highlands entgegen. Hinter Glasgow der erste Höhepunkt dieser wunderschönen Bahnfahrt nach Fort William. Loch Lomond im ersten Sonnenschein, mit den hoch aufragenden Bergen, den grünen von Moos bewachsenen Hängen und den sich z. T. in klarem Wasser spiegelnden Landschaften, war traumhaft schön. Mit zunehmender Entfernung von Glasgow änderte sich die Landschaft. Heidelandschaften und Hochmoore bis an den Horizont zogen nun an meinen Augen vorbei. Die Sonne hatte sich leider verabschiedet und nun wurde die Landschaft mit einer niedrig hängenden Wolkendecke wie mit Watte überzogen. Dieses ziemlich herbe Bild änderte sich plötzlich wieder, als es die Sonne doch noch einmal schaffte, die Wolken zu verdrängen. Nun strahlte die Landschaft wieder in diesem einzigartigen Licht.

Am nächsten Tag hatte ich leider nicht mehr soviel Glück mit dem Wetter. Dabei hätte ich es bei der Besteigung des höchsten Bergs der Insel, dem 1.344 Meter hohen Ben Nevis wirklich gebrauchen können. Jetzt wird der Leser wieder lächeln, schließlich sind 1.344 Meter erneut etwas für Weicheier. Aber die Tatsache, dass ich auf Meereshöhe startete, um den Berg zu

---

[15] Highlands: schottisches Hochland

[16] Lowlands: schottisches Flachland

[17] Scotrail: schottische Eisenbahngesellschaft

besteigen, wird das Schmunzeln hoffentlich beenden. Letztendlich war der Aufstieg einfacher als der Abstieg, denn in den Highlands fand ich leider keine Toilette und keine hohen, schützenden Büsche. Daher versuchte ich abseits des Weges mein Glück in einer Mulde. Im nächsten Augenblick bildete ich wortwörtlich ein gleichschenkeliges Dreieck mit einer Basis, in Form eines immer mehr nachgebenden Moorbodens. Mein linkes Bein war bis zum Oberschenkel im Moor versunken. Ich war daher froh, am folgenden Tag relativ schlechtes Wetter zu haben, um einmal einen Waschtag für die Klamotten einzulegen. Die Isle of Skye[18] machte ihrem Namen alle Ehre und lag völlig wolkenverhangen da.

[18] Isle of Skye: <alt-norw.> Wolkeninsel

# Inselhüpfen nach Norden

Etappe: Von Inverness, Alba 57° Nord 04° West (GMT+1) nach Seydisfjörður, Ísland 65° Nord 14° West (GMT+0): 1.710 km – Total 4.470 km

Seydisfjörður, 5. September 2002

Dass in Großbritannien bei den Insulanern nicht alles so abläuft wie bei uns, habe ich mittlerweile besonders beim Bahn fahren bemerkt. So auch die Ankunft in Inverness: Wir sind zunächst im halben Bogen am Bahnhof vorbei gefahren, ehe der Zug mitten im Nichts anhielt und rückwärts in den Sackbahnhof schließlich einparkte. Zum Glück wollte der Lokführer nicht noch Wenden in drei Zügen üben. Da ich Nessie nicht durch Lärm erschrekken wollte, begab ich mit mit dem Velo auf die Suche nach dem unbekannten Wesen. Leider sind anscheinend manche Zweiräder mindestens so alt wie die Sage um Nessie, denn kurz hinter Inverness stellte ich fest, dass mein Sattel für meine Körpergröße viel zu niedrig eingestellt war. Daher versuchte ich ihn etwas weiter oben zu fixieren. Das Resultat war eine gebrochene Schraube, die sicherlich noch nie richtig festgedreht wurde. Nun hatte ich »endlich« meine erste Panne auf der Reise. Dummerweise befand ich mich am Loch Ness und keine Menschenseele oder auch nur Nessie war da, um mir zu helfen. Zum Glück hatte dieses Rad einen Gepäckträger mit Schrauben und Muttern. Schnell wurde die Schraube, mit der der Gepäckträger am Rahmen befestigt war, zur Sattelschraube umgerüstet. Ein kleiner Ast diente fortan als Gepäckträger-Halterung. Der Eigentümer dieses Schrottrads freute sich später über meinen Einfallsreichtum, und ich war froh, dass ich meine Kaution ohne Probleme wiederbekam. Vor lauter Schrauben hatte ich Nessie natürlich verpasst.

Bisher konnte ich mich über die britischen Bahnen tatsächlich nicht negativ auslassen. 15 Bahnfahrten liefen ohne größere Probleme ab, und trotz Streiks in Manchester kam ich immer an meinem Zielpunkt ohne Zwischenfälle an.

Am letzten Tag meiner Bahnreise allerdings musste der Zug wirklich halbwegs pünktlich sein, damit ich mein Schiff auf die Orkneyinseln nicht verpasste. Daher war ich etwas enttäuscht über Scotrail, dass der Zug bereits morgens um sieben Uhr angeblich zehn Minuten Verspätung hatte. Aus den zehn Minuten wurde schließlich eine halbe Stunde Verspätung, ehe es auf die nördlichste Bahnstrecke Großbritanniens von Inverness nach Thurso ging. Aber noch war alles o.k., da ich 75 Minuten Aufenthalt in Thurso hatte, ehe das Schiff losfahren sollte. Allerdings hatte ich meine Kalkulationen ohne Scotrail gemacht. Nach einer Stunde Fahrt blieb der Zug für etwa 20 Minuten in einem kleinen Bahnhof stehen, da die Strecke nur eingleisig war und der Gegenzug abgewartet werden musste. Danach rollte ich wieder im Zuckeltempo durch die Highlands. Mittlerweile war das romantische Tuckern durch die schöne Landschaft ein nervenaufreibender Umstand, schließlich sah ich so langsam mein Schiffchen in Gedanken davonfahren. Aber vielleicht klappte es ja doch noch, so hoffte ich.

Bald darauf kamen wir wieder in einem Bahnhof an und nun wurde die Zugfahrt endgültig zu einem Erlebnis der besonderen Art. Der Zug fuhr abwechselnd vor und zurück. Ich stellte mir die Frage, wie es dem Lokführer möglich war, zu erkennen, was rund 200 Meter hinter ihm geschah, während er mit seinem Bähnchen permanent den Bahnsteig hinauf- und hinabfuhr. »Zum Glück« wurden wir Fahrgäste irgendwann aufgeklärt, dass es eine Panne gab. Ach nee. Leider gab es Probleme mit den Funksignalen, die ständig auf Rot standen, obwohl kein Zug kam. Der Gegenzug machte schließlich diesen Schienenwalzer ebenso auf dem Nachbargleis.

Nach einer weiteren dreiviertel Stunde war schließlich dieser bizarre Tanz zu Ende, und es ging weiter nordwärts. Nachdem ich relativ lange wegen meines Anschlusses verzweifelt war, befand ich mich mittlerweile im Zustand der völligen Gleichgültigkeit. Ich dachte nur noch an ein banales Umtaufen von Scotrail in Schrottrail und genoss den Kaffee auf Kosten des Hauses. Plötzlich meinte der Schaffner, das Schiff würde warten. Ich war diese Art der Vertröstung von der Airline-Branche gewöhnt und gab keinen Cent auf diese Aussage. Mich ärgerte eigentlich nur der Umstand, sechs Stunden im Fährhafen von Thurso bei mittlerweile einsetzendem Regen verbringen zu müssen und die eventuell anfallende Umbuchungsgebühr. Mitten in den Highlands hielt nun der Zug plötzlich an, und der Schaffner meinte wir Fährpassagiere sollten aussteigen. Ein Direkt-Transfer-Bus würde uns zur Fähre bringen. Zunächst fuhr der Bus über Feldwege zur nahegelegenen Straße, denn der Zug hielt tatsächlich mitten auf dem Feld an einem Ausweichbahnhof. Leider wartete die Fähre natürlich nicht, aber wenigstens musste ich keine Umbuchungsgebühr zahlen. So schlug ich mich sechs Stunden im Fährterminal und im Lidl von Thurso herum und kaufte noch einmal gutes deutsches Pils, um den strömenden Regen und das Grau in Grau, in das die Landschaft eingehüllt war, zu ertragen.

Abschließend kann ich sagen, dass die Insulaner oder auch Briten genannt, tatsächlich nette, vielleicht etwas schüchterne Wesen sind, bei denen es sich aber durchaus gut leben lässt. Das einzig Befremdende an den Insulanern ist das Faible für alles Militaristische. Sehe ich in anderen Ländern Warnschilder, die vor Kühen, Känguruhs, Schafen o. Ä. warnen, so sah ich nun oft das Schild »Tank crossing.«[19] Statt Cola trinkt man auch gerne einmal eine Bomba Limonade im Handgranaten-Format. Der Clou dabei ist, dass man den Kronenkorken wie bei einer Handgranate abreißen kann. Außerdem begegnete ich vielen Fallschirmspringern, Militärhubschraubern und Tieffliegern, die vielleicht bereits für den Irakeinsatz trainieren mussten. Ansonsten stellt man sich sogar auf der Insel langsam auf Europa ein. Euro wurden zum Teil als Zahlungsmittel akzeptiert. Vollkommen verwirrend waren die Maßeinheiten, die mittlerweile benutzt wurden. Meist fand ich Schilder in Meilen, oft in Yards und manchmal in Metern. Aber die dreisteste Preisstrategie leisteten sich die Supermärkte, in denen Tomaten zum Pfundpreis vergleichsweise günstiger angeboten wurden als nebenan der Tomatenhaufen

---

[19] Tank crossing: <engl.> Panzer kreuzen

zum Kilopreis. Diese Aktion haben wir der EU zu verdanken, die den Insulanern auferlegte, endlich Kilo statt »pounds«[20] zu benutzen. Bei den Geschwindigkeitsangaben und dem Linksverkehr besteht allerdings eine unbefristete Ausnahmeregelung.

Schließlich kam ich auf den Orkneyinseln an. Sie liegen etwa 15 Kilometer nördlich der schottischen Küste und sind historisch sehr bedeutsam. Das Dorf Skara Brae ist mit seinen 5000 Jahre alten Häusern das älteste Europas. Ein kleiner geschichtlicher Überblick verhilft dem Leser vielleicht das Alter dieser Steinhütten einzuschätzen:

| | |
|---|---|
| 1969 | Mondlandung |
| 1876 | Erfindung des Telefons |
| 1776 | Unabhängigkeitserklärung der USA |
| 1400 | Höhepunkt des Inka-Reichs |
| 1095 | Erster Kreuzzug |
| 476 | Der Fall Roms |
| 0 | Jesu Geburt |
| 220 v. Chr. | Errichtung der chinesischen Mauer |
| 962 v. Chr. | Bau des Tempel des Salomon |
| 2100 v. Chr. | Bau von Stonehenge |
| 2500 v. Chr. | Bau der Pyramiden von Giseh |
| 3100 v. Chr. | Errichtung der Häuser von Skara Brae auf den Orkneys |

Die Häuser waren bis zum Ende des 19. Jh. im Sand verschüttet, ehe ein gewaltiger Sturm die Mauern freilegte. Die Häuser bestanden aus Rundbauten mit Tunnelsystem zum Nachbarhaus. Da es auf den Orkneys keine Bäume gibt, waren die Bewohner darauf angewiesen, alles aus Stein zu errichten. Mauern, Betten, Küchenschrank, Feuerstelle – alles war noch relativ gut erhalten und deutlich zu erkennen. Lediglich die Dächer bestanden, unseren Ökohäusern ähnelnd, aus einer Art Torf-Wiesen-Dach. Daher waren die Häuser von Skara Brae nur noch in der »Kabrio-Version« zu

[20] pound: <engl.> Pfund

bestaunen. Aber trotzdem konnte ich mir das Leben mit den ebenfalls noch vorhandenen Küchenutensilien sehr gut vorstellen. Nur dass die Durchgänge und die Betten lediglich etwas über einen Meter hoch beziehungsweise lang waren, wäre für mich etwas gewöhnungsbedürftig, falls ich in den Hütten einmal eine Wohngemeinschaft gründen müsste.

Aber die Orkneys haben nicht nur Prähistorisches zu bieten, sondern auch etwas für durstige Kehlen. In der Highland Park Brennerei wird sehr guter Whisky hergestellt. Es handelt sich bei dem Wort Whisky nicht um einen Rechtschreibfehler. Die geizigen Schotten haben das »e« einfach weggelassen. Dafür investieren sie sehr viel Arbeit in ihren Whisky, dessen Basis Gerste ist. Beim Mälzen wird diese zunächst in Wasser eingelegt, damit Enzyme entstehen, die Zucker bilden. Die Gerste wird anschließend über einem Torffeuer getrocknet, da es auf den baumlosen Orkneys kein Brennholz zum Feuer machen gibt. Dabei entsteht der einzigartige Geschmack des Whiskys. Danach wird der so entstandene »Malt«[21] gemahlen, mit heißem Wasser vermischt und über ein paar Stunden im Maischbottich ruhen gelassen. Als im 2. Weltkrieg die Whiskyproduktion auf den Orkneys eingestellt war, wurde der Bottich als Schwimmbecken für die britischen Soldaten genutzt. Daher ist dieser Geschmack des Whiskys wahrscheinlich tatsächlich einzigartig. Danach werden die Feststoffe aus dem Maischbottich herausgefiltert. Der flüssige Teil wird zur Gärung in einen Tank geschüttet, die Feststoffe hingegen an die Rinder und Schafe verfüttert. Daher fand ich nur glückliche Viecher auf Orkney – Cheers! Der schwach alkoholische Trunk mit etwa sieben Prozent Alkohol wird anschließend zweimal in Kupferkesseln gebrannt, im Gegensatz zum irischen Whiskey, der dreimal gebrannt wird. Danach wird die hochprozentige farblose Flüssigkeit, die ca. 70 Prozent Alkohol enthält, in alten Bourbon- und Sherry-Fässern mindestens drei Jahre lang gelagert. Während dieser Zeit bekommt der Whisky

---

[21] Malt: <engl.> Malz

schließlich seine schöne bräunliche Farbe. Der fertige Whisky wird anschließend 12 bis 18 Jahre gelagert.

Abends stand ich plötzlich vor einer katholischen Kirche, bei der gerade der Gottesdienst anfing. Also entschied ich mich spontan, wieder einmal in die Kirche zu gehen. Der Pfarrer kündigte seinen acht Schäfchen eine Karaoke-Messe an. Von einem CD-Player wurden die Musikstücke abgespielt, und wir mussten, so gut es ging, mit Hilfe des Gesangbuchs mitsingen. Ansonsten lief die Messe wie bei uns ab, sodass ich halbwegs mitbekam, was gerade vorne am Altar passierte. Schließlich hieß es Abschied nehmen von den Orkneys und mit dem Schiff setzte ich in sechs Stunden auf die Shetlandinseln über. Die Schiffspassage war total langweilig, da es praktisch keine jungen Reisenden gab, sodass ich mir aus Langeweile zum ersten Mal ein Formel-1-Rennen anguckte und »Schumi« natürlich wieder gewann.

Regen, Wind, Kälte und viele Schafe waren für mich die ersten Eindrücke dieser Inselgruppe, die im 15. Jh. als Mitgift einer dänischen Prinzessin an Schottland und die Krone fielen. Der skandinavische Einfluss war noch überall an den Straßennamen zu erkennen, wie beispielsweise an der King Hakon Street. Nirgends wehte die schottische Fahne, sondern die der Shetlands: weißes Kreuz auf blauem Hintergrund. Glücklicherweise wurde das Wetter besser und ich traf auch noch auf fotogenere Wesen als die Schafe, die bei meinem Anblick permanent die Flucht ergriffen, bei Autos aber ruhig weitergrasten. Die blonde Mähne wehte im Wind, der dunkle Teint glänzte im Sonnenschein und das Gesicht war immer auf die Kamera fixiert. Nein, ich habe keine Supermodels abgelichtet, sondern die berühmten Vierbeiner, mit dem selben Namen wie die Inselgruppe. Die Ponys sind gut drauf und neugierig, wer auf ihrer Weide vorbeischaut. Leider waren sie die einzigen Tiere, die so zutraulich waren. Die angeblichen Vogelkolonien waren bis auf die Möwen leider aufgelöst, oder die Vögel waren schlauer als ich und haben die Reise nach Süden bereits begonnen, wohingegen für mich die Reise immer weiter nach Norden führte. Auf den Shetlands läuft das

Alltagsleben etwas anders ab als bei uns. In den Bussen werden Lebensmittelpakete überall mit hingenommen und an die Bewohner in den entlegenen Dörfern ausgeliefert. Aus Mangel an ebenen Stellen wurde der Flughafen quer über die Insel gebaut, sodass Autos und Fußgänger wie bei einem Bahnübergang an den Leuchtzeichen warten müssen, falls ein Flieger startet beziehungsweise landet.
Um zwei Uhr nachts ging ich auf die große Überfahrt, zunächst auf die Faröer. Ich war von der Auslastung des Schiffes überrascht, bekam ich doch auf diesem Riesendampfer, der bis zu 1.000 Leute transportieren kann, eine 6-Bett-Kabine für mich alleine. So schlief ich bei gemütlichem Hin-und-her-Schwanken endlich um halb drei nachts ein. Nach 13 Stunden Fahrt erreichten wir Thorshavn, die Hauptstadt der Faröer, wo ich einen kleinen Stadtbummel machen konnte. Die alten, kleinen, schwarzen Holzhäuser aus dem 16. Jh. mit ihren knallroten Türen und Fensterläden haben mir besonders gefallen. Die Dächer sind nicht mit Ziegeln versehen sondern mit dichtem Gras. In Thorshavn konnte ich mich auch wieder »sicher« fühlen, herrschte doch endlich wieder Rechtsverkehr, und die Chance, Opfer eines Unfalls zu werden, sollte doch geringer werden. Die Faröer verabschiedeten sich auf der Weiterfahrt, so wie ich sie auf einer früheren Reise kennengelernt habe: mit einem wunderschönen Theaterstück von der Natur komponiert. Die lang gezogenen Bergrücken der Inseln Kalsoy, Kunoy und Borðoy dienten als Kulisse. Das glatt daliegende Meer war das Parkett und die Hauptdarsteller waren Wolken und die untergehende Sonne. Sie präsentierten permanent neue Szenen. Auf dem Sonnendeck der Norröna, unserem betagten Schiff, konnte ich dieses Schauspiel richtig genießen, ehe es in Richtung Nordwesten nach Island ging.
Bei der Ankunft in Island wurde ich vom Wetter nicht enttäuscht: Sturm, Nebel und Platzregen. Alle, die je dort waren, haben mich vor dem Wetter gewarnt, und sie hatten leider alle recht. Ich bin gespannt, wie lange ich dieses Wetter aushalten würde. Auf jeden Fall musste ich vom Osten Islands

irgendwie in Richtung Reykjavik gelangen, um meine Reise fortzusetzen. Ob ich bis dahin festgefroren oder mit Moos überwachsen bin, bleibt abzuwarten.

## Unterwegs in Snæland

Etappe: Von Seydisfjörður, Ísland 65° Nord 14° West (GMT+0) nach Akureyri, Ísland 66° Nord 18° West (GMT+0): 598 km – Total 5.068 km

Akureyri, 12. September 2002

Glücklicherweise ist der erste Eindruck, den ich von einem Land gewinne, nicht immer der entscheidende. Dies trifft auf Island ganz besonders zu, denn mittlerweile hatte ich mich gut eingelebt, kein Moos angesetzt und mich mit »Light Beer«[22] angefreundet.

Den ersten Bewohnern dieser Insel, die diese damals Snæland[23] nannten, war ich bereits seit den Shetlands und den Faröer auf den Spuren. Das Jahr 874 wurde in den Geschichtsbüchern und Sagen als das Jahr der ersten permanenten Besiedlung der Insel festgehalten. Vorher kamen nur irische Mönche, um als Einsiedler auf Island zu leben. Diese sorgten (un)natürlicherweise für keine Nachkommen. Wikinger, die zu Hause in Norwegen ihren heidnischen Kulten nicht mehr nachgehen durften, flohen erst in Richtung Schottland, um sich mit Frauen »einzudecken«, ehe sie der Zufall wegen schlechter Winde nicht auf die Faröer, sondern nach Snæland brachte. Einige Jahre später wurde die Insel von einem anderen Wikinger wegen vorbeiziehender Eisberge in Ísland[24] umbenannt. Da die Wikinger von der Monarchie in Norwegen genug hatten, gründeten sie im Jahr 930 eine Art

[22] Light Beer: isländisches Bier mit ca. 2,5 Prozent Alkohol
[23] Snæland: <norw.> Schneeland
[24] Ísland: <norw.> Eisland

Nationalversammlung, den Alþing, in dem einmal jährlich alles Wichtige für das Land entschieden wurde. Das Isländische entwickelte sich aus dem Norwegischen, das zu dieser Zeit gesprochen wurde. Die Sprache ist eine der schwierigeren, alleine schon wegen der vielen fremdartigen Buchstaben. »ð« wird wie »th« im englischen »them« gesprochen; »þ« ist auch ein »th«, welches wie im englischen »thin« ausgesprochen wird, wohingegen »æ« wie ein »ei« und »ll« wie »ddl« ausgesprochen wird. Dazu kommt der Umstand, dass Substantive wie im Lateinischen dekliniert werden. Für Busfahrpläne wird bei Ortsnamen der Dativ benutzt, der beispielsweise für die Stadt Höfn »Havnar« lautet. Darauf muss ich erst einmal kommen. Für die Zahl eins existiert sogar der Plural, um z. B. die Formulierung »ein paar Schuhe« auszudrücken. Isländer ähneln den Franzosen, die auch für neue Inhalte Sprachschöpfungen betreiben. Das isländische Wort für Computer wurde aus »tala« und »völva«[25] gebildet und heißt »tölva«.

So war ich glücklich, dass Isländer ein Einsehen haben und immer sehr gut Englisch sprechen können. Ansonsten hätte ich hier ein riesiges Problem. Ein Problem, mich richtig für Island im wahrsten Sinne des Wortes zu erwärmen, stellte aber der erste Tag dar. Für Wettergurus hier die Wetterdaten von Seydisfjörður am 5. September um zwölf Uhr mittags: 051200 09020G30KT 1000 +RA OVC030 03/01 Q990[26] oder auf Deutsch: Sauwetter.

Am nächsten Tag sah es nicht besser aus, und was das Sehen betrifft, sah ich dank der niedrig hängenden Wolken, die wie Watte alles zudeckten, sowieso nichts. Die Busfahrt mit zwei Passagieren an Bord ins 20 Kilometer entfernte nächste Dorf zeigte bereits, dass es auf Island tatsächlich schön sein kann, falls ich etwas sehen sollte: alle paar Meter hörte ich einen

---

[25] tala: <isl.> Nummer; völva: <isl.> Prophet

[26] Wetterdaten am 5. des Monats um zwölf Uhr GMT erstellt: Wind aus 90° mit 20 Knoten, Böen bis 30 Knoten; horizontale Sicht: 1.000 Meter; starker Regen, bedeckt auf 300 Fuß; 3°C; Taupunkt 1°C; Luftdruck 990 Hectopascal

plätschernden Bach oder einen rauschenden Wasserfall, bei dem das Wasser aufgrund der niedrig hängenden Wolkendecke scheinbar direkt aus dem Himmel zu stürzen schien. Nach 20 Minuten Fahrt war ich im nächsten Dorf angelangt und hatte dank der »attraktiven« Busverbindungen nun fünf Stunden Aufenthalt bis zur Weiterfahrt. Auf Island existieren Busse lediglich, um Touristen durch die Gegend zu karren. Einheimische nutzen diese von Zeit zu Zeit aufkreuzenden Busse so gut wie nie. Ein Isländer sagte, dass Autos für Isländer wie eine zweite Jacke sind, die man anzieht, sobald man das Haus verlässt. Bei dem Wetter und den Verbindungen kann ich das durchaus verstehen.

Am Myvatn[27] angekommen, besserte sich das Wetter plötzlich innerhalb weniger Stunden. Die Sonne, die ich bereits mit den Franzosen bei deren wieder einmal ausgerufenen Generalstreik verbrüdert sah, schob nun auf einmal Überstunden, scheint sie doch nunmehr jeden Tag länger, als es die Gewerkschaften je erlauben würden, also mehr als zehn Stunden pro Tag, sieben Tage die Woche.

Plattentektonisch betrachtet schreibe ich dieses Kapitel bereits aus Nordamerika, denn in Island reiben sich die eurasische und die nordamerikanische Platte aneinander. Das Resultat ist am Myvatn zu bewundern: Vulkane, Lavafelder und sehr bizarre Landschaften. Die Lavafelder sehen einmal aus, wie die abgefrästen Teerplatten des sich im Ausbau befindlichen Mainzer Rings[28], ein anderes Mal so runzelig wie Elefantenhaut und einmal so krümelig wie die Oberfläche einer Prinz-Eugen-Torte. Bei den Verschiebungen der Felder während eines der häufigen Erdbeben entstanden Spalten, die etwa einen Meter breit und bis zu 20 Meter tief sind. Trotz des guten Wetters war es meist schon sehr kalt. Bei der Besteigung eines Vulkans hatte ich nun auch den ersten Schnee für diesen rein theoretisch noch existierenden

---

[27] Myvatn: <isl.> Mückensee

[28] Mainzer Ring: zurzeit der Reise im Ausbau befindliche Autobahn um Mainz

Sommer, eher bereits Spätherbst zu nennen. Aber die Landschaft glänzte dafür bei diesem Wetter in herrlichen Farben: pechschwarz die Lavafelder, weißgelb die Schwefelablagerungen, aus denen es oft rauchte und spuckte, hellbraun die Berge, saftig-grün die Wiesen und türkis das Wasser in den Maaren der Vulkane. Das gelb gefärbte Laub der Birken und das sich langsam rostrot färbende Heidekraut ließen den Herbst bereits erahnen. Wälder existieren wegen des Windes und der alles abknabbernden Schafe in Island kaum. Die Bäume sehen auch eher wie große Büsche aus. Eine isländische Weisheit besagt: »Verirrst du dich in einem isländischen Wald, steh' einfach auf.«

Die Schafe waren mir wirklich unsympathisch. Ich verallgemeinere ungern, doch diese Viecher sind bescheuert. Vor mir rennen sie auch in Island weg, aber auf den Staubstrassen lassen sie sich vom vorbeifahrenden Bus panieren und grasen in aller Ruhe weiter. Leider kann ich mich nicht so einfach ernähren und bin doch auf einige andere Nahrungsmittel angewiesen, die wirklich teuer sind. Aber die isländische Landwirtschaft ist auch nicht zu beneiden. Am Myvatn versuchte man Kartoffeln anzubauen. Bei der ersten Ernte bekam man schließlich die Kartoffeln in gedünstetem Zustand aus der Erde, wegen des heißen Grundwassers direkt unter der Oberfläche. Mit dem Wasser ist es auch so eine Sache. Warmes Wasser kommt fast kochend aus dem Hahn, da es sicher direkt am nächsten Geysir abgezapft wird. Dafür stinkt es nach faulen Eiern, und das Duschen mit dem Gestank in der Nase bereitet folglich kein Vergnügen.

Für die manchmal eher unangenehmen Bedingungen in Island werde ich aber nachts bei klarem Himmel entschädigt. Wie in einem Science-Fiction-Film leuchtet plötzlich ein Teil des Himmels grünlich weiß. Wie ein Vorhang bewegt sich dieses Licht am Firmament nach allen Seiten hinunter, und es entsteht eine wirklich gespenstische Stimmung. Verantwortlich für die Nordlichter sind Ströme geladener Partikel, so genannte »Sonnenwinde«, die durch das Magnetfeld der Erde zu den magnetischen Polen geleitet

beziehungsweise von diesen angezogen werden. Das Zusammentreffen mit Elektronen von Nitrogen- und Sauerstoffatomen in der etwa 160 Kilometer hohen Atmosphärenschicht setzt Energien frei, die das Nordlicht entstehen lassen. Ich konnte nachts in aller Ruhe auf der Hauptstrasse liegen und dieses Schauspiel genießen, ohne überfahren zu werden, denn nach Sonnenuntergang passiert in Islands Hinterland überhaupt nichts mehr. So waren diese Abende mit einem langsam gefrierenden Leicht-Bier einmal ein anderes Freizeitvergnügen, als in der Kneipe zu sitzen und Bierchen zu zischen.
An einem der folgenden Tage erreichte ich den wahrscheinlich nördlichsten Punkt meiner Reise, die Insel Grimsey, die genau auf dem Polarkreis (66 Grad Nord 18 Grad West) liegt. Mit einer kleinen Fähre fuhr ich durch einen Fjord hinaus ins arktische Meer. Das Beladen der Fähre war besonders eindrucksvoll. Ein Pferdekarren mit zwei Vierbeinern und zwei Autos wurden mit einem Kran vom Kai auf die Ladefläche gehievt. Dies war Millimeterarbeit, die aber gut ausging. Danach tuckerten wir hinaus ins Polarmeer immer weiter nach Norden. Auf Grimsey leben 98 Leute, die vielleicht aufgrund der abgeschiedenen Lage etwas befremdlich auf mich als Mitteleuropäer wirkten. Das sagenhafte Straßennetz von ca. einem Kilometer nutzten etwa 40 Autos. Mit riesigen Jeeps wurde aus Langeweile das gesamte Straßennetz hoch und runter gedonnert, sodass mir die Ohren dröhnten. Dass die vielen Vögel, die dort ebenfalls leben, noch nicht geflüchtet sind, grenzt an ein Wunder. Grimsey sieht etwa wie ein Geodreieck aus. Der Südwesten ist flach. Innerhalb eines Kilometers steigt die Insel auf ca. 130 Meter an. Eine Steilküste bildet das abrupte Ende der Insel. Diese ist die Heimat für tausende Vögel, die dort ideale Voraussetzungen für die Errichtung von Etagenwohnungen finden. Leider waren die meisten Bewohner aus ihrer Sommerresidenz ausgezogen, sodass ich die dort im Sommer lebenden Papageientaucher nicht mehr sehen konnte.

## Europa ade – Willkommen in der »Neuen Welt«

Etappe: Von Akureyri, Ísland 66° Nord 18° West (GMT+0), nach St. John's NF, Canada 48° Nord 53° West (GMT-2:30): 5.909 km – Total 10.977 km

St. John's, 18. September 2002

Aufgrund des für isländische Verhältnisse tatsächlich sagenhaften Wetters machte ich einen ganzen Tag Pause an einem Wasserfall, um einmal richtig zu entspannen. Denn mittlerweile reiste ich bereits einen Monat durch Europas Nordwesten und erlebe permanent neue, meist nette Sachen. Um das Erlebte zu verarbeiten, kam der Goðdafoss[29] wie gerufen. Der Name geht auf den Alþing im Jahre 1000 zurück. Dort wurde entschieden, dass Island das Christentum annimmt. Einer der regionalen Führer schmiss daraufhin auf dem Heimweg vom Alþing alle heidnischen Götterbilder den Wasserfall hinunter.

Nach vier Wochen ändere ich anscheinend als Reisender so langsam meine Wertvorstellungen. Für mich stellte der Campingplatz am Goðdafoss, den ich nur mit Schafen teilen musste, das pure Paradies dar, da mir die folgenden Luxusartikel zur Verfügung standen: beheiztes Bad, in dem ich mich aufhalten konnte, heißes Wasser aus dem Wasserhahn, mit dem ich mir löslichen Kaffee zapfen konnte, eine Steckdose für meinen Weltempfänger, mit dem ich deutsches Radio empfangen und gute Musik hören konnte, einen Handtrockner, der zum Wäsche- und Geschirrtrockner umfunktioniert wurde. Das einzige Manko waren ... natürlich die Schafe, die mich morgens um sechs weckten, da sie mein Zelt abknabberten. Dafür hatte ich den Wasserfall fast für mich alleine. Aber am Ende war die Einsamkeit doch etwas beklemmend, schließlich war ich abhängig vom einmal täglich verkehrenden Bus. Ansonsten war nicht viel los auf dieser Ringstrasse durch Island. Aber auf isländische Verkehrsmittel war letztendlich immer Verlass. Pünktlich

---

[29] Goðdafoss: <isl.> Wasserfall der Götter

holte mich der Bus wieder ab und brachte mich nach Akureyri, in die mit 15.000 Einwohnern zweitgrößte Stadt Islands.

Da in ganz Akureyri wegen einer Konferenz kein Zimmer mehr frei war, musste ich nun zum ersten Mal auf den Ruf vertrauen, der Island anhängt: das sicherste Land der Welt zu sein. Schließlich übernachtete ich auf dem eigentlich geschlossenen Campingplatz. Doch was heißt geschlossen, wenn dieser Campingplatz nach allen vier Seiten hin offen ist und sowieso jeder quer über den Platz rennt. So campten ich und ein paar andere Backpacker[30] einfach mitten in der Stadt, ohne eine Krone dafür zu berappen. Am folgenden Tag ließen wir notgedrungen unsere Sachen im Zelt, da wir unseren Kram nicht die ganze Zeit mitschleppen wollten. Tatsächlich rührte niemand unser Zeug an, und so übernachtete ich ohne Probleme gratis drei Nächte mitten in der Stadt.

Von Akureyri konnte ich wunderschöne Wanderungen in die Umgebung unternehmen. Dies stellten anscheinend auch Autoren eines Wanderführers über Island fest. Doch die Wegbeschreibung erinnerte mich während des Aufstiegs zum Sulúr eher an das Orakel von Delphi, denn Himmelsrichtungen wurden gänzlich weggelassen, um ja keine Details zu verraten. Vielmehr wurde von Bächen und Zäunen gesprochen, die es zu überwinden galt. Die Bemerkung, dass diese Zäune in drei Himmelsrichtungen verliefen und zusätzlich mit Stacheldraht gespickt waren, ließen die Autoren lieber weg. Außerdem verlief ihre Tour die gesamte Zeit ohne Weg, dafür aber permanent durch Moorlandschaften, sodass ich wieder eine kostenlose Moorpakkung für meine Füße bekam. 100 Meter unter dem Gipfel stieß ich schließlich auf einen gut markierten Wanderweg. Ich hatte das dumpfe Gefühl, dass die Autoren diesen Aufstieg nie selbst unternommen hatten. Der Abstieg auf dem markierten Weg verlief anschließend problemlos, endete aber etwas unromantisch in der Müllkippe von Akureyri. Stärker konnte der Kontrast zwischen reiner Natur und den Endprodukten unserer Zivilisation

[30] Backpacker: Rucksackreisende(r)

nicht sein. Leider war auf der Straße zur Müllkippe wesentlich mehr Verkehr als auf der Ringstrasse in Island. Da es sich bei dieser Straße um eine Staubpiste handelte, war ich relativ schnell wie ein Wiener Schnitzel paniert. Glücklicherweise hat Island aber die wohltuendsten Schwimmbäder der Welt, mit natürlichen Dampfbädern ausgestattet und vorherrschenden angenehmen Temperaturen von 29°C bis 43°C unter freiem Himmel. Dass die Isländer einen etwas anderen Musikgeschmack haben, wissen wir sicherlich seit Björk. Dass aber im Schwimmbad in ohrenbetäubender Lautstärke Rammstein, Eminem und Limp Bizkit gespielt wird, war mir neu. Ich fand es allerdings wirklich prima. Außerdem gab es im Supermarkt Red Hot Chili Peppers, Rage against the Machine und im Fastfood-Restaurant sogar Slayer als Hörgenuss.

Irgendwie sind die Isländer tatsächlich »anders«, zumindest was den Straßen- und Hausbau betrifft. Bevor ein Haus hochgezogen oder eine Straße gebaut wird, muss erst geklärt werden, ob das entsprechende Grundstück nicht von den so genannten »Kleinen Leuten«, das heißt von Elfen, Trolls und Gnomen bewohnt wird. Um manche Felsbrocken machen die Straßen einen Bogen, da dort »jemand« seinen Wohnsitz hat. Auf manchen Felsen sind sogar kleine Türchen aufgemalt, damit die Wesen ein und ausgehen können. Andererseits gehen die Isländer mit ihrer Umwelt manchmal sehr sorglos um. Mülltrennung ist meist unbekannt, und das Auto wird auch für den kleinsten Weg benutzt. Glücklicherweise habe ich nie total besoffenen Isländer getroffen, denn man sagt diesem Völkchen nach, oft betrunken zu sein. Aber der Alkohol ist fast unerschwinglich, wenn ich für einen halben Liter Bier etwa 3 Euro pro Dose im Zwölfer-Pack oder bis zu 10 Euro im Pub hinblättern muss. Außerdem wird der Alkohol in separaten Geschäften verkauft, die ich als Fremder meist sowieso nicht entdeckte. Von daher habe ich bekanntlich meine Liebe zum Light Beer entdeckt, das mit einem Euro sehr erschwinglich und im Supermarkt erhältlich war. Neben dem Light Beer machen die Isländer tatsächlich gutes Brot, das es mit dem deutschen aufnehmen kann. Mein Lieblingsbrot, das Rugbrauð, ist rabenschwarz und schmeckt wie eine Mischung aus Lebkuchen und Pumpernickel. Außerdem macht es satt, anders als dieses Knautsch-Weißbrot, welches es sonst in den meisten Ländern zu kaufen gibt.

Um die Besonderheiten eines Landes zu entdecken, muss ich manchmal gar nicht suchen, um sie zu finden. So fiel mir bei einem Blick ins isländische Telefonbuch folgendes auf: Die Leute werden nach ihrem Vornamen alphabetisch aufgelistet, da es in Island keine richtigen Nachnamen gibt. Es herrscht noch ein relativ patriarchalisches System. Der Nachname wird aus dem Vornamen des Vaters beziehungsweise neuerdings auch nach der Mutter gebildet und die Endung »-son« für Söhne beziehungsweise »-dóttir«[31] für Töchter angehängt: beispielsweise heißt Asgeir, der Sohn von Sigurvind, Asgeir Sigurvindsson, seine Schwester Guðrun würde Guðrun Sigurvindsdóttir heißen. Geschwister haben in Island lediglich dann den gleichen Nachnamen, wenn sie beide Jungs oder beide Mädchen sind. 90 Prozent der isländischen Nachnamen werden so gebildet, die restlichen zehn Prozent haben richtige Nachnamen, die noch aus der ersten Besiedelungszeit um das Jahr 900 stammen. Neue richtige Namen werden nicht akzeptiert, d. h. bekommt man die isländische Staatsbürgerschaft, muss man seinen Namen ändern. Ich würde Christoph Jürgenson heißen. Kessel wäre schließlich gestrichen. Fremde Vornamen werden ebenfalls nicht akzeptiert.

Einen weiteren Beweis dafür, dass in Island die Welt noch in Ordnung ist, zeigte die Busfahrt nach Reykjavik. Am Straßenrand wurden Pakete von den Einheimischen abgelegt und unbeaufsichtigt gelassen, ehe unser Busfahrer diese in den Bus lud und am Bestimmungsort wieder ablud. Dies wäre bei unseren Anti-Terror-Maßnahmen sicherlich nicht möglich und würde mehrere Polizeieinsätze nach sich ziehen. In Reykjavik angekommen, durfte ich zunächst an der Wahl zum deutschen Bundestag teilnehmen, da es die Wahlunterlagen bis nach Island geschafft hatten. Reykjavik, die Hauptstadt

[31] -son: <isl.> Sohn; -dóttir: <isl.> Tochter

von Island mit 171.000 Einwohnern kleiner als Mainz, beherbergt etwa zwei Drittel der Bevölkerung Islands. Dementsprechend kam sie mir riesengroß vor und stieß mich etwas ab. Das erste Mal seit Edinburgh befand ich mich wieder in einer Großstadt und roch nun wieder den Duft der Zivilisation in Form von Abgasen. Daher könnte man denken, dass die Stadtgründer mit der Bezeichnung Reykjavik[32] zynischerweise Recht hatten. Sie meinten damals im 10. Jh. allerdings die vielen dampfenden Bäche, die dort ins Meer flossen. Davon ist leider nicht mehr viel übrig geblieben. Breite Straßen, viel Autoverkehr und ein Flugplatz als Mittelpunkt der Innenstadt lassen keinen Platz mehr für dampfende Bäche. Diese sind wahrscheinlich in der Kanalisation verschwunden.

Aber mit der Zeit konnte ich mich doch noch ein wenig mit Reykjavik anfreunden, denn die Stadt hat viele Wanderwege entlang des Meeres, das drei Seiten der Stadt umschließt. Außerdem existiert ein kleiner Sandstrand mit Thermalbad direkt am Ende der Start- und Landebahn des Flugplatzes. Anhand dieser zeigte sich auch wieder, dass Island noch keine Angst vor Terroristen hat. Die Start- und Landebahnen sind lediglich mit einem kleinen Gartenzaun abgegrenzt, da direkt nebenan ein Kinderspielplatz liegt. Der botanische Garten der Stadt ist etwas ganz Besonderes. Hier sind so seltene Gewächse wie Issalat Crispino, Blaðsalat, Rauðkal, Spergilkal, Hvitkal und Hnuðkal zu bewundern. Diese Gewächse heißen auf Deutsch: Eisbergsalat, Kopfsalat, Rotkohl, Broccoli, Weißkohl beziehungsweise Kohlrabi. Bei den hohen Lebensmittelpreisen konnte ich gerade noch der Versuchung widerstehen, mir abends eine kostenlose Rohkost-Platte zusammenzuklauen. Aber an der Tatsache, dass diese Gewächse ausgestellt werden, erkennt man, dass die Isländer wahrlich stolz sind, wenigstens etwas auf dieser Insel anbauen zu können.

Am nächsten Tag verabschiedete sich Island schließlich so wie ich es kennengelernt hatte: Regen, Regen und nochmals Regen. Nach 30 Tagen

---

[32] Reykjavík: <isl.> rauchende Bucht

Reise ohne Flugzeug musste ich nun erstmals fliegen, da es leider nicht möglich ist, von Island ohne Flugzeug westwärts voranzukommen. Ziel meiner nun folgenden fliegerischen Odyssee war die nächste Insel, von der ich meine Reise wieder mit öffentlichen Verkehrsmitteln fortsetzen konnte. Mit Icelandair flog ich mit einer Boeing 757-200 über den Atlantik in Richtung »Land der unbegrenzten Möglichkeiten«. Die hohen Alkoholpreise in Island schlugen sich auch auf den Bordservice nieder. Der Stoff kostete zwischen 2 und 3 Euro. Eine krasse Sparmaßnahme war auch bei den Zeitungen festzustellen – sie wurden am Ende des Flugs wieder eingesammelt.

»Welcome to the United States of America« hieß es bei der Ankunft in Boston mit dem kleinen Nebensatz, dass wir auf unbestimmte Zeit an Bord der Maschine bleiben müssten, da die Einreisebeamten überarbeitet seien. Da flackerte sie wieder auf, meine »unbegrenzte« Hassliebe zu den USA. Kein anderes Land der Welt kann sich so etwas leisten, ohne dass auch nur ein Passagier es wagt aufzumucken. Nach fast einer Stunde des Wartens waren wir endlich erlöst und durften schließlich aussteigen. Eine halbe Stunde später war ich bereits eingereist. Letztendlich war doch alles halb so schlimm. Kurz darauf zeigte sich zum ersten Mal, warum ich die USA trotzdem nicht verdamme: wegen seiner sehr netten und hilfsbereiten Menschen. Mitarbeiter von Travellers Aid riefen sofort in einem Hostel für mich an, um ein Bett für die Nacht klarzumachen, da ich Probleme mit meiner Telefonkarte hatte. Da ich zwischenzeitlich meinen Reiseführer für Kanada leider verloren hatte, musste ich mir einen neuen besorgen. Diesen bekam ich vom Bostoner Hostel geliehen, der dort einfach so herumlag. Auf meiner Weiterreise soll ich ihn einfach wieder vorbeibringen. In Boston machte ich schließlich das erste Mal auf dieser Reise auch diese Entdeckung: bettelnde Menschen, die im Müll nach Essenresten, in Telefonzellen nach Wechselgeld und über U-Bahn Schächten nach Wärme suchen – auch das sind die Vereinigten Staaten von Amerika.

Mein USA-Aufenthalt war aber bereits nach einem Tag beendet. Ich wollte vielmehr meine Reise dort fortsetzen, wo ich mit Bussen, Schiffen und Bahnen wieder starten konnte. Daher flog ich mit Air Canada etwa die Hälfte der Strecke, die ich von Reykjavik bis Boston zurückgelegt hatte, wieder nach Nordosten zurück. Beim Start in Halifax in Richtung Neufundland, dem Ziel meiner fliegerischen Odyssee, machte uns der Pilot auf einen etwas für mich ungewöhnlichen Flug aufmerksam: »Ladies and Gentlemen, wir werden wahrscheinlich mehrere Anflüge brauchen, um in St. John's zu landen. Es ist auch nicht auszuschließen, dass wir nach Halifax zurückkehren müssen, aufgrund des Nebels in St. John's.«

Der Anflug war tatsächlich ein Blindflug unter CAT-III-Bedingungen[33]. Aber der Pilot und sein Autopilot zogen den Airbus A320 sicher beim ersten Versuch direkt auf die Piste, und schon war ich nach ca. 30 Stunden von Island kommend in Neufundland angekommen. Mit der Ankunft schloss sich ein Kreis, denn die Wikinger, die Island im 9. Jh. besiedelten, kamen etwa um das Jahr 1000 ebenfalls in der »Neuen Welt« an – fast 500 Jahre vor Christoph Kolumbus.

St. John's, die Hauptstadt der kanadischen Provinz Neufundland und Labrador, ist die älteste Stadt Nordamerikas und ungefähr so groß wie Mainz. Sein natürlicher Hafen, der von zwei Hügelketten geschützt wird, war seit der ersten belegten Besiedlung durch Europäer im Jahre 1497 permanent von militärisch strategischer Bedeutung. Mit der Ankunft der Europäer, die geschichtlich gesichert ist,[34] fing leider auch der Genozid an den eigentlichen Einheimischen an. Die Bethouk Indianer wurden bereits im 16. Jh. ausgerottet. Danach waren die Europäer unter sich, um sich gegenseitig zu bekämpfen. Das eigentlich von Engländern gegründete St. John's wurde von den Franzosen dreimal besetzt. Auch die Holländer attackierten die Stadt

---

[33] CAT III Bedingungen: horizontale und vertikale Sicht unter 50 Meter
[34] Die Ankunft der Wikinger kann nicht exakt datiert werden.

zwischenzeitlich im Jahr 1665, und letztmalig wurde die Stadt von den Nazis im U-Boot-Krieg während des 2. Weltkriegs terrorisiert.

Aber St. John's steht auch für positive Ereignisse. Da es der Ort in Nordamerika ist, der Europa am nächsten liegt,[35] wurden hier technische Experimente gestartet, die unsere heutige schnelllebige Welt nachhaltig beeinflusst haben. Im Jahr 1901 wurde auf dem so genannten Signal Hill in St. John's der erste Funkspruch aus der »Alten Welt« empfangen. Gesendet wurde er von Cornwall in England. Der Flughafen von St. John's war der letzte Punkt in Amerika des ersten PANAM-Flugs über den Atlantik und Charles Lindbergh, der als erster den Atlantik im Flieger überquerte, machte ebenfalls letzte Station vor dem großen Sprung. Für mich war St. John's nun zunächst der Ausgangspunkt meiner Reise durch den gesamten amerikanischen Kontinent bis nach Patagonien in Chile. Da bekanntlich aller Anfang schwer ist, musste ich dabei einige Hindernisse überwinden, schließlich befand ich mich nun in Nordamerika, wo jeder Mensch ein Auto hat. Dementsprechend hörte ich bei meinen Planungen permanent die Frage, wo denn mein Auto sei. Auf die Antwort, dass ich keines habe, waren meine Gesprächspartner nicht vorbereitet und sagten nur noch: »Oh my God.« Wahrscheinlich drückt dies das Mitleid aus, das mir »armen Hund« entgegengebracht wird. Wie die Reise nun von der ältesten Stadt Amerikas in Richtung Süden weitergeht? Ich wusste es zum Zeitpunkt des Verfassens dieses Kapitels selbst noch nicht – schauen wir mal.

---

[35] Vancouver liegt 5.000 Kilometer, Mainz nur 4.300 Kilometer entfernt

# Neu gefundenes Land und ein bisschen Europa in Amerika

Etappe: Von St. John's NF, Canada 48° Nord 53° West (GMT-2:30) nach Halifax NS, Canada 45° Nord 64° West (GMT-3): 2.105 km – Total 13.082 km

Halifax, 27. September 2002

Nachdem ich im Nebel von St. John's gelandet war, sah ich von der Stadt natürlich nicht sehr viel. Ich kam mir vor wie bei uns im November. Nieselregen, Nebelschwaden und düstere Straßen, die nur gelegentlich von Straßenlaternen erleuchtet wurden, prägten das Bild. Aber glücklicherweise ändert sich in diesem Teil der Welt das Wetter sehr schnell. Dementsprechend war ich am nächsten Tag vom blauen Himmel begeistert und nach den nahezu baumlosen Inseln, wie Island, den Faröer und den Shetlands war ich von den vielen Nadelbäumen, die in St. John's wachsen, sehr fasziniert. St. John's ähnelt einem riesigen bunten Mosaik. Jeder Bewohner hat sein Holzhäuschen in einer anderen Farbe angestrichen. So sieht die Stadt am Tag selbst bei Regenwetter durch den Farbmix sehr freundlich und einladend aus. In St. John's lernte ich auch erstmals die Hilfsbereitschaft der Bewohner kennen, die mich in Neufundland seither so fasziniert. In der Association Francophone[36] durfte ich das vorangegangene Kapitel kostenlos verfassen, sodass mein Budget, trotz hoher Lebenshaltungskosten, noch immer nicht gesprengt ist. In den nächsten Tagen wurde ich noch mehrmals von der Freundlichkeit der »Newfies«[37] überrascht. Dabei haben die Newfies für Kanadier dieselbe Bedeutung, wie die Ostfriesen bei uns in Deutschland. Warum man über diese Menschen Witze macht, kann ich mir nicht erklären. Vielleicht liegt es am Idealismus, anderen Menschen selbstlos zu helfen? Die Insel, auf der die Newfies leben, ist etwa so groß wie die Benelux-Länder.

---

[36] Association Francophone: Kulturinstitut zur Förderung der franz. Sprache
[37] Newfies: selbst gegebener Name der Neufundländer

Viele Leser werden Neufundland sicher schon gesehen haben. Bei den meisten Transatlantik-Flügen an die Ostküste Amerikas ist das erste Land westlich des Atlantiks Neufundland. Dementsprechend sah ich auch morgens bei blauem Himmel permanent Flugzeuge im Minutenabstand am Himmel vorbeiziehen. Auf den Gedanken, auf dieser Insel einmal Station zu machen, kommen sicherlich die wenigsten der darüber fliegenden Passagiere. Dabei gibt es tatsächlich viel zu entdecken.

Der erste, der auf diesen Gedanken kam, dass es dort etwas Besonderes gibt, war 1497 John Cabot, der im Auftrag von Heinrich VII., König von England, in die neue Welt aufbrach und ganz im Osten des neu »entdeckten« Kontinents neues Land gefunden hat: deshalb nannte er die Insel auch »New Found Land«. Die Insel war Englands erste Kolonie auf dem Weg zum Empire. Das besondere waren bis in die 90er Jahre des 20. Jh. die fischreichen Gewässer an der Südküste der Insel. Die Newfies, die hauptsächlich englische und irische Vorfahren haben, lebten hauptsächlich vom Fischfang, bis 1995 ein Moratorium in Kraft trat, das den Fischfang fast unmöglich machte. Grund dafür waren die riesigen Fischfang-Flotten fremder Länder, die die ehemals reichen Fischgründe völlig leer fischten. Daher darf um Neufundland praktisch nicht mehr gefischt werden. Darunter leiden hauptsächlich die Newfies, die sich seither mit Hummerfang und Fischfarmen buchstäblich über Wasser zu halten versuchen. Die Arbeitslosenquote ist mit 20 Prozent für kanadische Verhältnisse vergleichsweise hoch.

Um von St. John's aus meine Reise durch den amerikanischen Kontinent zu beginnen, startete ich mit einem so genannten Van-Service, um den kleinen Katzensprung von 350 Kilometern auf die Burin-Halbinsel zurück zu legen. Normale Busse existieren in Neufundland kaum, sondern eher Wagen in Gestalt kleiner alter Schulbusse, die die Passagiere von zu Hause abholen und am Bestimmungsort möglichst noch bis in die Küche bringen. Leider wurde ich in St. John's als erster abgeholt und durfte anschließend eine Stunde lang eine kostenlose Stadtrundfahrt genießen, da wir jeden Passagier

abholten. Als sich endlich alle Kunden an Bord befanden, ging es »on the road«.
Die Landschaft mit ihren endlosen Nadelwäldern, Seen und Hügeln zog mich sofort in ihren Bann. Doch auf die Dauer wäre dies ohne die richtig Musik im Bus sicherlich langweilig geworden. Dementsprechend genoss ich die Landschaft, während ich durch das Radio des Fahrers mit Aerosmiths »Dream On« und Guns N' Roses »Paradise City« beschallt wurde. Meine Mitreisenden, die alle so um die 70 waren, Fahrer inklusive, fuhren anscheinend auch auf den Hard-Rock ab, denn die Baseball-Mützen wippten alle richtig im Takt. Danach bekam ich eine Kostprobe vom Fastfood der besonderen Art. Der Fahrer hatte sich an der Tankstelle eine Portion Hähnchenschenkel gekauft, musste aber unbedingt gleich weiterfahren. Geschickt wurde der Plastikteller am Armaturenbrett eingeklemmt. Ein Müllbeutel am Hebearm zur Passagiertür diente gleichzeitig als Basketballkorb. Während er mit der einen Hand lenkte, hielt der Fahrer in der anderen den Hähnchenschenkel, der schließlich abgeknabbert mit einem geschickten Wurf in Richtung Tür meist im Müllbeutel landete.
Die Kopf schwingenden Omas und Opas hingegen schlürften ihre Diät-Cola und mampften Chips im Takt dazu. Danach zog sich jeder einen Kaugummi rein und es wurde zur Musik im Radio eine eigene Blasmusik mittels Kaugummi dargeboten. Schließlich fuhren wir leider aus dem Sendebereich des Radios hinaus, dem Sonnenuntergang entgegen. Um die Stille zu übertönen wurde eine Kassette eingelegt, auf der sich die Lieblingssongs unseres Fahrers befanden. Erst sang er bei der Newfie-Countrymusic, die der irischen Folk-Music ähnelt, lauthals mit. Danach kam der Höhepunkt mit »Joyride« von Roxette, wo er endlich richtig pfeifen konnte und bei starkem Gefühlsausbruch auch das eine oder andere Mal die Hupe betätigte. Schließlich kamen wir wieder in den Bereich eines Radiosenders. Statt in Neufundland nicht existierende Staus zu erwähnen, berichten die Radiosprecher über »Moosecide«, Unfälle mit dem Auto, bei denen der Elch eine entscheidende

Rolle spielt. Die größte Gefahr beim Fahren auf den Straßen besteht im Osten Kanadas tatsächlich in der Kollision mit einem Elch, der gerne nachts auf den geteerten Trassen entlang zieht, da dies natürlich weniger Kraft beansprucht, als querfeldein zu laufen.

Am nächsten Tag war nach über vier Wochen mein kulinarischer Leidensweg zu Ende. Ich reiste endlich wieder in die »Grande Nation« ein. Mit der Fähre fuhr ich von der Küste Neufundlands aus nach Westen. Nach einer Stunde kam ich in St. Pierre, der Hauptstadt des Territoire-d'Outre-Mer St. Pierre et Miquelon an. Nicht nur John Cabot fuhr im 16. Jh. an der Küste Neufundlands entlang. Auch andere Nationen bekamen Wind von den fischreichen Gewässern in diesem Teil der Erde. So zogen Bretonen, Basken und Normannen ebenfalls zum Fischen in die Neue Welt und besiedelten »S.P.M.«, wie die Bewohner dieses französischen Archipels ihre Heimat nennen. Bis zum heutigen Tag sind die Inseln französisches Überseeterritorium. Zahlungsmittel ist seit 2002 der Euro. Es gibt Europakennzeichen, Croissants, Baguette, französischen Rotwein, guten Käse und Renault »Twingos« – alles sicher einzigartig in Nordamerika. Die Stadtverwaltung von St. Pierre hat sogar einen Kreisverkehr angelegt, wobei die eine Ausfahrt allerdings gleichzeitig eine Garageneinfahrt war. Es existieren schließlich kaum Straßen und dementsprechend auch wenig Kreuzungen. Dafür fahren aber zur Genüge Autos herum. Vor dem chaotischen französischen Fahrstil, der in Nordamerika ansonsten völlig unbekannt ist, wurde ich von den Newfies noch gewarnt, bevor ich Neufundland in Richtung S.P.M. verlassen hatte.

Normalerweise »gewinne« ich beim Weiterreisen nach Westen Zeit, da ich von Zeitzone zu Zeitzone springe. Diese Regel gilt allerdings nicht für den äußersten Nordosten Amerikas. Besitzen die Newfies bereits ihre eigene Zwischenzeit mit viereinhalb Stunden Unterschied zu Deutschland, wird es bei den weiter westlich liegenden französischen Inseln ganz verrückt. Diese nutzen die Grönland-Zeit, die 30 Minuten vor der »Newfie-Zeit« liegt, obwohl sich die Inseln weiter westlich befinden. Die Bewohner von S.P.M. traf das Fischfang-Moratorium genauso wie die Newfies. Daher beschloss man, eine größere Piste zu bauen, auf der alle Flugzeugtypen landen können. Es wurde den Bewohnern versprochen, dass sie einen Anschluss an »La Métropole«[38] über Reykjavik bekommen, wie dies bei französischen Überseedepartements auch üblich ist. Aber daraus wurde leider nichts. Es blieb bei einem Landeversuch mit der Concorde, die aber letztendlich in St. John's aufsetzte. Eine Direktverbindung nach Frankreich wurde nicht eingeführt. Daher waren die Bewohner ziemlich frustriert, so vom Mutterland im Stich gelassen worden zu sein. Die Flagge von S.P.M. ist einzigartig, denn sie vereint die Fahnen der Normandie, der Bretagne und des Baskenlands. Dass die Bewohner trotz der Abschottung von der Heimat ihrer Vorfahren die Kultur dieser weiterpflegen, zeigt der Platz mitten in St. Pierre, auf dem das traditionelle Pelot[39] gespielt wird. Alles ist in den baskischen Farben grün und rostrot gefärbt und alles steht auf Baskisch geschrieben.

Nach der Rückkehr von S.P.M. nach Neufundland bekam ich eine Kostprobe der Naturgewalten, die in diesem Teil der Welt das Leben der Menschen immer schon bestimmt haben. Da ich am folgenden Tag relativ früh aufstehen musste, übernachtete ich auf einem Campingplatz in einer Schutzhütte, die leider ziemlich luftig war. Dafür musste ich kein Zelt komplett aufbauen und am nächsten Tag eventuell feucht zusammenpacken. Als Windschutz baute ich mein Innenzelt auf und schlief ein. Mitten in der Nacht kam ein Sturm auf, und das Innenzelt hob mit mir in der Hütte fast ab. Dazu gesellte sich ein Platzregen, der mich so richtig durchwusch, so als ob ich mit meiner Matte durch eine Waschanlage fahren würde. Also blieb mir nichts anderes übrig, als meinen Kram, der sich gerade in alle Richtungen verflüchtigte, zusammenzusuchen, und mich in Richtung Toilette in Sicherheit zu bringen.

---

[38] La Métropole: Festland-Frankreich

[39] Pelot: eine Art Squash, das aus dem Baskenland stammt

Den Rest der Nacht schlief ich schließlich auf dem stillen Örtchen, das wenigstens trocken war und mir den Luxus von Wärme gab.
Morgens holte mich der Van-Service wieder ab. Es sah schon lustig aus, als der alte Schulbus über den Campingplatz holperte, um mich aufzugabeln, da wieder jeder zu Hause abgeholt wurde. Um mein nächstes Ziel zu erreichen, wurde ich vom Fahrer an einer Tankstelle direkt auf dem Highway abgesetzt. Nach einem typisch nordamerikanischen Frühstück mit dünnem Kaffee und fettigen Muffins in der Tankstelle wollte ich die 14 Kilometer lange Straße bis zu meiner nächsten Fähre wandern. Doch nachdem mich drei Autos überholt hatten, hielt ein Newfie an und fragte, wohin ich wollte. Ich sagte ihm nach »Bay l'Argent«. Ich sprach diesen Ortsnamen natürlich französisch aus, mit der Konsequenz, dass mein Gegenüber von diesem Ort noch nie zuvor gehört hatte. Nach längerem Hin und Her und dem Hinweis, dass ich die Fähre von dort nehmen wollte, sagte er: »You wanna go to Bey Latschent?« Bei der Aussprache des Ortsnamens sträubten sich meine Haare, sodass mir fast die Baseball-Mütze weggeflogen wäre, aber ich bekam dafür einen Ride nach »Bey Latschent« und konnte in aller Ruhe meine nassen Sachen am Hafen ausbreiten und trocknen.
»Christoph!« erschallte es in der Passagierkabine der Fähre. Ich hatte vorher gerade festgestellt, dass ich völlig am Ende der Welt angekommen war, gab es doch nur noch eine andere Passagierin und die Frau, die nun vor mir stand. Ich hatte keine Ahnung, woher ich sie kennen könnte, doch Backpacker sind in diesem Teil Neufundlands nicht so häufig anzutreffen. So hatte Astrid tags zuvor von Kanadiern, die mich in S.P.M. getroffen hatten, erfahren, dass in dieser Gegend noch ein »German« ohne Auto reist. Zusammen genossen wir die an uns vorbeiziehende großartige Landschaft mit den in der Sonne strahlenden Felsen, den saftig-grünen Wäldern und dem tiefen Blau des Wassers. Diese Überfahrt hatten wir uns beide ausgesucht, um den entlegenen Outports einen Besuch abzustatten. Die Outports sind Fischerdörfer, die nur zu Wasser per Boot oder Wasserflugzeug zu erreichen sind. Daher waren sie

noch relativ abgeschieden. Die Menschen, die wir trafen, waren mit dieser Isolation zufrieden und glücklich. Dank der Kommunikationsfreudigkeit von Astrid zeigten sie uns gerne ihre gesalzenen Fische, die sie zum Trocknen wie an einer Wäscheleine aufgehängt hatten.

Am Ende der Überfahrt in einem Fischerdorf mit Straßenanschluss stellte sich für uns beide die Frage, wie wir nun weiterkommen sollen. Da in dieses Dorf sowieso kein Bus fuhr, trampten wir fortan gemeinsam Richtung Zivilisation. Recht schnell kamen wir voran, doch das größte Stück in Richtung Trans-Canada-Highway, einem Abschnitt von 130 Kilometern ohne Behausung, konnten wir an diesem Tag nicht mehr per Anhalter durchqueren. Aber in Kanada kann man noch immer einfach am Straßenrand zelten, ohne dabei Angstzustände zu bekommen. Zu diesem Zweck fuhr ein Newfie-Ehepaar mit uns viele Kilometer die Straße entlang, um einen geeigneten Zeltplatz zu finden. Dabei waren die beiden eigentlich in der entgegengesetzten Richtung unterwegs.

Abends gab es leckeres Moorwasser zu trinken, das richtig abgekocht und mit Teebeutel versetzt, tatsächlich biologisch vollwertig schmeckte. Es sah wie Cola aus. Der Reis-Eintopf wurde erst mit dem Dunkelwerden fertig, sodass das Auge glücklicherweise nicht mehr mitessen musste. Am nächsten Tag bekamen wir den klassischen Ride hinten auf einem Pick-up 150 Kilometer durch die einsame Landschaft Neufundlands. Bei Tempo hundert konnten wir uns glücklich schätzen, winddichte Jacken zu besitzen, denn der Fahrtwind war doch ziemlich hart und kalt.

Der nächste Ride in einem BMW war wesentlich komfortabler. Moona und Terry aus British Columbia fuhren mit ihrem Auto bis Weihnachten durch Kanada und die USA. Wir hatten großes Glück, dass die beiden uns die nächsten paar Hundert Kilometer mitnehmen konnten. Im Auto hörten wir Newfie-Countrymusic, die Astrid von einem Newfie während des Trampens geschenkt bekommen hatte. In Deer Lake, irgendwo in der Weite Neufundlands, trennten sich unsere Wege wieder. Moona und Terry nahmen mich bis in den Gros Morne National Park mit. Da sie zufälligerweise ins selbe Dorf wollten wie ich, setzten sie mich direkt am Hostel ab und bestanden darauf, mich auch zum Essen einzuladen. Widerstand war »leider« zwecklos.

Die nächsten Tage verbrachte ich im wunderschönen Gros Morne National Park. Dank zweier Backpacker, die mich mit ihrem Auto zu einer schönen Wanderung auf den Tafelberg Gros Morne mitnahmen, bekam ich sogar ein Karibu zu Gesicht. Der Nationalpark zeichnet sich vor allem durch seine landschaftliche Vielfalt aus. Fjorde wie in Skandinavien, Tafelberge wie in Südafrika und dazu die wunderschöne Waldlandschaft machten den Aufenthalt zu einem wunderbaren Erlebnis. Auch die Gaumenfreuden kamen nicht zu kurz, da ich in unserem Dorf frischen Lachs, Heilbutt, Kabeljau und Kammmuscheln in einer Fischerkooperative günstig kaufen und selbst zubereiten konnte. Das war einmal etwas anderes als die Pasta-Reis-Kartoffeldiät, die ich meist zu mir nahm. Leider neigte sich schließlich meine Zeit in Neufundland dem Ende zu. Die letzten 400 Kilometer zum Fährhafen Port-aux-Basques bekam ich wieder einen Ride der besonderen Art. Gail aus Chicago, Illinois, bekennende George-W.-Bush-Wählerin und »proud to be American«[40], war eine mir zunächst ziemlich unsympathische Amerikanerin, da sie immer alles besser wusste. Doch mit ihr konnte ich schließlich gut über die Politik der Amerikaner nach 09/11[41] diskutieren. »Schlugen« wir uns nicht gerade wieder wegen ihres Präsidenten die Köpfe ein, wurden wir von den Drums aus ihrer monströsen Hi-Fi-Anlage beschallt. Die Musik war hörbarer Techno, schließlich war einer ihrer Söhne DJ in Chicago.

Nach sechs Stunden nächtlicher Überfahrt, einem üblichen nordamerikanischem, kulinarisch desaströsen Frühstück und rund vierstündiger Busfahrt in Richtung Halifax hielt mein Bus vor den Köstlichkeiten der amerikanischen Gastronomie: Subway oder McDonald's, das war die Frage mit der ich mich

---

[40] <engl.> Stolz Amerikaner zu sein – nach dem 11. September 2001 ein häufig gehörter Satz in den USA

[41] 09/11: amerikanische Bezeichnung für den 11. September 2001

notgedrungen beschäftigen musste. Doch plötzlich wurden meine müden Augen wieder hellwach. Es gab etwas bei McDonald's, was für diese Fastfood-Kette ziemlich einzigartig ist: »Mc Lobster«. Der Sandwich war mit Hummer belegt und das für den selben Preis, für den wir in Deutschland einen plastikähnlichen Big Mac bekommen.

# Auf durch Amerika – ohne Auto

Etappe: Von Halifax NS, Canada 45° Nord 64° West (GMT -3) nach Bar Harbour ME, USA 44° Nord 68° West (GMT -4): 1.188 km – Total 14.270 km

Bar Harbour, 3. Oktober 2002

Nachdem ich die Provinz Neufundland verlassen hatte, kam ich nach Nova Scotia, eine der vier Provinzen, die 1867 durch die britische Regierung zur »Dominion of Canada« zusammengeführt wurden. Doch bis zur Gründung Kanadas war diese Region nicht immer britische Kolonie. Der erste Europäer, der den St.-Lorenz-Golf entlangfuhr, war 1534 der Franzose Jacques Cartier. Das Land, das er fand, erklärte er zu französischem Territorium. Die eigentlichen Bewohner, zahlreiche Indianerstämme, wurden nicht gefragt. Cartier gab der neuen Kolonie den Namen »Kanata«. Dieses Wort bedeutet in einer der zahlreichen Indianersprachen nichts anderes als Dorf. Später wurde aus diesem Wort der Name »Canada«, der seither für das ganze Land steht. 1663 wurde Kanada offiziell französische Provinz.

Die Briten schauten dieser Landnahme nicht teilnahmslos zu und erklärten Neufundland und Nova Scotia zu britischen Kolonien. Früher oder später musste es leider Krieg zwischen beiden Nationen um das neue Land geben, denn die fischreichen Gewässer und der Pelzhandel, der gerade entstand, waren Grund genug, die jeweils andere Nation zum Feind zu erklären. So begann 1754 ein 7-jähriger Krieg, der hauptsächlich in der Provinz Québec ausgefochten wurde. Gewinner dieses Kriegs war schließlich die britische Krone. 1763 wurde Kanada britische Kolonie. Während des Krieges litt besonders die französischsprachige Bevölkerung in Nova Scotia. Ihren Teil von Nova Scotia nannten sie »Acadia«, noch bevor die englischsprachige Bevölkerung den Namen Nova Scotia einführte. Zum Ende des Krieges, als sich ein Sieg des Empires über Frankreich abzeichnete, wurden viele französischsprachige Bewohner von Acadia vertrieben und ihre Dörfer zerstört. Sie flohen in die verbliebenen französischen Territorien Nordamerikas nach Lousiana, Martinique und Haiti.

Nach dem Sieg über Frankreich steckte das Empire in einem Dilemma. 90 Prozent der Bewohner waren französischen Ursprungs und katholisch. Daher gaben die Briten den französischen Bewohnern schließlich die gleichen Rechte wie den wenigen Briten, die damals in Kanada lebten. Erst während des amerikanischen Freiheitskrieges flüchteten viele Anhänger der britischen Krone aus den sich bildenden Vereinigten Staaten ins nördliche gelegene Kanada. Bald darauf bildeten die Briten die Bevölkerungsmehrheit und wollten die Vorherrschaft in der Politik gegenüber den frankophonen Bewohnern. Zu dieser Zeit keimte in der französischsprachigen Provinz Québec bereits der Gedanke auf, sich vom Rest der Kolonie abzutrennen. Dieser Separatismus ist bis zum heutigen Tag in Québec vorhanden. Kanada ist heute ein Staat im Commonwealth mit der Königin von England als Staatsoberhaupt. Die letzte Provinz, die der Konföderation von Kanada beitrat, war 1949 Neufundland.

Nach der Flucht der Franzosen wurde Nova Scotia im 18. Jh. hauptsächlich von schottischen Auswanderern besiedelt. Die Provinz besteht hauptsächlich aus Wald, Wald und nochmals Wald. Der Busverkehr war ein wenig besser organisiert als in Neufundland, aber auch auf dieser Insel besteht die Hauptklientel der Busunternehmen aus Rentnern und einem deutschen Backpacker. Hinter mir im Bus saßen wieder einmal Chips mampfende ältere Herrschaften. Da ich die Nacht vorher auf der Fähre nach Nova Scotia praktisch nicht geschlafen hatte, versuchte ich es nun im Bus. Doch leider war das Geknirsche der Chips-Tüten stärker als das Bedürfnis meines Körpers zu schlafen. Nach dem Lunch wurden Bonbons ausgepackt und lautstark gelutscht. Obwohl ich die Augen während der Fahrt geschlossen hielt, um vielleicht doch zu schlafen, bekam ich alles »Aufregende« der Fahrt mit, da beide, wie in der Muppets-Show die zwei Alten auf dem Balkon, jedes noch so kleine Detail am Straßenrand kommentierten: »Oh road work!«, oder »What a beautiful garden!« oder »Look! The traffic light is red!«. Wenn es nichts zu kommentieren gab, da wir wieder einmal durch endlosen Wald fuhren, wurde die Bemerkung »What a nice day!« eingeworfen. Durch die dauernde Beschallung war Schlafen zur Unmöglichkeit geworden.

In Kanada existieren Jobmodelle, die die Hartz-Kommission in Deutschland sicher nicht wagen würde vorzustellen. Bei den vielen Straßenbauarbeiten beispielsweise gab es zwei Personen, die den ganzen Tag nichts anderes taten, als ein Schild in der Hand zu halten, auf dem auf der einen Seite »Stop« und auf der anderen Seite »Go« stand. Die Kunst der Arbeit bestand nun darin, möglichst nicht gleichzeitig auf beiden Seiten der Baustelle »Go« den Autofahrern zu zeigen, da dies katastrophale Folgen gehabt hätte. Daher wurde ein dritter Job geschaffen – der des Begleit-Fahrzeugführers. Eine Person fuhr mit ihrem Pick-up immer vor den Autos, die die Baustelle passieren wollten. Den ganzen Tag musste diese Person hin- und herpendeln und PKWs durch die Baustelle lotsen. Ein anderer ebenfalls sehr monotoner Job war der des »Einkaufswagen-Zurückbringers« auf den vielen Parkplätzen der Shopping-Center. Der Job des »Tüten-Einpackers« im Supermarkt ist sicherlich vielen Lesern schon bekannt. Daher bin ich wirklich froh, solche Verhältnisse in Europa noch nicht vorzufinden.

In Halifax, der Hauptstadt von Nova Scotia, mietete ich mir erneut ein Fahrrad. Leider wurde ich während meiner Tour mit immer neuen Problemen konfrontiert, was das Rad fahren anbetrifft. Waren es auf den Orkneys noch die Naturgewalten wie Sturm und Regen, die einem das Leben schwer machten, war es in Schottland, Island und nun in Halifax die Nachlässigkeit, mit der Radvermieter ihre stählernen Rösser behandelten. Die Gangschaltungen, falls sie funktionierten, waren so falsch eingestellt, dass einem passionierten Radfahrer wie mir, fast die Tränen kamen, da ich bei jeder Pedal-Umdrehung, das Knirschen von Metall auf Metall hören musste, ohne etwas dagegen tun zu können, weil Werkzeug natürlich ein Fremdwort war. Diesmal hatte der Drahtesel zwar eine Gangschaltung, doch die vordere war bloße Verzierung, da das Kabel, das zu ihr führte, total zerfetzt war. Wenigstens konnte ich die Kette auf das Mittel-Ritzel ziehen, sodass ich einigermaßen von der Stelle kam. Ziel meiner Tour waren die idyllisch gelegenen Fischerdörfer um Halifax an der Atlantikküste. Leider spielte das Wetter überhaupt nicht mit und diese 90 Kilometer Tour wurde zur Dauerdusche von oben durch den Dauerregen, von unten durch die mit Wasser vollgelaufenen Schlaglöcher und von der Seite durch die vorbeiziehenden Autos. Zum ersten Mal in meinem Leben radelte ich nun neben einem dieser monströsen Trucks, wie wir sie aus den Filmen von Hollywood zur Genüge kennen. Ich kam mir vor wie im »Enter-Sandman«-Video von Metallica oder bei Terminator 2, wo die Menschen vor diesen Trucks zu flüchten versuchen. Doch die Trucker waren mir nicht feindlich gesinnt. Mit einem Hupton verscheuchten sie mich rechtzeitig von der Straße in die Böschung am Straßenrand, sodass ich immer mit dem Schrecken davonkam.

Peggy's Cove ist leider nicht mehr nur ein idyllisches Fischerdorf. Dort wurden im September 1998 die Wrackteile des Fluges Swissair 111 an Land gespült. Die Maschine stürzte in den Atlantik, nachdem die Piloten die Kontrolle über die MD 11 verloren hatten, da Rauch im Cockpit aufgetreten war. Ein Gedenkstein erinnert an diese Katastrophe in der Nähe des Dorfes. Halifax wurde in der Vergangenheit ebenfalls von einer Katastrophe heimgesucht. Am 6. Dezember 1917 gab es im Hafen die größte von Menschen verursachte Explosion vor der Zündung der Atombombe in Japan 1945. Das französische Munitionsboot »Mont Blanc« stieß im Hafen von Halifax mit dem belgischen Handelsschiff »Imo« zusammen. Die Crew des Munitionsboots wusste, was sie geladen hatte: u. a. mehr als 200 Tonnen TNT und 2.100 Tonnen Pikrinsäure, die für Sprengmaterial verwendet wird. Daher floh die Crew mit den Beibooten. Das Schiff explodierte erst 30 Minuten nach der Havarie. 1.900 Menschen kostete dieser Unfall das Leben. Der 1.000 Kilogramm schwere Anker des Schiffs wurde drei Kilometer von der Unfallstelle gefunden. Die Explosion war noch 300 Kilometer entfernt zu

spüren und 150 Kilometer entfernt zu hören. Die Nachbarstaaten Nova Scotias und insbesondere die Stadt Boston halfen damals den Bewohnern von Halifax, sodass bis heute, als Zeichen der Anerkennung, Boston von Halifax jedes Jahr einen Weihnachtsbaum geschenkt bekommt.
Aufgrund dieser Explosion hat Halifax nicht mehr viele wirklich alte Gebäude zu bieten. Doch für mich war die Stadt wegen ihrer vielen Pubs und der perfekten Übernachtungsmöglichkeit in einem Hostel mit Küche, Internet, Café und Wohnzimmer ein schöner Aufenthaltsort geworden. Glücklicherweise brachte ein gewisser Alexander Keiths aus Schottland die gute Brautradition mit, sodass ich während einer Brauereiführung, die eher einem Theaterstück glich, gutes schottisches Ale genießen durfte. Das war das erste Mal, dass ich auf nordamerikanischem Boden anständiges Bier bekam. Ich war gespannt, wie dies in den kommenden Wochen aussehen würde. In Halifax merkte ich, dass die Welt doch ziemlich klein sein kann, denn mir lief zum ersten Mal ein Meenzer[42] Wesen über den Weg. Endlich konnte ich wieder »Meenzer Bube, Meenzer Mädche«[43] singen, ohne von allen Seiten schief angeguckt zu werden.
Von Halifax reiste ich mit dem Bus die Südostküste Nova Scotias entlang nach Lunenburg. Wie der Name erkennen lässt, war diese Stadt eine deutsche Gründung. Haupterwerbszweig war im 18. Jh. der Schiffbau gewesen. Viele der Bewohner sind damit sehr reich geworden. Ihre wunderschönen Holzbauten am Naturhafen konnte ich auch noch nach 250 Jahren bewundern. Das bekannteste Boot, das im Ort gebaut wurde, war »Bluenose« im Jahre 1921: ein Zweimaster-Holz-Segelboot, das eigentlich dem Fischfang dienen sollte, aber hauptsächlich für das jährliche Bootsrennen zwischen den USA und Kanada genutzt wurde. Von 1921 bis 1938 gewann die Bluenose jedes Rennen gegen die Boote aus den Vereinigten

---

[42] Meenzer: <mainzerisch> Mainzer
[43] Meenzer Bube, Meenzer Mädche: Lied der Mainzer Gruppe ‘se Bummtschaks

Staaten. Mit dem Ausbruch des 2. Weltkriegs gab es keine Rennen mehr und die Ära der Holzsegelboote war vorbei. Bluenose wurde 1942 nach Haiti verkauft und sank dort vor der Küste im Jahre 1946. 1963 wurde mit den gleichen Konstruktionsplänen Bluenose II gebaut. Seither kann man, wenn man Glück hat, mit Bluenose II vor der Küste Nova Scotias mitsegeln. Als ich das Boot in seinem Geburtshafen Lunenburg sah, musste ich natürlich mit auf den Segeltörn. Es war eine wunderschöne Erfahrung, das lautlose Gleiten des Schiffes zu erleben. Statt eines Dieselmotors waren bei dieser Reise das Knirschen des Holzparketts und das Flattern der Fahne die markanten Geräusche gewesen.
Manchmal kann Reisen ohne Auto in Kanada wirklich anstrengend sein. Der einzige täglich verkehrende Bus von Lunenburg nach Yarmouth an der Südwestküste von Nova Scotia fuhr ausgerechnet spätabends. Um Mitternacht kam ich in Yarmouth an. Da es kein Hostel gab, musste ich irgendwo zelten. Aber leider landete ich in einem großen Gewerbegebiet, sodass ich eine unfreiwillige Nachtwanderung von über einer Stunde zum nächsten Zeltplatz unternehmen durfte, ehe ich um halb zwei Uhr nachts endlich in meinen Schlafsack kroch. Am nächsten Morgen ging schließlich alles in umgekehrter Richtung zurück. Ich befand mich leider in der Zivilisation, wo Trampen unmöglich erschien, da ich mich bereits in der Stadt befand. Dass ich mich als Fußgänger langsam »Downtown«[44] einer nordamerikanischen Stadt näherte, merkte ich als erstes an den zunehmenden Spuren für die Autos auf Ausfallstraßen. Plötzlich existierten Trampelpfade am Seitenrand für ganz bescheuerte Menschen, die doch tatsächlich per Pedes unterwegs waren. Später wandelten sich die Pfade in Bürgersteige. Kurz vor Downtown wuchsen auf einmal statt riesiger Parkplätze und Einkaufszentren Bäume am Straßenrand, und hatte der McDonald's keinen »Drive Thru«[45] mehr, befand ich mich tatsächlich in Downtown.

---

[44] Downtown: innerster Stadtbezirk einer Großstadt

[45] Drive Thru: <amerik.> wörtlich »durchfahren« – hier Imbiss-Restaurant

Von Yarmouth fuhr ich mit einem Katamaran die 200 Kilometer von der Halbinsel Nova Scotia nach Westen an die Ostküste der Vereinigten Staaten. Leider war ich der einzige Passagier unter 65 Jahren, aber da Amerikaner sehr kontaktfreudig sind, kam ich mit einem Paar aus Wisconsin ins Gespräch. Die beiden waren sicher bereits Mitte 70. Leider sprachen wir recht schnell über Politik. So langsam musste ich wirklich diplomatisches Geschick beweisen, denn was sollte ich auf Fragen, was wir Deutschen von Präsident Bush hielten, antworten? Anscheinend hatte meine ausweichende Antwort die beiden zufrieden gestellt, da ich weder zum Staatsfeind erklärt wurde, noch das Gespräch abgebrochen wurde.

In Bar Harbour, Maine, angekommen, erkannte ich erneut, dass Reisen ohne Auto in Nordamerika wirklich anstrengend war. Vom Fährterminal durfte ich wieder auf Nachtwanderung mit ungewissem Ausgang gehen, wusste ich doch lediglich, dass ich irgendwann an einem Campingplatz vorbeikommen musste, doch nicht nach wieviel zurückgelegten Kilometern. Wild zelten klappte neben dem Marriot, dem Hilton und dem Holiday Inn leider nicht. So hieß es wandern, wandern und nochmals wandern. Nach etwa eineinhalb Stunden erblickte ich das erlösende Campingplatz-Schild. Der Besitzer konnte es nicht glauben, dass hier ein »German« zu Fuß unterwegs war. Daher lieh er mir sein Mountainbike, mit dem ich durch den Acadia National Park radeln konnte. Endlich ein Rad, das einigermaßen rollte, ohne dass meine rudimentären Technikkünste aufblitzen mussten. Der Nationalpark eignete sich perfekt zum Mountainbike fahren. Unbefestigte für Autos nicht zugängliche Wege durch Kiefernwälder entlang der Atlantikküste waren absolut mein Terrain. Es duftete so angenehm, wie in einem Wald in der Provence, und endlich war es wieder warm. Schließlich war es auf Island, Neufundland und Nova Scotia doch bereits ziemlich kühl gewesen.

---

mit Autoschalter

# Der »Dog« und seine Tücken

Etappe: Von Bar Harbour ME, USA 44° Nord 68° West (GMT -4) nach St. Louis MO, USA 39° Nord 90° West (GMT -5): 2.573 km – Total 16.843 km

St. Louis, 10. Oktober 2002

Mit der Ankunft in meinem ersten US-Bundesstaat auf dieser Reise, dem kleinen Maine, befand ich mich weiterhin auf der Spur der Wikinger, die vor 1.000 Jahren etwa bis zum heutigen New Jersey vorgedrungen waren. Maine gehört zu den sechs Bundesstaaten, die die so genannten »Neu-England-Staaten« bilden. Grob genommen ist dies der äußerste Nordosten der USA. Maines Spitzname lautet »Pine Tree State«, wegen der vielen Pinien, die es einmal gegeben hatte – nun leider aber nicht mehr allzu häufig gab. In Maine fing nun meine Reise quer durch das Land von Küste zu Küste mit einer urtypischen amerikanischen Institution an, die alle kennen, aber wahrscheinlich noch niemand aus der Leserschaft genutzt hat: den Greyhound. Die wenigen Leute, die ich traf und die mit diesen Überlandbussen unterwegs gewesen waren, hatten nur Horrorgeschichten auf Lager. So war ich gespannt, was ich alles zu erzählen hätte. Leider verlief meine erste Fahrt von Bar Harbour nach Boston ebenfalls nicht gerade allzu angenehm.

Zunächst durfte ich morgens um halb fünf im Platzregen aufstehen und mein Zelt zusammenpacken. Der einzige Bus von Bar Harbour nach Boston musste unbedingt morgens um halb sieben abfahren. Glücklicherweise nahm ich den Luxus eines Taxis in Anspruch, um nicht im Dauerregen zur Busstation zu gelangen, ansonsten wäre ich wahrscheinlich total aufgeweicht worden. Da ich in den USA permanent Gefahr lief, wegen Vitaminmangels an Skorbut zu erkranken, da es im preiswerten Nahrungsmittelsektor meist nur Chips und Cola zum Essen und Trinken gab, stopfte ich mich im Bus mit Pflaumen und Birnen aus einem Vegetarier-Laden voll. Daraufhin bekam ich im Bus allergrößte Magenkrämpfe. Neben mir saß dazu noch ein

Mitsechziger, der statt die amerikanische Fahne zu schwenken, eher mit seiner starken Alkoholfahne auf sich aufmerksam machte. Zudem nickte er leider gleich nach Fahrtantritt ein und begann ein DauerSchnarch-Konzert. Nach sieben Stunden Fahrt war ich endlich in Boston, Massachusetts, angekommen. Der Staat trägt zu Recht den Spitznamen »Spirit of America«. Boston gilt als Geburtsstätte der Vereinigten Staaten. In der Stadt startete die amerikanische Revolution und dort entsprang auch der für die USA so typische Patriotismus. Vor der Revolution gab es die amerikanische Nation überhaupt noch nicht. Vielmehr waren mehrere Staaten aus der »Alten Welt« damit beschäftigt, sich diesen Kontinent untereinander aufzuteilen und schließlich später gegenseitig abzuringen. Die Spanier unter Christoph Kolumbus waren seit 1492 auf dem heutigen Gebiet der USA vor allem im Westen und Süden aktiv. Die Franzosen unter Cartier bauten hingegen Forts von Québec in Kanada den Mississippi hinunter bis nach Nouvelle Orléans, dem heutigen New Orleans. Die Engländer hingegen bauten unter Cabot an der Ostküste jeweils eigenständige Kolonien auf. Diese bildeten die Basis der heutigen Oststaaten. Sogar die Holländer im heutigen New York, damals »Nieuw Amsterdam« genannt, und die Schweden auf der Delaware-Halbinsel mischten im großen Spiel mit. Ganz im Westen traf man bis zum 17. Jh. an der Küste nördlich vom heutigen San Francisco sogar auf russische Stützpunkte, die von Pelzhändlern aufgebaut worden waren. Doch die dominierende Macht wurde mit der Zeit England. Nieuw Amsterdam wurde von den Holländern gegen Surinam eingetauscht, die Schweden gingen mehr oder weniger freiwillig. Die Franzosen wurden im 7-jährigen Krieg um 1760 besiegt. 1763 verlor Frankreich nicht nur Kanada, sondern auch das gesamte Territorium auf heutigem US-Boden mit der Ausnahme von New Orleans und Lousiana.

Auslöser für die amerikanische Revolution war eine große Steuererhöhung durch das Empire in den Kolonien an der Ostküste. 1773 fingen die Kolonien an, britische Güter zu boykottieren und kippten riesige Teeladungen in den

Hafen von Boston. Dieses Ereignis ging als so genannte »Boston Tea Party« in die Geschichtsbücher ein. Daraufhin wurde der Bostoner Hafen von den Briten geschlossen. 1775 startete schließlich in Boston die Revolution unter ihrem Führer George Washington, als britische Truppen von Revolutionsgarden beschossen wurden. Mitten im Krieg am 4. Juli 1776 erklärten 13 britische Kolonien, die heutigen Bundesstaaten entsprechen, ihre Unabhängigkeit vom Empire in Philadelphia. Der Krieg wurde durch das Eingreifen der Franzosen ab 1778 auf der Seite der neuen amerikanischen Nation gegen die Briten drei Jahre später im Jahre 1781 entschieden. 1783 wurde die amerikanische Unabhängigkeit im Vertrag von Paris allgemein anerkannt. Die Westgrenze bildete der Mississippi. Spanien hielt weiterhin Florida und das Land westlich vom Mississippi. Die neu entstandenen Vereinigten Staaten von Amerika bestanden damals lediglich aus ehemaligen britischen Kolonien östlich des Appalachen-Gebirges. Das Gebiet westlich der Appalachen zum Mississippi hin war lediglich US-Territorium. Es entstand dort damals noch kein Bundesstaat.

Als erstes gab ich in Boston den Reiseführer über Kanada wieder brav ab. Der Reiz an Boston bestand für mich an dem starken Kontrast zwischen alten Häusern und Friedhöfen, die direkt neben riesigen Wolkenkratzern etwas deplatziert wirkten. Ansonsten genoss ich es einfach, in den vielen kleinen Straßen spazierenzugehen und das Leben auf der Straße zu beobachten. Morgens um halb acht scheinen alle Bostonians wie ferngesteuert ihrem Pappbecher Kaffee zu folgen, den sie vor sich wie einen Joystick halten. Wie von Geisterhand gesteuert, schwirren die Menschen durch die Straßen und schaffen es doch tatsächlich, sich den Kaffee nicht gegenseitig überzukippen. In Boston traf ich zum ersten Mal auf die traumatischen, patriotischen Reaktionen, die 09/11 folgten. Überall wehte das Sternenbanner, und häufig fand ich Sprüche wie »We'll never forget«[46] oder »Together we stand«[47].

---

[46] <engl.> Wir werden niemals vergessen.

[47] <engl.> Wir stehen zusammen.

Dass das Sternenbanner aber auch den grünen Hahn von der Corn-Flakes-Packung vertrieben hatte, finde ich etwas übertrieben.
Da ich mich in Großstädten nicht allzu lange aufhalten mochte, wollte ich mit dem Greyhound wieder hinaus ins Hinterland der Neu-Englandstaaten fahren, genauer gesagt nach Vermont. Doch Reisen mit dem Greyhound-Bus bringt immer wieder neue Abenteuer mit sich, die die Tour abwechslungsreich gestalteten. Da die Amerikaner das »Queueing« von den Engländern übernommen hatten, standen vor jedem Bus die Passagiere geduldig schon eine halbe Stunde vor der Abfahrt an. Ich dachte, ich besitze ein Ticket und telefoniere lieber nochmals mit meinen Eltern in Deutschland. Das war leider ein Fehler. Ich reihte mich schließlich als letzter in die Schlange ein, aber als ich in den Bus stieg, waren alle Plätze bereits belegt. Außer mir fand noch eine weitere Person keinen Sitzplatz mehr. Der Fahrer wollte uns erst auf dem Gang mitnehmen, sagte schließlich aber, dass ein zusätzlicher Bus zehn Minuten später abführe. Das glaubte ich allerdings nicht und wollte an Bord bleiben. Aber der Busfahrer warf mich mehr oder weniger aus dem Bus hinaus. So regelte man das bei Greyhound mit überbuchten Bussen. Schnell konnte ich noch meinen Rucksack aus dem Gepäckraum des Busses herausholen. Dafür bekam ich allerdings einen Anschiss vom Fahrer, denn dies wollte er auch nicht. Aber ich bleibe doch lieber gemeinsam mit meinem Rucksack stehen, ansonsten würde ich ihn eventuell nie wiedersehen.
Die andere Person, Andria, eine Italo-Amerikanerin, war für mich anfangs typisch amerikanisch: naiv und höflich. Sie machte Platz für eine andere Person, die irgendwo einen Anschluss-Bus erreichen wollte. Dabei musste Andria einen Transatlantik-Flug abends in Montreal erreichen. Dumm gelaufen, da natürlich kein Bus kam. Dank Andrias italienischem Temperament konnte ich mir die »Jetzt-flippe-ich-total-aus-Show« sparen. Diese spulte Andria für uns beide ab, während ich auf unser Gepäck aufpasste. Was hatte ich auch zu meckern? Ob ich nun in Burlington, Vermont, abends um sieben oder um elf ankam war mir letztendlich egal. Die Hauptsache bestand im

Ankommen. Andrias Lage war weitaus dramatischer. Der nächste Bus fuhr dreieinhalb Stunden später ab. Andria bekam ein Gratis-Ticket, verpasste aber dafür definitiv ihren Flug nach Europa. Ich durfte auch ein Beschwerdeschreiben unterzeichnen, auf das sich aber nie wieder jemand bei mir gemeldet hat. Manche Mitarbeiter von Greyhound waren allerdings wirklich hilfsbereit, muss ich zu ihrer Rettung gestehen. Ein Busfahrer, der das ganze Theater verfolgt hatte, meinte, er würde bereits eine Stunde früher als der andere Bus nach White River Junction fahren. Wo lag eigentlich White River Junction? Nun gut, hinein in den Bus. Wir hofften einfach, einen Anschluss in White River in Richtung Vermont und Montreal zu bekommen.
Nun verließ ich für längere Zeit die Küste des Atlantischen Ozeans, der ich seit St. Malo in der Bretagne zwei Monate zuvor mehr oder weniger immer wieder gefolgt war. Auf die Idee an diesem Freitag Nachmittag wieder einmal raus aufs Land zu fahren kam halb Boston. Wir standen zunächst zwei Stunden im Stau. Danach klapperte unser Bus alle Dörfer des US-Bundesstaates New Hampshire ab. Ich fand New Hampshire grauenvoll. Es regnete aus Kübeln, wir standen im Stau und wir wussten nun noch nicht einmal mehr, ob wir den Anschluss nach Burlington und Montreal bekommen würden, da der spätere Bus direkt ohne Zwischenstopps in den Käffern New Hampshires abfuhr. White River Junction bestand aus vier Tankstellen und einem McDonald's. Dort hatte ich wirklich keine Lust, die Nacht zu verbringen, doch welch ein Wunder, es wartete tatsächlich ein Bus nach Montreal via Burlington in diesem gottverlassenen Kaff.
Während der Busfahrt konnte ich mich mit Andria gut über ihr Land und ihre Landsleute unterhalten. Sie erzählte mir, dass im Fernsehen permanent erzählt würde, dass die ganze Welt Amerikaner hasste. Als ich ihr klarmachte, dass die Kritik sich gegen George W. Bushs Politik und nicht gegen das Volk richtete, war sie ziemlich überrascht. Nun kann ich diesen Patriotismus nachvollziehen, den die Leute an den Tag legten. Wenn man die ganze Zeit erzählt bekommt, dass dich jeder hasst, schweißt das ganz sicher zusammen.

Von Manipulation der Massen zu reden, ist in diesem Kontext sicherlich nicht falsch. Ich wurde auch von Amerikanern angesprochen, ob ich Bundeskanzler Schröder gut fände. Als ich sagte, dass ich ihn dem Unionskanidaten Stoiber vorziehen würde, lehnten sie ab, weiter mit mir über Politik zu reden. Auf der Fahrt von White River Junction nach Burlington lernte ich Byron kennen, der auch in diese Studentenstadt unterwegs war. In Burlington angekommen, rief er seine Kumpels an, die mich direkt auf den Campingplatz der Stadt fuhren. Denn eine dritte Nachtwanderung innerhalb weniger Tage wäre mir wirklich zu viel gewesen. Dafür wurde ich nachts in meinem Zelt »überfallen«. Meine Lebensmittel hatte ich dummerweise ins Vorzelt gelegt. Daraufhin kamen Eichhörnchen und versuchten mein Müsli zu klauen. Aber ich verteidigte erfolgreich mein Essen gegen diese »Terroristen«.

Burlington war eine eher untypische amerikanische Kleinstadt in einem eher untypischen US-Bundesstaat. Vermont ist vielleicht der liberalste Staat der ganzen USA. Schließlich gibt er gleichgeschlechtlichen Partnerschaften die gleichen Rechte wie Partnerschaften zwischen Mann und Frau. Für einige US-Bundesstaaten wäre dies der glatte Wahnsinn. Der Spitzname »Green Mountain State« und die durchweg grünen Nummernschilder lassen schon auf eine gewisse Wertschätzung der Natur schließen. Als ich in Burlington sah, wie umweltbewusst die Leute sind, war ich tief beeindruckt. Mülltrennung, eine Recyclingfirma, dutzende Meilen von Fahrradwegen, Fußgängerzonen und drakonische Strafen für Leute, die ihren Müll nicht korrekt entsorgen – wahlweise 500 US-Dollar oder zehn Tage Gefängnis. Vermont ist zu Recht stolz auf seinen selbstgewählten Sonderstatus, und man legt Wert darauf, dass der Besucher weiß, dass Vermont sogar von 1777 bis 1791 ein souveränes Land war, ehe man sich den Vereinigten Staaten anschloss.

Alle zwei Jahre finden in den USA Wahlen für den Gouverneur, den Senat und das Repräsentantenhaus statt. So auch in diesem Jahr. Dabei sah der Straßenwahlkampf etwas anders aus als bei uns. Statt Wahlplakaten fand ich in den Städten und Dörfern im Vorgarten der Leute kleine Schilder mit dem Namen der Kandidaten darauf. Parteien und teilweise Nachnamen oder gar Wahlslogans fand ich überhaupt nicht. So wollte in Vermont beispielsweise Bernie – Nachname unbekannt – wiedergewählt werden. Gegenkandidat Jim Douglas gibt wenigstens noch eine Webseite an, seine Parteizugehörigkeit hingegen bleibt im Dunkeln. Dies ist der personalisierte Wahlkampf in Rein-Form, wie wir ihn zwischen Stoiber und Schröder auch gerade hatten. Dass lediglich wir Deutschen die »Kultur« der Amerikaner übernehmen ist falsch, da umgekehrt das selbe gilt. Hier gibt es doch tatsächlich Aldi. Viele Leute laufen mit den orange-blauen Aldi-Tüten durch die Gegend, sodass ich mich fast wie zu Hause fühlte. Auch Fußball wird langsam wirklich populär. Und das Oktoberfest mit Sauerkraut, Wurst und viel dünnem Bier ist Kult.

Nachdem ich in Burlington einen ganzen Tag lang mit einem ausgezeichneten Rad auf herrlichen Radwegen die langsam in Herbststimmung getauchte Landschaft entdecken durfte, ging es nun wieder mit dem »Dog«,[48] wie die Amerikaner sagen, auf Achse. Vor mir lag eine 25-Stunden-Fahrt durch vier Bundesstaaten nach Chicago, Illinois.

Der »Milk Run«[49] führte zunächst durch zahlreiche Dörfer aus Vermont hinaus in die Hauptstadt des Bundesstaates New York nach Albany. Dass sich in Amerika die Hauptstädte der Staaten meist in gottverlassenen Dörfern befinden, werde ich wahrscheinlich nie verstehen.[50] New York bezeichnet sich dazu noch als »Empire State«. Wie müsste sich dann Rheinland-Pfalz mit seiner Landeshauptstadt Mainz und seinen 185.000 Einwohnern nennen? Für die 200 Kilometer brauchte der Bus glatte fünf Stunden. Für den nächsten Bus stellte ich mich rechtzeitig an, und dieses Mal waren zwei

---

[48] Dog: <engl.> Hund; hier Bezeichnung für den Greyhound-Bus

[49] Milk Run: <engl.> Milch-Rennen; hier Bezeichnung für eine Busfahrt mit vielen Stopps

[50] Albany zählt 95.700 Einwohner; New York City hingegen 8.000.000 Einwohner

andere Personen die Dummen, die nun auf den zehn Minuten später sicherlich nicht abfahrenden Bus warten durften. Von Albany fuhr ich durch »Klein Holland« an Dörfern wie Amsterdam oder Rotterdam Junction und an gelbrot gefärbten Wäldern vorbei, dem Sonnenuntergang entgegen. Irgendwann machten wir endlich einen Stopp in Rochester, New York, um etwas zu essen zu bekommen. Beim einzigen so genannten »Restaurant« handelte es sich um eine Subway Filiale, die normalerweise Sandwiches herstellt. Leider war aber gerade das Brot ausgegangen. Prima, wie sollte ich nun einen Sandwich ohne Brot essen? Da half nur noch die »wunderbare« Automatenkost, die aus Cola und Nacho-Chips bestand.

Nachts erreichten wir Buffalo, New York. In mir keimte wieder Hoffnung auf, etwas zu essen zu bekommen. Doch natürlich waren alle Restaurants um diese Zeit geschlossen. Aus einem Loch in der Wand verkaufte jemand noch Cheeseburger à la Mikrowelle. Damit wenigstens etwas zu schmecken war, wurde der Plastik-Burger dermaßen mit Ketchup und Senf vollgeladen, dass meine Hose auch noch reichlich mitessen durfte. Jetzt war ich am erwarteten kulinarischen Supergau angelangt. Erst um drei Uhr morgens, bei der Ankunft in Cleveland, Ohio, bekam ich schließlich einen Kaffee, der allerdings auch sehr künstlich schmeckte, dem Süßstoff und dem Milchpulver sei Dank. Ohio bezeichnet sich selbst als »Buckeye State«.[51] Im Morgengrauen erreichten wir den nächsten Staat, Indiana und endlich ein Wendy's, in dem es halbwegs essbares Futter gab. Indiana hat zwei Spitznamen. Der eine lautet »Crossroads of America«, was natürlich stimmt. Schließlich kommt man auf dem Weg von Nord nach Süd, oder von Ost nach West fast unweigerlich durch diesen zentral gelegenen Bundesstaat. Der andere Spitzname lautet »Hoosier State« und stammt aus der Zeit der ersten Siedler im 19. Jh. Immer wenn es an der Tür klopfte, wurde von innen gefragt: »Who is here?«, so entstand schließlich das Wort »Hoosier«.

---

[51] Buckeye: nordamerikanische Nuss-Art

Nach 25 Stunden Fahrt und 1.600 strapaziösen Kilometern erreichte ich den Zielstaat Illinois mit seiner Metropole Chicago. Illinois Spitzname ist banal und lautet »Land of Lincoln«. Da ich von der Busfahrt ziemlich kaputt war, lief ich in Chicago, um mich wieder einmal richtig locker zu machen, ein bisschen ziellos durch die Kulisse der Wolkenkratzer und Parks direkt am Lake Michigan.

Beim Flanieren durch Chicagos Straßen stand ich plötzlich vor dem Hancook-Hochhaus, mit seinen 95 Stockwerken nicht ganz so hoch wie der berühmte Sears Tower, der höher als das frühere World Trade Center ist. Eigentlich kostete es sieben US-Dollar, um mit dem Aufzug nach oben zu gelangen. Doch irgendwie landete ich in einer Gruppe von elegant gekleideten Herrschaften und plötzlich befand ich mich im Aufzug nach oben. Dort landeten wir in einem Nobelrestaurant, und ich rechnete jeden Augenblick damit, sofort wieder hinausgeworfen zu werden. Stattdessen wurde mir ein Platz am Fenster mit Aussicht auf die imposante Skyline der Stadt angeboten, auf die ich beim Sonnenuntergang mit einem Guiness vom Fass anstoßen konnte. Am nächsten Tag bekam ich von einem Chicagoer einen Tipp, einmal in die »German Neighbourhood« zu fahren, um ein bisschen »deutsche Luft« zu schnappen. Mit dem »El«, einer Bahn, die auf Stelzen überirdisch verläuft, fuhr ich hinaus aus der Innenstadt. Weit außerhalb von Downtown lag »Little Germany«, das durch und durch mit Kneipen bestückt war, die »Carolas Hansa Clipper« oder »Brauhaus« hießen. Bei »Meyers Delikatessen« gab es nicht nur Wurst und Brot, sondern auch die »Eintracht«, eine Zeitung in Deutsch von Deutschamerikanern für Deutschamerikaner. Es war interessant, sich mit amerikanischen Staatsbürgern auf Deutsch bei einem Weizen vom Fass zu unterhalten.

# Fans und Football

Etappe: Von St. Louis MO, USA 39° Nord 90° West (GMT -5) nach Vancouver BC, Canada 49° Nord 123° West (GMT -7): 5.519 km – Total 22.362 km

Vancouver, 17. Oktober 2002

Nach einer Nachtfahrt mit dem Greyhound, die relativ angenehm verlief, da der Bus halbleer war, war ich von Chicago kommend in St. Louis, Missouri, eingetroffen. Der Spitzname Missouris, »Show me state«, kann freilich zu Irritationen führen, die keiner näheren Erklärung bedürfen. Angeblich ist der Name auf die skeptischen Menschen zurückzuführen, die dort im 19. Jh. siedelten. St. Louis wurde 1764 von französischen Pelzhändlern an der strategisch wichtigen Stelle des Zusammenflusses von Missouri und Mississippi gegründet. Der Name geht auf Louis XIV., König von Frankreich, zurück. Die Stadt wird als »Gateway to the West« bezeichnet, war sie doch lange Zeit der letzte Posten der Zivilisation, bevor es in den so genannten »Wilden Westen« ging. Die US-Bundesstaaten zwischen Appalachen und Mississippi waren bei der Staatsgründung 1776 lediglich Territorien. Statt die damals bereits existierenden Staaten expandieren zu lassen, wurden die Territorien von der Zentralregierung in Washington zu Bundesstaaten erklärt, sobald mehr als 60.000 Menschen darin lebten. Ohio wurde 1803, Indiana 1816 und Illinois 1818 zu neuen US-Bundesstaaten erklärt. Missouri wurde als so genannter »Sklavenstaat« 1821 zu einem Bundesstaat, im Austausch mit Maine, das als so genannter »Freier Staat« aufgenommen wurde. In den Staaten nördlich von Missouri wurde die Sklaverei verboten, in den Südstaaten hingegen für legal erklärt. Dieser Status änderte sich bis zum amerikanischen Bürgerkrieg um 1860 nicht.

St. Louis machte auf mich einen verschlafenen Eindruck. Die Stadt ist ein bisschen in der Bedeutungslosigkeit versunken, denn die Metropolen der USA liegen heute eher an den beiden Küsten. Für die Stadt ist dies sicher hart, wenn man bedenkt, dass 1904 dort die Weltausstellung und die Olympischen Spiele stattfanden. Die Welt wurde damals mit Hot Dogs, Eistüten und Eistee erstmals beglückt. Noch viel früher hatte in St. Louis im Jahr 1817 die Dampfschifffahrt hinunter bis nach New Orleans begonnen. Der bekannteste Kapitän dürfte Mark Twain gewesen sein, der später Schriftsteller wurde. 1927 taufte Charles Lindbergh sein Flugzeug, mit dem er als erster den Atlantik überquerte, auf den Namen »Spirit of St. Louis«, da dort die wichtigsten Sponsoren lebten, die dieses Unternehmen förderten. Heute ist St. Louis der Sitz der größten Brauerei der Welt. Gegründet wurde die Anheuser Busch Brewery von den deutschen Immigranten Adolphus Busch und Eberhardt Anheuser. Warum die beiden auf die Idee kamen Reis in ihr Bier zu kippen kann ich mir nicht erklären. Aber ich befand mich mittlerweile einige Wochen in Nordamerika und hatte mich langsam an dieses Zeug, das hier »Bier« genannt wird, gewöhnt. Es half auch nicht in der Verzweiflung, auf so genanntes »Importbier« zurückzugreifen, da ein Bundesgesetz Gerstensaft mit einem höheren Alkoholgehalt als etwa vier Prozent verbietet. Importbier wird daher im Ausland extra nach US-Vorschriften für den US-Markt gebraut und abgefüllt.

Auf dem Weg zur Brauerei kam ich durch ein Viertel mit fast ausschließlich afroamerikanischer Bevölkerung. Da ich mir seit mehr als zwei Monaten nicht mehr die Haare schneiden ließ und in den amerikanischen Großstädten nur an Designercoiffeuren vorbeilief, kam mir der kleine Friseursalon an der Ecke wie gerufen. Von draußen hörte ich schon laute Rap-Musik. Drinnen dachte ich dann, ich wäre in einem Wil-Smith-Video gelandet. Ich sah lauter gestylte Afroamerikaner, die sich rhythmisch zur Musik aus dem Fernseher bewegten. Die Haarschnitte, die mein Maestro im Programm hatte, waren auf einem Bild an der Wand abgebildet. Sie unterschieden sich nur geringfügig in der Kürze der Frisur. Mein Maestro hatte auch keine Schere parat, dafür aber mindestens drei Rasierer. So ließ ich mir einen Afrolook rasieren, schließlich hatte ich keine andere Wahl. Ruck, zuck! Und runter war die

Wolle. Schließlich kam ich mir wie ein Auto vor, das samstags nachmittags in Deutschland von Vierrad-Liebhabern gepflegt wird. Mein fast glattrasierter Kopf wurde gewienert, geschrubbt und mit dem Tuch poliert, sodass er richtig glänzte. Während der ganzen Prozedur rappte mein Maestro zur Musik aus dem Fernseher.

Nicht nur an das amerikanische Bier konnte ich mich gewöhnen, sondern auch an das Übernachten in Greyhound-Bussen. Von St. Louis reiste ich dieses Mal in zwölf Stunden weiter nach Westen, nach Oklahoma City, Hauptstadt des gleichnamigen Bundesstaates. Für alle, die langsam Lust auf den Greyhound bekommen, hier zehn Dinge, die man absolut nicht vergessen darf, bevor man den »Dog« reitet:

1. Flüssigkeit, da Thrombose nicht nur beim Fliegen auftritt, sondern auch beim Bus fahren. Jeder Flug ist nach rund zwölf Stunden zu Ende. Ich bin später in 30 Stunden von Salt Lake City nach Vancouver gefahren.
2. Futter, schließlich denke ich manchmal, der Fahrer sei auf Diät gesetzt und rast deshalb an jeder Essenstation vorbei, damit er nicht in Versuchung gerät, sich Burger und Chips reinzuziehen.
3. Eine Schlafbrille ist auch notwendig, falls man es wenigstens einmal versuchen möchte, ein bisschen zu ruhen, da schließlich an jeder Busstation das Licht angeknipst wird und...
4. ...Oropax, denn nicht nur das Licht wird angeschaltet, sondern auch eine Ansage gemacht, damit keiner den Stopp mitten in der Wüste Utahs um drei Uhr nachts verpasst.
5. Ein Nackenkissen ist ebenfalls nicht schlecht. Ansonsten bekommt man ruck zuck eine Genickstarre, ohne je zu Guns N' Roses gerockt zu haben.
6. Ein Pulli, der den Greyhound-Passagier abwechselnd vor Erfrierungen wegen funktionierender Klimaanlage oder Prellungen aufgrund der

vielen Ecken und Kanten in den Bussen rettet, ist auch nicht zu verachten.

7. Bei vielen Marathon-Busfahrten hilft ein Discman oder noch besser, da platzsparender, ein Radio über die Langeweile hinweg, weil es in Amerika definitiv die besten Radiostationen für jeden Geschmack gibt und man sich gnadenlos wegdröhnen kann.
8. Frische Socken sind vor allem aus Mitgefühl für andere Passagiere nicht übel, schließlich kann man oft zwei Sitze okkupieren und die Füße richtig hoch legen, ohne dass die Nachbarschaft Wäscheklammern für die Nase mitbringen muss.
9. Eine funktionierende Uhr für die wenigen Stopps, die eingelegt werden, ist nicht schlecht. Ansonsten darf man schon einmal zwölf Stunden auf den nächsten »Dog« warten. Die Fahrer fahren ohne Rücksicht pünktlich weiter.
10. »Patience«[52], dieser Song von Guns N'Roses drückt alles aus, was man unbedingt mitbringen muss, ansonsten wird die Fahrt zum Horror-Trip.

Die Busfahrt mit den Greyhound ist auch deshalb so interessant, weil ich Kontakt zu Menschen bekomme, die ich mit dem Mietwagen nie kennen lernen würde. Die meisten Passagiere haben den amerikanischen Traum sicher nie geträumt. Aber die Rumpel-Pisten, auf denen ich oft fuhr, ließen eh kein Träumen zu. Nintendo Gameboy spielende »Gangsta Rapper« und Latino-Familien mit Kind und Kegel bepackt, bilden die Mehrheit der Passagiere. Dazu kommen noch Bürger, die ihren Führerschein abgeben mussten oder aus dem Knast entlassen wurden. Aber auch Studenten und einen Backpacker aus Deutschland verschlägt es auf die nicht allzu bequemen Sitze dieser Busse. Die »interessanteste« Frage, die mir in diesen gestellt wurde, lautet: »Nennt Ihr in Europa den Quarter-Pounder tatsächlich, wie in Pulp Fiction behauptet, Royal mit Käse?«[53]

---

[52] Patience: <engl.> Geduld

[53] Wegen der Verwendung von Gramm statt Pfund wird dieser Burger in

In den USA durchfuhr ich innerhalb des Landes bereits die zweite Zeitzone. Diese Zeitzonen wurden 1883, nach der Fertigstellung der Bahnstrecke Atlantik-Pazifik, eingeführt. Bis dahin hatte jeder Ort seine eigene Zeit, die auf zwölf Uhr mittags fixiert war, dem Zeitpunkt, an dem die Sonne am höchsten genau im Süden steht. Wenn es zwölf Uhr mittags in Chicago war, zeigte die Uhr in Buffalo schon 18 Minuten nach zwölf beziehungsweise erst zehn vor zwölf in St. Louis. Anfangs begann man lediglich in den USA vier Zeitzonen entlang der Längengrade einzuführen. Alle 15 Grad wurde später weltweit eine Zeitzone eingeführt, so wie wir sie heute kennen. Die Weltzeit wurde auf null Grad Länge festgelegt. Dieser Längengrad zieht durch den Londoner Vorort Greenwich. Daher wurde die Zeit auf Greenwich Mean Time (GMT) getauft.

Oklahoma ist auch unter dem Namen »Sooner State« bekannt. Dieser Name wurde den ersten Siedlern gegeben, die, bevor die US-Regierung Land verteilen konnte, ihr Land bereits besetzten, und die dort lebenden Indianer zuvor verdrängt hatten. Die Indianer schotteten sich in eigenen Gebieten ab, um einen Staat zu gründen. Dies wurde von der US-Regierung abgelehnt. Erst 1907 wurde Oklahoma Bundesstaat der USA.

Die Staaten westlich des Mississippi sind durch einen Zufall zu den Vereinigten Staaten gekommen. Eigentlich wollte der junge Staat USA nur bei den Franzosen, die Anfang des 19. Jh. noch Lousianna und New Orleans ihr Eigen nannten, anfragen, ob sie auf dem Mississippi Schiffahrt betreiben dürften. Daher wurde James Monroe nach Paris geschickt, um bei Napoleon dies anzufragen. Napoleon, der gerade ziemlichen Ärger in Europa und der Karibik hatte, schlug hingegen vor, das gesamte Gebiet von Lousianna, das den heutigen Staaten Montana, North und South Dakota, Minnesota, Iowa, Wyoming, Colorado, Missouri, Kansas, Oklahoma, Arkansas und Lousianna entspricht, zu verkaufen. Obwohl es nicht in der Macht von Monroe und

---

Europa als Hamburger Royal mit Käse bezeichnet – Pulp Fiction: amerikanischer Spielfilm

Präsident Jefferson stand, neues Land zu kaufen, taten sie es. Für 15 Millionen US-Dollar waren die USA auf einmal doppelt so groß und der so genannte »Lousiana Purchase« abgewickelt. Die Bundesstaaten entstanden nach und nach, sobald die magische Grenze von 60.000 Einwohnern, die in die neuen Territorien zogen, überschritten wurde.

Traurige Bekanntheit erlangte Oklahoma City am 19. April 1995, als ein amerikanischer Terrorist ein Bundesgebäude in die Luft sprengte, bei dem 168 Menschen ihr Leben verloren. Heute erinnern an der Stelle 168 leere Stühle auf einer grünen Wiese an die Opfer dieses Terroraktes. Für mich war Oklahoma City allerdings ein Ort der Freude, schließlich holte mich mein Mainzer Freund Alexander von der Busstation ab, um seinen Geburtstag gemeinsam mit anderen Studenten und mir zu feiern. Er war für ein Jahr als Austauschstudent hierher gekommen. Am nächsten Tag überzeugte mich Alex, mit ihm und einigen anderen Studenten nach Dallas, Texas, zu fahren, um dort das Football-Spiel seiner Oklahoma University, »OU« oder »Sooners« genannt, gegen die Erzrivalen aus Texas, die so genannten »Longhorns« zu sehen. Da Tickets nur auf dem Schwarzmarkt für etwa 500 US-Dollar zu bekommen waren, war von vornherein klar, dass wir nur in einer Kneipe das Spiel anschauen würden. Daher hatte ich anfangs Zweifel, wollte Alexander aber auch nicht gleich wieder verlassen und hatte sowieso gerade nichts anderes vor. Also auf nach Texas!

François aus Clermont-Ferrand hatte sich während seiner Zeit an der Oklahoma Universität einen Kleinbus gekauft, mit dem wir nun nach Süden fuhren. Wir waren sozusagen mit einem internationalen Mandat ausgestattet, um OU siegen zu sehen, schließlich fuhren wir zu Zehnt mit Leuten aus Frankreich, Schweden, Deutschland, Kolumbien, Bolivien und den USA in François Bus dem Spiel entgegen. In Dallas, abends vor dem Spiel angekommen, war tatsächlich die große Party angesagt. Doch Amerika ist in Sachen Sport und Begeisterung nicht Europa. Überall trafen wir auf Fans aus Texas und Oklahoma, die sich verbal bekriegten. Von Aggression war nirgends

etwas zu spüren. Dies wäre bei uns in Europa bei einem Fußballspiel von beispielsweise Schalke gegen Dortmund, wie Alex meinte, undenkbar. Wahrscheinlich würde alles in einer großen Schlägerei enden. Denken wir nur an die WM 1998 in Frankreich und den Auftritt deutscher »Fans« in Lens. Ein OU-Fan schrie am laufenden Band: »B o o m e r !«, die restlichen OU-Fans antworteten: » S o o n e r !«
Die Texas Fans schrien anschließend »OU sucks!«, darauf antwortete OU entweder »...and Texas swallows!« oder etwas einfallsloser »Texas sucks!« Das war zwar alles ziemlich kindisch, machte aber mit ein paar Bierchen im Kopf wirklich Spaß. Am nächsten Tag schließlich das gleiche Bild: Jeder schrie so gut er konnte. Glücklicherweise war das Bier ziemlich schwach, denn ein Football Spiel dauert über vier Stunden und mit deutschem Bier und bei Temperaturen von 33 Grad Celsius wären wir sicher ins Koma gefallen. Doch nicht nur durch Schreierei versuchte man den Gegner zu provozieren. Extra für dieses Event hatten sich die T-Shirt-Verkäufer allerhand Sprüche ausgedacht, um die Klamotten an die Frau beziehungsweise den Mann zu bringen. Sebastian, der Kolumbianer, hatte sicherlich das provozierendste T-Shirt an: »Beat Texas«. In Dallas, Texas, dem Staat der »Revolverhelden« dieses anzuziehen, war schon wirklich mutig. Der Schriftzug »Tuck Fexas« auf einem T-Shirt in Texas zu tragen, war sicherlich auch sehr couragiert. Dagegen waren die Sprüche der Texaner mit »O – What?« oder »Don´t mess with Texas« harmlos. Auch die Zeichensprache kam an diesem Tage nicht zu kurz. Da das Team aus Texas als »Longhorns« stellvertretend für die Rinder stand, die in dem Bundesstaat überall grasen, machten die Texaner folgendes Handzeichen: kleiner Finger und Zeigefinger nach oben, die anderen Finger zu Faust geballt – dies war das Zeichen für Texas. OU Fans machten dieses Zeichen auch, mit dem kleinen Unterschied, dass das »Longhorn« nach unten zeigte. Am Ende hatte OU gewonnen, die Party ging aber trotzdem bei den Anhängern beider Teams weiter. Tatsächlich wurde ordnungsgerecht im »Law-and-Order-Staat« Texas gefeiert. Bierflaschen und Dosen auf der

Straße waren tabu. Jeder, der ein Bierchen kaufen wollte, musste seinen Personalausweis vorzeigen, damit das Bier ausschließlich an Personen, die über 21 Jahre alt sind, ausgeschenkt wurde. Dies war halt Amerika. Es wurde wirklich verklemmt gefeiert. Da kommt doch Heimweh auf, wenn ich bei solchen Events an die Meenzer Fastnacht denke.

Nach der vielen Feierei, hieß es Abschied nehmen von Alexander und seinen Kommilitonen. Vor mir stand nun eine 18-Stunden-Busfahrt mit dem Greyhound nach Colorado. Die Menschen, die zusammengepfercht in diesen metallenen Röhren durch das Land der unbegrenzten Möglichkeiten reisen, bildeten mit der Zeit eine Art Großfamilie. Der Anführer war immer der Fahrer, der gleichzeitig Mädchen für alles war: Ticketkontrolleur, »Klopapier-Auffüller«, »VJ« wenn es Videos gab, Gepäckträger und Einmann-Unterhalter. Ihm huldigten die Passagiere, da er bestimmte, wann es weiterging und wo gehalten wurde. Leider stoppte der Fahrer beziehungsweise die Fahrerin allzu oft bei McDonald´s. Alle Passagiere gaben acht, dass niemand zurückgelassen wurde. Mein Handgepäck konnte ich getrost im Bus zurücklassen, ohne dass es geklaut wurde. Im Bus herrschte noch die heile Welt Amerikas vor 09/11.

Die Fahrt nach Colorado führte durch die US-Bundesstaaten Texas und New Mexico. Texas wird als »Lone Star State« bezeichnet, da sich auf der Staatsflagge lediglich einem Stern befindet. Texas wurde 1845 von den USA annektiert, nachdem der Staat sich einige Jahre vorher von Mexiko für unabhängig erklärt hatte, da Mexiko die Sklaverei hatte abschaffen wollen. 1846 kam es unweigerlich zum Krieg zwischen den USA und Mexiko. Den Krieg entschieden die USA für sich, und Mexiko musste die Gebiete der heutigen Staaten Kalifornien, Utah, Colorado und New Mexico an die USA abtreten. Für zehn Millionen US-Dollar kauften die USA schließlich den Rest des heutigen New Mexiko und Arizona von Mexiko im Jahre 1853 ab. New Mexiko durchfuhr ich nur im äußersten Nordosten für einige Stunden, ehe ich nach Colorado gelangte. Colorado wird auch als »Centennial State«

bezeichnet, da dieser Staat im Jahre 1876 den Vereinigten Staaten beitrat – exakt 100 Jahre nach der selbsterklärten Unabhängigkeit. Zunächst fuhr ich in die »Mile High City« Denver, die exakt 1.600 Meter hoch gelegen ist, und anschließend weiter nach Boulder. Auf dieser Fahrt zeigte sich wieder einmal die Freundlichkeit der Amerikaner. Da ich 3,50 US-Dollar passend zu zahlen hatte, aber nur einen fünf US-Dollar Schein besaß, nahm mich der Fahrer einfach kostenlos mit.

In Boulder angekommen, staunte ich nicht schlecht: kein McDonald's, kein Burger King, kein Wendy's, kein Taco Bell und kein »Schrottfutter-Supermarkt«. Dafür nur Ökoläden mit Vollwertkost und Essen aus biologischem Anbau. Die Stadt liegt direkt am Fuß der Rocky Mountains und ist für seine alternativ lebende und denkende Bevölkerung bekannt. Als ich einem Bewohner von Boulder erzählte, dass ich es bewundernswert fände, dass Fans von verschiedenen Football-Teams gemeinsam friedlich feiern können und dass dies in Europa bei Fußballspielen manches Mal gänzlich anders sei, meinte er trocken, dass Amerika die Aggressivität und Kampfbereitschaft in der Politik rauslasse, Europäer wohl eher beim Sport.

Ich genoss die Herbsttage in den Rocky Mountains mit einer Wanderung durch das kunterbunte Colorado der Rocky Mountains: leuchtend gelbes Birkenlaub, grüne Tannen, rot gefärbte Ahorn-Bäume, dunkelblauer Himmel, rötlich-brauner Fels und weißer Sand nach Osten hin in Richtung der großen Ebenen im mittleren Westen der USA. In Boulder fand ich auch meinen Traumjob: »Paperboy«. Der Paperboy fuhr morgens mit verpackten Zeitungen durch die Stadt und warf die Zeitung von der Straße aus in Richtung Haustür. Ob er das Ziel traf oder nicht war zweitrangig. So flogen überall Zeitungen in den Büschen und auf dem Rasen der Vorgärten herum. Aber der Paperboy hatte seine Arbeit getan.

Von Boulder fuhr ich durch den Staat Wyoming weiter in die Olympiastadt Salt Lake City. Wyoming hat zwei Spitznamen. Der erste lautet »Cowboy State«. Diesen Namen hat sich Wyoming wirklich verdient, sieht es dort doch tatsächlich so aus wie in jedem Western. Trockensavanne, einsame Eisenbahnstrecken, Schneeberge im Hintergrund, pfeifender Wind und schlecht rasierte Typen. Den Namen »Equality State«[54] verdiente sich Wyoming, als es 1869 als erster Bundesstaat und vielleicht auch als erste Region weltweit den Frauen über 21 Jahre das Wahlrecht gab. Dies geschah allerdings nicht aus emanzipatorischen Gründen, sondern um Frauen in den Cowboystaat zu locken. Der Überschuss an Männern betrug damals sechs zu eins.

Nachdem ich den ganzen Tag durch die Prärie getuckert war, kam ich abends in Utahs Hauptstadt Salt Lake City an. Der Name Utah geht auf die Ute-Bewohner zurück, die hier vor etwa 8.000 Jahren siedelten. Im 19. Jh. wurde Utah zur Heimat der Mormonen, einer christlichen Religionsgemeinschaft. Die Mormonen flohen vom heutigen Illinois nach Westen, da sie wegen ihrer Religion verfolgt wurden. Im Gebiet von Utah fanden sie eine neue Heimat. Nach sechs Versuchen, den USA beizutreten, wurde Utah beim siebten Versuch 1896 der 45. Staat der USA. Vor der Aufnahme in die Staatengemeinschaft musste die bei den Mormonen praktizierte Polygamie offiziell abgeschafft werden. Salt Lake City machte auf mich wie zuvor St. Louis einen verschlafenen Eindruck, der sich in mir durch die fehlende Straßenbeleuchtung noch verfestigte. Allerdings konnte ich im Dunkel von Salt Lake dadurch ungestört und seelenruhig ein Dosenbier ohne Verpackung auf der Straße genießen.

Von Salt Lake City reiste ich durch die Staaten Utah, Idaho, Montana und Washington nach Vancouver in British Columbia. Der »Gem State«[55] Idaho ist wie Utah ein Wüstenstaat mit herrlichen Landschaften. Der Sonnenuntergang in dieser Region sah aus wie ein Bild des Surrealisten René Margritte: hell leuchtende Wolkenformationen vor schwarzer riesenhafter Bergkulisse. In Montana liegt die Quelle des Flusses Missouri und der Staat wird auch als

---

[54] Equality: <engl.> Gleichberechtigung
[55] Gem: <engl.> Edelstein

»Big Sky Country«[56] bezeichnet. Leider fuhr ich fast ausnahmslos durch das nächtliche Montana und konnte lediglich den hell leuchtenden Vollmond bewundern. Am Ende dieser langen Busfahrt angelangt, musste leider feststellen, dass mein Rucksack nicht so weit gekommen war. Ob er in Butte, Montana, in Spokane,Washington, in Portland, Oregon, oder in Vancouver, Washington, lag? Ich wusste es nicht. Greyhound kannte dieses Problem bereits zur Genüge und versprach mir, dass er bald auftauchen würde. Wann dies geschehen würde? Das wusste ich ebenfalls nicht.

---

[56] Big Sky Country: <engl.> großes Himmelsland

# Abschied von Freunden

Etappe: Von Vancouver BC, Canada 49° Nord 123° West (GMT-7) nach Seattle WA, USA 48° Nord 122° West (GMT-7): 420 km – Total 22.782 km

Seattle, 24. Oktober 2002

Vor lauter Ärger mit Greyhound, wegen meines verlorengegangen Rucksacks, bemerkte ich erst später, dass ich mittlerweile den Pazifik erreicht habe, der mich von nun an lange auf meiner Reise begleiten wird.

Es war schon ein komisches Gefühl in Vancouver, nun ohne großen Rucksack weiterzureisen, nachdem Greyhound mein Gepäck verschlampt hatte. Wenigstens konnte ich meine Reise fortsetzen, versprachen doch die Angestellten der Busgesellschaft, das Gepäck nach Vancouver Island nachzusenden, für den Fall, dass es gefunden würde. Dabei war eigentlich alles ganz einfach. In Butte, Montana, stieg ich in den Bus nach Seattle, Washington, das zugleich Endstation des Busses war. Warum jemand den Rucksack irgendwo dazwischen auslud, war mir wirklich unbegreiflich, schließlich befand sich ein Gepäckanhänger mit dem Ziel Vancouver, BC, via Seattle, WA, daran. Dieser Gepäckanhänger gab mir aber die Hoffnung, dass der Rucksack nicht für immer verschwunden war, da zumindest bei Fluggesellschaften die meisten Gepäckstücke früher oder später ihren Besitzer wiederfinden. Bei diesen bekommt man allerdings ein »Überlebenspäckchen« ausgehändigt, um sich seine Zähne zu putzen und sich rasieren zu können, damit man sich in der Zivilisation noch blicken lassen kann, ohne gleich als behaartes, stinkendes Etwas abgestempelt zu werden. Bei Greyhound bekam ich hingegen nur warme Beileidsbezeugungen nach dem Motto »We are so sorry«, zu Deutsch: Pech gehabt.

Lediglich mit einem Tagesrucksack, neuer Zahnbürste und Deo »bewaffnet«, setzte ich von Vancouver nach Vancouver Island über, um Astrid, mit der ich in Neufundland getrampt war, zu besuchen. Da ich weder Schlafsack noch

Matte mehr besaß, war unser Plan, eine Mehrtagestour zu unternehmen, völlig durchkreuzt. Auf Vancouver Island musste ich mir zunächst neue Unterwäsche zulegen, schließlich hatte ich keine Austauschklamotten mehr bei mir . Ich genoss die Tage auf Vancouver Island auch ohne Übernachtungen im Zelt, nasse Füße, Moortee und Wanderung durch die unberührte Natur. Stattdessen tranken wir den wirklich guten Kaffee in einem der vielen urgemütlichen »Coffeeshops« in Victoria, der Hauptstadt der Provinz British Columbia und das gute Bier, auf Vancouver Island gebraut, das nun endlich wieder nach Gerstensaft schmeckte. Das »Indian Pale Ale« hatte es mir besonders angetan. Der Name stammt von dem Ort, an dem es vor mehr als 150 Jahren bereits gezapft wurde. Die englischen Brauer stellten dieses Bier für die Kolonialisten in Indien her. Damit das Bier auf seiner weiten Fahrt von Kanada zum Subkontinent nicht verschimmelte, wurde es mit besonders viel Alkohol und Hopfen versehen. Das Resultat konnte sich wirklich sehen lassen. Es handelte sich nicht um das amerikanische Bier, das, wie es Alexander in Oklahoma ausdrückte, als so genanntes »Flavoured Water«[57] zu bezeichnen war.

Statt eines Mehrtagesmarsches unternahmen wir Tagestouren auf kleinen Inseln am Meer entlang, sodass der Aufenthalt trotz des verschwundenen Rucksacks sehr angenehm war. Da wir dieses Mal selbst ein Auto besaßen, konnten wir uns auch einmal bei anderen Trampern revanchieren und nun diese mitnehmen, statt selbst mitgenommen zu werden. Dieses Auto, das wir von einem Freund von Astrid liehen, machte schließlich aber das Wochenende auch wieder zu einem besonderen Erlebnis, als es einfach seinen Geist kurz vor der Greyhound Fracht-Station aufgab, an der mein Rucksack mit drei Tagen Verspätung schließlich eingetroffen war. Nun durfte ich endlich einmal nach fast zehn Wochen Fahrt mit dem eigenen Auto unterwegs sein und plötzlich ging das gute Gefährt kaputt. Daher war ich auf Greyhound kaum noch sauer, da wenigstens deren Busse nicht kaputt gehen. Das

---

[57] Flavoured Water: <engl.> geschmacksverstärktes Wasser

Problem mit meinem Rucksack war gelöst, doch nun hatten Astrid und ich ein neues Problem: wie das Auto in die Werkstatt kriegen, denn eine ADAC-Karte war sicherlich nutzlos?
Am nächsten Tag fuhren wir mit einem anderen Auto von Astrids Freundinnen wieder zu der Stelle, an welche wir das Auto am Tag zuvor in einer schweißtreibenden Aktion hingeschoben hatten. Wir waren beide überrascht, als es wieder ansprang, und so durfte ich zum ersten Mal auf dieser Reise selbst ein Transportmittel steuern. Doch es war leider nur ein kurzes Intermezzo, da die Karre natürlich auf dem Highway wieder verreckte. Astrid besorgte irgendwo ein Abschleppseil und so zuckelten wir hintereinander über den Highway der nächsten Werkstatt entgegen. Leider hatten wir beide keine Ahnung, dass das Abschleppen auf dem Highway in Kanada verboten war. Daher zeigte uns ein besonders »netter« Zeitgenosse bei der Polizei an, wie wir am nächsten Tag erfuhren. Aber es blieb nur bei einer Verwarnung an die Halter der beiden Autos, die wir gar nicht waren. Wir erfuhren es von Astrids Freundin, da sich die Polizei bei ihr als Halterin meldete.
Am nächsten Tag nahm ich von Astrid und ihren Freundinnen Abschied. Es wurde langsam Herbst und mich zog es nach Süden. Andria aus Boston, die wegen des Greyhound-Missgeschickes ihren Transatlantik-Flug stornieren musste, schrieb mir, dass es in Boston bereits schneite. Es herrschte wunderschönes Wetter und die Überfahrt von Sidney in British Columbia nach Anacortes in Washington war traumhaft schön. Wie durch ein Labyrinth ging es an Dutzenden von kleinen, mit Nadelbäumen bewaldeten Inseln vorbei. Im Hintergrund thronten die Schneeberge des Küstengebirges, und die wärmende Herbstsonne lud zum Erholen auf der Terrasse der Fähre ein. Kleine Dörfer, Klippen, Felsen und Strände zogen wie in einem Film an mir vorbei, bis ich im »Evergreen State«[58] Washington ankam.
Nicht nur die Fahne des Staates ist teilweise grün, sondern auch ein Großteil der Landschaft, die von Wäldern geprägt wird. Washington ist der

---

[58] Evergreen State: <engl.> immergrüner Staat

nordwestlichste Bundesstaat der »48 States«.[59] Seine Nordgrenze zu Kanada ist der 49. Breitengrad, der zugleich die Grenze zwischen den USA und Kanada bis zum Oberen See rund 3.000 Kilometer weiter östlich bildet. Die künstliche Grenzziehung ist das Resultat eines Krieges. Der »Krieg von 1812« zwischen den USA und Kanada beziehungsweise England wurde durch wirtschaftliche Sanktionen, die England den USA auferlegte, ausgelöst, da die USA mit Frankreich kooperierten und die Beziehungen zwischen Frankreich und England alles andere als gut waren. Die Indianer kooperierten mit England und waren der eindeutige Verlierer dieses Krieges. Sie erhofften sich durch die Kooperation mit der Krone einen eigenen Staat, doch beim Friedensschluss 1814 gingen sie leer aus. In diesem Krieg schafften die Engländer etwas, was Al Quaida hoffentlich niemals erreichen wird. Sie besetzten die Hauptstadt Washington DC und brannten das Capitol sowie das Weiße Haus nieder. Ein Resultat dieses Krieges: England gab jegliche Besitzansprüche südlich des 49. Breitengrades auf. So entstand zunächst das »Oregon Territory«, aus dem später schließlich die Staaten Washington und Oregon gebildet wurden.

Von Anacortes fuhr ich mit dem Van-Service nach Mt. Vernon zur nächsten Greyhound-Station. In dem kleinen Bus ging es sehr vornehm zu. Ich wurde per Mikrofon über alles informiert: »We make a short break and then I will drive Mr. Kessel to the Greyhound Station.« Diese war gleichzeitig die lokale Spielhölle. Flipper und Computerspiele, die einem durch ihr Getöse den letzten Nerv raubten, machten das Warten auf den »Dog« zu einem Martyrium. Doch schließlich kam der Bus und gemeinsam mit meinem Rucksack reiste ich in die Metropole des Staates Washington nach Seattle. Die Stadt ist sicherlich seit dem Entstehen der Grunge-Music jedem bekannt. Nirvana und Pearl Jam startete in Seattle ihre Karriere. Doch auch Jimmy Hendrix stammt aus Washington und ist in Seattle begraben. Aber Seattle

---

[59] 48 States: <engl.> Bezeichnung für die US-Bundesstaaten ohne Alaska und Hawaii

steht auch für Microsoft und Bill Gates,[60] der in der Stadt sein Computerbetriebssystem »DOS« und »Windows« entwickelte. Letztgenanntes war das einzige Produkt, das ich weltweit in jedem bereisten Land nutzen würde. Sicherlich ist der Leser auch bereits einmal mit einem Produkt aus Seattle geflogen. Die Boeing-Flugzeuge werden in einem Vorort von Seattle hergestellt. Die Starbucks-Kette starte in dieser Stadt ebenfalls ihre Weltkarriere. Scheinbar waren mittlerweile alle Internetcafés in Seattle bankrott gegangen, da ich an sämtlichen von mir aufgespürten Adressen nur noch ein leerstehendes Büro vorfand. Sogar die öffentliche Bücherei war vorübergehend verschwunden. Dafür durfte ich einen Großteil dieses Kapitels im »online.coffee« in Seattle praktisch gratis schreiben. Ich musste lediglich alle 20 Minuten einen Kaffee, Mokka, Cappuccino, Espresso oder eine heiße Schokolade bestellen.

In Seattle, dessen Name vom Duwamish-Häuptling Sealth stammt, bekam ich zunächst einen Citykoller. Ich wollte unbedingt etwas außerhalb der Stadt unternehmen, da mich mittlerweile amerikanische Großstädte nicht mehr in ihren Bann ziehen. Per Zufall erfuhr ich in meinem Hostel von Wasserfällen, die rund 40 Kilometer östlich von Seattle liegen und genau das Richtige für mich waren, da ich sie mit dem Bus erreichen konnte. Überhaupt war in Washington der Öffentliche Personennahverkehr wesentlich attraktiver als in anderen Teilen der USA. In der Innenstadt war die Benutzung sogar kostenlos. Überall erhielt ich Fahrpläne und fand sogar Bushaltestellen mit den entsprechenden Buslinien. Es existierten Busspuren, die auch von Autos benutzt werden duften, die mit mindestens zwei Insassen besetzt waren. Auch sonst war ich von dem Umweltbewusstsein des Staates überrascht. Natürlich wurde wildes Entsorgen genauso wie in Vermont mit Gefängnis bestraft, ebenso wie Schwarzfahren außerhalb der Innenstadt. Im Supermarkt wurde ich sogar gefragt, ob ich Papptüten, Plastiktüten oder überhaupt eine Tüte wollte. Normalerweise wird man in den USA mit Tüten

[60] Bill Gates: Gründer des Computerunternehmens Microsoft

überhäuft. Diese halten höchstens zwei Straßenblöcke, ehe sie zerreißen und hoffentlich in der nächsten Mülltonne landen.

In Seattle konnte ich einen alternativen Blick auf die Skyline werfen. Meist fährt man in Metropolen ein paar Sekunden in einem Hochhaus in den 100. Stock, ist ein Dutzend Dollars los und sieht wegen der Umweltverschmutzung oder wegen des Dunstes doch nichts. Dieses Mal konnte ich in einem Park kostenlos einen Wasserturm hinaufklettern, den Sonnenuntergang über der nebelverhangenen Bucht genießen und dabei im fitness-bewussten Amerika sogar noch ein paar Kalorien verbraten. Bei dem vielen Kaffee, den ich während der Arbeit an diesem Kapitel genießen durfte, muss ich jetzt allerdings auf das Dringendste auf Toilette. Daher schließe ich dieses Kapitel nun umgehend ab.

# Goldener Herbst im sonnigen Westen

Etappe: Von Seattle WA, USA 48° Nord 122° West (GMT-7) nach San Diego CA, USA 33° Nord 117° West (GMT-8): 2.439 km – Total 25.221 km

San Diego, 31. Oktober 2002

Nachdem ich in Seattle meinen Citykoller mit dem Besuch der Snoqualmie Falls überwunden hatte, war ich nun an der Geschichte dieser Stadt interessiert. Daher begab ich mich auf eine Tour in die Unterwelt der Stadt. Die kurze, aber ziemlich aufregende Entwicklung Seattles war das Interessanteste. Die ersten Europäer, die sich in der Region des heutigen Seattle niederließen, waren Pioniere, die versuchten, mit dem Holzhandel reich zu werden. Die Gegend war mit riesigen Bäumen übersät und daher für Holzfäller paradiesisch. Weniger ideal war die Lage knapp über dem Meeresspiegel, der Abhängigkeit von den Gezeiten und der schlammige Boden. Nachdem die ersten Bäume 1851 gefällt waren, wurde die erste dampfbetriebene Sägemühle im ganzen so genannten »Wilden Westen« dort aufgestellt. Das anfallende Sägemehl wurde als Baumaterial zum Auslegen auf dem Baugrund benutzt. Dass man damit seine Häuser und Straßen sozusagen auf Sand baute, machte anscheinend niemandem etwas aus. Nach und nach entstanden aber in den Straßen Seattles riesige Schlammlöcher, die mit der Zeit sogar Namen bekamen. Schließlich kam der tragische Tag, an dem ein Kind beim Spielen in den Schlammlöchern ertrank, sozusagen mitten auf der Straße. Statt die Löcher auszubessern, wurden Schwimmwesten an den Straßenecken aufgehängt. Als 1881 die Neuerfindung Toilette mit Wasserspülung in die Stadt kam, war Seattle darauf überhaupt nicht vorbereitet, da diese Erfindung damals auf dem Prinzip der Schwerkraft basierte. Seattle liegt aber schon auf Höhe des Meeresspiegels. Die Toiletten funktionierten daher nur bei Ebbe. Während der Ebbe konnte das Abwasser über Rohre ins Meer gelangen. Leider kam aber zweimal täglich die Flut und plötzlich funktionierte die Toilette in umgekehrter Richtung. Wie ein Minivulkan schoss das eben Vollbrachte wieder heraus. Schließlich gaben die Zeitungen bekannt, wann die Flut kam, damit nicht jeder auf dem stillen Örtchen von ihr überrascht wurde. Am 6. Juni 1889 kam die Erlösung für Seattle, in Gestalt eines Feuers, das die ganze Stadt niederbrannte, bei dem aber niemand ernsthaft verletzt wurde.

Danach wollte man die Stadt feuer- und für Toiletten funktionssicher wieder aufbauen. Dies hätte allerdings mindestens zehn Jahre gedauert. Man hätte die gesamte Stadt etwa zwei Meter nach oben versetzen müssen. So bauten die Menschen bereits am nächsten Tag ihre Häuser wieder auf – dieses Mal aus Stein. Die Stadtverwaltung aber ließ die Straßen tatsächlich erhöhen und baute auch ein Abwassersystem ein. So kam es dazu, dass die Straßen zwischen zwei und zehn Meter über dem Erdgeschoss der Häuser erbaut wurden, die Bürgersteige aber auf dem alten Niveau der Hauseingänge lagen. Dabei wurde mit jedem Block weiter vom Meer entfernt die Straße höher gebaut, damit das Abwassersystem funktionieren konnte. Wollte man nun als Passant die Straße überqueren, so musste man über Leitern auf die Straße klettern und anschließend auf der anderen Seite wieder hinunterklettern. Für Leute, die zuviel Bierchen gekippt hatten, war dies manches Mal wirklich fatal. Während dieser Zeit kamen 17 Menschen auf den Bürgersteigen oder beim Hinunterfallen auf diese ums Leben. Das Marschieren auf den Bürgersteigen war auch nicht sicher. Manchmal sind ganze Wagenladungen den Bürgersteig hinuntergefallen und haben die Menschen unter sich begraben. Irgendwann kam man auf die Idee, die Bürgersteige dem Niveau der Straße anzupassen. Es entstand das besagte Unterwelt-System. Man konnte nun die Häuser im ersten Stock auf Straßenhöhe betreten oder im Erdgeschoss ins Untergrundsystem gelangen. Dieses Untergrundsystem verkam immer mehr zu Opium-, Spielhöllen und Lagerstätten für Alkohol, besonders während der Zeit der Prohibition[61] von 1920 bis 1933.

[61] Während der Prohibition war der Alkoholkonsum illegal

Von Seattle reiste ich auf einer unglaublich unspektakulären Busfahrt mit dem Greyhound weiter in die Metropole des »Beaver State«[62] Oregon, nach Portland. Die Oregonians sind bekannt für ihre Liebe sämtlicher Outdoor-Aktivitäten. Aufgrund des Faibles für die Natur wurde in Oregon auch das Recycling auf amerikanischem Boden erfunden. Da auch ich mittlerweile auf den Outdoor-Trip gekommen war, wollte ich in Portland auch wieder nur raus in die Natur. Bob, der Busfahrer der Linie 63, gab mir den entscheidenden Tipp, während der kurzen Fahrt zu den Botanischen Gärten der Stadt. Bei Fred würde ich sicher gutes Kartenmaterial bekommen. Fred war zwar nicht da, aber im Besucherzentrum wurde ich förmlich mit Karten bombardiert. So konnte ich direkt aus der Stadt in die urigen Wälder Oregons ziehen. Der Lärm der Stadt ebbte nach und nach ab. Bald hörte ich nur noch fallendes Laub und Vogel-Gezwitscher. Die Sonnenstrahlen, die das dichte Blätterdach durchdrangen, sahen aus wie E.T.'s leuchtendes Raumschiff. Die Szenerie kam mir tatsächlich etwas unnatürlich vor, da ich Sonnenstrahlen in einer solchen Intensität nie zuvor gesehen hatte. Interessanterweise fühle ich mich bei solchen Wanderungen niemals einsam, obwohl ich stundenlang niemandem begegne, in den Großstädten hingegen kam ich mir manchmal wirklich einsam vor, obwohl Tausende von Menschen um mich herum waren.

In Portland holte mich die Realität aus meinen Träumereien zurück. An den Supermärkten hockten Dutzende von Obdachlosen, die den ganzen Tag bettelten. Da erinnerte ich mich an Papis Taktik, einen »Rastafarian«[63] aus Surinam, den ich auf einer früheren Reise traf: Biete den Bettlern etwas zu essen an. Wenn sie wirklich hungrig sind, werden sie es erfreut entgegennehmen. So bot ich einem indigenen Obdachlosen ein halbe Gurke an, die dieser doch tatsächlich entgegennahm. Es war schockierend, dass es im reichsten

---

[62] Beaver State: <engl.> Biber Staat

[63] Rastafarian: Mensch mit geruhsamem Lebensstil, meist an Filzhaaren zu erkennen

Land der Welt Menschen gab, die anscheinend tatsächlich nicht genug zu essen bekamen. Danach begab ich mich zum nächsten Abenteuer mit Greyhound. Da Freitag war, stellte ich mich rechtzeitig in die Schlange, da ich exakt drei Wochen zuvor bekanntermaßen aus dem überbuchten Bus nach Burlington hinausflog. Dieses Mal waren die Leute von Greyhound aber tatsächlich flexibel, denn der Bus war natürlich wieder überbucht. Doch sie setzten tatsächlich einen weiteren Bus ein. Vor dem Einsteigen mussten einige Passagiere, inklusive mir, einen Sicherheits-Check über sich ergehen lassen. Dieser war sehr genau, da Greyhound keine Röntgengeräte besaß und ich folglich mein gesamtes Handgepäck auskippen durfte. Mein Multifunktionswerkzeug musste ich in den Rucksack packen. Schließlich könnte ich unter Umständen mit dem Werkzeug ja den Bus entführen. Greyhound wäre nicht Greyhound, wenn diese Prozedur Sinn gemacht hätte. Nach der Hälfte der zu untersuchenden Passagiere hatte das Sicherheitspersonal Lust auf Burger und Chips und hörte einfach auf, das Handgepäck der Leute auszuleeren und zu untersuchen. Wir hatten allerdings trotzdem bereits eine halbe Stunde Verspätung. Die Busfahrer der beiden Busse waren aber sehr pragmatisch. Sie teilten die Passagiere nach Zielen auf. Somit konnte jeder Bus ein paar Stationen auslassen, sodass wir in Sacramento, der Hauptstadt Kaliforniens, mit rund 30 Minuten Verfrühung ankamen.

Die ersten europäischen Siedler Kaliforniens waren russische Pelzhändler, gefolgt von spanischen Missionaren, die 1776 eine Mission namens San Francisco, 1777 eine namens San José und 1781 eine namens Los Angeles gründeten. Als Mexiko von Spanien 1821 unabhängig wurde, gehörte Kalifornien fortan zu Mexiko. Siedler, die aus den US-Territorien nach Kalifornien vorstießen, gründeten eine Art Unabhängigkeitsbewegung und riefen die »Bear Flag Republic«[64] aus. Diese Republik hatte nicht allzu lange Bestand, aber den Bären findet man noch immer in der Staatsfahne und der Spitzname »Bear Flag Republic« findet bis heute Verwendung. 1846

---

[64] <engl.> Bären Flaggen Republik

erklärten die USA Mexiko den Krieg und beim Friedensschluss 1848 wurde Oberkalifornien von Mexiko an die USA abgetreten. Niederkalifornien, die so genannte »Baja California«, blieb mexikanisch.
Von Sacramento sollte es mit dem Greyhound um halb acht morgens weiter nach San Francisco gehen. Aber bis acht Uhr tat sich überhaupt nichts. Greyhound-Passagiere gehören sicher zu den gutmütigsten Wesen der USA. Niemand zeigte irgendeine Regung trotz der Verspätung. Um zehn nach acht lief plötzlich jemand wild gestikulierend durch den Busbahnhof und teilte mit, dass der Bus irgendwo eine Reifenpanne hatte. Weitere zehn Minuten später sagte man uns, wir sollten den langsamen »Milk Run« nach San Francisco nehmen. Gerade waren wir am Einsteigen, als der Fahrer des Busses meinte, der andere Bus käme in fünf Minuten. Nun weiß ich bereits seit Boston, dass fünf Minuten bei Greyhound auch drei Stunden bedeuten können, aber es war frühmorgens, und da hatte ich anscheinend noch das naive Gottvertrauen in die Ehrlichkeit der Menschen und wurde belohnt. Der Bus kam tatsächlich und wenig später startete ich in Richtung San Francisco. Der Bus war mit Gitarre spielendenden, langhaarigen, lange Röcke und Sandalen tragenden Hippie-Pärchen besetzt, die mittlerweile um das Utensil eines Kindersitzes erweitert in die frühere Hippie-Metropole unterwegs waren. Natürlich waren auch die obligatorischen Skateboarder dabei, die in der Hügelstadt San Francisco das beste Terrain zum Skaten vorfinden. So war es kaum verwunderlich, dass das Skateboard auch dort erfunden wurde. Viele Reisende waren zu einer Anti-Bush- und Pro-Irak-Demonstration unterwegs. Auf ihren Plakaten konnte ich Sprüche wie »Drop Blair and Bush, not bombs«[65] oder »God bless Iraq, too«[66] lesen. Ich las auch starke Graffiti mit dem Text »Bush is terror«. Die Friedensfahne sah ich mindestens genauso oft wie das Sternenbanner. Amerika war anscheinend nicht mehr so

[65] <engl.> »Lasst Blair und Bush fallen – keine Bomben!«
[66] <engl.> »Gott schütze auch den Irak!«

vereint, wie kurz nach 09/11, und die Bevölkerung zeigte nicht mehr die sagenhafte uneingeschränkte Solidarität mit ihrem Präsidenten.
Auch in San Francisco kam ich wieder in den Genuss, lange Wandertouren direkt aus der Stadt zu unternehmen. Es existierte sogar ein Wanderweg über die berühmte Golden-Gate-Bridge nach Marin County. Die Brücke, die 1937 fertiggestellt wurde, sah schon von weitem sehr beeindruckend aus. Damit sie auch immer schön in ihrem rot-orangenen Ton strahlen kann, ist ein Team von Malern permanent damit beschäftigt, die Brücke anzustreichen. In einer Woche verbrauchen sie rund 3.800 Liter Farbe. Wieviel Farbe davon für die Dixie-Klos der Maler verbraucht wird, die ebenfalls in Rotorange auf der Brücke erstrahlen, konnte ich leider nicht erfahren.
Da Sonntag war, dachte ich mir, ich könnte mal wieder in einer Kirche vorbeischauen. Ich bekam den Tipp, im Viertel der Afroamerikaner einen Gospel-Gottesdienst zu besuchen. Erst hatte ich Probleme, die Adresse überhaupt zu finden, denn er fand in einem nach außen hin ziemlich profan wirkenden Gebäude statt. Die vielen Obdachlosen, die dort auf eine warme Mahlzeit nach dem Ende des Gottesdienstes warteten, lotsten mich in den richtigen Eingang, und ich konnte an der enormen Lautstärke vernehmen, dass ich mein Ziel erreicht hatte. Ein Gospel-Chor von vielleicht 40 Männern, Frauen, Afroamerikanern, Asiaten, Weißen und indigenen Amerikanern sang aus vollem Herzen, dass die Wände des Gebäude wackelten. Die Gemeinde sang ebenfalls mit, konnte sie doch den sich an der Wand bewegenden Text wie beim Karaoke ablesen. Dabei wurde geklatscht und sich rhythmisch bewegt, sodass nach dem Anfangslied bereits die ersten Taschentücher und Fächer vom Kirchenpersonal gereicht wurden, um sich abzutupfen und Luft zu bekommen. Der Gottesdienst bestand fast ausschließlich aus Singen, sich Umarmen und Zwiegesprächen zwischen Reverend und Gemeindemitgliedern. Am Ende wurde eine Predigt gehalten, die auf die aktuellen Themen, die San Francisco betreffen, einging. Thema Nummer eins war natürlich der Erfolg der Giants im Baseball. Thema

Nummer zwei war die Kriegsgefahr im Irak. Zum Abschluss durfte nochmals lauthals gesungen, heftig getanzt und rhythmisch geklatscht werden, ehe es zum Kaffee trinken und zum Promoten der Artikel kam, die man in der Gemeinde zu einem guten Zweck kaufen kann.

Amerika im Allgemeinen und San Francisco im Speziellen ist wahrlich ein Vielvölkerstaat. Dies kann ich an den verschiedenen Stadtvierteln am besten erkennen. In North Point ist jeder Laternenmast mit der italienischen Fahne versehen, und die Columbus Avenue heißt natürlich »Corso Christophero Colombo«. In Chinatown kann ich ein Fahnentrio der besonderen Art bestaunen. Neben dem Sternenbanner hingen die Fahne der Volksrepublik China und die Fahne von Taiwan friedlich nebeneinander. In der Heimat dürfte das Hissen der jeweiligen Fahne des »anderen« Chinas sicherlich unmöglich sein. Die vielen Asiaten, die heute in der Stadt leben, wurden als Arbeitskräfte für den Eisenbahnbau benötigt. Neben Chinesen waren auch viele Japaner nach San Francisco gezogen. Während des 2. Weltkrieges aber wurden diese in Internierungslager gesteckt, da man Angst hatte, sie würden mit der faschistischen Heimat zusammenarbeiten. Die nun fehlenden Arbeitskräfte wurden aus Mexiko geholt. Mittlerweile sind nur noch rund die Hälfte der Kalifornier europäischen, ein Drittel bereits lateinamerikanischen Ursprungs und etwa elf Prozent Asiaten. Afroamerikaner und indigene Amerikaner bilden den Rest des Völker-Mischmaschs. Während sich die ärmeren Bevölkerungsschichten im Bereich der Bucht von San Francisco niederließen, war es für die reiche Schicht um 1870 zeitgemäß, auf die Hügel oberhalb der Bucht zu ziehen. Da die Pferdefuhrwerke auf den steilen Wegen verunglückten, wurde das so genannte »Cable Car« erfunden, das sicherlich neben der Golden-Gate-Bridge das Wahrzeichen der Stadt ist. Wahrscheinlich ist das Cable Car, das weltweit einzige Transportmittel, wo das Surfen außerhalb des Wagens erlaubt beziehungsweise toleriert wird. Überhaupt leben hier ziemlich heftig abfahrende Gestalten. Während ich mit dem Mountainbike eine Passstraße mit vielleicht 50 km/h hinunterfuhr,

wurde ich von einem Skateboarder mit Motorradhelm überholt. Der Skateboarder donnerte den lieben langen Tag die Serpentinenstrasse hinunter und trampte anschließend wieder hinauf.
Von San Francisco zog es mich wieder hinaus in die Natur, genauer gesagt in den Yosemite National Park. Um die sagenhafte Strecke von 379 Kilometern mit öffentlichen Verkehrsmitteln dorthin zurückzulegen, musste ich leider einen vollen Tag einkalkulieren. Der Greyhound brauchte alleine für die 250 Kilometer nach Merced bereits vier Stunden. Da in den USA das Wort »Abstimmung« nur für Wahlen, nicht aber für Fahrpläne zutraf, durfte ich danach fast vier Stunden lang Downtown Merced kennen lernen. Alleine schon an der Namengebung für die Straßen erkannte ich, dass die Kreativität vor Merced stoppte und in der kalifornischen Wüste vergraben wurde. Straßen in Ost-West-Richtung hießen alphabetisch geordnet A Street, B Street etc. – Straßen in Nord-Süd-Richtung heißen 1st Ave., 2nd Ave. usw. Somit konnte ich mich in aller Ruhe meinem Leben auf der Straße widmen. Rasieren auf der Toilette der Greyhound-Busstation, Wäsche waschen im Waschsalon nebenan und Mittagessen im Wendy's um die Ecke. Man kritisiert die Fastfood-Ketten im Allgemeinen gerne, doch für mich waren Burger King, Wendy's und Taco Bell Garanten dafür, dass ich mein Budget nicht zu sehr überziehen musste. Für 99 Cent gab es beispielsweise eine gekochte Riesenkartoffel mit Sauercreme, einen großen Cesar Salad oder eine Portion Chili Con Carne. So konnte ich das ansonsten obligatorische »Burger & Fries« Menü erfolgreich von meinem Magen fernhalten.
Die Wanderung im Yosemite National Park gehörte sicherlich zu den Highlights dieser Reise. Auf einem Wanderweg mit Panoramablick an einer Felskante entlang, konnte ich die einzigartige Bergkulisse in der Herbstsonne genießen. Die Laubbäume waren mittlerweile kahl und glänzten im Sonnenlicht stark silberfarben. Das knochige Geäst erinnerte mich an Bilder von Salvador Dalí. Leider wurde der Nationalpark in den letzten Jahren von Waldbränden heimgesucht, sodass einige Teile endzeitlich aussahen.

Trotzdem genoss ich den Aufenthalt in der Natur, die Ruhe und konnte wieder einmal Abstand nehmen von der Hektik der amerikanischen Großstädte. Lediglich vor Riesenzapfen, die eine Länge von bis zu 30 Zentimeter hatten, musste ich mich in Acht nehmen. Doch Alex' OU-Kappe, die ich seither als Andenken an das Football-Spiel in Texas trage, beschützte mich vor der Gefahr von oben. Schließlich begab ich mich auf die letzte Fahrt mit dem »Dog«. Der Beginn verlief dieses Mal vollkommen anders, da ich eine Schlange mit mir selber bilden konnte, war ich doch der einzige Fahrgast, der in Merced an der geschlossenen Greyhound-Station auf den Bus wartete. Mit leichter Verspätung kam der »Dog« und auf ging es in Richtung San Diego.

# ¡Hola! – Ankunft in Lateinamerika

Etappe: Von San Diego CA, USA 33° Nord 117° West (GMT-8) nach Los Mochis, México 26° Nord 109° West (GMT-7): 2.015 km – Total 27.236 km

Los Mochis, 7. November 2002

Nachdem ich in der Unibibliothek von San Diego die letzten Zeilen des vorangegangen Kapitels verfasst hatte, begab ich mich auf die Suche nach der Hauptpost von San Diego, um dort meine hoffentlich postlagernden Sendungen abzuholen. Dass die Hauptpost unmittelbar am internationalen Flughafen liegt, war einmal mehr typisch für Amerika. Ohne Auto war ich wirklich aufgeschmissen. Glücklicherweise gab es noch Fahrräder. Aber die Frage »Where is your car?«, die ich in St. John's, Neufundland erstmals hörte, wurde mir an diesem Tag sicherlich für die nächste Zeit zum letzten Mal gestellt. So durfte ich auf dem 8-spurigen Pazifikhighway mit dem Mountainbike meinen in der Hauptpost wartenden Diafilmen und einigen netten Briefen und Karten aus der Heimat entgegenfahren. Nach dem Lesen der Post fuhr ich zum Pazifik, um am Strand entlang zu radeln und den angeblich »coolsten« Menschen der Welt beim Surfen zuzuschauen. Die Badenixen von »Baywatch« waren entweder streiken oder wagten leider aufgrund des kühlen aber sonnigen Herbstwetters den Sprung ins kalte Nass nicht mehr. So gab es nur die Surfer zu beglotzen, was alles andere als spannend war, lagen diese doch die meiste Zeit wie ein Stück Treibholz im Wasser herum. Zurück in der Stadt hielt in San Diego tatsächlich ein bisschen das Chaos Einzug. Schließlich war Halloween. Die Kids, meist als Kürbis kostümiert, stürmten alle Geschäfte, um Süßigkeiten zu ergattern. Bedient wurde ich schon morgens auf der Hauptpost von »Frankenstein«, der direkt neben einer »Mona Lisa« im Bilderrahmen arbeitete. Mein Hostel organisierte irgendwoher Fassbier und zusammen mit Leuten aus Irland, England, Kanada, den USA, Australien, Brasilien, Belgien und der

Elfenbeinküste zelebrierten wir unsere eigene Halloween-Party. Denn auf der Straße war das Trinken von Alkohol strikt untersagt, was wir Backpakker im Laufe des Abends schlicht ignorierten, ohne im Knast zu landen. Halloween ist für die Leute eine Art Fastnacht, die in geregelten Bahnen abläuft, und als Resümee des Ganzen muss ich sagen, dass dies schlicht und einfach nichts für einen Meenzer Bub[67] war.

Am nächsten Morgen rollte ich mit der Straßenbahn zum geschäftigsten Grenzübergang der Welt: San Diego, USA – Tijuana, Mexiko. Damit war meine Reise durch das »Land der unbegrenzten Möglichkeiten« beendet. Abschließend würde ich die USA eher als »Land der totalen Gegensätze« charakterisieren. Nirgends in der Welt traf ich innerhalb weniger Meter auf Superreiche und völlig arme Menschen, auf superfreundliche und F-Ausdrücke-am-Stück-benutzende Zeitgenossen, auf eklig fettes und fettfreies Futter, auf wunderschöne und potthässliche Umgebungen, auf Bush-Befürworter und Bush-Gegner, sicherheitsfanatische und Sicherheit vernachlässigende Wesen. Ob die USA, wie ihr Präsident meint, »das beste Land der Welt« sind, sei dahingestellt, aber sie waren trotz oder gerade wegen der Greyhound-Fahrten eine Reise wert, die man im Mietwagen so sicherlich nicht erlebt hätte. Um die USA zu verlassen, bedurfte es keiner großen Kunststücke. Es gab einfach gar keine Ausreisekontrollen. Ich hatte größte Mühe mein kleines grünes Einreise-Kärtchen abzugeben, ehe es nach Mexiko ging. Die Beamten schauten ein wenig ungläubig, als ich sagte, ich würde auf dieser Reise nicht mehr in die USA zurückkommen, nahmen das Papier aber schließlich entgegen. Ansonsten hätte ich das nächste Mal große Probleme, in die Vereinigten Staaten einzureisen. Dass mich niemand bei der Ausreise kontrollierte, konnte ich noch halbwegs nachvollziehen. Dass aber auf der mexikanischen Seite auch niemand meine Papiere sehen wollte, fand ich etwas komisch. Ich hatte bereits eine Vorahnung, dass dies sicherlich nicht die einfachste Einreise meiner Tour sein würde, bekomme ich doch

---

[67] Meenzer Bub: <mainzerisch> Mainzer Junge

normalerweise eine Touristenkarte beim Betreten von mexikanischem Boden in den Pass geklebt. Auf die Frage, wo ich meine Touristenkarte bekäme, meinten die Leute an der Grenze: »in der Busstation von Tijuana«. Dort angekommen wusste natürlich niemand etwas davon. Vielmehr erzählten mir die mittlerweile um mich versammelten Mexikaner, ich bekäme die Karte in Ensenada, 130 Kilometer weiter südlich. So stieg ich mit etwas mulmigem Gefühl in den Bus nach Ensenada, nachdem mich eine Woge aus freundlichen Mexikanern direkt bis zu dem Bus eskortiert hatte. Ich merkte sofort, dass ich tatsächlich in einem anderen Kulturkreis angekommen war. Fortan würde ich für viele Menschen eine Attraktion aus »Alemania« sein, die nun schon zum dritten Mal in ihr Mexiko reist, oder auch nur eine beliebte Abwechslung vom Alltag, vielleicht auch irgendwann ein »Money Target«, mit dem man leicht legal oder auch auf kriminelle Art und Weise Geld machen kann.

Es existiert sicherlich kaum eine Grenze auf der Welt, bei der ich beim Grenzübertritt tatsächlich in eine so völlig andere Welt gelange. Auf der einen Seite die Vereinigten Staaten von Amerika, die die Neuankömmlinge mit drei Fahnen begrüßen: Sternenbanner, California Bear Republic und McDonald's. Auf der anderen Seite Mexiko, das mich mit Musik und Gehupe begrüßte. Es dauerte tatsächlich einige Zeit, bis ich realisierte, wo ich mich mittlerweile befand. Normalerweise benutze ich das Flugzeug, um in solche liebenswürdig chaotischen Länder zu gelangen. Seit meinem letzten Flug war ich aber nun bereits seit sechs Wochen über Land durch den gesamten nordamerikanischen Kontinent unterwegs. Der Übertritt in die so genannten Entwicklungsländer versetzte mich in eine totale Euphorie. Die Wochen der harten Geldkalkulation, des Schlafens im Greyhound-Bus und des notgedrungenen Fastfood-Essens waren zunächst vorbei. Jetzt begann das richtige Leben auf der Straße: Musik aus allen Ecken und Autofenstern, Kindergeschrei, Esel-Getöse, bellende Hunde, das Gackern der Hühner und das Krähen der Hähne, stinkende Auspuffabgase, dampfende Straßenstände mit leckerem Essen, dreckige Straßen und meterhohe Bordsteine wegen fehlender Kanalisation, einladende Biergärten – kurz und gut das Leben in den tropischen Ländern. Natürlich würde ich nun auch mit bitterer Armut und den nicht so positiven Seiten des Lebens jenseits der Grenze konfrontiert werden. Denn kaum eine Grenze verzeichnet so viele illegale Übertritte, die mittlerweile auf jährlich ca. 1,8 Millionen geschätzt werden. Nirgends sterben dabei pro Jahr wahrscheinlich so viele Menschen, wie die 400 armen Seelen, für die ihr Leben am Zaun endet.

Nach 90-minütiger Busfahrt in Ensenada angekommen ging ich zur Einwanderungsbehörde. Dort sah ich schließlich das Objekt meiner Begierde liegen: die Touristenkarte. Da ich bisher immer mit dem Flugzeug in Mexiko-Stadt angekommen bin, war die Touristensteuer von umgerechnet 18 Euro im Flugticket inbegriffen. Aber dieses Mal kam ich bekanntlich zu Fuß in Mexiko an. Daher musste ich mit der Touristenkarte zunächst quer durch die Stadt laufen, um bei einer bestimmten Bank meine Touristensteuer zu entrichten, während mein Pass in der Behörde auf dem Schreibtisch liegen blieb. In der Bank herrschte natürlich Hochbetrieb, da Freitag Nachmittag war. Für die in der Schlange wartenden Kunden wurde sogar ein Fernseher mit den obligatorischen Talkshows am Nachmittag aufgestellt. Nach etwa einer halben Stunde konnte ich endlich meine Steuer zahlen, zur Einwanderungsbehörde zurücklaufen und offiziell in die »Estados Unidos Mexicanos« einreisen.

Ich genoss anfangs einfach das Gewimmel von Menschen, das Geschnatter der spanischen Sprache und die nun permanent zu hörenden Autohupen. Nach 78 Tagen in Hostels, Bussen, Fähren oder im Zelt hatte ich auf dieser Reise nun erstmals ein eigenes Zimmer mit eigener Dusche. Diesen Genuss konnte ich mir in den bisher bereisten Ländern einfach nicht leisten. Jetzt war auch Schluss mit dem Selbst-Bekochen, schließlich ist Mexiko wahrlich ein Paradies der Gaumenfreuden. Vorbei war die permanente Pasta-Tomatensoßen-Zeit. Statt in leeren Restaurants alleine vor einer Mahlzeit zu sitzen, kehrte ich bei einem der vielen kleinen Straßenstände ein. Als Vorspeise gab es gekochte Maiskolben mit Chili-Soße, Limette und Salz. Nachdem mein Mund derart mit scharfer Soße »desinfiziert« wurde, ging es in die nächste »Taqueria«[68]. Ich saß auf Barhockern neben der Straße, während drinnen eine ganze Familie damit beschäftigt war, den Hunger eines deutschen Reisenden und vieler Mexikaner zu stillen. Die Mama hockte hinter der Taco-Presse und schob einen Maisteig-Klumpen nach dem anderen in die Presse. Heraus kam ein frischer Taco, den sie auf ein Backblech legte. Nun lag es in der Hand des Hungrigen, wie man seine Speise komponierte. »Con todo« war meine Standardantwort. So erhielt ich die ganze Palette an Leckereien auf den Taco geklatscht. Der Junge war für das Braten des Fleisches zuständig, das später vom Papa auf einem Holzklotz in kleine Stückchen zerhackt wurde. Papa war natürlich der Chef der die Tacos geschickt mit allen Zutaten belegte, ohne dass etwas herausfiel. So flogen der Reihe nach Fleischstücke, Zwiebeln, Kräuter, eine sehr scharfe Soße, Avocadocreme und Bohnen auf den Taco. Ich konnte auch noch Käse für diesen bestellen, was für den deutschen Nichtgewohnheits-Taco-Schlemmer den Vorteil bot, dass die Zutaten am Taco kleben blieben, statt auf der Hose zu landen. Zur Auswahl standen dazu noch Limetten, Radieschen und Gurken, mit denen ich den Taco garnieren konnte. Am Meer gab es auch Tacos mit Fisch, Calamares oder Shrimps. Einfach köstlich! Nach jedem verspeisten Taco konnte ich wieder einen neuen Con-Todo-Taco bestellen, bis die Kapazitätsgrenze des Magens endgültig erreicht war. Die Tochter in der Taqueria war die Hüterin des Kühlschranks, der Cola zu bieten hatte. Auf die Klebebrause konnte ich mit gutem Gewissen verzichten, gibt es doch in Mexiko ganz andere leckere Getränke zum Ausprobieren. Wer brachte den Mexikanern beispielsweise das Bier? Deutsche Immigranten brauten den ersten Gerstensaft auf mexikanischem Boden. Das gute

---

[68] Taqueria: Taco-Restaurant am Straßenrand; Tacos: dünne, manchmal krosse Maisscheiben

Corona gab es in zwei Varianten: die gewöhnliche Drittel-Liter-Flasche oder »Corona Familiar«, die Ein-Liter-Familien-Flasche.
Mit dem Erreichen Mexikos ging auch meine Reise durch Länder ohne Internetcafés zu Ende. Da in den USA die meisten Menschen einen Computer besitzen, bestand praktisch keine Möglichkeit, kurz einmal irgendwo spontan zu surfen. Ich musste zum Schreiben in Bibliotheken gehen und mich anmelden. Das war manches Mal ziemlich anstrengend, da ich bis zu zwei Stunden warten musste. Daher war der Aufenthalt bei Alex und Astrid für mich auch in dieser Hinsicht eine Erholung: Einfach einmal ohne Zeitdruck schreiben.
In Ensenada begann schließlich meine Fahrt mit den mexikanischen Bussen. Wer gedacht hat, Greyhound sei schon Horror und jetzt in Mexiko würde es sicherlich noch schlimmer, sieht sich getäuscht. Die Busse konnte ich im Voraus buchen und ich bekam ein Ticket mit Sitzplatz-Nummer. So musste ich nicht bereits eine halbe Stunde vorher Schlange stehen, um überhaupt einen Sitzplatz zu erhalten, wie bei Greyhound leider üblich. Der Fahrer hatte einen Sitzplan dabei und notierte mit Bleistift, welcher Sitz bis zu welcher Station besetzt war. So konnte ich auch zwischendurch ein- und aussteigen und bekam direkt meinen Sitzplatz zugewiesen. Die Busse waren meist mit einer Klimaanlage ausgestattet. Normalerweise wird diese in den tropischen Ländern auf maximale Leistung gestellt und man bekommt bestenfalls eine Erkältung, schlimmstenfalls »Frostbeulen«. Mexikanische Busfahrer haben anscheinend den Knopf zum Regulieren gefunden, sodass die Temperatur relativ angenehm war. Obwohl die Mexikaner sicherlich kleiner sind als die Gringos[69], war der Sitzabstand größer als beim Greyhound, und die Sitze waren wesentlich bequemer. Die Filme, die ich in den mexikanischen Bussen sehen musste, waren mittlerweile auch von besserer Qualität als vor ein paar Jahren, als es nur Jean-Claude-Van-Damme-Karate-Filme zu sehen gab. Die Fensterscheiben der Busse wurden bei

[69] Gringo: eigentlich »Green go!«; heute Bez. für US-Amerikaner oder generell Weiße

jedem größeren Stopp gereinigt, sodass ich auch während der Busfahrt Photos ohne Fettflecken und Dreckklumpen durch das Fenster machen konnte. In jeder Busstation existierte ein Schrein für Maria, die Mutter Gottes. Die meisten Lateinamerikaner sind sehr gläubige Menschen und bei jeder Reise bekreuzigen sich viele an diesen Schreinen, bevor es auf die große Reise geht. Anders als bei Greyhound kam das Kulinarische bei den Fahrten nicht zu kurz. Nun tauchten endlich die ersten Essenverkäufer beim Halten auch direkt im Bus auf, um ihre Leckereien anzubieten. Spezialität in der Oase San Ignacio waren Datteln. Sonst wurden meist Chips oder »Tamales«[70] angeboten. Ich genoss die ersten Busreisen durch Mexiko und konnte nur hoffen, dass dies möglichst lange so bleiben würde.

Von Ensenada begab ich mich auf die Durchquerung der Baja California. Sie ist mit über 1.200 Kilometern Nordwest-Südost-Ausdehnung die längste Halbinsel der Welt und besteht hauptsächlich aus Strand, Bergen und Wüste. Die ersten Europäer, die dort Siedlungen aufbauten, waren Missionare im 17. und 18. Jh. Ihre Missionsarbeit war oftmals nicht von Erfolg gekrönt, starben doch die meisten indigenen Ureinwohner an Krankheiten, die von den Europäern mitgebracht worden waren. Während der US-Prohibition war die Baja ein Paradies für Alkoholschmuggler, für Spieler und andere »Sünder«. Heute ist die größte Stadt der Halbinsel, die Grenzstadt Tijuana, Sitz des pazifischen Drogenkartells. Dieses ist so mächtig, dass es angeblich sogar einen der Vorgänger von Staatspräsident Fox, den unbeliebten Präsidenten Salinas, schmierte. Man stelle sich vor, unser Kanzler wäre in Drogengeschäfte verwickelt.

Die Baja California ist so lang, dass es auf ihr zwei Zeitzonen gibt. Der Norden hat noch die »Pacific Standard Time«, der Süden die so genannte »Mountain Time«. Dies ist wahrscheinlich der einzige Ort weltweit, wo eine Zeitzone an einem Breitengrad endet. Normalerweise wurden die Zeitzonen weltweit immer an Längengraden ausgerichtet. Die Fahrt auf der »Carretera

[70] Tamales: Teig-Taschen mit Kartoffeln, Fleisch und Chili gefüllt

Transpeninsular« oder MEX1 nach Südwesten war schockierend. Die MEX1 ist sicherlich einerseits die längste Müllkippe der Welt, da Mexikaner noch nicht auf den Trichter gekommen waren, Müll eventuell einmal im Auto zu behalten und später in einen Mülleimer zu werfen. Andererseits war es erschreckend zu sehen, wieviel Kreuze am Straßenrand standen. Es verging manchmal kein Kilometer, ohne dass ein Blumenkränzchen an einen Verstorbenen erinnerte. Oft lag das zerschellte Wrack völlig verrostet noch hinter der Straße im Graben, in der Schlucht oder es klebte am Fels. Nur gut, dass die Busfahrer ziemlich besonnen fuhren, da ich keine sonderlich große Lust verspüre, hier auch ein Blumenkränzchen zu erhalten. Der Grund für die vielen Unfälle liegt an der reizvollen Streckenführung durch Gebirge, dem ständigen Auf und Ab und den vielen Kurven. Die Straße war relativ eng, sodass ein Ausweichen unmöglich erschien. Ich war sehr froh, diesen Ort des Schreckens heil durchreist zu haben. Hinter den Bergen änderte sich die Landschaft abrupt. Plötzlich gab es nur noch Kakteen und dorniges Gestrüpp. Es begann die Wüste, die mich die nächsten 1.300 Kilometer begleitete. Das glühende Abendrot über der Baja war ein traumhaftes Erlebnis, das die Schrecken des Tages vergessen ließ.

Schließlich kam ich an den ersten Militärcheckpoint auf meiner Reise. Mitten auf einer langen Geraden konnte unser Fahrer gerade noch bremsen, war diese Straßensperre doch lediglich mit einer Ölfunzel »beleuchtet«. Da wir nach Süden unterwegs waren, kamen wir schnell durch die Kontrolle des mexikanischen Militärs. Die Autos, die nach Norden unterwegs waren, wurden hingegen gründlich von herumflitzenden Mexikanern gefilzt, die mit Maschinengewehren ausgestattet waren. Dies war ein sichtbares Zeichen des Anti-Drogen-Kriegs der USA und Mexikos. Ein Schild bat sogar um Entschuldigung für diese Kontrolle. Das Geld für das Schild hätte man lieber in eine gescheite Beleuchtung stecken sollen. Ich war heilfroh, als wir den Checkpoint wieder verließen. Bei solchen Kontrollen bekomme ich immer ein ungutes Gefühl, wenn ich einem einen halben Meter kleineren Mexikaner gegenüber stehe, der lässig seine Maschinenpistole über die Schulter geworfen hat.

In Guerero Negro, mitten in der Wüste, machte ich Halt für die Nacht. Guerero Negro war ein typisches mexikanisches Straßenkaff. Ich brauchte absolut keinen Stadtplan. Alles Wichtige für den Reisenden wie Taquerias, Hotels, Busstation und Internetcafé war in Reih und Glied an der Straße entlang zu finden. Was mich auf der Baja verwunderte, war die Tatsache, dass ich überall auf einen Campingplatz stieß. Allerdings waren diese für die amerikanischen Touristen ausgelegt. Da in Amerika alles groß ist, sind auch die Wohnmobile, mit denen die Amerikaner auf der Baja einrücken und in ihrer Heimat quer durch die Nation fahren, überdimensioniert. Die Bezeichnung »RV« steht eigentlich für »Recreational Vehicle«. Ich würde es eher als »Richtig Verrückt« bezeichnen, schließlich haben diese Dinger die folgenden Maximalmaße: Höhe 4,10 Meter, Breite 2,60 Meter und in den drei Dimensionen Länge mal Breite mal Höhe bis zu 21 Meter. Meist war an das »RV« noch ein Auto drangehängt, das in den Maßen nicht inbegriffen ist. So durfte ich für ein paar Dollar zwischen diesen Monstren die Nacht verbringen.

Natürlich wollte ich die Baja nicht nur mit dem Bus durchreisen, sondern auch einmal »pur« erleben. So war ich wieder mit einem Fahrrad, dieses Mal der Marke Trek unterwegs. Das Rad würde ich einmal mehr in »Dreck« umtaufen, da sich die Schaltung in einem äußerst desolaten Zustand befand. So sah ich schon die nächste Panne auf mich zukommen, nachdem mir letzte Woche in San Francisco mitten in der unberührten Natur ein Reifen geplatzt war. Die Verleiher gaben mir wie in San Francisco einen Ersatzschlauch mit auf die Fahrt. Wahrscheinlich hatten sie Mitleid mit mir und wollten mich nicht mit einer Reifenpanne in der Wüste verrecken lassen. Der Zustand des Rads war am Ende noch das geringste Problem. Die Piste hatte den Namen Piste überhaupt nicht verdient, war es doch einfach ein breiter Trampelpfad durch tiefen Sand, über Felsen und durch Kies mit Steigungen von bis zu 15 Prozent. So gab ich mein Tagesziel, ein Kloster in den Bergen, ziemlich schnell auf. Dummerweise hatte ich aber damit gerechnet, dass ich leicht dorthin käme und hatte daher kein Essen dabei. Wenigstens besaß ich vier Liter Wasser. Das konnte ich auch gut gebrauchen, schließlich war es sehr heiß. Das Wasser, das ich beim Trinken verschüttete, verdampfte beim Aufkommen auf den Steinen. Nach vier Stunden Rad fahren hatte ich vielleicht 35 Kilometer zurückgelegt und feststellen müssen, dass es in der Wüste keine Taquerias gab. Da half nur noch Kaugummi essen. Diesen hatte ich in Neufundland als Geschenk beim Kauf eines Kaffees und eines Muffins bekommen. Ich hätte nicht gedacht, dass dieser Kaugummi mir einmal so aus der Patsche helfen würde. Er war das Letzte, was ich bei mir hatte, und er stopfte den Magen. So hatte ich wenigstens kein Hungergefühl mehr. Die Geier kreisten bereits über mir, aber die Situation war halb so schlimm, weil ich ja wusste, dass ich vier Stunden später wieder etwas zu essen bekommen, und ein Taco-Verkäufer sehr reich werden würde. Wenigstens musste ich mir um einen Sonnenbrand keine Sorgen machen. Es war so staubig und sandig, dass ich gut paniert nach Hause kam und sich keine Stelle auf der Haut gerötet hatte. So konnte ich die Kakteenwüste und die Oase mit ihren Palmen und blühenden Blumen mitten in der Einöde doch genießen.

Aber auch an der Küste gab es einiges zu bestaunen. Die Pelikane auf der Baja machten es den Klippen-Springern von Accapulco nach. Vor dem kamerabehängten Touristen posierend kamen sie in den Hafen geflogen und stürzten sich vor mir plötzlich kopfüber ins Wasser, um fischen zu gehen. Einige dieser Vögel waren wirklich verrückt. Sie tauchten zwischen den Booten ins Wasser und manchmal stießen sie auch mit dem Nachbarvogel zusammen. Es gibt halt nicht nur bescheuerte Menschen. Aber bescheuerte Menschen gibt es anscheinend dafür überall. Bei der Fahrt an den südöstlichsten Zipfel der Baja California war ich doch tatsächlich im Touristenhauptquartier gelandet. Der Ort Cabo San Lucas steht El Arenal auf Mallorca sicher in Sachen Betten-Burgen und Alkoholkonsum in nichts nach, mit dem kleinen Unterschied, dass die Amerikaner wahrscheinlich weniger vertragen als ihre deutschen Genossen auf Mallorca. Schließlich sind die Amerikaner das »Flavoured Water« von zu Hause gewöhnt. Ein Amerikaner, den ich in San Diego traf, zog folgenden banalen, aber sicherlich nicht völlig falschen Vergleich. Die Amerikaner, die auf die Baja fliegen, haben nur das Saufen im Sinn. Die Deutschen, die hierher kommen, sind eher an der Kultur oder der Natur des Landes interessiert. Die Deutschen, die nach Mallorca fliegen, sind nur am Saufen interessiert. Die Amerikaner, die nach Spanien reisen, sind eher an der Kultur oder an der Natur des Landes interessiert.

In Mexiko bekam ich wie in den USA auch noch etwas vom Wahlkampf mit. Es existierten wieder keine Wahlplakate. Die Werbung lief anders ab. Ganze Häuserwände bekamen einen neuen Glanz mit gemalten Wahlslogans. Diese bleiben später als Anstrich auch nach der Wahl sichtbar. Die Wahl in Mexiko fand im Februar 2002 statt, also vor neun Monaten. Aber auch für Corona und die berühmte klebrige amerikanische Brause werden ganze Häuserzeilen frisch bemalt. Wenn ein Fest ansteht, muss wieder eine Häuserwand gefunden werden, die einen neuen Anstrich gebrauchen kann. Dadurch sahen viele Dörfer wie ein kunterbuntes Mosaik aus. Da es in Mexiko früher anscheinend auch wenig Straßenschilder gab, fand ich in manchen Städtchen doch tatsächlich Sponsoren. In Todos Santos beispielsweise waren alle Straßennamen von Corona gesponsert. Dem üblichen Straßennamen folgte im Schild noch der Zusatz Corona und das dazugehörige Logo der Biermarke.

Schließlich hieß es »¡Adios Baja California y bienvenidos Sinaloa!« Sinaloa war für mich der erste Bundesstaat auf dem mexikanischen Festland, den ich mit dem Katamaran von La Paz aus erreichte. Die Überfahrt war angenehm unspektakulär. Das Gepäck wurde wie bei einem Flug eingecheckt, in Container verladen und mittels Kran aufs Schiff verfrachtet. So weit so gut. Da ich noch nicht genau weiß, wie meine Reise nun weitergeht, werde ich mich jetzt daran machen, zu schauen, was so möglich ist.

# Tequila und Wendekreise

Etappe: Von Los Mochis, México 26° Nord 109° West (GMT-7) nach Taxco, México 19° Nord 100° West (GMT-6): 2.600 km – Total 29.836 km

Taxco, 14. November 2002

Mittlerweile hatte ich mich in Mexiko richtig eingelebt. Das Land hat seit meinem ersten Besuch 1995 eine rasante Entwicklung hinter sich. Manchmal habe ich das Gefühl, Mexiko verbindet eine Art »Hassliebe« mit den USA. Eigentlich mag man seine meist nur englisch sprechenden Bewohner nicht, andererseits ist man auf den »American Way of Life« neidisch und versucht diesen zu kopieren, was meist mehr schlecht als recht funktioniert. Glücklicherweise verebbte dieser Eindruck langsam bei mir, je weiter ich nach Süden unterwegs war, und Mexiko bleibt an vielen Stellen doch noch Mexiko.

Die Überfahrt von der Baja California nach Topolobampo führte durch die Cortés See, einem Teil des Pazifiks. Der Name Cortés steht in der Weltgeschichte für eines der größten und fatalsten Missverständnisse. Nachdem Christoph Kolumbus 1492 die Insel Hispaniola entdeckt hatte, versuchten die Spanier erneut den Seeweg nach Indien weiter westlich zu entdecken. 1519 landete der spanische Kolonialist Hernan Cortés im heutigen Mexiko, genauer gesagt an der Karibik-Küste im Bundesstaat Tabasco. Dem damaligen Azteken-König Montezuma II. wurde berichtet, dass Türme auf dem Wasser an die Küste heranschwammen. Gemäß dem Azteken-Kalender erwartete man im Aztekenreich 1519 die Rückkehr des Gottkönigs Quetzalcoatl aus dem Osten. Daher nahm Montezuma fälschlicherweise an, Cortés sei Quetzalcoatl und lud ihn nach Tenochtitlan, in die alte Azteken-Hauptstadt, ein. Die 400 Spanier um Cortés siedelten in Tenochtitlan, doch leider blieb es nicht beim friedlichen Zusammenleben. Die Spanier hatten Angst, von den Azteken umgebracht zu werden und töteten daher selbst ca. 200 Adlige. Das nun sicher zu erwartende Gemetzel sollte auf Druck von

Cortés durch Einreden Montezumas auf die Azteken vermieden werden. Doch Montezuma selbst wurde entweder von Azteken oder Spaniern umgebracht, und die Spanier flohen am 30. Juni 1520. Sie kamen allerdings später mit etwa 100.000 alliierten Indianern zurück, die von den Azteken damals unterdrückt wurden. Am 13. August 1521 wurde Tenochtitlan eingenommen und restlos zerstört. Damit gehörten 3.000 Jahre mexikanischer Zivilisation der Vergangenheit an. Auf dem zerstörten Tenochtitlan wurde die mittlerweile größte Stadt der Welt, Mexiko-Stadt aufgebaut. Die spanische Besetzung »Nueva España«,[71] das später in »México« umgetauft wurde, hielt genau 300 Jahre. 1821 wurde Mexiko eine präsidiale Demokratie.

Von Topolobampo reiste ich mit einem so genannten Zweite-Klasse-Bus weiter ins Landesinnere nach Los Mochis. Die mexikanischen Zweite-Klasse-Busse waren etwas anders ausgestattet als die Langstreckenbusse, denn die Klimatisierung stammte vom Fahrtwind der durch die mehr oder weniger noch existierenden Fenster herein blies. Die Busse hatten vor Jahrzehnten amerikanischen Schulkindern gedient und waren nunmehr für kleingewachsene Mexikaner da. Ich lernte schnell meine Beine geschickt zu »verknoten«, sodass auch ich auf den Sitzen Platz nehmen konnte. Am nächsten Tag musste ich dem Pazifik bis auf weiteres »¡Adios!« sagen, und es ging nun seit Schottland zum ersten Mal wieder mit einem Zug voran. Die Eisenbahn »Ferrocarril Chihuahua Pacifico« verbindet die heiße Landwirtschaftsmetropole Chihuahua im Norden des Hochlands von Mexiko mit dem Pazifik. Auf den über 600 Kilometern Gleisstrecke müssen mehr als 2.400 Höhenmeter überwunden werden. Dazu wurden 39 Brücken und 86 Tunnel gebaut. Ein Großteil der Strecke führt durch den so genannten »Barranca del Cobre«, zu Deutsch Kupfer-Canyon. Dieser besteht aus mehr als 20 Schluchten und ist insgesamt viermal größer als der Grand Canyon in den USA.

Auf Meereshöhe rollte ich zunächst durch Ackerland und durch die Palmen-Wälder des Küstenstreifens. Die Höchstgeschwindigkeit von etwa 40 km/h

[71]Nueva España: <span.> Neu-Spanien

ließ das Gefühl aufkommen, als ob es überhaupt nicht voranginge. Aber wenigstens konnte bei dieser Geschwindigkeit auch nicht viel Fatales passieren. Das rhythmische Geschaukel nach links und rechts sowie das monotone Gequietsche der Waggons ließ uns Passagiere nochmals einschlafen, denn die Abfahrt um sieben Uhr morgens war definitiv unchristlich. Aber mittlerweile befand ich mich im Bereich der Tropen, wo das ganze Jahr um sechs Uhr morgens die Sonne aufgeht und um sechs Uhr abends wieder untergeht. Dementsprechend ist das ganze Leben auf die Sonne ausgerichtet und viele Busse, Fähren oder Züge fahren kurz nach Sonnenaufgang los, um möglichst vor Sonnenuntergang das Tagesziel zu erreichen. Also musste ich nun oftmals um fünf Uhr morgens aufstehen. Nach dem Sonnenuntergang passiert in vielen Dörfern und Städtchen auch nicht mehr viel, sodass ich meist um zehn Uhr abends ins Bett sprang. Daher fiel mir das frühe Aufstehen auch zunehmend leichter.

Nach zwei Stunden Zugfahrt oder ca. 80 Kilometern gab es schließlich die ersten Essenverkäufer, die die Waggons zum Frühstück stürmten. Diesmal waren »Buritos«[72] der absolute Renner. Von Taco Bell aus den USA mitgebrachte Soßen machten den ziemlich fahlen Burito richtig würzig. So ergab sich doch noch ein sehr leckeres Frühstück. Nach etwa fünf Stunden Fahrt rollte der Zug langsam in den Kupfer-Canyon hinein. Auf der Talsohle wuchsen noch Orangenbäume, Palmen und andere Obstbäume. Bald darauf wurde die Bahnstrecke steiler und wir rollten durch die vielen Tunnels und Brücken langsam bergauf. Die Landschaft wurde durch die steilen Felswände immer reizvoller und so verbrachte ich die meiste Zeit zwischen den Waggons, da ich dort ohne Fenster frei fotografieren konnte. Bei jedem Tunnel musste ich die Luft anhalten, da die Diesellok diese ziemlich schnell verpestete. Zum Glück stand vor jedem Tunnel die Länge angeschrieben – bei Längen von mehr als 300 Metern war Luftanhalten nicht mehr möglich.

---

[72] Buritos: große, gewickelte Maisfladen mit Bohnenpüree und Kartoffeln gefüllt

Da hieß es rechtzeitig in den Waggon flüchten, wollte ich mir meine Lungen nicht total zurußen. Die Strecke gewann immer mehr an Höhe. Im Berg zog der Zug durch so genannte Kehren-Tunnels wie in Serpentinen bergauf. Da die Bahnstrecke meist eingleisig verlief, mussten wir natürlich irgendwann auf den Gegenzug an einer Stelle treffen, wo hoffentlich die Strecke kurz zweigleisig angelegt war. Leider musste immer ein Zug auf den anderen warten, da die Fahrpläne nicht so ganz aufeinander abgestimmt waren. So hieß es für meinen Zug knapp eine Stunde auf freier Strecke warten.
Nach zehn Stunden Fahrt und Warten hatten wir die höchste Stelle mit 2.400 Metern Höhe erreicht. Die Vegetation erinnerte mich eher an den Schwarzwald als an Mexiko. Nadelwald soweit das Auge reichte, lediglich durch das Panorama unterbrochen, das sich unweit der Gleise uns bot. Der ganze Kupfer-Canyon lag mit seiner Talsohle ca. 1.900 Höhenmeter unter unseren Füßen. Im Licht der untergehenden Sonne und durch riesige Schatten sah der Canyon wirklich gewaltig aus. Vom höchsten Punkt fuhr ich schließlich nicht mehr mit dem Zug weiter, war doch genau einen Tag vorher ein Zug direkt hinter der Anhöhe entgleist. Glücklicherweise war anscheinend aber niemandem dabei etwas zugestoßen. Das Gepäck wurde auf einen Lkw umgeladen, die Passagiere in Klapperbusse verfrachtet und weiter ging es nach Creel. Die gesamte Zugfahrt unternahm ich mit einem internationalen Team aus Holland, der Schweiz und Spanien. Als Alleinreisender bleibt man selten alleine. Gerade in Mexiko reisen viele Leute mit dem Rucksack quer durchs Land, sodass ich gelegentlich mit Anderen unterwegs war. Oft hat man die gleichen Ziele und so reist man manchmal länger, manchmal kürzer miteinander. Wenn man keine Lust mehr aufs Zusammenreisen hat, kann man immer abspringen und eine andere Route wählen. Dies macht das Alleinreisen wirklich reizvoll.

Zusammen mit den anderen Reisenden fuhr ich am nächsten Tag durch das Land der Tarahumara-Indianer, die im Hochland und im Kupfer-Canyon zum Teil noch in Höhlen lebten. Aber so unberührt von der Zivilisation gingen diese Menschen nun auch nicht mehr ihrem Alltag nach. Allerdings trugen viele Tarahumara noch ihre bunten Trachten, sicherlich nicht nur zu touristischen Zwecken. Die Tarahumara nennen sich selbst Rarámui.[73] Das schnelle Rennen war traditionell die Jagdmethode der Tarahumara. Sie rannten dem Wild so lange hinterher, bis es außer Puste war. Danach trieben sie die Tiere über den Felsrand, hinter dem hölzerne, spitze Stöcke aufgestellt waren. Heute veranstalten die Tarahumara Rennen, bei denen sie 160 Kilometer am Stück durch den Canyon rennen und einen wollenen Ball vor sich her schießen. Nicht nur die Tarahumara-Häuser und -Höhlen waren eine Reise wert, sondern auch die Umgebung, in denen die Indianer oberhalb des Canyons lebten. Ungewöhnliche Felsformationen umgeben von Nadelwald sahen durch das Spiel mit Licht und Schatten sehr bizarr aus. Dazu gab es heiße Quellen und einen See, der wiederum eher in ein deutsches Mittelgebirge passen würde als nach Nordmexiko.

Am nächsten Tag reiste ich weiter durch das Hochland von Mexiko nach Cuhautemoc. Dort wurde ich von »weißen« Mexikanern auf Deutsch in ihrem Land begrüßt. Diese deutschsprachigen Mexikaner sind Mennoniten, die lediglich Gott als Autorität anerkennen. Daher bekamen die Mennoniten im 19. Jh. in Deutschland große Schwierigkeiten beim Ausüben ihrer Religion. Über Russland, Kanada und die USA waren die Mennoniten nach Mexiko geflüchtet, das in den 20er Jahren des 20. Jh. sehr liberal geprägt war und die Mennoniten bei der Ausübung ihrer Religion in Ruhe ließ. Die Mennoniten sprechen aufgrund ihrer Isolation das Deutsch, das bei uns vor ca. 100 Jahren gesprochen wurde. Es war für mich sehr interessant, ein paar Worte mit einem alten Mennoniten zu wechseln, der natürlich auch fließend spanisch sprach. Die Mennoniten leben hauptsächlich von der Landwirtschaft. Die Hochlandebene in Nordmexiko eignet sich hauptsächlich für Getreideanbau und Viehzucht. Dementsprechend sah es dort etwa so aus, wie in den Great Plains in den USA, die ich einen Monat zuvor bereist hatte:

---

[73] Rarámui: <indian.> diejenigen, die schnell rennen

Felder und Weiden soweit das Auge reichte. Allerdings trugen in Nordmexiko wesentlich mehr Männer Cowboyhüte als die Boys in den USA, die mittlerweile doch mehr auf Baseball-Kappen stehen.
Von Cuhautemoc fuhr ich nach Chihuahua, das in der lokalen Nahua-Sprache ganz treffend »trockene und sandige Gegend« bedeutet. Die Stadt hatte leider nicht viel zu bieten, außer der Tatsache, dass sie eine große Bedeutung für die mexikanische Geschichte hat. Der berühmte Doroteo Arango, besser bekannt unter dem Namen Francisco »Pancho« Villa, war in der Stadt zu Hause. Eigentlich war Pancho ein Räuber, wie es Anfang des 20. Jh. sicherlich tausende im »Wilden Norden« Mexikos gab. Seit der Unabhängigkeit von Spanien 1821 war Mexiko rein theoretisch eine Demokratie, die aber Anfang des 20. Jh. eher einer Diktatur glich. Pancho hatte sich gerade mit Anfang 30 zur Ruhe gesetzt, als er von Bekannten für die Revolution gewonnen wurde. Sie hatten vor, den Großgrundbesitzern Land für die arme Bevölkerung abzunehmen. Pancho Villa war ein talentierter Guerillakämpfer und nach einem Jahr Bürgerkrieg nahm der Diktator 1911 seinen Hut. Der nun folgende Präsident Madero war nicht in der Lage, das Land zur Ruhe zu bringen und wurde 1913, wie so viele Präsidenten Mexikos vor ihm, umgebracht. Pancho floh zunächst in die USA, um schließlich wieder einen Guerillakrieg mit der gleichen Forderung anzuzetteln: Land für Arme. Die mexikanische Armee wurde erneut mit Panchos Hilfe geschlagen und der nächste Präsident nahm seinen Hut. 1915 zersplitterte die Guerillaarmee und Panchos Leute wurden besiegt. Pancho aber entkam. Da die USA die Gegner Panchos unterstützten, rächte sich Pancho 1916 und es gelang ihm, die Amerikaner in New Mexico zu überfallen. Diese entsandten danach 12.000 Soldaten nach Mexiko, um Pancho zu stellen. Doch der damals meist gesuchte Terrorist der Welt wurde von den US-Truppen nie gefunden. 1920 setzte sich Pancho Villa nun endgültig zur Ruhe und wurde schließlich auch von den USA in Ruhe gelassen, bis er 1923 in seinem Auto erschossen wurde. Die Hintermänner dieses Attentats sind bis heute unbekannt.

Irgendwie erinnerte mich diese Geschichte des meist gesuchten Terroristen an heutige Tage.
Von Chihuahua fuhr ich mit dem Bus den Katzensprung von 876 Kilometern durch die mexikanische Nacht nach Zacatecas in Zentralmexiko. Die Landschaft änderte sich innerhalb dieser zwölf Stunden Fahrt überhaupt nicht: Hochland in 2.000 Metern Höhe, das hauptsächlich für die Viehzucht und die Landwirtschaft genutzt wurde. Der Name Zacatecas stammt vom Indianerstamm der Zakateken, die in dieser Gegend lange vor der spanischen Besatzung Silber gefunden hatten. Ein Zakateke gab fatalerweise einem spanischen Kolonialisten angeblich ein Stückchen bearbeitetes Silber. Die Spanier gründeten daraufhin die Stadt Zacatecas und hauten mehrere Minen in die sie umgebenden Berge. Die Indianer wurden versklavt und in die Minen geschickt. Die Silbermengen, die in Zacatecas aus dem Stein gehauen wurden, bildeten rund 20 Prozent des gesamten in Neuspanien gewonnenen Silbers. Neuspanien umfasste damals die besetzten Gebiete Mittel- und Südamerikas sowie die Philippinen. Die spanischen Kolonialisten wurden sozusagen steinreich, viele Indianer hingegen kamen in den Minen um. Der Reichtum der Kolonialisten war noch in Zacatecas zu bewundern. Riesige, gut erhaltene Paläste, Kirchen aus rot-orangenem Stein gehauen und mit Fresken überhäuft, Plätze mit Springbrunnen sowie weitläufige Parks erinnern an die Blütezeit der Stadt. Für mich war Zacatecas geographisch sehr bedeutsam. Die Stadt liegt direkt am nördlichen Wendekreis. Am 21. Juni jeden Jahres steht dort die Sonne genau um zwölf Uhr mittags senkrecht über der Stadt. Mit dem Überschreiten des nördlichen Wendekreises reiste ich geographisch betrachtet in die Tropen ein. Diese erstrecken sich vom nördlichen bis zum südlichen Wendekreis.
Zacatecas bot kulinarische Leckerbissen wie Obstsalat aus dem Plastikbecher. Melonen-, Papaya-, Ananas-, Gurken- und Zuckerrohr-Stücke wurden in den Becher geschnippelt und auf Wunsch mit frisch gepresster Limette und Chili garniert. Gegessen wurde dieser Cocktail mit Hilfe eines

Zahnstochers. Zacatecas lud auch sehr zum Entspannen vom Leben auf der Straße ein. Denn natürlich gingen mir der Lärm und der Dreck, die permanent auf mir lasteten, irgendwann auf den Keks. In Zacatecas' Parks konnte ich mich daher mit meinem Fruchtsalat auf einer Parkbank niederlassen und klassischer Musik lauschen, die aus aufgestellten Lautsprechern durch den Park tönte. Außerdem konnte ich auf die Hügel der Stadt klettern und den herrlichen Sonnenuntergang genießen, bevor es aber auch dort sehr kalt wurde. Schließlich liegt Zacatecas auf mehr als 2.300 Metern Höhe.

Von Zacatecas aus begab ich mich nach Guadalajara, der zweitgrößten Stadt Mexikos, um wieder einmal auf Schatzsuche zu gehen. Nein, keine postlagernden Briefe oder Touristenkarten, sondern Medikamente galt es dieses Mal zu finden. Schließlich reiste ich die nächste Zeit nun in den Tropen und da wohnen auch manchmal ziemlich unliebsame Zeitgenossen, wie die Anopheles-Mücke, die die so genannte »Malaria« überträgt. Mein Tropendoktor in Deutschland meinte, ich solle mir die Malaria-Medikamente in Mexiko besorgen, da sie wesentlich günstiger als in Deutschland seien. Das mochte vielleicht stimmen, aber leider war es gar nicht einfach, diese zu finden. Erstens hießen die Medikamente anders, zweitens fanden sich in den Apotheken meist lediglich so wirksame Medikamente wie Corona oder Snickers, aber leider keine Malariaphrophylaxe. Schließlich absolvierte ich in mehreren Apotheken ein Kurzstudium der Pharmazie und lernte verschiedene Mittelchen kennen. Anschließend ging es ab ins Internetcafé um herauszukriegen, welchem Mittelchen das Zeug in Deutschland entsprach. Nach längerer Suche bekam ich meine Grundprophylaxe gegen Malaria und konnte nun zunächst unbeschwert weiterreisen.

Da ich in Guadalajara nur Apotheken besuchte, kann ich über die Stadt nicht sonderlich viel berichten, außer dass es die ersten drei Tropfen Regen seit dem 4. Oktober 2002 für mich gab. Damals war ich im Platzregen mit dem Greyhound von Boston nach White River Junction gefahren. Nachdem ich meine Medikamentensucht befriedigt hatte, stellte ich mich meinem nächsten

Suchtproblem 60 Kilometer von Guadalajara entfernt. Ich besuchte die sicherlich vom Namen her bekannte Stadt Tequila. Rund um die Stadt wuchsen Agaven, Agaven und nochmals Agaven. Diese sind die Basis für das mexikanische Getränk schlechthin mit dem gleichen Namen wie die Stadt, in der dieses Gesöff produziert wird. Der Sage nach stießen die Indianer lange vor der spanischen Besatzung durch einen Zufall auf diesen Trunk. Ein Blitz schlug in eine Agave ein und nach dem Regenguss probierten die Indianer die Flüssigkeit, die aus dem Herz der Agave floss. Dies schmeckte ihnen so gut, dass sie von nun an die Agaven-Herzen in der Sonne brannten. Es dauert etwa zwölf Jahre, bis ein Agaven-Herz vom Typ »Agave Tequilana Weber« das Erntegewicht von 50 Kilogramm erreicht. Während die Indianer aus der Pflanze Kleidung, Essen, Papier, Tequila und Folterinstrumente herstellten, wird die Agave heute nur noch als Grundlage für das alkoholische Getränk verwendet. Heute werden die Agaven-Herzen drei Tage lang gekocht, danach geschreddert und gepresst. Der Abfall wird wie in den schottischen Whiskybrennereien auch an die Tiere der Umgebung verfüttert. Der Saft hingegen wird mit Hefe versetzt und es beginnt der Prozess der Fermentation. Heute wird der leicht alkoholische Saft nicht mehr in der Sonne gebrannt sondern in Dampfkesseln. Natürlich existieren verschiedene Sorten von Tequila. Laut Gesetz muss Tequila mindestens 51 Prozent Agaven-Substanz enthalten. Der Rest kann aus Zuckerrohr bestehen. Die guten Tequilas enthalten 100 Prozent Agaven-Substanz. Die Farbe der so genannten »Goldenen Tequilas« kommt bei »Añejos« von den Eichenfässern, in denen der Tequila ein Jahr verbringt. Bei den billigen »Joven«[74] wird einfach Karamel-Substanz dazugekippt. Die Mexikaner machen keinen Unterschied in der Trinkweise zwischen goldenem und silbernem Tequila:

1. Mit der Zunge den Handrücken ablecken
2. Den feuchten Handrücken in Salz eintauchen
3. Den nun hoffentlich salzigen Handrücken ablecken

---

[74] añejos, joven: <span.> alt, jung

4. Das Tequila-Glas in einem Zug leeren, nachdem man »¡arriba abaja!« ausgerufen hat und im Rachenraum bunkern
5. Die Limette komplett abgrasen
6. Den nun entstanden Cocktail hinunterschlucken

Nachdem ich die Brennerei Sauza besichtigt hatte, nahm ich am Kurs »Wie genieße ich einen Tequila gemäß mexikanischer ISO-9002-Norm?« teil. Leider war ich überhaupt nicht lernfähig und brauchte fünf Shots bis meine mexikanischen Lehrer zufrieden gestellt waren. Ich hatte nach absolvierter »Prüfung« einige Koordinationsprobleme und schwankte mehr schlecht als recht zur lokalen Busstation zurück. Ich hatte den Eindruck, nachdem ich wieder nüchtern war, dass innerhalb von Mexiko eine unsichtbare Linie entlang des nördlichen Wendekreises existiert. Nördlich davon erinnert Mexiko noch teilweise an den großen Nachbarn im Norden, vor allem was das halbwegs geregelte Leben angeht. Doch südlich dieser Linie begann nun wirklich das etwas chaotische Zusammen- und Durcheinander-Leben. Beispielsweise grasten nun Kühe auf dem breiten Mittelstreifen der »Autopista«. Auf der gleichen Autopista hielt der Bus auch einfach an, damit alle am Straßenrand einkaufen und gleichzeitig ein- und aussteigen konnten. Glücklicherweise haben die Autopistas oft acht Spuren, sodass vier Spuren für den Markt und haltende Autos genutzt wurden, ohne dass es zu Auffahrunfällen kam. Die Verkäufer, die die Busse betraten, um Waren darzubieten, drängelten sich oft im Gang und schrien sich gegenseitig nieder. Mittlerweile wurde im Transportbereich auch der obligatorische Esel permanent eingesetzt, hauptsächlich um die Maiskolben für die Tortillas[75] und Tacos beziehungsweise die Agaven-Herzen vom Feld nach Hause zu bringen. An den Straßenkreuzungen existierte nun auch ein rotierender Markt. Je nachdem wo gerade die Ampel auf Rot gesprungen war, wurden Zeitungen, Buritos und Haushaltwaren in den Autoschlangen angeboten. Natürlich konnte auch wahlweise die Windschutzscheibe, falls vorhanden, gereinigt werden.

---

[75] Tortillas: <span.> Maisfladen

Die 634 Kilometer lange Strecke von Guadalajara nach Taxco legte ich mit zweimal Umsteigen in elf Stunden zurück, ohne mich durch den Moloch Mexico D. F. quälen zu müssen. Stattdessen durfte ich wirklich erstklassigen Service im Bus genießen. Beim Einsteigen wurden Frühstück-Beutel mit Sandwich, Orangensaft und Bonbons gereicht. Die Sitze ähnelten denen von guten Fluggesellschaften in der Business Class und ließen das frühe Aufstehen sofort vergessen. Die Landschaft änderte sich relativ schnell. Anfangs fuhren wir noch durch Agaven-Felder, die im gesamten Bundesstaat Jalisco und einigen Nachbarstaaten bestellt wurden. In den restlichen Staaten wurden keine Agaven angebaut, da sie von Staats wegen nicht für die Tequila-Produktion verwendet werden dürfen. Nach dem ersten Umsteigen mit lediglich zehn Minuten Wartezeit tauchten Vulkane und Wälder auf. Nachdem ich die vorangegangene Woche meist durch Wüste gedüst war, erfreute ich mich am schönen Anblick, von Grünzeug. Die Straße stieg bis Toluca auf fast 2.700 Meter an. Daher fand ich am Wegesrand später fast ausschließlich Nadelbäume, und es sah schon wieder fast »schwarzwaldmäßig« aus. Von Toluca rollte ich anschließend erstmals auf einer relativ holprigen Straße durch das Gebirge hinunter ins 1.800 Meter hoch gelegene Taxco. Nun merkte ich, dass die Straßen schon seit Neufundland in einem einwandfreien Zustand waren. Dadurch konnte ich auch immer relativ viele Kilometer am Tag zurücklegen. Ich war gespannt, wie dies nun in der nächsten Zeit aussehen würde.

# Endlich wieder ein Zuhause

Etappe: Von Taxco, México 19° Nord 100° West (GMT-6) nach Quetzaltenango, Guatemala 15° Nord 92° West (GMT-6): 1.445 km – Total 31.281 km

Quetzaltenango, 21. November 2002

In Taxco angekommen freute ich mich zum allerersten Mal auf dieser Reise auf ein »standesgemäßes« Hotel. Es hat definitiv null Sterne, aber dafür den Charme all jener Bretterbuden, in denen ich bereits auf früheren Reisen genächtigt hatte. Das Zimmer hat zwar kein Fenster, dafür aber in Deckennähe Löcher zum Nachbarverschlag. Die Jukebox von der Kneipe nebenan dröhnt bis spät in die Nacht, sodass ich lieber ein paar Corona zische, statt mir im Bett die Ohren zuzuhalten. Das Bad wurde wahrscheinlich von BWL-Studenten angefertigt. Ein vorgegebenes Ziel mit den Parametern Toilette und Dusche soll mit möglichst wenig Input-Faktoren wie Raum und Mobiliar erreicht werden. Dies entspricht dem so genannten Minimalprinzip. Die Möbel beschränkten sich auf eine Kloschüssel ohne Brille, einen Wasserkasten ohne Deckel und eine Brause ohne Duschvorhang direkt daneben. Der Abfluss befindet sich einfach auf dem Boden. Glücklicherweise gab es allerlei Rohre, an denen ich meine Klamotten aufhängen konnte. Für dieses Bad, ein für Hotels notwendiges Utensil, wurden nur etwa 1,5 Quadratmeter verwendet. Der Zugang zum Bad war ein Hindernislauf über Abflussrohre, sodass ich beim Gang zum Bad gleichzeitig die »Wellness-Abteilung« des Hotels durchlief. Das Waschbecken befand sich zwischen den Rohren vor dem Bad und war in eine Nische eingelassen, die gerade so breit war, um mir die Zähne zu putzen, ohne dabei in der Nische stecken zu bleiben. Sylvester Stalone oder Arnold Schwarzenegger müssten Giraffen-Hälse haben, um zum Waschbecken zu gelangen, denn in die Nische hätten diese breitschultrigen Wesen niemals hineingepasst.

Apropos Giraffen-Hälse: Diese sind auch sonst in Taxco ganz nützlich. Dieses Städtchen wurde in einen Berghang hineingebaut und dies lange vor der Erfindung des Automobils. Die Sträßchen und Gässchen sind gerade so breit, dass ein VW Käfer hindurchpasst. Bürgersteige gibt es nicht, dafür aber viele Ecken und Serpentinen. Mit einem Giraffen-Hals lässt sich daher gut um die Ecke blicken, bevor man sich um diese herum traut. Ansonsten würde man unter Umständen auf dem Kühlergrill eines Käfers landen. Taxco gleicht einer Auslieferungshalle von VW. Die große Mehrheit der Autos, die hier herumkurven, sind weiße VW-Käfer-Taxis oder weiße VW-Bus-Sammeltaxis. Eigentlich ist es völlig unsinnig, im kleinen Taxco mit dem Taxi oder dem Sammeltaxi durch die Gegend zu tuckern, da die ganze Stadt zum einen sehr klein ist und zweitens sich im Dauerstau befindet. Ampeln oder Einbahnstraßen sind noch nicht bis nach Taxco vorgedrungen. Das Verkehrschaos wird von tapferen Polizisten geregelt. Im weißen Hemd, mit Krawatte, Bügelfalten-Hose, Baseball-Kappe und Trillerpfeife stehen diese tapfer ihre Frau beziehungsweise ihren Mann. Das Gepfeife, das sich eher wie ein Vogel-Gezwitscher anhört, wird permanent von den knatternden VW Motoren und dem obligatorischen Gehupe übertönt.

Dieses Chaos kann rein theoretisch ganz schön nervig sein. Doch wenn ich mich in ein Café am »Zócalo«[76] zurückziehe und am besten noch im ersten Stock auf einem der vielen mit bunten Blumentöpfen geschmückten Balkons sitze, kann ich das Chaos tatsächlich genießen. Es macht richtig Spaß, das Entwirren der verkeilten Käfer von oben zu beobachten, während ich guten Kaffee dazu trinke. Endlich besteht der Kaffee aus richtigem Bohnenkaffee. Unter Kaffee wird im nördlicheren Mexiko heißes Wasser mit einem Löffel des berühmten löslichen schweizerischen Kaffeeextrakts verstanden. Aber auch das selbstmörderische Bummeln in den Gassen Taxcos kann herrlich sein, wenn ich rechtzeitig in Hauseingänge springe und von dort die

---

[76] Zócalo: mexikanischer Dorfplatz

weißgetünchten Häuschen mit ihren rostroten Ziegeln und den gekachelten Treppenaufgängen bewundere.
Taxco war nicht der erste Ort in Mexiko, an dem ich gerne länger geblieben wäre, aber ich musste drei Tage später rund 1.500 Kilometer weiter südöstlich sein, da mein Sprachkurs in Quetzaltenango begann. Von Taxco fuhr ich über Cuernavaca nach Cuautla. Auf der Fahrt dorthin gab es wieder einmal eine Militärkontrolle. Dieses Mal durfte ich meinen Rucksack aufmachen, denn heute suchten die Militärs nach »Explosiva« und nicht nach »Drogas«, wie noch auf der Baja California. Da ich sämtliche Handgranaten und Splitterbomben zu Hause gelassen, dafür aber eine Mexikofahne am Rucksack befestigt hatte, die dazu noch wesentlich größer als das direkt daneben aufgenähte Sternenbanner war, musste ich den Rucksack nur kurz öffnen und wieder schließen. Danach ging es schon wieder weiter. Der Sinn dieser Kontrollen blieb mir irgendwie schleierhaft, aber manchmal sollte ich vielleicht einfach nicht nach dem Sinn von Aktionen fragen.
Langsam aber sicher merke ich auch, dass sich die Advents- und Weihnachtszeit nähert. Es ist für mich zwar ein ungewohntes Gefühl, bei etwa plus 20 Grad Celsius an Weihnachten zu denken, aber die vielen Geschäfte, die hier Plastikchristbäume und allerlei Christbaum-Beleuchtung anbieten, sind nicht mehr zu übersehen. Auf die genannten Weihnachtsutensilien fahre ich zwar nicht ab, dafür aber auf Plätzchen, Lebkuchen und Spekulatius, die dieses Mal im Bus auf der Fahrt nach Cuautla angeboten wurden. Die Stadt war für mich nur eine kleine Zwischenstation auf dem Weg weiter nach Süden. Da sie von Touristen kaum frequentiert wird, war sie für mich einer der Gründe hier Halt zu machen. Viele Städte Mexikos haben ihren kolonialen Charme mit den prächtigen Häusern, dem Zócalo und den vielen Kirchen erhalten können, so auch Cuautla. Abends trifft sich die ganze Stadt auf dem Zócalo, um Schwätzchen zu halten, an einem der vielen Essenstände zu dinieren oder einfach, um Leute zu beobachten. Am nächsten Morgen reiste ich von Cuautla weiter nach Puebla, der Heimat der

mexikanischen VW Autos. Da ich an diesem Tag noch weiter als Puebla kommen wollte, startete ich einmal mehr um kurz nach sechs Uhr morgens. Dieses Mal wurde mein frühes Aufstehen auch richtig belohnt. Da es tags zuvor hier unten auf ca. 2.000 Metern genieselt hatte, sahen die am Wegesrand liegenden, mehr als 5.000 Meter hohen Vulkane Popocatépetl und Itzacchíhuatl wie mit Puderzucker bedeckt aus. Im warmen Licht der aufgehenden Sonne, bei strahlend blauem Himmel erinnerten mich die beiden Vulkane sehr an den Kilimandscharo in Ostafrika, erheben sich diese doch wie der höchste Berg Afrikas direkt aus der Hochebene. »Popo«, wie er von den Mexikanern liebevoll genannt wird, rauchte vor sich hin, und es ist den Vulkanforschern zufolge nur eine Frage der Zeit, wann er wieder ausbricht. Glücklicherweise tat er es an diesem Tag nicht, und ich kam ohne Probleme in Puebla an. Einige Stunden später befand ich mich auch schon in der Metropole Südmexikos, Oaxaca, dank der exzellenten Busverbindungen in diesem Land.

Trotzdem konnte ich in Oaxaca nur ein paar Stunden verbringen. Ich hatte nur noch zwei Tage Zeit, ehe mein Sprachkurs 700 Kilometer südöstlich von Oaxaca beginnen sollte. Daher musste ich diese wunderschöne Stadt nach einem viel zu kurzen Aufenthalt mit dem Nachtbus verlassen. Aber die wenigen Stunden genoss ich in vollen Zügen, trotz zwiespältiger Erlebnisse. Oaxaca gilt als mexikanische Schokoladenmetropole. Auf dem Markt bekam ich riesige Tassen voll Kakao mit Zimt serviert. Aber das leckerste war wieder einmal das Essen: »Mole[77]« die mit Geflügel serviert wird. Die Küche des Restaurants befand sich direkt im Speisesaal, sodass ich die Zubereitung live miterleben konnte. Die ersten Schokoladenleckermäuler stammen aus der Region Südmexiko und dem nördlichen Mittelamerika und hatten bereits vor mehr als 3.000 Jahren Kakao genossen, während sich unsere Vorfahren noch von Beeren und wildem Vieh ernährten. Leider gab es in Oaxaca aber auch die ersten massenhaft bettelnden Menschen in den

[77] Mole: Soße die aus Schokolade, Chili, Bananen, Pfeffer und Zimt besteht

Straßen. Es handelte sich ausschließlich um indigene Mexikaner, die gleich mit der gesamten Familie Passanten um Geld baten. Ich nehme an, dass es sich um Flüchtlinge aus dem südlichsten Bundesstaat Chiapas handelt. Dort sind die indigenen Mexikaner gegenüber den Mestizen[78] deutlich in der Mehrheit, werden aber immer noch ziemlich unterdrückt. Daher besetzte am 1. Januar 1994 die linksgerichtete Extremistengruppe EZLN[79] die Regierungsgebäude in mehreren Städten Chiapas. Die mexikanische Armee eroberte die Gebäude wenig später zurück. Etwa 150 so genannte »Zapatisten« kamen dabei ums Leben. Die verbliebenen Zapatisten zogen sich in den undurchdringbaren Regenwald von Chiapas zurück. Das Ziel der Zapatisten bestand darin, die korrupte wohlhabende Oberschicht in Chiapas abzusetzen, die den Großteil des Landes besitzt, während die indigene Bevölkerungsmehrheit praktisch kein Land hat, keine Schulausbildung, medizinische Vorsorge oder Bürgerrechte genießt. Der Führer der Zapatisten, »Subcomandante« Marcos, handelte 1996 einen Vertrag mit der mexikanischen Regierung aus, welcher eine Autonomie für Chiapas vorsah. Im Vertrag wurde vereinbart, dass das von den Zapatisten besetzte Land durch die Regierung gekauft wird, um es offiziell an die Besatzer abzugeben. Leider wurde der Vertrag vom mexikanischen Parlament nie in geltendes Recht umgewandelt. Daraufhin riefen die Zapatisten in einigen Dörfern Chiapas so genannte unabhängige Gemeinden aus. Die Gegner der Zapatisten bauten daraufhin paramilitärische Gruppen auf und es kam zu Massakern an der indigenen Bevölkerung in den unabhängigen Gemeinden. Tausende von indigenen Mexikanern flohen aus ihren Dörfern und kamen als bettelnde Menschen auch nach Oaxaca. Im Jahr 2000 kam es zu einer »Revolution« in Mexiko, als das erste Mal seit 1929 ein Kandidat einer anderen Partei, als der bisher regierenden und völlig korrupten PRI die Präsidentenwahlen gewann. Der neue Präsident Fox ist bemüht, den Konflikt in

---

[78] Mestize: Nachkomme eines weißen und eines indianischen Elternteils
[79] EZLN: Ejército Zapatista de Liberación Nacional

Chiapas friedlich zu lösen. Die Massaker gehören der Vergangenheit an, aber trotzdem befinden sich immer noch tausende indigene Mexikaner auf der Flucht.

Von Oaxaca begab ich mich auf das letzte Teilstück meiner kleinen Hetztour durch den Süden Mexikos. Auf der Fahrt in die südlichste Stadt Mexikos, nach Tapachula in Chiapas, verließ ich beim Durchfahren des so genannten Isthmus von Tehuantepec Nordamerika und gelangte nach Mittelamerika. Dieser ist eine Landenge von lediglich 220 Kilometern Breite zwischen dem Pazifik und dem Atlantik. Als Konkurrenz zum berühmten Panamakanal möchte Mexiko an dieser Stelle ebenfalls einen Kanal bauen, doch wie so vieles in Mexiko braucht auch dieses Projekt viel Zeit, und dies ist aus umweltpolitischen Gesichtspunkten vielleicht auch gar nicht so verkehrt. Die Landschaft an der Grenze zu Guatemala war der totale Gegensatz zum doch eher steppenhaften, oft vegetationslosen Hochland Mexikos, das ich die letzten Tage durchreiste. Palmen-Wälder, grüne Wiesen mit weidenden Kühen, Schweinen und Pferden mit einer hügeligen Urwaldkulisse im Hintergrund ließen mich nun tatsächlich in den Tropen ankommen. Dazu war es feucht-heiß und ich fühlte mich wie in einer Waschküche. Die Ausreise aus Mexiko verlief dank meiner Suche nach der Touristenkarte in Ensenada problemlos. Für einen Peso, umgerechnet zehn Cent, durfte ich zu Fuß über die Grenzbrücke nach Guatemala laufen.

Die Einreise nach Guatemala war genauso einfach. Für zwei US-Dollar, ohne Quittung, bekam ich meine guatemaltekische Touristenkarte und einen neuen Stempel in den Pass. Wenig später saß ich auch schon im Bus nach Quetzaltenango. Guatemala ist das Paradies fürs Bus fahren schlechthin, was die Busfrequenzen anbetrifft. Auf den Hauptrouten fahren die Busse alle fünf bis zehn Minuten. Dafür musste ich sämtlichen Komfort in Guatemala hinter mir lassen. Hier fahren praktisch nur die alten amerikanischen Schulbusse, die kunterbunt bemalt durch das Land knattern. Bevor man nach Guatemala reist, sollte man sich ein Wörterbuch basteln, da die angefahrenen Städte lediglich durch Abkürzungen aufgelistet sind. »Xela« steht für Quetzaltenango, »Guate« für Guatemala-Stadt, »Chichi« für Chichicastenango, »Hue« für Huehuetenango und »Rea« für Retalhuleu. Wurde mein Rucksack bisher immer in Staufächern unter der Passagierkabine verladen, wandert er nun ruck zuck auf das Dach oder unter die Sitze der Busse. Dabei entsteht ein neuer Job, der des Gepäckladers, der oft auch während der Fahrt auf dem Dach verharrt und permanent Gepäckstücke hoch hievt und herunterbringt. Ein weiterer Job ist der des Schaffners, der sich durch die übervollen Busse quälen muss und manchmal dem Bus hinterherrennt, denn er schreit auch gleichzeitig die Busroute in jedem Dorf durch die Gegend und steigt permanent ein und aus, um Passagiere für die Fahrt zu gewinnen, während der Bus einfach weitertuckert. Den strategisch schlechtesten Platz hatte ich auf der Fahrt nach Xela, schließlich saß ich ganz hinten in der Ecke über dem Motor. Ohne Gehörschutz musste ich die dreistündige Fahrt über 120 Kilometer durchstehen, da sich mein Tagesrucksack mit den Oropax irgendwo zwischen meinen beiden »zusammengeknoteten« und vier anderen guatemaltekischen Beinen in der eigentlich nur für zwei Kinder vorgesehenen Bank befand. Da es von Meereshöhe auf 2.300 Meter hinaufging, dröhnte und ächzte der Motor wie eine alte Boeing beim Start. Aber diese Busse sind zäh und irgendwann war die Erlösung da. Für die nächsten beiden Wochen war das Reisen zu Ende. Ich war in Xela angekommen.

Nicht nur ich, sondern auch der Winter ist in Xela eingetroffen. Ich friere mir hier tatsächlich ein bisschen den Hintern ab, da nachts das Thermometer unter 0 Grad Celsius fällt. Es ist aber nie bewölkt und so liegt hier morgens leider kein Schnee. Tagsüber kann es schließlich bis zu plus 25 Grad Celsius werden. Diese Temperaturextreme hält kein Moskito aus, sodass die Nächte angenehm ruhig sind. Ich wohne für die nächste Zeit nicht in einem Hotel, sondern bei einer guatemaltekischen Familie im Stadtzentrum von Xela, in der Nähe meiner Schule.

# Sohlenschnitzen und Hausaufgaben

Etappe: Von Quetzaltenango, Guatemala 15° Nord 92° West (GMT-6) zum Vulkan Tajumulco und zurück: 100 km – Total 31.381 km

Quetzaltenango, 28. November 2002

Die Tage in Xela habe ich teilweise so verlebt, wie die meisten Leser in Deutschland auch. Morgens um sieben aufstehen, frühstücken und ab zur Arbeit. Wahrscheinlich war ich aber doch der Einzige, der zur Schule ging, Hausaufgaben machen musste und sich auf die Pausen freute. Der Aufenthalt in der Sprachschule erinnerte mich an längst vergangen geglaubte Zeiten. Wie von Deutschland gewohnt, fing die Schule mehr oder weniger pünktlich um acht Uhr an und endete gegen 13 Uhr. Doch damit waren die Gemeinsamkeiten zu deutschen Schulen auch bereits zu Ende. Denn in welcher deutschen Schule ist es der Schüler, der den Lehrplan bestimmt? Wer erhält zu Hause schon Einzelunterricht in einem gartenähnlichen Innenhof bei frühlingshaften Temperaturen? Da ich hauptsächlich Spanisch lernte, um mich mit den Mitreisenden zu unterhalten, legte ich auf die Grammatik nicht so viel Wert. Doch Alma, meine Lehrerin, brachte es fertig, mir in zwei Wochen fünf verschiedene Zeiten einzubleuen. Meist bekomme ich Hausaufgaben, bei denen ich entweder die Grammatik übe oder Aufsätze über meine Reise in Spanisch schreibe. Einen Großteil der Zeit in der Schule verbrachte ich aber glücklicherweise mit Konversation. Da war ich bei Alma gut aufgehoben. Schließlich interessierte sie sich sehr für das Leben in Deutschland und den zuvor bereisten USA. Sie konnte mir andererseits viel über Guatemala berichten. Der Unterricht endete zwar am Mittag, aber die Schule bot für uns auch nachmittags beziehungsweise abends freiwillige Veranstaltungen an. So bekam ich beispielsweise einen Einblick in die Religion und das Weltverständnis der Maya, die in Guatemala die Bevölkerungsmehrheit bilden. Viele Maya leugnen ihre eigene Kultur. 500 Jahre lang, seit der spanischen Eroberung, bekamen sie eingetrichtert, dass sie keine Kultur besäßen, ihre Indio-Sprache, von der es in Guatemala rund 20 verschiedene gibt, lediglich ein Dialekt sei und dass sie Spanisch zu lernen hätten. Seit der »Entdeckung« Amerikas durch Christoph Kolumbus 1492 vergingen 45 Jahre bis endlich im Jahre 1537 der Papst die indigenen Bewohner Amerikas als Menschen anerkannte. Um heute als Mitbürger akzeptiert zu werden, kleiden sich viele indigene Bewohner Guatemalas in westlicher Kleidung und versuchen sich anzupassen. Lediglich in den Dörfern und kleineren Städten tragen die Menschen noch ihre traditionellen Trachten, die sehr farbenfroh und äußerst hübsch sind. Dabei hat fast jedes Dorf seine eigenen Motive, sodass die Kleidung tatsächlich im ganzen Lande sehr unterschiedlich ausfällt. Wie Mexiko wurde Guatemala von Cortés und seinen Gefolgsleuten für die spanische Krone erobert. Ebenso erlangten Guatemala, Honduras, El Salvador, Nicaragua und Costa Rica im Jahr 1821 ihre Unabhängigkeit. Ohne Mexiko bildeten die genannten Länder eine Union unter dem Namen »Provincias Unidas del Centro de América«[80] nach dem Modell der USA. Allerdings wurde in diesem neuen Staat beispielsweise die Sklaverei sofort verboten, im Gegensatz zu den Vereinigten Staaten. Dort galt in den Südstaaten das Halten von Sklaven bis zum amerikanischen Bürgerkrieg bekanntlich als legal.

Die neue Union hatte nicht lange Bestand, da aus der Demokratie schnell eine Diktatur wurde. 1838 erhielten die einzelnen Provinzen die Möglichkeit, aus der Union auszutreten, und nur ein Jahr später war El Salvador das letzte verbliebene Unionsmitglied. Die meisten Präsidenten Guatemalas bis zum Ende des 2. Weltkriegs waren Diktatoren, die das Land einmal mehr einmal weniger mit Straßen- und Eisenbahnbau, Schulen und modernen Wirtschaftssystemen vorwärts brachten. Die indigene Bevölkerungsmehrheit hatte allerdings von diesen Errungenschaften überhaupt nichts. So wurden die Maya von ihren Feldern verdrängt, auf denen sie Produkte für ihr Überleben

---

[80] Provincias Unidas del Centro de América: <span.> Vereinigte Provinzen Mittelamerikas

anbauten. Auf diesen Feldern wurde danach in Monokulturen Kaffee für den Export angepflanzt. Nach und nach besaß und besitzt ein kleiner Bevölkerungsteil weit mehr als die Hälfte des landwirtschaftlich nutzbaren Landes. Nach dem 2. Weltkrieg bekam Guatemala einen Präsidenten, der sich endlich um die Belange der indigenen Bewohner kümmerte, ein soziales Netz, ein neues Gesundheitssystem und Arbeitnehmerrechte einführte. Dementsprechend gab es in den sechs Jahren seiner Präsidentschaft 25 Putschversuche durch konservative Militärs. Der nächste Präsident setzte den eingeschlagenen Weg fort und versuchte, die Großfarmen durch kleinere produktive Betriebe zu ersetzen. Mit Hilfe der USA in Form ihres Geheimdienstes CIA, der die Interessen der Großproduzenten wie United Fruit schützen wollte, wurde 1954 eine Invasion Guatemalas organisiert, die den Präsidenten zum Abdanken zwang. In Guatemala herrschte danach bis 1996 ein Bürgerkrieg, der alleine in den 70er Jahren des 20. Jh. mehr als 50.000 Tote forderte. Dazu kam 1976 ein Erdbeben, bei dem alleine 22.000 Menschen den Tod fanden und das mehr als eine Million obdachlos machte. Besonders schlimm war das Jahr 1982, in dem über 400 Dörfer indigener Bewohner ausgelöscht, 15.000 Menschen getötet und 100.000 Menschen in die Flucht nach Mexiko geschlagen wurden. Die USA, die diesen Bürgerkrieg angezettelt hatten, stoppten zwischenzeitlich die Entwicklungshilfe für Guatemala, als US-Bürger während des Bürgerkrieges verschwanden. Nachforschungen haben ergeben, dass diese Bürger auf Verlangen der CIA getötet wurden. Daraufhin erklärten die USA ihre eigenen Staatsbürger als verschollen. 1996 wurde der Bürgerkrieg beendet. Insgesamt wurden um die 200.000 Menschen getötet. Die Regierung schloss einen Friedensvertrag mit den Guerillaorganisationen, in dem den indigenen Guatemalteken die gleichen Rechte wie allen anderen Guatemalteken zugestanden wurden, die Rechte der Frauen anerkannt wurden, die Wehrpflicht abgeschafft und die Wiedereingliederung der Guerillaangehörigen organisiert wurde. Seit 1996 engagieren sich die indigenen Guatemalteken auch politisch. Allerdings ist es noch ein weiter Weg zu einem gerechten Leben für alle. 70 Prozent der landwirtschaftlichen Nutzfläche gehört lediglich drei Prozent der Bevölkerung. Nach einer UN-Studie haben die reichsten 20 Prozent der Bevölkerung ein dreißigmal höheres Einkommen als die ärmsten 20 Prozent. Wenigstens sind nun alle 23 Sprachen Guatemalas als Amtssprache anerkannt, und indigene Kinder lernen ihre eigene Sprache genauso selbstverständlich wie Spanisch.

Während meines Aufenthalts in Xela übernachtete ich nicht in Bussen, Hotels, im Zelt oder auf einem Boot, sondern bei einer guatemaltekischen Familie im Stadtzentrum. Die Familie hat lediglich mütterlicherseits indigene Vorfahren. Daher bekam ich eher das Leben in einer Ladino-Familie, so genannter weißer Guatemalteken, mit. Dadurch hatte ich praktisch keine Eingewöhnungsprobleme gehabt. Trotzdem bestanden kleine Unterschiede zum Leben im fernen Deutschland. Das Essen unterschied sich manchmal sehr stark von der deutschen Küche. Zu praktisch jeder Mahlzeit kamen »Frijoles«[81] und Tortillas auf den Tisch. Das Frühstück wechselte zusätzlich zwischen »Platanos y Huevos«[82], Cornflakes, Pfannkuchen beziehungsweise Porridge ab. Mittag- und Abendessen bestanden meist aus Hühnchen, Gemüse und Reis oder zähem Rindfleisch, und als Nachtisch wurden Papaya, Honigmelone oder Bananen serviert. Ob es das Essen, das für guatemaltekische Verhältnisse äußerst nobel war, auch in meiner Abwesenheit gab, weiß ich leider nicht. Aber insgesamt hatte ich den Eindruck, dass es meiner Familie gut ging. Beispielsweise besaß sie eine Mikrowelle und einen »richtigen« Herd. Die ärmeren Familien haben meist nur eine Art Campingkocher, wie mir meine Mitschüler berichteten. Mein eigenes Zimmer war allerdings ziemlich spärlich ausgestattet. Bett, Schreibtisch und ein maroder Schrank bildeten das Inventar. Leider befand sich kein Glas im Fenster nach draußen. Lediglich zwei Fensterläden sollten die arktische Kälte abhalten,

---

[81] Frijoles: <span.> Bohnenpüree
[82] Platanos y Huevos: <span.> Kochbananen und Eier

die nachts auf 2.300 Metern herrschte. Glücklicherweise besitze ich einen guten Daunenschlafsack, ansonsten hätte ich noch Frostbeulen bekommen. Da der Familienvater Photograph war, wurde das Bad oft als Entwicklungsstudio gebraucht. In der Dusche und im Waschbecken lagen immer Passbilder und Portraits herum, sodass es mir manchmal doch einige Schwierigkeiten bereitete, zu duschen oder auf Toilette zu gehen. Irgendwie klappte es auch nicht immer so richtig mit der Wasserversorgung. Manchmal gab es gar kein Wasser und oft stand das halbe Bad unter Wasser, da die Rohre nicht mehr dicht waren. Mit dem warmen Wasser war es so wie mit dem schönen Wetter in Deutschland. Kaum hatte ich es bemerkt, war es auch bereits wieder verschwunden. Meine Klamotten wusch ich mit der Hand und musste beim Aufhängen der Wäsche immer darauf achten, sie hoch genug auf die Leine zu hängen. Ansonsten war sie ein gefundenes Fressen für Lukas, den Hund, der meine Plastiksandalen als »Kaugummi« entdeckt hatte. Außerdem bekam Lukas das Leben als Einsiedler auf der Terrasse, wo ich meine Klamotten wusch, überhaupt nicht. Meine Beine hatte er schon als Lustobjekt entdeckt, und es bereitete mir zunehmend Schwierigkeiten, mich dieser »sexuellen Belästigung« zu entziehen, da er immer mehr von mir angetan war. Nachdem er schließlich genug hatte, kotzte dieser Hund direkt neben mir auf den Boden und fraß anschließend umgehend wieder alles auf. Fazit: Auch Hunde können manchmal einen Psychiater gebrauchen.
Zum guatemaltekischen Alltag gehören allerdings auch Ereignisse, die in Deutschland mindestens fünf Zentimeter dicke Buchstaben in der Bild-Zeitung nach sich ziehen würden. Manchmal fing einer der Vulkane in der Umgebung an, Asche herauszuschleudern, oft rauchte ein anderer Vulkan vor sich hin, und es stank dann stark nach Schwefelsäure, oder es kam zu einem kleineren Erdbeben, das überhaupt niemanden etwas auszumachen schien, wenn nicht gerade die Gefahr bestand, dass Häuser einstürzen könnten. Draußen vor der Tür bekam ich dann wieder ein ganz anderes Guatemala zu Gesicht. Manche indigene Menschen liefen wieder vermehrt in

ihrer Tracht durch die Straßen und trugen ihr Hab und Gut meist auf dem Kopf durch die Gegend. Die Kinder waren in bunte Tücher wie ein Burito eingewickelt und wurden auf dem Rücken getragen. Einen Meter weiter sah ich Leute in Anzug und Krawatte oder mit Limp-Bizkit-T-Shirt am Mobiltelefon herumspielen.
Das Wochenende war schulfrei. Mit 14 anderen Backpackern aus aller Herren Ländern ging es samstags morgens um fünf Uhr wieder mit den kunterbunten Schulbussen auf Tour, dieses Mal in Richtung Vulkan Tajumulco. Die Fahrt zum Ausgangspunkt des Wanderweges war atemberaubend. Über einem Abhang von vielleicht 500 Metern wehte der Wind einen Wolkenteppich einem Wasserfall gleich ins Tal. Leider war es etwas schwierig, die Schönheit der Landschaft zu genießen, da der Bus zu mindestens 110 Prozent beladen war. Den besten Platz hatten noch unsere Rucksäcke, die auf dem Dach fahren durften, wohingegen wir wie in einer Sardinenbüchse eingeklemmt wurden. Glücklicherweise war nach zweimal einer Stunde Fahrt von insgesamt 50 Kilometern der Ausgangspunkt des Wanderweges zum höchsten Berg Mittelamerikas erreicht. In einer Höhe von 3.000 Metern starteten wir nach einem typisch guatemaltekischen Frühstück, das wieder aus Frijoles, Platanos, Tortillas und Sauercreme bestand. Das wichtigste beim Aufstieg zu unserem Basislager auf 4.000 Metern war das ausreichende Trinken, denn ab 3.000 Metern neigt unser Organismus dazu, höhenkrank zu werden. Deshalb hatte ich sechs Liter Wasser dabei, um nicht irgendwo mit einem Lungenödem Bekanntschaft zu machen. Dieses hat die dumme Angewohnheit, oft tödlich zu sein. Der Weg war relativ anspruchslos, und ziemlich schnell ließen wir die letzten Hütten der Bergbauern hinter uns. Die Landschaft erinnerte mich wieder eher an die Alpen als an die Tropen, gab es doch überall Kiefern und Pinien. Nach fünf Stunden hatten wir unseren Lagerplatz zum Zelten erreicht. Nachdem die Sonne hinter dem Vulkan verschwunden war, fiel das Thermometer schnell auf Temperaturen weit unter dem Gefrierpunkt ab. Obwohl ich etwa vier

Liter getrunken hatte, dröhnte mir den ganzen Tag immer wieder einmal der Kopf. Dies war ein Zeichen, dass sich der Körper noch nicht an die Höhe und den niedrigeren Sauerstoffgehalt in der Luft gewöhnt hat. Dazu musste ich mich manchmal minutenlang auf die Atmung konzentrieren. Ich hatte öfters den Eindruck, nicht genug Luft zu bekommen. Glücklicherweise nahmen diese Symptome mit der Zeit ab, und ich konnte so herrliche Kreationen wie Marshmallow mit Rum flambiert am Lagerfeuer genießen.

Um Viertel nach vier hieß es Aufstehen und auf zur Gipfelbesteigung. Der Weg war stellenweise vereist, aber dank des Vollmondes konnten wir diesen Stellen doch leicht ausweichen. Nach etwas mehr als einer Stunde war der Kraterrand des höchsten Bergs Mittelamerikas in einer Höhe von 4.220 Metern erreicht. Von der Höhenkrankheit war nichts mehr zu spüren und wir genossen den grandiosen Rundblick. Nach Süden und Westen hin fiel der Vulkan fast 4.000 Meter senkrecht zur Pazifikküste ab. Nach Norden hin in Richtung Mexiko bedeckte ein Wolkenteppich das Land. Lediglich die Bergspitzen ragten wie Inseln aus dem Wolkenmeer. Nach Osten konnte ich im Morgenrot die Konturen vieler niedrigerer Vulkane erkennen, die gerade einmal wieder Feuer und Flamme waren. Als Belohnung für den gelungenen Aufstieg gab es Lebkuchen von der Mennoniten-Bäckerei in Xela. Die Mennoniten fanden in der Gegend von Xela eine neue Heimat, nachdem sie wie ihre mexikanischen Glaubensbrüder und -schwestern aus Deutschland Anfang des 20. Jh. aus religiösen Gründen geflohen waren. Kurz nach Sonnenaufgang kehrten wir wieder ins Lager zurück. Wenig später waren wir bereits auf dem Rückweg in die Zivilisation und die Wochenendtour zu Ende. Nun hieß es wieder Lernen, Hausaufgaben machen, abends das eine oder andere Gallo Bier zischen und zu Salsa und Merengue mit den anderen Studenten tanzen.

Nach dem Abstieg vom Tajumulco musste ich mich um die langsam zerfallenden Sohlen meiner Wanderschuhe kümmern. Leider leben hier in dieser Weltregion keine Menschen mit Schuhgröße 45, und somit hatte ich tatsächlich einmal ein großes Problem. Schließlich existieren hier keine Sohlen oder Schuhe in dieser Größe. Aber der guatemaltekischen Kunst der Improvisation war es zu verdanken, dass ich mit den Schuhen weiterreisen konnte. Aus zähem Plastik schnitt der Schuhmacher eine Platte aus, die dem Abdruck meiner Schuhe entsprach. Mit »Nagel und Faden« wurde diese »Sohle« auf der abgeschliffenen alten Sohle befestigt. Dummerweise hatte der Schuh noch kein Profil. Aber mit Hilfe des Multi-Funktions-Werkzeugs schnitt ich mir ein Profil hinein. Ob dieses Kunstwerk an meinen Füßen mich weiter durch die Welt tragen würde, blieb abzuwarten.

# Immer wieder Palenque!

Etappe: Von Quetzaltenango, Guatemala 15° Nord 92° West (GMT-6) nach Palenque, México 18° Nord 92° West (GMT-6): 630 km – Total 32.011 km

Palenque, 5. Dezember 2002

Nach rund zwei Wochen Aufenthalt in Xela musste ich mich von meiner Familie und den Mitschülern in der Sprachschule verabschieden. Aber im Verabschieden bin ich mittlerweile nach fast vier Monaten Reise sehr geübt. Kaum habe ich nette Bekanntschaften geschlossen, trennen sich die Wege erneut und man sieht sich vielleicht nie wieder. Trotzdem mag ich diese wenn auch kurzen Bekanntschaften nicht missen, und wer weiß, vielleicht rennt man sich doch eines Tages wieder über den Weg. Bevor ich die Familie verlassen durfte, wurde für mich und meine Reise gebetet und wurden Abschiedsfotos geschossen. Schließlich hieß es ¡Adios Xela! Die Straße hatte mich wieder. Ich verließ die Stadt in Richtung mexikanischer Grenze nach Nordosten. Schließlich wartete dort hoffentlich Post aus der Heimat auf mich. Nach dem langen Aufenthalt in Xela war ich das Reisen in den alten guatemaltekischen Schulbussen kaum noch gewöhnt, und die Fahrt nach Huehuetenango empfand ich als sehr anstrengend. Neben sechs Leuten pro Reihe wurden auch die restlichen 20 Zentimeter, die den Gang bildeten, mit stehenden Menschen gefüllt. Die Maisblätter der Tamales, die Plastikbeutel der Obstsalate, Cola-Dosen und Bananenschalen flogen in hohem Bogen aus den Fenstern der Busse auf die Straße und auf vorbeihuschende Passanten. Ich frage mich manchmal, wer hier eigentlich den Dreck irgendwann einmal zusammenkehrt.

Der Bus nach Huehue war einmal mehr ein kunterbunt bemaltes Prachtexemplar. Dazu war die Windschutzscheibe mit Heiligen-Bildchen völlig zugeklebt. Gegen Frömmigkeit habe ich nichts einzuwenden, aber wenn der Fahrer aufgrund der Bildchen kaum noch die Straße sieht, kann ich nur hoffen, dass der Spruch an der Busdecke »Dios nos acompañe«[83] wahr ist und den »blinden« Fahrer auf dem rechten Weg entlangführt. In Huehuetenango angekommen, lernte ich eine neue Rucksack-Transport-Technik kennen. Unsereins trägt ihn normalerweise auf dem Rücken. In Afrika schleppen viele Träger zum Kilimandscharo das Ding auf dem Kopf, und in Huehue kletterte der alte Mann mit dem wettergegerbten Gesicht mit meinem Rucksack quer im Nacken liegend auf das Busdach, um ihn dort zu deponieren. Huehue wartete auch mit neuen kulinarischen Köstlichkeiten auf, die direkt im Bus angeboten wurden. Hauchdünne, krosse Bananenchips, kandierte Erdnüsse wie auf dem Weihnachtsmarkt und zuckersüße Ananas, glitschige Wassermelone sowie labberige Papaya bildeten mein »fahrbares« Mittagessen. Nach vier Stunden Fahrt hatte ich endlich die Grenze nach Mexiko erreicht. Die Ausreise aus Guatemala verlief wieder reibungslos. Die Beamten guckten lieber MTV, als meinen Pass zu begutachten. Die Einreise nach Mexiko verlief wesentlich einfacher als beim ersten Mal vor ein paar Wochen, aber ich musste äußerst aufmerksam verfolgen, was die lieben Beamten so veranstalteten. Da ich meine mexikanische Touristenkarte noch von der ersten Einreise besaß, um nicht wieder die umgerechnet 18 Euro Eintritt bezahlen zu müssen, dachte der Beamte leider, ich würde Mexiko verlassen, statt einzureisen. Dementsprechend bekam ich einen Ausreisestempel. Glücklicherweise überprüfte ich gleich, ob sich meine Touristenkarte nach dem Stempeln noch im Pass befand. Diese war aber schon ins Nirwana der mexikanischen Ablage gewandert. Nach kurzem Suchen und meiner Erklärung, dass ich nach Mexiko einreisen und nicht ausreisen möchte, wurde der Ausreisestempel mit Kuli-Gekritzel von »S« für Salida in »E« für Entrada[84] abgeändert, und ich bekam meine Touristenkarte wieder.

---

[83] Dios nos acompañe: <span.> Gott begleitet uns
[84] Salida, Entrada: <span.> Ausreise, Einreise

Die restlichen 180 Kilometer nach San Cristobal de las Casas legte ich erstmals auf dieser Reise mit einem Minibus zurück. In diesem Gefährt, meist japanischer Bauart, haben in Deutschland neun Menschen Platz. In Afrika passt hingegen oft das 3-fache in den Minibus, der erst abfährt, wenn er nach der örtlichen Definition für voll erklärt wird. Dementsprechend war ich froh, dass im zivilisierten Mexiko bei elf Menschen der Bus als voll galt und abfuhr. Die Straße war in äußerst gutem Zustand. Sie bildet einen Teil der so genannten »Interamericana«, die von Alaska bis nach Feuerland verläuft. Ich werde sie sicherlich noch des öfteren benutzten. Trotz des guten Zustands kamen wir nur langsam vorwärts, da auf der Strecke nach San Cristobal permanent Militärs, Polizisten, die Einwanderungsbehörde und auch das Finanzministerium Mexikos kontrollierten. Am gründlichsten kontrollierten die Militärs, die sogar die Sitze nach Waffen abtasteten. Grund für die Kontrollen war der Konflikt mit der Organisation EZLN, von dem ich bereits berichtete. In San Cristobal später das gleiche Szenario. Überall sehe ich Militärs und Polizisten patrouillieren. Trotzdem war mir San Cristobal nicht unsympathisch, denn ich wurde während der Kontrollen immer korrekt und anständig behandelt, und die Sicherheitskräfte hielten sich in der Stadt dezent im Hintergrund. Da Sonntag, der erste Advent und gleichzeitig der erste Dezember war, verfiel San Cristobal ins Feiern. In der Nacht hörte ich permanent das Krachen der Feuerwerkskörper. Überall läuteten permanent Glocken zum Kirchgang, und der Weihrauchduft drang aus der Kathedrale bis auf die Straße. Mittags gab es einen kleinen Umzug über die gepflasterten Gassen der Stadt. Am Zuganfang liefen verkleidete Gestalten mit Hexenmasken durch die Straße. Dahinter schlossen sich präparierte Umzugswagen wie beim Rosenmontagszug an. Auf den Wagen saßen mexikanische Kinder als Engelchen, Maria und Josef verkleidet und warfen Bonbons in die Menge. Dazu spielte ein Gruppe natürlich laut auftrumpfend Musik. Vor der Kathedrale stand auch bereits der Weihnachtsbaum samt

Krippe. Im Baum hingen natürlich die rotweißen Schildchen des berühmten amerikanischen Brause-Sponsors.

Die Kirchenvertreter, die im Allgemeinen in der Geschichte Mexikos keinen guten Ruf haben, bilden hier in San Cristobal eine Ausnahme. Der Theologe Bartolomé de las Casas, nach dem San Cristobal de las Casas benannt wurde, war die erste Ausnahme. Geboren in Spanien fuhr er 1502 im Alter von 28 Jahren nach Hispaniola, dem heutigen Haiti und der Dominikanischen Republik. Er nahm dort an einer Expedition teil, die sich gegen die indigene Bevölkerung richtete. Anscheinend erkannte er dies erst dort. Nach seiner Rückkehr nach Spanien veröffentlichte Las Casas den Text »Über die Vernichtung der indigenen Bevölkerung«. Las Casas bedrängte König Carlos I., Gesetze zum Schutz der indigenen Bevölkerung in Neuspanien zu erlassen. Das damals existierende so genannte »Encomieda-System« gab den spanischen Einwanderern das Recht, die indigene Bevölkerung zu versklaven. Im Jahre 1547 wurde das Encomieda-System geändert und so die Sklaverei zumindest offiziell abgeschafft. Las Casas wurde später Bischof von Chiapas und nutzte seine Position weiter, um die in Neuspanien herrschende Korruption anzuprangern. Später wurde er zum so genannten Beschützer der indigenen Bevölkerung am spanischen Gerichtshof in Madrid ernannt. In die Fußstapfen von Las Casas trat Samuel Ruiz García, ebenfalls ein Geistlicher aus San Cristobal. In seiner Funktion als Bischof prangerte er in seinen Predigten die Unterdrückung der indigenen Bevölkerung im ausgehenden 20. Jh. an. Seit 1999 ist er zwar Pensionär, aber er vertritt weiterhin auch im aktuellen Konflikt zwischen Zapatisten und dem mexikanischen Staat die friedliebende Seite der indigenen Bevölkerung, die zwischen den Fronten steht.

Nachdem ich einen wunderschönen erholsamen Sonntag in San Cristobal verbracht hatte, stand ich pünktlich um neun Uhr vor der Tür des Postamts, in der Post auf mich wartete. Aber anscheinend waren einige Karten wieder nicht angekommen. Um so mehr freute ich mich über die Karte, die den weiten Weg von Deutschland nach San Cristobal am Ende Welt geschafft hatte. Eigentlich kam ich nur nach San Cristobal, um die auf mich wartende Postkarte abzuholen, aber schließlich gab es einen Streik mit Straßenblockaden und niemand wusste mehr so genau, ob und welche Busse fahren würden. Daher entschloss ich mich, eines der Indianerdörfer in der Umgebung zu besuchen. Ich war fasziniert von dem ruhigen besinnlichen Leben der Menschen und ihrem besonderen Verhältnis zum Katholizismus. Die Dorfkirche sah alles andere als typisch katholisch aus. Es gab keine Stühle oder Bänke. Dafür war der ganze Innenraum mit Pinien-Nadeln ausgelegt, und die Kirche erstrahlte im Glanz tausender kleiner Kerzen, die von den Gläubigen angezündet wurden. Dazu führten die Gläubigen Zeremonien durch, die noch aus ihrer eigenen Tradition stammen und ins Christentum übernommen wurden. Interessanterweise gilt bei den Einheimischen Cola als böse-Geister-abwehrend. Daher sah ich viele Menschen in der Kirche Cola trinken. Dazwischen wurde in der Kirche Poch[85] konsumiert. In einer Zeremonie trinkt ein Mann etwa zwei Liter dieses Gesöffs, das 50 Prozent Alkohol enthält. Als ich nur an diesem Gebräu nippte, kam ich mir schon total besoffen vor. Die Frauen trinken ebenfalls ca. einen Liter während einer Zeremonie. Allerdings essen sie dazu viele Früchte, um dieses starke Zeug halbwegs zu vertragen. Ich war aber auch etwas schockiert, da die Kinder anscheinend zum Betteln erzogen werden, ständig nach einem Peso fragten und mir oft auch hartnäckig hinterherliefen. Das ist wahrscheinlich ein Auswuchs des Tourismus. Aber ich darf mich natürlich nicht beschweren, schließlich bin ich selbst Tourist. Statt den Kids einen Peso zu geben, verschenkte ich lieber Kaugummis, denn davon haben schließlich wenigstens die Kids selber etwas, statt den Peso an die Familie weiterleiten zu müssen.

Nachdem ich nun seit mehr als einem Monat im Hochland Mexikos und Guatemalas reiste, brachte mich ein Klapperbus mit

[85] Poch: alkoholisches Getränk aus Zuckerrohr, Zimt und anderen Gewürzen

Plastikfolien-Fensterscheiben in etwa sechs Stunden von San Cristobal de las Casas hinunter ins 190 Kilometer entfernte karibische Flachland Mexikos, genauer gesagt ins faszinierende Palenque. Es existieren Orte auf dieser Welt, die mich anscheinend magisch anziehen. Palenque gehört sicherlich dazu. Schließlich kam ich hier nun bereits zum dritten Mal an. Normalerweise bin ich von Orten, an die ich zurückkehre enttäuscht, da sie sich nicht zu ihrem Besseren verändert haben. Aber in Palenque war alles beim Alten geblieben. Die quirlige Stadt mit ihren hunderten Lädchen erstrahlte im Glanz tausender kleiner Glühbirnen, die mich in dieser Schwüle an das anstehende Weihnachtsfest erinnern sollten. Touristen fand ich nur an den Ausgrabungsstätten und so kam ich mir nicht wie in einem Touristenghetto vor, sondern wie in einer normalen mexikanischen Kleinstadt. Das feucht-heiße Klima hat bereits Homo Faber[86] fast um den Verstand gebracht. Daher vermied ich es, mich mit allzu vielen Corona anzufreunden, da ich meinen Verstand noch weiter nutzen muss. Die Umgebung von Palenque, das am Fuße des Hochlands von Chiapas liegt, hat mich in ihren Bann gezogen. Agua Azul, zu Deutsch blaues Wasser, ist eine Formation von kleineren Wasserfällen, die sich in eine türkis-blaue Lagune ergießen. Die Touristenmassen blieben dankenswerterweise aus, und so konnte ich das Rauschen und Gluckern des Wassers richtig genießen. Agua Clara hingegen beeindruckte mich eher durch das direkt daneben liegende Indianerdorf. Über eine Hängebrücke, die schon bessere Zeiten gesehen hatte, ging es über das rund 15 Meter tiefer fließende, türkis-blaue Wasser hinweg. Es fehlten bereits einige Planken während die anderen arg morsch waren. So unterzog ich mich einem Test über meine Schwindelfreiheit, und die Brücke hielt gleichzeitig einem Gewichtstest stand. Schließlich hält sie die kleinen, leichten, indigenen Menschen problemlos aus. Doch sie hielt sogar dem Gewicht eines deutschen Rucksackreisenden stand, und ich erreichte problemlos das gegenüberliegende Ufer. Mit den nun erworbenen Spanisch-Kenntnissen war es mir

[86] Homo Faber: Buchtitel von Max Frisch und Romanfigur

erstmals möglich, mich mit den Bewohnern zu unterhalten. Ein Gespräch war allerdings nur mit den Erwachsenen möglich, da die Kinder zunächst ihre eigene Sprache und erst mit zehn Jahren Spanisch lernen.
Der eigentliche Grund eines Besuches von Palenque sind natürlich für die meisten Menschen die Überbleibsel der alten Maya-Stadt, die wahrscheinlich während ihrer Blütezeit im 7. und 8. nachchristlichen Jh. Baak hieß. Der Name Palenque ist spanisch und bedeutet auf Deutsch Palisade. Das Schöne an Baak ist seine einzigartige Lage direkt an den Berghängen des Hochlands von Chiapas am Rande des Regenwalds. Die Gebäude wurden nach der Aufgabe der Stadt im 10. Jh. sehr schnell von üppigen Pflanzen überwuchert und erst im 19. Jh. »entdeckt«. Da Nebensaison war, konnte ich auf den Tempeln die Ruhe genießen, die hier herrschte, und ich wurde nicht von Horden Gleichgesinnter umringt. Es ist mir unbegreiflich, wie die Maya diese großen Tempel errichten konnten, ohne je vom Rad gewusst zu haben. Genauso kann ich es nicht verstehen, wie die spanischen Besatzer die Kultur als primitiv werten konnten, und dass sie die Bewohner erst später als Menschen definierten.

# Reggae, Rum und Rasta

Etappe: Von Palenque, México 18° Nord 92° West (GMT-6) nach Santa Ana, El Salvador 12° Nord 86° West (GMT-6): 1.984 km – Total 33.993 km

Santa Ana, 12. Dezember 2002

Von Palenque fuhr ich mit dem Nachtbus zur sehr kundenfreundlichen Zeit um zwei Uhr morgens an die Golfküste Mexikos. Nach mehr als zwei Monaten Abwesenheit vom Atlantik präsentierte sich dieser in Campeche so, wie ich ihn in Boston vor zwei Monaten verlassen hatte: Regen, Regen und nochmals Regen. Dank der hohen Bordsteine und der fehlenden Kanalisation verwandelten sich die Straßen in eine kleine finnische Seenplatte. Aber Campeche hat außer dieser von der Natur geformten »Sehenswürdigkeit« noch mehr zu bieten. Die gesamte Stadt war einmal von einer riesigen Stadtmauer und sieben kleinen Forts umgeben, um die Bewohner vor Seeräubern zu schützen, die die Stadt im 17. und 18. Jh. drangsalierten. Heute ist zwar nicht mehr die gesamte Mauer erhalten, aber trotzdem konnte ich noch einen guten Eindruck bekommen, wie sich das Leben innerhalb der Mauern vor 200 Jahren wohl abgespielt hatte.

Sabrina, mit der ich bereits seit San Cristobal unterwegs war, wollte sich unbedingt Hängematten kaufen. Also fuhren wir hinaus aus der Stadt in ein Dorf, das praktisch nur aus Hängematten-Läden bestand. Die Fahrt dorthin fand in einem Minibus statt. Wollte man aussteigen, musste man einen gewissen Pfeifton beherrschen, ansonsten fuhr der Busfahrer weiter. Halteknöpfe sind in diesem Teil der Welt noch Fehlanzeige. Frauen haben beim »Shoppen« bekanntlich mehr Durchhaltevermögen als unsereins. Daher war ich natürlich froh, dass die Hängematten-Muchachas auch Kaffee im Angebot hatten, und ich so Sabrinas Käuferverhalten als gelernter Kaufmann mit einer Tasse Kaffee in der Hand genüsslich studieren konnte. Da es nach Abschluss der Kaufverhandlungen schon Nacht war, beschwatzte Sabrina

ein paar Polizisten, uns zur nächsten Haltestelle zu fahren. Diese waren ziemlich begeistert, mich hinten auf der Ladefläche und Sabrina natürlich vorne beim Fahrer mitzunehmen.
Von Campeche reisten wir weiter durch die Halbinsel Yucatán nach Chichen Itzá, das das religiöse Zentrum der Maya am Ende des 10. Jh. war. Die Umgebung von Chichen Itzá bestand im Gegensatz zum üppigen Grün Palenques eher aus einer Art Busch, der mich ein bisschen an die Savannen Afrikas erinnerte. Hauptsehenswürdigkeit Chichen Itzás ist sicherlich die große Pyramide, die den Maya-Kalender symbolisiert. Jeweils 91 Stufen führen aus den vier Himmelsrichtungen nach oben auf die Plattform, die zusammen mit den insgesamt 364 Stufen ein Jahr repräsentiert. Chichen Itzá hatte ich bereits einmal vor sieben Jahren besucht. Im Gegensatz zu damals sind heute leider nicht mehr alle Teile dieser Maya-Stätte zu bewundern, da sich angeblich Touristen mit Graffiti auf den Steinen verewigen mussten. Was die Maya mit diesen Leuten veranstaltet hätten, wenn man bedenkt, dass es auf dem großen Ballspielplatz in Chichen Itzá schon ziemlich hart zur Sache ging. Der Kapitän der Verlierermannschaft wurde nach dem Ende des Fußballspiels geopfert.

Nach dem Besuch Chichen Itzás fuhren wir im Platzregen der Karibik entgegen. Da kam bei mir wirklich kein Träumen von Palmen, Sonne und Sandstrand auf, sondern eher die Angst, dass mein Daunenschlafsack bei dieser Nässe total aufweicht und vielleicht noch zu schimmeln anfängt. Als wir anfänglich auch noch Probleme bei der Quartiersuche bekamen, dachte ich, es bliebe nur noch das Zelt und eine unbequeme Nacht als Zugabe. Aber wir hatten Glück. Ein Amerikaner bot uns seinen Bus, der mit einem Strohdach gedeckt war, zum Schlafen an. Da konnte Sabrina endlich eine ihrer vier Hängematten benutzen. Ich hingegen konnte ausprobieren, wie es sich in der nächsten Zeit mit beschädigter Therm-a-Rest-Matte[87] schlafen lässt. Nicht dass das Ding ein Loch hat, da das Flicken kein Problem gewesen

[87] Therm-a-Rest-Matte: selbst-aufblasbare Isolier-Matte

wäre. Nein, diese Matte hat sich beim Zelten auf der Baja California in ihrer Konsistenz stark verändert. Mitten in der Nacht gab sie plötzlich ein Knistern von sich und plusterte sich wie ein Macho vor den Mädels auf. Dummerweise war die Matte schließlich rund zehn Zentimeter hoch, und ich kam mir auf ihr vor wie auf einem Wasserbett. Das Blöde war nur, dass dieses »Wasserbett« lediglich 60 Zentimeter breit war und ich damit permanent neben der Matte lag. Also blieb mir nur die Möglichkeit, die Matte nicht aufzublasen und auf der platten Matte zu schlafen. Dies klappte zum Glück besser als erwartet.

Nach moskitogesegneter Nacht hieß es doppelt Abschied nehmen. Einerseits vom liebgewonnen Mexiko, das mich auch während meines dritten Aufenthalts begeistert hat. Essen, Menschen, Natur und Kultur sind vom Feinsten; auch wenn dieses Land sicherlich große Probleme hat, die aber wenigstens genannt werden dürfen und hoffentlich in der Zukunft gelöst werden. Andererseits mussten Sabrina und ich uns nach sieben gemeinsamen Reisetagen wieder trennen. Jeder von uns ging jetzt wieder seinen eigenen Weg. Mit typisch mexikanischer Trompetenmusik reiste ich an der Karibik-Küste Yucatáns entlang in Richtung Grenzstadt Chetumal. »Highlight« des Busses war der Plastikblumenstrauß, der mit roten Glühbirnen bestückt war, die permanent und wie ein Heiligenschein über dem Fahrer blinkten. In Chetumal angekommen, traf ich nun endlich wieder einmal auf einen dieser »Engel«, die ich bisher auf dieser Reise vermisst hatte: »Belize!« schrie dieser um sich und eigentlich hätte ich mich in die Schlange stellen müssen, um ein Ticket nach Belize City zu bekommen. Da der Bus aber bereits fünf Minuten später abfahren sollte, organisierte dieser Mensch einfach Tickets für mich an der Schlange vorbei. Natürlich musste ich für diesen Service keinen Aufschlag zahlen. Manchmal begegne ich Menschen, die einfach nur nett sind. Dieser Mensch tauschte schließlich auch noch die restlichen mexikanischen Pesos zu einem guten Kurs ohne Kommission in Belize Dollar und schon fuhr ich zur Grenze zu Belize, dem früheren British

Honduras, das vielleicht so groß wie Hessen und Rheinland-Pfalz zusammengenommen ist.
Da die Gegend des heutigen Belize in früheren Zeiten wegen seines Korallenriffs unter Seefahrern als gefährlich galt, interessierten sich die Spanier wenig für diesen Teil Mittelamerikas. Als erste Europäer siedelten hier im 17. Jh. wegen fehlendem Recht und fehlender Ordnung britische Piraten. Die zahlreichen spanischen Schiffe, mit Gold und Silber aus Neuspanien beladen, waren eine ideale Einkommensquelle für die neuen Siedler. Offiziell war Belize Teil von Neuspanien, doch die europäischen Einwohner sympathisierten wegen ihrer Herkunft mehr mit England. Nach der Unabhängigkeit Guatemalas im Jahre 1821 war Belize eigentlich Teil Guatemalas. In einem Kuhhandel wurde schließlich Belize 1861 offiziell so genanntes »British Honduras«. Guatemala gab Belize an die Krone ab, und Großbritannien verpflichtete sich im Gegenzug, eine Straße von Belize City an der Karibik-Küste nach Guatemala-Stadt ins Hochland zu bauen. Die Briten bauten diese Straße jedoch nie, sodass Guatemala bis heute Regressansprüche an Belize stellt, die aber wahrscheinlich nie erfüllt werden. Die USA mussten dieser Landnahme trotz Monroe Doktrin[88] durch Großbritannien tatenlos zusehen, da sie sich damals selbst im Bürgerkrieg befanden. In der neuen Kolonie landeten viele Briten aus anderen Teilen des Empire, sodass Belize heute eine Art Arche Noah der Menschheit ist. Maya, Mestizen, Europäer, Chinesen, Inder, Afrikaner und Garifuna[89] bilden die heutige Nation, die seit 1981 als unabhängiger Staat im Commonwealth existiert.
Die Fahrt in die 80.000 Einwohner zählende Metropole Belize City führte an Zuckerrohr-Feldern und an vielen Dörfern vorbei. Am Dorfeingang konnte ich auf großen Schildern die genaue Einwohnerzahl lesen und nette Sprüche

---

[88] Monroe Doktrin: Die USA verboten jeglichem Land, das nicht zur westlichen Hemisphäre zählt, Kolonien in Amerika aufzubauen
[89] Garifuna: Völkermischung aus indigenen und afrikanischen Vorfahren

wie »Corozal – the village where you meet friendly people«[90] oder »Click it or ticket«[91] machten die ansonsten langweilige Fahrt mit einem relativ komfortablen Bus ein wenig interessanter. Der Grenzübertritt nach Belize versetzte mir nicht nur wegen der hier vorherrschenden englischen Sprache einen Kulturschock. Statt Mariachi[92] oder Herz-Schmerz-Musik dröhnten nun aus jeder Ecke mit ohrenbetäubender Lautstärke Rap und Reggae. Die Häuser waren plötzlich, wie in der Karibik üblich, aus Sperrholz errichtet. Dabei habe ich permanent Angst, dass beim nächsten Sturm auf einmal alles weggefegt wird. Dass diese Angst nicht unbegründet ist, zeigt die Existenz Belmopans, mit 8.000 Einwohnern neue Hauptstadt von Belize. Sie wurde mitten im Regenwald errichtet, da Belize City 1961 bei einem Wirbelsturm vollkommen zerstört wurde. Die Holzhäuser mit ihren Veranden und Balkonen, die vielen Rastafarians, die wirkliche Freundlichkeit und Gelassenheit der Menschen war mir gleich sympathisch. Abends gab es typisches Essen in Form von Reis, Bohnen und Rindfleisch zusammengemixt und von einer riesigen, dicken Afro-Mama serviert. In den Bussen hingegen gab es als Mittagessen einmal mehr Tamales, die mich wenigstens ein bisschen an Mittelamerika erinnerten. Denn ansonsten kam ich mir vor wie auf einer der vielen von mir im Jahr zuvor bereisten Antillen-Inseln. Rum war natürlich viel populärer als Bier, aber die Leute schienen sich nicht nur mit Alkohol, sondern auch mit diversen Kräutern zuzudröhnen. Nirgends sah ich bisher so viele verwirrte Menschen oft mit lauten Getöse und F-Wörter nutzend durch die Straßen irren. Aber in Belize leben wie auf den Antillen auch wieder »No-Problem-Menschen«. Schließlich scheint in Belize tatsächlich nichts ein Problem darzustellen. So kriegen es die Rastafarians auch auf die Reihe, mir viele Briefe aus der Heimat im General Post Office zu überreichen.

---

[90] Corozal – das Dorf, wo man freundliche Menschen trifft

[91] <engl.> Anschnallen oder Bußgeld

[92] Mariachi: traditionelle mexikanische Musik mit Gitarre und Gesang

Nachdem ich Reggae, Rasta und Belikin Bier in Belize ausreichend genossen hatte, reiste ich wieder mit einem alten Schulbus durch Südbelize. Vorbei an riesigen Fächerpalmen und Riesenpfützen fuhr der Bus direkt durch den Hauptfriedhof von Belize Stadt. Von Totenruhe hat man im rap- und reggaelastigen Belize noch nichts gehört. Am Straßenrand tauchten viele Siedlungen auf, die auch einem gewöhnlichen Sturm sicherlich nicht standhalten würden. Die Häuser sind aus Abfällen errichtet. Die Mehrzahl der Bewohner, die in zerfetzten Klamotten ihr Dasein fristen, stammen aus Guatemala und El Salvador. Als Flüchtlinge kamen sie vor Jahren hierher und haben es noch nicht geschafft, wieder in ihre Heimat zurückzukehren. Aber es gab auch freundlichere Szenen am Straßenrand. Afroamerikaner in Nikolaus-Mützen verkauften interessante Früchte, die mir aber überhaupt nicht schmeckten. Die so genannten »Golden Plums« sind grüne, birnenartige Früchte, die etwa wie Schwarzbeeren schmecken, aber nicht wirklich eine kulinarische Köstlichkeit darstellen. Die Tacos à la Belize waren um einiges besser. Fritierte Teigtaschen, mit Hühnchenfleisch gefüllt, wurden mit scharfer Chili-Soße und Krautsalat einmal mehr im Bus verkauft. Als Teller diente recyclebares Umweltschutzpapier. Je weiter es nach Süden ging, desto schlechter wurde die Straße, die auch von einem Wirbelsturm in Mitleidenschaft gezogen worden war. Sämtliche Brücken in Südbelize lagen als Einzelteile im Bachbett. Der Bus bahnte sich seinen Weg bei der Bachüberquerung auf einer Schlagloch-Piste nach unten an das Bachbett. Danach war Maßarbeit gefragt. Lediglich zwei, vielleicht jeweils einen halben Meter breite Bretter bildeten die Brücke. Glücklicherweise war unser Fahrer Meister im Überqueren von Brücken und wir kamen immer wieder trocken auf der anderen Bachseite an. Schließlich erreichten wir nach sieben Stunden Fahrt das Garifuna-Dorf Punta Gorda am Golf von Honduras. Garifuna sehen eher afrikanisch als indianisch aus. Ihre eigene Sprache klingt hingegen eher indianisch als afrikanisch.

Am nächsten Tag hieß es »Goodbye Belize!« und ein letztes Mal wurde sich im Rasta-Stil verabschiedet: rechte Faust auf rechte Faust und danach direkt ans Herz – »Peace Man!«. Ein bisschen britische Bürokratie verblieb auch in Belize. Erst musste ich um auszureisen eine so genannte »Conservation Fee« zahlen, bei der ich aber wenigstens wusste, dass sie für Naturschutz ausgegeben wird, wohingegen bei den umgerechnet 18 Euro, die ich in Mexiko bei der Einreise zahlte, nicht ersichtlich war, wofür sie verwendet wurden. Durch das Entrichten der Conservation Fee gelangte mein Name auf eine Liste der Ausreisewilligen. Eine riesige, dicke afroamerikanische Rasta-Frau las schließlich die Namen vor und auf Kommando mussten wir in die Nussschale springen, die uns nach Puerto Barrios in Guatemala bringen sollte. Glücklicherweise meinte es das Wetter gut mit uns und die 60-minütige Überfahrt durch den Golf von Honduras verlief problemlos.
Zurück in Guatemala ging es zu meinem Erstaunen mit einem richtigen Bus weiter in südwestlicher Richtung nach Quiriguá. Ich war hoch erfreut, meinen eigenen Sitz zu haben und meine Beine in ihrer natürlichen Länge entfalten zu können. Statt Enge hat auf einmal auch in Guatemala die Bürokratie Einzug gehalten. Es gab zu meinem Erstaunen tatsächlich Busfahrkarten. Diese wurden von einem Kontrolleur ausgestellt, der sie später wieder selber kontrollierte. Aber der Kontrolleur wurde natürlich von einem Oberkontrolleur kontrolliert, der wiederum unsere Fahrkarten auf ein Neues kontrollierte. Hier haben Schwarzfahrer garantiert keine Chance. Die Fahrt in Richtung guatemaltekisches Hochland führte an kilometerlangen Bananenplantagen vorbei. So war es auch kaum verwunderlich, dass jedes zweite Auto ein Lastwagen von Dole oder Chiquita[93] war. Die anderen Autos waren praktisch ausschließlich Lkw mit Hapag-Lloyd-Containern[94]. Diese Container traf ich seit meiner Abfahrt in Mainz tatsächlich in jeder Region mit Hochseehafen wieder. Man wird mich wahrscheinlich für bescheuert

---

[93] Dole und Chiquita: US-amerikanische Obstproduzenten
[94] Hapag Lloyd: deutscher Speditions- und Tourismuskonzern

halten, aber diese Container gaben mir seit 119 Tagen immer wieder ein Gefühl von Heimat. Schließlich gibt es auch in Mainz ein Hapag-Lloyd-Reisebüro.

Quiriguá ist ein wenig besuchtes Dorf, das lediglich von Bananenplantagen umringt ist. Die kaum noch erkennbare Maya-Ausgrabungsstätte direkt neben Chiquitavillage, das tatsächlich so heißt, hat mich ein wenig enttäuscht. Die Wanderung durch die Bananenplantagen mit der Kulisse des guatemaltekischen Berglands im Hintergrund zog mich viel mehr in ihren Bann. Die Übernachtung im Hotel Royal war allerdings alles andere als königlich. Fließendes Wasser aus dem Wasserhahn war Fehlanzeige. Stattdessen stand ein mit Wasser gefüllter Kochtopf im Waschbecken. Das Licht im Bad hatte auch keinen Lichtschalter. Die Glühbirne wurde einfach hin- und hergedreht, bis sie brannte.

Heute hieß es Abschied nehmen von Guatemala. Dieses Land hat mich wie Mexiko erneut begeistert, obwohl die Backpacker-Massen meinen wunderbaren Eindruck von Guatemala ein wenig trübten. Aber schließlich gehöre ich auch zu dieser Gattung Mensch und darf mich nicht darüber beschweren, dass es hier so viele rucksackbepackte Wesen gibt. Wieder hatten ich und besonders meine Beine großes Glück, mit einem Bus bis nach Chiquimula zu reisen. Doch schließlich war wieder meine Kunst des Verknotens gefragt, da die Reise mit dem Minibus fortgesetzt wurde. Mit 24 Leuten im Minibus überraschte mich Guatemala ein letztes Mal, ehe wir zusammengequetscht die Grenze nach El Salvador erreichten. Die Einreiseformalitäten waren ruck zuck erledigt, und schon fuhr ich mit dem Schulbus weiter nach Santa Ana, von wo ich heute berichte.

# Die sichere Vulkanbesteigung

Etappe: Von Santa Ana, El Salvador 12° Nord 86° West (GMT-6) nach Moyogalpa, Nicaragua 11° Nord 86° West (GMT-6): 947 km – Total 34.940 km

Moyogalpa, 19. Dezember 2002

Mit El Salvador verbinden sicherlich die meisten Menschen Bürgerkrieg und exzessive Gewalt. Der Leser wird sich vielleicht fragen, warum ich dieses Land besuche. Schließlich eilt El Salvador immer noch der Ruf voraus, ein Land mit hoher Kriminalitätsrate zu sein. Ich gebe zu, dass ich bei der Einreise ein ziemlich flaues Gefühl im Magen hatte. Aber gleichzeitig war ich auf dieses unbekannte Land sehr gespannt. Immerhin ist der Bürgerkrieg nun bereits zehn Jahre vorüber.

Gemeinsam mit den Nachbarstaaten errang El Salvador 1821 die Unabhängigkeit von Spanien innerhalb der mittelamerikanischen Föderation. Diese hielt bekanntlich nicht lange und 1841 wurde El Salvador ein unabhängiger Staat mit gravierenden sozialen Sprengsätzen. Einige wenige reiche Großgrundbesitzer besaßen den Großteil des landwirtschaftlich nutzbaren Landes. Hauptanbauprodukt war Kaffee. Anfang des 20. Jh. teilten sich zwei Prozent der Bevölkerung 95 Prozent der Kaffee-Export-Erlöse. 1932 kam es zu einem Aufstand der einfachen Bauern und der indigenen Bevölkerung. Das Militär reagierte sofort und tötete jeden, der indigen aussah oder mit den Aufständischen sympathisierte. Es verloren mehr als 30.000 Menschen in Folge des Aufstands ihr Leben. Die nächsten Jahrzehnte änderte sich wenig in El Salvador. Die sozialen Gegensätze zwischen Arm und Reich hatten weiterhin Bestand. 1979 wurde der Präsident vom Militär abgesetzt, weil er Reformen in Angriff nehmen wollte, um die sozialen Gegensätze zu entschärfen. Die damalige Opposition ging daraufhin in den Untergrund und formierte sich als Guerilla. In den folgenden Jahren waren Vergewaltigungen und Massaker an der Tagesordnung, sodass die USA unter dem demokratischen Präsidenten Carter jegliche Militärhilfe beendeten.

Nach dem Sieg des Republikaners Ronald Reagan bei den US-Präsidentenwahlen 1981 wurde die Militärhilfe für El Salvador wieder aufgenommen, da die salvadorianische Guerilla mit den Sozialisten in Nicaragua sympathisierte. Durch das Geld der Amerikaner wurde der Bürgerkrieg in El Salvador immer wieder verlängert. Weder die Guerilla noch das Militär konnten entscheidende Siege erringen. Es kam immer wieder zu Massakern an der Zivilbevölkerung, hauptsächlich durch so genannte Todesschwadronen, die von der Regierung toleriert wurden und der hauptsächlich indigene Menschen zum Opfer fielen. Schließlich endete 1992 der Bürgerkrieg als beide Parteien einsahen, dass sie nicht gewinnen konnten. Die Guerilla wurde Oppositionspartei, und die Regierung setzte zahlreiche Reformen um. Die Angehörigen der Todesschwadronen fielen allerdings unter eine generelle Amnestie und wurden bis jetzt nicht strafrechtlich verfolgt. In diesem Bürgerkrieg wurden etwa 75.000 Menschen getötet, und die US-Regierung gab ca. sechs Milliarden Dollar für diesen Stellvertreterkrieg aus.

Hinter der salvadorianischen Grenze befand ich mich zunächst wieder in gewohnter Umgebung, sprich in einem alten Schulbus, der mich in die alte Kolonialstadt Santa Ana brachte. Das Armaturenbrett des Busses war mit Plüschtieren voll besetzt. Die Hupe war in Form einer Schlinge über den Tierchen angebracht. So konnte der Busfahrer immer schnellstens auf sich aufmerksam machen, und die Menschen in der Straße sprangen dementsprechend auch sofort auf die Seite. Die Busse sind hier wirklich fahrende Kunstwerke. In El Salvador werden ganze Bilder auf die Busse gesprüht. So zierte beispielsweise die Freiheitsstatue den einen Bus, eine typisch salvadorianische Vulkanlandschaft einen anderen. Für die Menschen im Bus war ich die totale Attraktion, da sich Touristen scheinbar selten blicken lassen. Die Leute interessierten sich für Deutschland, die frühere Berliner Mauer, den Euro und meine Haltung zur Irakpolitik der Amerikaner. Da die Menschen in diesem Teil der Erde sicherlich andere Probleme haben, als sich mit einem Land wie Deutschland zu beschäftigen, musste ich erst einmal für Klarheit sorgen. Deutschland ist kein Bundesstaat der USA und bei uns wird nicht Englisch gesprochen. In Mittelamerika werde ich als Weißer gleich als Amerikaner angesehen. Mittelamerika ist sicherlich die letzte Weltregion, in der die USA ihren Ruf noch nicht verspielt haben. Das Sternenbanner und das Nike-Zeichen prangen auf jedem der alten Schulbusse, und überall kann man die US-Fahne kaufen.

Trotzdem sah ich diese Woche die ersten Menschen mit Osama-Bin-Ladin-T-Shirts. Diese saßen direkt neben Menschen, die T-Shirts mit der Aufschrift »Still great – still proud«[95] trugen. Anders als in Guatemala sah ich in El Salvador praktisch keine indigenen Menschen, geschweige denn Indios mit ihrer hübschen Tracht. Hier besteht die typische Tracht eher aus Baseball-Kappe und Fußballtrikot. Am häufigsten traf ich auf FC-Barcelona- und FC-Bayern-München-Trikots. Als Überbleibsel des Bürgerkrieges sehe ich aber leider auch permanent Waffen. Ob vor der Bank, der Tankstelle, dem Fastfood-Restaurant – überall stehen Wachen mit Maschinenpistolen und Pumpguns. Allerdings hatte ich niemals Probleme mit diesen Leuten. Freundlich wie alle Salvadorianer grüßten sie mich und wünschten mir eine gute Reise. Die Wachen waren sicherlich nicht umsonst hier platziert. Schließlich wirkten kurz nach Sonnenuntergang die meisten Straßen wie ausgestorben, und selbst mein Hotel machte um halb neun den Laden dicht.

Hauptattraktion El Salvadors ist seine bezaubernde Landschaft. Von Santa Ana fuhr ich mit dem Bus in eine Region mit sieben Vulkankratern, wobei eine Straße sogar auf dem Kraterrand entlangführte. Unter uns sah ich einen im Licht der Sonne herrlich leuchtenden Kratersee. Der Bus ächzte die steile Straße mit vielleicht 10 km/h hinauf – ideal zum Landschaft-Genießen. Am Ende der Straße wurde ich schon von Luiz und Nelson begrüßt. Beide sind Polizeibeamte und haben die Aufgabe, die wenigen Touristen, die hierher

---

[95] <engl.> Immer noch großartig und immer noch stolz.

kommen, beim Aufstieg auf den nahen Vulkan zu begleiten. Ich stutzte ein wenig, als Nelson seine Waffe durchlud, aber er meinte nur, das sei ganz normal und alles kein Problem. Irgendwie war es schon ein komisches Gefühl, mit zwei Polizisten im Kampfanzug auf eine Wanderung mitgenommen zu werden. Glücklicherweise verlief der Aufstieg völlig problemlos, und wir konnten die Aussicht auf die anderen Vulkankegel genießen. Für diesen Bodyguard-Service musste ich keinen Dollar bezahlen.

»Dollar?« wird sich der Leser fragen. Ja, offizielle Währung El Salvadors ist tatsächlich seit 2001 der US-Dollar. Leider nennen aber die meisten Verkäufer ihre Preise noch in der alten Währung Colón. Deshalb musste ich immer wieder meine grauen Zellen anstrengen, da die Rate Colón zu Dollar auf den krummen Betrag von 8,75 zu 1 festgelegt wurde. Schließlich bekam ich auch noch Colón als Wechselgeld und ich erfuhr, dass Colón ebenfalls noch Gültigkeit besitzen. Irgendwie hatten wir das in Europa mit der Euro-Einführung doch einfacher gelöst.

Auch Essen gehen war in El Salvador nicht immer ganz einfach. Speisekarten haben in El Salvador sozusagen ein Eigenleben, da ich immer die Köchin fragen musste, was es denn so gibt. Als Antwort wurde anschließend wie aus der Pistole geschossen das gesamte Menü aufgezählt. Glücklicherweise konnte ich wenigstens immer »Cerveza«[96] verstehen, sodass ich niemals auf dem Trockenen saß. Zum Frühstück und Mittagessen gab es meist das mittelamerikanische Standardessen: Huevos, Frijoles y Platanos. Abends aber war Pupusa[97] angesagt. Gefüllt werden die in Öl gebackenen Pupusas wahlweise mit Bohnen, Käse oder Schweinefett. Zu den Pupusas werden Krautsalat und eine extrem scharfe Chili-Tomaten-Soße serviert. Das hört sich zwar kulinarisch nicht ganz so köstlich an, ist aber tatsächlich lecker.

---

[96] Cerveza: <span.> Bier

[97] Pupusa: Reibekuchen-ähnliche Gebilde, wahlweise aus Mais- oder Reismehl geformt

Von Santa Ana reiste ich wieder mit dem Schulbus mit Golden-Gate-Bridge-Bemalung ins salvadorianische Hinterland, in dem der Bürgerkrieg am stärksten getobt hatte. Die Gebäude der Stadt Suchitoto wurden mittlerweile renoviert, aber wie es in den Menschen drinnen aussieht, blieb mir verborgen. Mir gegenüber waren die Bewohner sehr freundlich und zuvorkommend. Die Kinder schauten mich mit ihren großen braunen Augen an, lachten und kicherten, denn ein so großer Mensch kommt wahrlich nicht alle Tage in ihre Stadt. Ich wurde von den vielleicht 100 Kids, die mir an diesem Tag begegneten, kein einziges Mal um Geld angebettelt. Mit einem freundlichen »¡Holá!« waren die Kids vollkommen zufrieden. Es war angenehm, über die gepflasterten Straßen an den alten kolonialen Gebäuden entlang hinunter zum Seeufer zu marschieren. Dort konnte ich leckeren Fisch, gutes Cerveza Marke »Pilsener Lager« und die herrlich grün leuchtenden Hügel am anderen Seeufer genießen. Die Häuser am Seeufer waren hauptsächlich aus Lehmquadern geformt. Überall liegen diese Quader in der Sonne zum Trocknen, ehe sie zum Hausbau genutzt werden. So ruhig und angenehm stelle ich mir die alten Kolonialstädte San Cristobal de las Casas und Antigua Guatemala vor, bevor sie von uns Touristen in Beschlag genommen wurden.

Ich war von El Salvador sehr begeistert. Die netten und freundlichen Menschen, die mich oft neugierig anquatschten, waren sicherlich das schönste Erlebnis. Ich würde El Salvador noch als Geheimtipp ansehen, da ich insgesamt während meines Aufenthalts nur einem halben Duzend Touristen begegnete, die von dem Land ebenfalls alle begeistert waren. Ehrlich gesagt war ich heilfroh abseits der Touristenpfade unterwegs zu sein. Denn nach vier Monaten Reise ist es manchmal wirklich ermüdend, permanent neue Menschen kennen zu lernen, permanent das gleiche von sich zu erzählen und wenig später bereits wieder »¡Adios!« zu sagen. Meine Tour führte weiterhin durch touristenfreies Territorium in mein nächstes Gastland: Honduras. Den Namen bekam das Land von Christoph Kolumbus, der das Land 1502 bei seiner letzten Reise in die Neue Welt entdeckt hatte. Honduras bedeutet nichts anderes als »Tiefen«, da Kolumbus an der Karibik-Küste bemerkenswert tiefe Stellen beim Ankern vorfand. In Honduras verschlug es mich auf die kleine Pazifikinsel El Tigre im Golf von Fonseca, an den El Salvador, Honduras und Nicaragua grenzen.

Honduras wurde nach dem Ende der mittelamerikanischen Föderation 1838 unabhängig. Bis in die jüngste Zeit hatte auch in diesem Land das Militär die eigentliche Macht in den Händen. Daher wurde beispielsweise die Verfassung von 1821 bis 1982 siebzehnmal neu geschrieben; je nachdem wer im Militär das Sagen hatte. Mitte des 19. Jh. entdeckten die USA Honduras als Bananenproduzenten. Die honduranische Regierung gab großzügig Land an die großen amerikanischen Früchte-Produzenten ab. 1918 hielten diese 75 Prozent des honduranischen Bananenlandes in ihren Händen. Die Firmen wurden dementsprechend mächtig und beeinflussten nachhaltig die Politik des Landes durch die Unterstützung politischer Parteien. Immer wenn es zu Unruhen in der Bevölkerung wegen der mächtigen Firmen kam, sandten die USA Marines[98] nach Honduras, um die Interessen der US-Firmen zu schützen. Die honduranische Regierung war bis Ende der 60er Jahre des letzten Jahrhunderts immer mehr oder weniger abhängig von diesen Firmen und ließ sich auch sehr häufig schmieren. In dieser Zeit ist der Begriff der »Bananenrepublik« entstanden, der noch heute für chaotische und korrupte Länder verwendet wird. 1969 kam es zwischen Honduras und El Salvador nach einem WM-Qualifikationsspiel zum so genannten Fußball-Krieg, der mangels Geld nur 100 Stunden dauerte. Der Auslöser für den Krieg waren Ausschreitungen während des Fußballspiels, bei denen zahlreiche honduranische Fans in San Salvador verletzt wurden. Der Grund lag aber tiefer. Honduras war aufgrund der Überbevölkerung im kleinen El Salvador von mehr als 300.000 salvadorianischen Flüchtlingen als neue Heimat entdeckt worden. Honduras wies 1969 einige Hundert Salvadorianer aus und rund

[98] Marines: US-Elitetruppe

15.000 Salvadorianer folgten wenig später, nachdem sie in Honduras misshandelt worden waren.
Honduras litt in den 70er und 80er Jahren unter den Bürgerkriegen in seinen drei Nachbarländern Guatemala, El Salvador und Nicaragua. Tausende von Flüchtlingen suchten Schutz vor Terror und Mord und belasteten das arme Honduras. Durch die massive US-Militärhilfe in Honduras kam es nie zu einem Bürgerkrieg. Die Militärs waren zu mächtig, als dass jemand den Aufstand gewagt hätte. Dies war aber auch weniger nötig als in den Nachbarländern. Die Regierung hatte schon Anfang der 60er Jahre Landreformen durchgezogen, die einen Bürgerkrieg verhinderten. In letzter Zeit wurde Honduras von zwei Naturkatastrophen heimgesucht, die das Land an den Rande des wirtschaftlichen Abgrunds brachten. 1998 verwüstete der Hurrikane »Mitch« das ganze Land und 2001/2002 wurde das Land von einer Dürre heimgesucht. Auf der Fahrt durch die trockene Küstenregion Honduras sah ich sofort das Resultat dieser Dürre. Verendete Rinder lagen am Straßenrand und waren ein gefundenes Fressen für die Geier. Überall sah ich nur vertrocknetes Gras und verkrüppelte Bäume, die kaum Schatten spendeten. Die Hügel am Rande der Straße sahen alle wie kleine Zuckerhüte aus. Glücklicherweise gab es in jedem Dorf Wasserverkäufer. Bei Temperaturen zwischen 45 und 50 Grad Celsius im Schatten kam ich mit dem Trinken kaum nach. Am Abend hatte ich nach rund zehnstündiger Fahrt und 280 Kilometern mein Ziel, die Insel El Tigre, erreicht.
Auf El Tigre lebt es sich noch fern von Internet und fließendem Wasser. Im kleinen Hotel am Hafen musste ich das hoteleigene Brunnenwasser eimerweise ins Klo kippen um abzuspülen. Die Dusche bestand ebenfalls aus einem Wasserkübel, mit dem ich mich mehrmals begoss. Dass die Leute in Honduras äußerst fußballverrückt sind, zeigte sich in meinem Hotel. Die halbe Inselbevölkerung sah das sonntägliche Fußballspiel im Fernsehen. Alle hatten die Olimpia-Tegucigalpa-Trikots an und brachten Trompeten zur Unterstützung mit. Olimpia gewann schließlich und anschließend ging es mit

Fahnen raus auf den Pazifik, mit den kleinen Fischerbooten Korso fahren. Dazu wurden Feuerwerkskörper gezündet, sodass meine Ohren danach ziemlich taub waren. Nach Spielende entdeckte ich im Hotel am Ende der Welt riesige Poster von Olli Kahn und Co. mit dem Titel »Vizeweltmeister 2002«. Abends bekam ich schließlich als »Alemán«[99] aufgrund meiner Nationalität noch Bier von den sicherlich nicht reichen Honduranern ausgegeben.

Am nächsten Tag beim Frühstück zeigte sich plötzlich ein weiteres Talent der Honduraner. Bei Temperaturen von 40 Grad Celsius und blauem Himmel dröhnte morgens um halb sieben das nicht ganz passende »November Rain« von Guns N' Roses und »Smells Like Teen Spirit« von Nirvana. Dazu fingen die Honduraner doch tatsächlich an, auf der Straße herumzutanzen. Danach wanderte ich über die Insel und schwätzte ab und zu mit den Menschen, die mir am Wegesrand begegneten, über Gott und die Welt. Auch hier liefen die Kids manchmal kürzer manchmal länger mit mir mit und freuten sich einfach, einen »Alemán« ein wenig auf seiner Wanderung zu begleiten. Gebettelt wurde auch hier nicht, obwohl die Menschen sicherlich nicht viel zum Leben haben. Die Hütten wurden entweder wieder aus Lehm oder aus Holzzweigen errichtet. Stroh gibt es nicht, daher waren alle Hüttchen mit rostroten Ziegeln gedeckt. Auf El Tigre hatte ich nun auch endlich Zeit zum Erholen bei blauem Himmel, Palmen-Wald und warmem Wasser. Nur die Touristen fehlten, sodass ich den weißen Strand für mich alleine hatte.

Schließlich hieß es leider Abschied nehmen von Honduras und El Tigre. Auf der innenliegenden Motorhaube eines Busses verbrachte ich die Fahrt in Richtung nicaraguanischer Grenze. Nicaragua empfing mich anschließend etwas unhöflich, wie ich meine. Erst musste ich zwei US-Dollar für den Einreisestempel zahlen. Danach folgten fünf US-Dollar für die obligatorische Touristenkarte und später noch einmal zehn Cordoba[100]

---

[99] Alemán: <span.> Deutscher

[100] 10 Cordoba = 0,60 Euro

Bearbeitungsgebühr. Schließlich kam noch ein Steuereintreiber der Gemeinde und hielt mir einen Wisch unter die Nase, der besagte, dass Nicht-Mittelamerikaner einen US-Dollar Gemeindesteuer zu entrichten hatten. Als Souvenir bekam ich schließlich für jeden dieser Beträge eine Extraquittung ausgestellt. Irgendwie war ich danach von Nicaragua bereits bedient, obwohl ich sagen muss, dass viele andere Länder wesentlich mehr Geld für Visa von Ausländern verlangen. Aber dieser eher negative Eindruck von Nicaragua bestätigte sich später nochmals bei manchen Menschen. Permanent wurde ich vor allem von den Jugendlichen als »Gringo« bezeichnet. Dies ist nicht unbedingt eine negative Bemerkung, zeigt aber, dass die Menschen jeden Weißen doch zumindest mit diesem Wort gewissermaßen abstempeln. Wenn ich auf Spanisch antwortete, dass ich Deutscher sei, und fragte, was diese Bezeichnung soll, wird nur fragend zurückgeschaut. Oft wurde ich auch auf Englisch mit »My friend« angequatscht, was genauso ätzend ist. Ich vermisste wirklich die Höflichkeit der Menschen in El Salvador und Honduras. Auch gab es wieder vermehrt Touristen, was wahrscheinlich der Grund für meine schlechten Erfahrungen ist. Natürlich traf ich auch wieder auf nette Menschen. Ich wurde gerade auf einem Pick-up, der eigentlich schon mit Bananen vollgeladen war, noch obendrauf gesetzt und konnte mir so den Heimweg auf einer Staubpiste ersparen.

# Weihnachten am Strand

Etappe: Von Moyogalpa, Nicaragua 11° Nord 86° West (GMT-6) nach Boquete, Panamá 09° Nord 82° West (GMT-5): 992 km – Total 35.932 km

Boquete, 26. Dezember 2002

Der erste Eindruck ist entscheidend, so wird allgemein behauptet. Auf Nicaragua trifft dies nur zum Teil zu. Obwohl ich auch weiterhin mit »Gringo« tituliert und mit »My friend« angequatscht wurde, genoss ich trotzdem meinen Aufenthalt. Sicherlich hat dieses Geplapper von Gringos etwas mit der bitteren Geschichte zu tun, in der die wahren Gringos sich nicht gerade mit viel Ruhm bekleckerten.

Bevor Kolumbus auf seiner Reise 1502 die Region entdeckte, lebten hier hauptsächlich indigene Bewohner, die sich selbst »Nicarao« nannten. Die Spanier leiteten daraus den Namen »Nicaragua« ab. Sie gründeten um 1520 die beiden Städte León und Granada, die über die nächsten Jahrhunderte die Geschichte Nicaraguas stark prägten. Die heutige Hauptstadt Managua war bis ins 19. Jh. ein Dorf. Strategisch günstig am Ausfluss des Lago de Nicaragua in Richtung Pazifik gelegen, wurde Granada bald Heimat einer betuchten konservativen spanischen Oberschicht. León hingegen war Zentrum der Intellektuellen und radikalen Denker, die den Gedanken der französischen und amerikanischen Revolutionen anhingen. Zunächst war León Hauptstadt, nachdem Nicaragua, wie seine Nachbarn 1821 von Spanien unabhängig und Teil der mittelamerikanischen Staatengemeinschaft wurde. Nachdem diese im Jahr 1838 zerbrach, wurde Nicaragua unabhängig. Die Bewohner Granadas waren mit der Wahl Leóns als Hauptstadt nicht einverstanden. So kam es zu einem erbitterten Streit zwischen den beiden Städten um die Vorherrschaft im Land. Wenn Zwei sich streiten freut sich bekanntlich der Dritte. In diesem Fall waren es die Briten, die die Karibik-Küste Nicaraguas besetzten. Schließlich stand ein gewaltiges Vorhaben im Raum. In Mittelamerika sollte ein Kanal gebaut werden, um den Seeweg um den Südzipfel

von Südamerika abzukürzen. Einer dieser potenziellen Stellen für den Kanalbau war die Region um den Lago de Nicaragua, da große Teile der Landenge durch Flüsse und den See einen erheblichen Teil der zu bewältigenden Bauarbeiten abnehmen würden.
Schließlich wurde eine friedliche Lösung zwischen León und Granada gefunden. Man einigte sich darauf, das Dorf Managua zur Hauptstadt zu erklären. Die Briten zogen sich 1860 mehr oder weniger freiwillig wieder von der Karibik-Küste zurück, und Nicaragua existiert seither in den heutigen Grenzen. 1893 schloss der nigaraguanische Präsident einen Pakt mit Deutschland und Japan, um den Kanal zu bauen. Damit hatte er es sich mit den USA verdorben. Diese drängten den Präsidenten aus dem Amt und bestimmten fortan, wer in Nicaragua das Sagen hatte, indem immer Marines geschickt wurden, sobald den USA die aktuelle Lage in Nicaragua missfiel. Schließlich putschte sich 1937 Anastasio Somoza an die Macht und regierte als Diktator für die nächsten 20 Jahre. Er wurde berühmt für seine Raffgier, möglichst viel Staatsgeld auf die Seite zu schaffen. US Präsident F. Roosevelt sagte über Somoza: »He may be a son of a bitch, but at least he is our son of a bitch.«[101] Mit anderen Worten, den USA war es egal, wie er sich im Land verhielt, Hauptsache, er war auf ihrer Seite und nicht kommunistisch. 1956 wurde Somoza ermordet, doch mit seinem Sohn als Nachfolger änderte sich nichts. Mitte der 70er Jahre wurde der Wiederstand im Land größer. Es entstand die Guerillaorganisation der Sandinisten, benannt nach einem frühem Widerstandskämpfer, der auf Anweisung von Somoza Anfang der 30er Jahre des 20. Jh. ermordet wurde. 1979 wurde der Diktator schließlich von den Sandinisten, unter großem Beifall der Bevölkerung, gestürzt. Trotz der sozialistisch angehauchten neuen Regierung unterstützen die USA unter Präsident Carter die Sandinisten. Doch zwei Jahre später setzte der neue US-Präsident Reagan das Hilfsprogramm aus und unterstütze fortan die so

---

[101] <engl.> Er mag ein Hurensohn sein, aber wenigstens ist er unser Hurensohn.

genannten Contras.[102] Es kam erneut zu einem Bürgerkrieg, der sogar in den USA Schlagzeilen machte, da der Geheimdienst CIA auf illegale Weise die Contras unterstütze, indem er Waffen an den Iran verkauft hatte und den Kaufpreis weiterleitete. Glücklicherweise endete der Bürgerkrieg kurz nachdem das Waffengeschäft aufgedeckt worden war, und die Contras kein Geld mehr hatten, um Krieg zu führen. Obwohl die Sandinisten während ihrer Herrschaft beispielsweise die Analphabeten-Quote von 50 Prozent auf 13 Prozent senkten, waren sie in der Bevölkerung nicht sonderlich populär. Die Wirtschaft des Landes wurde durch ein US-Embargo sabotiert. Dadurch war es der Bevölkerung teilweise noch schlechter ergangen als zu Zeiten der Somoza-Diktatur, wie mir einige Nicaraguaner berichteten. Mittlerweile ist Nicaragua offiziell ein demokratischer Staat, der aber von korrupten Beamten beherrscht wird. Gerade wurde der letzte Präsident unter Hausarrest gestellt, weil er angeblich etwa 100 Millionen US-Dollar beiseite geschafft hatte.

Ich kann daher die Menschen verstehen, wenn sie mich »Gringo« schimpften. Es verwundert mich vielmehr, dass in den anderen mittelamerikanischen Ländern die Leute amerikanisch aussehenden Menschen noch freundlich entgegentreten. Dass Nicaragua ein bettelarmes Land ist, erkannte ich beim Blick auf die Transportmittel. Hier wird noch das Pferd als Fortbewegungsmittel für Lasten und als Kutschengespann eingesetzt. Ein bisschen grotesk wirkte es schon, wenn in der Innenstadt von León der Hufschmied direkt neben dem Internetcafé saß. Natürlich stoß ich auch wieder auf die legendären ausgedienten US-Schulbusse als öffentliches Verkehrsmittel. Wahrscheinlich sind diese die langsamsten der Welt. Von Chinandega nach León brauchte der Bus für 36 Kilometer guter flacher Straße 90 Minuten. Der Fahrer brachte es nie fertig, vom zweiten in den dritten Gang zu schalten. So ging es hochtourig, das Trommelfell folternd, an rauchenden Vulkankegeln durchs Land. Zum Teil lag das Schneckentempo aber auch an

[102] Contras: <span.> Konterrevolutionäre

den vielen Futterstopps, die eingelegt wurden. Kulinarisch hat mich Nicaragua daher nicht enttäuscht. Mal gab es Nachos[103] mit Tomaten-Kraut-Salat, Kuchen eingelegt in einer Plastiktüte mit Rum, oder es gab frisches Gebäck, direkt vom Backblech in den Bus geliefert. Die obligatorischen Getränke wie Cola wurden immer in Plastiktütchen umgefüllt, da es noch das alt bewährte Pfandflaschen-System gibt. In den anderen Ländern Mittelamerikas ist es eine Schande, dass die Getränkekonzerne auf Einweg-Plastikflaschen umgestellt haben, denn diese verschandeln die ohnehin bereits verdreckte Landschaft nur zusätzlich. Essen die Nicaraguaner einmal nicht im Bus, genießen sie es oft auf dem Platz vor der Kathedrale in einer Biergarten-ähnlichen Umgebung. Zu den herrlich frischen Obstsäften, garantiert ohne Zucker und Chemikalien, wird meist Vigeron[104] gereicht. Das Frühstück fällt zum Teil ziemlich deftig aus. Einmal gab es eine Art Schwenkbraten mit Reis und Krautsalat.

Nachdem ich den beiden alten Rivalen León und Granada einen Besuch abgestattet hatte, fuhr ich hinaus auf den Lago de Nicaragua zur Insel Ometepe. Diese Insel entstand aus zwei Vulkanen, die sich im See bildeten und so nahe beieinander liegen, dass sich irgendwann eine Landenge zwischen den beiden Kegeln bildete. Ometepe ist ein wahrer Hort des Friedens: kaum Touristen, wenig Autos und keine vernünftigen Straßen. Dies waren ideale Voraussetzungen, um mit einem uralten Mountainbike die Insel zu erkunden. Nachdem ich die Tücken des Rads erkannt hatte, konnte ich mit dem Schaltkabel der Gangschaltung die Ritzel wechseln, indem ich es entweder anspannte oder lockerte, je nachdem in welchen Gang ich schalten wollte. Am Ende des Tages war zwar meine Handfläche so geschwollen, dass sie mich mehr an einen Baseball-Handschuh als an ein Stück meines Körpers erinnerte, aber so konnte ich wenigstens die 90 Kilometer um die

---

[103]Nachos: Maischips

[104]Vigeron: gestampfte Palmlilie, Krautsalat und fritiertem Schweinefleisch auf Bananenblatt

Insel radeln, ohne dass die Kette irgendwann zeriss. Da diese wahrscheinlich seit ihrer Fertigung nie mit Öl in Berührung kam, nutzte ich meine Sonnencreme als Schmiermittel, was die Kette mit gleitendem Surren statt heftigem Geknirsche dankte. Auch sonst war Ometepe ein Ort des »Action-Urlaubs«. Ich konnte leicht und locker »Klobrillen-Surfen«, denn die Klobrille auf meiner Toilette war natürlich nirgends befestigt und das konnte einen schwächelnden Backpacker leicht aus dem Gleichgewicht bringen. Nun war also sogar auf dem Klo höchste Konzentration von Nöten!

Die Menschen auf Ometepe entschädigten mich mit ihrer Freundlichkeit für die anstrengenden Jugendlichen Festland-Nicaraguas. Bauern mit halbmeterlangen Macheten und Hirten grüßten mich auf ihrem Weg zur Arbeit. Sie freuten sich über ein kleines Schwätzchen mit dem »Trotamundo«[105] aus Deutschland. Auf meiner Tour begleiteten mich viele Schmetterlinge in kunterbunten Farben und blaue Vögel mit schwarzen Hauben und riesiger schwarzer Schwanzfeder, namens Urraca. Die Fahrt führte an gelbleuchtenden Blumenwiesen und Weiden vorbei, in der einträchtig Pferd, Rind und Schwein grasten und grunzten. Manche Pferde waren allerdings angebunden und bildeten unfreiwillige Straßensperren, indem sie natürlich genau auf der gegenüberliegenden Straßenseite des Pflocks grasten und so öfters die betagte Fahrradbremse zu Hochleistungen antrieben. Dass nicht nur Menschen zur Teamarbeit fähig sind, sondern auch Tiere zeigte die Spinnen-Mannschaft von Ometepe. Vielleicht 50 Spinnen webten ein Riesennetz, das etwa die Ausmaße einer Tischtennis-Platte hatte, sich von Ästen hinunter bis in die Büsche spannte und den vielen Moskitos keine Chance ließ. Nachdem ich mich gerade mit Nicaragua wieder einigermaßen versöhnt hatte, verließ ich Ometepe in Richtung Süden zur costa-ricanischen Grenze und wurde ein letztes Mal abgezockt. Die Kids des Grenzdorfes hatten das Monopol für die Ausreisekarten und verlangten für diese fünf Cordoba.[106] Schließlich durfte

---

[105]Trotamundo: <span.> Weltenbummler

[106]5 Cordoba = 0,30 Euro

ich wieder einen US-Dollar Gemeindesteuer berappen und schließlich nochmals vier US-Dollar blechen, um den Ausreisestempel zu erhaschen. Als Andenken durfte ich die fünf US-Dollar teure Touristenkarte behalten, die noch von der Einreise stammte.

Costa Rica empfing mich sehr angenehm. Die Touristenkarte und den Einreisestempel gab es gratis und eine Gemeindesteuer wurde nicht erhoben. Danach erlebte ich den ersten »Kulturschock« seit der Einreise nach Mexiko. In Costa Rica gab es wieder »richtige« Busse, die sogar nach einem Abfahrtsplan fuhren. Statt mit Plüschtieren und Heiligen-Bildchen war das Armaturenbrett des Busfahrers mit einer Fahrpreisliste bestückt. Zu meiner größten Verwunderung fuhren die Busse mit nicht mehr gekannter deutscher Pünktlichkeit ab. Wenig später gab es den nächsten »Schock« – Recycling. Statt mittelamerikanischer Entsorgung à la Müll-auf-die-Straße-kippen, existieren hier Mülleimer für Glas, Papier und Restmüll. Schließlich ließen auch noch Supermärkte mein verkümmertes Shopping-Herz höher schlagen. Ich fühlte mich in Costa Rica fast wie nach Deutschland versetzt. Das chaotische Mittelamerika legte nun eine Pause ein, und ich genoss die Ähnlichkeiten zur Heimat. Nicht, dass mir die anderen Länder unsympathisch waren, ich mochte sie alle, aber diese Abwechslung gefiel mir äußerst gut. Die Landschaft Costa Ricas erinnerte mich schließlich an den Allgäu und das Schweizer Voralpen-Land: »...dunkle Tannen, grüne Wiesen im Sonnenschein...«. Der Heidi-Song ging mir nicht mehr aus dem Kopf. Glücklicherweise machten mir Vulkankegel und Palmen bald wieder klar, dass ich mich in Mittelamerika befand.

Auch Costa Rica wurde von Christoph Kolumbus auf einer seiner Reisen entdeckt. Da er hier auf indigene Menschen traf, die goldene Ketten trugen, nannte er die Region »Costa Rica«.[107] Der angebliche Reichtum stellte sich allerdings bald als Irrtum heraus. Das Gold stammte aus Kolumbien. Costa Rica blieb die ärmste Kolonie in Neuspanien und wurde ebenfalls 1821 in

---

[107]Costa Rica: <span.> reiche Küste

die mittelamerikanische Union aufgenommen, ehe das Land 1839 unabhängig wurde. Im Gegensatz zu den anderen Staaten Mittelamerikas kann Costa Rica auf eine relativ ruhige Geschichte zurückblicken. Seit 1889 werden demokratische Wahlen abgehalten, wobei anfangs allerdings Frauen und Afroamerikaner von der Wahl ausgeschlossen waren. Nach dem 1. Weltkrieg bestand kurz Gefahr für die Demokratie, als ein Verteidigungsminister versuchte, sich an die Macht zu putschen. Aber dank der USA und der Bevölkerung Costa Ricas, die sich gegen den potenziellen Diktator wehrten, blieb es bei einem Versuch. Nach dem 2. Weltkrieg erhielten Frauen und Afroamerikaner das Wahlrecht. Seither gilt Costa Rica als Musterland Lateinamerikas, was Menschenrechte und relativen Wohlstand betrifft. Dass es den »Ticos«[108] besser geht als ihren Nachbarn, erkennt man u. a. an den aus Stein errichteten Häusern, wohingegen in den Nachbarländern Holzhütten das Dorfbild prägen.

Nicht nur die Busse haben in Costa Rica einen Fahrplan auch der Vulkan Arenal spuckt im Viertelstundentakt den glotzenden Touristen Lava um die Ohren. Es war beeindruckend, nachts durch den Regenwald zu wandern, plötzlich auf einem alten Lavafeld zu stehen und wenig später ein Donnern zu hören, dem im selben Augenblick eine Gasexplosion folgte, an die sich die bereits erwähnten Lavafontänen anschlossen. Dieses etwas verfrühte Sylvester-Feuerwerk der Natur war für mich als »anonymen Pyromanen« natürlich das Paradies auf Erden. Auch sonst erinnert Costa Rica oft an ein Naturparadies sondergleichen. Leguane[109] und Affen tummeln sich auf den Bäumen. Krebse krabbeln hektisch am Strand durch die Gegend, ähnlich denjenigen Menschen, die am 24. Dezember schnell noch ein Weihnachtsgeschenk besorgen müssen. Dagegen erinnerten mich die Schlangen eher an Hooligans beim Fußballspiel. Ahnungslos stapfte ich durch die Gegend und wurde plötzlich völlig grundlos von einer Schlange angezischt. Mit

---

[108]Tico: Einwohner Costa Ricas

[109]Leguan: <karib.> tropische Baumeidechse

aufgerissenem Maul kam sie mir entgegen und versperrte mir provokativ den Weg. Anscheinend wusste sie, wer hier am längeren Hebel sitzt und mir blieb nichts anderes übrig, als den geordneten Rückzug anzutreten. Nach diesem Stress hatte ich mir ein erholsames Weihnachtsfest am Karibik-Strand Costa Ricas verdient.

In Puerto Viejo de Talamanca fand ich ein nettes Plätzchen zum Zelten. 50 Meter weiter warteten der Strand, das Meer und die Palmen auf mich. Am besten ließ es sich natürlich in einer Hängematte auf die Bescherung warten. Diese fiel für mich sehr simpel aus. Gutes Essen und süffige Cocktails, die ich zusammen mit anderen Reisenden genoss. Wir hatten alle das gleiche Gefühl. Bei 30 Grad Celsius, Sonne, Strand und Meer kann keine Weihnachtsstimmung aufkommen. Daher war auch niemand frustriert, nun nicht bei seiner Familie unterm Christbaum zu sitzen. Wir ließen Weihnachten einfach Weihnachten sein.

# Fiesta Columbiana

Etappe: Von Boquete, Panamá 09° Nord 82° West (GMT-5) nach Pasto, Colombia 01° Nord 77° West (GMT-5): 2.052 km – Total 37.984 km

Pasto, 2. Januar 2003

Bevor ich nach Panama einreisen durfte, lernte ich von den costa-ricanischen Grenzbehörden, dass Grenzübertritte in Costa Rica auch umständlich sein können, nachdem ich im letzten Kapitel das Land für sein unbürokratisches Vorgehen bei der Einreiseprozedur gelobt hatte. Zunächst musste ich von der Grenze ins Dorf zurücklaufen, um in der Apotheke umgerechnet etwa 70 Cent für eine Spende an das Cruz Roja[110] loszuwerden. Dafür bekam ich eine Gebührenmarke in den Pass geklebt, die schließlich mit dem obligatorischen Ausreisestempel versehen wurde. Danach durfte ich endlich auf einer Eisenbahnbrücke, die lediglich aus Schienen und glücklicherweise eng gesetzten Schwellen bestand, den Grenzfluss überqueren. So hüpfte ich von Schwelle zu Schwelle und traute meinen Augen nicht, als auch ein Lkw auf die Idee kam, den Fluss zu überqueren. Doch die Brücke hielt dem Fahrzeug stand, und ich war trockenen Fußes in Panama angekommen.

Janosch[111] hatte Recht mit seiner Behauptung: »Oh, wie schön ist Panama.« Die Einreise verlief so schnell wie ich diesen Satz verfasst habe. Pass auf, Stempel rein, Pass zu. ¡Bienvenidos en Panamá! Die Busfahrten in Panama waren ebenfalls sehr angenehm. Ging es mit dem ausrangierten Schulbus auf Tour, war dieser meist leer, und ich konnte meine Beine auf der gesamten Länge der Bank ausbreiten. Waren größere Distanzen zu meistern, kamen Minibusse zum Einsatz, wie sie in den Nachbarländern nur für organisierte Touristenfahrten genutzt werden: komfortable Sitze mit einem Sitzabstand, der die »Sandwich-Sitzungen« der vergangenen Wochen vergessen ließ. Auch Heiligen-Bildchen gab es wieder. Aber natürlich waren sie in einem

---

[110] Cruz Roja: <span.> Rotes Kreuz

[111] Janosch: deutscher Kinderbuch-Autor

goldenen Rahmen korrekt über dem Fahrer angeordnet. Die Reise führte anfangs an Bananenplantagen vorbei. Der Begriff »Chiquita« ist aus dem Namen der an diesem Tag durchfahrenen panamaischen Provinz Chiquiri entstanden. In nur zwei Stunden Fahrt reiste ich von der Atlantikküste Panamas hinüber zur Pazifikküste. Die Landenge zwischen den beiden Weltmeeren, die den Staat Panama bildet, machte das Land in den letzten fünf Jahrhunderten zum Spielball der Weltmächte.

Bevor die Spanier unter Vacso Núñez Balboa 1501 an die Küste Panamas segelten, war die Region bereits lange von indigenen Menschen bewohnt. Die Spanier nannten die Region »Panamá«, das in einer der vielen lokalen indigenen Sprachen »fischreich« bedeutet. Balboa gründete 1510 die erste europäische Siedlung auf amerikanischen Boden im Darién Gebiet, dem heutigen Grenzgebiet zu Kolumbien. Auf seiner Suche nach Gold, das den Erzählungen der Eingeborenen nach aus dem Süden stammte, erreichte Balboa 1513 als erster Europäer den Pazifik. Panama-Stadt wurde 1519 gegründet und war schon bald wichtiger Handelspunkt zwischen Atlantik und Pazifik. 1730 wurde Panama Teil der spanischen Provinz »Nueva Andalucía«, das später in »Colombia« umbenannt wurde. 1821 wurde Colombia unabhängig und Panama Teil des neuen Staates, der auf deutsch Kolumbien heißt.

Schon seit dem 16. Jh. existierte der Plan, einen Kanal in Mittelamerika zu bauen, um den Seeweg um Kap Hoorn abzukürzen. Mögliche Stellen waren der Isthmus von Tehuantepec in Mexiko, der Lago Nicaragua und die Landenge zwischen der Bucht von Limón und der Bucht von Panama-Stadt. Während eines Gipfels 1878 in Paris, an dem die besten Ingenieure der damaligen Zeit[112] teilnahmen, wurde in einer Abstimmung für den Kanalbau in Panama votiert. Panama wurde Nicaragua schließlich vorgezogen, da in hier die Gefahr von Erdbeben geringer war. Die kolumbianische Regierung verkaufte die Rechte für den Kanalbau über Umwege an den französischen

[112]u. a. Kanalbauer von Suez, Tunnelbauer des St. Gotthard in der Schweiz

Diplomaten Ferdinand de Lesseps. Die USA sicherten sich gleichzeitig die Rechte für einen potenziellen Kanalbau in Nicaragua, nachdem sie den dortigen Präsidenten absetzten, der die Rechte an Deutschland und Japan verkauft hatte. 1881 begannen die Franzosen mit dem Bau in Panama. 22.000 Menschen, hauptsächlich Franzosen und Arbeiter aus den französischen Überseedepartements Martinique und Guadeloupe, starben während der ersten Bauphase an Malaria und Gelbfieber. Das Projekt stellte sich schwieriger als erwartet heraus, und die Kosten schossen in die Höhe, sodass 1889 die französische Kanalbau-Gesellschaft von Lesseps Pleite war. Einer der Chefingenieure der Gesellschaft, der Franzose Philippe Bunau-Varilla, gründete eine neue Gesellschaft, und fragte 1903 bei der kolumbianischen Regierung an, die Rechte für den Bau auf die USA zu übertragen. Kolumbien lehnte dies ab. In Panama bildete sich anfangs des 20. Jh. eine Unabhängigkeitsbewegung, die durch diese ablehnende Haltung Kolumbiens zusätzlichen Auftrieb bekam. Mit Unterstützung der USA erklärten einige Revolutionäre am 3. November 1903 die Unabhängigkeit Panamas von Kolumbien. US-Schlachtschiffe hielten kolumbianische Kriegsschiffe von einer Intervention ab. Bunau-Varilla unterzeichnete einige Tage später in Washington DC einen Vertrag mit den USA, der diesen die Souveränität über die zukünftige Kanalzone einräumte. Trotz panamaischen Protests wurde der Vertrag im amerikanischen Kongress ratifiziert. Das Verhältnis zwischen Panama und den USA wurde dadurch bis zum Sylvester-Tag 1999 belastet. An diesem Tag gaben die USA Panama die volle Souveränität über die Kanalzone, und der Panamakanal gehörte von da an tatsächlich Panama. Am 15. August 1914 wurde der Kanal nach 10-jähriger Bauphase eingeweiht. Die USA blieben in Panama bis 1999 präsent und mischten sich immer wieder in die Innenpolitik des Landes ein, bewahrten das Land aber gleichzeitig vor Bürgerkriegen, die in den anderen mittelamerikanischen Ländern leider an der Tagesordnung waren. Die größte Einmischung stellte Operation »Just Cause« im Dezember 1989 dar, die zum Ziel hatte, den panamaischen Ex-CIA Agenten und damaligen Diktator von Panama Colonel Manuel Antonio Noriega zu verhaften. Dieser wurde von den USA verdächtigt, in Drogenschmuggel und organisierte Kriminalität verwickelt zu sein. Nachdem Noriega im Dezember 1989 demokratische Wahlen verlor, erklärte er diese für ungültig, und er ernannte sich wieder zum Präsidenten. Durch ein US-Wirtschaftsembargo war Panama praktisch pleite. Daher erklärte Noriega den USA den Krieg, und ein unbewaffneter US-Marine wurde in der Kanalzone erschossen. Die USA reagierten mit Operation »Just Cause« sofort. Präsident George Bush senior entsandte 26.000 Soldaten und Panama-Stadt wurde angegriffen. Noriega floh am Weihnachtstag 1989 in die Botschaft des Vatikan. US-Soldaten bauten vor der Botschaft riesige Lautsprecheranlagen auf und spielten zehn Tage lang Rockmusik in ohrenbetäubender Lautstärke. Am 3. Januar 1990 gab Noriega entnervt auf, wurde nach Miami, Florida geflogen und sitzt seitdem eine 40-jährige Haftstrafe wegen Drogenschmuggels ab. Der eigentliche Gewinner der Präsidentenwahl wurde bald darauf zum Präsidenten ernannt. Seit 1999 ist Doña Mireya Moscoso als erste Frau Panamas Präsidentin des Landes. Das Verhältnis zwischen den USA und Panama blieb weiterhin gespannt, da rund 4.000 Panamaer bei »Just Cause« ums Leben kamen, gleichzeitig die Bevölkerung aber auch dankbar war, dass Noriega verjagt wurde. Schließlich vergessen aber die Panamaer nicht, dass Noriega vom CIA anfangs unterstützt wurde. Als letztes Überbleibsel der amerikanischen Zeit in Panama zahlte ich noch immer mit US-Dollar, die hier allerdings »Balboa« heißen, aber auf denen natürlich »United States of America« steht. »Quarter«, »Dime«[113] etc. stammen zum Teil aus den USA, zum Teil landen auch panamaische »Quarter Balboa« und »Dime Balboa« in meinem Geldbeutel. Gut für einen Backpacker ist die Tatsache, dass ich hier mit meiner Bankkarte an jedem Geldautomaten US-Dollar bekomme, die nun einmal das beste Zahlungsmittel weltweit in jedem Kaff der Welt sind. Schließlich waren meine

[113]Quarter: 25 US-Cent Münze; Dime: 10 US-Cent Münze

Dollarbestände, seitdem ich San Diego am 1. November 2002 verließ, fast aufgebraucht.
Bepackt mit Rucksack, Schlafsack, Matte, Zelt und Nahrungsmittel für zwei Tage startete ich von Boquete zur Besteigung des Vulkan Barú, um den angegessenen Weihnachtsspeck wieder abzutrainieren. Mit 3.475 Metern ist der Barú nicht sonderlich hoch, und der Wanderweg bestand die meiste Zeit aus einer Piste für Allrad-Fahrzeuge. Also sollte die Tour ziemlich einfach werden. Doch leider hatte ich nicht bedacht, dass ich auf etwa 1.000 Metern startete und somit ca. 2.500 Höhenmeter zu überwinden hatte. Dies fiel mir aber erst im Laufe der Strapaze auf. Vorbei an kilometerlangen Kaffeeplantagen und Kiefernalleen ging es anfangs ziemlich angenehm flach bergauf. Schüchterne Kinder in traditioneller farbenprächtiger indigener Kleidung grüßten, lächelten und guckten mir verdutzt lange hinterher. Schließlich war mein Rucksack größer als sie selbst. Weiß getünchte Häuser mit blaugestrichenem Balkon und kunterbuntem Blumenvorgarten erinnerten mich einmal mehr an den Allgäu als an Mittelamerika. Später prägten Schafweiden das Landschaftsbild, ehe ich im tropischen Bergwald verschwand. Der Wind fegte durch die Wipfel der Bäume, und das entsprechende Rauschen ließ meine Ohren sich vom Krach der letzten Wochen erholen. Es gab kein Gehupe, kein Hundegebell, kein Kindergeschrei und keine lateinamerikanische Musik. Stattdessen wurde das Rauschen lediglich ab und zu durch Vogel-Gezwitscher unterbrochen. Dadurch, dass ich mich nur auf den Weg konzentrieren musste, und nicht permanent auf meine Umgebung und ihre Gefahren wie Autos, Fahrräder oder mögliche Taschendiebe zu achten hatte, konnte ich endlich in Gedanken schwelgen, bis ich langsam aber sicher von der Steilheit des Weges wieder in die Realität geholt wurde. Gestärkt mit Schafskäse, Bananen und Vollkorn-Brötchen nahm ich danach den Rest der Strecke in Angriff. Der Pazifik verschwand unter der sich bildenden Wolkendecke, und ich erreichte meinen Lagerplatz unmittelbar unter dem Gipfel in einem regelrechten Novemberwetter mit Nieselregen und Nebel.

Vom Gipfel aus konnte ich rein gar nichts sehen, aber ich vertröstete mich auf den Sonnenaufgang am nächsten Tag.
Schnell baute ich mein Zelt auf, wickelte mich in den Schlafsack ein und fand zufällig im Radio die panamaischen internationalen Jahrescharts. Dass es um den deutschen Export schlecht bestellt ist, war mir bereits bekannt. Dass aber Scooter und Sarah Connor als Vertreter der deutschen Musik im fernen Panama noch auf Platz 36 beziehungsweise 33 landeten, schockte mich doch sehr. Vanessa Carlton spielte sich mit »A thousand Miles« auf Platz 18. Dieser Song war die ersten Monate meiner Reise so eine Art Tour-Lied, denn erstens wurde er permanent in den USA rauf und runter gespielt und zweitens kam mir der Titel bei den zahlreichen Greyhound-Fahrten immer wieder in den Sinn. Schließlich brachte mich Shakira mit einem Doppelschlag auf 3 »Underneath your clothes« und »Whenever, wherever« auf 1 zum Träumen von ihrer Heimat und meinem nächsten Gastland. Leider war es am nächsten Morgen nasskalt, und ich kam fast in nachträgliche Weihnachtsstimmung. Da ich auf dem Gipfel außer blauem Himmel über mir und Wolken um mich herum nichts Nennenswertes sah, ging ich meiner »Lieblingsbeschäftigung« nasses Zelt einpacken nach. Vorbei an mit Moos und Flechten bewachsenen Bäumen kletterte ich wieder bergab in Richtung Wärme und Sonne, um meine klammen Klamotten und das Zelt zu trocknen.
Die fast 500 Kilometer lange Fahrt von Boquete nach Panama-Stadt war sehr komfortabel, da ich zum ersten Mal seit Wochen in einem Bus saß, in dem ich meinen Sitz zurückklappen, mich ausruhen konnte und erholt an meinen Zielpunkt ankam. In den letzten Wochen schaffte ich höchstens 300 Kilometer in bis zu zwölf Stunden Fahrt, und ich war immer heilfroh, endlich aus diesen fahrenden Blechbüchsen hinauszukommen. Das Gequieke im Bus in die Hauptstadt stammte dieses Mal nicht von einem Huhn, das im durchlöcherten Pappkarton mitfährt, sondern von einem Game Boy. Leider gab es keine Verkäufer, die ihr Essen im Bus anboten, aber wir machten eine richtige Mittagspause an einer Gaststätte. Diese Fahrt baute mich richtig auf,

denn ich machte mir vorher langsam Gedanken, wie lange ich noch Fahrten in diesen alten Schulbussen aushalte würde, ehe ich eine Phobie alleine beim Anblick dieser Fahrzeuge bekäme.

Von Zeit zu Zeit werde ich beim Reisen auch vor Probleme gestellt, die in Deutschland schlicht und einfach nicht existieren. Beispielsweise wollte ich Postkarten in Costa Rica verschicken. Pech gehabt, die Post hatte keine Briefmarken. In Honduras bekam ich erst gar keine Postkarten, und in Panama bekam ich diese schließlich zufällig in der Apotheke. Panama-Stadt war seit Reykjavík die erste Hauptstadt, in der ich nächtigte. Washington und Ottawa lagen nicht auf meinem Weg, und um Mexiko-Stadt sowie Guatemala-Stadt machte ich aus Sicherheitsgründen einen Bogen. Belmopan, das 8.000 Einwohnerdorf, auch als Hauptstadt von Belize bekannt, sah ich sozusagen im Transit aus dem Busfenster. San Salvador und San José nutzte ich nur zum Umsteigen und Managua noch zusätzlich zum Post abholen. Schließlich haben all diese Hauptstädte schlicht und einfach nichts Interessantes zu bieten, »außer« einer hohen Kriminalitätsrate. Die meisten Teile dieser Städte sind nichts anderes als Megaslums, da die Landbevölkerung sich in den Metropolen ein besseres Leben verspricht, das leider meist in einer Papphütte am Stadtrand endet. Panama-Stadt war die angenehme Überraschung. Es bot mir einfach alles. Die erste Skyline seit San Diego, Palmen gesäumte Boulevards am Pazifik, eine verwinkelte hübsche Altstadt, die fast ausschließlich aus alten kolonialen Bauten bestand und ein babylonisches Sprachengewirr von Englisch, Spanisch und diversen indigenen Sprachen.

Panama-Stadt war Chaos, Krach und Gestank: Die Avenida Central sah aus wie ein gigantischer 1-Euro-Shop. Da Panama zollfreie Zone ist, wurden viele Waren zu Spottpreisen angeboten. Um Kunden anzuziehen hatte jeder Laden seine eigene Musikanlage mit riesigen dröhnenden Lautsprechern. Die Musik donnerte in die Straße in der Lautstärke eines Jumbos beim Start. In der Straße vor den Hamsterhalden, auf denen sich die Menschen manchmal um den Kram fast schlugen, wurde allerlei Essen angeboten. Es roch streng nach verkohltem Fleisch und Fett. Daneben konnte ich frischgemixte Orangen-, Ananas-, Papaya- oder Bananensäfte genießen. Dazwischen boten weitere Händler zahlreiche legale und illegale Kräuter an, und es duftete wie bei einer Fronleichnam-Prozession nach Weihrauch. Zwischendurch tuckerte einmal mehr ein dauerhupender Schulbus ohne Auspuff durch die Menschenmenge. Danach war ich etwas »angeschwärzt« und rieb mir den Dreck aus den Augen. Natürlich wurden überall Feuerwerkskörper angeboten – schließlich wird Panama 100 Jahre alt – und dementsprechend stank es auch noch nach Schwarzpulver.

Panama-Stadt war Ruhe: In der Altstadt fanden sich zahlreiche Plätze mit Springbrunnen und parkähnlichen Gärten in denen die Bürger Zeitungen oder Bücher lasen. Eine halbe Stunde Fahrt mit dem Bus hinaus in die Natur, und schon saß ich mitten im tropischen Regenwald. Ich sah viele Nasenbär-Familien, Schmetterlinge, kunterbunte Vögel und genoss das Rauschen und Gluckern der Bäche, ehe ich wieder ins Chaos abtauchte.

Panama-Stadt ist Ausgangs- und Endpunkt des Stolzes der Nation: der Kanal. Ich war wirklich sehr beeindruckt, die Ozeanriesen mit hunderten von Containern beladen in die winzigen Schleusen hineinfahren zu sehen, und schließlich mitzuerleben, wie die Schiffe in einem rund halbstündigen Procedere rund 15 Meter nach oben befördert werden, ehe sie in Richtung nächstes Weltmeer weiterschippern. Rund 33 Schiffe fahren pro Tag durch den etwa 70 Kilometer langen Kanal, und die Kapitäne müssen spätestens 48 Stunden vor der Einfahrt bar bezahlen. Wie dies bei Durchschnittspassagen von 50.000 US-Dollar geschieht, blieb mir ein Rätsel. Da nach dem Gewicht bezahlt wird, hatte es Richard Halliburton 1928 mit 0,36 US-Dollar am günstigsten, da er durchschwamm.

Panama-Stadt war »Poste-Restante-Stadt«: Ich wurde nicht enttäuscht. Nachdem ich am ersten Tag einige Karten erhielt, hatte ich das Gefühl, dass dies nicht die gesamte Post war, die auf mich wartete. Daher ging ich am nächsten Tag noch einmal bei der Post vorbei, und in der Tat tauchten tatsächlich erneut Weihnachtsgrüße aus Mainz auf. Ich fand dieses Mal nicht nur Post unter »K«, wie Kessel sondern auch unter »C« wie Christoph.

Panama-Stadt war das Ende meiner Nord- und Mittelamerika-Reise: Nachdem ich am 16. September 2002 in St. John's, Neufundland, Kanada bei Kilometer 10.967 startete, zeigt mein »Tourentachometer« nun Kilometer 36.430 an. Um nach Südamerika zu gelangen, hatte ich zwei Möglichkeiten, da keine Schiffsverbindung mehr zwischen Panama und Kolumbien angeboten wurde. Auch die in manchen Karten eingezeichnete Interamericana nach Kolumbien existiert nur in den Träumen mancher Kartographen. Also blieb folgendes: zu Fuß durch das Darién Gebiet nach Kolumbien, wo Guerilla, Para-Militärs, US-Drogenfahnder und die Drogenmafia »Versteck spielen« oder die Flugverbindung von Panama-Stadt nach Cartagena.

Da ich auf »Versteck spielen« im Darién keine sonderlich große Lust hatte, entschloss ich mich schweren Herzens, das Flugzeug zu nehmen. Schließlich wollte ich die Welt vom Boden und nicht aus der Luft entdecken. In nur 55 Minuten flog ich mit einer nagelneuen Boeing 737-700 der panamaischen COPA[114] nach Cartagena in Kolumbien.

Cartagena ist wahrscheinlich einer der idealen Plätze auf unserer Erde, so richtig wild das alte Jahr zu verabschieden, und das neue richtig zünftig zu begrüßen. Schon vor Sonnenuntergang tanzten einige Leute in den Geschäften auf den Tischen herum. Im Laufe des Abends strömten immer mehr Menschen in die wunderschöne Altstadt, und auf den vielen Plätzen der Stadt spielten Live Bands hauptsächlich Salsa-Musik. Überall gab es mobile Bier- und Aguardiente-Stände.[115] Ich blieb schlauerweise beim Bier, die Kolumbianer aber knallten sich mit diesem Feuerwasser zu. Allerdings war niemand so besoffen, dass die Stimmung aggressiv wurde. Anscheinend war ich der einzige in Cartagena, der nicht richtig Salsa tanzen konnte, denn ob

---

[114]COPA: panamaische Fluggesellschaft

[115]Aguardiente: kolumbianischer Zuckerrohr-Schnaps

jung oder alt jeder schwenkte seine Hüften zu den heißen Rhythmen der Musik. Aber ich bekam bis fünf Uhr morgens genügend Tanzunterricht, sodass ich von nun an mich halbwegs adäquat durchs kolumbianische Leben bewegen konnte. An Neujahr war zunächst die gesamte Stadt am Schlafen, und später ging die Party am Karibik-Strand mit Fußball und Volleyball spielen weiter. Ich genoss ein letztes Mal das Meer, den Strand und die Hitze der Karibik.

Da Überlandfahrten in Kolumbien ziemlich gefährlich sein können, entschloss ich mich, den Großteil Kolumbiens mit dem Flugzeug in Richtung Süden zu durchqueren. Schließlich hatte ich keine große Lust von der Guerilla gekidnappt zu werden und möchte nicht meine Reise bereits im Dschungel Kolumbiens beenden. Daher kaufte ich mir ein Ticket nach Pasto in Südkolumbien. Mit Avianca[116] sollte es eigentlich morgens um zehn vor neun nach Bogotá gehen. Doch der Flieger kam nicht. So hieß es warten. Keine einzige Person regte sich auf, fuchtelte wildgestikulierend durch die Gegend oder verfluchte die Airline. Glücklicherweise hatte ich genügend Transitzeit und mit etwa zwei Stunden Verspätung hob schließlich doch noch die McDonell Douglas MD 83 ab und landete nach 75 Minuten in der kolumbianischen Hauptstadt.

Da es in der letzten Zeit vermehrt Bombenanschläge in Bogotá gab, verzichtete ich auf einen Besuch der Stadt und flog mit einer Fokker 50 von Avianca nach Pasto weiter. Originell war besonders die Bordverpflegung: Erdbeereisbecher mit Waffeln und exzellentem kolumbianischen Kaffee. Da das Propellerflugzeug lediglich 7.000 Meter hoch fliegen konnte, hatte ich die wunderschöne Landschaft als Dauerpanorama vor Augen, während ich mein Eis genoss. Der Anflug auf Pasto war sehr spektakulär, da sich der Flughafen auf einem Felsplateau in einem Talkessel befindet. Ringsum liegen viele Vulkane, und der Pilot musste in einem Kreisel der Landebahn entgegensinken. In Pasto angekommen und kaum aus dem Feiern rausgekommen, ging

[116]Avianca: kolumbianische Fluggesellschaft

die Fiesta weiter, da hier die erste Januarwoche bereits Fastnacht gefeiert wird.

## Eingeschmiert, angeschmiert, aber nicht abgeschmiert

Etappe: Von Pasto, Colombia 01° Nord 77° West (GMT-5) nach Baños, Ecuador 01° Süd 78° West (GMT-5 ): 619 km – Total 38.603 km

Baños, 9. Januar 2003

»Carnaval de los negros y blancos« war sicherlich die schlechteste Zeit im Jahr, um Pasto, eine Kleinstadt im Süden Kolumbiens mit teurer Kleidung zu besuchen. Die Fastnacht findet in Pasto direkt im Anschluss an die Neujahrsfeierlichkeiten statt. Wie in Mainz liegen die Wurzeln der Fastnacht in der Geschichte, in der Zeit als Kolumbien von den Spaniern besetzt gewesen ist. Die afrokolumbianischen Sklaven, die in den Goldminen des Landes im 16. und 17. Jh. schufteten, durften am 5. Januar jeden Jahres ein großes Fest feiern. Die spanischen Besatzer rieben sich an diesem Tag ihre Gesichter den Afrokolumbianern zur Ehre schwarz ein. Am darauf folgenden Tag färbten sich die Afrokolumbianer ihre Gesichter weiß und feierten einen weiteren Tag, ehe die harte Arbeit in den Minen wieder begann.

Anfang Januar jeden Jahres befindet sich Pasto in einem Ausnahmezustand. Alles fängt noch ziemlich zivilisiert am ersten Tag mit dem »Carnavalito« an. Das ist der Kindertag, an dem die kleinen Kolumbianer, ähnlich dem Jugendmaskenzug in Meenz am Rhein, mit selbstgebastelten Kostümen durch die Gassen ziehen und die Stadt unsicher machen. Allerdings geht es in Pasto eine Gangart heftiger ab, denn jedes Kind ist entweder mit Kreidesäkken, Konfetti, Seifenschaum-Flaschen oder Luftschlangen-Spray ausgestattet. Anfangs blieb ich von der riesigen Sauerei verschont, da die Kids Probleme hatten, meinen Kopf, der sich immerhin in fast zwei Metern

Höhe befindet, zu bewerfen oder zu besprühen. Leider machte ich später den großen Fehler und setzte mich am Straßenrand hin, um einige Details in mein Tagebuch hineinzuschreiben. Sofort wurde ich eingenebelt und sah danach gut gepudert aus.

Nachmittags gönnte ich mir eine Pause vom Trubel und genoss stattdessen den herrlichen kolumbianischen Kaffee in seinen unterschiedlichsten Versionen: Espresso, Cappuccino, mit Amaretto, mit Baileys, mit Milch, Irishcoffee oder Eiskaffee. Während der Fastnacht wurde statt Freibier so viel Freikaffee ausgeschenkt, wie das Herz verkraftete. So konnte ich meinen Schlafmangel mit einem richtigen Koffeinschock wettmachen. Insgesamt war die Ernährung in Pasto während der Fastnacht genauso ungesund wie für mich sonst in Mainz. Bratwurst brutzelte an allen Ecken. Dazu gab es Pellkartoffeln in Murmel-Größe, Bananenchips und Poker-Bier und das für hartgesottene Kolumbianer schon ab zehn Uhr morgens. Natürlich traf ich auch wieder auf Aguardiente, den man nach dem dritten Gläschen tatsächlich genießen konnte.

Da ich inmitten von 20.000 Kolumbianern anscheinend der einzige Ausländer war, fiel ich natürlich auf. Mit anderen Worten: Ich zog sämtliche Taschendiebe der Stadt magisch an. Dass Kolumbien einer jener Orte auf der Welt ist, bei denen das pralle Leben sicherlich etwas anders als in Deutschland abläuft, war mir bereits vorher klar. Daher packte ich auch nur umgerechnet rund 20 Euro in meinen Geldbeutel, bereits das Schlimmste ahnend. Doch ich kam mir am ersten Abend trotzdem vor, wie in einem Piranha-Becken. Ich wurde solange von so vielen Langfingern in der Menge abgecheckt und abgetastet bis mein Geldbeutel verschwunden war und ich mit umgerechnet etwa zehn Cent dastand.

Glücklicherweise akzeptierte jeder Bankautomat Scheckkarten und ich konnte mir wieder Geld zum »Überleben« besorgen. Danach wagte ich mich nur noch wachsam in die Gasse. Mit umgerechnet höchstens 2 Euro in der Tasche mischte ich mich wieder unters Volk und meine Kamera, hatte ich sie vorsichtshalber nicht im Hotelzimmer eingeschlossen, wurde an meinen Körper angekettet. Natürlich wurde an diesem Abend mir nochmals meine Tasche mit ca. 2 Euro geleert. Danach ging ich mit einer Hand in der Tasche ins Getümmel und sofort war eine fremde Hand in meiner Tasche gelandet. Beide Hände lieferten sich ein »Gefecht« um einen Geldschein, ehe ich entnervt meine Hand zurückzog. Wenig später traf ich als Exot unter all den Kolumbianern wieder auf freundliche, zuvorkommende Menschen. Als diese von den Diebstählen erfuhren, musste ich für die nächsten Fassbier nichts mehr blechen und Aguardiente wurde mir obendrein permanent nachgeschenkt. Vor allem mit Jugendlichen kam ich sehr schnell ins Gespräch. Oftmals sind Jugendliche die mit Abstand kontaktscheueste Menschengruppe auf meiner Reise, die mich in Nicaragua mit dem Wort »Gringo« sogar ziemlich beschimpft hatte. In Kolumbien war dies anders. Ich wurde sozusagen in ihre Gruppe aufgenommen und bekam so die Fastnacht noch intensiver mit. Jeden Tag wurde ich vom Hotel abgeholt. Anschließend begaben wir uns in der Gruppe zu den Festivitäten des Tages beziehungsweise der Nacht. Dabei wurde mir wieder Salsa und Merengue beigebracht. Die Kinder lernen das Tanzen mit zwei Jahren. So ist es kaum verwunderlich, wenn jeder den Hüftschwung unglaublich gut drauf hat, und ich mir hingegen etwas ungelenk vorkam. Doch den Menschen machte mein Tanzstil wenig aus. Hauptsache Tanzen – das war wichtig. Außerdem kam ich auch musikalisch vollkommen auf meine Kosten. Anders als in Mittelamerika erfreut sich Hard-Rock in Kolumbien großer Popularität. Es gab ein Hard-Rock Konzert mit Pogo und Headbangen bis in die Nacht hinein. Wussten die Menschen, dass ich Deutscher war, wurde ich oft als erstes gefragt, ob Rammstein nicht auch aus Deutschland kämen. Rammstein gleich Deutschland war in jedem Fall ein besseres Bild, das die Menschen von meiner Heimat haben, als Scooter und Sarah Connor als Deutschlandexport in Panama.

Am nächsten Tag fand ein Schwellköppe-Umzug[117] statt. Mit Kirchen, Bergen, Blumen und natürlich riesigen Karikaturen aus Pappmaschee zog der Umzug durch die gesamte Stadt. Wieder wurde jeder mit Kreidepuder und Seifenschaum eingenebelt. Dieses Mal konnte ich den Kreideangriffen überhaupt nicht mehr ausweichen, gab es doch tatsächlich Menschen, die auf dem Pick-up durch die Stadt kurvten und alle Passanten mit Kreide beschmissen. Glücklicherweise konnte ich an allen Ecken mich ebenfalls mit Kreide und Seifenschaum eindecken, und so wehrte ich mich tapfer gegen jeden noch so feigen Pick-up-Angriff. Die Stadt sah am Ende des Tages etwa so aus, wie eine Kleinstadt in Deutschland im Januar 2003. Eine weiße Substanz aus mehreren Zentimetern deckte alles zu, mit dem Unterschied, dass Kreide auf der Haut bleibt, wohingegen Schnee im Allgemeinen schmilzt. Daher sahen tatsächlich alle Menschen abends im wahrsten Sinne des Wortes kreidebleich aus. Das Zeug aus den Ohren wieder herauszubekommen war später eine echte Kunst.

Der 5. Januar ist traditionell der Tag der Afrokolumbianer. Dieser Tag war für mich ein Ausflug direkt ins Herz des afrikanischen Kontinents. Mit riesigen Djembes[118] trommelten und tanzten die Afrokolumbianer bunt bemalt durch die Stadt und die restlichen Kolumbianer mit Trillerpfeifen hinterher. Dieser Tag war mit Abstand der dreckigste und ekelhafteste, denn dieses Mal blieb die Kreide zu Hause, und es wurde sich mit schwarzer Farbe gegenseitig eingeschmiert, bis kein heller Fleck mehr zu sehen war. Natürlich sah ich aus wie ein Schwein beim Suhlen, aber weder meine Brille noch meine Kamera wurden beschädigt. Obwohl viele betrunken waren, total besoffen war niemand. Dementsprechend kam es auch zu keinen Schlägereien. Die Polizisten waren lediglich mit Schlagstöcken ausgerüstet und sahen genauso dreckig aus, wie alle anderen auch. Man müsste sich das einmal

---

[117]Schwellkopp: <mainzerisch> große Ganz-Körper-Masken aus Pappmaschee

[118]Djembe: afrikanische Trommel

vorstellen. Mit Kreide bewaffnet, einen deutschen Polizisten von oben bis unten einnebeln und danach mit Seifenschaum besprühen oder mit schwarzer Farbe einschmieren. In Deutschland wäre dies wahrscheinlich nur mit anschließender Verhaftung möglich; in Kolumbien war dies während der Fastnacht normal. Am 6. Januar stand der Höhepunkt der Fastnacht an: der große Abschluss-Umzug. Dieser Zug bestand aus mehr als 50 Motivwagen; genauso wie bei der Meenzer Fastnacht. Die Wagen waren hier bis zu 30 Meter lang. Dies erforderte in den Gassen von Pasto manchmal ein Hin-und-her-Rangieren, ehe es weitergehen konnte. Die Motive hatten wie bei uns Lokalthemen zum Motto und ein Wort war immer wieder zu lesen: »Paz« auf Deutsch Frieden. Die Kolumbianer sehnen sich nun schon seit fast einem halben Jahrhundert nach Ruhe und Frieden, und dabei war der Bürgerkrieg in Kolumbien gerade wieder aufgeflammt.

Der erste Europäer, der die Region des heutigen Kolumbien betrat, war im Jahre 1499 der Spanier Alonso de Ojeda. Er traf auf indigene Bewohner, die mit reich verzierten goldenen Schmuckstücken bekleidet waren. Von dem Gold fasziniert gründeten die Spanier im 16. Jh. die noch bis heute existierenden Städte wie Cartagena, die Hauptstadt Bogotá oder auch die Fastnachts-Hochburg Pasto. Die indigenen Bewohner wehrten sich eisern gegen die Besatzer, doch genauso wie in Mittelamerika zogen sie über kurz oder lang den Kürzeren. Das neue spanische Territorium wurde wegen der Ähnlichkeit der Landschaft zu Südspanien als »Nueva Granada« bezeichnet. Es umfasste das heutige Kolumbien, Panama, Ecuador und Venezuela. Anfang des 19. Jh. kam es zu ersten Aufständen in der Bevölkerung gegen die spanischen Besatzer. Während Napoleon Spanien 1808 besetzte, erklärten zahlreiche kolumbianische Städte ihre Unabhängigkeit. Nachdem Napoleon schließlich in Waterloo verlor, und Spanien wieder unabhängig wurde, versuchten diese ihr Territorium in Südamerika wieder zu besetzen. Der Freiheitskämpfer Simon Bolivar kämpfte mehrere Jahre gegen die Kolonialisten aus Europa. In der Entscheidungsschlacht am 7. August 1819 verloren die Spanier bei Bogotá ihr Territorium und Nueva Granada wurde unabhängig. Das Territorium wurde in »Gran Colombia« umbenannt, zu Ehren von Kolumbus, der jedoch nie kolumbianischen Boden betreten hatte. Gran Colombia war allerdings als Territorium viel zu groß, um zentral regiert zu werden. Ähnlich wie die mittelamerikanische Staatengemeinschaft zerfiel auch Gran Colombia bis 1830 in die Einzelstaaten Kolumbien, Venezuela und Ecuador. Das Kolumbien des 19. Jh. war ein Land, das sich von Bürgerkrieg zu Bürgerkrieg schleppte. Zwischen 1863 und 1885 gab es rund 50 Putsche und Putschversuche. Das ganze Land war in zwei Flügel gespalten: Liberale und Konservative. Oft genügte es, auf jemanden von der gegnerischen Partei zu treffen und schon wurde versucht sich gegenseitig umzubringen. In diesem Chaos erklärte Panama 1903 mit Hilfe der USA seine Unabhängigkeit von Kolumbien. Die erste Hälfte des 20. Jh. herrschte in Kolumbien relative Ruhe, ehe 1948 »La Violencia«[119] ausbrach, die bis 1957 anhielt. In diesen Jahren bekriegten sich wieder Liberale und Konservative bis aufs Blut, und mehrere Hunderttausende ließen dabei ihr Leben. 1957 einigten sich schließlich die Parteiführer auf einen Pakt, um die Macht zu teilen. Alle vier Jahre wechselte die Präsidentschaft zwischen Liberalen und Konservativen ab. Dieser Pakt hielt die nächsten sechzehn Jahre, ehe wieder demokratische Wahlen abgehalten wurden. Schon während La Violencia bildeten sich die ersten von zwölf verschiedenen meist kommunistischen Guerillagruppen. Heute existiert noch die 17.000 Mann starke FARC[120] und die 5.000 Mann starke ELN[121]. Seitdem beide Gruppen kein Geld mehr von der UdSSR und von Kuba erhalten, finanzieren sie sich mit Entführungen und Drogenhandel. Da der Staat der Guerilla ziemlich machtlos gegenübertrat, bildeten sich paramilitärische Gruppen, die der Guerilla den Kampf in Form von Selbstjustiz ansagten. Zwischen Polizei, Militär,

---

[119]La Violencia: <span.> die Gewalt

[120]FARC: Fuerzas Armadas Revolucioanrias de Colombia

[121]ELN: Ejercito de Liberacion Nacional

Para-Militär und Guerilla sitzt die wehrlose Bevölkerung. In Kolumbien werden jedes Jahr fast 1.000 Menschen entführt – ein trauriger Weltrekord. Bei soviel Gewalt im Lande war ich wirklich von der Herzlichkeit und Ausgelassenheit der Kolumbianer überwältigt. Die Menschen kennen ihren Ruf in der Welt und versuchten vielleicht deshalb, mir als Ausländer gegenüber äußerst zuvorkommend zu sein. Das Wort »Gringo« fiel höchstens im Scherz, und ich bekam überall die landesüblichen sehr niedrigen Preise genannt. Außerdem nahmen mich die Jugendlichen von Pasto sofort in ihre Clique auf und auch mit nach Hause, wo ich das kolumbianische Alltagsleben kennen lernte. War ich ein paar Minuten alleine am Feiern, wurde ich sofort wieder in eine neue Familie »aufgenommen« und musste erst einmal ein paar Aguardiente trinken, ehe ich weitertorkeln durfte.

Leider hatte auch die schönste Fiesta irgendwann ein Ende, und ich nahm Abschied vom liebgewonnen Pasto. Gerne hätte ich dort noch länger verweilt, aber wie so oft auf dieser Reise musste ich mich wieder viel zu früh verabschieden. Mit meinem Lieblingstransportmittel, einem Sammeltaxi in Form eines riesigen alten Ami-Schlittens, verließ ich Pasto in Richtung Ecuador. Bei den kolumbianischen Sammeltaxis hat jeder Mensch, so auch ich, genügend Platz zum Beine ausstrecken, und der guten Straßen sei Dank, war ich ruck zuck am Zielort angelangt. Die Tage, an denen ich mit ca. 30 km/h durchs Land zuckelte, waren zunächst vorbei. Zum ersten Mal auf meiner Reise fuhr ich durch die Anden, in denen ich die nächsten Wochen nach Süden reisen werde. Saftig grüne Almwiesen, Wasserfälle, Kuhweiden mit schwarzweiß gefärbten Viechern bestückt sowie Vulkankegel im Hintergrund prägten das Bild, und ich kam mir wieder eher wie im Allgäu vor als einen halben Grad nördlich des Äquators.

Die Ausreise aus Kolumbien verlief genauso problemlos wie die Einreise nach Ecuador. Nur hatten die ecuadorianischen Beamten keinerlei Lust aufs Arbeiten. Elegant, in glänzenden schwarzen Schuhen, Bund-Falten-Hose, frisch gebügeltem Hemd, Krawatte, Jackett und Schirmmütze gekleidet, kickten zehn Beamte mit einem Fußball im Gebäude herum, während ein Beamter sich mit den Reisenden herumschlagen musste – auch eine Art der Arbeitsteilung. Danach fuhr ich mit einem richtigen Reisebus und 80er-Jahre-Musik weiter in Richtung Äquator. Ich musste grinsen, als auf einmal Falcos »Kommissar« auf Deutsch aus den Lautsprechern des Busses mitten in Südamerika tönte. Aber auf dieser Reise wunderte ich mich über Musikalisches gar nicht mehr, nachdem ich auch schon in Guatemala Peter Schillings »Major Tom« im Radio gehört hatte. Während die wunderschöne Bergkulisse der Anden an mir vorbeizog, und ich der Musik lauschte, konnte ich den herrlichen, mit Zimt verfeinerten Kaffee Ecuadors genießen, der während der Fahrt im Bus verkauft wurde. In den Bussen Ecuadors kann ich allerdings nicht nur Essen und Trinken erstehen. Es gab beispielsweise auch Pflaster und Watte-Stäbchen. Auch die Instrumente des Marketings wurden diversifiziert. Statt lediglich laut im Bus die Ware anzupreisen, reicht der Verkäufer den Fahrgästen Kostproben seiner Erzeugnisse, die den Reisenden häufig zum Kauf veranlassten.

Erstes Ziel im neuen Gastland war die alte Kolonialstadt Ibarra, die in einem Talkessel liegt. Sie ist von lauter Vier- und Fünftausender umgeben, die Dreitausendern in den Alpen ähnelten. Einerseits war dies auf die Nähe zum Äquator zurückzuführen, da dort die Vegetationsgrenze deutlich höher liegt als bei uns. Andererseits befindet sich Ibarra bereits auf etwa 2.500 Metern. Da wirkte selbst ein Fünftausender nicht sonderlich spektakulär. Von Ibarra konnte ich wie bei »Stand by me« auf einer ausgedienten Eisenbahntrasse wandern gehen. Die alten Gleise wurden hauptsächlich von Rinderhirten genutzt. Teilweise kam ich mit den Leuten am Wegrand ins Gespräch. Allerdings traf ich auch erstmals auf Menschen, die mein Spanisch nicht verstanden. Dies lag nicht an meiner schlechten Aussprache, sondern an der Tatsache, dass viele indigene Bewohner Quechua sprechen und des Spanischen nicht mächtig waren.

Nach 146 Reisetagen erreichte ich in »La Mitad del Mundo«[122] auf 78 Grad 27 Minuten und 7 Sekunden West den Äquator. Ein großer Globus und eine gelbe Linie zeigen den Verlauf des Äquators an, der allerdings neuesten GPS-Messungen gemäß 300 Meter weiter nördlich liegt. Weniger Probleme mit der exakten Berechnung hatten vor mehr als 3500 Jahren die Cara, die fast 3000 Jahre vor den Inka den exakten Verlauf des Äquators kannten. Man vermutet, dass die Cara ihre Berechnungen mit Hilfe des Sonnenstands kalkulierten. An jedem 21. März und 23. September wirft die Sonne um zwölf Uhr mittags keinen Schatten auf die Erdoberfläche, da sie senkrecht über dem Boden steht.

Wenig später kam ich in der angenehmen Hauptstadt Quito an. Die Stadt war mir von Anfang an sympathisch. Indigene Menschen, Afroamerikaner, Mestizen und Weiße wuselten durch die Gassen der Altstadt mit ihren wunderbar erhaltenen spanischen Kolonialbauten und den vielen Kirchen, die über die ganze Stadt verstreut sind. Hatte ich genug vom Bummeln, konnte ich in einem der vielen Parks den Ecuadorianern beim Volleyball spielen zusehen, gebratene Kochbananen oder Spieße, mit Fleisch, Zwiebeln, Paprika und Wurst belegt, essen oder ein Nimm 2 lutschen.

Nimm 2? Ja. Quito war für mich eine »Poste-Restante-Station«. Welch eine Überraschung erwartete mich in der Hauptpost. Neben vielen Postkarten aus der Heimat erreichte mich auch eine Karte, die mich in Chicago verpasst hatte und nun via Deutschland ihren Empfänger in Ecuador erreichte. Neue Diafilme fanden genauso zu mir wie die Verpackung der Dr. Oetker »Die Ofenfrische Champignon Pizza mit Backpapier«. Ein guter Freund schickte mir als Weihnachtsgeschenk ein Fresspaket mit Süßigkeiten und einer Zigarre. Das war wirklich eine gelungene Überraschung, und ich vermied den Blick auf die vielen Briefmarken, die für dieses Paket nötig waren, um es hierher zu schicken.

---

[122]la Mitad del Mundo: <span.> die Mitte der Welt

Ich verließ Quito in Richtung Süden wieder auf der Interamericana, der ich bereits seit Vancouver im Oktober mehr oder weniger folgte. Teilweise war die Straße 4-spurig autobahnähnlich ausgebaut. Da es aber keine Mittelleitplanke gibt, führten die ecuadorianischen Busfahrer zeitweise das flexible Spurensystem ein. Falls sich kein Gegenverkehr auf der Überholspur befand, aber zwei Wagen die eigenen Spuren blockierten, wurde einfach auf der Gegenfahrbahn eine dritte Spur eröffnet. Ich war ganz froh, als die Straße wieder 2-spurig wurde, denn in die mitdenkende Fahrweise aller ecuadorianischen Verkehrsteilnehmer hatte ich nicht sonderlich großes Vertrauen. Die Straße führte durch das zentrale Anden-Tal Ecuadors an Nadelwäldern und grünen Almwiesen entlang. Leider hingen die dunkelgrauen Wolken sehr tief und mir blieb der Blick auf den schneebedeckten Cotopaxi versperrt. Das relativ schlechte Wetter war typisch für diese Jahreszeit. Es herrschte Regenzeit. Bei einer Reise von solch einer Länge war es leider unvermeidlich, auch irgendwann durch Regionen zu fahren, in denen es sicherlich idealere Monate zum Besuch gab.

# Pinguine in der Wüste und Schneeberge vor dem Fenster

Etappe: Von Baños, Ecuador 01° Süd 78° West (GMT-5) nach Huaraz, Perú 10° Süd 78° West (GMT-5): 1.901 km – Total: 40.504 km

Huaraz, 16. Januar 2003

In den folgenden Tagen unternahm ich eine eigene kleine Weltreise: erst Regenwald, danach Almmatten, später Wüste und schließlich Schneeberge. Angefangen hatte alles im ecuadorianischen Baños. Von dort startete ich eine anstrengende, aber auch lohnenswerte Mountainbike-Tour vom Anden-Hochland durch eine 58 Kilometer lange Schlucht hinunter ins Amazonas-Becken. Da Regenzeit herrschte, konnte auch das vielbeschworene El Niño Phänomen nichts daran ändern, dass es den Großteil der Strecke in Bindfäden regnete. Leider war das längste Stück der so genannten Straße eigentlich eher ein langgezogenes Schlammbad, in der Trockenzeit auch unter dem Namen Piste bekannt. Diese erinnerte mich eher an eine Mischung aus einem groblöchrigen Mehlsieb und einer finnischen Seenplatte. Alle Schlaglöcher waren randvoll mit Wasser gefüllt. Ich hatte wenigstens mit dem Rad dieses Mal Glück. Es handelte sich um ein Bianchi Mountainbike mit Federgabel, das wahrscheinlich auch ab und zu gepflegt wurde. Mit den schrottreifen Stahlrössern aus Nicaragua oder Kanada hätte ich wahrscheinlich ziemlich schnell eine unfreiwillige Schlammpackung genossen. So konnte ich dank wasserdichter Schuhe und Jacke dem strömenden Regen trotzen und die Abfahrt genießen. Die Streckenführung war trotz des grauen Regenwetters sehr reizvoll. Recht schnell verließ ich die alpinen Wiesen, und die Vegetation wurde üppiger bis ich praktisch links an einer grünen Wand entlangfuhr während ich rechts permanent den Abgrund neben mir hatte, an dessen unteren Ende sich der reißende Fluss entlang schlängelte. Wasserfälle passierte ich manchmal im Minutentakt und mit dem Rad rollte ich auch ab und an durch kleine Bäche, die mittlerweile durch den starken Regen gar nicht mehr so leicht zu durchqueren waren.

Die wenigen Häuser, die sich am oberen Rand der Schlucht befanden, waren für Südamerika untypisch: Spitzgiebel und Dächer, die bis fast auf den Boden reichten. Außerdem waren die Häuser gut gemauert. Aber bei den Regenmassen würden sich Lehmhütten wahrscheinlich ruck zuck in einer Soße auflösen. Bei einer Kaffeepause in einem kleinen Dörfchen am Rande der Piste machte ich eine interessante Entdeckung. Im Dorfladen gab es doch tatsächlich Henninger Export Sixpacks und Holsten Dosen ohne Dosenpfand. Wie der Gerstensaft hierher gefunden hatte, war mir ein Rätsel. Noch komischer wurde das Ganze als der Ladenbesitzer, der kein Deutsch konnte, mir beim Servieren des Kaffees »Prost« wünschte.

Um auf die andere Seite der Schlucht zu gelangen, hatte ich die Wahl entweder auf einer Hängebrücke entlangzulaufen oder mich in einer Seilbahn hinüberzuhangeln. Ich probierte die Hängebrücke aus. Nicht dass die glitschigen Holzplanken schon schwierig genug zum Überqueren waren, nein, ausgerechnet in der Mitte der Brücke musste ein Esel es mit der Angst zu tun bekommen haben und dieser schiss doch direkt auf die Brücke. So wurden die Planken noch glitschiger und ich war heilfroh am anderen Ufer unbeschadet angekommen zu sein.

Nach vier Stunden Fahrt erreichte ich mit der Stadt Puyo die Amazonas-Region. Es ist schon ein wenig eigenartig, dass dies die letzte Abfahrt vor der rund 5.000 Kilometer entfernten Atlantikküste Brasiliens war. Auf diesen letzten paar Tausend Kilometern wären nur noch einige Hundert Höhenmeter zum Meer zu überwinden gewesen. Vom Radeln hungrig gestrampelt, aß ich typisch ecuadorianisch. Die Restaurants Ecuadors waren eigentlich nichts anderes als große Küchen. Die Köchin thronte hinter den verschiedenen dampfenden Töpfen wie ein Schlagzeuger hinter seinen Trommeln und Becken. Vor den Töpfen waren meist nur zwei bis drei Tische aufgestellt. Daher war es ganz normal, dass ich mich oft an einen besetzten Tisch zu fremden Leuten setzte. Dadurch kam ich immer wieder sehr schnell mit den Menschen ins Gespräch. Speisekarten existierten nie und meist wurde sowieso nur ein Essen angeboten, das entweder »Almuerzo« oder »Merienda«[123] hieß. Es war oft das gleiche, aber leckere und günstige Essen. Als Vorspeise gab es oft eine Kartoffelsuppe mit Bohnen oder Erbsen angereichert. Als Hauptspeise wurde meist ein »Reis-Chimborazo« mit Avocado, Kochbananen, Palmlilie und Hühnchen oder Fleisch serviert. Mit dem Fleisch hatte ich allerdings manchmal Pech. Oft erinnerte dieses in seiner Konsistenz eher an einen Gummireifen als an ein Steak. Aber dafür kostete das Essen meist nur einen US-Dollar und ein Fruchtsaft wurde zusätzlich serviert. Nach dem Mittagessen hatte ich in Puyo genug vom Radfahren, und wir kehrten im Bus, das Rad auf dem Dach, ich auf dem Sitz, wieder nach Baños zurück.

Manches Mal wurde ich auf den ohnehin schon langen Busreisen wirklich auf die Geduldsprobe gestellt. In Ecuador existierten wieder Fahrpläne, die mehr oder weniger bei der Abfahrt noch eingehalten wurden. Aber der Bus fuhr meist nur wenige Meter aus dem Busterminal hinaus, ehe er manchmal fast eine halbe Stunde auf weitere Fahrgäste wartete. Außerdem wurden Hinz und Kunz überall auf der gesamten Strecke aufgegabelt und wieder in die »Freiheit« entlassen. Dies endete oft in einem permanenten Stop-and-go, das ich nur noch ganz vage von Staus auf deutschen Autobahnen her kannte. Wer behauptet, Deutschland sei ein Bürokraten-Land, dem kann ich nur raten nach Südamerika zu fahren. Die meisten Dinge, die uns in Deutschland bürokratisch vorkommen, haben irgendwie einen Sinn. Dieser schien hier für manche Bürokraten-Akte absolut nicht notwendig zu sein. Bevor ich den Bus bestieg, mussten sich die Fahrgäste in eine Passagierliste eintragen. Die zusätzlich später einsteigenden Passagiere wurden aber nirgends vermerkt. Oder als ich mit dem Rad nach Puyo fuhr, wurden meine Pass-Daten an einem Polizeiposten in ein riesiges Buch eingetragen. Die Pass-Daten der im Bus sitzenden Menschen, die dort vorbeifuhren, wurden hingegen nicht eingetragen. Bei diesen sinnlosen Eintragungen kam es natürlich immer zu

[123] Almuerzo: <span.> Mittagessen; Merienda: <span.> Abendessen

Komplikationen mit meinem Vornamen. Aber darin hatte ich mittlerweile bereits Erfahrung. Die Franzosen machten mich zu »Christophe«, im angelsächsischen Sprachraum hieß ich »Christopher« und hier nannte man mich jetzt »Cristobal«.

Fuhr der Bus endlich los, genoss ich meist die Reise, da von der kulinarischen Seite aus betrachtet, die Fahrten ziemlich angenehm waren: ofenfrischer Bananenkuchen oder sogar Rohkost – Hülsenfrüchte, weiße Bohnen, Zwiebeln und Tomaten mit einer Limette garniert und in einer Plastiktüte serviert. Außerdem war die vorbeiziehende Landschaft sehr abwechslungsreich. Von Baños nach Cuenca führte die Straße anfangs noch an Bergwiesen mit weidenden Kühen vorbei. Hinter einem Pass änderte sich die Vegetation sehr schnell. Plötzlich gab es links und rechts der Straße nur noch dicke Grasbüschel und die ersten Kakteen. Bunte Farbtupfer fand ich immer in der Nähe von Bächen, da die Menschen im Fluss wuschen und anschließend die Kleider auf der Wiese trockneten. Mit der Zeit stieg die Straße immer steiler an und wir fuhren schließlich in die geschlossenen Wolkendecke hinein. Dann erinnerte mich die Umgebung eher an einen Herbsttag bei uns zu Hause, da es auch noch zu nieseln anfing. Glücklicherweise riss später die Wolkendecke auf, und die Sonne kam wieder zum Vorschein, um die schöne Bergkulisse der Anden ins rechte Licht zu rücken.

Das gute Wetter hielt auch am nächsten Tag, sodass ich einen wunderschönen Sonntagsspaziergang auf 4.000 Metern Höhe durch den Nationalpark »El Cajas« unternehmen konnte. Auf einem Hochplateau wanderte ich durch eine Seenlandschaft, die von Hochmooren und Bergwald umgeben war. Die Rinde der verkrüppelten Bäume war ziemlich zerfleddert, während die Blätter und Äste über und über mit graugrünen Flechten und feuchtem Moos bedeckt waren. Natürlich bekam ich wie in Schottland eine unfreiwillige Moorpackung für meine Füße ab, da der Wanderweg unbedingt durchs Moor führen musste, statt außen herum. Diese Landschaft erinnerte mich stark an das Inland von Island und die schottischen Highlands – beides Regionen, die ich im letzten Sommer auf dieser Tour durchreiste. Dass ich mich in Ecuador befand, merkte ich erst wieder an der Passstraße, wo mich sofort einer der Stop-and-go-Busse aufnahm.

Ecuador ist das erste Land auf meiner Reise, das von den Spaniern nicht von der Atlantikküste aus »entdeckt« wurde. Francisco Pizarro landete 1532 an der Pazifikküste Perus aus Panama kommend. Auf der Suche nach Gold marschierten die Spanier in den nördlicheren Teil des gerade gespaltenen Inka-Reichs. Ecuador wurde von den Spaniern zu einer Provinz von Peru erklärt und Quito zur Provinzhauptstadt bestimmt. 1739 wurde Ecuador der Provinz Nueva Granada zugesprochen. Als der Freiheitskämpfer Simon Bolivar für Nueva Granada die Unabhängigkeit von Spanien erkämpft hatte, wurde das Land zunächst Teil von Gran Colombia und 1830 unabhängig. Die Südgrenze von Ecuador zu Peru war seit der Unabhängigkeit lange Zeit umstritten. 1941 besetzte Peru die Hälfte des ecuadorianischen Territoriums, und es kam zum Krieg zwischen beiden Staaten. Die Grenze wurde 1942 durch ein internationales Schiedsgericht neu festgelegt. Der Schiedsspruch wurde von Ecuador nie anerkannt. 1995 erklärte es wegen der Grenzziehung Peru den Krieg. Glücklicherweise war der Krieg ziemlich schnell ohne Sieger beendet. 1998 kam es wieder zu Gefechten zwischen beiden Staaten, ehe man sich schließlich über die Grenzziehung mit minimalen Änderungen zur Ziehung von 1942 einigte.

Wie in Kolumbien existierte seit der Unabhängigkeit in Ecuador eine blutige Rivalität zwischen Liberalen und Konservativen mit der Folge, dass das Militär oft die Macht an sich riss. Im 20. Jh. wurde das Land länger von Militärs als von Zivilisten regiert. Mittlerweile wird es aber von einer demokratischen Regierung geführt. Größtes Problem am Ende der 90er Jahre war die Inflation, die astronomische Ausmaße annahm. Im Januar 1999 waren 7.000 Sucre noch einen US-Dollar wert. Ein Jahr später musste man bei einer jährlichen Inflationsrate von mehr als 400 Prozent 29.000 Sucre für einen US-Dollar bezahlen. Um die Inflation einzudämmen, beschloss die

Regierung die nationale Währung Sucre durch den US-Dollar abzulösen. Trotz immensen Wiederstands der Bevölkerung wurde dieses Vorhaben durchgezogen. Dass in Ecuador gerade wieder ein neuer Präsident gewählt wurde, erkannte ich noch im letzten Winkel des Landes. Überall wurden die Listen der verschiedenen Kandidaten hingemalt. An Häuserwände, das kannte ich bereits aus Mexiko. Aber dass mitten im Gebirge wahllos Steine mit Listennummern und dem Wort »¡Vota!«[124] angestrichen werden, schlägt sogar noch die Wahlwerbekampagne Mexikos.

Montags morgens, zwanzig vor sechs irgendwo in Ecuador. Ich genoss ein typisch ecuadorianisches Frühstück: »pollo y arroz«.[125] Wer da noch sagt, dass ich es gut habe, da unten in Südamerika, wird jetzt hoffentlich bemerken, dass man wahrscheinlich montags morgens um kurz vor sechs noch schön schlummert. Außerdem wird der Magen des Lesers um diese Uhrzeit sicherlich nicht mit einem so deftigen Frühstück gefoltert. Das frühe Aufstehen lag an der 12-Stunden-Busfahrt, die ich hinter mich bringen wollte. In vielen Ländern fahren Busse ausschließlich im Morgengrauen los, damit die Wahrscheinlichkeit höher liegt, am Abend das Tagesziel zu erreichen, da Nachtfahrten nicht immer eine sichere Sache sind. Außerdem hatte das frühe Aufstehen den Vorteil, dass ich die wunderschöne Bergkulisse der Anden im Licht der aufgehenden Sonne bestaunen konnte. Dieses Mal fuhr der Bus sogar durch die Wolkendecke hindurch und ich konnte ein wunderbares Panorama unter mir entdecken. Die Wolken tummelten sich in den Tälern und die Bergspitzen ragten wie Inseln aus dem Wolkenmeer empor. Die Strecke durch Südecuador führte an Dörfern vorbei, in denen praktisch die gesamte Bevölkerung indigener Herkunft war. Die meisten Bewohner trugen als Sonnenschutz schwarze Filzhüte, die den Hüten unserer Großväter ein bisschen ähneln. Baseball-Kappen waren in diesem Teil der Welt noch in der Minderheit. Die traditionellen schwarzen ¾-Hosen der Männer entsprachen

[124] ¡Vota!: <span.> Wähle!

[125] pollo y arroz: <span.> Hähnchen und Reis

dem Modetrend in Europa. Dazu trugen sie das lange pechschwarze Haar zusammengeflochten zum Pferdeschwanz. Ich kam mir fast vor, wie auf einer Haute-Couture-Modeschau in Paris. Nachdem ich im Provinzstädtchen Loja den Bus gewechselt und ein weiteres »pollo y arroz« verspeist hatte, sollte es eigentlich nach sechs Stunden Reise in weiteren sechs Stunden zur peruanischen Grenze gehen. Schließlich hatte die Grenze angeblich nur bis abends um sechs geöffnet und nach meiner Berechnung würde ich diese erst um sieben erreichen. Aber es wird nicht alles schlechter in der Welt; es verbessert sich auch manches. Mein Bus fuhr bis nach Piura in Nordperu durch, da die Grenze neuerdings länger geöffnet war. An der Grenze angekommen, nahm ich zum dritten Mal am Tag ein »pollo y arroz« zu mir. Anschließend hatten die ecuadorianischen Beamten wieder einmal etwas ganz anderes zu tun, als mich abzufertigen. Statt Fußball, wie an der kolumbianischen Grenze, wurde hier lieber Karten gespielt. Da störte ein »Alemán« nur, wenn er seinen Ausreisestempel haben wollte. Nachdem die Runde zu Ende gespielt war, erhielt ich aber meinen Stempel und ich ging hinüber zu den peruanischen Kollegen. Ich kam mir bei diesen Formalitäten ziemlich veräppelt vor, schließlich war der Bus voll mit Menschen, und ich der einzige, der sich zu den Grenzbeamten bemühte, während die anderen einfach im Bus sitzen blieben. Die Einreise nach Peru verlief problemlos, wie gewohnt in diesem Teil der Erde.
Hinter der Grenze verließen wir das Anden-Hochland, und die Straße führte hinunter zur Pazifikküste. War es in den letzten Tagen abends immer angenehm kühl gewesen, hing jetzt eine feucht-heiße Schwüle im Bus, die die letzten drei Stunden der 16-Stunden-Fahrt nicht unbedingt erträglicher machten. Mit der Ankunft an meinem Etappenziel Piura hatte ich gleich wieder ein Problem. Wo in der Welt kann ich abends um zehn peruanische Soles[126] erhalten? Ich begegne zum Glück auf meiner Reise immer wieder Menschen, die für mich mitdenken, und mir diese Tour wirklich erleichtern.

[126]Sol(es): peruanische Währung

So war es dieses Mal der Taxifahrer, der auf der Fahrt zum Hotel vorschlug, an einer Wechselstube vorbeizufahren, die für mich sicher nochmals aufmachte. Gesagt getan, der Kurs war zwar nicht der beste, daher tauschte ich nur ein paar Dollar. Aber nun hatte ich wenigstens genug peruanische Soles, um meine erste Nacht in Peru in einem Hotel zu verbringen.

Am nächsten Morgen schienen sich alle Geldautomaten Piuras gegen mich verschworen zu haben. Der erste war schlichtweg kaputt, der zweite konnte die Transaktion angeblich aus »technischen Gründen« nicht durchführen, der dritte akzeptierte meine Karte nicht und der vierte behauptete dreist, meine Karte sei abgelaufen. In diesen Situationen war ich immer froh, mit meinen »phantastischen vier« Zahlungsmitteln US-Dollar, Reiseschecks, Kreditkarte und Scheckkarte unterwegs zu sein. Mit einem von diesen Zahlungsmitteln blieb ich immer liquide. Dieses Mal wurden wieder US-Dollar in bar von Geldwechslern gierig entgegengenommen. Später in einer anderen Stadt hatte ein Automat »Mitleid« mit mir, und er gab mir gleich beim ersten Versuch die so dringend benötigten Soles heraus.

Die einzigen Berge, die ich auf der folgenden Fahrt nach Süden entlang der Pazifikküste Perus sah, waren die vielen Müllberge, die sich an der Straße häuften. Dahinter streckte sich die Wüste bis zum Horizont aus. Später wurde diese öde Landschaft wenigstens durch ein paar Sanddünen etwas abwechslungsreicher. Insgesamt wäre die Fahrt aber sehr langweilig gewesen, wenn ich nicht gerade in Peru unterwegs gewesen wäre. Die Busfahrten erinnerten mich in diesem Land ein bisschen an »Tupper-Parties«. Hier wurde im Bus für alles geworben – von Religionen bis zu Multi-Vitamin-Bonbons. Der Höhepunkt war ein Zauberer der eine wahrlich gute Vorstellung bot, indem er Passagieren beispielsweise ihre Unterhosen hervorzauberte. War die Vorstellung und die »Tupper-Party« vorbei, durfte ich zum ersten Mal seit Mexiko wieder einen Film im Bus genießen, der allerdings nur wegen der öden Landschaft sehenswert war.

Dass Peru an archäologischen Schätzen neben den berühmten Inka-Stätten auch andere Welt-Kulturerbe der UNESCO zu bieten hat, konnte ich in der Gegend um Trujillo entdecken. Weit vor den Inka lebten am pazifischen Küstenstreifen Perus bereits Hochkulturen, während bei uns noch das wilde Germanentum hip war. Die Moche bauten beispielsweise zwischen 100 und 700 n. Chr. riesige Pyramiden, die sogar größer als die berühmten Vorbilder in Ägypten waren. Allerdings sind die Pyramiden nicht so gut wie in Nordafrika erhalten. Da die Moche aber nicht einfach eine Pyramide grundlos in die Höhe bauten, sondern peu à peu, konnte ich noch Teile der Originalbemalung bewundern. Die Pyramide wurde jeweils um ein Stockwerk erhöht, wenn der Hohe Priester starb. Er wurde im aktuell höchsten Stockwerk beerdigt und das gesamte Stockwerk wurde mit Lehmquadern zugemauert. Durch diese Schutzmauer, die nun zum Teil abgetragen wurde, können heute wieder die wunderschönen bunten Fresken bewundert werden, die einmal die gesamte Pyramide zierten.

Rund zehn Kilometer von der alten Moche-Stadt entfernt, entstand im 11. Jh. die Hauptstadt der Chimu, Chan Chan genannt. Die Stadt nahm eine Fläche von etwa 28 Quadratkilometern ein und beherbergte mehr als 60.000 Menschen, die allesamt in Lehmbauten wohnten. Da seit der Aufgabe von Chan Chan im 15. Jh. Teile der Stadt vom allseits vorhandenen Wüstensand verdeckt wurden, sind heute noch einige Bauwerke mit ihren wunderschön gearbeiteten Friesen zu bewundern, da sie der Sand für die Nachwelt konserviert hatte. Es war ein beklemmendes Gefühl in dem Labyrinth von Gängen umherzulaufen. Die einzigen Lebewesen, die ich zu Gesicht bekam, war eine Pinguin-Familie, die im ehemaligen Opferteich badete. Pinguine in der Wüste? Nein, es war tatsächlich keine Fata Morgana.

Den Rückweg in die Stadt trat ich mit einem Sammeltaxi an, dessen Warnleuchten für den Öl- und Wasserstand sowie für den Stand der Scheibenwischer-Flüssigkeit rhythmisch zur Musik in Rot und Orange wie eine Lichterorgel blinkten. Bei uns würde der Fahrer wahrscheinlich panikartig den ADAC anrufen. Hier wurde einfach weitergefahren bis tatsächlich nichts mehr geht. Nun war ich von den zurückgelegten Kilometern her betrachtet bereits einmal um die Erde gefahren und blieb trotz dieser garantiert nicht TÜV-geprüften Verkehrsmittel noch von der geringsten Panne verschont. Südlich von Trujillo verließ ich zunächst die Pazifikküste. Auf einer mehr als 200 Kilometer langen Bergstraße ging es in die Anden zurück, wobei ca. 3.000 Höhenmeter zu überwinden waren. Im schmalen pazifischen Küstenstreifen führte die Strecke abwechselnd an Sandwüsten oder Reisfeldern entlang. Die monotone Landschaft rief in mir keine großen Begeisterungsstürme hervor. Nach wenigen Kilometern im Landesinnern änderte sich erst der Belag der Straße von Teer zu Schotter. Bald darauf änderte sich auch die Landschaft. Plötzlich befanden wir uns an der Talsole einer tiefen Schlucht, die der Bus nun in den nächsten Stunden bergan erklomm. Der Busfahrer hatte vor der Abfahrt das Gepäck fachmännisch auf dem Dach festgemacht, denn mit der Zeit schwankte der Bus mehr als einmal nach links und rechts. Auch bei der Fahrt durch die etlichen niedrigen Tunnels blieben mein Rucksack und mehrere Dutzend Hühner auf dem Dach unversehrt. Kulinarisch machte ich wieder neue Entdeckungen. »Causa« wurde gereicht. Es handelte sich dabei um gekochte Yamswurzel mit Fisch gefüllt, die mit einer scharfen Zwiebelsoße auf Bananenblatt serviert wurde. Danach gab es von Zeit zu Zeit mitten in der Geröll-Wüste des Canyons Dörfer, in denen mein Vitamin C-Vorrat aufgefrischt wurde. Mangos, Orangen und Papayas wurden wie in einer Oase zuhauf angeboten. Nach 105 Kilometern oder sechs Stunden Busfahrt hatten wir das obere Ende des Canyons erreicht. Belohnt wurden alle mit einem wunderschönen Blick auf den höchsten Berg Perus, den mit einer Eiskappe überzogenen mehr als 6.700 Metern hohen Huarascan. Durch ein Hochtal rollte der Bus meinem Etappenziel Huaraz entgegen. Vom Hotelzimmer konnte ich später den Blick auf das rötlich schimmernde Eis der Berge der Cordillera Blanca während des Sonnenaufgangs genießen.

# Prima Klima in Lima?

Etappe: Von Huaraz, Perú 10° Süd 78° West (GMT-5) nach Qosqo, Perú 14° Süd 72° West (GMT-5): 1.866 km – Total: 42.370 km

Qosqo, 23. Januar 2003

»Rimaykullayki mantataq Qosqo« ist Quechua und bedeutet soviel wie »Hallo aus der alten Inka-Hauptstadt Cusco«. Nach einer strapaziösen Woche des anstrengenden Reisens war ich in dieser wunderschönen Anden-Metropole angekommen, die in Quechua Qosqo heißt. Doch bis Qosqo war es ein harter und mühsamer Weg durch Peru.

Angefangen hatte die Woche mit einer Tageswanderung in Huaraz. Die Stadt liegt in einem 3.000 Meter hohen Tal zwischen dem Küstengebirge der Cordillera Negra und dem Anden-Haupt-Kamm, der Cordillera Blanca. Naturgemäß ist dies ein Wander- und Bergsteigerparadies. Trotz Regenzeit wagte ich die Wanderung bei strahlend blauem Himmel zu einem Bergsee der Laguna de Churup. Um zum Ausgangspunkt des Wanderwegs zu gelangen, nutzte ich den ÖPNV Perus in Form eines japanischen Minibusses. Die entscheidende Frage war natürlich, mit wieviel Menschen dieser Minibus in Peru als voll gilt, damit er abfahrbereit war. Zur Erinnerung: In Deutschland finden darin neun Menschen Platz. Als wir uns der Zwanziger-Marke näherten fiel mir auf, dass der Bus sogar einen Mittelgang besaß. Welch eine Platzverschwendung – hier hätten mindestens nochmals zwei Seelen ihren Frieden gefunden. Mit 21 Menschen an Bord ging es schließlich los, doch natürlich nur die gewohnten zehn Meter. Nein, danach brach der Bus nicht auseinander, vielmehr wollte noch ein zahlender Passagier mitgenommen werden. Drinnen war kein Platz mehr, aber auf dem Dach? Genau, auf das Dach mit ihm, und nun starteten wir mit 22 Menschen auf den holprigsten Tourenabschnitt. Für zirka fünf Kilometer brauchte der Bus sage und schreibe 40 Minuten. Es ging permanent eine Geröll-Strecke mit 20 Prozent

Steigung bergan, sodass die Höchstgeschwindigkeit etwa der einer deutschen Spielstrasse mit 8 km/h entsprach.
Endlich kam ich hinaus aus der Blechbüchse und hinein in die unberührte Natur. Der Wanderweg, ein alter Pfad der Hirten der Region, führte an Almwiesen und kleinen Häusergrüppchen vorbei. Die turmförmigen Behausungen waren massiv aus Stein gebaut und besaßen ein spitz zulaufendes Strohdach. Sie erinnerten mich an kleine Hexenhäuschen. Rinder, Schafe und Esel weideten einträglich nebeneinander und ließen sich durch mich nicht stören. Im Hintergrund dieser Idylle waren bereits die Gletscher und Schneekuppen der Cordillera Blanca zu sehen. Der Weg folgte einem Bach bergan, und als dieser in einen Wasserfall überging, wurde der Wanderweg kurzerhand zur leichten Kletterpartie. Raquel, meine peruanische Bergführerin, hatte für diesen Abschnitt extra ein Kletterseil mitgebracht, doch das Do-it-yourself-Profil meiner Wanderschuhe aus dem mexikanischen San Cristobal bot mir beim Klettern genug Halt. Nach dreieinhalb Stunden hatten wir die Laguna de Churup auf einer Höhe von 4.450 Metern erreicht. Da ich die Tage zuvor meist auf 3.000 Metern übernachtet hatte, machte mir die Höhe erstaunlich wenig aus. Raquel aber war noch wesentlich fitter als ich und mir immer ein paar Schritte voraus. Der Bergsee schillerte im Sonnenschein in leuchtenden Türkis- und Grüntönen während im Hintergrund der Schnee der Berggipfel und Gletscher glänzte. Nach einer deftigen Brotzeit mit leckerem peruanischen Käse machten wir uns an den Abstieg, denn wie im Gebirge üblich schlug das Wetter schnell um. Ein Gewitter zog auf, allerdings erst, als wir wieder im Tal waren. Normalerweise bin ich nicht unbedingt ein Fan von Wandertouren mit Führer, aber aufgrund der extremen Höhe und der nicht markierten Wege, waren die paar Dollar es tatsächlich wert. Außerdem gab mir Raquel auch einen Einblick in den Alltag in einer peruanischen Großfamilie mit zwei Männern, drei Frauen und acht Kindern. Nebenbei lernte ich auch noch viele Pflanzen am Wegrand kennen und schließlich

bekam ich auch noch das Rezept für »Chicha«, das Kornbier der indigenen Bevölkerung, mitgeteilt.
Vier Tagesetappen per Bus trennten mich beim Verlassen von Huaraz von meinem nächsten Etappenziel Cusco, im südwestlichen Hochland von Peru. Zunächst musste ich auf der ersten Etappe die Cordillera Blanca nach Süden in Richtung Lima verlassen. Da ich keine sonderlich große Lust mehr auf Großstädte hatte, war ich nicht gerade froh, nun in diese Millionenmetropole zu fahren. Allerdings war der erste Teil der 8-Stunden-Busfahrt äußerst spektakulär. Die Straße folgte zunächst dem Hochtal bis auf die Passhöhe auf etwa 4.000 Metern Höhe. Im Licht der ersten Sonnenstrahlen glänzten die Almwiesen, das Blau der mäandernden Bäche, und im Hintergrund thronten auf einer Länge von über 100 Kilometern die Schneeberge und Gletscher der Cordillera Blanca. Die Passhöhe ging in eine rund 20 Kilometer lange Hochebene über, und diese wunderschöne Bergkulisse schien kein Ende zu nehmen. Schließlich neigte sich doch die Passstraße in Richtung Pazifik hinab, und in ca. 180 Kilometern rollten wir von 4.000 Metern Höhe hinunter zum Meer. Zwischendrin gab es für Gefährt und Gefahrene eine kleine Zwangspause. Mit dem Gartenschlauch wurden die Scheibenbremsen des Busses gekühlt. Dass die Bremsen diese Maßnahme tatsächlich mehr als nötig hatten, bewiesen die riesigen Dampfwolken, die sich um die Reifen bildeten. Die Pause wurde von den Fahrgästen natürlich wieder zum Essen genutzt. Dieses Mal standen kleine Käseräder mit Brot sowie gekochte Maiskolben auf der »Tageskarte« der fliegenden Händler. Je näher wir dem Pazifik kamen, desto stärker wurde der Dunst und desto öder wurde die Landschaft. Statt Wiesenhängen sah ich nur noch Geröll- und Schutthänge. Lediglich im Einzugsbereich des Bergbachs existierte noch eine kleine Grünzone, die zum Anbau von Mais und anderem Gemüse genutzt wurde. Als wir am Pazifik ankamen, prägten riesige Sandberge im Nebel das Landschaftsbild. Die monotone langweilige Landschaft zog sich bis vor die Tore von Lima, der Hauptstadt Perus.

Francisco Pizarro gründete Lima 1535 als Hauptstadt der spanischen Provinz »Perú«. Pizarro war es auch, der als erster Europäer 1528 peruanischen Boden betrat und die Schätze des Inka-Reiches sah. Von Ecuador aus marschierte er anschließend in einer zweiten Tour 1532 wieder in die Region des heutigen Perus, wo er auf heftigen Widerstand der Inka traf. Nach längeren Gefechten nahmen die Spanier den Inka-Herrscher Atahualpa gefangen, töten ihn später und setzten dem Inka-Reich ein Ende. Nachdem die Inka geschlagen waren, versuchten sie immer wieder den Spaniern Paroli zu bieten. Der berühmteste Freiheitskämpfer war Tupac Amaru, der um 1570 es beinahe geschafft hätte, die Spanier zu vertreiben. Schließlich bekamen die Spanier aber doch die Überhand und richteten ihn hin. Sein Name allerdings ist Rap-Fans durch den ebenfalls bereits gestorbenen Rapper Tupac Amara Shakur bekannt. In der Zeit nach Tupac herrschte in Peru die nächsten 200 Jahre relative Ruhe. Spanier transportierten das Gold der Inka in Richtung Europa ab und versklavten die indigene Bevölkerung. Die alte Inka-Hauptstadt Cusco versank in der Bedeutungslosigkeit, wohingegen in Lima zahlreiche prachtvolle Paläste entstanden, die den Wohlstand der Stadt symbolisierten. Lima war zum Höhepunkt der spanischen Besatzung Hauptstadt von ganz Spanisch-Südamerika. 1780 gab es einen Aufstand der indigenen Bevölkerung. Der Protest richtete sich gegen das menschenunwürdige Leben der Indios. Die Spanier machten mit den Anführern kurzen Prozess und richteten sie hin.

Unzufrieden mit den so genannten »Peninsulares«[127] waren allerdings auch die so genannten »Criollos«[128], die mit Spanien nichts mehr verband. Aufgrund der hohen Steuern, die Spanien den Criollos auferlegte, kam es Anfang des 19. Jh. zu ersten Revolten. Während im Norden Gran Colombia die Unabhängigkeit durch Simon Bolivar erlangte, befreite zur selben Zeit José de San Martín Argentinien und Chile von den spanischen Machthabern.

---

[127]Peninsulares: Kolonialisten, die in Spanien geboren wurden
[128]Criollos: Kolonialisten, die in Peru geboren wurden

Diese Freiheitsbewegungen schwappten auch nach Peru über. Bolivar erkämpfte schließlich 1824 die Freiheit für Peru. Im 20. Jh. wurde das Land bis Anfang der 80er Jahre meist von Militärs regiert. Seit nunmehr etwa 20 Jahren wird das Geschehen von Zivilregierungen bestimmt. Allerdings versuchte Präsident Alberto Fujimori halbwegs diktatorisch das Land von 1990 bis 2001 zu regieren. Er änderte beispielsweise die Verfassung ab, sodass er sich nochmals um die Präsidentschaft bewerben konnte und natürlich gewann. Zahlreiche Korruptionsvorwürfe belasteten Fujimori zum Ende seiner Amtszeit, sodass er in die Heimat seiner Vorfahren nach Japan floh. Mittlerweile werden einigen anderen wichtigen Politikern der Fujimori-Ära der Prozess wegen Korruption gemacht.

Lima war für mich nur Zwischenstation auf dem Weg zurück ins Hochland von Peru. Daher sollte es sonntags morgens um halb sieben bereits wieder auf Tour gehen. Lediglich zwei Passagiere hatten den Bus gebucht, sodass die Busgesellschaft sich viel Zeit ließ, diesen zu beladen. Mit fast einer Stunde Verspätung ging es hinaus aus dem Busterminal, um auf der Straße den Bus schließlich doch noch vollzufüllen. Die Fahrt begann wie die vorherige geendet hatte. Wüste und Nebel prägten das Bild. Die Region um Lima ist wahrlich nicht berauschend. Schließlich drehte der Bus von der Küste ab, und auf einer Passstraße führte meine Reise in drei Stunden zurück ins Hochland auf 4.000 Meter. Moose und Grasbüschel waren die einzigen Zeichen von Vegetation auf diesem Dach Südamerikas. Schafe und Lamas finden in diesem lebensfeindlichen Raum anscheinend noch genug Nahrung zum Überleben. Später passierte der Bus kleine Dörfer mit Lehmhäusern und Wellblechdächern. Da diese Dörfer noch keinen Wasseranschluss besaßen, stand neben jedem Haus ein bunt bemaltes »Wellblechplumsklo«. Überhaupt war das so mit dem Gang zur Toilette ganz interessant. Auf den Fahrten durchs Hochland fand ich keine öffentlich Toiletten. So wurde alle paar Stunden eine Pinkel-Pause eingelegt. Die Herren der Schöpfung pinkelten rechts vom Bus, die Damen links davon. Kulinarisch gab es nur noch eine

Neuerung zum Essen: Riesenkroketten gefüllt mit Zwiebeln und Oliven. Ansonsten erhielt ich die nächsten drei Tage unterwegs nur Maiskolben zum Futtern. Als Bordunterhaltung dröhnte Musik in Maximallautstärke und der Film »Die Mumie« wurde zweimal hintereinander gezeigt, da kurz vor Schluss in der ersten Fassung die Videokassette streikte. Nach zehn Stunden Fahrt erreichte ich mein nächstes Etappenziel: Ayacucho. Hier schlug Bolivar die Spanier 1824 in der entscheidenden Schlacht um die Unabhängigkeit Perus.

Die Gegend um Ayacucho war Ort eines der schrecklichsten Bürgerkriege der 80er Jahre des vergangenen Jahrhunderts. Die maoistische Terrororganisation Sendiero Luminoso bildete sich in den 60er Jahren, um gegen die Militärs zu kämpfen. Der Höhepunkt des Terrors fand in der Zeit der halbwegs existierenden Demokratie Perus am Ende der 80er Jahre statt. 1992 wurden die Anführer des Sendiero Luminoso gefangen genommen, und die Organisation verschwand in der Bedeutungslosigkeit. Von dieser Zeit war in Ayacucho nichts mehr zu erkennen. Vielmehr erstrahlen nunmehr die alten Kolonialgebäude im neuen Glanz. Der Hauptplatz wurde von großen Palästen mit Bogengängen und einer großen Kathedrale umgrenzt.

Mit der Ankunft in Ayacucho verließ ich für die nächsten zwei Tage die guten Teerstrassen Perus. Für die folgende Etappe ins 250 Kilometer entfernte Andahuaylas benötigte der Bus zehn Stunden auf einer Staubpiste. Anfangs prägten Kakteen und Agaven das Landschaftsbild. Der Straße mangelte es an zwei Dingen, die es auf allen deutschen Straßen gibt: Leitplanken und Brücken. Dadurch dass es keine Brücken gab, schlängelte sich die Straße wie ein Wurm in jeden Taleinschnitt hinein und auf der anderen Seite wieder hinaus. Dadurch dass es keine Leitplanken gab, bot sich für mich mehr als einmal der ungehinderte Blick in den Abgrund. Die vielen engen Serpentinen erzwangen ein permanentes Vor- und Zurücksetzen, damit der Bus um die Kurve kam. Da die Landschaft wie ein Krümel-Kuchen aussah, gab es hunderte von Taleinschnitten und Dutzende

Pässe zu überwinden. Manchmal sah ich bereits im Voraus die nächsten sich entlang schlängelnden 20 Kilometer, da die Straße ziemlich flach verlaufen musste. Schließlich sollte sie auch jetzt in der Regenzeit befahrbar sein. Baute man die Straße steiler, würde sie in der Regenzeit eher an einen schlammigen Bergbach erinnern und unpassierbar werden. Da wir lange Zeit durch menschenleeres Terrain fuhren, gab es dieses Mal keine fliegenden Essen-Verkäufer. Daher freute ich mich, als wir schließlich in ein Dorf kamen, in dem es etwas zu Essen gab. In einem Schubkarren wurden Töpfe mit Reis, Kartoffeln und Gemüse warmgehalten. Gewürzt wurde das Ganze mit einer Paste, die wie Pesto aussah, aber aus purer Minze bestand, und bei mir die selben Wirkungen hervorrief, als hätte ich eine Flasche Abfluss-Reiniger auf ex ausgetrunken. In diesen Dörfern lief das Leben wie bei uns vor vielleicht 100 Jahren ab. Die Äcker wurden noch mit dem Ochsengespann gepflügt, und die Frauen sponnen die Wolle mit Hilfe einer Spindel.
Leider bekam ich im Verlauf der Fahrt immer größeres Kopfweh. Dazu gesellte sich noch ein rhythmisches Blubbern im Magen. Daher konnte ich es kaum erwarten endlich in Andahuaylas anzukommen. Mir ging es immer schlechter, daher verkroch ich mich im erstbesten Hotel. Kaum angekommen, schaffte ich es in einem kurzen Endspurt gerade noch auf die Toilette. Kurz und gut: Ich realisierte, dass ich krank war. Ausgerechnet hier mitten im peruanischen Hochland zehn Stunden auf der Schotter-Piste von der nächst größeren Stadt entfernt. Als ich schließlich auch noch bemerkte, dass sich der Wasserkasten der Toilette nicht mehr füllte, und ich nicht mehr aufs Klo gehen konnte, war ich etwas deprimiert. Meine Stimmung verdüsterte sich noch mehr, als der Portier meinte, dass es am folgenden Tag keine Busse nach Cusco gäbe, da die Straße kaputt sei. Ziemlich am Ende legte ich mich ins Bett und hoffte auf Genesung. Am nächsten Morgen um fünf war ich wieder fit wie ein Turnschuh und machte mich auf die Suche nach einem Bus in Richtung Cusco. Schließlich fand ich einen, der zumindest in Richtung Cusco fuhr. Das Wetter war alles andere als angenehm. Es hatte

die ganze Nacht geregnet und jetzt war der gesamte Bus feucht, die Fenster beschlagen und die Kälte kroch durch die klamme Kleidung. Wieder führte die Strecke für die nächsten 125 Kilometer auf einer Piste entlang. Die Busfenster klapperten im Stakkato, und draußen spielte sich ein Kampf zwischen Sonne und Wolken ab. Schließlich schaffte die Sonne es durch die Wolken, und die herrliche Kulisse der Anden wurde wieder sichtbar. Endlose Täler und Bergrücken kamen nun zum Vorschein. Trotzdem war es noch bitter kalt. Daher war der Stopp an einem Lehmhütten-Restaurant eine prima Idee. Von innen wurde ich vom einzigen Heißgetränk, das es hier gab aufgewärmt: Mate de Coca. Die Indios zerhacken die Coca-Blätter und gießen diese mit heißem Wasser und viel Zucker auf. Das Ergebnis konnte sich sehen lassen. Dabei soll Coca sogar der Höhenkrankheit vorbeugen. Mir ging es nach dem Genuss des Tees auch tatsächlich besser. Nur nach Deutschland darf man die Cocablätter wegen des Betäubungsmittel-Gesetzes nicht ausführen.

Schließlich erreichte ich nach insgesamt 375 Kilometern Piste oder 15 Stunden Busfahrt wieder die Teerstrasse. Wo die Straße angeblich kaputt gewesen sei blieb offen. Aber mir war es auch ehrlich gesagt total egal – Hauptsache wieder auf gutem Belag der alten Inka-Hauptstadt Cusco entgegenrollen. Dass meine Ohren dabei mit plärrender verzerrter lokaler Musik gefoltert wurden, nahm ich dank Oropax gerne in Kauf. Es gab keine Piste mehr, und das zählte für mich einzig und alleine. Die Musik in den Bussen erinnerte keineswegs an die Musik, die Peruaner bei uns in den Fußgängerzonen spielen. Die Pan-Flöte wurde überhaupt nicht benutzt. Stattdessen wurde viel getrommelt und die Trompete eingesetzt. Im Platzregen erreichte ich nach einer 12-Stunden-Fahrt schließlich und endlich Cusco. Mir war das Wetter total egal. Das Ankommen war entscheidend. Die letzten zwei Tage hatten mich ziemlich geschlaucht und daher beschloss ich schon auf der holprigen Piste mich erst einmal richtig zu erholen, ehe es weitergehen sollte. Bis dahin verabschiede ich mich auf Quechua: Tupananchikkama.

# Inseln, biologisch abbaubar

Etappe: Von Qosqo, Perú 14° Süd 72° West (GMT-5) nach Copacabana, Bolivia 16° Süd 69° West (GMT-4): 629 km – Total: 42.999 km

Copacabana, 30. Januar 2003

Nach den harten Fahrttagen der vorangegangenen Woche verweilte ich einige Tage im faszinierenden Cusco mit seiner wunderschönen Umgebung. Die alte Inka-Hauptstadt liegt in einem Talkessel auf etwa 3.300 Metern. Die Häuser am Rande der Innenstadt, fast alle aus Lehm errichtet, sehen aus, als wären sie an den Hang geklebt worden. Bewegte ich mich innerhalb des Häusermeers auf den gepflasterten Straßen, den vielen steilen Treppen oder den Trampelpfaden, die zu Bächen führten, in denen immer noch per Hand gewaschen wurde, dann kam ich mir wie in einem Labyrinth vor. Viele Gebäude der Innenstadt waren auf dicke Mauern aufgesetzt worden. Diese stammen entweder von den vielen Inka-Bauten, die leider die spanische Besatzung allesamt nicht überstanden hatten, oder die Steine stammen von den Inka-Tempeln in der Umgebung von Cusco, die bis auf die Grundmauern abgetragen worden waren, um Kolonialbauten in Cusco zu errichten. Viele Inka-Tempel waren mit zwei Kilogramm schweren Goldvorhängen verziert. Die Spanier rissen die Vorhänge ab und schmolzen das Gold ein, um es nach Europa abzutransportieren oder um die vielen Kirchen Cuscos mit goldenen Altären auszuschmücken.

Cusco war nicht nur Hauptstadt der Inka bis zur spanischen Besatzung, es war auch der Ort, an dem das berühmte Inka-Reich seinen Ursprung nahm. Bis 1430 herrschten die Inka lediglich über die Region Cusco. Danach begab sich dieses Volk auf Expansionskurs. Innerhalb weniger Jahrzehnte dehnte es seinen Einflussbereich im Norden bis zur ecuadorianisch-kolumbianischen Grenze aus. Im Süden reichte seine Macht bis in die Atacama-Wüste Nordchiles. Lediglich im Amazonas-Becken hatte es keinen Einfluss. Als um 1525 die ersten Europäer in Südamerika landeten, brachten sie Krankheiten

wie die Pocken mit, denen die einheimische Bevölkerung schutzlos ausgesetzt war. So teilte der von Pocken befallene Inka-Herrscher Huayna Capac auf dem Sterbebett sein Reich zwischen seinen beiden Söhnen Atahualpa und Huáscar auf. Atahualpa regierte fortan von Quito aus den Norden und Huáscar von Cusco aus den Süden. Die friedliche Teilung hatte nicht lange Bestand. Um 1530 kam es zwischen dem Norden und dem Süden zu einem Bürgerkrieg, den sich die spanischen Eroberer zu Nutze machten. Atahualpa schlug Huáscar vor den Toren Cuscos und herrschte kurze Zeit alleine, ehe er 1532 im Norden Perus von Francisco Pizarro selbst geschlagen und später getötet wurde. Die ehemalige Hauptstadt Cusco wurde von den Spaniern geplündert, und an der Küste wurde die neue Hauptstadt Lima errichtet.
Da die vielen Inka-Tempel in der Umgebung von Cusco von den Spaniern entweder als Baumaterial genutzt oder zerstört wurden, stehen diese heute als unbedeutende Mauern in der Landschaft herum. Ich war etwas enttäuscht, als ich vor diesen Überresten stand. Dafür war die Landschaft wieder beeindruckend. Das Dorf Chinchero beispielsweise liegt auf einem Hochplateau und ist von drei Seiten von Schneebergen und Gletschern umgeben. Sämtliche Häuser waren aus Lehmquadern errichtet worden, sodass das gesamte Dorf in einem rötlich-braunen Ton schimmerte. Nachdem ich vom Lärm in Cusco genug hatte, erwartete mich in Chinchero Vogel-Gezwitscher und das Rauschen der Bäche. In der Ferne hörte ich laute Trommeln und zum ersten Mal auch die Pan-Flöte. Wie mir Belina, ein 10-jähriges Mädchen aus Chinchero, erklärte, handelte sich um Bauern, die die Kartoffelernte immer mit Musik begleiteten. Nicht nur Belina auch Tschol, ein kleiner Junge machten mir ihr Dorf sympathisch. Tschol quatschte mit mir im Bus auf der Fahrt ins Dorf und führte mich zu den Inka-Ruinen, ohne auch nur auf den Gedanken zu kommen, dafür Geld zu verlangen. Die beiden Kids standen stellvertretend für viele Menschen in Peru, die an Touristen gewöhnt, auf uns offen zugehen und einfach ein bisschen reden wollen – ohne irgendwelche Hintergedanken. Daher bin ich von Peru sehr angetan. Schließlich hängt die

Sympathie oder Antipathie zu einem Land in einem hohen Maß von seinen Bewohnern ab, wie ich meine. Außerdem wurde hier niemand einfach am Straßenrand stehengelassen. Das Sammeltaxi, das mich zurück nach Cusco bringen sollte, war bereits voll, aber der Peruaner am Straßenrand sollte doch irgendwie mitkommen – natürlich im Kofferraum des Taxis.
Cusco war für mich nach den Entbehrungen der letzten Wochen auch ein Paradies, das ich dem Tourismus zu verdanken habe. Endlich konnte ich meine gelesenen Bücher tauschen, den neuen James Bond 007 auf kopierter DVD sehen und wieder einmal ein europäisches Frühstück mit Brötchen, Butter und guter Erdbeermarmelade genießen. Dazu lief klassische Musik. Obwohl ich eigentlich ein Klassikmuffel bin, genoss ich die angenehme Frühstücksatmosphäre. Ich mochte dieses europäische Flair, freute mich aber natürlich auch das »richtige« Peru wieder kennen zu lernen. Doch bitte erst hinter Cusco!
Glücklicherweise blieben den Spaniern einige Inka-Stätten während ihrer Besatzungszeit verborgen. So konnte ich das spektakulär gelegene Machu Picchu besuchen, und einen Eindruck von der Hochkultur der Inka bekommen. Machu Picchu wurde erst 1912 von einem amerikanischen Archäologen entdeckt. Da die Inka keine Schrift besaßen, ist man heute auf die Aufzeichnungen der Spanier angewiesen, möchte man etwas über die Inka erfahren. Da die Spanier Machu Picchu nicht entdeckten, bleibt es bis heute bei Spekulationen, was es mit dieser Zitadelle auf sich hatte. Eine Theorie lautet, dass sich nach dem Fall von Cusco, die Inka hierher zurückzogen, um ihre Kultur vor den Spaniern zu schützen. In der Tat war der Ort gut gewählt. Zwischen zwei Bergen auf einer Passhöhe 700 Meter über dem Rio Urubamba angelegt, ist es heute noch sehr schwierig nach Machu Picchu zu gelangen. Eine Möglichkeit bot der so genannte »Inka-Trail«, eine dreitägige Wanderung, die aber jetzt zur Regenzeit eine einzige Matsch-Angelegenheit war, und ich bereits genug im Regen auf dieser Tour zeltete. Außerdem hätte ich den Weg lediglich in einer Gruppe gehen dürfen. Dies schreckte mich

neben dem Wetter noch mehr ab. Schließlich wurden die Träger und Führer der Gruppen relativ schlecht bezahlt und mussten teilweise im Freien ohne Schlafsack übernachten. Genug Gründe den Inka-Trail nicht zu erwandern. Die komfortablere Möglichkeit, um nach Machu Picchu zu gelangen, war der zuckelnde Zug von Cusco aus. Da ich seit Mexiko nicht mehr die Bahn nahm, hatte ich richtig Lust auf Zug fahren. Ist dies nicht wirklich das angenehmste Beförderungsmittel?

Morgens um sechs Uhr im Bahnhof San Pedro in Cusco: Vor meinem Abteilwagen stand der Schaffner, elegant in Trenchcoat, Krawatte und Schirmmütze gekleidet, und begrüßte mich an Bord des »Backpacker-Expresses« nach Machu Picchu. Leider war es nicht mehr möglich den Zug der Peruaner zu nehmen, der nur ein paar Cent kostet. Satte 35 US-Dollar verlangte Perurail für die Hin- und Rückfahrt. Aber eines musste ich Perurail lassen: Sie besaßen einen Fahrplan und hielten diesen sogar ein. Pünktlich um viertel nach sechs setzte sich der Zug in Bewegung. Um aus dem Kessel Cuscos hinauszukommen fuhr die Bahn im Zickzack bergauf. Die Lok rollte bis zu einem Prellbock, ein Bahnmitarbeiter sprang aus der Lock und stellte die Weiche hinter dem letzten Wagen um. Danach wurde die Reise mit dem letzten Abteilwagen vorwärts fortgesetzt. Ein weiterer Bahnangestellter stand an der ersten Tür des Waggons und dirigierte per Funk den Lokführer das folgende Gleisstück hinauf bis zum nächsten Prellbock. Der Lokführer war dabei völlig auf die Anweisungen der Person im Abteilwagen angewiesen. Schließlich saß er in seiner Lokomotive nun am Ende des Zuges und hatte da natürlich keine Sicht nach vorne mehr. Dieses Vorankommen war auf die Dauer etwas langsam und umständlich. In der ersten Stunde legten wir sagenhafte 18 Kilometer zurück. Nach dem Erreichen der Kesselrands rollten wir auf der Hochgeschwindigkeitstrecke mit zirka 30 km/h durch das peruanische Hochland.

Nach zwei Stunden Fahrt oder 50 Kilometern fuhr der Zug endlich in die Schlucht des Rio Urubamba ein. Lediglich etwa zwei Meter oberhalb des

Flusslauf schlängelte sich der Zug direkt an diesem wilden Bergbach und den hoch aufragenden rotbraunen Felsen entlang. Wegen der zurzeit herrschenden Regenzeit, war der Bach zu einem reißenden bräunlichen Fluss geworden, der nur noch aus Stromschnellen bestand. Das Rauschen des Flusses übertönte sogar das permanente Gehupe des Lokführers. Nach vier Stunden Fahrt oder 110 Kilometern erreichten wir den Bahnhof Machu Picchu. Doch wir hatten noch lange nicht die alte Inka-Stadt erreicht. Diese lag nun genau 700 Meter über uns. Mit dem Bus rollte ich auf einer Schotter-Piste von Serpentine zu Serpentine und schließlich zum Ziel. Dieser Tag war für mich auch deshalb ungewöhnlich, da im Zug und Bus lediglich Touristen saßen und ein babylonisches Sprachengewirr herrschte, das ich so schon lange nicht mehr erlebt hatte.

Der Leser wird sich vielleicht wundern, aber ich fühlte mich darin pudelwohl, reiste ich doch die letzten Wochen meist als einziger Fremder in den Verkehrsmitteln der Einheimischen. Würde ich auf 2-Wochen-Tour sein, hätte ich sicher anders darüber gedacht, aber nun war es auch mal wieder nett, mich mit anderen Reisenden zu unterhalten. Ich hatte nur Angst, dass bei diesen Massen Machu Picchu übervölkert sein würde. Aber Petrus sei dank, fing es doch kurz nach der Ankunft zu nieseln an, sodass die meisten sich ins Café zurückzogen, und ich somit fast wieder alleine war. Trotz des schlechten Wetters genoss ich die Aussicht auf Machu Picchu. Die Bauwerke selbst waren wesentlich unspektakulärer als die Lage dieser Stadt auf einem Pass zwischen zwei mit Pflanzen überwuchernden Bergen und dem in der Tiefe rauschenden Rio Urubamba. Die Wolken drückten sich gegen die Berge und tauchten die Stimmung ins Mystische. Glücklicherweise war wohl der Kaffee im Café ausgezeichnet, denn während meines Aufenthaltes kamen wirklich nur noch sehr wenig andere Besucher auf den Gedanken, sich das Ruinenfeld genauer anzuschauen. So konnte ich diese besondere Stimmung prima auf mich wirken lassen.

Am Nachmittag rollten wir wieder im Schneckentempo in Richtung Cusco zurück. Perurail erkannte die Bedürfnisse einiger Passagiere und bot gegen Geld einen Bustransfer von einem Bahnhof mit Straßenanschluss ca. 75 Minuten vor Cusco an, mit dem sich eine Stunde einsparen ließ. Entnervte Touristen nahmen diesen Service in Anspruch, doch was war schon eine Stunde? Mir fiel dazu der Spruch eines Afrikaners ein: Europäer haben Geld, Afrikaner haben Zeit. Lediglich halbvoll zuckelten wir schließlich die letzten Kilometer nach Cusco, und am Ende waren alle zufrieden. Die Gehetzten gewannen eine Stunde – die Gequetschten gewannen endlich Platz zum Beine ausstrecken und Perurail machte nochmals Geld mit diesem Service.

Nach einem weiteren Ausflugstag in die Umgebung verließ ich schließlich Cusco in Richtung Titicacasee. Mit der Platzwahl im Bus hatte ich dieses Mal allergrößtes Glück. Es handelte bei diesem um ein Doppeldecker-Modell, und ich bekam einen Sitz oben in der ersten Reihe. Von dort konnte ich die an mir vorbeiziehende Landschaft natürlich noch viel besser genießen, als auf einem Platz mit Seitenfenster. Die Straße führte durch ein breites Hochtal in Richtung Südwesten. Der Talgrund bestand aus Maisfeldern und Weiden. Umgeben war das Hochtal von Grashügeln allesamt zwischen 4.000 und 5.000 Metern hoch, lag doch die Talsole bereits bei über 3.500 Metern.

Da es beim Doppeldecker-Bus natürlich Probleme mit der Verpflegung gab, hielt dieser stündlich in eingezäunten Busterminals. Der Zaun sollte die fliegenden Händler von der Geschäftemacherei abhalten und die Passagiere zum Konsum im Busterminal verdonnern. Doch Peruaner sind erfindungsreich. Das Geld konnte den Besitzer leicht durch den Maschendrahtzaun wechseln. Die Getränkeflaschen flogen danach im hohen Bogen über den Zaun in Richtung Käufer. Die Straße musste die letzten 150 Kilometer unmerklich angestiegen sein. Plötzlich befanden wir uns auf dem Pass in 4.380 Metern Höhe. Die Vegetation war auf kleine gelbe Blumen und Gras beschränkt. Für die Lamas am Straßenrand war dies von der futtertechnischen Seite her betrachtet anscheinend zufriedenstellend, grasten sie doch gemütlich um die Wette. Die Hügel am Talrand waren mit Schnee bedeckt und ragten bis auf über 6.000 Meter hinauf. Sie kamen mir eher wie die Berge in den bayrischen Alpen vor, da sie lediglich 2.000 Meter über das Tal ragten. Mit abnehmender Höhe auf etwa 4.000 Metern gab es bereits wieder die ersten Kartoffeläcker und Lehmhütten.

Leider ging es mir während der Busfahrt zunehmend schlechter. Kopfweh und Fieber stellten sich wieder ein. Es blieb mir nichts anderes übrig, als bei der Ankunft in Puno am Titicacasee ins nächstbeste Hotel zu gehen und mich ins Bett zu legen. In solchen Momenten war ich immer wieder froh, alleine zu reisen. Schließlich war ich mein eigener »Reiseveranstalter«. War ich krank wurde ausgeruht. Ich fiel niemandem zur Last und konnte in aller Ruhe die Krankheit auskurieren. Denn reiste ich mit mehreren Menschen, würde sich in mir unweigerlich ein Druck aufbauen, schnellstmöglich wieder fit zu werden, um den Mitreisenden nicht zur Last zu fallen.

Da ich mir vorkam, als wäre ich von Innen her ausgetrocknet, kaufte ich mir unentwegt alles Trinkbare, was mir auf der Busfahrt in die Quere kam. Leider war darunter kein Wasser. Das kaufen schließlich nur Touristen in den Touristenstädten, nicht aber irgendwo im Hochland. Die Einheimischen fahren eher auf Flüssigkeiten ab, die wahrscheinlich im Dunkeln wegen der vielen darin enthaltenen Chemikalien noch leuchten und unter dem Namen »Inka-Cola« etc. hier bekannt waren. Schließlich siegte immer wieder mein Durst über die Abneigung gegenüber diesen Chemiebomben. Leider verdünnte ich mit diesem Klebezeug meine Magensäure, die mir bisher alle kulinarischen Abartigkeiten verziehen hatte, die einem Otto-Normalverbraucher-Magen fremd waren. Die so verdünnte Magensäure konnte die im Essen enthaltenen Bakterien nicht mehr vernichten, und ich holte mir am selben Abend als Krönung noch eine Magenverstimmung, die mich einen weiteren Tag außer Gefecht setzte.

Am folgenden Tag war ich zwar wieder fit, aber dafür spielte das Wetter nicht mit. Ein Platzregen verwandelte Puno in ein System aus reisenden Bächen und Flüssen, die es zu überwinden galt, wollte ich etwas außerhalb des Hotels unternehmen. Schließlich kämpfte ich mich bis ins Internetcafé durch und bereitete bereits die nächsten Reiseländer und Kontinente vor. Doch plötzlich riss der Himmel förmlich auf, und die Sonne hatte ein Einsehen mit meinem Leiden. Endlich konnte ich wieder etwas unternehmen. Sofort startete mit einem kleinen Boot hinaus auf den Titicacasee zu den Inseln der Uros.

Dies ist ein Volk, das sich vor den Inka auf den See zurückzog. Seine gesamte Existenz hängt vom Totora-Reet ab, das im See wächst. Sie bauen schwimmende Inseln, Boote und Häuser aus dieser zähen Pflanze. Auch heute noch werden Boote und Häuser gebaut und die Inseln instand gehalten, indem permanent neues Reet aufgeschichtet wird. Ein Boot hält ca. sechs Monate, bevor es zu modern beginnt. Heute leben die Uros zum Teil vom Tourismus, sodass auf den vielen kleinen Eilanden Souvenir-Läden ein bisschen die angenehm beschauliche Atmosphäre störten. Aber wer kann es den Uros verübeln, aus ihrer einzigartigen Existenz Kapital zu schlagen? Natürlich waren auch die Souvenirs aus dem Reet gefertigt. Jede Insel ist nur ein paar Hundert Meter lang und breit. Ich kam mir beim Spazierengehen permanent vor, als würde ich auf einer Luftmatratze herumlaufen. Das Reet gab bei jedem Schritt nach und zum Teil wurde dabei das Wasser aus dem Boden gedrückt. Auch für die Nase boten die Inseln gewisse Reize. Je nachdem wie alt der Inselteil war, roch es entweder nach frischem Reet oder es stank nach vermoderndem Reet. Kulinarisch wurde ich auf den Inseln mit frischen Kaktusfeigen verwöhnt, ehe es wieder mit dem Kahn nach Puno zurückging.

Am nächsten Tag war mein wunderbarer Peru-Aufenthalt schließlich zu Ende. Wie andere Länder auch bot mir Peru wunderschöne Landschaften und Städte. Doch seine Menschen waren der eigentliche Grund, warum ich mich so wohl gefühlt habe. Anders als in vielen anderen Ländern Lateinamerikas waren die Menschen Fremden gegenüber sehr aufgeschlossen und fingen von sich aus ein Gespräch an. Gleichzeitig merkten sie aber auch, wenn ich Zeit für mich brauchte und müde war.

# Land der unbegrenzten Hochebene

Etappe: Von Copacabana, Bolivia 16° Süd 69° West (GMT-4) nach San Pedro de Atacama, Chile 23° Süd 68° West (GMT-3): 1.240 km – Total: 44.239 km

San Pedro de Atacama, 6. Februar 2003

Da ich vor meiner Ankunft am Titicacasee entweder ziemlich kaputt war, das Wetter nicht mitspielte oder ich im Bus auf Achse war, konnte ich es kaum abwarten, an dem See mit dem magisch klingenden Namen endlich wieder für zwei Tage wandern zu gehen. Vom bolivianischen Copacabana aus marschierte ich auf einer Piste, die vielleicht einmal täglich von einem Auto benutzt wird, am Seeufer entlang in Richtung Isla de Sol. Das äußerst schlechte Wetter trübte kaum meinen Enthusiasmus, endlich wieder per Pedes die Welt zu entdecken. Im Nieselregen wanderte ich von Schlagloch-Pfütze zu Schlagloch-Pfütze. Am Seeufer konnte ich einen Fischer beobachten, der mit einer Steinschleuder Jagd auf Fische machte. Ob dies eine vielversprechende Jagdmethode war, wage ich nicht beurteilen. Der Fischer stapfte jedenfalls relativ unwirsch durch das seichte Wasser.

Zwischenzeitlich wurde ich von einer Familie begleitet, die in ihr Dorf unterwegs war. Natürlich fragte sie mich über Deutschland und die Welt aus, doch diese Dauerbefragungen, denen ich relativ oft ausgesetzt war, machten mir bisher viel Spaß. Denn einerseits konnte ich den Menschen ein bisschen Allgemeinbildung vermitteln, andererseits erfuhr ich, was die Menschen überhaupt von unserer fernen Welt wussten. Besonderen Eindruck machte immer die Antwort auf die Frage, wie lange ich mit dem Flugzeug von Deutschland aus hierher gebraucht hatte. Wenn ich darauf entgegnete, dass ich dies nicht weiß, da ich mit dem Bus in etwa 170 Tagen bis nach Bolivien unterwegs gewesen bin, dann begriffen die Menschen, dass Deutschland sehr weit entfernt ist, und anschließend ging die Befragung natürlich über die Nachbarländer weiter, die die Menschen kannten. Gleichzeitig habe ich oft

Mitleid erregt, denn wer von den Europäern, die hierher kamen, hat »so wenig Geld, dass er mit dem Bus fahren muss?«[129]

Nachdem aus dem Nieselregen ein Dauerregen wurde, stellten ich mich mit der Familie unter, und wir warteten auf Wetterbesserung. Zwischenzeitlich kam der einmal täglich verkehrende Bus und nahm meine Begleiter auf. Alleine blieb ich zurück. Schließlich wollte ich wandern und nicht schon wieder Bus fahren. Leider wurde das Wetter zunächst nicht besser. Mit der Zeit fing es sogar zu hageln an. Die Hagelkörner hüpften auf dem Boden um mich herum, wie sonst die meiste Zeit einer der vielen Straßenköder, die es in diesem Teil der Welt gab. Doch bei diesem Wetter blieben sogar die Hunde im Trockenen. Völlig durchnässt kam ich in ein Dorf und konnte meinen Augen nicht trauen: ein Gasthof. Ich klopfte an die Tür, und die Besitzerin machte überrascht auf, bei diesem Wetter einen Gast zu bekommen. Wahrscheinlich war ich der erste Gast in diesem Jahr, schließlich musste zunächst Platz in der guten Stube gemacht werden. Krempel wurde zur Seite geräumt und ein Tisch mit Stuhl hervorgezaubert. Zwischen einem Schubkarren, einem Fahrrad und unzähligen Bierkästen machte ich es mir bequem. Das Essen, das aus Kochbanane, Kartoffeln, Nudeln, Tomaten und Fisch bestand, ließ ich mir besonders schmecken, da ich mich mittlerweile seit einigen Wochen in einer kulinarischen Depression befand.

Angefangen hatte alles in Ecuador, wo es oft zum Frühstück, zum Mittagessen und zum Abendessen Hühnchen mit Reis gab. In Peru sah es nicht wesentlich besser aus. Deswegen genoss ich Plätze wie Cusco, wo es einmal etwas anderes zu essen gab. Aber im Großen und Ganzen bestimmte »pollo y arroz« das Essen. In Bolivien gab es natürlich »pollo y arroz«. Da war der Fisch wahrlich eine willkommene Abwechslung. Glücklicherweise gab es in Peru auch öfters »Chifas«. Das sind Restaurants mit chinesischer Küche und diese haben endlich auch einmal »tallarin con pollo«[130] auf der Karte, sodass

---

[129] Zitat der bolivianischen Familie

[130] tallarin con pollo: <span.> Teigwaren mit Huhn

ich immer noch nicht zu McDonald's oder Burger King in Quito, Lima oder La Paz pilgerte. Aber viel gehörte nicht mehr dazu, und ich werde mir wirklich einen Whopper reinhauen.
Nach der Pause meinte es Petrus gut mit mir und die Sonne kam endlich hinter den Wolkenbergen zum Vorschein. Die letzten Kilometer zum Fischerdorf Yampupata führten anschließend trockenen Fußes am See entlang. Um von Yampupata auf die Isla del Sol zu gelangen, musste ich einen der Fischer überreden, mich mit dem Ruderboot die etwa zwei Kilometer hinüberzupaddeln. Natürlich wurde zunächst ein exorbitant hoher Preis für die Passage genannt. Aber schließlich einigten wir uns auf einen akzeptablen Betrag mit der Vorgabe, dass ich beim Rudern helfen sollte. Der 70-jährige Fischer und ich waren leider kein »Dream Team«, und nach einigen Ruderschlägen zog er es vor, mich doch alleine hinüberzupaddeln. Für seine 70 Jahre war er in äußerst fittem Zustand. Selbstverständlich gab ich schließlich doch etwas mehr als den vorher vereinbarten Fahrpreis, da ich ja als Ruderkraft nutzlos geblieben bin.
Auf der Insel angekommen, musste ich noch knapp 200 Höhenmeter bergauf wandern, ehe ich auf dem Bergrücken auf ca. 4.000 Metern Höhe ein ideal gelegenes Hotel fand. Von der Terrasse aus konnte ich den Sonnenuntergang genießen. Ich hatte einen wunderbaren Ausblick auf die Bucht unter mir und die Schneeberge am Horizont. Unterhalb der Terrasse begaben sich Hirten mit ihren Eseln, Schafen, Schweinen und Lamas auf den Heimweg. Die gesamte Insel besitzt lediglich Trampelpfade, die die Dörfer miteinander verbinden. Autos gab es nicht. Statt dem Krach der Zivilisation hörte ich nur Vogel-Gezwitscher, Schweine-Grunzen und Esel-Geschrei. Am nächsten Morgen konnte ich meine Wanderung auf den alten, mit Steinen ausgelegten Wegen der Insel fortsetzen. Die Insel ist den Einheimischen heilig, gilt sie doch als Geburtsstätte der Inka und der Sonne. Hier erschien der erste Inka Manco Capac, seine Schwester und Ehefrau Mama Huaca. Viele der Einheimischen sprachen nur gebrochen oder gar kein Spanisch sondern Aymara

oder Quechua. Aber einen freundlichen Gruß verstand jeder. So war sprachliche Kommunikation überflüssig, und ein Lächeln kam von den freundlichen Einheimischen immer wieder zurück. Ich genoss den Marsch auf dem Höhenrücken der Insel entlang. Die Farben waren aufgrund der klaren Luft besonders intensiv; ähnlich wie in Schottland. In den Buchten der Insel schimmerte das Wasser smaragdgrün, während auf dem See draußen dieses dunkelblau leuchtete, und am Horizont waren wieder die Sechstausender der Anden in Schneeweiß zu bewundern. Viel zu schnell ging mein Aufenthalt auf der Isla del Sol zu Ende, aber schließlich wollte ich auch nach La Paz, wartete doch dort Post aus der Heimat auf mich.

Die Fahrt in die bolivianische Metropole war ein bisschen umständlich. Der Titicacasee musste an einer engen Stelle mit einer Fähre überquert werden. In Bolivien existieren noch keine Fähren europäischen Standards. Vielmehr musste der Bus auf eine Art Floß mit Außenbordmotor dirigiert werden. Der Bus drückte das Floß, das wirklich nur aus ein paar Brettern bestand, ziemlich nach unten. Das Ganze sah aus, wie bei einer Wette von Thomas Gottschalks »Wetten dass..?«. Mit ein paar Brettern wird ein leerer Bus über den Titicacasee geschippert. Glücklicherweise durften wir Passagiere ein eigenes Boot benutzen, doch unser Bus kam ebenfalls wohlbehalten auf der anderen Seite und alle gemeinsam wenig später in La Paz an.

Die eigentliche Hauptstadt Boliviens ist Sucre, benannt nach einem Freiheitskämpfer. Doch ehe Bolivien unabhängig wurde, besetzten es die Spanier Mitte des 16. Jh. Zu dieser Zeit gehörte die Region des heutigen Boliviens zum Inka-Reich. Nachdem die Spanier Cusco einnahmen, fiel ihnen auch »Alto Perú« zu, wie sie Bolivien damals nannten. 1545 stießen die Spanier in Zentralbolivien auf unzählige Silberminen. Unter menschenunwürdigen Bedingungen wurden in den nächsten Jahrhunderten diese ausgebeutet. Man schätzt, dass in dieser Zeit rund acht Millionen indigene Bewohner und afrikanische Sklaven ihren Tod in den Minen fanden. Alto Perú galt in ganz spanisch Südamerika als die Region, die den Gedanken der französischen und amerikanischen Revolution am stärksten anhing. Daher regte sich bereits am ausgehenden 18. Jh. Widerstand gegen die spanischen Besatzer. Schließlich befreite Simon Bolivar gemeinsam mit General Antonio José de Sucre Alto Perú im Jahr 1825 von den Spaniern. Bolivar zu Ehren wurde Alto Perú in »Bolivia« umbenannt. Bolivar und Sucre waren auch die ersten Präsidenten des neuen Landes. 1836 gingen Peru und Bolivien eine Konföderation gegen die Widerstand Chiles ein. Chile besetzte Teile von Peru und Bolivien. Es kam zu einem politischen Chaos sondergleichen, das bis in die 80er Jahre des 20. Jh. anhielt. 1841 beanspruchten gleichzeitig drei Regierung die Macht für sich. Bis 1992 hatte Bolivien 188 Regierungswechsel in 167 Jahren Unabhängigkeit. Neben dem politischen Chaos musste Bolivien auch starke territoriale Verluste verkraften. Als erstes verlor es in einem weiteren Krieg 1879-1883 mit Chile seinen Zugang zum Pazifik. Grund für den Krieg waren die reichen Nitrat- und Guanovorkommen in der Atacama-Wüste. Noch heute beansprucht Bolivien die Atacama-Wüste mit dem Zugang zum Meer. Daher tauschten Chile und Bolivien bisher keine Botschafter miteinander aus. Als nächstes verlor Bolivien einen Großteil seines Territoriums im Amazonas-Becken in einem Krieg mit Brasilien 1903. Grund für den Krieg war dieses Mal Kautschuk, der in der Amazonas-Region aus Baumrinden gewonnen wurde und damals ein äußerst wichtiger Rohstoff war. Zwischen 1932 und 1935 schließlich verlor Bolivien gegen Paraguay einen dritten Krieg, bei dem es um Öl ging. Europäische und nordamerikanische Ölfirmen spekulierten darüber, ob in der Chaco-Region Öl zu finden sei. 80.000 Menschen ließen bei diesem Krieg ihr Leben und schließlich wurden doch keine bedeutenden Ölfelder gefunden.

Seit dem Ende der 80er Jahre des 20. Jh. gilt Bolivien als eines der Länder mit der gefestigsten Demokratie in Südamerika. Allerdings beherrschen weiterhin große Probleme den Alltag. Beispielsweise wird Bolivien in den US-Drogenkrieg hineingezogen. Die Cocapflanze gilt in Bolivien und Peru seit Menschengedenken als Heilpflanze und der Mate de Coca wird überall legal konsumiert. Selbst Cola bestand früher aus Cocaextrakt. Die USA hingegen sehen die Anbauländer der Cocapflanze, zu denen Kolumbien, Peru und Bolivien zählen, als Hauptverantwortliche für das Drogenproblem in der westlichen Welt. Daher machen die USA ihre Finanzhilfe für die Staaten Südamerikas davon abhängig, wieviel Cocaplantagen zerstört werden. Dies ruft den Protest der einheimischen Cocabauern hervor. Diese sind sicherlich nicht der Hauptprofiteur des Cocageschäfts. Täglich finden in Bolivien Protestdemonstrationen und Streiks statt, von denen ich allerdings nie betroffen war.

So konnte ich direkt nach der Ankunft in La Paz in die Hauptpost gehen und meine Sendungen abholen. Ich war überrascht soviel Post aus der Heimat zu meinem Geburtstag zu bekommen. Daher musste ich mich zunächst in ein Café setzen, Schokoladenkuchen essen und Espresso trinken, während ich die Karten las. Es ist vielleicht für die Leser schwer verständlich, aber es war ein unbeschreibliches Gefühl, in einer fremden Stadt in einem fernen Kontinent nette Zeilen von Freunden und Verwandten lesen zu können. In diesen Momenten kam ich mir wie zu Hause vor und genoss dieses Stückchen Heimat mitten in Südamerika. Als ich aus dem Café hinaustrat, liefen mir wieder indigene Menschen mit Sack und Pack über den Weg, es spielte jemand Flöte am Straßenrand, eine Mutter stillte in aller Öffentlichkeit ihr Baby und Schuhputzer umkreisten mich und meine dreckigen Schuhe. Da wusste ich sofort wieder, wo ich mich befand. La Paz war für mich ein schönes Erlebnis aufgrund der Post aus der Heimat. Aber länger als eine Nacht hielt ich es dort nicht aus. Eigentlich bedeutet La Paz »Frieden« aber Chaos, Gestank und Hektik würden diesen Ort besser beschreiben. Der Smog war so stark, dass die unzähligen Schuhputzer nur noch mit Sturmmasken arbeiteten und so aussahen, als würden sie jeden Moment eine Bank überfallen wollen. Um dem Krach der Großstadt zu entfliehen, fuhr ich daher nach Oruro weiter. Die Fahrt über die bolivianische Hochebene auf etwa 3.700 Metern Höhe erinnerte mich an eine Wüste. Gras war kaum noch

vorhanden. Verschiedene Brauntöne prägten das Landschaftsbild und nur vereinzelt waren noch Lamas oder Alpakas zu sehen.
In Oruro angekommen, hatte ich lediglich ein Ziel: eine Bahnfahrkarte für den folgenden Tag in Richtung Südbolivien zu besorgen. In unseren Breiten ist dies trotz mancher ahnungsloser Bahnangestellter letzten Endes doch relativ einfach möglich. In Bolivien lief dies hingegen etwas anders ab. Der erste Versuch scheiterte bereits kläglich vor der Verkaufshalle, wo ein Polizist die Tür versperrte. Zurzeit würden lediglich Tickets für den Zug am Abend verkauft, und bei dem Getümmel vor dem Schalter verging mir auch jegliche Lust, mich auf eine Diskussion mit dem Polizisten einzulassen. Also versuchte ich es nochmals zwei Stunden später. Dieses Mal wurde ich wenigstens am Eingang nicht schroff abgewiesen, sondern sollte nun draußen warten. Ich kam mir vor, als wollte ich Einlass in eine Yuppie-Disco mit abgewrackten Klamotten erbitten. Der Türsteher, in diesem Falle der Polizist, hatte schließlich ein Einsehen, und ich durfte in die geheiligten Hallen der bolivianischen Eisenbahngesellschaft eintreten.
Nachdem ich eine Nummer gezogen hatte, sich zahlreiche Leute trotzdem vordrängelten und ich ein Fußballspiel in beinahe der gesamten Länge im bereitgestellten Fernseher anschauen durfte, erhielt ich meine Fahrkarte für den nächsten Tag. Die Fahrt im Zug in der zweiten Klasse war ziemlich unspektakulär und sehr angenehm. Allerdings hatte der Schaffner eine Putzphobie, eilte er doch alle halbe Stunde mit einem Besen durch den Gang, ehe er mit einem Wischmob zu putzen anfing. Die Strecke verlief erneut entlang der bolivianischen Hochebene auf ca. 3.600 Metern Höhe. Am Zugfenster zogen endlose Hügelketten am Horizont vorbei, während der Vordergrund von großen bräunlichen Grasbüscheln bestimmt wurde. Die braunen Lehmhütten in den kleinen Dörfchen am Wegesrand hoben sich von der bräunlichen Landschaft nicht sonderlich ab, und so lud diese monotone Landschaft zum »Men in Black«-Video-Schauen in der Eisenbahn ein.

Schließlich kam ich nach nur sechs Stunden Fahrt oder 300 Kilometern in Uyuni, einem Kaff in Südbolivien an. Der Grund, warum es mich in diese Einöde zog, lag rund 20 Kilometer westlich von Uyuni: die größte Salzpfanne der Welt. Mit einem Geländewagen durchquerte ich gemeinsam mit einem halben Dutzend anderer Reisender in drei Tagesetappen die so genannte »Salar de Uyuni« und die Ausläufer der Atacama-Wüste nach San Pedro de Atacama im Norden Chiles. Anfangs bekam ich einen richtigen Geschwindigkeitsrausch, konnte unser Fahrer doch mit etwa 100 km/h auf der Salzplatte querfeldein dahin rauschen. Der salzige Untergrund war teilweise so glatt, als würde ich auf einer Eisbahn entlang gleiten. Dieser Eindruck wurde noch durch Wasserlachen verstärkt, die die Landschaft im hellen Licht der Sonne spiegelte. Von dem Licht wurde ich fast benommen. Im Umkreis von 100 Kilometern sah ich nur weiß und blau. Die grelle Salzpfanne reichte bis zum tiefblauen Himmel. Durch die Reinheit der Luft konnten die Entfernungen nicht mehr abgeschätzt werden. Zu einer nah erscheinenden Insel in der Salzpfanne fuhren wir mit 100 km/h letztendlich fast eine Stunde. Durch die Luftspiegelungen auf dem Salz schien die Insel in der Luft zu stehen, und ich hatte den Eindruck von Fata Morgana zu Fata Morgana mich fortzubewegen.

Am nächsten Tag ein völlig anderes Bild. Braun-, Gelb- und Rottöne prägten die wüstenähnliche Landschaft Südboliviens im Grenzgebiet zu Chile. Vorbei an »Puderzucker-bestäubten« braunen Vulkankegeln und schwefelgelben Lagunen, die mit rosafarbenen Flamingos bevölkert waren, ging es auf extrem holprigen Pisten weiter. Zwischendrin gab es einige kleine Wasserlöcher, um die sich herum auf einer Höhe von 4.500 Metern eine kleine Grasnarbe bildete. Diese menschenfeindliche Region bildet die Lebensgrundlage für Alpaka- und Vicuñaherden.[131] Vicuñas ähneln sehr den afrikanischen Antilopen, und gelten als nicht zu domestizieren. Die

[131]Vicuña: <indian.-span.> südamerikanische Lamaart

Hochebene erinnerte mich mit ihren stürmischen Winden und der herben Landschaft sehr stark ans isländische Hochland.

Nach einer kurzen Nacht hieß es um halb fünf Uhr morgens wieder einmal »Buenos Dias«, und es ging zur bolivianischen Grenze. Das Grenzhäuschen liegt verlassen auf einem Pass in 5.000 Metern Höhe. Die notwendigen Ausreiseformalitäten mussten wir bereits in Uyuni erledigen, da dort oben, niemand zum Stempeln saß. Nachdem wir weitere fünf Kilometer querfeldein fuhren, erreichten wir schließlich die Teerstrasse, die Chile mit Argentinien verbindet. »¡Bienvenidos en la civilización!«[132] rief unser Fahrer mit dem Erreichen der Straße und dem Erreichen von Chile aus.

[132]Bienvenidos en la civilización: <span.> Willkommen in der Zivilisation

# Abnehmen einmal anders

Etappe: Von San Pedro de Atacama, Chile 23° Süd 68° West (GMT-3) nach Pucón, Chile 39° Süd 72° West (GMT-3): 3.027 km – Total: 47.266 km

Pucón, 13. Februar 2003

Chile macht Spaß. Oder Chile ist gleich chillen. Auf diese einfachen Sätze ließe sich die gesamte Woche reduzieren. Nach dem Reisen im äußerst lebendigen aber auch anstrengenden Lateinamerika, das in Mexiko im November 2002 begonnen hatte und schließlich bis in die bolivianischen Anden geführt hatte, bewegte ich mich nun in einem völlig anderen Kulturkreis. Den letzten heftigen Kulturschock erlebte ich an der amerikanisch-mexikanischen Grenze bei San Diego am 1. November 2002. Mit dem Erreichen von Chile hatte ich wieder einen Kulturschock. Genauso wie im November war ich von diesem Schock allerdings begeistert – bringt er doch schließlich eine angenehme Abwechslung in den Reisealltag. Chile hat mit dem Rest Südamerikas genauso viel beziehungsweise wenig zu tun, wie Südafrika mit Afrika oder Australien mit Ozeanien. Die genannten Länder liegen geographisch zwar weit weg von uns, doch verbindet sie wesentlich mehr mit der westlichen Kultur als mit der Kultur der jeweiligen Nachbarländer. Leidtragende dieser Tatsache sind in allen drei Ländern die Ureinwohner, die vor der europäischen Invasion dort lebten. Weder in Chile noch in Australien sind die Ureinwohner in der Mehrheit oder halten die Macht in ihren Händen. Vielmehr sind es die Bewohner mit europäischen Vorfahren, die das Geschehen im Land bestimmen.

Allerdings besitzen die Menschen besonders in Australien und Chile einen weit höheren Lebensstandard, als die Menschen in den Nachbarländern. Dieser Lebensstandard mitsamt den »Errungenschaften« der westlichen Welt wirkte sich auch auf mich und meinen Reisealltag sehr stark aus. So fuhr ich zum ersten Mal seit Monaten wieder Rolltreppe in einem ebenfalls seit Monaten nicht mehr gesehenen Kaufhaus. Dass gerade

Sommerschlussverkauf angesagt war, kam mir genauso komisch vor, wie die Tatsache, dass Autofahrer für Fußgänger anhielten. Außerdem bremsten die Autofahrer auch an Stoppschildern oder Ampeln. In den anderen Ländern Südamerikas wurden Ampeln eher als Hinweis zum eventuell sinnvollen Halten interpretiert. Ein Gebot ließ sich daraus für die Autofahrer nie ableiten. Leider hatte dieses neue Leben auch seine Nachteile. Konnte ich bisher für so ziemlich alle Waren und Dienstleistungen den Preis mit dem Anbieter aushandeln, existierten jetzt Festpreise, und ich bekam plötzlich wieder Quittungen und Rechnungen ausgestellt. Als gelernter Kaufmann weiß ich, dass diese Zettel für manche Menschen das Ein und Alles darstellen. »Keine Buchung ohne Beleg« lautet bekanntlich eine Buchhalterweisheit. Glücklicherweise war ich aber nicht als Buchhalter in den anderen Ländern unterwegs gewesen, ansonsten würde ich sicherlich noch in der Busstation von Tijuana, Mexiko auf meinen ersten Beleg warten. Auch das Fernsehprogramm änderte sich mit dem Erreichen von Chile sozusagen schlagartig. Statt Fußball flimmerte plötzlich Tennis über die Mattscheibe. Dem chilenischen Tennishelden Marcelo Rios sei Dank.
Aber die wichtigste Änderung meines Reisealltags betraf das Essen und Trinken. Ja sie existierte doch noch, die kulinarische Abwechslung. »Pollo y arroz« war definitiv passé. Auf den Speisekarten fanden sich z. B. Kartoffelpüree, Salzkartoffeln, Gulasch und »Empanadas«. Das sind riesige Teigtaschen, die mit Tomaten, Zwiebeln, Oregano und Käse gefüllt werden und wie eine italienische Calzone aussehen. Außerdem existierten nun zum teilweise schwachen Bier wirkliche Alternativen wie der gute chilenische Cabernet Sauvignon oder der Trauben-Brandy Pisco, der als Pisco Sour Cocktail herrlich schmeckt und mächtig in die Rübe knallt.
Das erste chilenische Dorf, die Oase San Pedro de Atacama, war somit für mich tatsächlich eine wahre Oase nach dem kulinarischen Desaster der vergangen Wochen. Aber auch meine Stimmung änderte sich in San Pedro ganz plötzlich. In der letzten Zeit fiel mir das Reisen den einen oder anderen

Tag tatsächlich zur Last, und ich freute mich manches Mal wirklich, wieder einen Reisetag abgehakt zu haben. Von der so genannten »Urlaubsstimmung« war bereits seit Monaten nichts mehr zu spüren. Mit der Ankunft in San Pedro änderte sich dies schlagartig. Die Mehrzahl der Touristen waren Chilenen, die dort ihren Sommerurlaub verbrachten, und plötzlich befand auch ich mich wieder in erholsamer Ferienstimmung. Natürlich war meine Reise kein Urlaub im eigentlichen Sinn, aber es tat gut von Zeit zu Zeit einmal »Urlaub vom Urlaub« zu machen. Neben dieser Ferienatmosphäre bot San Pedros Umgebung auch Naturwunder der besonderen Art. Bei Sonnenaufgang vor der verschneiten Bergkulisse der Anden zischte, spuckte und blubberte es vor meinen Füßen. Geysire und heiße Quellen ließen mich gedanklich wieder ins Land von Feuer und Eis nach Island zurückkehren. Die Temperaturen nahe dem Gefrierpunkt, verstärkten dieses Gefühl. Doch wenige Hundert Meter hinter den Geysiren fing die Wüste an und leuchtete in den ersten Sonnenstrahlen in warmen rotbräunlichen Farbtönen. Angeblich ist die Atacama-Wüste die trockenste Wüste der Welt. Ein Superlativ, der anscheinend wieder totaler Quatsch war. Zweimal musste ich mich vor sintflutartigen Regenfällen während eines Gewitters in Sicherheit bringen. Danach waren die Wege fast unpassierbar, und ich kam mir eher wie auf einem auftauenden Mainzer Schlammacker im Februar 2003 vor, als in einer Wüste Südamerikas.

Chile ist ein großes Land, vor allem wenn man es von Nord nach Süd durchqueren möchte. Lediglich bis zu 200 Kilometer breit, erstreckt es sich von der peruanischen Grenze im Norden über 4.300 Kilometer bis nach Feuerland im Süden. Chile ist ein indianisches Wort und bedeutet »Ort an dem das Land endet«. Von San Pedro de Atacama begann ich nun meine Nord-Süd-Durchquerung mittels eines Busses. Das Bus fahren in Mittelamerika war dank der dort eingesetzten Schulbusse ein Horror. Die Situation besserte sich in Südamerika wenigstens ein bisschen, da Überlandbusse eingesetzt wurden, die aber zuweilen extrem langsam waren, da oft alle 100 Meter

Hinz und Kunz mitten in der Einöde zugestiegen sind. Haltestellen im eigentlichen Sinne, waren in dieser Region der Erde ein Fremdwort.
Bus fahren in Chile hingegen ist ein wirklicher Genuss, zumal er auch noch bezahlbar ist. Statt während der Fahrt mit folkloristischer Musik in ohrenbetäubender Lautstärke beglückt zu werden, finde ich zu meiner Verwunderung Kopfhörer, die es dem Passagier erlauben auch ohne Gehörschaden am Zielort anzukommen. An die Beine eines Passagiers wurde in Chiles Bussen ebenfalls gedacht und eine Beinablage vor jedem Sitz installiert. In Mittelamerika sind Beine eher lästiges menschliches Beiwerk, das es irgendwie unter dem Vordersitz zu verstauen gilt. Die Sitze lassen sich zu so genannten »Semi-Camas«[133] umfunktionieren, und ich kann auf den guten Straßen Chiles auch tatsächlich meinem Ziel entgegenschlummern. Schluss war mit dem Erschöpfungsschlaf in mittelamerikanischen Schulbussen, bei denen der Kopf mangels Ablage auf den Nachbarn plumpste. Die Tatsache, dass es eine saubere Toilette mit Klopapier gab, war alleine schon lobenswert, dass aber auch noch ein elektronisches Laufband dem Passagier anzeigte, wann das WC besetzt war, grenzte bereits an Dekadenz. Vorbei waren die Zeiten, in denen nach Geschlechtern getrennt am Straßenrand links und rechts die Notdurft verrichtet wurde. Mangels fliegender Straßenhändler wurde warmes Abendessen und Frühstück mit heißem Tee serviert. Der Leser merkt, dass ich dem »Komfort« bisheriger Busstandards keineswegs nachtrauerte. Es war anfangs schon lustig, zusammengequetscht mit den Einheimischen so richtig auf Tuchfühlung zu gehen, doch nach ein paar Monaten wurde der Spaß erst zur Last und schließlich zur Qual. Dementsprechend genoss ich jetzt das Reisen in vollen Zügen in komfortablen Bussen.
Nach einer 16-stündigen Busfahrt oder 1.120 Kilometern Reise, bei der ich den südlichen Wendekreis der Sonne überschritt und somit geographisch betrachtet die Tropen verließ, erreichte ich das Städtchen La Serena. Da Sonntag war, nutzte ich wie die Einheimischen die Zeit zum Einkaufen in

[133] Semi-Cama: <span.> Halbbett

einem richtigen Shopping-Center. Nach zweieinhalb Monaten hatten meine selbstgeschnitzten Sohlen meiner Wanderschuhe ihre Pflicht mehr als erfüllt. In Chile leben endlich wieder Menschen mit Schuhgröße 45, die auch noch wandern möchten. In den anderen Anden-Ländern gab es lediglich Schuhe bis maximal Schuhgröße 42. So konnte ich mir im Sommerschlussverkauf endlich neue Wanderschuhe zulegen. Dieser Kauf musste natürlich im Food Court des Shopping-Centers mit einem Magnum gefeiert werden. Natürlich gab es auch saubere öffentliche Toiletten im Einkaufszentrum, in denen ich während des Besuchs Hard Rock Musik hören konnte. Von wegen stilles Örtchen: Dank der Lautstärke brauchte der Besucher sich nicht vor unangenehmen Geräuschen bei der Darmentleerung zu fürchten. Die Gitarrenriffs übertönten auf jeden Fall sämtliche Geräusche der Umgebung.

Auch die Natur profitierte von dem so gänzlich anderen Lebensstil. Überall existierten Mülleimer und diese wurden tatsächlich benutzt, sodass die Fernstrassen endlich einmal nicht mit Müllkippen gleichgesetzt werden mussten. Chile war sogar auf dem Vollwertkost-Trip. Es gab auf den Märkten Stände mit Produkten aus biologischem Anbau. Angenehm war auch die Tatsache, dass die Busfahrer beim Halten den Motor ausschalteten und damit den Passagieren eine Etappe zum Lungenkrebs ersparten. Ich glaube das letzte Land, bei dem während eines Stopps der Motor abgeschaltet wurde, war Island. In ganz Amerika war dies bisher nicht der Fall gewesen. Bei all diesen Ähnlichkeiten zu Deutschland durften natürlich auch Graffiti-Bemalungen, Punks und Hippies nicht fehlen. Ich kam mir tatsächlich fast wie in Deutschland vor, mit dem feinen Unterschied, dass zurzeit Sommer herrschte. Die Lebensfreude der Südamerikaner war bei aller Veränderung trotzdem weiterhin vorhanden und deshalb machte Chile einfach Spaß.

Neben der Befriedigung meines Einkauf-Bedürfnisses bietet die Gegend um La Serena aber auch bizarre Vergnügungen. In dieser Region Chiles existiert ein klare, saubere Luft und mit bis zu 350 wolkenfreien Tagen herrschen hier optimale Bedingungen zur Beobachtung des Sternenhimmels. Also guckte ich mir ausnahmsweise keine Einheimischen in ihrem Alltag, sondern unsere Galaxie im Observatorium Mamalluca an. Als absolute Astronomen-Null war es für mich interessant einmal ein paar Sternbilder, wie beispielsweise das Kreuz des Südens kennen zu lernen und den Alltag auf dem Jupiter, dem Saturn, im Orion-Nebel und auf dem Mond anzuschauen. Da dort aber wirklich absolut nichts los war, fuhr ich am nächsten Tag weiter in Richtung Valparaíso in Mittelchile.

Die Landschaft wurde von hellbraunen Hügeln bestimmt, die mit Büschen und Kakteen überwuchert waren. Zwischendurch tauchten immer wieder fruchtbare Täler auf, in denen Apfelbäume und Zitrusfrüchte gediehen. Das Wetter war mit Temperaturen um die 25 Grad Celsius sehr angenehm, und ich kam mir wie in der Mittelmeerregion vor. Auf der Fahrt nach Valparaíso bekam ich allerdings auch zum ersten Mal wieder die Unannehmlichkeiten unserer Zivilisation mit. Auf den Autobahnen, die sogar mit Notrufsäulen ausgestattet waren, wurde natürlich wie in Deutschland ebenfalls üblich in der Hauptreisezeit gebaut, sodass ich zum ersten Mal seit Boston vor vier Monaten wieder in einen Stau hineinfuhr. Allerdings waren die Leute wesentlich gelassener als bei uns. Hier schien jeder sich die Zeit für den Stau zu nehmen, keiner rastete aus und alle hörten einfach Red Hot Chili Peppers im Radio.

In Valparaíso konnte ich mich schließlich von zehn Gramm Eiweißmasse befreien. Seit etwa vier Wochen hatte ich am Arm, im Nacken und im Rücken drei geschwollene Einstiche von einem Insekt. Trotz verwendeter Cremes gegen Juckreiz und zur Wundbehandlung juckten die Stiche regelmäßig und heilten nicht ab. Glücklicherweise führte ich ein medizinisches Handbuch mit mir mit. Nach der Lektüre des Kapitels »Hautparasiten« stellte ich fest, dass anscheinend drei Milben mit mir auf Tour gegangen sind. Nach einem Gespräch mit einem anderen Reisenden, der mir von Würmern in der Haut erzählte, wurde diese Diagnose erhärtet. Da ich wieder einmal vom Juckreiz genervt wurde, ging ich zur alten »Pubertät-Ausdrück-Methode« aus der Clearasil-Epoche über. Das Resultat konnte sich sehen lassen. Anfangs kam ein Eiweißfaden aus der seit vier Wochen existierenden ein Millimeter breiten Öffnung zum Vorschein. Danach platzte aus der Haut jeweils eine drei Zentimeter lange weiße Milbe heraus. Nachdem die drei »Tramper« von mir in den Mülleimer fallengelassen wurden, fiel mir wirklich ein Stein vom Herzen, denn nun konnte ich mir auch im Nachhinein die wöchentlich aufgetretenen Fieberschübe erklären, die mich zwischenzeitlich etwas beunruhigt hatten.

Aber Valparaíso bot mir mehr als nur Selbstheilung von Milben. Die Stadt, zwischen Pazifik und einer Hügelkette gelegen, war nur mit guter Kondition zu durchqueren. Der Großteil der Häuser war in die steilen Hügel gebaut. Damit auch gebrechliche Passanten flanieren konnten, wurden in der ganzen Stadt Aufzüge um 1900 installiert. Um sich von dem anstrengenden Bergauf und Bergab zu erholen, luden zahlreiche Plätze zum Verweilen ein. Die meisten Bänke waren von alten Seeleuten im Ruhestand besetzt. Sie fütterten Tauben oder hielten ein Schwätzchen. Wie konnte ich den herrlichen Sonnenschein am besten genießen? Auf diese Frage wissen die Bayern natürlich »mit einem Weißbier im Biergarten« zu antworten. Dank der Paulaner Brauerei, die hier nach dem »Ley Calidad Alemana de 1516«[134] Weißbier braut, konnte ich es auf einer Palmen-Promenade zischen. Danach ging es an den prachtvollen klassizistischen Häuserzeilen bergan. Die Fassaden der meisten Häuser waren verschnörkelt und mit winzigen Dachfenstern und angedeuteten Balkons vor den Fenstern ausgestattet. Ich fand dazwischen auch immer wieder Hochhäuser oder auch Papphütten vor, durch das das Häuserbild an Attraktivität leider verlor. Der Ausblick von den Hügeln hinab auf die Stadt und den Pazifik war allerdings wunderschön. Diesen genoss ich mit einem Cappuccino auf einer Terrasse eines Cafés. Den Tag ließ ich mit

[134]Ley Calidad Alemana de 1516: deutsches Reinheitsgebot von 1516

gutem Käse, Weißbrot und delikatem chilenischen Rotwein gediegen ausklingen.
Meine Nord-Süd-Durchquerung von Chile führte an der Hauptstadt Santiago vorbei in das größte Weinanbau-Gebiet. Links und rechts der Straße erstreckten sich Weinberge bis zu den Hügelketten im Westen und zu den Hängen der Anden im Osten. Die höchsten Anden-Gipfel waren trotz der Sommerhitze mit Schnee bedeckt. Ein bisschen erinnerte mich die Landschaft an Südtirol mit den Weinhängen vor der Dolomiten-Kulisse. Eine mir mittlerweile sehr fremd erscheinende Gewohnheit konnte ich in Chile wieder entdecken: die Beschwerde. Unser Bus hatte doch sagenhafte 30 Minuten Verspätung bei der Abfahrt und schon fingen einige Passagiere zu meckern an. Die Passagiere in den anderen Anden-Ländern waren wesentlich genügsamer und waren einfach froh, irgendwann heil am Zielort anzukommen. Ich hatte tatsächlich das lateinamerikanische Südamerika verlassen und war wieder in unserer Hetz- und Stress-Kultur angekommen.
In der Kleinstadt Chillán, mitten in der chilenischen Provinz machte ich einen Übernachtungsstopp. Die Stadt hat nichts Touristisches zu bieten, aber es war auch einfach einmal schön, durch die mit Bäumen gesäumten Straßen zu flanieren. Die Sommerhitze wurde durch die schattenspendenden Bäume und durch ein laues Lüftchen ganz erträglich und so konnte ich den Südsommer so richtig genießen. Nach den oft sehr kühlen Tagen und Nächten im Hochland Perus und Boliviens taute ich wieder richtig auf.
Am darauf folgenden Tag reiste ich ins chilenische Touristenhauptquartier nach Pucón. Die Landschaft, die an mir vorbeizog, bestand hauptsächlich aus Wald und Ackerland. Das goldgelbe Getreide wurde gerade gemäht, und die Bauern fuhren es natürlich mit dem Traktor, nicht mit dem Esels-Karren, wie bisher üblich, in die Scheune. Die Mischwälder erinnerten mich stark an deutsches Mittelgebirge, wenn auch die Eukalyptus-Bäume diesen Eindruck ein wenig trübten. Aber von den Breitengraden her näherte ich mich tatsächlich langsam deutschen Gefilden entsprechend auf der Südhalbkugel.

Pucón ist zu Recht ein bedeutender touristischer Anziehungspunkt. An einem klaren Bergsee gelegen und mit einem schneebedeckten Vulkan im Hintergrund war die Kulisse Pucóns nicht einmal in der Phantasie besser auszudenken.

# Kreuzfahrt ans Ende der Welt

Etappe: Von Pucón, Chile 39° Süd 72° West (GMT-3) nach Puerto Natales, Chile 52° Süd 73° West (GMT-3): 2.080 km – Total: 49.346 km

Puerto Natales, 20. Februar 2003

Pucón gilt neben San Pedro de Atacama als das chilenische Backpacker-Zentrum schlechthin. Ich fühlte mich pudelwohl unter all den lockeren und aufgeschlossenen Chilenen. Da ich alleine auf dem Campingplatz zeltete und ich vielleicht etwas einsam wirkte, wurde ich sofort zur Barbecue-Party meiner Zeltnachbarn eingeladen. Die jungen Chilenen unterschied nicht viel von uns, was Musik-, Party- und Biergeschmack angeht. Allerdings reisten die meisten Chilenen hauptsächlich in ihrem eigenen Land, das wirklich alles zu bieten hat: Wüste, alpine Bergregionen zum Wandern und Ski fahren, Strand und Meer, Gletscher, schöne Städte, Vulkane. Die Gespräche führten unweigerlich zur Geschichte Chiles, sicherlich natürlich auch weil einer meiner Gastgeber in der DDR aufgewachsen war, da sein Vater dort politisches Asyl während der Pinochet-Diktatur bekam.

Natürlich fing die Geschichte Chiles weit früher an. Der Norden von Chile stand vor der spanischen Invasion unter dem Einfluss der Inka, während in Südchile die Mapuche-Indianer erfolgreich ihr Territorium gegen die Inka und auch später gegen die Spanier verteidigten. Die Spanier ihrerseits marschierten 1540, nachdem sie das Inka-Reich sich einverleibt hatten, ins Gebiet des heutigen Chile. Der Einfluss der Spanier reichte während der gesamten Besatzungszeit nie weiter südlich als Santiago, Chiles älteste Stadt und heute Hauptstadt des Landes. 1818 gründete José de San Martín die Armee der Anden und marschierte von Argentinien nach Chile, nahm Santiago ein und befreite schließlich das Land von der spanischen Besatzung. Nach der Unabhängigkeit war Chile ein kleines Land. Erst Landgewinne infolge von Kriegen gegen Peru und Bolivien ließen das Land nach Norden hin expandieren. Gegen Ende des 19. Jh. wurde schließlich auch der Süden des Landes offiziell chilenisches Territorium, nachdem die Mapuche-Indianer ihren Kampf gegen die Chilenen europäischer Herkunft aufgegeben hatten.

Im 20. Jh. wechselten sich in Chile demokratische Regierungen und Diktaturen laufend ab. 1970 gewann der Sozialist Salvador Allende Gossens die Wahlen und verstaatlichte die meisten Betriebe. Die Wirtschaft ging auf Talfahrt und Lebensmittelknappheit, ein blühender Schwarzmarkt sowie eine hohe Inflationsrate waren die Folge. Gleichzeitig schloss Chile mit dem kommunistischen Kuba einen Freundschaftsvertrag, während das Verhältnis zu den USA immer schlechter wurde. 1973 putschte sich schließlich General Augusto Pinochet Ugarte an die Macht und Allende beging nach Darstellung der Putschisten Selbstmord, während gleichzeitig tausende seiner Anhänger von Pinochets Gefolgsleuten umgebracht wurden. Die nächsten 16 Jahre wurde Chile vom Diktator Pinochet regiert. In dieser Zeit verschwanden mehr als 4.000 Oppositionelle. 1988 wollte Pinochet auf dem demokratischen Weg eine weitere 8-jährige Amtszeit erhalten. Doch die Chilenen votierten dagegen. Bei den darauffolgenden Wahlen 1989 gewann eine 17-Parteien-Koalition gegen Pinochets Marionette, und Chile war wieder auf dem Weg zur Demokratie. 1998 wurde Pinochet in London unter Arrest gestellt, doch ein Verfahren in Chile wurde schließlich aus humanitären Gründen abgelehnt. Zu selben Zeit ließ der frühere US-Präsident Bill Clinton Akten öffnen, die bewiesen, dass die CIA die Wirtschaft Chiles unter der Herrschaft von Allende bewusst sabotierte und den Putsch Pinochets aktiv unterstützte. Die meisten Chilenen redeten nicht gerne über diese Vergangenheit, und man versucht diese Zeit lieber zu vergessen. So wechselten auch wir relativ schnell wieder von Pinochet zu weniger heiklen Themen.

Pucón war nicht nur wegen chilenischer Fiesta sondern auch aufgrund seiner reizvollen Umgebung eine Reise wert. Wanderungen durch die Wälder der Umgebung mit moosbewachsenen Bäumen und riesigen Araukarien sowie dichter Vegetation am Boden ließen mich wie in einem Urwald vorkommen.

Zu dem Vogel-Gezwitscher und dem Rauschen der Wasserfälle mischte sich leider immer mehr das Prasseln von Regentropfen auf das Blätterdach des Waldes. Mittlerweile holten mich die Regenwolken im Wald ein, und die Stimmung wurde durch den Nebel, der sich auf die kleinen Waldseen legte, immer düsterer und gespenstischer. Völlig durchnässt erreichte ich schließlich aber eine kleine urgemütliche Holzhütte mit Kohlenofen. Als Spezialität gab es »Küchen«. Das war nichts anderes als eine leckere Apfeltorte. Das Wort stammt aus dem Deutschen. Überhaupt müssen Chilenen beim Einkauf ein bisschen Deutsch können, wollen sie die richtigen Lebensmittel kaufen. Das Vollkornbrot heißt hier »Brothaus de Eduardo Fuchs«. Das Bier nennt sich »Kunstmann – das gute Bier« und die Schokolade gibt es in der Sorte »Sahne Nuss«. Diese Begriffe sind auf die deutschen Einwanderer zurückzuführen, die weiterhin untereinander deutsch statt spanisch sprechen.

Neben Wanderungen lud die Landschaft auch zum Mountainbike-Fahren ein. Ich versuchte auf Chiles Hinterlandstraßen um den See von Pucón zu radeln. Dieses Unternehmen stellte sich allerdings am Ende als unmöglich heraus. Nachdem ich dreiviertel des Sees auf holprigen Pisten der übelsten Art umrundet hatte, endete die Straße vor einem Schild, das schlicht sagte, dass nun Privatbesitz anfinge. Nach 26 Kilometern Schotter-Piste blieb mir nichts anderes übrig als diese ätzenden Kilometer bis zur Teerstrasse zurückzuradeln. Pech gehabt – es kann halt nicht alles klappen. Aber ich hatte auf dieser Reise bereits soviel Glück gehabt, da durfte ich mich über diese Lappalie wirklich nicht beschweren. Außerdem war die Radtour an gelben Löwenzahn-Wiesen, dunklen Tannenwäldern und dem tiefblauen See entlang auch so wunderschön – getreu dem Motto: »Der Weg ist das Ziel«.

Am folgenden Tag begab ich mich auf die vorerst letzte Busfahrt dieser Reise in Richtung Puerto Montt. Der Bus rauschte auf der Autobahn in Richtung Süden an Weiden, Wäldern und Wiesen, an Tümpeln und Seen sowie an Bächen und Flüssen entlang. Die Landschaft ähnelte wieder sehr der des Allgäus, wenn da nicht ab und zu Vulkane, mit Eis und Schnee bedeckt, aus der sonst so flachen Landschaft herausragen würden. Puerto Montt ist eine typische Seefahrer-Stadt mit vergammelten aber trotzdem reizenden Holzhütten. Ob es nach Fisch stinkt oder riecht, bleibt der jeweiligen Nase überlassen. Die laute Musik, die aus den Kneipen dröhnt, ist auf jeden Fall als Krach zu bezeichnen – aber von anderen südamerikanischen Ländern war ich bereits Schlimmeres gewöhnt. Auch in Puerto Montt wimmelte es wieder von Chilenen, die mit Sack und Pack in den Parks schliefen und meist durchs Land trampen, statt Bus zu fahren. Geld verdienten sich manche als Jongleure an Straßenkreuzungen. Während die Ampel Rot zeigte, machten sie ein paar Kunststücke vor den Windschutzscheiben der Autos und bekamen dafür ein paar Pesos, nachdem die Ampel auf Grün gesprungen war.

In Puerto Montt konnte ich wieder so richtig schlemmen. Schließlich gab es dort so genannte »Pastel Strudel Manzana«[135] und »Berlin con mermelade«.[136] Zwar war hier niemand in Fastnachtsstimmung, aber auf einen guten Kreppel-Kaffee musste ich also auch in diesem Jahr nicht verzichten. So gestärkt begab ich mich schließlich an Bord der Magallanes, einem Frachtschiff, mit dem ich die nächsten drei Tage nach Süden unterwegs sein wollte. Das Schiff diente hauptsächlich als Versorgungsachse zwischen Südchile und dem Rest des Landes. Südlich von Puerto Montt endet die Interamericana von Kolumbien und Alaska aus kommend, und man muss entweder nach Argentinien reisen, um nach Süden zu gelangen, oder setzt seine Reise mit dem Schiff fort. So befanden sich hauptsächlich Lastwagen und Frachtcontainer an Bord, aber auch etwa 200 Passagiere, die sich die Fahrt durch die wunderschöne Insel- und Gebirgswelt der chilenischen Pazifikküste nicht entgehen lassen wollten. Statt Ballkostüm und Abendgarderobe, wie bei Kreuzfahrtschiffen üblich, bestand hier die »Uniform« aus Wollmütze, wind- und wasserdichter Jacke, Fleece-Pullover,

[135] Pastel Strudel Manzana: <chil.> Apfelstrudel
[136] Berlin con mermelade: <chil.> gefüllte Kreppel: <mainzerisch> Berliner

Handschuhen, Wanderhose und Trekking-Schuhen. Übernachtet wurde in der Doppelstock-Version mit Vorhang vor jedem Bettchen, sodass jeder Passagier ein gewisses Maß an Privatsphäre besaß. Im Fahrpreis waren drei warme Mahlzeiten täglich inbegriffen, die den Begriff Essen weit mehr verdienten, als das Futter, das ich so die jüngste Zeit in nördlicheren Breiten zu konsumieren hatte. Diese für mich paradiesischen Zustände kostete ich voll aus. Alles war organisiert, zum Essen wurde gerufen, ich musste mich um nichts kümmern und gelangte sozusagen im Schlaf dem Ziel Patagonien immer näher. Das Einzige was ich tun »musste«, war ab und zu ein paar Tagebucheinträge vornehmen. Ansonsten bestaunte ich die Landschaft, die an uns mit ca. 14 Knoten vorbeizog.

Anfangs war diese allerdings noch relativ unspektakulär – bewaldete Inseln, aschgraue Sandstrände und kleine Fischerdörfer im Abstand von ein paar Kilometern. Ich kam mir ein bisschen vor, wie in der Auen-Landschaft am Rhein. Doch plötzlich bekamen wir Besuch von Delphinen, die das Schiff für einige Kilometer immer wieder begleiteten, und nun begriff ich wieder, dass ich mich im Pazifik und nicht auf dem Rhein befand. Das Wetter tat im Laufe des Abends ein Übriges, damit keine Langeweile aufkam. Sonne, Wolken und Regen wechselten sich im Viertelstundentakt ab. Die Sonnenstrahlen ragten trapezförmig aus den dunkelgrauen Wolken hervor und deckten den gesamten Horizont grell-leuchtend bis zur Meeresoberfläche ab. Das Licht spiegelte sich glitzernd auf dem Wasser.

Die erste Nacht verlief relativ ruhig, da sich das Schiff größtenteils im Schutz der Inseln und nicht auf dem offenen Meer fortbewegte. Im Licht der ersten Sonnenstrahlen konnte ich ein Labyrinth an Inselchen und Kanälen ausmachen. Seit dem Vorabend kamen wir an keiner menschlichen Behausung mehr vorbei. Das Land war vom Meeresspiegel bis zu den Gipfeln der Hügel mit Mischwald bewachsen, der schon fast urwaldähnliche Dichte aufwies. Die Farben nahmen mit zunehmender Fahrt nach Süden an Intensität zu und strahlten bei Sonnenschein wie sonst nur auf retuschierten

Postkarten. Die Natur veranstaltete wieder ein einzigartiges Wolkentheater. Wie im Zeitraffer flogen die Wolken dahin, und uns fegte der Wind permanent um die langsam vor Kälte knallrot gefärbten Ohren. Mal erschien der Himmel dunkelgrau und die umliegenden Inseln rabenschwarz, und es sah so aus, als ob wir geradewegs ins Ende der Welt hineinfuhren. Plötzlich riss die Wolkendecke auf und alles erstrahlte wieder im tiefem Blau, und kurz danach prasselten wie aus heiterem Himmel Hagelkörner auf den langsam festgefrorenen Bewunderer dieser einzigartigen Kulisse hinab.
Außer Seehunden und Seelöwen, die richtig professionell für die surrenden Kameras auf den Felsen posierten, schien niemand hier auf das Schiff zu warten. Ab und zu wurde es allerdings von Albatrossen und Condoren aus der Luft betrachtet – doch allzu interessant schienen wir nicht zu sein, da die gefiederten Flieger leider immer ziemlich schnell wieder abdrehten. In der zweiten Nacht ging es hinaus auf das offene Meer und schon liefen die Matrosen mit Kotz-Tüten bepackt auf und ab. Obwohl es abends mein »beliebtes« Hühnchen gab und das Schiff immer stärker zu schwanken anfing, blieb bei mir alles an seiner gewohnten Stelle. Aber es hätte nicht viel gefehlt, und ich hätte ein paar unfreiwillige Schlafpausen vor der Toilettenschüssel verbracht. Das Schiff kippte schließlich so stark nach vorne und hinten, dass es sich im Bett anfühlte, als würden wir permanent auf einer Autobahn durch Schlaglöcher hindurchfahren. In diesem Moment war ich für die erhöhten Bettkanten wirklich dankbar.
Am nächsten Morgen oder etwa 250 Kilometer weiter südlich hatte sich die Landschaft bereits wieder verändert. Die ersten Schneeflecken auf den Bergen fielen sofort ins Auge. Von den bewaldeten Landschaften der ersten Tage blieb nichts mehr übrig. Immer öfter traten die nackten Granitfelsen hervor, lediglich manchmal von einer dünnen Grasnarbe bedeckt. Die Kanäle, in denen sich das Schiff entlang schlängelte, wurden immer enger. Diese Fahrtrinnen entstanden aus ehemaligen Gletschern, die diese einzigartige Landschaft schufen. Noch heute existiert parallel zu unserer Fahrtroute

ein ca. 400 Kilometer langes Gletscherfeld. In dieser menschenfeindlichen Region tauchte plötzlich Puerto Eden, das erste und einzige Dorf auf, das wir seit mehr als 48 Stunden zu Gesicht bekamen. Hier leben noch die eigentlichen indigenen Ureinwohner Patagoniens, die so genannten »Kawaskar«. Das einmal wöchentlich in jeder Richtung verkehrende Frachtschiff war die einzige Verbindung zur Außenwelt. Kein Flugplatz und keine Straße existierten, um dieser Einsamkeit zu entkommen.

Nach einem kurzen Stopp zum Be- und Entladen der Fracht auf Beiboote wegen fehlendem Hafen, führt unsere Fahrt durch den Canal de Santa Maria weiter nach Süden. Dieser stellt gleichzeitig die Einfahrt nach Patagonien oder offiziell zur »Región de Magallanes y Antártica Chilena« dar. Nach einer weiteren Nacht kurvte das Schiff durch immer engere Rinnen an türkisleuchtenden Gletschern entlang, die hoch oben in den Bergmassiven über uns permanent abzurutschen drohten. Schließlich kamen wir in einer großen Bucht an, und unser Ziel der 1.500 Kilometer langen Fahrt, das kleine Fischerstädtchen Puerto Natales, lag zu unseren Füßen. Das riesige Schiff passte so gar nicht in das lediglich mit kleinen Fischerhütten und niedrigen Häusern bebaute Puerto Natales. Das Städtchen liegt so weit südlich, dass sich der Leser in Deutschland mittlerweile näher am Äquator befindet, als ich mich hier im Süden Südamerikas. Leider hat diese Lage einen ungesunden Nebeneffekt. Permanent sollte man sich mit Sonnencreme einschmieren, denn leider existiert mit dem Ozonloch ein Produkt unserer Zivilisation, zu dem die hier ansässigen Menschen am wenigsten beigetragen haben.

# Mitten im Nichts

Etappe: Von Puerto Natales, Chile 52° Süd 73° West (GMT-3) nach Rapa Nui, Chile 27° Süd 109° West (GMT-5): 6.695 km – Total: 56.041 km

Rapa Nui, 27. Februar 2003

Nach der viertägigen Erholung auf der Schiffspassage nach Patagonien, fuhr ich von Puerto Natales in den Torres del Paine Nationalpark, um meine alten Knochen wieder etwas zu bewegen. Allerdings war es dieses Mal gar nicht so einfach, die 150 Kilometer in den Park zurückzulegen. Ich hatte doch tatsächlich die erste Panne während dieser Reise. Zumindest leuchteten auf dem Armaturenbrett des Busses zwei Lämpchen rot auf, was den Fahrer veranlasste anzuhalten, um die Störung zu finden. In den anderen lateinamerikanischen Ländern hätte das rote Lämpchen wahrscheinlich höchsten ein Augenzucken verursacht, und die Reise wäre ohne besondere Vorkommnisse fortgesetzt worden. Schließlich saß ich oft genug in Verkehrsmitteln, in denen es permanent rot und orange blinkte. Aber mittlerweile war ich in Chile angekommen, und da wird in einem solchen Fall angehalten. Innerhalb von einer halben Stunde hatte der Fahrer einen zweiten Bus organisiert, und wir konnten die Fahrt ohne weitere Probleme fortsetzten.

Für die nächsten drei Tage verließ ich nun die Zivilisation, um per Pedes die Welt zu entdecken. Gemeinsam mit Patrick aus Paris, den ich auf dem Schiff kennen gelernt hatte, machten wir uns auf den Weg. Da weder er noch ich einen Kocher besaßen, beschränkten sich die Gaumenfreuden auf Weißbrot, Käse und Wurst beziehungsweise Joghurt und Corn Flakes zum Frühstück. Diese kulinarische Katastrophe alleine war sicherlich für einen Franzosen bereits hart – aber Rotwein aus dem Tetra Pack zu konsumieren war sicherlich für Patrick die Hölle. Leider hatten wir am ersten Wandertag nicht allzuviel Glück mit dem Wetter. Nachdem wir unser Zelt mittags im Nieselregen auf einer Wiese mit Margeriten übersät am rauschenden Bach aufgebaut hatten, machten wir uns auf, die Felstürme Las Torres in einer

Nachmittagswanderung zu erkunden. Von der Landschaft sahen wir praktisch nichts, da Wolken und Nebel die Sicht auf ein Minimum reduzierten. Die schneebedeckten Felsen ragten vom Meeresspiegel mehr als zweieinhalb Kilometer in die Höhe des patagonischen Himmels. Umgeben waren sie von zahlreichen Gletschern und Seen. Von der Schönheit der Landschaft hatten wir im Dauerregen, der schließlich sogar in Schnee überging, ziemlich wenig, da wir uns permanent auf den Weg konzentrieren mussten, der über steinige Schuttmoränen führte. Nachdem wir Las Torres erreichten und nur einen Felsstumpf im Nebel verschwinden sahen, kehrten wir schnellstmöglich um, da die Gefahr einer Unterkühlung in diesem extrem unfreundlichen Wetter bestand. Schließlich verschwand der Nebel durch einen aufkommenden Sturm, der bis zum Tour-Ende nun unser permanenter Begleiter wurde. Die Böen waren so heftig, dass sie uns ständig aus dem Tritt brachten und uns fast umwarfen. Aus dem Grau in Grau hinausmarschierend und krabbelnd, erreichten wir schließlich wieder unseren Zeltplatz, auf dem unser Zelt mit dem Wind zu kämpfen hatte. Glücklicherweise hielten die Heringe dieses am Boden. Der Wind wurde allerdings durch Büsche und verkrüppelt Bäume gedämpft. Ansonsten hätten wir unser Zelt auf immer und ewig suchen können.
Gegen Abend pustete der Wind schließlich die Wolken davon, und wir merkten plötzlich in welch herrlicher Landschaft wir uns eigentlich bewegten. Kristallklare Bergseen, saftig grüne mit bunten Blumen übersäte Wiesen, schneebedeckte Granitfelsen und bläulich leuchtende Gletscher formten unsere Umgebung. Nach einer unruhigen Nacht, in der die Zeltplane unaufhörlich im Wind flatterte, bot sich uns im Morgenrot ein wunderschönes Naturschauspiel. Die Felsspitzen leuchteten knallrot, die Gletscher glitzerten in einem kalten Blauton, während die Wiesen, in einem warmen Gelbton getaucht, die existierende Kälte vergessen ließen. Die Enttäuschung über das Wetter, die wir am Abend zuvor mit dem guten chilenischen Tetrapak-Wein hinunterspülten, wich nun von unserem Gemüt, und wir

konnten es kaum erwarten, endlich in diese herrliche Landschaft aufzubrechen.
Zwischen Seen wie dem gar nicht spanisch klingendem Lago Nordenskjöld auf der Linken und dem Felsmassiv auf der Rechten kämpften wir auf dem steinigen Weg gegen den Dauersturm an. Natürlich führte der Wanderweg erneut durch Moorlandschaft und irgendwie schienen meine Füße den Schlamm magisch anzuziehen, da mich eine Windböe in den Matsch wehte, und ich »genoss« zum x-ten Mal eine unfreiwillige Moorpackung. Glücklicherweise befand sich der Zeltplatz der folgenden Nacht in einer Mulde, die mit niedrigen Bäumen durchsetzt war. Diese boten dem Zelt wieder den notwendigen Windschutz. Zudem sicherten wir das Zelt mit riesigen Steinen gegen einen Freiflug ab. Wie tags zuvor waren wir nachmittags lediglich mit kleinem Gepäck in ein Seitental unterwegs, um den sagenhaften Talschluss zu bewundern. Die Gletscherzunge eines Eisfelds ähnelte mit ihren Gletscherspalten den Schuppen eines Fischs. Teile des darüber liegenden Gletschers brachen unter großem Donnergroll ins Tal ab. Auf den Gletschern schien sich der Wind noch zu verstärken. Die Vegetation war in diesem Talbereich durch den Wind gestutzt. Lediglich Büsche und Bäumchen von bis zu einem Meter Höhe hielten diesen unwirtlichen Bedingungen stand. Den Abschluss am Horizont bildeten Felsspitzen, die Ähnlichkeit mit einem römischen Palisaden-Zaun aufwiesen. Hinter uns im Tal schimmerten die Seen mittlerweile in einem eisigen türkis-blau. Auf den Seen bildeten sich permanent Wirbel, die das Wasser weiß aufschäumen ließen.
Wanderungen nach dem Motto »Back to the roots« lassen uns Zivilisationsmenschen wieder erkennen, wie wichtig die Grundstoffe unseres Lebens tatsächlich sind. Da es in Patagonien natürlich nicht alle drei Meter einen Getränkeladen gab, mussten wir unser Trinkwasser selber aus dem Bergbächen filtern. Wenn ich nun praktisch jeden Tropfen Wasser selbst herauspumpen muss, erkenne ich schnell, wie wichtig Wasser für unser Leben ist, und wie sinnlos wir es vielleicht zu Hause vergeuden. Aber auch das

»primitive« bereits erwähnte Essen, auf das wir uns ausgehungert immer wieder freuten, ließ uns den wahren Wert von Nahrungsmitteln erkennen. War der Käse auch nach drei Tagen halb geschmolzen, halb mit Erde verschmutzt, er schmeckte sicherlich wesentlich besser als jeder Käse zu Hause im Esszimmer.

Nach einer weiteren Sturmnacht statteten wir dem südpatagonischen Eisfeld am Grey Gletscher einen Besuch ab. Seine Präsenz erahnten wir bereits Stunden im voraus, da der ohnehin schon orkanartige eisige Wind noch zunahm und auf dem aschgrauen Gletschersee die ersten Eisberge uns entgegenschwommen. Diese bläulich schimmernden, schwimmenden Inseln nahmen bizarre Formen an und erinnerten gemeinsam mit den kahlen graugefärbten toten knorrigen Bäumen stark an ein surrealistisches Gemälde von Dalí. Nachdem wir dem Wind stundenlang trotzten, erreichten wir schließlich das Eisfeld des Grey Gletschers, das etwa 400 Kilometer nach Norden reicht. Eis bis an den Horizont prägte das Bild und ließ mich eher an die Antarktis erinnern, als an den Kontinent von Fiesta und Salsa, den ich nun praktisch vollkommen durchreist hatte.

Die Magellan-Pinguine, die ich in Patagonien traf, ließen mich noch ein bisschen mehr an die Antarktis denken. Diese Vögel hatten es mir angetan. In Kolonnen stiegen sie abends aus dem Meer, wie Arbeiter, die eine lange Schicht hinter sich haben. Anschließend ging es einer nach dem anderen in einer Schlange zu den Nestern und Schlafplätzen die sandigen Wiesen bergan. Besonders interessant war es zu beobachten, wie Pinguine kleine Stufen hoch- oder hinuntergelangen. Zuerst sah es so aus, als ob der Pinguin nach vorne hinüberfiele, doch er verteilte lediglich geschickt das Gewicht, sodass er eben nicht umfiel. War die Balance gefunden wurde schließlich in einem großen Hüpfer die nächste Stufe erreicht. Nach und nach hüpfte danach die ganze Truppe dem wohlverdienten Feierabend entgegen.

Nach einer letzten dreistündigen Busfahrt erreichte ich den südlichsten Punkt meiner Reise auf 53° Süd 71° West: Punta Arenas. Die Stadt gilt als südlichste Stadt auf dem amerikanischen Kontinent – beim legendären Feuerland handelt es sich um eine vorgelagerte Insel. Bis zum südlichsten Punkt Südamerikas Cabo des Hornos sind es noch 300 Kilometer; zur Antarktis aber lediglich nochmals 1.000 Kilometer mehr. Punta Arenas ist eine Mischung aus nordisch anmutenden, bunt bemalten Häuschen und der typischen quadratisch praktischen Stadtplanung einer lateinamerikanischen Stadt. Trotz des Hochsommers fror ich mir in Punta Arenas permanent den Hintern ab. 8 Grad Celsius in der Mittagshitze war alles, was der Südsommer neben den obligatorischen eisigen Winden, die aus der Antarktis hinüberwehten, mir zu bieten hatte. Da es in Punta Arenas bereits sehr kühl war, hatte ich keine besonders große Lust weiter nach Süden aufzubrechen. Ich verzichtete darauf, die südlichste Stadt der Welt, Ushuaia zu besuchen. Denn was bedeuten schließlich geographische Extremitäten? Für mich mindestens 24 Stunden Fahrt hin und zurück in einem Bus und zwei verlorene Reisetage. Da Zeit auch für mich ein knappes Gut war, beließ ich es schließlich bei einem Aufenthalt in Punta Arenas, der dank der Post aus der Heimat mir in guter Erinnerung blieb. Zunächst versorgte mich meine Mutter, wie bereits in Nicaragua, wieder mit einem neuen Reiseführer, für meine nächsten Ziele. In Punta Arenas konnte ich auch noch einmal so richtig meinen Geburtstag feiern, erwarteten mich doch Päckchen und Briefe aus der ganzen Welt. Es war einfach jedes Mal ein schönes Gefühl, Dinge aus der fernen Heimat in einer mir völlig fremden Stadt zu empfangen. So wunderbar E-Mail und Internet auch sind, greifbare Dinge waren einfach nicht zu ersetzten.

Schließlich hieß es für mich Abschied nehmen von Südamerika und vom gesamten amerikanischen Kontinent. Nachdem ich diesen am 15. September 2002 betreten hatte und 162 meist wunderschöne Tage verbringen durfte und dabei 39.114 Kilometer zurücklegte, flog ich nun mit Lan Chile weiter in Richtung Westen. Zunächst hob ich mit einem Airbus A320 in die Hauptstadt Santiago ab. Danach hieß es für mich fünf Stunden lang warten.

Zwischendrin bekam ich ein wenig Heimweh, als es aus einem Lautsprecher tönte: »Passagiere des Lufthansa-Fluges nach Buenos Aires und Frankfurt bitte zum Ausgang gehen.« Dies war das erste Mal seit Boston, dass ich an meinen Heimatflughafen Frankfurt am Main erinnert wurde, und es lief mir tatsächlich eiskalt den Rücken hinunter.

Dass die Welt zumindest in Chile tatsächlich klein ist, kann ich auch anhand der chilenischen Medien erkennen, die über »Wetten dass...?« und den Auftritt von Jennifer Lopez bei Thomas Gottschalk in allen Zeitungen berichteten. Dies gab mir wieder das Gefühl von Heimat auch im so weit entfernten Chile. Nach vielem Zeitung lesen bekam ich schließlich meine Bordkarte zum entlegensten Flughafen der Welt. Nach sechs Stunden oder 3.750 Kilometern Flug über den Pazifik, tauchte plötzlich im Licht der untergehenden Sonne ein Stückchen Land mit grüngelben Hügeln im Wasser auf. Noch eine Schleife und die Boeing 767-300 der Lan Chile setzte auf der kurzen Landebahn vom Flughafen auf der Insel Rapa Nui auf. Die gesamte Landebahn durchkreuzte den Südteil der Insel von Küste zu Küste. Ich befand mich nun an einem der einsamsten Flecken der Erde. Es waren 1.900 Kilometer zu den Pitcairn Inseln, das nächste Eiland, das von Menschen bewohnt war. Sämtliche 50 Einwohner Pitcairns sind Nachfahren der berühmten Meuterer der Bounty. Zum nächsten Internetcafé in Papeete in Tahiti waren es mehr als 4.000 Kilometer beziehungsweise zum chilenischen Festland mehr als 3.500 Kilometer.

Geographisch betrachtet gehört Rapa Nui bereits zu Ozeanien, das in Mikronesien, Melanesien und Polynesien in West-Ost-Richtung eingeteilt wird. Die Bevölkerung Rapa Nuis besteht zum Großteil aus Polynesiern und einigen Festland-Chilenen. Die Inseln Ozeaniens wurden wahrscheinlich von West nach Ost nach und nach bevölkert. Die ersten Menschen erreichten Rapa Nui um das Jahr 400 n. Chr. vom heutigen Französisch-Polynesien aus. Die Bewohner, die ihre Insel Te Pilot o Te Henna, auf Deutsch »Nabel der Welt« nannten, bildeten eine einmalige Zivilisation mit Hieroglyphen und

den berühmten Moai, den Steinmännern, die Rapa Nui weltweit berühmt machten. Leider gab es im 17. Jh. zwischen verschiedenen Stämmen auf Rapa Nui zahlreiche Kriege, in denen viele der Moai zerstört wurden. Heute kann man auf der Insel noch etwa 600 Moai in verschiedenen Variationen finden. 1722 entdeckte der Holländer Jacob Reggeveen am Ostersonntag Rapa Nui und die Insel bekam den Namen Osterinsel.
Die Insulaner betrieben Subsistenzwirtschaft und unterhielten bis zur Ankunft der Europäer anscheinend keinen Kontakt zur fernen Außenwelt. Durch eingeschleppte Krankheiten wurde die Zahl der Bewohner dezimiert. Lebten um 1720 ca. 15.000 Menschen auf der Insel, so zählt man heute nur noch 2.800 Bewohner. Die Insel wurde 1888 von Chile annektiert, weil sie als potenzielle Militärbasis strategischen Wert hatte. Da die Insel aber so isoliert ist, stellte sich diese Annahme als Trugschluss heraus, und Chile vernachlässigte seine Kolonie ziemlich stark. Erst 1985 wurde der Flughafen gebaut, und die Isolation vom Rest der Welt aufgehoben. Die Landebahn ist die einzige Teerpiste auf der ganzen Insel und dient der NASA als Notlandebahn für das Space Shuttle. In Gesprächen mit mehreren Rapa Nui hörte ich immer wieder, dass sie gerne unabhängig wären, denn die einzigen, die Geld auf ihre Insel bringen, sind die wenigen Touristen, die hierher kommen. Chile hingegen investiert angeblich weiterhin nicht viel in die Infrastruktur dieser Insel.

# Polyglottes Inselhüpfen

Von Rapa Nui, Chile 27° Süd 109° West (GMT-5) nach Rarotonga, Kuki Airani 21° Süd 160° West (GMT-10): 5.550 km – Total: 61.591 km

Rarotonga, 6. März 2003

»Kia Orana« findet sich auf jedem Kfz-Kennzeichen der Cook-Inseln. Es bedeutet in der lokalen Maori-Sprache soviel wie »Hallo und Willkommen«. Wenn bereits die Autoschilder so freundlich gestaltet sind, wie verhalten sich dann erst die Menschen? Die Tage in der Südsee hatten alle möglichen Hochs und Tiefs des menschlichen Charakters zu bieten. Angefangen hatte die Woche auf der freundlichen Osterinsel.

Da diese relativ überschaubar und winzig ist, wollte ich sie zu Fuß entdekken. Also machte ich mich zu einer Zwei-Tages-Wanderung auf, um an der Küste entlang die Insel zu umrunden. Mit einem Lebensmittelvorrat, der meiner sporadisch auftretenden Fress-Sucht standhalten sollte, und etwa zehn Litern Wasser im Wassersack machte ich mich auf den Weg. Der Rucksack wog doppelt schwer, aufgrund des feucht-heißen Klimas, das das Fortbewegen manches Mal zur Qual werden ließ. Leider existiert auf der Osterinsel praktisch keinen Schatten, da die Insel weitgehend baumlos ist. Die Rapa Nui hatten die wenigen Bäume, die es einmal gab, zum Moai-Transport genutzt. Da sie alle Bäume abholzten, hatten sie kein Baumaterial für Schiffe und konnten somit nicht mehr mit der Außenwelt von sich aus in Kontakt treten. Daher entstand diese einzigartige und mysteriöse Kultur, die heute immer noch viele Geheimnisse in sich birgt.

Begleitet wurde ich auf meiner Wanderung von Pferden und Rindern, die mich neugierig beobachteten und sogar das Dauer-Knabbern an Gräsern dafür unterbrachen. Ein Großteil der Insel wurde von den Viechern als Weideland genutzt, und die Tiere lebten nebeneinander im Einklang, halbwild ohne Hirten oder sonst jemanden, der sich um sie permanent kümmerte. Schließlich konnten die Tier nicht verschwinden. Die Wiesen sind

durchweg mit Steinen vulkanischen Ursprungs übersät und machen Ackerbau unrentabel. Industrien finden sich auf der Insel ebensowenig wie einen Hafen. Yachten oder Schiffe müssen weit draußen vor der Insel ankern, und man gelangt schließlich mit einem kleinen Beiboot an Land. Dementsprechend wird so ziemlich alles per Flugzeug importiert, sodass die Preise manches Mal Apothekenniveau erreichten. Leider existieren wegen des porösen Vulkangesteins auch keine Bäche, da das Wasser sofort in der Erde versickerte. Daher musste ich soviel Wasser mitschleppen. Wer schon einmal Wasser aus einem Plastiksack geschlürft hat, weiß seither unser köstliches Leitungswasser zu Hause zu schätzen. Das Wasser aus dem Sack schmeckt abgestanden und nach Plastik. Kombiniert mit Milchpulver, Zucker und viel Corn Flakes versetzt, war es schließlich halbwegs genießbar.
Ziel meiner Wanderung waren die verstreut auf der Insel vorzufindenden Moai Steinskulpturen, die bis zu zehn Meter hoch und bis zu 100 Tonnen schwer sind. Das Gewicht eines Moai entspricht dabei zwei leeren Airbus A 320 oder 90 Mercedes Benz 230. Diese Figuren stellen Clan-Vorfahren dar und überschauten das zugehörige Dorf. Die Häuser waren meist nicht mehr zu erkennen, die Skulpturen, teilweise restauriert, hinterließen aber immer noch einen imposanten Eindruck. Nicht ganz beantwortet ist die Frage, wie diese Skulpturen, die in einem bis zu 15 Kilometer entfernten Steinbruch aus dem Vulkangestein gehauen wurden, an ihren jeweiligen Punkt zum Aufstellen gelangt sind. Der Sage nach hatten die Priester die Macht, mit ihrem Geist die Skulpturen täglich ein kleines Stück zu bewegen. Als wahrscheinlicher gilt die Theorie, wonach mit Hilfe von Holzstämmen die Figuren bewegt wurden. Man benötigt 180 Leute um einen vier Meter hohen Moai zu bewegen und aufzustellen. Viele Moai sind im Laufe der Zeit durch Erdbeben, Stürme und die Wut fremder Stämme zerstört worden oder umgefallen. Aber an einem Platz fand ich noch 15 Moai in Reih und Glied aufgestellt. Diese standen da, wie die Spieler der deutschen Fußballnationalmannschaft beim Abspielen der Nationalhymne vor einem Match. Stumm, ohne die

Miene zu verziehen, starren sie in die Weite der Landschaft. Da alle 2.800 Einwohner von Rapa Nui im einzigen Ort Hanga Roa leben, konnte ich mir praktisch meinen Zeltplatz auf der Insel ohne Probleme aussuchen, sofern er nicht bereits von Pferden oder Rindern besetzt war. Natürlich suchte ich mir einen idyllisch gelegenen »Campingplatz« an einem weißen Sandstrand mit Palmen-Wald aus, an dem die Wellen mich solange berauschten bis ich tief schlummerte. Vorher wurde ich allerdings noch von ebenfalls dort zeltenden Rapa Nui auf einen Kaffee eingeladen. Als diese hörten, dass es bei mir mangels Kocher Thunfisch aus der Dose mit Brot als Abendessen geben sollte, landete unvermittelt ein gegrillter Fisch mit Kartoffelpüree auf meinem Teller – Widerstand zwecklos. Glücklicherweise hatte ich einen Tetrapak-Wein dabei, mit dem ich mich revanchieren konnte und der gerne von allen konsumiert wurde.

Am nächsten Morgen hatte ich den Sandstrand für mich alleine und konnte als Frühsport die Glieder mit einem angenehmen Bad im Pazifik für den Tag fit machen, während alle Rapa Nui noch schliefen. An zahlreichen Moai vorbei wanderte ich später wieder zurück nach Hanga Roa. Danach ließ ich es zur Abwechslung einmal sehr locker angehen. Mein Zelt in Sichtweite des rauschenden Meers auf einem Hügel aufgebaut, war der ideale Punkt zum Ausspannen und zum Radio hören. Zum letzten Mal genoss ich auf dieser Reise spanisch-sprachiges Radio mit der sonntäglichen Fußballberichterstattung in der Schnelligkeit einer knatternden Motorsäge. Das »Gool« wurde in Minutenlänge ohne Atempause über den Äther gezogen, und ich hatte Angst um den Lautsprecher meines kleinen Weltempfängers, da die Lautstärke beim Tor-Erzielen alle Grenzwerte der Dezibel-Messung übertraf.

Danach hieß es auf zum Flughafen und Abschied nehmen vom letzten Flecken lateinamerikanischer Kultur. Hier auf Rapa Nui konnte ich noch auf Trampelpfaden zu Fuß zum Flughafen laufen, der direkt hinter den Gärten des Dorfes liegt. Wie auch schon auf der Wanderung bekam ich auch auf meinem Weg zum Flughafen einen Ride von den freundlichen Rapa Nui angeboten, für die es nur sehr schwer verständlich war, warum ich trotzdem lieber wandern wollte. Am Flughafen angekommen, fiel mir auf, wie so gänzlich anders in diesem Teil der Welt der Alltag auf einem Flughafen abläuft. Das Personal von Lan Chile empfing den Fluggast nicht in Anzug und Krawatte, sondern den Temperaturen angepasst mit Polohemd und Shorts sowie Blumen im Haar. Eine Anzeigetafel für Flüge war völlig überflüssig – es gab nur ein Flugzeug zu beladen. Der Warteraum mit der Beschriftung »Gate 1« befand sich halb im Freien und erinnerte eher an einen kleinen Park mit all den Blumen und der Moai-Nachbildung. Dahinter stand bereits die Boeing von Lan Chile wie in einem Vorgarten geparkt. Schließlich hieß es leider Abschied nehmen von Rapa Nui und nach sechs Stunden Flug dafür »Tahiti et la ville de Papeete vous souhaitent la bienvenue«.[137]

Mitten in der Nacht war ich auf Französisch-Polynesiens Hauptinsel Tahiti am Flughafen von Papeete angekommen. Statt wie gewohnt spanisch zu reden, sprach nun jeder französisch. Vor Betreten des Gebäudes bekam der Passagier eine Tiare-Blumenblüte geschenkt. Noch besser als die Blüte fand ich die unkomplizierte Einreise als EU-Bürger. Französisch-Polynesien ist ein Überseeterritorium der »Grande Nation«. So musste ich nur den Pass vorzeigen und ohne Stempel oder Touristenkarten oder sonstigen bürokratischen Krimskrams war ich auch schon eingereist.

Die ersten Menschen, die nach Tahiti kamen, waren die so genannten »Maohi«, die von Westen aus um das Jahr 200 v. Chr. die Region Französisch-Polynesiens besiedelten. Die Seefahrer im Mittelalter, die im Pazifik unterwegs waren, suchten nach der so genannten »Terra Australis Incognita«. Dieser unbekannte Südkontinent war dem damaligen Wissensstand nach notwendig, um die Erdkugel im Gleichgewicht zu halten. Natürlich fand niemand diesen Kontinent, aber so wurden nach und nach alle

---

[137] <franz.>: Tahiti und die Stadt von Papeete heißen Sie herzlich willkommen

Südseeinseln von den Europäern »entdeckt«. 1767 kam der Seefahrer Samuel Wallis als erster Europäer nach Tahiti und beanspruchte die Insel für die britische Krone. Ein Jahr später kam der französische Seefahrer Bougainville vorbei und beanspruchte in Unkenntnis von Wallis' Reise die Insel für Frankreich. Bei seiner Heimkehr nach Paris berichtete er von dem seither Tahiti anheftenden Image der wunderschönen Frauen. Die Meuterer der Bounty hatten enormen Einfluss auf die Geschichte Tahitis während ihres sechsmonatigen Aufenthalts. Die Insel war vor ihrer Ankunft unter lokalen Machthabern aufgeteilt. Als die Machthaber die Bedeutung europäischer Schusswaffen erkannt hatten, versuchten sie, die Meuterer und ihre Waffen jeweils für sich zu gewinnen. Schließlich erlangte eine Familie mit Hilfe der Meuterer die Macht über das gesamte Gebiet von Französisch-Polynesien, das der Größe Europas entspricht. Ende des 18. Jh. kamen die ersten protestantischen Missionare nach Tahiti und schleppten Krankheiten ein, gegen die die Einheimischen nicht immun waren. So wurde die Bevölkerung auf manchen Inseln auf ein Drittel reduziert. Als katholische französische Missionare auf Tahiti eintrafen, wurden sie gefangen genommen und ausgewiesen. Diese Deportation nahm Frankreich zum Anlass, Tahiti und das gesamte heutige Französich-Polynesien zu besetzen. Vorher war die Region faktisch unabhängig. Lediglich die englischen protestantischen Missionare berieten die lokalen Machthaber in gewissen Dingen. 1957 wurde Französisch-Polynesien ein Überseeterritorium Frankreichs, welches nicht zur EU gehört. Allerdings sitzen Abgeordnete Polynesiens in der französischen Nationalversammlung. Die Verteidigungs- und Außenpolitik wird von Frankreich bestimmt, wohingegen für die meisten anderen Politikfelder die lokale Verwaltung zuständig ist. Die Unabhängigkeit von Frankreich steht noch in den Sternen, ist aber in Zukunft nicht ausgeschlossen.

Glücklicherweise war ich bereits einmal ein paar Jahre zuvor auf Tahiti und Moorea. Ansonsten hätte ich wahrscheinlich einen derartigen Preisschock bekommen, von dem ich mich die nächsten Monate nicht mehr recht erholt hätte. So bildeten meine Erinnerungen eine Prophylaxe gegen etwaige auftretende Schocksymptome, und ich hielt diesem Preisniveau tapfer stand. Doppelt hart war natürlich die Situation für mich, da ich die letzten Monate im relativ preiswerten Südamerika unterwegs war. Statt weiter auf die Preise zu schimpfen, genoss ich die Gaumenfreuden, die mich hier in Form von frischem Baguette, cremigen Camembert und duftenden Croissants erwarteten. Eigentlich hatte ich vorgehabt, von Tahiti gleich auf eine der Nachbarinseln zu reisen. Aber durch ein Problem mit meinem Weiterflug kam ich erst wieder am Nachmittag am Flughafen an und leider war der letzte Flug auf die Nachbarinseln ausgebucht. Somit saß ich in Tahiti fest. Daher entschied ich mich, die nächsten Tage auf Tahiti zu bleiben und der Frage nachzugehen, inwieweit Tahiti dem touristischen Klischee entsprach, das man mit diesem Namen verbindet. Um es gleich vorwegzunehmen: Tahiti ist kein Paradies in der Südsee. Die Hauptstadt Papeete wird vom chaotischen Verkehr der vielen Autos bestimmt, die allerdings für Fußgänger immer und überall stoppen und damit das Chaos noch vergrößern. Leider sind die meisten Häuser im funktionellen Stil der 60er Jahre erbaut und ließen Papeete an eine der hässlichen Hauptstädte Mittelamerikas erinnern. Aber Papeete hat auch seine hübsche Seite am Hafen mit der schroffen Bergkulisse des 30 Kilometer entfernten Moorea im Hintergrund. Oder das im kolonialen Still erbaute Rathaus mit seinen Arkaden-Gängen und den immer noch leuchtenden Weihnachtsbäumen. Außerdem hatte es mir natürlich der Champion-Supermarkt angetan, in dem es die französischen Delikatessen zu halbwegs erschwinglichen Preisen gab.

Die Insel Tahiti besteht aus den Teilen Tahiti Nui und Tahiti Iti.[138] Beide Inselteile sind vulkanischen Ursprungs und durch einen Isthmus miteinander verbunden. Außerhalb von Papeete dominiert die Farbe Grün. Bananenstauden, Palmenwedel, Grashalme, Tannennadeln, Hibiskus-Blätter und

---

[138] Tahiti Nui: <polynesisch> Großtahiti; Tahiti Iti: <polynesisch> Kleintahiti

Kokosnüsse prägen die Landschaft. Die Fahrt um die Insel im Bus ähnelte einer Fahrt durch einen botanischen Garten. Aber leider spielte das Wetter nicht mit, es regnete permanent aus Kübeln, die die Straßen in Bäche und Flüsse verwandelten. Außerdem barg das Bus fahren in Tahiti die Gefahr, nicht immer wieder abends in seinem Hotel anzukommen, da die letzten Busse gegen zwei Uhr nachmittags abfuhren. Das war allerdings nie ganz sicher. Vielmehr hing es von der Laune des Busfahrers ab, der seine nachmittägliche Siesta auch schon einmal vorher begann, ehe er am nächsten Tag wieder startete. Ich hatte großes Glück, denn als ich in den Bus um kurz vor zwei einstieg, fragte ich den Fahrer, ob er denn nach Papeete fahren würde. »Oui, oui!« war seine Antwort. Zunächst schien er es sich aber doch noch einmal anders zu überlegen. Ihm fiel auf, dass er noch gar kein Mittagessen eingenommen hatte, daher stieg er zunächst aus, um an einem Kiosk etwas zu essen. Nach und nach stiegen danach die anderen Passagiere ebenfalls aus, und so saß ich plötzlich alleine im Bus, während draußen alles schmatzte. Nach einer halben Stunde stieg der Fahrer wieder ein und nach und nach nahmen auch die Fahrgäste wieder ihren Platz ein. Irgendwann setzte sich der Bus schließlich doch noch in Richtung Papeete in Bewegung.

Dieser angenehme Charakterzug, nichts zu überstürzen, hat wirklich etwas Gutes. Schließlich war es mir und wahrscheinlich auch allen anderen Fahrgästen egal, ob wir nun um vier oder um fünf Uhr nachmittags in Papeete ankommen würden. Von daher waren mir die Leute sehr sympathisch. Aber ich hatte immer das Gefühl, etwas abwertend von den Menschen betrachtet zu werden. In vielen französischsprachigen Gebieten beklagen sich Reisende, die der französischen Sprache nicht mächtig sind, sehr unfreundlich aufgenommen zu werden. Aber ich spreche schließlich französisch und kam mir trotzdem oft nicht ganz so willkommen vor. Andere Reisende bezeichnen dies als Arroganz der Einheimischen. So weit würde ich nicht gehen, aber ich war schon enttäuscht, eine Gleichgültigkeit vorzufinden, wie ich sie Monate lang nicht mehr erlebt hatte. Die Krönung der

Unfreundlichkeit war die Hotelbesitzerin in Papeete, die für jeden kleinen Service wieder ein paar CFP-Francs haben wollte und ohnehin bereits für jede Nacht in ihrer Bruchbude das Geld aus den klammen Portemonnaies der Reisenden herausholte. Aber leider hatte sie im mondänen Papeete das Monopol in der untersten Preiskategorie und dementsprechend war Kundenfreundlichkeit absolut nicht vonnöten. Wo war die Freundlichkeit der Menschen Südamerikas geblieben? Schließlich musste ich auch noch das Hotel um sieben Uhr abends verlassen, obwohl mein Flug erst um viertel vor vier am folgenden Morgen startete. Somit durfte ich über acht Stunden am Flughafen Faaa herumhängen, statt mich mit anderen Reisenden im Hotel noch ein bisschen zu unterhalten.

Glücklicherweise war das Wetter auf Tahiti nicht immer von Dauerregen geprägt. Am letzten Tag strahlte die Sonne wie auf den typischen Südsee-Postkarten, und ich gab Tahiti eine letzte »Chance«, bei mir wieder etwas gutzumachen, da ich ins bergige Inselinnere wanderte. Der Weg führte an einem Grat hinauf durch dichten tropischen Regenwald, der genug Schatten und Kühle bot, um nicht vollkommen im feucht-heißen Klima und im eigenem Schweiß davon zu schwimmen. Mit zunehmender Höhe boten sich allmählich die ersten grandiosen Ausblicke durch das lichter werdende Blätterdach auf die Nachbarinsel Moorea, auf das chaotische Papeete und die türkis-bläulich gefärbte Lagune. Bald darauf ließ ich den Wald hinter mir, die Vegetation bestand nur noch aus dunkelgrünem dichten Buschwerk, hellgrünen Farnen und gelbgrünem Moos sowie graugrünen Flechten, die wie Spinnweben von verkrüppelten knorrigen Bäumchen herunterhingen. Links und rechts des Weges ging es oft hunderte Meter direkt hinunter in den Talgrund. Die gegenüberliegende Talseite ragte steil hunderte von Metern in die Höhe, sodass diese Faltentäler wie ein hochkant aufgeklapptes Buch aussahen. Die gesamte Wanderung war ein Wettlauf mit den sich bildenden Wolken. Schließlich konnte ich die Aussicht nicht mehr genießen, denn plötzlich befand ich mich mitten in der Wolkensuppe und genoss die Kühle, die dieser Nebel bot. Beim Abstieg konnte ich dem entfernten Rauschen von Wasserfällen lauschen und insgeheim versöhnte ich mich ein bisschen mit Tahiti, ehe mich der Krach und das Chaos von Papeete wieder einholten. Da ich bereits um sieben Uhr abends meine »geliebte« Bleibe verlassen musste, durfte ich auf dem Flughafen Faaa die Schlafmöglichkeiten bis zwei Uhr morgens erproben. Glücklicherweise fand ich eine dunkle Ecke und konnte mich mit meinem Rucksack dort verkrümeln und ein paar Stunden schlafen, ehe ich mit einer Boeing 767-300 der Air New Zealand von Tahiti abhob und nach knapp eineinhalb Stunden auf der Hauptinsel der Cook-Inseln, Rarotonga landete.

## Kaffee trinken, E-Mail schreiben und Schwätzchen halten

Etappe: Von Rarotonga, Kuki Airani 21° Süd 160° West (GMT-10) nach Suva, Fiji 18° Süd 178° Ost (GMT+12): 2.415 km – Total: 64.253 km

Suva, 13. März 2003

Es gibt Plätze, an die kehre ich lieber nicht noch einmal zurück, um das gute Bild, das ich von diesen in mir trage, nicht zu zerstören. Diese Theorie trifft glücklicherweise auf Rarotonga nicht zu. Bei meinem ersten Aufenthalt vor ein paar Jahren hatte es mir bereits gut gefallen, und es hatte sich relativ wenig verändert. Lediglich die Professionalität meines Hostels hat sich ein wenig geändert. Wartete damals um zwei Uhr nachts niemand, trotz vereinbarter Abholung am Flughafen auf mich, weil Lilly, die Besitzerin, angeblich immer vom Lärm der landenden Maschine auf ihrer Couch aufwachte und sie erst dann zum Flughafen losfuhr. Aber damals hatte sie fest geschlafen und kam einfach nicht. Dieses Mal wurde ich ohne Vereinbarung vom Flughafen abgeholt, da man nun auf seine potenziellen Kunden wartet. Enttäuscht musste ich allerdings feststellen, dass es zurzeit kein Cook-Lager-Bier in der Flasche gab, da die Flaschenmaschine seit Monaten kaputt war. Glücklicherweise sprangen VB aus Australien und Steinlager aus Neuseeland ein. Somit muss hier niemand auf dem Trockenen sitzen.

Auf Rarotonga ließ es sich herrlich ausspannen und erholen. Anders als in Papeete lief auf Rarotonga das Leben sehr gemächlich ab. Es herrschte noch die »heile« Welt vor 09/11. Überall standen die Türen der Häuser und Hütten weit offen, sodass ich oft einen Blick ins Innere erhaschen und die Menschen beim Siesta halten beobachten konnte. Aus den Häusern drang oft angenehme Trommelmusik nach draußen, sodass ich beim Spazierengehen musikalisch unterhalten wurde. Die meisten Bewohnerinnen waren tatsächlich mit Blumenkränzchen im Haar unterwegs – allerdings eher aus Tradition als für Touristen, die es in relativ bescheidener Zahl auf die Insel zog. Vielleicht waren daher die Menschen weitaus freundlicher als auf Tahiti.

Beim Wandern bekam ich beispielsweise fremdartige Früchte wie die Guaofrucht zum Probieren angeboten. Diese Früchte wuchsen wild und waren für jeden zum Essen da, wie mir ein freundlicher Bewohner Rarotongas berichtete. Ein Spaziergang um die Insel herum führte tatsächlich durchs Paradies: Bananen-Stauden, Papaya-Bäume, Avocadobüsche und Kokospalmen säumten den Weg, wenn ich nicht gerade am endlos weiten weißen Sandstrand entlang spazierte. Das kristallklare türkis-gefärbte Wasser leuchtete trotz der regelmäßigen Regenschauer. Dabei machte mir der Regen in diesem Teil der Welt überhaupt nichts aus. Es war so warm, dass ich die Abkühlung von oben eher als segensreich empfand. Auch das Einkaufen lief etwas anders ab, als bei uns. Da die alte Marktfrau kein Wechselgeld für den Kauf einer Papaya hatte, gab es statt 50 Cent einfach drei Bananen zurück.
Natürlich hatte ich auch während der Wanderungen wieder meine Begleiter in Form der Kinder, die von der Schule aus lediglich einmal kurz die Straße queren mussten, um am Strand spielen zu können. Anders als in weiten Teilen Südamerikas sah ich endlich ausnahmslos Kinder, die spielten und nicht Schuhe putzen, nach Geld fragen oder Windschutzscheiben reinigen mussten. Die Kids auf Rarotonga können auf eine gesicherte Zukunft blicken, haben sie doch als Staatsbürger Neuseelands das Recht in Australien und Neuseeland zu arbeiten, falls es sie dorthin zieht. Die Bewohner der Cook-Inseln sind Polynesier, die stark mit den Maori Neuseelands verwandt sind. Der Begriff Polynesien stammt aus dem Griechischen, bedeutet »viele Inseln« und fasst geographisch den östlichen Teil des Pazifiks bis nach Rapa Nui zusammen. Die Besiedlung begann im 5. Jh. n. Chr. von Tahiti aus. Einer der ersten Europäer, der die Inseln »entdeckte«, war der Engländer James Cook. Ein russischer Kartograph veröffentlichte 1835 einen Atlas und nannte die Inseln um Rarotonga Cook zu Ehren »Cook Islands« oder Kuki Airani in der Sprache der Einheimischen. 1888 wurden die Inseln von der britischen Krone besetzt, als Antwort auf die Landnahme Tahitis durch die Franzosen. 1901 wurden sie an Neuseeland abgetreten. Seit 1965 besitzen

die Cook-Inseln eine eigene Regierung, die für Innenpolitik zuständig ist. Außen- und Verteidigungspolitik ist Sache Neuseelands. Die Nähe zur internationalen Datumsgrenze machte das Fliegen von Rarotonga aus nach Westen zu einer Zeitreise à la »Zurück in die Zukunft«.

Mit einer winzigen Boeing 737-300 der Air New Zealand hob ich freitags abends um zehn Uhr von Rarotonga ab und landete nach dreieinhalb Stunden Flugzeit um halb zwölf am Samstag Abend in Nadi auf den Fidschiinseln, dank der 22 Stunden Zeitverschiebung zwischen den beiden Ländern und der dazwischen liegenden internationalen Datumsgrenze. Vom Samstag, dem 8. März hatte ich herzlich wenig, reduzierte er sich doch auf lediglich zwei Stunden, von denen ich 90 Minuten in der Luft verbrachte. Seit der Ankunft auf den Fidschiinseln befand ich mich nun wieder in unserer, der östlichen Hemisphäre und war fortan dem mitteleuropäischen Leser in der Zeit voraus, statt, wie die letzten Monate üblich, dem Leser zeitlich hinterher zu reisen. Gleichzeitig verließ ich mit Rarotonga auch die Region Polynesiens und befand mich nun in der Pazifikregion Melanesiens.[139] Der französische Entdecker Dumont d'Urville gab dieser Region den Namen, aufgrund der dunklen Hautfarbe seiner Bewohner.

Im Gegensatz zu den polynesischen Inseln sind die Inseln Melanesiens relativ groß. Eine Insel-Umrundung der Fidschi Hauptinsel Viti Levu führte über rund 500 Kilometer Inselstrasse. Da ich auf den vorangegangenen Inseln mich bereits genügend erholt hatte, wollte ich Fidschi mit öffentlichen Verkehrsmitteln erkunden. Daher hielt ich mich nicht unnötig lange in der Touristenregion um den internationalen Flughafen von Nadi auf, sondern ging mit einem alten Klapperbus auf Entdeckungstour. Die Busfahrt in die Hauptstadt Suva war wie ein langes und großes Déjà-Vu: 5er Sitze im engsten Sitzabstand, dröhnende Motoren, verpestete Luft, laute Musik und stündliche Futterstopps – jawohl das harte, unangenehme Bus fahren hatte mich wieder. Aber ich freute mich richtig, mit diesem altertümlichen

---

[139]Melanesien: <griech.> schwarze Inseln

Gefährten erneut die Welt zu entdecken. Der Monat Chile, in dem Bus fahren sehr erholsam war, hatte meine »Klapperbus-Phobie« geheilt. Jetzt konnte ich das Herumzuckeln wieder genießen.

Der Motor des Busses war so schwach, dass der Fahrer beim bergab Fahren jedes Mal Anlauf nahm, um überhaupt mit dem Bus den nächsten Hügel in Schrittgeschwindigkeit hinaufzukriechen. Das Essen in den Busstationen auf Fidschi war sehr köstlich. Nein, es gab kein Hühnchen mit Reis, sondern indisches Roti,[140] chinesische Nudeln, Sandwichs, Maiskolben oder Kanton-Reis. Das Angenehmste an den Bussen war jedoch die Belüftung ohne jegliche Klimaanlage. Die Fenster waren glaslos und durch den Fahrtwind war das feucht-heiße Klima ziemlich erträglich. Ab und zu gab es einen heftigen Regenguss, und alle Fahrgäste arbeiteten Hand in Hand, um die durchsichtigen Plastikrollos zum Schutz vor dem Regen von der Busdecke hinunterzulassen. Auch die völlig sinnlose Bürokratie hatte mich wieder erreicht. Das Busticket, das ich vor Fahrtantritt gekauft hatte, wurde im 50-Kilometer-Abstand von einem an der Straße wartenden Kontrolleur mit einem Kuli-Strich versehen. Am Ende der Fahrt wurden schließlich die bekritzelten Tickets wieder eingesammelt. Das ist alles noch halbwegs nachvollziehbar. Aber bei einer weiteren Busfahrt zahlte ich den Fahrpreis, der Fahrer riss den Fahrschein vom Block und schmiss ihn direkt auf den Boden des Busses. Da er dies schon den ganzen Tag tat, saß er in einem Bad von Papierschnipseln, die während der Fahrt durch den Bus geweht wurden.

Die Landschaft im Westen der Hauptinsel Viti Levu erinnerte mich stark an Mauritius im Indischen Ozean. Zuckerrohr-Felder und kleine Hügelketten prägten das Bild. Später fuhren wir an weißen Sandstränden mit türkisblauem Wasser und an Palmen-Wäldern vorbei. Aber am meisten erinnerte mich das Völkermischmasch an die Insel mit der berühmten Briefmarke. Inder, Melanesier und einige Polynesier wuseln durch die Gassen der Städte. Die Melanesier waren in der Tat sehr dunkelhäutig und hatten schwarzes

---

[140] Roti: <ind.> Fladen mit in Curry-Soße eingelegten Kartoffeln gefüllt

Kraushaar. Dies war meist zu einer runden schwarzen Kugel geschnitten, sodass die Menschen alle so ähnlich wie James Brown in den 70er Jahren aussahen. Die fidschianischen Männer trugen in der Mehrzahl schicke Röcke mit Hemd und Schlips. Die Uniform der Polizisten besteht aus einem weißen Rock mit sternförmigem Saumende. Da die Hälfte der Bevölkerung indisch war, kam ich mir aber gleichzeitig wie in Mumbai oder Delhi vor: überall die gutangezogenen mit Seitenscheitel und Schnauzer herumflitzenden Inder. Anders als auf Mauritius lebten die verschiedenen Völker hier nicht immer friedlich miteinander. Vielmehr kommt es leider in regelmäßigen Abständen zu Konflikten zwischen den einzelnen Volkszugehörigkeiten. Fidschi war das erste Land auf meiner Reise, das von mir bei der Einreise wissen wollte, welcher Rasse ich angehöre. Natürlich tat ich mich insbesondere als Deutscher mit dieser Frage sehr schwer. Um so leichter fiel mir dann das Kreuz unter den Begriff »European«. Die Konflikte auf Fidschi sind auf die Politik der Kolonialzeit zurückzuführen. Der Name Fidschi kommt aus der Tongasprache und die Europäer haben diesen Namen übernommen. Die eigentlichen Ureinwohner von den Fidschiinseln nannten ihre Inseln Viti. Rund 1500 v. Chr., also wesentlich früher als Polynesien, wurde Fidschi von Westen aus besiedelt. Die verschiedenen Stämme auf Fidschi lebten keinesfalls friedlich nebeneinander. Kriege waren an der Tagesordnung und die Unterlegenen wurden meist aufgegessen. Dieser Kannibalismus und der gute Ruf als Krieger hielt Europäer lange davon ab, die Inseln zu betreten. Erst im 19. Jh. siedelten sie im Gebiet der Fidschiinseln und brachten den Bewohnern neue Waffen in Form von Gewehren. Damit bekriegten sich die Bewohner mehrere Jahre lang, bis sich ein Clan-Chef durchsetzen konnte und sich als »Tui Viti«, zu Deutsch »König von Fidschi«, krönen ließ. Wie auf den Cook-Inseln folgten den ersten europäischen Siedlern die Missionare, die den alten Glauben der Menschen verdammten und das Christentum mit allen Mitteln einführen wollten. Dementsprechend wurden auf Fidschi einige Missionare getötet und verspeist. Als ein Haus eines Amerikaners 1862 in

Flammen aufging, und die Bewohner das Haus plünderten, wurde der König von Fidschi dafür verantwortlich gemacht. Die Amerikaner wollten 45.000 US-Dollar an Reparationen vom König. Der König machte schließlich den folgenden Deal. Die Briten zahlten den Betrag an die USA. Gleichzeitig wurde Fidschi 1874 britisch.

Da es immer wieder Streit zwischen Ureinwohnern und Europäern um das Land gab, wurde ein Gesetz verabschiedet, das lediglich Ureinwohnern das Recht auf Landerwerb gab. Das Gesetz hat bis heute Bestand. Die Europäer pachteten daraufhin das Land von den Ureinwohnern. Aber es mangelte an Arbeitskräften, da gleichzeitig Ureinwohner nicht als Landarbeiter beschäftigt werden durften. Daher wurden rund 60.000 indische Gastarbeiter von 1879 bis 1916 auf die Fidschiinseln gebracht. Die Mehrheit der Inder blieb auf Fidschi nach Ablauf der vorher vereinbarten 5-Jahres-Verträge, da sie in Indien trotz der schlechten Lebensbedingungen auf Fidschi ein noch schlechteres Leben erwartet hätte. Da die indischen Bewohner kein Land erwerben durften, bauten sie kleine Geschäfte auf, gingen in den Staatsdienst oder betrieben Handel jeglicher Art. 1970 wurde Fidschi von Großbritannien unabhängig. Die neuentstandenen Parteien wurden nach Rassenzugehörigkeit aufgebaut. In den folgenden Jahren wuchs die Aggression der fidschianischen Bevölkerung gegenüber den indischen Einwanderern. Es kam immer wieder zu Ausschreitungen, in denen die Geschäfte der Inder gebrandschatzt wurden. Zwischendurch putschte sich in dem Chaos auch manches Mal das Militär an die Macht. Nach einer Verfassungsänderung muss heute der Präsident, der nur repräsentative Aufgaben zu erfüllen hat, von den Ureinwohnern abstammen. Der Posten des Premierministers, unserem Bundeskanzler ähnlich, unterliegt keinen rassistischen Bestimmungen. Seit 1999 hat Fidschi einen Premier indischer Herkunft.

Von den Rassenkonflikten bekam ich nichts zu spüren. Vielmehr war ich von der Freundlichkeit der Menschen auf Viti Levu beeindruckt. Selbst in der Hauptstadt Suva wurde ich oft mit einem »Bula« begrüßt. Suva war eine der

Städte auf meiner Reise, die mir ans Herz gewachsen ist, ohne dass es dafür einen triftigen Grund aus touristischer Sicht gegeben hätte. Die Gebäude waren potthäßlich, und leider konnte ich nur ein altes verfallenes Kolonialhotel bewundern. Es regnete praktisch den ganzen Tag, und das Leben außerhalb der Klimaanlagen erinnerte an eine Waschküche – so feucht-heiß war es. Aber dafür gab es leckeren Cappuccino, ein gutes, gemütliches Kino, süffiges Fassbier, kaum Touristen und ich wohnte in einem Hostel, in dem die Gäste in den Alltag einer Fidschi-Familie integriert waren. Eigentlich wollte ich in Suva eine Nacht verbringen, um am nächsten Tag auf eine vorgelagerte Insel zu gelangen. Doch das Wetter machte mir einen Strich durch die Rechnung. Wegen Sturmwarnung wurde die Verbindung gestrichen. Ich wurde auf den nächsten Tag vertröstet und ließ den Rest des Tages relativ locker mit Kaffee trinken, E-Mail schreiben und Schwätzchen halten angehen.

Am nächsten Tag war ich in »offizieller« Mission unterwegs. Von meiner fidschianischen Familie in Suva sollte ich eine Kiste Gemüse und einen Geldumschlag zur Tochter auf die Insel mitnehmen. Dafür fuhr mich der Opa zur Abfahrtsstelle, und dieses Mal war ich sogar in Besitz eines Tickets, das am Tag vorher erst gar nicht ausgestellt wurde. Aber es half alles nichts. Das Marineministerium verbot wegen Zyklon-Warnung erneut jeglichen Fährverkehr. Auf die Insel zu gelangen war daher tatsächlich eine »Mission Impossible«. Die Schifffahrtsgesellschaft entschuldigte sich mehrmals bei mir, doch mir war dies mehr als recht. Denn wie oft hört man von Fähren, die bei schlechtem Wetter irgendwo in Asien untergehen. Daher fand ich es sehr verantwortungsbewusst, die Fähren nicht auslaufen zu lassen. Also verbrachte ich einen weiteren geruhsamen Tag mit Kaffee trinken, E-Mail schreiben und Schwätzchen halten.

Zu diesen allzu »anstrengenden« Aktivitäten kam schließlich noch das »Kava« trinken, was auf das Familienoberhaupt, den Opa, zurückzuführen war. Er inszenierte eine Kava-Zeremonie, wie sie normalerweise in den

Dörfern auf den Fidschis gang und gäbe ist. Kava ist ein »Zaubertrank«, der aus der Wurzeln der Piper-Methysticum-Pflanze hergestellt wird. Die Wurzeln werden zerkleinert, mit Wasser versetzt und schließlich mit Hilfe von Kokos-Fasern gefiltert. Übrig bleibt ein Gesöff, das aussieht wie eine braune Dreckbrühe. Der Kava wurde in eine Schüssel gegeben und mit Hilfe einer halben Kokosnuss-Schale ausgelöffelt. Bevor ich den Kava trank, musste ich einmal in die Hände klatschen und das Zeug auf ex herunterspülen. Danach wurde nochmals zweimal in die Hände geklatscht. Die Brühe sah nicht nur wie Schlammmasse aus, sie schmeckte sicher auch so. Die unmittelbare Wirkung war ein Taubheit-Gefühl auf den Lippen und auf der Zunge. Nach etwa 25 Minuten trat schließlich die eigentliche Wirkung ein. Auch der gestressteste Mensch hatte dann nur noch Lust auf Herumlungern und Erholen. Das Zeug war also eine Art Locker-Mach-Getränk. Kava ist in weiten Teilen Polynesiens und Melanesiens das Nationalgetränk nach Sonnenuntergang. Im Gegensatz zu Alkohol, der oft Aggressionen hervorruft, stellt sich beim Kava-Genuss ein Harmoniebedürfnis ein, und man wird sehr ausgeglichen. Daher nehmen einige Wissenschaftler an, dass Kava ein Grund dafür ist, dass die Kriminalitätsrate in dieser Weltregion relativ niedrig ist. Kava wird auch als Naturheilmittel bei Schmerzen gegen Krebs und Asthma eingesetzt.

Auf einer Kurzreise wäre ich vielleicht enttäuscht gewesen, in Suva festzusitzen. Doch ehrlich gesagt, war es mir eigentlich egal, ob ich nun auf diese Insel kam oder nicht. Denn hier konnte ich ausspannen und ausruhen, was manches Mal wirklich gut tun kann. Diese Gelassenheit wünsche ich mir auch in meinem weiteren Leben, wenn ich wieder in Deutschland eintreffen werde. Ich bin gespannt, was nach einem Monat Aufenthalt in meiner Heimat davon noch übrig geblieben sein wird. Da durch die Auswirkungen des Zyklons mittlerweile weite Teile meiner Insel Viti Levu unter Wasser standen, zog ich es vor, weiterhin in Suva zu verweilen. Denn hier konnte ich wenigstens Kaffee trinken, E-Mail schreiben und Schwätzchen halten.

# Das gespaltene Land

Etappe: Von Suva, Fiji 18° Süd 178° Ost (GMT+12) nach Adelaide, Australia 35° Süd 139° Ost (GMT+10:30): 5.369 km – Total: 69.622 km

Adelaide, 21. März 2003

Nachdem der Zyklon auf den Fidschiinseln abdrehte, gleichzeitig aber meine Reisepläne bereits davon gefegt hatte, blieb ich noch einige Tage in der Hauptstadt der Fidschiinseln. Das Ausruhen und Kaffee trinken in Suva hatte aber schließlich doch ein Ende, und es ging wieder mit dem Zuckel-Bus zurück in Richtung Flughafen Nadi. Die Landschaft, versank sie nicht gerade wieder im Regen, war tatsächlich klischeemäßig paradiesisch schön. Palmen-Wälder, kleine Buchten mit weißem Sandstrand, mäandernde Flussarme, die auf Holzbrückchen überquert wurden, Mangroven-Sümpfe und türkis-blaues Wasser machten die Fahrt zu einem angenehmen Erlebnis, trotz der Dauer-Dröhnung durch indische hochtonige Popmusik. Der Bus schimpfte sich zwar »Express«, aber er hielt natürlich trotzdem in jedem Dörfchen auf Wunsch. Um den Fahrer zum Anhalten zu bringen, musste an einer Schnur gezogen werden, die an der Decke entlang durch den Bus führte. Das kräftige Ziehen betätigte eine Fahrradglocke am Fahrersitz, die alle Passagiere garantiert aus einem eventuellen Nickerchen aufschrecken ließ.

Von Nadi aus brachte mich eine betagte Boeing 747-200 der Air Pacific in etwa vier Stunden Flugzeit ins rund 3.100 Kilometer entfernte Sydney. Der Flug war für mich gleichzeitig eine Reise in die Vergangenheit der Bordunterhaltung von Fluggesellschaften. Hier gab es noch die gute alte Leinwand, auf der zumindest teilweise der obligatorische Spielfilm abgespielt wurde. Ein Drittel davon lief eher neben der Leinwand, was aber niemanden außer die hilflosen Flugbegleiterinnen so richtig störte. Dass aus den Kopfhörern kein Laut kam, war mir schließlich auch egal, denn ich war schon froh, überhaupt mitgekommen zu sein. Dass ich einen weiteren Kulturschock bei der Ankunft in Sydney erleben würde, war mir klar. Aber bereits beim Anflug fiel mir auf, dass plötzlich alle Häuser wieder mit Ziegeln gedeckt waren und nicht mehr aus Wellblech bestanden. Wellblech ist mittlerweile leider die verbreitetste Art, in den so genannten Entwicklungsländern seine Bleibe zu bedecken. Seit meiner Einreise nach Mexiko am 1. November begleiteten mich diese Wellblechhütten. Auch im relativ wohlhabenden Chile gab es diese ärmlichen Unterkünfte zuhauf.

Australien bot an Bürokratie ein Novum auf meiner Reise. Als erstes Land meiner Tour verlangte Australien für Deutsche ein Visum. In alle vorangegangenen Länder war ich ohne jeglichen Papierkram gelangt und ins »zivilisierte« Australien kam ich nicht ohne weiteres hinein. Glücklicherweise bekam ich das Visum für Australien im Internet innerhalb von fünf Minuten in einem Internetcafé in Cusco, Peru erteilt. So blieb mir noch einmal das bei Reisenden allseits beliebte Schlange stehen vor Botschaftsgebäuden erspart. Bei der Ankunft machte Australien mir ein besonderes »Willkommens-Geschenk«. Ich bekam von den Quarantänebeamten meine Schuhe kostenlos geputzt. Australien versucht mit dieser Reinlichkeit-Aktion das Einschleppen von Krankheiten wie der Maul- und Klauenseuche zu verhindern. Nachdem meine Schuhe blitzblank waren, durfte ich schließlich auch offiziell nach »Downunder« einreisen.

Nun befand ich mich zwar am anderen Ende der Welt, aber trotzdem war ich wieder in unserem, dem europäischen Kulturkreis gelandet. Die letzten Monate hatten mich unwillkürlich geprägt. So musste ich mich an das »Neue« erst einmal wieder gewöhnen. Die riesigen Hochhäuser der Skyline von Sydney fielen mir schon bei der Fahrt vom Flughafen in die Stadt auf, war ich doch praktisch in ganz Südamerika wegen der Erdbebengefahr nur an einstöckigen Häusern entlanggelaufen. Die Schluchten zwischen den kalten Glaspalästen ließen mich ziemlich verloren vorkommen. Ich hatte anfangs ein bedrückendes Gefühl, neben diesen monströsen Konstruktionen zu stehen. Ständig musste ich nach oben schauen, und ein Ende der Häuser in

Richtung Himmel war nicht abzusehen. Neben den Hochhäusern gab es schließlich wieder die flimmernde rotweiße Leuchtreklame für die berühmte amerikanische Brause. Die letzten Monate war ich zwar auch Cola ausgesetzt, aber dafür wurde immer auf bemalten Häuserwänden mit selbstgestalteten Logos geworben.
Danach begann ich mich fortzubewegen und musste zunächst einsehen, dass hier Ampeln einen Sinn machten. Die vorangegangene Zeit gab es meist sowieso keine Ampeln oder sie waren kaputt, und wenn sie funktionierten, beachteten die Fußgänger sie ohnehin nicht, denn schließlich lief jeder kreuz und quer über die Straße wie es einem passte. Aber in Sydney sind die Straßen sehr breit und ich hätte permanent im Dauerlauf unterwegs sein müssen, wollte ich auch hier Ampeln ignorieren. Radarfallen hatte ich bereits aus meinem Unterbewusstsein gestrichen, und deren Existenz hatte ich nun verwundert wieder zur Kenntnis genommen. Der Verkehr war in Sydney zwar enorm, aber meine Ohren bekamen dies fast gar nicht mit. Schließlich wurden sie die letzten Monate davor tagtäglich durch den Lärm von kaputten Motoren, durchlöcherten Auspuffen und Dauer-Hup-Konzerten malträtiert. Hier fuhren die neuesten Modelle, die scheinbar lautlos über die Straßen glitten. Aber nicht nur der Verkehr auf der Straße war nun enorm. Auf den Gehwegen hetzten die Menschen wieder quer durch die Gegend, einen Kaffee in der Linken, einen Sandwich in der Rechten und die Aktentasche unter den Arm geklemmt. Vorbei war die Ruhe und Gelassenheit, mit der sich die Menschen der Südsee mit ihren Badelatschen im Schneckentempo fortbewegten. Das Vorankommen wurde den Fußgängern in Sydney allerdings auch nicht schwer gemacht. Nirgends musste ich herumflatternden Pappkartons, zermatschen Tomaten oder sonstigem Müll ausweichen, wie es in vielen vorher bereisten Ländern üblich war. Dort lag der Abfall oft in der Straße oder am Fahrbahnrand, sodass dieses Zeug nicht nur die Umwelt verschandelte, sondern auch noch die unempfindlichste Nase mit penetrantem Fäulnisgeruch niederrang. Sydney hingegen war eine saubere Stadt. Überall

wurde Müll getrennt und es gab genügend Abfalleimer. Daher wird Sydney wahrscheinlich nie in seinem Müll ersticken, wie dies bei einigen lateinamerikanischen Städten eventuell irgendwann der Fall sein wird.
Nun brauchte ich wieder einen Gegenstand, den ich seit Monaten kaum noch beachtet hatte: Die gute alte Armbanduhr. Natürlich war ich in Mainz mit diesem Utensil gestartet, aber in Kolumbien ging es schließlich kaputt. Doch die Uhr war sowieso seit Mexiko meist überflüssiger Ballast, da Fahrpläne fortan der Vergangenheit angehörten. Ich wartete auf den Bus beziehungsweise der Bus wartete auf die Fahrgäste, die ihn bis zum Anschlag füllten. Sonst brauchte ich die Uhr als Alleinreisender praktisch nie, da selbst Verabredungen in Lateinamerika meist mit Zeitbestimmungen wie »morgen« oder »später« bestimmt wurden. Da die Uhr schon vor Kolumbien ihre Macken hatte, kaufte ich mir irgendwo in der Einöde von Idaho in den USA eine Ein-Dollar-Uhr, die eigentlich zum Aufkleben aufs Armaturenbrett gedacht war, bei mir aber in der Hosentasche ihren Platz fand. In Sydney angekommen, musste ich diese Uhr nun permanent wieder nutzen, da in unserer Gesellschaft alles auf exakte Zeiten fixiert ist. Die Mentalität »was heute nicht geht, geht vielleicht morgen« konnte ich mir nun getrost abschminken. Ich musste wieder Bus und Bahn buchen und war nicht mehr in der Lage, alles spontan zu entscheiden, wie ich es in Lateinamerika gewohnt war.
Schließlich kam ich in meinem Hostel an. Der größte Unterschied zu den vorangegangen Wochen spielte sich eindeutig im Bad ab. Vorbei war die Zeit, in denen das Klopapier im bereitgestellten Körbchen landen musste, wollte ich nicht das permanent labile Wassersystem der Toilette verstopfen. Auch die Spülung funktionierte jetzt plötzlich einwandfrei. Wie oft musste ich vor allem in Lateinamerika zunächst den Wasserkasten öffnen um anschließend mit der Hand darin herumzutasten, ehe ich das Wasser zum Durchrauschen bringen konnte? Außerdem gab es nun wirklich warmes Wasser. Was hätte ich in den Anden für eine warme Dusche manches Mal gegeben. Meist war dort das Wasser kalt, manchmal lauwarm und in den

seltensten Fällen warm und dann aber auch erst nach etwa zehn Minuten Wartezeit bei laufender Dusche.

Der »neue« Kulturkreis wirkte auf mich nicht vollkommen schlecht oder gut. Die verschiedenen Alltagssituationen in unterschiedlichen Regionen waren eines der wunderbaren Erlebnisse dieser Reise, die ich wirklich nicht missen wollte. Daher freute ich mich auf Sydney und schloss nun endgültig mit Lateinamerika und dem gar nicht so paradiesischen Südpazifik ab. Eines aber einte die meisten Menschen und Kulturen, denen ich auf meiner gesamten Reise bisher begegnete. Die Angst vor einem Krieg. Ob in Chicago, San Francisco, Mittelamerika, Chile, auf den Fidschis oder nun in Sydney. Die Menschen gingen auf die Straße, um für eine friedliche Lösung im Irak zu werben. Die spektakulärste Aktion war dabei einigen Australiern gelungen, die auf die berühmte Oper von Sydney den Ausruf »No War« in roter Farbe sprühten. Den ganzen Tag waren Reinigungskräfte damit beschäftigt, die Buchstaben abzureiben. Aber bis abends war nur das »N«, also der erste Buchstabe beseitigt. Am nächsten Tag war die Schrift verwischt und die Oper sah danach so aus, als ob eine riesige Blutlache an ihrer weißgekachelten Wand hinunterlaufen würde.

Australien befand sich nun gemeinsam mit den USA und Großbritannien im Krieg gegen den Irak. Das Land war seither gespalten. Die Medien riefen zu Sympathiekundgebungen für die sich im Nahen Osten befindenden Soldaten auf. Die Oppositionsparteien riefen zu Protestkundgebungen auf. Auf diesen wurde die australische Flagge verbrannt, wohingegen Krieg-Sympathisanten alles mit der Flagge, bestehend aus Union Jack und dem Kreuz des Südens, zuhängten. Vielleicht stand das Land vor der größten Zerreißprobe seit der europäischen Besiedlung. Australien war der letzte Kontinent, der von den Europäern »entdeckt« wurde, obwohl er bereits seit ca. 50.000 Jahren von den australischen Ureinwohnern, den Aborigines, bewohnt wird. Die Holländer waren im 17. Jh. die ersten, die Australien vom heutigen Indonesien aus bereisten. Das feucht-heiße Klima ließ sie aber von einer Besiedlung absehen. Allerdings gaben die Holländer dem Kontinent seinen ersten europäische Namen, »Neuholland«. Einer der ersten Europäer, der auf dem so genannten »Fünften Kontinent« länger verweilte, war James Cook 1770 auf seiner Reise nach Tahiti. Cook änderte den Namen des Kontinents in »New South Wales« und beanspruchte ihn für die britische Krone. Da die USA mittlerweile ihre Unabhängigkeit von Großbritannien erlangten, konnten die Briten keine Sträflinge mehr nach Amerika verbannen. Daher wurde nun New South Wales bevorzugtes Territorium, um Kriminelle abzuschieben. Dass der Kontinent von Aborigines seit Jahrtausenden besiedelt war, interessierte niemanden. Die Krone ging von einer so genannten »Terra Nullius« aus: Ein Land, das vorher niemandem gehörte – obwohl die Aborigines bereits seit Menschengedenken dort siedelten.

Die europäische Besiedlung nahm ihren Anfang exakt an derselben Stelle, an der auch ich den Kontinent betrat. Im Jahre 1788 erreichten die ersten Gefangenenschiffe die Südostküste Australiens, genauer gesagt, die Gegend um das heutige Sydney. Für die Gefangenen, die meist nur Diebstähle begangen hatten und dafür in die mindestens sieben Jahre dauernde Verbannung geschickt wurden, war das neue Zuhause ein schrecklicher Ort. Sie wurden von den Aufsehern malträtiert und es herrschten oft Hungersnöte, weil es seine Zeit brauchte, um Getreide etc. anzubauen, da Aborigines keine Landwirtschaft betrieben. So mussten zunächst Äcker angelegt und gesät werden. Die ersten wohlhabenden Australier waren die diensttuenden Offiziere, die die Gefangen als billige Arbeitskräfte einstellten. In den 30er Jahren des 19. Jh. kamen schließlich auch die ersten freiwilligen Siedler auf den Kontinent und nachdem 168.000 Gefangene nach Australien verbannt wurden, stoppte Großbritannien den Gefangenentransport. Das Land wurde niemals so systematisch nach Westen hin besiedelt wie beispielsweise die USA. Bis 1800 war lediglich die Gegend um Sydney kolonialisiert. Mitte des 19. Jh. wurden die australischen Metropolen Melbourne, Brisbane, Adelaide und Perth gegründet. Erst 1862 gelang es einer Expedition, den Kontinent von Süd nach Nord zu durchreisen. Goldfunde ab 1850 verhalfen der Kolonie zu einem Boom und tausende von europäischen, amerikanischen und chinesischen Immigranten kamen in die »neue« Welt.

1901 wurde die ehemalige Kolonie zu einer Föderation innerhalb des Commonwealth. Staatsoberhaupt ist bis heute die Königin von England. Die eigentliche Macht hält der Premierminister in den Händen. Die australische Nation war sich ihrer britischen Herkunft stets bewusst, und so kämpften australische Soldaten Seite an Seite im Burenkrieg in Südafrika und im 1. Weltkrieg hauptsächlich gegen die Türkei. Im 2. Weltkrieg war Australien schließlich selbst durch Japan in seiner Existenz bedroht. Ein Teil der australischen Armee kämpfte auf Drängen Großbritanniens trotzdem in Europa gegen die Nazis. Der Rest verteidigte das Land gegen die Japaner auf der Insel Neuguinea im Pazifik. Schließlich bekam Australien massive Unterstützung durch die USA nach der japanischen Bombardierung von Pearl Harbour. Seitdem wandte sich Australien von seinen europäischen Wurzeln mehr und mehr ab und den USA hingegen zu. Australien sah im Kommunismus die größte Gefahr und kämpfte daher Seite an Seite mit den Amerikanern in Korea und Vietnam. Die Verbundenheit mit Amerika intensivierte sich trotz des Vietnam-Desasters, und nun kämpfte Australien Seite an Seite mit den Amerikanern und den Briten im Irak. In den 90er Jahren stand in Australien die Abschaffung der Monarchie und das Ausrufen der Republik zur Debatte. Das Land entschied sich für die Krone, um von keinem Präsidenten regiert zu werden. Nach Ansicht vieler Australier wurde allerdings Australien seit Kriegsbeginn von einem US-Präsidenten regiert.

Da ich von Städten durch den Aufenthalt in Suva zunächst genug hatte, zog ich es vor, die Gegend um Sydney genauer zu erkunden, als mich in der Stadt aufzuhalten. Um die Stadt herum finden sich einige Nationalparks, von denen man am Horizont die Skyline Sydneys erkennen kann. Aber eigentlich befand ich mich dort in einer vollkommen anderen Welt. Ich genoss es, an den Sandstein-Felsen südlich von Sydney vollkommen alleine und ungestört

entlang zu wandern. In der Ferne hörte ich die starke Brandung des Pazifik gegen die Felsen schlagen. Im Licht der Sonne glitzerten die einzelnen Sandkörnchen der Felsen in weißen, gelben und rotbraunen Tönen. Die unterschiedlichen Farben im Fels vermischen sich dabei nicht. Es sieht etwa so als würde ich in einen Farbtopf weißer Farbe die Farben Gelb und Rotbraun hineinrühren, ohne dass sich eine neue Mischung ergäbe.
In den Blue Mountains nur ca. 100 Kilometer westlich von Sydney gelegen, kam ich mir wiederum vor wie in einer anderen Welt. Den ganzen Tag konnte ich am Rande einer Schlucht entlang wandern, ohne auch nur einem Dutzend Menschen zu begegnen. Dass der Outback[141] direkt hinter Sydney beginnt hätte ich nicht erwartet. Die Schlucht unter mir sah etwa so aus wie ein Grand Canyon mit Bäumen. Statt einem rauschenden Fluss im Talgrund erblickte ich bis zum Horizont des Tals Eukalyptus- und Nadelbäume. Leider waren viele Wanderwege aufgrund der verheerenden Waldbrände der letzten Jahre noch gesperrt. Tatsächlich waren die Stämme der meisten noch lebenden Bäume ebenfalls verkohlt. Trotzdem schien sich die Natur von dieser Katastrophe sehr schnell erholt zu haben. Obwohl die Felsen der Schlucht nicht blau leuchteten, sondern in einem ganz gewöhnlichen warmen Ocker-Ton, war ich von dieser Gegend stark beeindruckt. Auch die Dörfer in den Blue Mountains kamen mir trotz der Nähe zu Sydney noch ziemlich verträumt und ruhig vor. Der langsam einziehende Herbst färbte das Laub rostrot und knallgelb. Auch die Tradition hatte hier noch Priorität vor der aktuellen weltpolitischen Lage. Obwohl Frankreich gegen einen Irakkrieg war, und die Ressentiments in den USA gegen Frankreich absurde Ausmaße annahmen, hießen die Baguettes hier immer noch »French Fingers« und nicht »Freedom Fingers« in Anlehnung an die Namensänderung in den USA von »French Fries« zu »Freedom Fries«.

---

[141]Outback: <engl.> das Landesinnere Australiens

Sydney hat sicherlich eine der schönsten Hafeneinfahrten der Welt. Ein Teil dieser Region, die aus vielen kleinen Buchten und Halbinseln besteht, wurde ebenfalls zum Nationalpark erklärt. So konnte ich mitten in der Stadt anspruchsvolle Wanderungen über Stock und Stein unternehmen, exotischen Vögeln und Echsen begegnen und den Krach der Großstadt hinter mir lassen. Die zahlreichen weißen Segelboote wirken wie Sommersprossen auf dem Wasser, während die Skyline am Horizont wie aus einer fremden Welt erschien. Schließlich hörte ich doch nur das Wellenrauschen und Vogel-Gezwitscher statt Handy-Gepiepse und Polizeisirenen.

Auch der schönste Aufenthalt musste leider irgendwann ein Ende nehmen, und so begann ich nun mit dem Bus meine nächste Kontinentaldurchquerung. Das Bus fahren in Australien war für mich ein Déjà-Vu-Erlebnis. Wie im Greyhound in den USA bestand der Großteil der Fahrgäste nicht aus »Aussies«[142] europäischer Herkunft, sondern aus kraushaarigen Rundköpfen von den Fidschis, indischen Computerspezialisten, chinesischen Händlern und einem deutschen Backpacker. Mit einer Minute Verspätung begaben wir uns in einem geräumigen Reisebus auf die 23-Stunden-Fahrt schnurstracks nach Westen in die Hauptstadt von Südaustralien, nach Adelaide.

---

[142] Aussies: <engl.> Bezeichnung für Australier

# Der Treffpunkt

Etappe: Von Adelaide, Australia 35° Süd 139° Ost (GMT+10:30) nach Uluru, Australia 25° Süd 131° Ost (GMT+9:30): 1.992 km – Total: 71.614 km

Uluru, 29. März 2003

Diese Woche startete ich meinen Heimweg in Richtung Mainz vom Süden Australiens aus. Die nächsten Monate ging es nun entweder nach Norden oder nach Westen weiter. Ausgangspunkt dieses Heimwegs war die Hauptstadt von Südaustralien, Adelaide.

»Where is your car?« Der aufmerksame Leser kann sich an diese Frage sicherlich noch erinnern. Sie wurde mir in Kanada und den USA im September und Oktober 2002 häufig gestellt, wollte ich mich in diesen Ländern fortbewegen. Die berühmte Autofrage wurde mir nun in Australien wieder gestellt. In der Tat war das Reisen durch Australien ohne Auto definitiv nicht »easy going«. Viele Leser waren sicherlich schon auf dem fünften Kontinent unterwegs. Doch wer verzichtete gänzlich auf das Auto in Downunder?

Da ich auf der gesamten Reise um den Erdball mit öffentlichen Verkehrsmitteln unterwegs sein wollte, musste ich natürlich in Australien, auf der »To-Do-Liste« viele Punkte auslassen. Einerseits entdeckte ich mit Bus und Bahn wieder ein ganz anderes Australien als mit dem eigenen Auto. Andererseits würde ich viele touristische Highlights eines jeden Australienurlaubs nicht zu Gesicht bekommen. Doch war dies für mich nicht besonders schlimm. Vielmehr genoss ich es, gerade nicht von Touristenattraktion zu Touristenattraktion zu hetzen. Die so genannten »Sehenswürdigkeiten«, die ich mit dem Bus erreichen konnte, bildeten meist mein Limit, und so konnte ich gleichzeitig den großen Touristenströmen ausweichen. In Adelaide machte ich, nach der 23-stündigen Busfahrt von Sydney kommend, zunächst einen Stopp für ein paar Tage, um die Umgebung der südaustralischen Metropole kennen zu lernen.

Die Region der Adelaide Hills und das angrenzende Barossa Tal sind bis heute sehr stark von deutschen Einwanderern geprägt. Mitte des 19. Jh. flohen Deutsche aus Preußen und Schlesien in die weite Welt, weil sie zu Hause wegen ihrer Religionszugehörigkeit als Lutheraner schikaniert wurden. Ein Teil dieser Flüchtlinge fand in den Adelaide Hills eine neue Heimat. Einige erkannten, dass das hier herrschende Mikroklima für den Weinanbau besonders gut geeignet war. Seither ist Australien für seinen angebauten Wein berühmt. Für mich war weniger der Wein als die Landschaft entscheidend, hier zu wandern, erinnerte sie mich doch in gewisser Hinsicht ein bisschen an das rheinhessische Hügelland, das vor den Toren von Mainz liegt. Allerdings war es gar nicht so einfach ins Hinterland von Adelaide zu gelangen. Schließlich hatte jeder ein Auto und der Bus fuhr sage und schreibe zweimal am Tag. Dementsprechend warteten auch nur drei Rentner und ich auf den Bus. Dies ist der entscheidende Nachteil, durch ein so großes Land der so genannten »Ersten Welt« zu reisen. Die öffentlichen Verkehrsmittel waren auf ein Minimum reduziert, teuer und manches Mal auch unpünktlich. In solchen Momenten wäre ich dann gerne wieder beispielsweise in Mittelamerika, wo es zwar keine Fahrpläne gab, doch der Bus alle paar Minuten zu günstigen Preisen fuhr. Mit der Unpünktlichkeit hatte ich keine Probleme. Schließlich habe ich auf dieser Reise das Warten gelernt, und wer wartet schon auf mich? Aber einer der Rentner flippte total aus, als der Bus mit 30 Minuten Verspätung eintraf. Die beiden anderen Rentner fummelten nervös an ihren Uhren herum, sagten aber nichts. Mit einem Lächeln auf den Lippen hörte ich mir das Genörgel des Rentners an, der die Entschuldigungen des Fahrers einfach überhörte.

Mitten in den Weinbergen hielt schließlich der Bus, und ich konnte der Zivilisation wieder einmal entfliehen. Das Schöne an Australien ist die Tatsache, dass direkt hinter den Städten oder neben der Fahrbahn der Outback oder in diesem Falle der Weinberg anfing. Keine Autos, keine meckernden Fahrgäste, kein Gestank, stattdessen Natur pur. Die Rebstöcke mit den prallen dunkelblauen Trauben ließen mich nach Rheinland-Pfalz entschwinden. Doch ich musste mir nur den Hintergrund anschauen, und ich wusste wieder wo ich war Die gelbbraunen Hügel am Horizont waren mit verdorrtem Gras übersät, auf dem perfekt getarnte Schafe nach ein bisschen Grün suchten. Dazwischen standen vereinzelt fremdartige Laubbäume, die im diffusen Licht, das durch die graue Wolkendecke drang, fast schwarz erschienen. Natürlich bekam ich in den Weinbergen keine Känguruhs zu sehen, dafür schwirrten Kakadus und andere kunterbunte Vögel um mich herum. Das Gekreische der Vögel, von Gezwitscher konnte keine Rede sein, erinnerte mich sehr stark an nicht geölte Schrankscharniere und war alles andere als angenehm anzuhören.

Am nächsten Tag erreichte ich Hahndorf, die älteste deutsche Siedlung in Australien, 1839 gegründet. Das Dorf bestand praktisch nur aus einer Allee von Bäumen, die die Straße in einen Tunnel aus Blättern in Grün-, Gelb- und Rottönen verwandelte. Aus den gemauerten Häuschen drang bereits am frühen Sonntag Morgen Blasmusik, und die deutsche Fahne flatterte überall einträglich neben der australischen, sodass ich wieder Probleme hatte, zu akzeptieren, dass ich mich am anderen Ende der Welt befand und nicht irgendwo zwischen Flensburg und Oberammergau. Natürlich wurde am Sonntag die Gasse gefegt, und ein alter Deutsch-Australier wollte mich schon um zehn zum Weißbier einladen, was ich dankend ablehnte. Frühschoppen – dafür war ich doch etwas zu jung, wie ich finde. Im gesamten Dorf wurden Weck, Worscht, Woi[143] sowie Erdinger vom Fass serviert, um dass Klischee von Deutschland auch in Downunder aufrecht zu erhalten. Um diesen »German Theme Park«, wie manche Spötter Hahndorf nannten, zu vervollständigen, fand ich Blumenkästen an jeder Ecke und natürlich durfte auch das Vogelhaus nicht fehlen. Lediglich Gartenzwerge habe ich nicht gesichtet. Irgendwann hatte ich wirklich von soviel Klischee die Nase voll und begab mich wieder auf eine Wanderung in Richtung Adelaide.

---

[143]Weck, Worscht, Woi: <mainzerisch> Brötchen, Wurst und Wein

Der Großteil der Wanderung führte durch Eukalyptus-Wälder, in denen Schwärme von orangefarbenen Schmetterlingen um mich herumschwirrten. Da ich mich auf einem Fern-Wanderweg befand, war der Pfad markiert. Er führte nicht irgendwo ins Nirgendwo. Die Bachläufe und kleinen Holz-Brückchen, die ich überquerte, ließen mich ein weiteres Mal wieder wie in Deutschland vorkommen. Als ich schließlich am Ende durch einen Vorort lief und die Supermarktangebote für die nächste Woche in den Briefkästen entdeckte, fragte ich mich wirklich, wo ich war, schließlich gab es hier sogar Aldi. Die größte Gefahr, der ich mich hier aussetzen musste, war die Überquerung des angrenzenden Golfplatzes. Diese Rückkehr in unseren Alltag genoss ich allerdings in vollen Zügen, und dieses Leben gab mir Kraft, wieder in der Zukunft härtere Reiseabschnitte durchzustehen.

Um meine Reise und auch so langsam meinen Heimweg in Richtung Nordwesten anzutreten, fuhr ich von Adelaide auf einer der berühmtesten Zugstrecken der Welt nach Alice Springs im Zentrum Australiens. Nachdem es 1862 dem Engländer John Stuart gelang, den Kontinent von Süd nach Nord zu durchqueren, wurde bereits zehn Jahre später eine Telegraphen-Leitung auf der von Stuart gewählten Route fertiggestellt. Bald darauf, im Jahre 1877, wurde entschieden, eine Eisenbahnstrecke von Adelaide nach Darwin an der Nordküste Australiens zu bauen. Nach 50 Jahren Bauzeit war die Hälfte der Strecke bis nach Alice Springs fertiggestellt. Doch die Zugfahrt von Adelaide nach Alice, wie die Australier der Einfachheit halber sagen, war bis 1980 wirklich alles andere als angenehm. Die ursprüngliche Trasse wurde in ausgetrockneten Flussbetten verlegt, da es seit Menschengedenken dort nicht mehr geregnet hatte. Als schließlich der Regen doch irgendwann kam, rissen die entstandenen Flüsse die Gleise mit sich. Außerdem wurden die hölzernen Eisenbahnschwellen von Termiten sehr schnell zu Sägemehl verarbeitet. Der »Ghan«, wie der Zug genannt wird, bekam den Ruf, der unpünktlichste der Welt zu sein. Eines Tages rollte er mit zehn Tagen Verspätung, d. h. nach zwölf statt nach zwei Tagen, in Alice ein. Der

Lokomotivführer musste angeblich wilde Ziegen schießen, damit niemand bei der Verspätung verhungerte.

Schließlich wurde die Strecke von Adelaide nach Alice 1980 neu gebaut, und seitdem ist die rund 1.500 Kilometer lange Zugfahrt mit dem Ghan wirklich angenehm und kein großes Abenteuer mehr. Der Name Ghan stammt von den Männern aus Afghanistan, die um 1860 angeheuert wurden, um den Transport in Zentralaustralien per Kamel durchzuführen. Kamele waren es auch, die den Bau der ersten Eisenbahnstrecke so schnell vorankommen ließen. Sie waren die optimalen Transportmittel für Baumaterial in der Wüste. Ein Kamel wiegt etwa 600 Kilogramm. Es kann sein eigenes Körpergewicht mühelos tragen. Das Tier kann rund zwölf Monate ohne Wasser auskommen, vorausgesetzt, es kann ab und an an Blättern und Gräsern knabbern. Kommt ein Kamel endlich zum Trinken, kann es auf einen Schlag rund 200 Liter Flüssigkeit aufnehmen.

Im Jahre 2001 entschied die australische Regierung schließlich, die Eisenbahnstrecke von Alice bis ins rund 1.400 Kilometer entfernte Darwin endlich fertigzustellen. Wenn alles klappt, werden im Januar 2004 die ersten Züge von Süd nach Nord und umgekehrt den Kontinent durchqueren, 127 Jahre nach dem ersten Plan für diese Strecke. Das Ghan-Fahren war natürlich noch immer etwas ganz Besonderes und nicht einfach eine Zugfahrt. Zumindest bekam ich den Eindruck, nachdem mein Gepäck wie beim Fliegen eingecheckt wurde, eine Putzkolonne nochmals alle Fenster der Abteilwagen wienerte, und ich erst einsteigen durfte, nachdem die Fahne des Ghan an allen Eingängen des Zuges gehisst wurde. Die Sitze waren relativ breit, gepolstert und gemütlich, sodass diese Fahrt völlig angenehm und unspektakulär verlief. Die Landschaft änderte sich auf den 1.500 Kilometern auch lediglich anfänglich. Wir ließen das Grün von Adelaide schnell hinter uns, verabschiedeten uns von der Zivilisation und fuhren in die Wüstennacht. Auf der gesamten Fahrtstrecke gab es nur einen Halt, nach etwa 500 Kilometern. Die Erde färbte sich im Licht der untergehenden Sonne knallrot, und nachdem wir die ganze Nacht durch den Outback gefahren waren, wiederholte sich das Schauspiel im Sonnenaufgang auf der anderen Seite des Zugfensters erneut, so als wäre der Zug die ganze Nacht stehengeblieben.

In Alice angekommen, unternahm ich einen mehrtägigen Ausflug zum Uluru, besser bekannt unter dem Namen Ayers Rock. Uluru bedeutet in der Sprache des dort ansässigen Aborigines Stammes nichts anderes als »Treffpunkt«. Dieser größte Monolith der Welt gilt bis heute den Stämmen in Zentralaustralien als kulturelles Zentrum, wohingegen er für die Touristen auf einer Australienreise oft das Highlight eines Aufenthaltes in Downunder darstellt. Dass es bei diesen verschiedenen Interessenlagen Konflikte gibt, ist die unausweichliche Folge. Beispielsweise verstoßen tagtäglich Touristen gegen die Gesetze der Aborigines, indem sie trotz mehrsprachiger Hinweisschilder, die das Besteigen als unerwünscht darstellen, auf den Gipfel klettern müssen. Im Glauben der Aborigines finden die Seelen der Menschen lediglich dann ihren Frieden, wenn der Mensch in seiner Heimatregion stirbt. Beim Aufstieg auf den Fels kommt es leider immer wieder zu Todesfällen, und dem Glauben der Einheimischen zufolge irren dann die Seelen der Fremden am Berg umher, ohne je Frieden finden zu können. Dies lässt die Aborigines nicht einfach kalt, haben sie sich aus traditioneller Gastfreundlichkeit doch dazu verpflichtet, dass es Fremden in ihrem Territorium wohl ergeht. Außerdem spielt die Aufstiegsroute in der Sagenwelt der Aborigines eine entscheidende Rolle, und natürlich muss es einem gläubigen Aborigine etwa genauso befremdlich vorkommen, wenn jemand auf den Berg steigt, wie wenn Touristen in einem Gottesdienst in einer Kirche auf dem Altar herumtrampeln.

Seinen Namen Uluru bekam der Berg, da er für die Aborigines ein Platz zum Lernen und zum Durchführen traditioneller Zeremonien ist. An diesem Platz bekommen die Kinder aus der Umgebung die Fähigkeiten beigebracht, als Aborigine in dieser menschenfeindlichen Gegend zu überleben. Gleichzeitig werden die Kinder hier in die Glaubenswelt der Einheimischen eingeführt. Gesetze und der Glaube der Aborigines sind bis heute nirgends schriftlich fixiert. Das Wissen wird von Generation zu Generation mündlich weitergeben. Die Schriftsprache ist den Aborigines unbekannt. Es existieren rund 250 verschiedene Aborigine-Sprachen, die sich oft genauso stark unterscheiden wie Deutsch vom Chinesischen. Ein Aborigine kann sich jeweils nur mit den Leuten vom Nachbarstamm unterhalten. Dementsprechend ist der Uluru auch lediglich das geistige Zentrum von zwei Aborigine-Stämmen in Zentralaustralien.

Bei einer Wanderung um den Fels ließ sich das Licht- und Schattenspiel der Natur in vielen Facetten erleben. Der azurblaue Himmel, der rotleuchtende Fels und die schwarzen Schatten komponierten permanent neue faszinierende Szenen. Zahlreiche bizarre Felsformationen entdeckte ich beim Marschieren. Die Felswände sind heilige Stätten der Aborigines, die nur von diesen betreten werden dürfen. Jede Stätte ist dabei Ort einer Sage, die den Kindern der Aborigines bei ihrem Besuch erzählt wird. Meist sind die Stätten geschlechtsspezifisch getrennt. D. h. es existieren heilige Orte für Frauen, die nicht von Männern betrachtet oder gar betreten werden dürfen und umgekehrt. Für mich war der Uluru sehr faszinierend, da hier nicht nur ein Schauspiel der Natur verfolgt werden konnte, was seinen Höhepunkt natürlich zu Sonnenauf- beziehungsweise -untergang hatte, sondern ich auch einen kleinen Einblick in die Kultur der Einheimischen bekam. Dass es sich dabei um eine Kultur handelt, wurde über zwei Jahrhunderte von den europäischen Siedlern ignoriert. Die ca. 300.000 Aborigines, die bei der Ankunft der Europäer hier lebten, waren für die Siedler lediglich »Störfaktoren« bei der Kolonisation, die keine permanenten Siedlungen errichteten, kein politisches System besaßen und das Wort »Besitz« nicht kannten. Viele Aborigines wurden von ihrem traditionellen Lebensraum einfach vertrieben oder kamen durch eingeschleppte Krankheiten um. Der Lebensraum der Ureinwohner wurde auch durch die Siedler ruiniert, indem Wälder abgeholzt und stattdessen bis 1860 rund 20 Millionen Schafe gezüchtet wurden. Die Schafe zerstörten die für die Aborigines so wichtigen Wasserlöcher, und sie grasten die gesamte Vegetation ab. Dadurch wurde den Aborigines oft die Lebensgrundlage entzogen und viele verhungerten oder verdursteten. Das Töten von Aborigines durch weiße Siedler wurde bis Ende des 19. Jh. nicht einmal strafrechtlich verfolgt. Durch den Besitz von Feuerwaffen konnten die Siedler jeden Aufstand der Ureinwohner blutig niederschlagen. Zwar wurde das Töten von Aborigines im 20. Jh. schließlich unter Strafe gestellt. Dafür aber wurden die Aborigines von der australischen Regierung nun drangsaliert. 1918 wurde ein Gesetz verabschiedet, welches dem Staat erlaubte, Kinder von Mischehen zu trennen, falls der Vater kein Aborigine war. Bis 1960 wurde eine ungewisse Zahl von Kindern in Waisenhäusern untergebracht, ehe das Gesetz endlich abgeschafft wurde.

Nach dem 2. Weltkrieg bestimme der Staat praktisch das gesamte Leben der Ureinwohner. Er legte fest, wo die Menschen zu leben hatten und wen sie heiraten durften. Die Idee, die Menschen in Dorfgemeinschaften zu zwängen, und damit unserem Lebensstil anzupassen, war kläglich gescheitert. Anfang der 70er Jahre des 20. Jh. wurden endlich die diskriminierenden Gesetze abgeschafft und seit 1967 besitzen die Ureinwohner die selben Bürgerrechte wie alle anderen Bürger. Seit Jahren wird in Australien heftig diskutiert, ob sich die Regierung als Exekutive des Staates bei den Ureinwohnern entschuldigen soll oder nicht. Die gegenwärtige Regierung ist dazu nicht bereit, da sie es nicht einsieht, für die Fehler früherer Regierungen einzustehen. Außerdem fürchtet man hohe Kompensationsforderungen seitens der Aborigines an den Staat, ähnlich denen der Zwangsarbeiter im 2. Weltkrieg. Wenigstens gehört die Gegend um den Uluru nun wieder den Ureinwohnern, die das Land an den Staat verpachtet haben.

Nach den anstrengenden Wanderungen in der Hitze, die hier herrschte, waren die Nächte im Busch eher kühl. Ich campte mit einigen anderen Reisenden unter dem Sternenhimmel und genoss die Ruhe in der Isolation.

Ab und zu bekamen wir allerdings ungebetenen Besuch von Dingos[144], die es hauptsächlich auf Wanderschuhe als beliebtes Kauspielzeug abgesehen hatten. Von der kulinarischen Seite her betrachtet war sicherlich die »Chili con Camel Carne« ein besonderer Höhepunkt oder auch der »Känguruh-Kebab«. Das Fleisch war nahezu fettfrei, aber nicht zäh und stellt auch ein Hauptnahrungsmittel für die Aborigines dar.

[144]Dingo: <austr.> australischer Wildhund

# Blasmusik im Outback

Etappe: Von Uluru, Australia 25° Süd 131° Ost (GMT+9:30) nach Darwin, Australia 12° Süd 131° Ost (GMT+9:30): 2.390 km – Total: 74.004 km

Darwin, 3. April 2003

Die Tage am Uluru vergingen wie sooft auf meiner Reise viel zu schnell. Allerdings war ich auch froh, die Myriaden von Fliegen, die sich dort tummelten, hinter mir zu lassen. Sobald die ersten Sonnenstrahlen den Outback Zentralaustraliens erreicht hatten, machten sich die Insekten an die Arbeit, wehrlose Touristen zu attackieren. Hauptangriffspunkt war der Kopfbereich. Wenn ich mich ohne Fliegennetz um den Kopf in die Natur gewagt hatte, sausten sofort die kleinen Flieger direkt auf Mund, Nasenlöcher und Ohrmuschel zu. Dass die Viecher kitzelten, war an sich bereits ein unangenehmes Gefühl. Dass ich aber praktisch nicht mehr atmen konnte, da ich entweder die Viecher beim ersten Atemzug im Mund hatte oder mit der Nase aufsog, war wirklich die reinste Qual.

Nachdem ich wieder in Alice Springs angekommen war, setzte ich meine Reise in Richtung Norden auf dem Stuart-Highway fort. Den Namen bekam die Strecke von John Stuart, dem als erster Europäer die Süd-Nord-Durchquerung des fünften Kontinents 1862 gelungen war. Die Fahrt mit dem Bus erinnerte mich an meine lange zurückliegenden Greyhound-Busfahrten in den USA im vergangenen Oktober. Die Sitze waren wieder relativ unbequem, kaum gepolstert und ließen sich auch nur ein klein wenig zurückklappen. Der große Vorteil dieser Busse lag aber darin, dass sie außer masochistischen Backpackern und einigen Aborigines keiner mehr nutzte und dadurch jeder zwei Plätze in Anspruch nehmen konnte. Dank meiner »Schneidersitz-Rücken-zum-Fenster-Schlafposition« überstand ich die anstehende Nachtfahrt relativ einfach.

Schon nach wenigen Kilometern erreichten wir den südlichen Wendekreis der Sonne auf 23 Grad Süd. Nach der Überschreitung dieses geographischen

Punktes befand ich mich ab sofort wieder in den Tropen. Die Sonne steht an diesem Punkt am 21. Dezember zur Mittagszeit genau im Zenit, ehe sie sich danach genauso wie ich, auf den Weg nach Norden macht. Ständige Begleiter auf den Straßen im Outback waren die »Road Trains«. Es handelte sich dabei um Sattelzüge von gigantischen Ausmaßen. Diese setzten sich meist aus drei Anhängern und dem Lkw zusammen. Ein Überholmanöver dauerte oft eine Minute oder länger beziehungsweise weit mehr als einen Kilometer. Die Motoren der Lkws bringen soviel Kraft auf, dass sie rund 50 leere Anhänger ziehen könnten, was die alljährlichen Trucker-Rennen in Australien beweisen. Mitten im Outback hielten wir auf unserer Fahrt an so bedeutenden Plätzen wie dem Ti Tree Roadhouse, der zentral gelegensten Kneipe, Australiens. Zentral bedeutet bei einem flüchtigen Blick auf eine Australienkarte, dass dort tatsächlich »tote Hose« herrscht. Rings um das Gasthaus fand ich nur rotbraune Erde, ein paar Büsche, und den in Nord-Süd-Richtung verlaufenden Stuart-Highway, der aber mehr einer deutschen Kreisstrasse als einem vielspurigen US-Highway ähnelte. Wenigstens gab es im Gasthaus neben Barbie-Puppen, Harry-Belafonte-CDs und diversen Männermagazinen auch vernünftige Burger mit Freedom bzw. French Fries, die hier allerdings neutral Chips hießen.

Nach einer langweiligen Fahrt durch den Outback, bei der passend zur Region natürlich »Crocodile Dundee« im Bordfernsehen gezeigt worden war, erreichten wir nach fast 600 Kilometern das erste Dorf für diese Nacht: Tennant Creek. Es gibt Plätze auf dieser Erde, die muss man definitiv nicht besucht haben. Tennant Creek darf sicherlich dazugezählt werden. Kaum war ich aus dem Bus ausgestiegen, wurde ich wieder von Insekten attackiert. Dieses Mal waren es Heuschrecken, die in Kamikaze-Manier auf mich zugeflogen kamen, und den Tod durch unbeabsichtigtes platt Trampeln nicht fürchteten. Ansonsten kann ich über diesen Ort nichts Außergewöhnliches berichten. Nach einem kurzen Zwischenstopp war ich froh, aus diesem Kaff wieder hinauszukommen. 500 Kilometer weiter nördlich kam schließlich das nächste Örtchen in Sichtweite: Katherine. Von dort aus konnte ich eine Wandertour im nahen Nationalpark unternehmen, und ich erholte mich von der vorangegangenen Nachtfahrt. Das Faszinierendste an diesem Nationalpark, der mehrere Schluchten umfasst, war die sich extrem schnell ändernde Vegetation zwischen dem Buschland und dem tropischen Regenwald. Innerhalb eines Kilometers war vom Meter hochstehenden, trockenen, gelblichen Gras nichts mehr zu sehen. Grün war plötzlich die dominierende Farbe. Palmen und andere Laubbäume, Moose, rauschende Wasserfälle, gurgelnde Bäche und Dutzende von bunten Schmetterlingen waren in einer Senke unterhalb des Buschlandes zu entdecken. Der Bach mündete in eine Schlucht mit glitzernden Sandbänken und steil aufragenden braunen Sandstein-Felsen. Fremdartiges Vogel-Gezwitscher waren die einzigen Laute die ich an diesem beschaulichen Picknickplatz vernahm. Später war schließlich wieder »Krach« angesagt, als ich unter Bäumen entlang spazierte, die tagsüber von Flughunden zum Schlafen besetzt wurden. Aber wie in jedem Hostel üblich herrschte natürlich zur Schlafenszeit im Schlafsaal ein ungeheures Getöse. Der Krach der nicht schlafen wollenden Flughunde erinnerte an tausende von Quietsche-Enten in einer Riesenbadewanne.

Katherine selbst ist für den Outback Nordaustraliens das Zentrum schlechthin – mit rund 7.000 Einwohnern. Die nächste Stadt im Norden ist Darwin, das rund 300 Kilometer entfernt liegt. Nach Alice sind es etwa 1.200 Kilometer in südlicher Richtung. Westlich und östlich von Katherine existieren keine größeren Siedlungen. Daher wurde in der Stadt das größte Klassenzimmer der Welt eingerichtet, die »School of the air« , der ich einen Besuch abstattete. Diese Vor- und Grundschule wurde für Kids gegründet, die im Outback auf Farmen leben, in Aborigine-Gebieten mit ihren Familien wohnen oder auf Reisen sind. Der Lehrer sitzt in einem Tonstudio vor einem Funkgerät und die Schüler irgendwo mit ihren Empfängern in der »Umgebung« im Outback, einer Region doppelt so groß wie Deutschland. Der Vorteil dieses Funkverkehrs ist das interaktive Lernen. Die Kids bekommen mit, was ihre Mitschüler sagen. So kann tatsächlich eine Diskussion entstehen. Das Internet kann diese Schule bis auf weiteres nicht ersetzen, da die meisten Farmen ihren Strom per Generator bekommen und daher oft nur stundenweise Elektrizität zur Verfügung steht. Meist sind sie auch nicht im Besitz eines Festnetz-Telefonanschlusses. Natürlich wird ein Großteil des Stoffs per Post von der Schule verschickt und von den Kids vor Ort bearbeitet und zurückgesendet, aber auf das Funken kann und will die Schule nicht verzichten. Es war wirklich beeindruckend, wie Lehrer und Kids via Funk miteinander kommunizierten und lernten. Die Kids schienen etwas mehr bei der Sache zu sein, als sicherlich ein Großteil von uns während der Grundschulzeit, allein schon aus dem Grund, sich endlich mit Altersgenossen unterhalten zu können.

Die Gegend um Katherine ist Aborigine-Land. Nirgends in Australien sah ich mehr Ureinwohner als hier, und aus dieser Region kommt auch das bekannteste australische Souvenir, der Digeridoo. Lediglich in Nordaustralien wird dieses Holzblasinstrument seit mehreren Tausend Jahren gespielt und gilt damit als eines der ältesten Instrumente überhaupt. Die Aborigines in Zentralaustralien oder im Süden hatten mit dem Didgeridoo so viel am Hals wie wir Europäer. Natürlich werden diese Instrumente mittlerweile überall in Australien als Souvenir angeboten, doch in Katherine bekam ich die Möglichkeit, mir meinen Didgeridoo selbst zu bauen. Diese Gelegenheit ließ ich mir natürlich nicht entgehen. Ich war allerdings etwas verdutzt, als mir Kelly und Jessie einige schwarze, mit Wasser vollgesogene Baumstämme, zur Auswahl vorlegten. Die Baumstämme hatte Kelly mit Genehmigung der australischen Nationalpark-Verwaltung gesammelt und zurecht gesägt. Den größten Teil der Arbeit nahmen uns allerdings die Termiten ab, die das Innere der Stämme völlig ausgehöhlt hatten. Imitierte Digeridoos erkennt man daran, dass sie mit der Hand ausgehöhlt wurden. Das Innere eines Digeridoos sollte immer unregelmäßig sein, sodass man die Gänge der Termiten sozusagen erfühlen kann.

Nachdem ich mich für ein schwarzes Holzstück entschieden hatte, musste ich es zunächst mit dem stumpfen Ende einer Axt abklopfen. Dadurch fiel die faserige Rinde vom Stamm ab, und das eigentliche Holz kam zum Vorschein. Erst nachdem die Rinde vollkommen entfernt war, konnte ich erkennen, ob der Digeridoo auch keine Löcher im Holz hatte. Ich gewann dieses Vabanquespiel und hatte zudem noch Glück, da das Holz in verschiedenen Brauntönen leuchtete. Das eine Ende meines Digeridoos war nach außen geweitet, sodass er mit einer Trompete Ähnlichkeit hatte. Beide Enden musste ich abfeilen, damit das später notwendige Bienenwachs besseren Halt finden würde. Die Aborigines hatten natürlich keine Feilen zur Hand und nutzten stattdessen die Blätter eines bestimmten Baums, die sich tatsächlich wie Schmirgelpapier anfühlten.

Mit einem Messer reinigte ich schließlich den Didgeridoo von den restlichen Fasern und so langsam konnte ich erkennen, dass daraus tatsächlich das berühmte Instrument entstand. Die Holzlasur, die wir anschließend auftrugen, wurde natürlich niemals von den Aborigines benutzt. Diese spielen mit ihrem Didgeridoo lediglich etwa sechs Monate, ehe er Risse bekommt und nur noch als Brennholz zu nutzen ist. Die Lasur sollte das Instrument vor zu schnellem Austrocknen schützen und ihn für mich auch noch in Deutschland spielbar machen. Zum Schluss wurde auf das Mundstück reichlich Bienenwachs geschmiert. Das Wachs passt sich ideal der Mundform an, da es wichtig ist, dass beim Spielen keinerlei Luft am Mundstück entweicht. Schließlich erhielt ich meine erste Lehrstunde im Didgeridoo-Spielen von Kelly. Das Wichtigste war dabei die Lockerung der Lippen. Den Mund presst man ans Wachs, und bläst anschließend die Atemluft durch die unverkrampften Lippen. Dies erzeugt den dumpfen Grundton beim Spielen. Die eigentliche Kunst besteht beim Musizieren darin, zusätzliche Töne zu erzeugen. Die Aborigines haben meist Tiere, wie Dingos, Känguruhs, Vögel, Hunde oder das schwingende Geräusch eines Bumerangs imitiert. Um dabei permanent ohne Atempause spielen zu können, muss man die Atemluft in die Backen pressen, und gleichzeitig kleine Luftzüge mit der Nase einatmen. Natürlich erinnerten meine ersten Versuche, den Didgeridoo zu spielen, eher an die Geräusche der gasförmigen Darmentleerung.

Da ich fortan in Ländern unterwegs sein würde, in denen ein Zelt überflüssig erschien, habe ich es leichten Herzens mit dem Didgeridoo nach Mainz geschickt. Die im November 2002 auf der Baja California kaputtgegangene Therm-a-Rest-Matte flog hingegen zum Reparieren in die USA. Tatsächlich wurde mir Monate später eine neue Matte nach Hause geschickt. So verlor ich innerhalb eines Tages acht Pfund Reisegepäck und fühlte mich tatsächlich um die Hüften herum erleichtert.

Die letzten 300 Kilometer des Stuart-Highways nach Darwin vergingen im Greyhound-Bus wie im Flug. Das Landschaftsbild wechselte vom gelbbraunen langsam in immergrünes Buschland mit Palmen und wasserführenden Flüssen. In Darwin angekommen war ich etwas enttäuscht von der Hauptstadt des Staates »Northern Territory«. Hier wurden nachmittags um halb sechs die Bürgersteige hochgeklappt. Danach wirkte die Stadt wie ausgestorben. Dabei befand sie sich eigentlich in einer Boom-Phase. Die Zugverbindung ins 3.000 Kilometer weiter südlich gelegene Adelaide würde bald fertiggestellt sein, und Darwin gilt als Verbindungsort zwischen Australien und Asien. Die wenigen Kolonialgebäude, die der Bombardierung durch die Japaner im 2. Weltkrieg standhielten, sahen etwas deplatziert neben den im Bau befindlichen Hochhäusern aus.

Für mich war Darwin der Endpunkt meiner Reise durch den fünften Kontinent. Nach angenehmen 6.301 Kilometern durch Downunder war ich an der Nordküste angekommen. Bevor ich meine Reise nach Norden fortsetzte ging es nochmals einen Tag im Litchfield National Park entspannen. Dieses wunderschöne Stück Natur mit seinen vielen Wasserfällen und Pools, die zum Schwimmen wie geschaffen, und zur Erholung bestens geeignet waren, gaben mir hoffentlich genügend Kraft, die anstehenden Abenteuer der nächsten Wochen durchzustehen. »Endlich« sah ich dort auch Känguruhs wie Gummibälle über die Straße hüpfen. Damit war mein touristisches Bedürfnis nun auch zur Zufriedenheit erfüllt. Dass ich keine Krokodile in den Pools beim Schwimmen traf, konnte ich akzeptieren, und dass die vielen Giftschlangen vor mir immer die Flucht ergriffen, fand ich eigentlich ganz reizend.

# Grenzen und ihre Hürden

Etappe: Von Darwin, Australia 12° Süd 131° Ost (GMT+9:30) nach Kupang, Indonesia 10° Süd 124° Ost (GMT+8): 1.569 km – Total: 75.573 km

Kupang, 10. April 2003

Diese Woche führte mich zum wiederholten Male in eine neue völlig fremdartige Welt und langsam verlor ich den sprachlichen Durchblick: Tetun, Portugiesisch, Bahasa Indonesia und natürlich am Anfang dieser Woche Englisch. Dies waren die Sprachen, die um mich herumgesprochen wurden. Angefangen hatte alles noch ganz »easy« im australischen Darwin.

Die Stadt wird mir sicherlich in bester Erinnerung bleiben. Schließlich war Darwin wieder einer der Orte, an denen mich postalische Grüße aus der Heimat erreichten. Nachdem in Sydney meine Diafilme verschollen waren, tauchten nun wenigstens in Darwin 19 neue Filme auf, mit denen ich die nächsten Monate bebildern würde können.

Von der Hauptpost fuhr ich zum Flughafen, um Abschied von Australien zu nehmen. Die letzten Wochen hatte ich das einfache Reisen sehr genossen. Praktisch alle Reiseinformationen bekam ich via Internet. Oft wurde ich vom Bahnhof durch das gebuchte Hostel abgeholt, ich konnte »All-Inclusive-Touren« buchen und musste praktisch an nichts denken. Dieses Reisen war für mich Urlaub von der Reise. Ab jetzt hieß es wieder an alles denken, möglichst viel fragen und ein bisschen aufs Glück vertrauen, damit die Reise weitergehen konnte. Von Darwin aus flog ich mit einer Embraer 120 der Air North in Richtung Dili. Dieser 90 Minuten dauernde Interkontinental-Propellerflug führte vom fünften auf den asiatischen Kontinent und in den jüngsten Staat der Welt, nach Ost-Timor. Das Land ist erst seit Mai 2002 unabhängig, nachdem es seine schlimme Vergangenheit abgeschüttelt hatte.

Viel ist über Ost-Timor vor der ersten europäischen Besiedlung nicht bekannt. 1509 landeten Portugiesen im Ostteil der Insel Timor. Der Westteil der Insel wurde im 17. Jh. von den Holländern besetzt, sodass die Insel nach mehreren Gefechten zwischen Portugiesen und Holländern 1859 im Vertrag von Lissabon geteilt wurde. Die Portugiesen nutzten ihren Teil der Insel als Handelsstützpunkt und überließen den Einheimischen bis ins 20. Jh. die Verwaltung und Regierung der Insel. 1941 landeten australische Truppen im östlichen Inselteil, um den japanischen Vormarsch im 2. Weltkrieg zu stoppen. Rund 400 Australiern standen etwa 20.000 Japaner gegenüber. Die Australier wurden von der einheimischen Bevölkerung beschützt und konnten die Japaner lange im Zaum halten. Letztendlich gaben die Australier aber auf und flohen zurück ins Mutterland. Die Einheimischen hatten für die Unterstützung Australiens einen hohen Preis zu zahlen. Rund 40.000 Menschen wurden von den Japanern wegen Kollaboration mit den Australiern getötet. Portugal als eigentliche Ordnungsmacht blieb in diesem Konflikt neutral, übergab aber 1942 bis zum Kriegsende die Macht den Japanern. Nach dem Krieg und der japanischen Niederlage war Portugal wieder die Ordnungsmacht. 1974 wurde die portugiesische Militärregierung im fernen Europa durch einen Putsch abgelöst. In der Folge gab Portugal seine Kolonien in Afrika und Asien auf und diese wurden in die Unabhängigkeit entlassen. Portugal bereitete seine Kolonien keineswegs auf die Selbständigkeit vor, sodass sämtliche ehemaligen portugiesischen Besitztümer ins völlige Chaos gestürzt wurden. In Ost-Timor bildeten sich innerhalb weniger Monate Parteien, die einen neuntägigen Bürgerkrieg im August 1975 austrugen. Die sozialistische Partei ging dabei als Sieger hervor.

Der große Nachbar Ost-Timors, das Inselreich Indonesien, erkannte die Unabhängigkeit Ost-Timors nie an. Gemeinsam mit den USA betrachtete Indonesien die sozialistischen Sieger des Bürgerkriegs mit Argusaugen und einen Tag nachdem US-Außenminister Henry Kissinger von einem Treffen mit den indonesischen Machthabern in die USA zurückkehrte, besetzte Indonesien das unabhängige Ost-Timor. Man nahm an, dass die USA diese Landnahme guthießen. Australien ergriff für den jungen Staat ebenfalls keine

Partei. Die sozialistische Partei Ost-Timors ging in den Untergrund und formierte sich als Guerillabewegung neu. Der Bürgerkrieg wurde auf beiden Seiten äußerst blutig geführt. Die Guerilla Ost-Timors setzte die Einheimischen unter Druck, die Freiheitsbewegung zu unterstützen, wohingegen das indonesische Militär die Einwohner drangsalierte, wenn sie verdächtigt wurden, mit der Guerilla zusammenzuarbeiten. Allein 100.000 Menschen fanden in diesem Krieg dabei den Tod. Eine schlimme Zahl bereits an sich, aber wenn man bedenkt, dass das ganze Land nur 700.000 Einwohner hat, wird diese Zahl noch erschreckender. Bis 1998 versank das Land manchmal mehr, manchmal weniger im Bürgerkrieg und war die meiste Zeit für Touristen gesperrt. Das Militär hatte das Sagen und die Guerilla versuchte die indonesischen Machthaber zu attackieren, doch letztendlich hatte keine Seite die Überhand gewonnen. Anders als die portugiesischen Besatzer baute Indonesien das Land allerdings auf. Es wurden Schulen errichtetet, Straßen und Brücken gebaut. Aber Indonesien unterdrückte jede Form von Autonomiegedanken, sodass der Wiederstand in Ost-Timor nie abebbte.

1998 wurde der indonesische Diktator Suharto gestürzt, und sein Nachfolger Habibie setzte ein Referendum fest, in dem die Bewohner von Ost-Timor sich entweder für eine Autonomie innerhalb Indonesiens oder für die Unabhängigkeit entscheiden sollten. Am 30. August 1999 votierten 78,5 Prozent der Bevölkerung Ost-Timors für die Unabhängigkeit von Indonesien. Im Anschluss an dieses Votum verwüsteten indonesische Milizen das gesamte Land. Am 20. September 1999 landeten UN-Friedenstruppen in Ost-Timor und sorgten relativ schnell für Ruhe und Ordnung in einem total zerstörten Land ohne Telekommunikation, Elektrizität, Brücken, unbeschädigte Regierungsgebäude, intakte Geschäfte, bewohnbare Häuser. Nach und nach kam für das Gebiet viel Hilfe von Außen. Ende 2001 wurde zum ersten Mal seit 1975 wieder gewählt und seit Mai 2002 ist Ost-Timor unabhängig und nennt sich »Timor Leste« auf portugiesisch beziehungsweise »Timor Loro'Sae« in Tetun, der Sprache der Einheimischen.

In dem kleinen Flieger mit rund 30 Plätzen war ich der einzige Tourist. Die meisten Passagiere waren Mitarbeiter von Hilfsorganisationen oder UN-Blauhelme. Angekommen in Dili »Aeroporto« merkte ich sofort, dass ich wieder eine völlig andere Welt erreicht hatte. Das Dutzend Gepäckstücke brauchte eine Dreiviertelstunde, um aus der Maschine ausgeladen zu werden und auf das etwa 100 Meter entfernte Gepäckband gelegt zu werden. Es war einfach niemand da, als die Maschine landete. Hier hatte man wieder alle Zeit der Welt und der Begriff Stress war wieder ein totales Fremdwort um mich herum geworden. Bei der Fahrt in die Stadt merkte ich, auf was ich mich eingelassen hatte. Überall standen Ruinen herum, in denen Menschen versuchten zu leben. Plötzlich der krasse Gegensatz: Da es in Dili keine Touristen und schon gar keine Rucksackreisenden gab, musste ich in einem der Hotels absteigen, in dem auch oft UN-Personal logierte. Dementsprechend fand ich ein blitzblankes Zimmer mit eigenem Bad vor. Morgens ging ich zum Frühstücksbuffet. Das Hotel wurde durch die großen weißen Geländewagen der UNO von der Außenwelt praktisch abgeschirmt. Wollte ich abends das Hotel verlassen, tappte ich in völliger Dunkelheit herum. Eine Straßenbeleuchtung existierte nicht, dafür fand sich aber leckeres chinesisches oder indonesisches Essen.

Da es außerhalb von Dili praktisch keine Unterkünfte gab, unternahm ich Tagestouren in die Umgebung. Die Straßen waren von der UNO mittlerweile wieder repariert worden, sodass ich mit den lokalen Bussen relativ schnell vorankam. Allerdings schlängelte sich die schmale Teerstrasse an jeder Bucht entlang, sodass für eine Distanz von etwa 50 Kilometern Luftlinie ca. 110 Straßenkilometer zurückzulegen waren. Die kleinen und wendigen Busse wurden wie in vielen anderen Ländern auch bis zum Anschlag mit Menschen gefüllt. War schließlich drinnen kein Platz mehr, wurden die Passagiere aufs Dach geladen. Fand sich dort kein Platz mehr, hängten sich die zusteigenden Passagiere an die Türen oder krallten sich irgendwie am Fenster fest. Wichtigstes Utensil auf diesen Fahrten waren Oropax, denn ein

Gerät funktionierte leider immer. Die monströse Stereoanlage, aus der zu meinem Schrecken englische Oldies wie Boney M mit zahlreichen Wiederholungen abgespielt wurden. Glücklicherweise fuhren wir nicht »by the rivers of Babylon« entlang, wo gerade Krieg herrschte, sondern im friedlichen Timor. Sollte schließlich der übervolle Bus für einen Fahrgast anhalten, wurde laut in die Hände geklatscht und der Bus kam mit quietschenden Bremsen zum Stehen. Zum ersten Mal auf meiner Reise fuhr ich durch ein Raucherparadies. Überall in Nord-, Mittel- und Südamerika herrschte striktes Rauchverbot in öffentlichen Verkehrsmitteln. Hier qualmte jeder so gut wie er oder sie konnte. Dabei roch es in den Bussen angenehm weihnachtlich, da die Menschen keinen Tabak, sondern Nelkenextrakt rauchten.
Von der an mir vorbeiziehenden Landschaft war ich hin und her gerissen. Zeitweise fuhren wir an paradiesischen weißen Sandstränden ohne jegliche Behausungen vorbei. Oder es ging an terrassenförmig angelegten idyllisch anmutenden Reisfeldern entlang. Dann aber kamen wir durch Dörfer, die aus völlig zerstörten Häusern bestanden. Es existierte dort praktisch kein einziges Gebäude, das noch bewohnbar war. Stattdessen sind in den letzten Jahren wieder überall Strohhütten errichtet worden, die sicherlich wesentlich günstiger zu finanzieren waren, als die Ruinen wieder instand zu setzen.
Sonntag ließ ich es wie alle Bewohner Dilis sehr ruhig angehen und spannte an einem der herrlichen Strände vor der Stadt aus. Die gesamte Stadt schien ausgeflogen zu sein, und ich hielt mich in einem sonderbaren Sprachengewirr auf. Die Straßenkontrollen wurden von brasilianischen Blauhelmen durchgeführt. Am Strand sah ich UN-Blauhelme von den Fidschiinseln, viele englischsprachige UN-Mitarbeiter der Weltgesundheitsorganisation WHO, vom Flüchtlingshilfswerk UNHCR, vom Kinderhilfswerk UNICEF sowie von UNTAET[145], der Organisation, die die Infrastruktur wieder herstellen soll. Später traf ich pakistanische Mitarbeiter, ukrainische Soldaten und

[145] UNTAET: United Nations Transitional Administration in East Timor

Helfer aus dem afrikanischen Sierra Leone. Diese Spezies von Menschen waren oft bereits Jahre von zu Hause weg und für die UNO permanent in Krisenherden unterwegs. Wie ich erfuhr sind 2002 viele Mitarbeiter von Ost-Timor nach Afghanistan gegangen und nun wurde hier am Strand aufs heftigste debattiert, ob man bald in den Irak gehen oder doch lieber in Ost-Timor bleiben sollte. Dies erinnerte mich ein bisschen an einen Wanderzirkus, und gerade die NGOs[146] waren von den UN-Mitarbeitern nicht immer begeistert. Viele von diesen Leuten waren für die Arbeit angeblich unterqualifiziert, aber ein spezielles Länderkontingent musste anscheinend erfüllt werden, mit der Folge, dass oft Leute ohne Führerschein plötzlich UN-Autos fahren sollten.

Ein Grund, warum ich in Dili selbst nichts länger unternahm war das deprimierende Stadtbild. Krankenhäuser – zerstört, Feuerwachen – ausgebrannt, Häuser – abgedeckt. Nur sehr wenige Wohnungen waren mittlerweile wieder bewohnbar. Dabei sah Dili mit seinen portugiesischen Kolonialgebäuden sicherlich früher wirklich hübsch aus. Mitten in den Häusertrümmern weideten Ziegen, grunzten Schweine und gackerten Hühner. Bananenstauden wuchsen am Straßenrand und Kokospalmen säumten die Wellblech-Hütten-Alleen. Aber die Stadt war nicht tot – sie lebte dank ihrer angenehmen Einwohner. Es gab wenige Plätze auf dieser Erde, wo ich in so viele lachende Gesichter schauen konnte. Auch wenn ich kein Tetun sprach, nur einige Brocken Portugiesisch, kaum jemand »Inglis«[147] und ich letztendlich mit Spanisch am besten vorankam, musste ein Lächeln oder Winken sowieso nie übersetzt werden. Obwohl es den Menschen äußerst schlecht ging, wirken sie glücklich und zufrieden. Niemand bettelte mich an, obwohl das Leben in Dili extrem teuer war. Ein Polizist verdiente hier etwa 85 US-Dollar im Monat und eine Cola kostete bereits einen US-Dollar, da alles außer Obst und Gemüse importiert wurde. Dank der gutverdienenden

---

[146]NGO: Non Governmental Organization – Nichtregierungsorganisation
[147]Inglis: <tetun> Englisch

und zahlungskräftigen UN-Mitarbeiter bekam man praktisch alles, was das Herz begehrt, aber zu einem meist astronomischen Preis.
Von Dili aus setzte ich meine Reise mit einem der proppenvollen Busse in Richtung Westen fort. Nach strapaziösen zweieinhalb Stunden erreichte ich das Grenzgebiet zwischen Ost-Timor und West-Timor, das bereits zu Indonesien gehört. Straßensperren deuteten an, dass es hier in der Vergangenheit nicht immer sicher war zu reisen. Eine Ampel zeigte das aktuelle Sicherheitsrisiko an. Sie stand auf »Grün« – also kein Risiko, von wem auch immer attackiert zu werden. Schließlich kam ich zum Grenzposten von Ost-Timor, der immer noch von UN-Blauhelmen bewacht wurde. Die Soldaten waren Australier und ziemlich locker drauf. Sie freuten sich auf ein kleines Schwätzchen mit einem Backpacker – schließlich traf man diese Spezies ihrer Aussage nach hier praktisch nie an. Nach einer kurzen Gepäckkontrolle auf Waffen bekam ich meinen Ausreisestempel und marschierte in Richtung Indonesien. Der indonesische Zoll kontrollierte ebenfalls meinen Kram und notierte meine Pass-Daten. Ich dachte bereits, ich wäre nach Indonesien eingereist, doch ich musste noch ins Büro der Einwanderungsbehörde. Dort nahm man meinen Pass entgegen, blätterte ihn durch und sagte nur »No Visa? Please go back!«. Es lief mir eiskalt den Rücken herunter. Indonesien war eines dieser Länder, die Einreisebestimmungen in Form eines Kaugummis besaßen. Man konnte sie ziehen, dehnen und wenden und wusste bestimmt nicht Bescheid. Deutsche brauchten für die Einreise nach Indonesien kein Visum, falls sie über »Visa Free Entry/Exit Points« einreisten. Dazu zählten alle Flughäfen, Häfen und die Landesgrenze mit Malaysia. Niemand konnte mir vorher sagen, ob die Landesgrenze mit Ost-Timor »Visa frei« war oder nicht. Aber es wurde allgemein angenommen, dass alle gewöhnlichen Grenzübertritte als »Visa frei« gelten. Anscheinend änderte Indonesien seine Meinung von Zeit zu Zeit. Selbst die Blauhelme waren überrascht, mich nach einer halben Stunde wieder zu treffen. Es half kein Betteln und freundliches Geld-Anbieten. Ich musste zurück nach Dili. Auf

die Frage, ob es dort eine indonesische Botschaft gab, bekam ich keine eindeutige Antwort von den indonesischen Einreisebeamten.
Glücklicherweise verlangte Ost-Timor kein Visum von Deutschen, und so war ich innerhalb einer Minute wieder in Ost-Timor eingereist. An der Busstation traf ich Vicky, eine australische Englischlehrerin, die in einem Dorf Ost-Timors arbeitete. Da zurzeit Osterferien waren, wollte sie nach West-Timor fahren, um dort Urlaub zu machen. Doch auch sie, die hier bereits ein Jahr lebte, wusste nichts von der Visa-Pflicht und wurde gerade vor mir wieder nach Dili zurückgeschickt. So konnten wir uns nun zu zweit auf die anstrengende Busfahrt zurück nach Dili machen. Glücklicherweise wusste der Taxifahrer in Dili, wo sich die »Ständige Vertretung Indonesiens bei den Vereinten Nationen« befand. Anscheinend wurde Ost-Timor als souveränes Land von Indonesien bisher nicht anerkannt. So erinnerte mich das alles ein bisschen an »BRD« und »DDR« vor mehr als einem Jahrzehnt. Nachdem wir 35 US-Dollar geblecht, einen Antrag ausgefüllt und zwei Passbilder auf den Antrag geklebt hatten, sollten wir das Visum zwei Tage später erhalten. Wenigstens konnten wir das Botschaftspersonal schmieren. Gegen Zahlung von zusätzlichen zehn US-Dollar versprach man uns das Visum für den nächsten Morgen um neun Uhr.
Zu besagter Zeit war die Vertretung natürlich geschlossen. Gegen viertel nach neun trudelten die Beamten ein, meinten aber, das Visum sei noch nicht fertig, da der Konsul gerade sein Bad nahm und nicht unterschreiben konnte. Um viertel vor elf hatte seine Exzellenz anscheinend genug gebadet, und wir hielten unsere Pässe mit Visa in den Händen. Zurück an der Grenze waren wir bereits alte Bekannte. Die UN-Blauhelme freuten sich mit uns über die Visa in den Pässen und kontrollierten dieses Mal gar nichts. Sie meinten nur so eine »F… Kontrolle wäre ja eh total sinnlos«. Dieses Mal reisten wir problemlos nach Indonesien ein.
Nachdem ich mich in Ost-Timor noch irgendwie verständigen konnte, kam ich mir in West-Timor zeitweise wirklich hilflos vor, da praktisch niemand

Englisch sprach. Vicky, die seit rund 30 Jahren manchmal mehr, manchmal weniger reiste, sprach hingegen gutes Bahasa Indonesia. Ich war daher glücklich noch zwei Tage mit ihr bis nach Kupang gemeinsam zu reisen, ersparte sie mir doch viel Zeichensprache, die ich von da an vermehrt nutzen musste.

# »Hello Mister!«

Etappe: Von Kupang – Timor, Indonesia 10° Süd 124° Ost (GMT+8) nach Bajawa – Flores, Indonesia 09° Süd 121° Ost (GMT+8): 787 km – Total: 76.360 km

Bajawa, 16. April 2003

Nachdem ich in Ost-Timor noch relativ viele Fremde sah, konnte ich in West-Timor Nichtindonesier an einer Hand abzählen. Zum ersten Mal auf meiner Reise kam ich mir etwas verloren vor. Die Menschen um mich herum schauten mich neugierig an, aber die Verständigung war praktisch unmöglich. So blieb es meist bei einem Winken und einem Lächeln. Kleine Kinder sahen mich ängstlich an, da sie anscheinend noch kaum einen Weißen in ihrem jungen Leben gesehen hatten. Aber auch für mich war dieser Teil Asiens Neuland, kannte ich in dieser Region schließlich nur Hongkong und Tokyo von früheren Reisen. So war ich froh, dass das Indonesische unsere Buchstaben verwendet und viele Wörter relativ einfach einzuprägen sind. Trotzdem war ich natürlich dieser Sprache nicht mächtig und mich nervte die Tatsache, nun mit der Zeichensprache oder mit englischen Schlüsselwörtern mich verständigen zu müssen. Aber nicht nur die Zeichensprache brachte eine Neuerungen im Reisealltag, sondern auch die Transportmittel, mit denen ich nun meine Reise durch Südostasien in Angriff nahm.

In den Dörfern West-Timors existierten keine Taxis, sondern lediglich »Ojeks«. Es handelte sich bei diesen Gefährten um Motorräder auf denen der Passagier transportiert wurde. Diese waren mir von einer Afrika-Reise her noch in unangenehmer Erinnerung, da ich dort einen Unfall mit einem solchen Motorradtaxi hatte und mir das Wadenbein brach. Aber mir blieb nichts anderes übrig, als diese Dinger wieder zu nehmen. Dabei stellte ich erleichtert fest, dass Indonesier relativ vernünftig Motorrad fuhren, und das Ganze doch nicht so schlimm war, wie ich anfangs befürchtet hatte.

Außerdem gab mein Riesenrucksack eine Art Air Bag ab, sodass ich mich auf dem Motorrad einigermaßen sicher fühlte.

Kurze Strecken auf dem Lande oder in der Stadt legte ich in Indonesien mit dem »Bemo« zurück. Das waren kleine Minibusse mit zwei Bänken entlang der linken und rechten Wagenseite. Wie viele Menschen in einem Bemo Platz fanden, hing von der Interpretation des »Bemo-Schreiers« ab, der außen am Wagen festgekrallt das Streckenziel hinausposaunte und die Fahrgäste abkassierte. Passte schließlich wirklich niemand mehr in den Bemo hinein, wurde wie in Ost-Timor aufs Dach geklettert. Die Fische in den Plastiktüten der Fahrgäste, die vom Markt kamen, wurden, um Platz zu sparen, an den Scheibenwischern des Bemos aufgehängt. Da sich unterhalb der beiden Bänke überflüssiger Stauraum befand, wurden darin riesige Lautsprecher eingebaut, deren Bässe das eben erst verdaute Mittagessen im Magen nochmals herumhüpfen ließen. Manches Mal bekam ich außer dem Gedröhne der Bässe gar nichts anderes mehr mit. Oder die Tonbandaufnahme war dermaßen schlecht, dass mich das Geknister eher an ein Lagerfeuer, als an Musik erinnerte. CD-Player waren hier noch unbekannt. Jesus fuhr auch wieder als Heiligen-Bildchen oder in Form eines um den Rückspiegel gebundenen Rosenkranzes mit. Dazu sprangen mir meist noch bunte Plüschherzchen in die Augen, die mit der Aufschrift »Love Jesus« versehen waren und auf dem Armaturenbrett lagen. Mittelamerika ließ grüßen. Jeder Bemo besaß natürlich einen einprägsamen Namen, wie beispielsweise »Baby-Benz« oder »Panzer« beziehungsweise »Slayer« um nur einige zu nennen. Die Fußballfans nannten ihr Gefährt »Inter«, »Juventus«[148] oder »AS Roma«.

Während der Fahrten fragten mich oft meine Sitznachbarn aus. Vielen fiel bei »Jerman«[149] sofort Oliver Kahn oder Michael Ballack ein. Die Alten

---

[148]Inter: Internazionale Mailand, Juventus: Juventus Turin – ital. Fußballklubs

[149]Jerman: <indon.> Deutschland

erinnerten sich noch an Rudi Völler, Lothar Matthäus oder an Karl-Heinz Rummenigge. Der Star auf den Schulheften der Mädchen war eindeutig Mirsoslav Klose, der vom Photo etwas benommen auf die kleinen Indonesierinnen blickte. Neben den »Miro-Verehrerinnen« saßen ganz betagte Menschen mit wettergegerbtem faltigem Gesicht, in den traditionellem »Sarong« gekleidet. Ein Sarong ist banal ausgedrückt, eine handgewebte und zusammengenähte Decke, die sich der Indonesier um die Hüften knotet. Bei diesem feucht-heißen Klima war der Sarong wesentlich besser zu tragen als Hosen. Oft fanden sich auf dem Sarong noch traditionelle Motive aus dem Leben der Menschen.

Die Unterkünfte auf West-Timor schreiben das Wort »Gastfreundschaft« wirklich in Großbuchstaben. Nach dem Einchecken wird dem erschöpften Reisenden zunächst abgekochtes Wasser angeboten, sodass man nicht gleich Durchfall bekam. Später stand vor dem Zimmer eine Kanne besten Kaffees oder Tees bereit, und morgens hörte ich wieder ein Stimme, die verkündete, dass das Frühstück, bestehend aus fritierten Bananen, Ei und Kaffee oder Tee vor der Tür auf einem kleinen Tisch bereit stand. Nein, dies waren keine 5-Sterne-Hotels und meist musste ich noch nicht einmal fünf Mark für die Nacht dort berappen. Oft befand sich in den Zimmern ein »Mandi«, ein indonesisches Bad. Dies bestand aus einer Toilette mit »Ziel-ins-Loch-Variante« und einem riesigen Wasserbecken mit Schöpfkelle. Duschen existierten nicht. Die Schöpfvariante war herrlich erfrischend und bedenke ich, dass in vielen Ländern die Dusche eher an ein dünnes Rinnsal erinnerte, dann war man mit dem Mandi wahrlich gut bedient.

Nachdem ich die geteilte Insel Timor mit dem Erreichen von Kupang vollends durchreist hatte, reiste ich mit dem Schiff weiter. Indonesien ist ein großes Inselreich und dementsprechend wird sehr viel Verkehr per Fähre und Passagierschiff abgewickelt. Leider hört man immer wieder von Schiffsunglücken in diesem Teil der Welt und daher war ich anfangs gar nicht so begeistert, nun ein Schiff nehmen zu müssen. Die Angst war völlig unbegründet, da sich bei der nationalen Schifffahrtsgesellschaft Pelni anscheinend einiges zum Positiven hin verändert hat. Die »Wilis«, Baujahr 1999, überraschte mich mit ihren angenehmen Vier-Personen-Kabinen inklusive Dusche und WC. Die Schwimmwesten lagen auf dem jeweiligen Spind, und das Essen war auch einigermaßen akzeptabel, wenngleich meine südamerikanische »Pollo-y-arroz-Aversion« wortwörtlich wieder genährt wurde. Dafür gab es zum ersten Mal auf meiner gesamten Reise starken, exzellenten Mokka, der mich für all die schrecklichen löslichen schweizerischen Kaffeeextrakt-Brühen der letzten Monate entschädigte. Das Kaffeepulver wird direkt in die Tasse geschüttet und löst sich nicht auf, sondern setzt sich auf dem Boden ab. Dass ich mich mittlerweile im größten muslimischen Land der Welt befand, merkte ich morgens um halb fünf, als der Muezzin über Bordlautsprecher mich fast aus der Koje schrie und zum Morgengebet rief. Das gleiche passierte natürlich um zwölf Uhr mittags und schließlich wieder bei Sonnenuntergang. Da aber in dieser Region Indonesiens die Leute allesamt Christen sind, interessierte sich niemand so richtig für den Gebetsrufer.

Die 19-stündige Fahrt von Timor nach Flores verlief sehr ruhig und hätte fast eine Erholungsreise sein können, wäre ich nicht die besondere Attraktion für die etwa 400 Indonesier gewesen. In diesem Teil Indonesiens traf ich zum einen keine Touristen und zum anderen sind Indonesier extrem neugierig und kennen das Wort Privatsphäre überhaupt nicht. Seit meiner Einreise nach Indonesien wurde ich am Tage sicherlich weit mehr als 100 Mal mit »Hello Mister« angequatscht. Dies waren die einzigen beiden Wörter, die die Menschen am Straßenrand auf Englisch kannten und wahrscheinlich erwarteten sie noch nicht einmal eine Antwort darauf. Auf die Dauer konnte dieses permanente Anquatschen ziemlich anstrengend sein. An Bord erhielt ich täglich meine Ration »Hello Mister« völlig überdosiert. Saß ich auf dem Deck und genoss die Fahrt durch die Weiten des Indischen Ozeans, den ich mittlerweile erreicht hatte, wurde ich oft trotz Lesens eines Buches von Hinz und Kunz angequatscht. Meist war die Konversation nach einer Minute beendet, da ich kein Bahasa Indonesia sprach und mein Gegenüber außer »Hello Mister« keinerlei Wortschatz in Englisch zu bieten hatte.

Diese Penetranz war von den Menschen aber keineswegs böswillig gemeint, und ich wurde nie anpöbelt, weil ich Deutscher bin. Es war nur auf die Dauer lästig, permanent angesprochen zu werden. Dass Indonesier auch sehr nett sein können, bewies beispielsweise mein Bettnachbar, der mich bei der Ankunft in Ende auf der Insel Flores von seinem Chauffeur ins Hotel fahren ließ.

Am nächsten Tag lernte ich den indonesischen Straßenzustand am Ende der Regenzeit kennen. Die geteerte Straße ins Bergdorf Moni befand sich mittlerweile in desolatem Zustand, da es kurz zuvor einen Erdrutsch gegeben hatte, bei dem zahlreiche Menschen verschüttet worden sind und immer noch als vermisst galten. Aus dem kleinen Bergbach entstand Wochen zuvor ein reißender Strom mit einer fünf Meter hohen Flutwelle. Daher waren Teile der Straße weggespült oder verschüttet worden. Das Leben und das sich Fortbewegen musste allerdings irgendwie weitergehen. Daher entstanden Trampelpfade durch die Bananenplantagen hinunter ins Bachbett. Diese Pfade wurden bald auch von den Bemos und Lkws genutzt. Beim Durchqueren des Flusses stiegen wohlweislich alle Passagiere aus und schleppten ihren Kram durch das Wasser ans andere Ufer. Unser Bus fuhr danach ins Bachbett und blieb leider bereits auf dem Weg hinab im Schlamm stecken. Mit Sägemehl wurde zwischenzeitlich die Fahrtrinne ausgelegt, und die Fahrgäste schoben den Bus in den Fluss hinein, aus dem er wie ein Wunder ohne fremde Hilfe wieder hinauskam. Da anschließend im Bus kein Platz mehr war, fuhr ich mit meinem Rucksack nun auf dem Dach mit und genoss die kurvenreiche Bergstrasse noch mehr als zuvor in Innenraum. Nun hatte ich Beinfreiheit, frische Luft und relative Ruhe, statt geschwollener Knie, die keinen Platz gefunden hätten, geteerter Lungen, die vom allzeit qualmenden

Indonesier zugeräuchert worden wären und tauber Ohren, die die musikalische Dröhnung verabreicht bekommen hätten.
Im Bergdorf Moni angekommen, erwartete mich ein klein bisschen das touristische Indonesien. Es gab Bungalows, im traditionellen Baustil errichtet, und ich genoss den Luxus von Veranda, funktionierender Toilette, Dusche und gutem Bett. Außerdem fand ich leckeres, gesundes Essen, mit dem ich mich von meiner »Pollo-y-Arroz-Phobie« heilen konnte. Gado Gado war eines dieser »Selbsthilfegerichte«. Je nach Köchin, die es zubereitete, wurden die unterschiedlichsten Gemüsesorten gedünstet und mit einer scharfen Erdnuss-Soße serviert. Dazu wurde als Vitaminschocker süßer Avocadosaft gereicht, der tatsächlich genießbar, ja sogar recht lecker schmeckte.
Die Tourismusindustrie Indonesiens lag völlig am Boden. Bis zu 95 Prozent weniger Touristen wegen der Bali-Bombe, dem Irak Krieg und SARS[150] hatten für die Einheimischen nackte Existenzängste zur Folge. Daher kam es häufig zu Streit zwischen den Einheimischen, die sich um die wenigen Touristen fast schlugen. Daher versuchte ich, mein Geld möglichst breit unters Volk zu verteilen, indem ich an dem einen Platz aß, am anderen Platz schlief etc., denn insgesamt traf ich im ganzen Dorf auf zwei weitere Touristen.
Manches Mal konnte der Reisealltag ziemlich anstrengend sein. Wenn ich den Leser frage, was er am Palmsonntag um vier Uhr morgens gemacht hat, wird er wahrscheinlich mit Schlafen oder Bierchen zischen antworten. Ich saß, um mein Touristenbedürfnis wieder einmal zu befriedigen, gemeinsam mit Tobias, einem Indonesier auf einem Ojek und fuhr eine Bergstrasse zu einem Vulkan hinauf. Das Schaukeln auf dem Motorrad beanspruchte meinen Hintern bei den vielen Schlaglöchern ziemlich stark und die Kälte machte die Fahrt auch nicht wirklich angenehmer. Aber wenigstens verkaufte jemand mitten im Regenwald um fünf Uhr morgens guten Mokka, der mich weckte und mir Kraft für den Aufstieg zum Kraterrand gab. Den

[150] SARS: Akutes Atemweg-Krankheit, die zum Zeitpunkt der Reise in Südostasien ausgebrochen war

Sonnenaufgang konnte ich wieder einmal getrost streichen, da ich mich leider mitten in den Wolken befand. Später konnte ich wenigstens die verschiedenfarbigen Kraterseen des Vulkan Kelimutu doch noch halbwegs ausmachen. Durch unterschiedliche Mineralienzusammensetzungen leuchtet ein See smaragdgrün, ein anderer olivgrün und ein dritter pechschwarz. Beim Hinabwandern zurück nach Moni passierte ich mehrere Dörfer mit ihren kunstvoll geflochtenen Außenwänden der Strohhütten, die aus Bambusrohr errichtet worden waren. Alle Kinder kamen aus den Hütten gestürmt und schauten mich groß an, aber nach einem kurzen Winken und Lächeln ging jeder wieder seiner Tagearbeit nach, ohne mich mit »Hello Mister« drangsalieren zu wollen. Kurz vor Moni kam ich gerade rechtzeitig an, um die Palmsonntag-Prozession noch mitzubekommen. Das ganze Dorf war auf den Beinen und die Zweige wurden wunderschön zusammengeflochten und dienten nach der Prozession den Menschen als Fächer. Auf Flores und auf Timor sind die Mehrzahl der Menschen Katholiken, und daher wurde die Karwoche auch groß begangen, obwohl die Mehrzahl der Indonesier Moslems ist.

Nachmittags ging es wieder mit Tobias und seinem Ojek und auf Achse, um Dörfern in der Umgebung einen Besuch abzustatten. Die Kinder in den Dörfern liefen alle an den Straßenrand, und ich kam mir wie auf einem Wagen auf dem Rosenmontagszug vor. Jeder schrie »Hello Mister« und versuchte meine Hände abzuklatschen, während Tobias sich mit dem Ojek einen Weg durch die Leute bahnte und gackernden Hühnern auswich. Die Menschen in den Dörfern verhielten sich völlig anders, als ich es von Dorfbewohnern in anderen Teilen der Welt gewohnt war. Überall durfte ich fotografieren, und die Leute hatten nichts dagegen im Bildfeld der Kamera zu erscheinen. In vielen Ländern möchten Menschen nicht fotografiert werden, da sie glauben, ihr Geist würde in der Kamera gefangen werden. Dies respektiere ich gewöhnlich und war daher von dieser Lässigkeit der Kamera gegenüber völlig überrascht. Natürlich versuchten die Menschen Sarongs und Schals zu verkaufen. Lehnte ich allerdings ab, war dies auch

kein Problem. Da Sonntag war und der Kirchgang beendet, kickte jeder in seinem Dorf mit dem Fußball herum. Endlich konnte ich in Nggela wieder einmal an einem Kigges[151] teilnehmen und ein paar Kalorien abtrainieren.
Am nächsten Tag kehrte ich von Moni zurück nach Ende über die Straße, oder das was von ihr übrig geblieben war. Bei meinem Bus handelte es sich eigentlich eher um einen Lkw. Auf die Ladefläche wurden sechs Bretter gelegt, auf denen sich das menschliche Frachtgut breit machte. Die Beinfreiheit hörte da auf, wo der Po des Vordermanns begann, und dadurch war dies wieder einmal für mich eine Art des Fortbewegens von der härteren Sorte. Plötzlich machte es plötzlich »Puff« und ich hatte meine erste Reifenpanne auf dieser Reise. Der Lkw wurde mit Steinen hochgebockt und innerhalb von zehn Minuten war der Reifen gewechselt. Da an der Stelle, an der zwei Tage zuvor mein Bus bereits steckenblieb, dieses Mal ein Lkw quer stand, machte ich mich zu Fuß auf, den Bach zu queren. Am anderen Ufer fand ich glücklicherweise einen Bemo, auf dem ich meine Reise fortsetzen konnte.
Da ich auf Flores höchstens 200 Kilometer an einem Tag zurücklegen konnte, machte ich den nächsten Halt wieder in den Bergen. Um die Kleinstadt Bajawa herum befanden sich zahlreiche kleinere Vulkane an deren Hängen Dörfer wie Vogelnester klebten. Beim Besuch einiger Häuser wurde ich wieder sehr freundlich empfangen. Frans, mein Fremdenführer sprach neben perfektem Englisch und Indonesisch auch die Sprache der Einheimischen, die mir einiges über ihre Dörfer erzählten. Alle Dörfer in dieser Gegend besitzen einen rechteckigen Dorfplatz, um den sämtliche Häuser der Bewohner angelegt wurden. Mehrere Clans bilden ein Dorf. Für jeden Clan existierten sich zwei Symbole, die sich auf dem Dorfplatz befanden. Ein »Ngadhu«, einem Sonnenschirm aus Stroh ähnlich, ist ein männliches Symbol. Ihm gegenüber steht »Bhaga«, ein kleines Strohhüttchen, also das weibliche Symbol. Obwohl die Leute offiziell Katholiken sind, hängen viele weiterhin auch ihrem ursprünglichen Glauben an. Diese beiden Symbole

[151]Kigges: <mainzerisch> Fußballspiel

sollen den Clan vor Krankheiten schützen und für Fruchtbarkeit sorgen. Auf den Dachgiebel der Clan-Chefs fanden sich diese Symbole wieder.
Die Clan-Chefs werden auch mitten auf dem Dorfplatz beerdigt. Diese Tradition findet sich sogar in den moderneren Dörfern auf Flores, bei denen die Familienangehörigen oft in gekachelten Gräbern neben den Häusern ihre letzte Ruhe finden. Anders als Städte, die oft im Müll versinken, strahlten diese Dörfer eine einzigartige Sauberkeit aus. Praktisch alle Dorfbewohner waren Bauern und verbrachten den ganzen Tag auf ihren Feldern, um Kaffee, Kakao, Vanille, Soja, Mais, Reis oder Bohnen anzubauen. Während meines Besuchs traf ich daher fast ausschließlich auf die Alten im Dorf, die manchmal ziemlich eigenartig aussahen, da sie die ganze Zeit die Betelnuss kauten. Der Nuss wird nachgesagt, dass sie gut für die Zähne sei und wird daher als Zahnpasta-Ersatz genutzt. Allerdings färbt sich dabei der ganze Mundraum knallrot und meist sind die Lippen ebenfalls rot. Diese sehen aus, als wäre auf ihnen megadick Lippenstift aufgetragen worden und bei jemandem, der sicher sein ganzes Leben niemals Make-up nahm, schaute dies dann besonders eigenartig aus. Oft war auch die Gegend um den Mund knallrot und dann erinnerten mich diese Menschen eher an Darsteller eines Vampir-Filmes.

# Ostermarsch durch den »Jurasic Park«

Etappe: Von Bajawa – Flores, Indonesia 09° Süd 121° Ost (GMT+8) nach Padangbai – Bali, Indonesia 08° Süd 116° Ost (GMT+8): 925 km – Total: 77.255 km

Padangbai, 24. April 2003

Die kleinen Sundainseln, zu denen die Insel Flores gehört, waren seit jeher von Touristen nur sehr selten besucht worden. Daher reiste ich praktisch tagelang über die Insel, ohne auch nur ein einziges Backpacker-Gesicht zu sehen. Von Bajawa aus setzte ich meine Reise erneut mit dem überfüllten Bus fort. Wer denkt, die Menschen, insbesondere in muslimischen Ländern, hätten von den Errungenschaften der USA die Nase voll, sieht sich getäuscht. Denn als Bordbeschallung gab es auf Flores Country- und Blues-Music. »Black Tennessee Whiskey« krächzte es aus den Lautsprechern und ich war sicherlich der einzige, der den Text halbwegs verstand. Die Musik schien den Leuten aber zu gefallen. Plötzlich dudelte sogar Reggae aus den Boxen und der Sänger fragte »Why don't you stay just a little bit longer?« Die Landschaft bestehend aus Palmen, tiefblauem Meer und grünen Hügeln passte eigentlich zum Reggae, aber die asiatischen Gesichter waren doch irgendwie fehl am Platz. Auf jeden Fall hatte unser Fahrer seinen Spaß, die kurvenreiche Bergstraße mit ausschweifenden Handbewegungen am Lenkrad hinauf- und hinunterzufahren.

Während einer Pause nahm ich einige Tagebucheintragungen vor und sofort war ich von einem Dutzend Neugieriger umringt. Da ich seit Beginn der Reise mein Tagebuch mit Tickets und Bildern gefüllt hatte, konnte ich meinen indonesischen Mitfahrern eine kleine Weltreise bieten. Am meisten beeindruckte die Menschen der Ausblick vom Hancook-Hochhaus auf die Skyline von Chicago. Das Bild stammte aus einer kleinen Werbebroschüre für diesen Wolkenkratzer.

Nach 130 Kilometern oder fünf Stunden Busfahrt erreichte ich die kleine Stadt Ruteng mitten in den Bergen von Flores. Sämtliches Straßen der Stadt waren bereits mit bunten Fahnen für Ostern geschmückt. Die Karwoche stellt für die Bewohner der Insel ein bedeutendes Ereignis dar. Der Name »Flores« stammt aus dem Portugiesischem und bedeutet auf Deutsch »Blume«. Die Portugiesen waren es auch, die den Katholizismus nach Timor und Flores brachten. Obwohl Christen in Indonesien nur eine Minderheit stellen, ist der Karfreitag im gesamten Land ein Feiertag. Nachdem ich am Gründonnerstag weitere 130 Kilometer mit dem Bus von Ruteng nach Labuanbajo in ebenfalls etwa fünf Stunden zurückgelegt hatte, nahmen mich dort die Einheimischen auch gleich mit in die Abendmesse ihrer katholischen Kirche. Wir erschienen bereits eine halbe Stunde vor Beginn der Messe und bekamen gerade noch einen Sitzplatz auf einem Holzbrett.

Da die Messe in indonesischer Sprache abgehalten wurde, war für mich die Symbolik besonders wichtig. Mir fiel auf, dass ich als Katholik tatsächlich weltweit in irgendeinem Dorf abseits von Internet und E-Mails in irgendeine katholische Kirche gehen konnte und trotzdem den gesamten Ablauf der Messe mitbekam, da er sich vom gewohnten Ablauf in Deutschland nicht unterschied. Glücklicherweise machte die indonesische Kirche aber Zugeständnisse an das Klima, was das Stehen und Knien anbetraf. So verbrachte der indonesische Otto-Normal-Kirchgänger die meiste Zeit im Sitzen, was auf den harten Brettern an sich aber auch schon ein kleines Martyrium darstellen konnte. Die um mich herumsitzenden Menschen betrachteten mich am Anfang zwar mit der typischen Neugierde, akzeptierten meine Präsenz aber sehr schnell, und ich hatte in der mich umgebenden Menschenmenge plötzlich meine Privatsphäre, die ich außerhalb der Kirchenmauern in Indonesien praktisch nie fand, sobald Menschen mich entdeckt hatten. Nach etwa zwei Stunden entließ der polnische Priester seine verschwitzten Schäfchen in den Gründonnerstag Abend, um sie am Karfreitag, um drei Uhr nachmittags zu einer über drei Stunden dauernden

Karfreitag-Lithurgie wieder zu empfangen. Da ich mittlerweile gelernt hatte, geduldig zu sein, machte mir diese Marathon-Lithurgie auch nichts mehr aus, und ich kam mir beim Singen der Passionsgeschichte durch Kirchenchor und drei Gemeindemitglieder plötzlich richtig heimisch vor.

Natürlich verbrachte ich meine Zeit in dem kleinen Fischerdörfchen Labuanbajo nicht nur in der Kirche. Während die Gemeindemitglieder bei 30 Grad Celsius im feucht-heißen Schatten die einzelnen Kreuzweg-Stationen abschritten, die aus Bildchen bestanden, die an Büschen am Straßenrand befestigt worden sind, wanderte ich ein bisschen durch die Hügellandschaft. Natürlich blieb ich nicht lange alleine und bekam meinen obligatorischen Begleiter. Aber Maxi, ein indonesischer Junge, der die Tourismusschule besuchte, war des Englischen tatsächlich mächtig. So konnten wir uns über seine und meine Welt ziemlich gut unterhalten. Touristenführer ist der Traumberuf vieler Kinder auf Flores. Daher lernten sie fleißig Englisch und sprachen die wenigen Touristen an, in der Hoffnung, dass sie ihr Englisch mittels Konversation üben dürften. Gemeinsam mit Maxi machte ich mich auf den Weg, zu einer nahegelegenen Höhle. Kanis der Ranger, der über die Höhle wachte, war einer dieser Fremdenführer. Sehr gebildet und fließend Englisch sprechend wartete er manche Tage vergebens auf Touristen, die zu seiner Höhle kamen. Dabei bekam er von der indonesischen Regierung keine Rupie für seinen Job und war ausschließlich auf die 50 Cent Ranger-Fee angewiesen, die er von den Touristen für seine Führung verlangte. Mit einer Taschenlampe ausgestattet, kletterten wir in die Höhle hinein und robbten zwischen Stalagmiten, Fossilien und abgestorbenen Korallen entlang. Die kleinen Fledermäuse und großen Spinnen im Innern der Höhle ließen sich durch unseren Besuch nicht stören. Sicherlich hatte ich bereits interessantere Höhlen gesehen, doch die Anstrengung, die Kanis unternahm, um mir den Aufenthalt so interessant wie möglich zu gestalten, war den Besuch alleine schon wert.

Eigentlich hatte ich am Karsamstag vor, mit einem Boot in Richtung Lombok aufzubrechen. Daher stand ich einmal mehr schon vor Sonnenaufgang auf, doch leider erschien das Boot nicht, wie mir schließlich um sechs Uhr morgens mitgeteilt wurde. Die Begriffe, die seine Ankunft für den Folgetag ankündigten, wechselten von »gewiss« über »wahrscheinlich« zu »vielleicht«. So verbrachte ich auch den Karsamstag in Labuanbajo und war eigentlich darüber nicht unglücklich. Schließlich hatte ich ein Traumhotel direkt am Hafen mit Blick auf die untergehende Sonne zwischen den wie Konfetti verteilten vorgelagerten Inselchen erwischt. Von meiner Veranda aus konnte ich den Fischern beim Netzflicken und Reparieren der Bambusstege zuschauen und den Alltag in einem indonesischen Fischerdörfchen beobachten. Das Warten wurde mir durch leckere Fruchtsäfte, exzellenten Fisch und stark gesüßten Kaffee aus Bierkrügen wirklich leicht gemacht.

Nachmittags tauchte plötzlich das Boot doch noch auf. Gemeinsam mit anderen Touristen brachen wir in der Osternacht zu einer Passage durch die westlichen kleinen Sundainseln auf. Von den ersten Sonnenstrahlen des Ostermorgens wurde ich geweckt. Nach drei Tagen des Wartens in Labuanbajo war ich glücklich, wieder auf Achse zu sein, und den hoffentlich schwierigsten Teil des Reisens in Indonesien hinter mich gebracht zu haben. Am Ostermorgen machten wir uns auf die obligatorische Suche – nein nicht nach Ostereiern, sondern nach Komodo-Drachen[152] bei einem Besuch der Insel Rinca. Gemeinsam mit einem Ranger, der mit einem langen Stock bewaffnet war, begaben wir uns auf den Ostermarsch. Komodo-Drachen sind die weltweit größte Echsen-Art und wiegen bei leerem Magen bis zu 50 Kilogramm. Sie werden ca. 1,30 Meter lang. Auf ihrem Speiseplan stehen Wildschweine, Wasserbüffel und Wildpferde. In einer Portion können diese Reptilien, die aussehen, als hätten sie den Oscar für die Hauptrolle in »Jurasic Park« gewonnen, rund 40 Kilogramm Fleisch verzehren. Dementsprechend langsam bewegten sie sich durch die Gegend. Breitbeinig

[152]Varanus Komodoensis: <lat.> Komodo-Drachen

watschelnd, mit zuckender 30-Zentimeter-Zunge, kamen sie mir wie Cowboys aus diversen Western vor. Die Savannen-artige Landschaft mit dem hochstehenden gelben Gras und den vereinzelten Palmen taten ihr übriges, um an Nordmexiko oder den Wilden Westen der USA erinnert zu werden.

Nach einer weiteren Nacht an Bord erreichten wir die Insel Lombok, das Ziel dieser Fahrt. Nach einem kurzem Zwischenstopp machte ich mich auf den Weg zur Fähre zu meiner nächsten Insel. Zum ersten Mal sah ich in Indonesien am Fährhafen einen Fahrplan für ein Verkehrsmittel. Mit lediglich halbstündiger Verspätung, aufgrund der vielen Essenverkäufer, die noch auf ein kleines Geschäft gehofft und das Boot nur unfreiwillig verlassen hatten, setzte sich die Fähre in Richtung Bali in Bewegung. Die indonesischen Zeitungen, die an Bord gelesen wurden, berichteten über so »wichtige« Themen wie die deutsche Fußballbundesliga. In großen Lettern war da »München dipolong Bochum«[153] zu lesen und ein großes Photo von Oliver Kahn darunter zu betrachten.

Mit großer Spannung erwartete ich das ehemalige Tropenparadies, das nach dem Terroranschlag von Kuta im Oktober 2002 vielen Menschen nicht mehr allzu paradiesisch vorkommen wollte. Meine erste Station machte ich an den »Gewässern des Ganges« in Tirta Gangga, einem kleinen Dorf in Ostbali. Es verirrten sich nur wenige Touristen an diesen Ort, um dem herrlichen Wasserpalast mit seinem zehnstöckigen Springbrunnen und den vielen Wasserspeiern aus Drachen- und Löwenfiguren einen Besuch abzustatten. Die Gegend um Tirta Gangga entsprach sicherlich exakt dem südostasiatischen Klischee: Reisterrassen soweit das Auge reichte. Von oben betrachtet, sahen diese wie unregelmäßig angelegte Bienenwaben aus, die durch kleine Erdwälle und Trampelpfade miteinander verbunden waren. Zwischen den Reisfeldern, die bis zu drei Ernten im Jahr einbringen, fand ich Mango-Bäume, Bananenstauden, Ananas-Büsche, Erdnuss-Pflanzen und

[153] München dipolong Bochum: <indon.> München schlägt Bochum

Süßkartoffel-Äcker. Die Felder wurden noch mit Hilfe von Ochsengespannen eingeebnet und für die nächste Anpflanzung vorbereitet.
Durch den frischen Fisch, die herrlich frischen Fruchtsäfte und die supersüßen Backpacker-Banana-Pancakes bereitete mir Bali persönlich wirklich das Bild von einem kulinarischen Paradies, das seinesgleichen sucht. Durch die Touristenflucht nach dem Anschlag, der die Bewohner schockiert und traumatisiert hatte, erlebte ich ein ruhiges ursprüngliches Bali, das mit dem »Mallorca für Australier«[154] wenig zu tun hatte. Doch das Lächeln kam langsam auf die Gesichter zurück, obwohl Balinesen zum Zeitpunkt meiner Reise ein hartes Dasein fristeten. Schließlich blieben die Touristen nun auch wegen SARS und der unberechenbaren Situation im Irak weg.
Ganz andere Gefahren lauerten mir auf Bali auf. In Gedanken versunken tappte ich in meinem Bad abends müde herum. Plötzlich spürte ich einen starken Schmerz im Fuß und sah im gleichen Augenblick einen wütenden Skorpion in die Ecke flüchten. Diese bestechende Beziehung blieb harmlos, da Skorpione in Asien für Erwachsene durchweg harmlos sind. Glücklicherweise bestätigte die Meinung des Hotelpersonals mein Handbuch für Tropenkrankheiten, so dass ich einigermaßen ruhig die nächsten Nächte trotz geschwollener Lymphknoten verbringen konnte.

---

[154]Bali galt bis zum Anschlag von Kuta als das Ferien- und Party-Zentrum für Australier

## Fan Akquisition für Mainz 05

Etappe: Von Padangbai – Bali, Indonesia 08° Süd 116° Ost (GMT+8) nach Yogyakarta – Java, Indonesia 08° Süd 110° Ost (GMT+7): 1.033 km – Total: 78.318 km

Yogyakarta, 1. Mai 2003

Nachdem ich von Bali anfangs total angetan war, da ich mich auf dem Lande befand und alles sehr gemächlich vor sich ging, relativierte ich später ein klein wenig meine Euphorie. Die Insel ist meiner Meinung nach überbevölkert und beim Reisen musste ich mir tatsächlich Gedanken um die Funktionstüchtigkeit meiner Lunge machen. Anscheinend war jeden Tag halb Bali auf dem südlichen Teil der Ringstrasse um die Insel unterwegs. Hupende Bemos mit knatternden Auspuffen, lärmende Ojeks mit teilweise fünf Seelen beladen und in schwarze Ruß-Wolken gehüllte Lastwagen drängelten sich auf der engen Straße in beiden Richtungen entlang. Jeder versuchte permanent den anderen zu überholen, was ziemlich ungefährlich war, da man nur im Schneckentempo vorankam. Für zehn Kilometer musste ich etwa eine dreiviertel Stunde mit dem Bemo rechnen. Glücklicherweise waren die Distanzen auf der Insel nicht enorm, sodass mir das Bemo fahren noch nicht zur Qual geworden war.

Sobald ich die Ringstrasse verlassen hatte, nahm der Verkehr rapide ab, und das ländliche Bali gewann mich wieder. Ubud, im Zentrum der Vulkaninsel gelegen, erinnerte mich ein bisschen an einen großen Künstlermarkt. Kunsthandwerk-Läden und Galerien reihten sich nahtlos an den Hauptstrassen aneinander. Dazwischen roch es nach Räucherstäbchen und die wenigen Touristen, die es hierher zog, sahen aus als wären sie aktiv kiffende Woodstock-Besucher gewesen. Die angenehme Atmosphäre in Ubud stand damit im krassen Gegensatz zum Verkehrschaos wenige Kilometer weiter südlich in Richtung Inselhauptstadt Denpasar und das Touristen-Hauptquatier Kuta Beach.

Nach rund zwei Monaten Abstinenz vom Radsattel schwang ich mich in Ubud wieder einmal auf einen verrosteten Drahtesel, um die Umgebung kennen zu lernen. Anfangs war das Radeln aufgrund der Abgase von Bemo, Ojek und Lkw wortwörtlich ziemlich ätzend. Fluchtartig verließ ich die Hauptstrasse, als ich an einem Hinweisschild zu einem alten Hindu-Tempel vorbeifuhr. Vielleicht 200 Meter abseits der »Stinkstrasse« tauchte ich in eine völlig andere Welt ein. Das Krähen eines Hahns, das Fege-Geräusch eines Besens und die schlürfenden Schritte eines alten Mannes, der mit seinen Sandalen des Weges kam, waren die einzigen Geräusche, die an mein vorher überlastetes Ohr drangen. Das Eintrittskarten-Häuschen für den Tempel ging langsam in den Zustand der Vermoderung über und die Tore des Tempels waren geschlossen. Wahrscheinlich kam schon länger kein Tourist mehr vorbei. Ich konnte das Tempeltor öffnen – es war nicht abgeschlossen – und hatte den Tempel für mich alleine. Hinter den Tempelmauern hörte ich gar keine Geräusche mehr und ich bekam ein beklemmendes Gefühl, schließlich wusste ich nicht, wie man sich in einem Hindu-Tempel richtig verhält. Ich musste permanent aufpassen, wohin ich trete. Überall waren kleine Opfergaben dargebracht worden. Diese bestanden in ihrer einfachsten Form aus einem kleinen Stück Bananenblatt mit einem Dutzend Reiskörnern darauf. Viele Opfergaben waren aber auch gleichzeitig kleine Kunstwerke. Aus dünnen Blättchen waren sie zu einem Gefäß geflochten und mit kleinen Blüten gefüllt worden.

Bali ist die einzige Insel Indonesiens, auf der Hindus die Mehrheit der Bevölkerung stellen. Hatte ich bisher die christlichen Inseln besucht, folgte nun das hinduistische Unikum. Man nimmt an, dass Bali im 10. bis 11. Jh. unter hinduistischen Einfluss von der Nachbarinsel Java aus geriet. Als der Islam sich auf Java im 14. Jh. immer mehr ausbreitete, siedelten die Hindus von Java nach Bali über, und sie etablierten das Majapahit-Königreich. Bis ins 19. Jh. blieb Bali unabhängig, ehe Holländer zunächst Allianzen mit balinesischen Prinzen schlossen. Die Allianzen zerbrachen an zahlreichen

Streitigkeiten zwischen den Partnern, und im Jahr 1906 besetzte Holland schließlich Bali. Zahlreiche balinesische Adlige brannten während der Besatzung ihre eigenen Paläste nieder und marschierten in Festtagskostümen, mit Juwelen behängt, in die Gewehrläufe der Holländer, die die Adligen erschossen. Die holländische Besatzung dauerte bis 1942, ehe die Japaner kamen. Nachdem Japan den 2. Weltkrieg verlor, versuchten die Holländer Bali wieder zu besetzen. Dies misslang und Bali wurde 1950 ein Teil von Indonesien. Bereits vor dem 2. Weltkrieg hatten erste Touristen die Insel besucht. Ab 1970 boomte der Tourismus bis ins Jahr 2002. Der Bombenanschlag auf einen Nachtclub in Kuta im Oktober 2002 kostete mehr als 200 Menschen das Leben. Fluchtartig verließen daraufhin die meisten Touristen das Land und waren bisher kaum zurückgekehrt. Überall konnte ich den Spruch »Don't let the terrorists win – come back to Bali«[155] lesen.

Meine Radtour setzte ich schließlich auf der lauten und stinkenden Straße fort. Sie führte an unzähligen kleinen Tempeln vorbei. Zwischen Tempelmauer und Straße lag ein Bach, in dem eifrig die Wäsche und das Geschirr gewaschen wurde. Alle Menschen schauten mir neugierig nach und erwiderten meinen Gruß. Das »Hello Mister«, das ich auf den Sundainseln permanent hörte, ließ auf Bali dankenswerterweise in seiner Frequenz stark nach. Nachdem ich schließlich auf einer Seitenstrasse wieder in Richtung Ubud unterwegs war, gab es plötzlich keinen Verkehr mehr und ich konnte an den grünen Reisterrassen am Wegrand endlich in aller Ruhe vorbeistrampeln. Ab und zu ein kleiner Wasserfall, eine kleine Strohhütten am Wegrand oder eine Palmen-Alleen machten die Strecke sehr abwechslungsreich. An jedem Reisfeld fand ich einen kleinen Opferstock, der mit einem fransigen goldfarbenen Schirm geschützt wurde. In den Feldern sah ich große Fahnen, die aus Tüten bestanden – Vogelscheuchen auf indonesisch. Die Kids aus den kleinen Dörfern nutzten die Plastiktüten zum Spielen. Sie bauten daraus kleine bunte Drachen und ließen diese auf der Dorfgasse steigen. Über

[155] <engl.>: Lasst die Terroristen nicht gewinnen – kommt zurück nach Bali.

Verpflegungsprobleme auf dieser Radtour konnte ich mich nicht beschweren, denn alle paar Hundert Meter fand ich eine dieser Bretterbuden mit Wellblechdach, wie es sie in allen Ländern Asiens, Afrikas und Lateinamerikas gibt. Im Angebot stehen weltweit immer Cola, Kekse, Waschmittel, fast immer das berühmte lösliche schweizerische Kaffeeextrakt, Gemüse, Tütensuppen und in Indonesien sogar Benzin in Wasserflaschen abgefüllt. Die Dorftankstelle im Dorfladen war einfach praktisch.

Später machte ich mich per Pedes in die Ubud umgebenden Reisfelder und Tempel auf. Das Licht der Abendsonne brachte die Goldfarbe, in der viele Tempelornamente gestrichen worden waren, so richtig zum Leuchten. In den Feldern glitzerte der erntereife Reis ebenfalls goldgelb, wie bei uns das Getreide im September. Die Bauern schnitten teilweise bereits die Reisbüschel ab, und die Bäuerinnen droschen anschließend das Korn durch Aufschlagen der Büschel auf den Boden. Zum x-ten Male auf meiner Reise landete ich bei einer Wanderung wieder einmal im Garten eines Anwesens, da der Weg praktisch durch die gute Stube der Menschen führte. Der Zeichensprache inzwischen mächtig, konnte ich den freundlichen Bewohnern erklären, dass ich einen Weg über den Fluss suchte. Schließlich führten sie mich auf den Trampelpfad. Nach einiger Kletterei bergab zum Fluss fand ich die Brücke. Diese bestand lediglich aus sechs Bambusstangen, die mit Bindfäden zusammengehalten wurden. Eine weitere Bambusstange an jeder Seite diente als Geländer. Glücklicherweise hielt die Brücke nicht nur den kleinen Asiaten, sondern auch einem 1,90 Meter großen Europäer stand, und ich kam trockenen Fußes am anderen Ufer an.

Kurz darauf sprach mich Gusti, ein Bauarbeiter, am nächsten Bauernhaus an, ob ich eine Kokosnuss als Erfrischung haben wollte. Da ich durch die Kletterei durstig geworden bin, kam dieses Angebot wie gelegen, und Gusti robbte die Kokospalme am Stamm hinauf, schnitt eine Nuss ab und ließ sie auf den Boden plumpsen. Mit einer Machete machte er eine Kerbe in die Nuss, und das natürliche Trinkgefäß war fertig. Ich konnte etwa einen Liter herrlich kühler Kokosmilch trinken, ehe die Nuss geteilt wurde und das glibberige Kopra gemeinsam verzehrt wurde. Natürlich fragte mich Gusti die Standardfragen ab, die einem Reisenden weltweit gestellt werden: wie ich hieß, wie lange ich blieb und aus welchem Land ich stamme. Bei »Jerman« kam prompt Gustis Antwort »Bundesliga«. Danach zählte er mir alle Bundesligaclubs auf und wollte genau wissen, wie weit sie jeweils von Berlin entfernt sind. Außerdem wollte er endlich erfahren, was bei vielen Vereinen der Stadt- beziehungsweise Clubname sei. So weiß Gusti beispielsweise jetzt, dass »Hansa« der Clubname und »Rostock« die dazugehörige Stadt ist. Außerdem erklärte er mir, dass der 1. FC Köln und Eintracht Frankfurt in der zweiten Liga spielten. Daraufhin zeigte ich ihm natürlich den Wimpel meines 1. FSV Mainz 05, der mich seit meiner Abfahrt im August 2002 begleitete. Stolz hielt er diesen an seine Brust. Gusti kennt seither einen weiteren Zweitliga-Club mit Aufstiegsambitionen. Wer letztendlich in die erste Liga neben dem 1. FC Köln aufsteigen würde, interessierte Gusti aus dem indonesischen Ubud nach unserer Unterhaltung nun natürlich noch mehr – und der Fastnachtsverein hatte einen Fan dazu gewonnen.

Am nächsten Tag nahm ich Abschied von Ubud, da es mich wieder in die Berge zog. Bali wird von einer Gebirgskette von West nach Ost durchzogen. Im Inselinnern existieren viele Kraterseen längst erloschener Vulkane. In dieser relativ zurückgezogenen Region, fernab vom früheren Massentourismus, fühlte ich mich besonders wohl – trotz des eher schlechten Wetters. Meinem Bedürfnis, wieder richtig zu wandern, ging ich beim Aufstieg zu einem Pilgertempel durch einen dunklen Wald und dichtes Unterholz nach. Der Weg führte an moosbewachsenen Bäumen vorbei, die im aufgezogenen Nebel fast gespenstisch wirkten. Endlich war ich wieder alleine und konnte die Ruhe und Einsamkeit um mich herum genießen. Denn auf Bali war ich selten alleine – fast immer war ich von Menschen umgeben. Auf dem Gipfel angekommen, hätte ich alles erwartet, nur keine Menschenansammlung. Da aber Sonntag war, krabbelte auch ein Dutzend Balinesen hinauf. Gekleidet in goldfarbene Sarongs, feingewebte weiße Hemden und mit einem weißen Stirnband den Kopf bedeckt, bereiteten sie sich gerade auf das Gebet im Tempel vor, der sich auf dem Berggipfel befand. Nach kurzem Small-Talk im Englisch-Bahasa-Mix luden sie mich zum Mitbeten im Tempel ein. Räucherstäbchen wurden angezündet und kleine Opfergaben, bestehend aus Geldscheinen, Brötchen und Blumen in geflechteten Körbchen, wurden auf einem Altar dargebracht. Anschließend nahmen alle im Schneidersitz auf Brettern Platz, die im matschigen Boden bald versanken. Dies schien den Menschen gar nichts auszumachen und sie fingen zu meditieren und zu singen an. Diese besinnliche Atmosphäre brachte auch mich zum Nachdenken und Abschalten vom Reisealltag. Leider ging der Nebel langsam in Nieselregen über und mir wurde tatsächlich kalt. Ich verabschiedete mich bald von den freundlichen Menschen und trat, fasziniert vom gerade Erlebten, meinen Heimweg an.

Am folgenden Tag zog es mich bereits vor Sonnenaufgang zu einem direkt am Kratersee gelegenen Tempel. Ein Teil des Tempels wurde in den See gebaut, und ich genoss das Lichtspiel der ersten Sonnenstrahlen, die den Tempel sich im See spiegeln ließen. Ein letztes Mal konnte ich dem Krach der erwachenden Zivilisation entkommen. Danach ging es mit dem Bemo hinunter an die Nordküste Balis. »Chickenbusse« war ich bereits von Mittelamerika gewohnt – nun gab es wieder ein Novum. Beim Öffnen der Bemo-Tür wehte mir ein intensiver Mistgeruch entgegen, und ein Schwein im provisorischen Käfig streckte mir seinen Hintern auf der Passagierbank entgegen. Da das Schwein sich beim Reisen nicht in die Hose machen konnte, lag der gesamte Schweinemist auf dem Trittbrett zum Einsteigen in den Minibus. Glücklicherweise landete mein Rucksack weit entfernt vom Schwein auf der hintersten Bank im Bus, und ich fand einen Platz direkt neben dem Fahrer, wo der Gestank gerade noch auszuhalten war.

Danach verließ ich Bali in Richtung Westen, um mein Inselhüpfen fortzusetzen. Nach nunmehr acht Monaten Reise hatte ich auf Bali tatsächlich ein Paradies gefunden. Auch wenn der starke Verkehr nervte, habe ich zum ersten Mal das Gefühl gehabt, paradiesische Zustände zu erleben. Nirgends hatte ich vorher in so schönen Hotels beziehungsweise Strohhütten für sehr wenig Geld übernachtet. Meist hauste ich vorher in engen Löchern, die halbwegs sauber und definitiv sehr günstig waren. Nirgends hatte ich mir Fisch und Meeresfrüchte mittags und abends leisten können. »Pollo y arroz« war bekanntlich sonst mein Standardessen. Nirgends konnte ich immer zwischen frischem Papaya-, Zitronen-, Orangen-, Melonen- und Ananas-Saft wählen und damit günstiger und gesünder leben als mit Cola oder Limonade. Und nirgends bemühten sich die Menschen so um das Wohl der Gäste, wie auf Bali.

Zum ersten Mal seit meiner Fahrt von Katherine nach Darwin in Australien fuhr ich nun wieder mit einem richtigen Bus von Balis Nordküste zur Fähranlegestelle. Ich genoss die plötzlich wieder existierende Beinfreiheit, nachdem ich den Zustand des Zusammengequetscht-Seins bereits längst wieder akzeptiert hatte. Die Durchschnittsgeschwindigkeit lag endlich wieder bei über 30 km/h. Dies war ein für mich unvorstellbar hohes Tempo in den Wochen zuvor gewesen. Dieses erreichten wir, obwohl etwa alle 20 Kilometer ein Stopp an einem Tempel gemacht wurde, bei dem Opfergaben am Straßenrand niedergelegt und die Gläubigen mit heiligem Wasser besprengt wurden. Die halbstündige Fährüberfahrt vom hinduistisch geprägten Bali ins muslimisch dominierte Java verlief bei gutem Mokka problemlos und führte mich erstmals auf dieser Reise in den islamischen Teil unserer Welt.

Mein erstes Ziel auf Java war das Dorf Cemoro Lawang, das nur mit einem Minibus zu erreichen war. Die Fahrt dorthin zeigte wieder einmal, wie unterschiedlich das Wort Logik in verschiedenen Kulturkreisen ausgelegt wird. Nachdem ich ca. eine Stunde im großen Minibus gewartet hatte, bis er endlich voll war, und etwa 30 Leute auf 20 Sitze verteilt Platz genommen hatten, startete unsere Fahrt. Nach der Hälfte der Strecke war der Bus halbleer und wir, die verbliebenen Passagiere, wurden auf einen japanischen Minibus, der in Deutschland neun Menschen Platz bietet, umgeladen. Nach wenigen Metern Fahrt, der andere Bus war bereits umgekehrt, kamen zwei Dutzend Schüler auf den Bus zugestürmt. Nach einigem Gedränge und Quetschen befanden sich auf den neun Plätzen schließlich 27 Seelen und mehrere Beinpaare baumelten vom Dach hinunter. Wo bleibt da die Logik? Warum fuhr der größere Bus nicht einmal für ein paar Meter halbvoll weiter. Nein, hier musste immer alles aus allen Ecken und Enden platzen, bevor es weiterging. Für die 45 Kilometer brauchten wir schließlich zwei Stunden, da der völlig überladene Bus natürlich kaum von der Stelle kam. In diesem Moment war ich abermals froh alleine zu reisen – schließlich hatte ich niemanden, dem ich meinen Frust über diese Sinnlosigkeit mitteilen konnte, und dadurch regte ich mich einfach gar nicht auf, da ich es ohnehin nicht ändern konnte.

Um vier Uhr morgens startete ich von Cemoro Lawang aus, das am äußeren Rand eines riesigen Vulkankraters mit etwa zehn Kilometern Durchmesser lag, wieder auf eine Wanderung. Innerhalb des Kraters befanden sich mehrere kleinere Krater, die bestiegen werden konnten. Da in diesem Teil der Welt im Gebirge die Wolken aus dem Tal kurz nach Sonnenaufgang die Gipfel umhüllen, wollte ich bei Sonnenaufgang am Kraterrand des Gunung Bromo auf ca. 2.300 Metern Höhe stehen. Mit Fleece-Pullover, Stirnlampe und Kompass ausgerüstet, begab ich mich vom Rand des äußeren Kraters zunächst auf der Innenseite hinunter auf den Kraterboden. Glücklicherweise gab es ein oder zwei Touristen, die sich mit dem Jeep zum Aufstiegspunkt des Gunung Bromo hatten kutschieren lassen. So konnte ich im Schein der Stirnlampe den Reifenspuren im schwarzen Sand trotz Nebel folgen. Nach der Hälfte der Strecke hörte ich ein Wiehern von Pferden – keine Ahnung was zwei indonesische Bergführer mit ihren Vierbeinern mitten in der Nacht

im vollkommenen Nichts machten. Für weniger als zwei US-Dollar wollten die beiden mich zum Kraterrand führen, da sie in dieser Nacht, wie so häufig, keine Kunden hatten. Ich bekam Mitleid mit ihnen und nahm ihren Service in Anspruch, obwohl ich dank des Kompasses genau wusste, dass ich auf dem richtigen Weg war. Aber so hatten die beiden wenigstens für diese Nacht ihr Auskommen und Geld für Essen sowie Futter für die Pferde.
Kurz vor Sonnenaufgang stand ich schließlich am rauchenden und nach Schwefel stinkenden Kraterrand. Unter mir lag die Talsole des Riesenkraters in einem Meer von Wolken eingebettet. Der äußere Kraterrand zeichnete sich am Horizont schwarz gegen den rotblauen Himmel und den glühenden Sonnenball ab. Hinter mir schossen aus einem weiter entfernt liegenden Vulkanschlot im 10-Minuten-Abstand dicke Staubwolken kilometerweit in die Höhe. Innerhalb des Riesenkraters faszinierte mich der starke Gegensatz zwischen üppiger Vegetation und rabenschwarzer Lava. Auf der Außenseite einiger Krater wuchsen verschiedene Blumen auf saftig grünen Wiesen, und wenige Meter entfernt auf der Innenseite gab es nichts als Lava, gelbe Schwefelablagerungen und schwarzen Sand. Ein Vulkankegel im Riesenkrater hatte es mir besonders angetan – zeigte er doch starke Ähnlichkeit mit einem Gugelhupf, durch die zahlreichen Rinnen, die vom Kraterrand zum Boden führten. Statt in den Mai zu tanzen, verbrachte ich die Hexennacht bei Pech und Schwefel. Hexen hatte ich hier nicht getroffen – Touristen aber auch nicht.
Am nächsten Tag reiste ich wieder mit dem Minibus vom Kraterrand hinunter in die Zivilisation. Recht schnell war der Bus wieder mit Schulkindern gefüllt – dumm nur, dass diese nach drei Kilometern ihr Ziel erreicht hatten, und der Bus nun auf weitere Gäste wartete. Als der Bus halbvoll war, hatte der Fahrer ein Einsehen und fuhr wenigsten im ersten Gang weiter. Dieses Schritttempo hielt er allerdings mehr als eine Stunde lang durch, um möglichst viele Fahrgäste aufzunehmen. Nach zwei Stunden Fahrt hatten wir sage und schreibe 21 Kilometer zurückgelegt – und der Bus war laut

indonesischer Definition immer noch nicht voll. Ein guter Marathonläufer legt in dieser Zeit die doppelte Distanz zurück. Vielleicht sollte ich die nächste Reise joggend planen, statt auf dieses Foltermittel alias Minibus zu setzen. Schließlich kam ich irgendwann wieder am Busbahnhof an, um die restlichen 480 Kilometer nach Yogyakarta in einem halbwegs komfortablen Bus mit relativ normaler Durchschnittsgeschwindigkeit von ca. 60 km/h zurückzulegen.

# Babylonisches Religionsgewirr

Etappe: Von Yogyakarta – Java, Indonesia 08° Süd 110° Ost (GMT+7) nach Jakarta – Java, Indonesia 06° Süd 107° Ost (GMT+7): 670 km – Total: 78.988 km

Jakarta, 8. Mai 2003

»Yogya«, wie die Einwohner ihre Stadt Yogyakarta der Einfachheit halber nennen, faszinierte mich sehr, da hier möglich war, was uns durch die gegenwärtige politische Großwetterlage, über die wir in den Medien informiert werden, eigentlich unmöglich erschien. Die Welt des Islam und die westliche Welt lebten auch nach 09/11 einträglich miteinander. Ich kam mir teilweise vor, wie in Tausendundeiner Nacht. Es regierte tatsächlich noch ein Sultan in seinem mit Blattgold übersäten Palast, in dem noch Sänften zum Transport bereitstehen. »Heute fährt der Sultan meist Mercedes« versicherte mir Wiwin, meine Führerin in einwandfreiem Deutsch beim Besuch des Palastes. Deutsche Wertarbeit wurde auch bei der Besichtigung des Weinhauses sichtbar. Als Moslem trank der Sultan selbst keinen Alkohol – wohl aber seine Gäste. Was sprang mir an der Wand des Weinhauses ins Auge? Hirschgeweihe und Junghans Standuhren aus »Jerman«. Diese Einrichtung wirkte etwas fehl am Platz aber wunderte nicht weiter, wenn man im Nachbarraum auf Meißener Porzellan neben Ming-Vasen aus China stieß. Der Harem stand allerdings leer. Der Sultan hatte lediglich eine Frau und galt als sehr pragmatischer Moslem. Daher war er beim Volk sehr beliebt, wie mir berichtet wurde. Um den Sultans-Palast herum tauchte ich in ein Gewirr von Gässchen mit Basaren ab, in denen die Nase permanent mit neuen Gerüchten konfrontiert wurde. Hier spielte sich das Leben sicherlich noch fast so ab, wie vor Hunderten von Jahren.

Der Islam kam im 15. Jh. durch Händler von der arabischen Halbinsel nach Java. Er verdrängte das letzte hinduistisch geprägte Königreich nach Bali. Schließlich wurde Java im 17. Jh., wie im Laufe der Zeit alle Inseln

Indonesiens, von den Holländern besetzt. Trotz zahlreicher Revolten durch die einheimische Bevölkerung gelang es den Holländern schließlich am Anfang des 20. Jh., das Inselreich vollkommen zu kontrollieren. Nachdem Holland im 2. Weltkrieg von Nazideutschland besetzt worden war, überfiel das mit den Nazis verbündete Japan das Inselreich und brachte es unter seine Kontrolle. Nach dem Ende des 2. Weltkrieges und der Niederlage der Faschisten, versuchten die Holländer ihre Kolonie wieder zu besetzen. Doch nach einem 4-jährigen Krieg zwischen indonesischen Freiheitskämpfern und der holländischen Armee, gab die Kolonialmacht auf und entließ Indonesien 1949 in die Unabhängigkeit. Anfangs ein demokratischer Staat, ähnelte Indonesien mehr und mehr einer Diktatur, die sich selbst »gelenkte Demokratie« nannte. 1965 kam es zu einem Putsch gegen den gewählten Präsidenten Sukarno. Der Putsch wurde von General Suharto erfolgreich niedergeschlagen, aber Suharto drängte Sukarno später aus dem Amt und erklärte sich selbst zum Präsidenten. Unter Suharto machte Indonesien eine rasante wirtschaftliche Entwicklung mit. Zahlreiche westliche Firmen lassen seither ihre Textilprodukte hier zu Niedrig-Preisen fertigen. Gleichzeitig wuchs unter Suharto die Korruption. Kommunisten verschwanden, und von Demokratie konnte keine Rede mehr sein. Schließlich war das Land infolge der Asienkrise 1998 plötzlich praktisch pleite. In Yogya und Jakarta gingen tausende Studenten auf die Straße, um für Demokratie und gegen Korruption zu demonstrieren. Schließlich gab Suharto nach 33 Jahren Diktatur auf, und es gab 1999 wieder freie demokratische Wahlen. Das 1975 annektierte Ost-Timor wurde in die Unabhängigkeit entlassen.

Indonesien gilt als gemäßigtes muslimisches Land. Das Inselreich sprach sich gegen eine Invasion des Irak aus, beließ es aber bei moderaten Tönen in Richtung USA. Eine islamische Terrororganisation möchte allerdings einen pannationalen islamischen Staat gründen und verübt in der Region seit einiger Zeit Terroranschläge, wobei der Anschlag in Bali im Oktober 2002 der bisher schlimmste mit über 200 Toten war. Dieser Extremismus hat im moderaten Yogya und bei den meisten muslimischen Indonesiern aber hoffentlich keine Chance.

Haupttransportmittel innerhalb der engen Gassen von Yogya waren »Becaks«[156]. Taxis existierten nicht. Meist waren die Gassen für Autos sowieso viel zu eng. Außerhalb des Palastbezirks lag die moderne Großstadt Yogya mit ihren breiten Boulevards und dem obligatorischen Verkehrschaos. Mopeds, Autos und stoisch radelnde Becak-Fahrer drängelten sich so gut es geht durch die Stadt. Dieser Verkehrsinfarkt war garantiert nicht gut für die Gesundheit, bot aber neue Jobs, die bei uns noch unbekannt waren: beispielsweise der des Park-Einweisers beziehungsweise -Ausweisers. Dieser sprang lebensmüde in den fließenden Verkehr, um seinem Kunden, dem Autofahrer, die Möglichkeit zum Ausparken zu bieten. Ansonsten hatte man kaum eine Chance in die vollgestopften Straßen hineinzukommen. Als Fußgänger bereitete es größte Schwierigkeiten, die Straße zu überqueren. Ampeln? Nur für Autofahrer. Zebrastreifen? Markierungen auf der Straße waren hier völlig unbekannt. Da blieb nur die angenehme Möglichkeit mit einem Becak weiterzukommen. Nach hartem Fahrpreis-Feilschen saß ich wie ein Sultan im Becak und genoss das kühle Lüftchen, das mir bei einer Geschwindigkeit von 15 km/h ins durchgeschwitzte Gesicht wehte. Becak-Fahrer waren notorische Geisterfahrer, aber ich hatte nie das Gefühl gleich überfahren zu werden. Der Becak-Pilot saß relativ hoch über der Straße, und er hatte anscheinend eine besondere Gabe, das Verkehrschaos richtig abzuschätzen.

Oft lag zwischen dem mittelalterlichen Basar-Bezirk und der modernen Welt nur die Straßenbreite eines Boulevards. Auf der einen Seite Vogelmarkt mit bunt angesprühten Küken und exotischen Vögeln, auf der anderen Einkaufszentren mit McDonald's, Pizza Hut, KFC, Nokia-Laden, Armani-Optiker, Fan-Artikel-Shop für Man U und Bayern oder schickem Friseur. Ich genoss das Hin- und Herspringen zwischen den Welten und das Shoppen im

[156]Becak: <indon.> Fahrrad-Rikscha

Einkaufszentrum. Die großen US-Label lassen ihre Produkte oft in Indonesien produzieren, und ein Teil wurde hier zu äußerst erschwinglichen Preisen angeboten. Schließlich sah ich die für unmöglich gehaltene Mischung aus muslimischer und westlicher Welt in einer Person. Viele Mädchen liefen mit Kopftuch aber dafür hautenger Levi's und Nike-Turnschuhen durch die Gegend. Von wegen Kampf der Kulturen – Kopftücher tragende Moslems bei McDonald's? Dies war hier vollkommen normal. Big Mac ist sicherlich ein wesentlich attraktiverer US-Exportschlager als schlagkräftige US-Außenpolitik.

Die Umgebung von Yogya zeigt, dass diese Region bereits vor der islamischen Kultur Heimat anderer Hochkulturen war. Die ersten Siedler auf der Insel Java kamen vor etwa 1,5 Millionen Jahren über eine Landbrücke von der malaysischen Halbinsel und besiedelten nach und nach die Inseln Indonesiens bis nach Timor im Osten des Archipels. Durch den Handel mit Indien kamen Hinduismus und Buddhismus im 4. Jh. n. Chr. nach Java. Im Zentrum Javas entstand im 8. Jh. das mächtige hinduistische Königreich Mataram, welches kurzzeitig von einem buddhistischen Reich verdrängt wurde. Schließlich existierten beide Königreiche und Religionen nebeneinander auf der Insel. Später verschwanden aber beide Königtümer unter ungeklärten Umständen von der historischen Weltbühne und die erst im 19. Jh. wiederentdeckten Tempel in der Umgebung von Yogya wurden von der üppigen Vegetation überwuchert.

Die bis zu 47 Meter hohen Hindu-Tempel von Prambanan, die an ihren Fassaden Geschichten über die Götter Shiva, Brahma und Vishnu in Form von gemeißelten Bildern erzählen, ragten wie Kirchtürme aus der Ebene. Am folgenden Tag besuchte ich die nächste Stätte einer vergangenen Hochkultur auf Java in der Umgebung von Yogya. Wie in Zentral-Java üblich, wurde der Bus bei der geringsten Pause von Musikern gestürmt, welche mit einer kleinen Gitarre Stefan Raab[157] ähnelnd, die Leute mit mehr oder weniger

[157]Stefan Raab: deutscher Fernsehmoderator und Comedian

gelungenen musikalischen Stücken für einige Minuten unterhielten. Kaum hatte mich der Musiker erblickt, wechselte er vom indonesischen Song ins Englische und sang in bester US-Country-Music-Manier mir etwas von Lousianna und Texakarna vor. Der Junge war wirklich gut, und trotz der Tatsache, dass ich Country-Music fast so verabscheue wie indonesisches Dauer-Geplärre aus übersteuerten Lautsprechern, hatte er sich ein dickes Trinkgeld wahrlich verdient. Kurz danach hatte der Bus eine kleine Panne – doch es war alles halb so schlimm. Die Person, die meist wie ein Artist am Barren halb aus dem Bus hinaushing und die Endstation des Busses lautschreiend verkündete, zwischendurch die Passagiere abkassierte, und permanent versuchte mich übers Ohr zu hauen, war in einer weiteren Funktion Mechaniker. Ruck zuck war der Werkzeugkasten ausgepackt und es wurde geschraubt und gedreht. Wenig später war der Bus wieder flott und bald darauf erreichte ich das Dorf Borobudur.
Dort fand ich alle großen Weltreligionen irgendwie präsent. Nach der Ankunft stattete ich den kleinen Hindu-Tempeln am Ortsausgang einen Besuch ab. Zwischen Ruinen aus dem 9. Jh. n. Chr. wurde ich wieder einmal zu einem Kigges von den Kindern eingeladen. Sicherlich hatte ich noch nie zuvor auf heiligem Tempelboden mit 1000-jährigen Torpfosten gekickt. Auf dem Rückweg ins Dorf kam ich an der kleinen unscheinbaren katholischen Kirche St. Petrus vorbei und mit dem Sonnenuntergang meldete sich der Muezzin aus einer der vielen Moscheen zu Wort. Am nächsten Morgen um vier hatte ich eigentlich eine »Verabredung« mit einem Führer, der mich vor Sonnenaufgang in den buddhistischen Tempelbezirk von Borobudur hineinschmuggeln wollte. Doch irgendwie hatte mein Führer anscheinend sonntags morgens um vier etwas anderes vor, als mich an den Tempelwächtern vorbeizuschleusen. So genoss ich einige Kaffees vor dem Tempeleingang an den um fünf Uhr morgens öffnenden Souvenir-Shops. Zum wiederholten Male regte ich mich nicht auf – denn wem hätte ich meinen Ärger über das unnötig frühe Aufstehen mitteilen sollen? So sehr ich manches Mal die »deutsche

Zuverlässigkeit« vermisse – so sehr genieße ich meine vorher aus Deutschland nicht gekannte Gelassenheit, die sich bei mir in solchen Situationen mittlerweile eingestellt hatte.

Um sechs Uhr gelangte ich schließlich auf legale Weise in den Tempelbezirk, der im 8. Jh. n. Chr. auf einem Hügel errichtet wurde. Ich kam gerade noch rechtzeitig an, um das Naturschauspiel der aufgehenden Sonne, die hinter einem Vulkan emporstieg, zu genießen. Der grauschwarze Stein des Tempels wurde in ein angenehm warmes Licht getaucht. Das Licht- und Schattenspiel der Sonne zwischen den einzelnen Tempelteilen verbreitete eine angenehme harmonische Atmosphäre, die durch meditierende buddhistische Mönche noch verstärkt wurde. Der Morgennebel unterhalb des Tempels lag noch auf den Palmen, und die den Tempel umgebenden Hügel schimmerten schemenhaft durch den Dunst. Der Tempel ist ein Abbild des buddhistischen Kosmos von der Alltagswelt bis zum Nirwana[158]. Sechs Terrassen führen zum zentralen Stupa hinauf. Auf jeder Terrasse zeigen in Stein gehauene Bilder Teile des Kosmos. Insgesamt erläutern diesen mehr als 1.200 Bilder und hunderte von Buddhas blicken vom Tempel auf die Ebene herab. Die angenehme Atmosphäre nahm ein jähes Ende als Dutzende einheimischer Touristengruppen den Tempel stürmten. Plötzlich war ich und die Handvoll Mönche von Schulgruppen umzingelt. Nach und nach hatten die Gruppen mehr Gefallen, ihr Englisch an mir auszuprobieren, als sich den Tempel anzuschauen. Zahlreiche Photos wurden von mir mit hunderten von Indonesiern geschossen. Keine Ahnung, was an mir so besonderes war – aber da ich glücklicherweise die harmonische Atmosphäre vorher aufs Intensivste genossen hatte, war ich zum Photo-Shooting bereit und ließ auch dies gelassen über mich ergehen.

Irgendwann ergriff ich schließlich dann doch die Flucht und fuhr mit dem Bus in die entlegene Bergwelt Zentral-Javas. Während der Busfahrt wurde mir bewusst, dass ich hier zum ersten Mal seit Australien wieder Bettlern

---

[158]Nirwana: völlige, selige Ruhe als Endzustand des gläubigen Buddhisten

begegnete. Sicherlich leben auf den vorher bereisten indonesischen Inseln genauso viele Arme wie hier. Doch vielleicht hatte die Präsenz der Bettler etwas mit der Religion zu tun. Moslems sind durch ihren Glauben zum Spenden verpflichtet, und daher fiel hier für jeden Bettler etwas ab, mochten die Spender selbst noch so arm sein. So schleppten sich auch von Kinderlähmung gezeichnete Menschen auf allen Vieren durch die Busstationen, um ihren Lebensunterhalt irgendwie zu finanzieren.
Am nächsten Morgen klingelte der Wecker wieder um vier. Wie jeder normale Mensch schleppte ich mich widerwillig um diese Herrgottsfrühe aus dem Bett. Doch wenige Minuten später wäre an Schlaf eh nicht mehr zu denken gewesen. Zum lieben Herrgott, hier »Allah« genannt, wurde durch den Muezzin, etwas verfrüht, gebetet. Seine Stimme schallte dröhnend via Lautsprecher durch das ganze Dorf. So machte ich mich mit Fleece-Pullover und Mütze bekleidet auf den Marsch durch die kalte, stockfinstere Nacht in den Sonnenaufgang über dem Dieng-Plateau, einer Ebene in etwa 2.000 Metern Höhe. Die ersten Kilometer wurde ich noch von der betenden und bebenden Stimme des Muezzin begleitet.
Im nächsten Dorf, das für den relativen Reichtum seiner Kartoffelbauern bekannt war, herrschte angenehme Stille. Die pragmatischen Bauern, die aufgrund ihres Reichtums der Pflicht eines jeden gläubigen Moslems nachkommen können, einmal im Leben nach Mekka zu pilgern, wissen genau, dass ausreichend Schlaf nötig ist, um seine Felder zu bestellen. Auf Trampelpfaden an unzähligen Kartoffeläckern entlang, erklomm ich kurz vor Sonnenaufgang meinen Aussichtsberg oberhalb des Plateaus. Von Aussicht konnte allerdings keine Rede sein, befand ich mich doch mitten in den Wolken. Frustriert futterte ich mein »Tropical Müsli«, das ich seit Australien mit mir herumschleppte. Müsli war für mich tatsächlich ein Luxus, der meine Stimmung trotz der Wolken hob, denn hier konnte ich keine Haferflocken und Trockenfrüchte kaufen. Dieses Mal hatte ich schließlich aber mehr Glück, als auf dem Vulkan Barú in Panama vor ein paar Monaten, wo ich

außer Wolken wirklich nichts gesehen hatte. Der aufziehende Wind blies die Wolken nach und nach fort und es bot sich im Licht der aufgehenden Sonne ein 360-Grad-Panorama. Im Norden und Osten ragten im Gegenlicht schwarze Vulkankegel und Berggipfel wie Inseln aus dem weißen Wolkenmeer heraus. Im Westen und Süden tauchten die grünbraunen treppenförmigen Felder aus den Wolken auf. Die schief und schräg anmutenden, zum Teil abrupt endenden Stufen der Äcker, die teilweise die gesamten Hügel bis zum Gipfel einnahmen, erinnerten mich stark an die Maltechnik von Van Gogh, der mit dicken Pinselstrichen seine Landschaftsbilder komponierte.
Je höher der glutrote Sonnenball emporstieg, desto mehr lüftete die Natur ihren Wolkenvorhang über dem gesamten Hochplateau. Bald lagen die Wolkenfetzen nur noch wie dicke Wattebäusche zwischen den steil aufragenden grünen Berghängen und den stufenförmigen Äckern. Auf dem Rückweg gegen sieben Uhr morgens, staunten die Dorfbewohner nicht schlecht, einen »Jerman« durch die Landschaft wandern zu sehen. Das Erstaunen auf den Gesichtern wich schnell einem breitem Lächeln, und ich musste viele Hände schütteln, ehe ich das Dorf hinter mir lassen konnte. Der Weg führte an idyllisch zwischen Hügeln gelegenen Bergseen entlang. Viele der zugenagelten Bretterbuden an den Seeufern waren bis vor kurzem Souvenir-Shops. Jetzt harrte noch ein Ladenbesitzer aus, und ich kam in den Genuss von starkem Kaffee und Erdnuss-Plätzchen. Hoffentlich blieb ich nicht sein einziger Kunde an diesem Tag. Bei soviel Kartoffelfeldern wunderte ich mich schließlich auch nicht mehr, auf der Speisekarte in der Dorfkneipe Rösti zu finden. Dies war natürlich eine willkommene Abwechslung zu Reis oder Nudeln. Aber schließlich erinnerte mich das Rösti doch eher an profane Pommes Frites, als an die schweizerische Spezialität.
Nach diesem letzten Ausflug in die Natur konnte der Gegensatz nicht größer sein. Vom kleinen Bergdorf Dieng gelangte ich innerhalb eines Tages in die Millionenmetropole Jakarta. Dass in Indonesien nicht immer alles gemächlich zugeht, zeigten die Busfahrten an diesem Tag. Der Neugierde meiner

Mitfahrer, die mich nach meinem Ziel fragten, hatte ich einen äußerst schnellen Wechsel des Busses zu verdanken. Mein Busfahrer ortete in der Stadt, in der ich umsteigen musste, bereits den Anschluss-Bus. Kurzerhand überholte er diesen und schrie dem anderen Busfahrer zu, dass sich in seinem Bus ein Kunde für den anderen Bus befand. Mitten auf der Straße blockierten die Busse den Verkehr, ich stieg aus und mein Rucksack war wie von Geisterhand bereits im nächsten Bus gelandet. Dieser Direkttransfer dauerte nicht mehr als 30 Sekunden. Wer gedacht hätte, diese Hektik morgens um halb sieben sei nun zu Ende, sieht sich getäuscht. Mit der einen Hand die Hupe betätigend, mit der anderen das Lenkrad hin und her reißend, ging es meist auf der Gegenspur voran. Motorräder galten nicht als Gegenverkehr, und irgendwie mogelte sich der Fahrer immer wieder mit seinem Bus zwischen allen anderen Verkehrsteilnehmern durch. Glücklicherweise dauerte diese Fahrt nicht allzu lange, denn sie hatte mich einige Nerven gekostet, obwohl die Geschwindigkeit nie mehr als 50 km/h betrug, und der Fahrer sicher wirkte. Ich hatte trotzdem genug und war froh nun auf den Zug umsteigen zu können.

Dieser fuhr pünktlich ab und war in Großraum-Abteile getrennt, in denen der Gang zwischen den Bänken als »Dauer-Tupper-Party« für konsumfreudige Indonesier genutzt wurde. Während der 6-Stunden-Zugfahrt gab es keine Minute, in der nicht Waren feilgeboten wurden. Anfangs war ich noch dankbar, nicht zu verhungern oder zu verdursten. Es gab Fisch, Hühnchen, Reis, Bananen, Shrimps, Chips, Erdnüsse, Ananas, Papaya, Wassermelonen, Tomaten, Maiskolben, Gurken, Donuts, Wassereis und Karotten zum Essen und Kaffee, Tee, Wasser und Limonade zum Trinken. Diese Nahrungsmittel wurden Gebetsmühlen-artig von den fliegenden Händlern angeboten und die marketingtechnisch geniale Strategie der Penetranz hatte natürlich den gewünschten Erfolg. Da es keine Abfalleimer im Abteil gab, war der Zug bald genauso mit Müll übersät, wie die unmittelbare Umgebung der Bahnstrecke. Aber gegen Zahlung einer Spende, eilte immer wieder jemand mit dem Besen durch den Zug und kehrte den Müll beiseite – aus der Zugtür hinaus ins Freie. Natürlich wurden auch andere Waren permanent angeboten. So bekam ich als zahlungskräftiger potenzieller Kunde Watte-Stäbchen, Sarongs, Fächer, Gebetsmützen, Schraubenzieher, Haarspangen, Spielzeugautos und Trillerpfeifen in der Version »Babygeschrei« dauerhaft unter die Nase gehalten. Da half nur noch die Strategie des »sich schlafend Stellens«. Ansonsten wäre ich wahrscheinlich irgendwann bei aller Gelassenheit doch noch kollabiert. War einmal kurz Ruhe im Abteil, kamen langhaarige Indonesier mit ihrer Klampfe vorbei und spielten ein paar Lieder, um nach einer mildtätigen Spende ihr manches Mal megaschlechtes Gekrächze endlich zu unterlassen. Bei dieser anstrengenden Bahnfahrt war ich sehr erleichtert nur mit einer Stunde Verspätung in der indonesischen Hauptstadt anzukommen.

Um zum Hotel zu gelangen, warteten vor dem Bahnhof bereits Dutzende von »Bajaj« auf mich. Bei diesen Gefährten, aus drei Rädern bestehend, handelte es sich um eine Art Mofa-Rikscha, die eher wie ein etwas zu groß geradenes Spielzeug aussah. Dafür knatterte es doppelt so laut wie ein normales Mofa und trug seinen Teil zum Dauersmog auf Jakartas Straßen bei. Hier fuhr fast jeder vermummt durch die Gegend – garantiert nicht wegen SARS, denn der Virus hatte bei soviel Dreck und Gestank nur eine geringe Überlebenschance außerhalb des menschlichen Körpers. Aber das Bajaj ist sicherlich das beste Transportmittel, um durch den permanenten Stau auf Jakartas Straßen zu gelangen. Elegant schlängelte sich das kleine Gefährt an den Autoschlangen vorbei, manchmal auch den Bürgersteig als weitere Spur nutzend. Grün bedeutete für den Bajaj-Fahrer aufpassen, nicht von überholenden Autos geschnitten zu werden. Rot bedeutete für ihn, dass keine Gefahr von hinten drohte, sondern eher von rechts oder links. Aber da der Verkehr immer höchstens als zäh fließend zu bezeichnen war, wurstelte sich der Fahrer durch das Chaos ziemlich fix durch.

Jakarta zählt sicherlich nicht zu den attraktivsten Hauptstädten der Welt. Aber sie bot mir die nötige Infrastruktur in Form von Botschaften, die nun für die anstehende Visa-Beschaffung von großer Bedeutung für mich wurden. Denn um nach Mainz irgendwann zurückzukommen, benötigte ich mindestens vier Visa auf meinem Weg durch Südasien in Richtung Europa. Da ich von Jakarta aus mit einem Schiff in See stechen wollte, musste ich auch das Ticket für das Boot hier besorgen. Für das Visum brauchte ich zwei Dinge, die ich mir »beschaffen« musste: Zeit und erneut Gelassenheit. Botschaftsangestellte sind wahrscheinlich die letzten Wesen in unserer globalisierten Welt, die noch mit der Geschwindigkeit eines Bürokraten des 19. Jh. arbeiten dürfen. Bei der Botschaft von Myanmar stieß ich auf freundliche Menschen, die es aber als unmöglich betrachteten, mir ein Visum innerhalb von 24 Stunden auszustellen. Denn inzwischen hatte ich ein Boot für den nächsten Tag gebucht, aber natürlich noch kein Ticket dafür in den Händen gehalten. Als auch die indische Botschaft es als nicht durchführbar hielt, ein Visum innerhalb eines Tages auszustellen, erholte ich mich von diesem Bürokraten-Quatsch zunächst im Hard Rock Café Jakarta bei einem Bacon-Cheeseburger. Nach fast neun Reisemonaten genoss ich gute Rockmusik und wirklich einen prima Burger. Gleichzeitig lud ich meine Batterien wieder auf. Danach wollte ich mein Ticket für das Schiff abholen, doch natürlich wurden meine Planungen wieder einmal umgeworfen. »Das Schiff fährt morgen nicht« war plötzlich die Antwort, die ich im Reisebüro erhielt. Es stellte sich schließlich heraus, dass am darauf folgenden Tag ein anderes Schiff ablegen sollte. Daher fuhr ich sofort mit dem Bajaj wieder zur Botschaft von Myanmar. Die Angestellten kannten mich mittlerweile. Daher fragten sie ganz höflich beim burmesischen Attaché an, ob ich innerhalb von 48 Stunden ein Visum bekommen könnte. Gleichzeitig sollte ich meinen Antrag schriftlich begründen. Der Attaché gab sich die Ehre, und ich bekam eine Audienz bei ihm. Er durchblätterte meinen Pass und fragte mich über meine Reise und meine Arbeit in der Heimat aus. Schließlich sagte er mir zu, dass ich meinen Pass und mein Visum in zwei Tagen abholen könne. Hoffentlich war nun die erste Hürde im Visa-Spiel genommen, doch noch halte ich den Pass mit dem Visum nicht in den Händen – dafür aber inzwischen wenigstens das Ticket für das Schiff.

# »Selamat Tinggal« Südhalbkugel

Etappe: Von Jakarta, Indonesia 06° Süd 107° Ost (GMT+7) nach Tanah Rata, Malaysia 04° Nord 101° Ost (GMT+8): 1.541 km – Total: 80.529 km

Tanah Rata, 17. Mai 2003

Die Tage in Jakarta nutzte ich neben der erfolgreichen Visa-Beschaffung hauptsächlich zum Lesen, Kaffee trinken und letztmalig zur Konsumierung leckerer indonesischer Speisen. Denn während ich auf mein Visum wartete, wagte ich zwar den Versuch, irgend etwas Sehenswertes in dieser Stadt zu finden, doch die Suche war fast vergebens. Lediglich einige Häuser in der Nähe des alten Hafens erinnerten an das alte Batavia. Dies war der Name, den die holländischen Stadtgründer Jakarta im 16. Jh. gaben. Wo Holländer waren, sind Grachten natürlich nicht weit. Anders als in Amsterdam, wo die Kanäle gehegt und gepflegt und vor allem gereinigt werden, dienten die alten Grachten Jakartas heutzutage als riesige Müllhalden, die bestialisch stanken. Da kam mir die alte aus Holz gebaute Zugbrücke irgendwie völlig fehl am Platz vor. Das kleine idyllische Holland, praktisch überwuchert vom Großstadtmüll einer Dritte-Welt-Metropole. Schließlich war ich wirklich froh, Jakarta wieder verlassen zu dürfen. Mir hatte es dort im wahrsten Sinne des Wortes am Ende doch ziemlich gestunken.

Begonnen hatte ich meine Reise durch das indonesische Archipel ca. fünf Wochen zuvor mit einem der regelmäßig im 2-Wochen-Rhythmus verkehrenden Pelni-Passagierschiffe. Schließlich beendete ich meinen Aufenthalt in Indonesien ebenfalls mit einem dieser Schiffe. Ich nahm von Jakarta aus Kurs auf die Insel Bintan rund 800 Kilometer nordwestlich gelegen. Da die Reise mit 26 Stunden veranschlagt war, wählte ich die dritte Klasse mit einem 6-Bett-Abteil, denn hunderte Indonesier drängten sich in der »Ekonomi-Kelas«[159] um einen Platz in einem der riesigen Schlafsäle. Insgesamt befanden sich mehr als 1.000 Menschen an Bord, doch die

---

[159]Ekonomi-Kelas: <indon.> Economyclass

Kapazitätsgrenze des Bootes war trotzdem noch nicht erreicht. Aber unter all den Indonesiern schien ich wieder der einzige Ausländer zu sein. Doch dieses Mal wurde ich meist nicht mit »Hello Mister« angequatscht, sondern permanent angestarrt. Ich weiß nun nicht was schlimmer ist, angeglotzt oder angequatscht zu werden. Auf jeden Fall war ich froh, in meinem Abteil wenigstens ein bisschen Privatsphäre zu haben. Es gab allerdings in der dritten Klasse keine sanitären Einrichtungen innerhalb des Abteils. So musste ich die öffentlichen sanitären Einrichtungen über kurz oder lang nutzen. Nun ist der menschliche Organismus bekanntlich so »programmiert«, dass er unter gewissen Umständen, sprich unter nicht mehr existierenden, individuell unterschiedlichen hygienischen Standards, den täglichen Zwang zum Gang auf die Toilette hinausschieben kann. Ich denke, dass mein Anspruchslevel, was Hygiene betraf, mit jedem Reisemonat gesunken war, aber es war noch nicht auf das Niveau eines Pelni-Schiffs gefallen. Weitere Kommentare sind dazu überflüssig. Es sei nur noch erwähnt, dass mein Organismus mir den Gang zur Toilette doch noch zugemutet hat.
Von der kulinarischen Seite her betrachtet, hatte ich meine »Pollo-y-Arroz-Phobie« endgültig überwunden. Was hätte ich um ein Stück Hühnchen gegeben, wenn ich, wie an Bord des Schiffes, die Auswahl zwischen Fischkopf und Fischschwanz hatte. Zum Frühstück, zum Mittagessen und zum Abendessen gab es natürlich: »nasi« oder auf Spanisch »arroz« oder auf gut Deutsch »Reis«. Wenigstens entschädigte die alkoholfreie Bar mich mit gutem Kaffee und DVDs mit hörbarer Rockmusik für jeglichen Horror aus der Bordküche oder den Dreck auf der Toilette. Durch die Musik abgelenkt, bemerkte ich gar nicht, dass wir irgendwann den Äquator passierten. Nach 122 Tagen auf der Südhalbkugel oder 41.180 km hatte mich die heimatliche Nordhalbkugel wieder. Wenig später erreichte das Boot den Hafen von Kijang auf der Insel Pulau Bintan. Diese gehört zur Riau-Inselgruppe, die aus der Luft aussieht, als wäre Konfetti vor die malaiische Halbinsel gestreut worden. Warum die kleine Insel Bintan zwei Fährhäfen hat, weiß

wahrscheinlich nur der liebe Allah. Um meine Reise fortzusetzen, musste ich natürlich zum anderen Fährhafen gelangen. Für mich bedeutete es, ein letztes Mal mit dem Bemo-Fahrer einen halbwegs für beide Seiten akzeptablen Fahrpreis auszuhandeln. War der Bemo nach etwa einer dreiviertel Stunde endlich voll, ging es zusammengepresst ein letztes Mal auf Fahrt.

Am nächsten Tag nahm ich schließlich Abschied von Indonesien. Nach fünf Wochen und 4.684 meist sehr anstrengenden Kilometern hieß es »Selamat Tinggal« und »Terima Kasih Indonesia«[160]. Danke für die freundlichen Menschen, an die ich mich allerdings zunächst zu gewöhnen hatte. Auch musste ich mich auf die nicht immer unseren Vorstellungen entsprechenden Sitten einstellen. Das permanente Spucken auf die Straße, das Rülpsen in aller Öffentlichkeit, die überschäumende Neugierde, das Nichtzulassen irgendeiner Privatsphäre – all das musste ich anfangs erst verkraften. Danach konnte ich über jedes Anquatschen à la »Hello Mister« lächeln, und die fremden Geräusche tief aus dem indonesischen Rachenraum überhörte ich schlichtweg im weiteren Verlauf der Reise. Danke für das gute, gesunde und günstige Essen. An Skorbut werde ich auf dieser Reise nicht mehr erkranken – eher schon an Entzug von »Gado Gado«, »Cap Cay« oder Bintang Bier. Danke für historische Stätten, die wunderschönen paradiesischen Strände und die faszinierenden Wunder der Natur. Danke für die anstrengenden Reisen mit Bemo und Bus, nun schätze ich in jedem weiteren Land Busse mit Sitzplatz-Reservierungen, Fahrplänen und Haltestellen. Danke für die interessanten und meist lustigen Fahrten mit Bajaj, Becak und Ojek, das für das oben genannte anstrengende Reisen immer entschädigte. Hat man in Indonesien Zeit, so wird man das Land sicherlich, so wie ich, gerne bereisen. So fasste ein Pappschild an der Wand in meinem letzten indonesischen Hotelzimmer alles Gesagte in einem Satz zusammen: »For the fan just switch

---

[160]Selamat Tinggal: <indon.> auf Wiedersehen; Terima Kasih: <indon.> Danke

on/off on the wall, not the fan. Just wait for a few minutes. Fan will work later – sure.«[161] Alles braucht in Indonesien seine Zeit – sogar der Ventilator. In einer zweistündigen Katamaran-Fahrt sauste ich von Pulau Bintan direkt an den Hochhäusern des von SARS heimgesuchten Stadtstaats Singapur vorbei hinein in die Straße von Malakka ins malaysische Johor Bharu. Nachdem ich wieder festen Boden unter den Füßen hatte, wurde mir hier am südlichsten Punkt Festlandsasiens bewusst, dass ich mich gleichzeitig auch wieder auf der eurasischen Kontinentalplatte befand. Nachdem ich das europäische Festland im französischen St. Malo (48°30' Nord 02° West) am 19. August 2002 verlassen hatte, benötigte ich 265 Tage, um am anderen Ende dieser riesigen Landmasse den Doppelkontinent wieder bei 02° Nord 104° Ost zu betreten. Mit der Ankunft in Malaysia kam ich gleichzeitig in einer anderen Welt an. Zunächst landete ich in einem riesigen Duty-free-Einkaufszentrum mit imposanten Rolltreppen. Auf der Taxifahrt zum Busbahnhof wurde der Meter vom Fahrer kommentarlos eingeschaltet. Wow! Kein Feilschen und theatralisches Handeln um den Fahrpreis, wie die letzten Wochen üblich. Nein! Einfach Platz nehmen und zur Eissäule erstarren, denn die Klimaanlage funktionierte einwandfrei. Die Busfahrt ins rund 250 Kilometer entfernte Malakka führte auf einer 4-spurigen Autobahn entlang, die sogar mit Notrufsäulen bestückt war. Ich bekam sogar einen Fahrschein mit Sitzplatz-Nummer. Mögen die Landessprachen Malaysias und Indonesiens praktisch identisch sein, beide Länder trennen ansonsten Welten voneinander. Links und rechts der Autobahn war praktisch nur Regenwald zu sehen, während ich, besonders auf Java, permanent durch Dörfer und Städte getuckert war. Umgehungsstrassen oder gar Autobahnen existierten in Indonesien nicht. Nachdem der Bus von der Autobahn nach Malakka abbog, fühlte ich mich in einen Park versetzt. Statt an riesigen

[161] Um den Ventilator anzuschalten, bitte den Knopf an der Wand benutzen, nicht am Ventilator. Warte ein paar Minuten. Er wird funktionieren – wirklich.

Müllhalden am Fahrbahnrand vorbeizufahren, fuhr ich an Palmen-Alleen entlang in die Stadt hinein. Ampeln funktionierten und wurden sogar respektiert. Das mochte ich immer wieder an dieser Reise: das permanente Springen zwischen den Welten.

Die alte Hafenstadt Malakka, zeigte noch deutlich die Spuren der Kolonialmächte. Die Chinesen waren im 15. Jh. die ersten, die hier neu siedelten und noch bis zum heutigen Tag Handel treiben. Die Lage der Stadt, an der Westküste der Straße von Malakka, die das asiatische Festland von der Insel Sumatra trennt, und die Schiffsverbindung schlechthin zwischen Pazifik und Indischem Ozean darstellt, machte Malakka durch den Gewürzhandel zwischen Indien, Vietnam, China und Indonesien sehr reich. Dieser Reichtum zog die europäischen Seefahrer-Nationen an. Die Portugiesen waren 1511 die ersten, die die Stadt besetzten. Die muslimischen Händler mieden danach das nun christliche Malakka, und die Stadt verschwand zunächst in der Bedeutungslosigkeit. Nachdem die Holländer Sumatra und Java besetzt hatten, rissen sie sich schließlich auch Malakka unter den Nagel. Aus dieser Zeit sind bis heute noch Gebäude wie das Stadthuys[162] erhalten, und Malakkas Bedeutung nahm wieder zu. Den Hafen mit dem kleinen Kanal und den rotgetünchten alten Kolonialhäusern hätte ich eher irgendwo an der holländischen Nordseeküste vermutet, als etwa 200 Kilometer nördlich des Äquators.

Nachdem Napoleon 1795 Holland besetzte, übernahmen kurzfristig die alliierten Briten Malakka, um es vor den Franzosen zu schützen. 1824 wurde Malakka offiziell britisch, nachdem Holland und Großbritannien sich die Region aufgeteilt hatten. Das heutige Indonesien wurde holländisch, die malaiische Halbinsel britisch. Mit den Briten kamen die Inder, um in anderen Teilen des Commonwealth ihr Glück zu suchen, das ihnen in Indien verwehrt geblieben war. Ich marschierte die engen Straßen der Altstadt entlang und kam innerhalb weniger Minuten durch chinesische Gassen, die mit roten

---

[162]Stadthuys: <niederl.> Rathaus

Lampions durchzogen waren, ehe ich einen mit bunten Figuren versehenen Hindu-Tempel passierte, bis ich kurz danach vor einer Moschee stand und um die Ecke einen Kirchturm erblickte. Dieser Kulturmix, den ich in Malakka entdeckte, zog sich wie ein roter Faden durch meine gesamte Reise in Malaysia. Die muslimischen Frauen trugen meist ein Kopftuch und sehr elegante Gewänder, die die weiblichen Körperformen dezent verhüllten. In dieser Hinsicht war Malaysia noch ein bisschen konservativer als das relativ laxe Indonesien, wo die Frauen meist Kopftuch mit knallenger Jeans kombinierten. Dafür schreit der Muezzin hier wesentlich später zum Morgengebet, wenn er überhaupt schreit. Anscheinend sind Malaysier Morgenmuffel. Anders als in den meisten tropischen Ländern startet hier das Leben weit nach Sonnenaufgang und nicht bereits Stunden vorher, wie in Teilen Indonesiens.

Leider musste ich von Malakka wieder allzu schnell Abschied nehmen, um rechtzeitig montags morgens in der malaysischen Hauptstadt Kuala Lumpur, von seinen Einwohnern auch einfach »KL« genannt, einzutreffen. Denn in KL gab es Botschaften, in denen ich erneut mein Glück zur Visa-Beschaffung testen konnte. Auf der Fahrt durch die Stadt rauschte auf der Gegenfahrbahn ein Polizeikonvoi mit einem Dutzend Mercedes-Benz vorbei, denn der deutsche Bundeskanzler hatte die gleiche Idee, heute einmal in KL vorbeizuschauen, um für Deutschland und seine Politik bei seinem malaysischen Amtskollegen zu werben. Viele der breiten Boulevards waren mit malaysischen und deutschen Fahnen geschmückt. Es gab sogar Malaysier auf den Straßen, die mit »Germany« T-Shirts durch die Stadt bummelten. Mochte die Politik der Bundesregierung in Deutschland noch so schlecht bewertet werden, profitierte ich eindeutig von Schröders Haltung zum Irak-Krieg. Seit mehreren Monaten bekam ich in vielen Ländern auf die Schulter geklopft und mitgeteilt, dass man die deutsche Haltung unterstütze, da es sich gegen den Krieg und die Politik der Amerikaner stellte. Allerdings differenzierten gerade die ärmeren Bevölkerungsschichten Indonesiens nicht immer so genau, was die Nationalität anbetraf. So musste ich viele Leute zunächst aufklären, dass nicht jeder Weiße ein Amerikaner sei. Glücklicherweise war die fehlende Differenzierung immer ohne Folgen geblieben, denn Indonesier haben andere Probleme als Schein-Amerikaner wie mich wegen der Irak-Politik zu beschimpfen oder tätlich anzugreifen.

Nachdem sich die Botschaft Bangladeschs in KL weigerte, mir ein Visum auszustellen, werde ich dieses Land nicht besuchen können. Ich frage mich, was das Botschaftspersonal von den ärmsten Staaten der Welt dazu bringt, dollarbringende Touristen bei der Erteilung eines Visums zu schikanieren. Mir wurde doch tatsächlich geraten, das Visum für Bangladesch in der zuständigen Vertretung in Berlin zu besorgen. Ich sparte mir jeden Kommentar und versuchte es wieder einmal bei den Indern. Diese hätten aber mehr als eine Woche für die Ausstellung gebraucht, sodass ich es nun in Bangkok versuchen werde. Nach dieser »Mission Impossible« fuhr ich zum Postamt, wo mich Sendungen aus der Heimat, aus Asien und aus Mittelamerika erwarteten.

Der »schlammige Zusammenfluss«, wie KL auf deutsch heißt, wurde um 1860, aufgrund der in der Gegend damals vorhandenen Zinnvorkommen, von britischen Kolonialisten gegründet. Die Briten entließen die Halbinsel Malaya 1957 in die Unabhängigkeit. 1963 schlossen sich Malaya, die Provinzen Sarawak und Sabah, die auf der Insel Borneo liegen, sowie Singapur zu Malaysia zusammen. 1965 verließ Singapur wegen Differenzen die malaysische Konföderation und erklärte sich für unabhängig. Nachdem es 1969 zu Rassenkonflikten zwischen relativ reichen Chinesen und den ärmeren Malaysiern kam, läuft das Zusammenleben zwischen Chinesen, Malayen und Indern mittlerweile relativ harmonisch ab. Unter der eisernen Führung des Premierministers Mahattir gelang Malaysia der Sprung vom Entwicklungsland zur Industrienation. Der Lebensstandard ist im Vergleich zu anderen asiatischen Ländern relativ hoch. Aber die Demokratie hatte in Malaysia im Gegensatz zu Indonesien noch nicht Einzug gehalten. Der

Premierminister herrschte, relativ unbehelligt von jeglicher Opposition, über das Land.

Anders als das bestialisch stinkende Jakarta besaß KL trotz ebenfalls vorherrschendem Verkehrschaos eine relativ hohe Lebensqualität. Die alten Kolonialgebäude im Stil von Tausendundeiner Nacht erbaut, wurden gehegt und gepflegt. Daneben fanden sich zahlreiche Glaspaläste und architektonische Protz-Bauten wie die Petronas-Türme, die 452 Meter in den Himmel ragen. Sie beeindruckten mich natürlich besonders, da ich in den Wochen zuvor meist nur einstöckige Hütten und Häuser sah. Den vielleicht größten Unterschied zu Jakarta erlebte ich als Passant. In KL fuhren futuristisch anmutende Schwebebahnen durch die Stadt, in denen Verbotsschilder das Leben in geregelte Bahnen leiteten: »Gleise überqueren« – verboten, »Kaugummi auf den Boden kleben« – verboten, »Rauchen« – verboten, »Essen und Trinken« – verboten, »Müll auf den Boden schmeißen« – verboten, »Gefahrgut-Mitnahme« – verboten. In Jakarta turnte jedermann auf den Gleisen um den Bahnhof herum, um Zigaretten, Getränke, Essen und Kaugummis an die Passagiere der Vorortzüge zu verkaufen. Im Anschluss an den Konsum flog schließlich der ganze Kram im hohen Bogen wieder aus dem Zugfenster hinaus. So erinnerte mich das »programmierte« Leben in den U-Bahnhöfen KLs ein bisschen an das von Robotern. Dazu kam eine unglaubliche Ruhe – kaum jemand unterhielt sich, und das Geschrei von Händlern war schier undenkbar. Dieses sterile Leben wurde auf den Straßen KLs wieder relativiert. Denn die ebenfalls massenhaft herumdüsenden Motorradfahrer zeigten bei Rot aufleuchtenden Ampeln keinerlei Ambitionen zu stoppen, sodass die Spezies Fußgänger auf den Straßen genauso aufpassen musste, wie in Jakarta, wo schlichtweg niemand sich an roten Ampeln zu stören schien. Die Stadtplaner von KL haben Fußgänger schlichtweg beim Straßenbau vergessen. Oft endeten die Bürgersteige im Nichts und ich durfte dann den Adrenalin-Pegel hoch drehen und eine 10-spurige Straße überqueren, um auf der anderen Straßenseite meinen Marsch fortzusetzen. Daher

suchte ich immer relativ schnell Schutz in einem der vielen Cafés, in denen ich dem Plätschern von Springbrunnen lauschen konnte, während ich einen starken Eiskaffee genoss und mich von Ventilatoren kühlen ließ, die mir zusätzlich zerstäubtes Wasser ins Gesicht sprühten.
Schließlich hatte ich meinen Koffeinpegel wieder auf Normalniveau gebracht und konnte KL in Richtung Norden verlassen. Auf der Urwaldautobahn reiste ich nordwärts entlang, bis der Bus ins Hochland der malaiischen Halbinsel, in die Cameron Highlands abdrehte, wo ich mein nächstes Abenteuer erleben sollte.

# Unfreiwilliges Abenteuer

Etappe: Von Tanah Rata, Malaysia 04° Nord 101° Ost (GMT+8) nach Bangkok, Thailand 14° Nord 100° Ost (GMT+7): 1.556 km – Total: 82.075 km

Bangkok, 22. Mai 2003

In den Cameron Highlands in Malaysia unternahm ich eine kleine Tagestour durch den tropischen Regenwald, die dieses Mal beinahe in einem Fiasko geendet wäre. Vor Beginn des Marsches war ich von der Perfektion malaysischer Wanderweg-Schilder angetan. Nachdem ich einen Berg an herrlich hellgrün leuchtenden Teeplantagen auf einer kleinen Fahrstrasse hinaufgestiegen war, die an einer Relaisstation endete, lag das Tagesziel, ein Dorf im Tal, laut Wanderschild nur noch 2,97 Kilometer vom Gipfel entfernt und etwa 500 Höhenmeter weiter südlich. Der Wanderweg zeigte mit seiner Steilheit gleich, dass der Abstieg sicherlich kein Vergnügen bereiten würde. Von glitschiger Wurzel zu glitschiger Wurzel kletterte ich so den schlammigen Hang im Regenwald hinab oder hangelte mich an stabilen Lianen hinunter. Völlig auf den vermeintlichen Weg konzentriert, musste ich irgendwann eine Abzweigung verfehlt haben. Der Abhang führte durch dichten dunklen Wald. Ohne dass ich es merkte, kletterte ich nach Westen statt nach Süden und entfernte mich immer weiter von meinem Etappenziel. Da sich der Pfad in seinem Zustand nicht verschlimmerte und ich mich dem trügerischen Gefühl hingab, auf dem Wanderweg zu sein, kletterte ich weiter hinab. Schließlich zweigte aus diesem Abhang ein guter Trampelpfad in Richtung Süden ab. Gleichzeitig führte ein anderer Weg weiter den Abhang hinunter. Da ich nach Süden musste, verließ ich den Abhang und bekam aber trotzdem erste Zweifel, ob ich noch auf dem richtigen Weg sei. Von Markierungen hatte ich seit dem Wegbeginn am Gipfel sowieso nichts mehr gesehen. Schließlich endete der Pfad im Nichts und ich irrte im Dickicht umher, um den ursprünglichen Weg wieder zu finden. Gerade in diesem Augenblick, mitten im Regenwald, traf ich Peter aus Österreich, der ebenfalls auf der Suche nach dem Weg umherirrte. Peter war erfahrener Alpinist, und ich hatte ebenfalls bereits reichlich Wandererfahrung, aber wir fanden den Trampelpfad nicht wieder.

Wir hörten das entfernte Rauschen eines Baches. Da wir davon ausgingen, dass wir den alten Pfad nicht wiederfinden würden, entschlossen wir uns, dem Bachlauf hinab zu folgen, da wir dachten, dass er über kurz oder lang ins Dorf führen würde. Viel zu spät schaute ich auf meinen Kompass und entdeckte, dass wir statt nach Süden nun nach Westen durch den Bach wateten. Die Stunden vergingen, und wir kamen in immer neue Täler und hätten den Weg zurück in dem dunkelgrünen Gefängnis aus Regenwald nicht wiederfinden können. Schließlich schauten wir der Wahrheit ins Auge und machten uns mit dem Gedanken vertraut, dass wir erstens die Nacht im Regenwald auf ca. 2.000 Metern Höhe ohne Zelt, Schlafsack, Matte und dicken Klamotten verbringen mussten, dass wir zweitens keine Nahrungsmittel mehr bei uns führten, und dass wir drittens eventuell mehrere Tage bis zur nächsten Siedlung unterwegs sein würden. Abends fanden wir eine ebene Sandbank am Bach, die uns als Schlafplatz diente. Als Isoliermaterial und Deckenersatz schnitten wir genügend Bananenblätter von den am Bach wachsenden Stauden ab. Winzige, grüne, unreife Bananen waren unsere einzige Nahrungsquelle. Aber wenn man Hunger hat, isst man alles und so traten wir einige Bananenstauden nieder, um an die Früchte zu gelangen. Die mickrigen Bananen hatten starke Ähnlichkeit mit Bohnenschoten und tatsächlich bestand die Frucht ausschließlich aus weißen Samen. Wir aßen beide zunächst nur den Inhalt einer Schote, um die Reaktion unseres Körpers abzuwarten. Als wir nach zwei Stunden immer noch keine Magenprobleme hatten, waren wir sehr beruhigt. Schließlich konnten wir notfalls Tage mit diesen Früchten überleben. Das Bachwasser war kristallklar und ich besaß eine Plastikflasche, sodass wir immer genügend Trinkwasservorrat bei uns hatten. Alle Utensilien meines Tagesrucksacks untersuchten wir auf

Brauchbarkeit für die kommenden Tage außerhalb der Zivilisation. Eine Plastiktüte diente als Kopfbedeckung, da der Mensch über den Kopf die meiste Wärme in der Nacht abgibt. Zwei Taco Bell Chili-Soßen, die ich irgendwann einmal im Oktober während meiner Reise durch die USA in den Rucksack gesteckt hatte, machten die Bananen schon fast zur Delikatesse. Mein Dokumenten-Beutel aus Plastik diente als Nierenschutz gegen Unterkühlung und mein Tagebuch schließlich als Kopfkissen. Da Peter nur mit einem T-Shirt bekleidet war, wurde die Nacht natürlich insbesondere für ihn, trotz der Plastiktüte um den Kopf, unangenehm kalt. So umklammerten wir uns wie Mainz 05 Fans nach einem Sieg, und wärmten uns gegenseitig, sodass sich keiner von uns beiden eine Unterkühlung zuzog.

Die Nacht im Regenwald war außer der Kühle, die dort herrschte, angenehm. Wir wussten, dass es keine Tiere gab, die Menschen gefährlich werden könnten. Lediglich einige Blutegel hatten uns als Nahrungsquelle entdeckt. So lauschten wir dem rauschenden Bach und den zirpenden Grillen. Schließlich schliefen wir irgendwann unter dem herrlichen Sternenhimmel erschöpft ein. Am nächsten Morgen bei Sonnenaufgang ging es uns prima. Anscheinend hatten wir genug Bananen gegessen, und wir hatten keinerlei Muskelkater. So machten wir uns an den zweiten Tag, um den Bach abwärts zu waten. Doch nach 20 Minuten war kein Durchkommen mehr, lag vor uns doch ein riesiger Wasserfall, den wir unmöglich hätten hinunterklettern können. So überlegten wir uns eindringlich, was wir nun machen sollten. Eigentlich hatten wir bis dahin nie das Gefühl gehabt, uns in einer lebensbedrohlichen Situation zu befinden. Wir waren uns praktisch zu jeder Zeit sicher, dass wir aus diesem Labyrinth wieder lebend hinauskommen würden, und keiner von uns bekam Panik oder Depressionen. Lediglich nachts vor dem Einschlafen grübelte ich schon ein wenig herum, wann die deutsche Botschaft von den malaysischen Behörden verständigt und wann meine Eltern informiert werden würden. Das war die eigentlich unangenehme Seite dieser Geschichte. Wir wussten, dass es uns den Umständen entsprechend

gutging. Aber wenn unsere Familien erzählt bekämen, dass wir im Regenwald Malaysias verschollen seien, würde sicherlich jeder in Angst und Schrecken versetzt werden.
Da ich einen Kompass bei mir hatte, beschlossen wir umzukehren, und strikt nach Osten den vielen kleinen Bächen zu folgen, bis wir wieder auf einem Berg stehen würden. Schließlich war der Berg, an dem wir unser unfreiwilliges Abenteuer begannen, der höchste in der Umgebung und dazu noch mit einer riesigen Antenne versehen. Unserer Theorie nach würden wir schließlich auf dem Gipfel den Berg samt Antenne entdecken und diesen anschließend anpeilen können. So machten wir etwas frustriert kehrt, denn nun wateten wir einen Großteil des Baches, den wir am vorigen Tag hinuntergewandert waren, wieder hinauf. Das Bachwasser war bei relativ warmen Wetter am Tage eher eine angenehme Abkühlung. Meist stand uns das Wasser nur bis über die Knöchel, aber manches Mal stieg es doch relativ hoch bis zu den Oberschenkeln. Uns war klar, dass wir die Ausgangsstrecke in dem Gewirr von Bächen nicht mehr finden würden. So vertrauten wir voll und ganz dem Kompass. Nach einem weiteren 12-Stunden-Tag des Wanderns, aber nicht Umherirrens, waren wir ziemlich weit oben im ausgewählten Tal angekommen. Wieder aßen wir von morgens bis abends Bananen und tranken das klare Bachwasser.
Da Peters Familie im Tal wartete und auch mein Hotel wusste, wo ich unterwegs war, gingen wir davon aus, dass mittlerweile nach uns gesucht werden würde. Aber wir verließen uns darauf lieber nicht und nahmen unser Schicksal auch am dritten Tag wieder selbst in die Hand. Der Bach bestand am Tal-Schluss nur noch aus kleinen Wasserfällen, die wir nie und nimmer hätten emporkrabbeln können. So entschlossen wir uns, den Steilhang durch den dichten Regenwald nach Süden hinaufzuklettern, da wir sicher waren, dass hinter dem Bergrücken die Dörfer der Cameron Highlands lägen. Der Aufstieg durch den steilen Hang nach oben war durch die dichte Vegetation nie gefährlich. Wären wir ins Rutschen gekommen, hätte uns die nächste

Pflanze aufgefangen. Wir mussten nie richtig klettern, dafür aber umgestürzte Bäume überwinden, durch dichtes robustes Bambusgras uns durchkämpfen und an unzähligen Dornensträuchern entlang robben. Meine Hose wurde von den dornigen Büschen in Einzelteile gerissen. Ich reparierte diese mit Hilfe von Klebeband, um meine ohnehin schon zerkratzten Beine wenigstens ein bisschen vor den Dornen zu schützen. Wir waren am dritten Tag sehr zuversichtlich, in die Zivilisation zurückzukehren, oder sie zumindest vom Berg aus zu entdecken. Tatsächlich sahen wir plötzlich nach drei Stunden des Abrackerns die Antenne auf dem Berg. Sie war lediglich 500 Meter weit von uns entfernt. Nun wussten wir, dass wir gerettet waren und kämpften uns in zwei weiteren Stunden hinauf, wo uns von wildfremden Menschen sofort Essen und Trinken angeboten wurde. Die Polizei, bereits informiert, erschien sehr schnell auf dem Gipfel.

Die Polizisten waren sehr freundlich und erfreut, dass wir uns selbst gerettet hatten. Insgesamt suchten vier Suchtrupps à vier Leute seit dem vorangegangenen Tag nach uns. Uns war dies einerseits sehr unangenehm, dass wegen unseres Fauxpas so viele Menschen involviert wurden. Andererseits waren wir richtig froh, dass nach uns gesucht wurde, denn wir hätten uns auch verletzen und auf fremde Hilfe angewiesen sein können. Statt uns Vorwürfe zu machen, wurden wir zur Polizeistation gefahren, wo der Chef bereits mit heißem Tee auf uns wartete. Wir mussten ihm unsere Geschichte erzählen, und schließlich wurde ich von der Polizei ins Krankenhaus zu einem kostenlosen Check-up gebracht. In Malaysia waren Krankenhausaufenthalte für Patienten gratis, wenn sie von der Polizei gebracht wurden. Nachdem ich eine prophylaktische Tetanus-Spritze erhalten hatte, wurde ich von meinem Polizeichauffeur ins Hotel gebracht. Für diesen ganzen Service nahmen die Beamten keinen Cent von uns an.

Ansonsten waren die Cameron Highlands eigentlich kein Paradies für extreme Abenteurer. Die Region erinnerte mich an England. Die Häuser waren oft im Fachwerk-Stil erbaut, und ich genoss einen guten

Nachmittagstee, der direkt um die Ecke geerntet wurde. Nachdem ich mich von den Strapazen der vorangegangenen Tage erholt hatte, startete ich zum vorerst letzten Mal auf eine Busreise. Ich musste mich zunächst an die malaysische Pünktlichkeit gewöhnen. Denn bis eine Minute vor Abfahrt nahm ich noch ein indisches Frühstück ein, bestehend aus »Roti«[163] und süßem Tee. Ich dachte indonesisch, d. h. der Bus wird schon irgendwann nach der regulären Abfahrtszeit losfahren. Weit gefehlt – dieses Mal suchte man mich in der Busstation statt im Regenwald. Mit vollem Mund ging es gerade noch in den Bus hinein. Eigentlich hatte ich einen Busfahrschein direkt nach Georgetown in Nordmalaysia gekauft. Aber es gab gar keinen Bus dorthin. So fuhr ich mit einem klapprigen Gefährt, das jeden Moment auseinanderzufallen drohte aus dem Hochland über eine enge kurvenreiche Bergstrasse zurück in Richtung Meer. In der ersten Küstenstadt wurde mir gesagt, ich solle den Bus wechseln. O.k. gesagt getan. Danach fuhr dieser Bus, auf dem ebenfalls nicht Georgetown als Endstation, sondern vielmehr gar nichts stand, in die nächste Stadt mit insgesamt fünf Passagieren auf 50 Plätze verteilt. Plötzlich hielten wir an einer Autowerkstatt, und wir wechselten erneut den Bus, auf dessen Schild dann endlich Georgetown stand. Ich muss sicher nicht alle Strategien von malaysischen Busgesellschaften verstehen. Wenigstens kam ich schließlich irgendwann in dieser chinesischsten aller malaysischen Städte wohlbehalten an.

Die Stadt liegt auf der Insel Penang, die der malaiischen Halbinsel vorgelagert ist. Da ich wegen SARS nicht nach China reisen würde, freute ich mich wenigstens für ein paar Tage ein bisschen in den chinesischen Kulturkreis abzutauchen. Überall in den engen Gässchen wurde gehämmert, gehobelt, gesägt, geklopft und gebohrt. Oder es drangen die unterschiedlichsten Düfte aus den meist ziemlich alten und leider oft sehr heruntergekommen Reihenhäuschen hinaus in Freie. Fand ich im Rest Malaysias meist lateinische, arabische und chinesische Schriftzeichen nebeneinander, dominierte hier

[163]Roti: Fladen gefüllt mit Käse, Ei und Zwiebeln

eindeutig das Chinesische. Radfahrer, die sperrige Lasten oder Menschen auf Rikschas transportierten, fuhren im gemächlichen Tempo durch die mit Laubengängen durchzogene Altstadt. Überall fand ich kleine Tempel und an fast jedem Haus winzige knallrote Opferaltäre, auf denen Gaben dargebracht und Räucherstäbchen entzündet wurden. Beim Erkunden der Stadt blieb ich ständig in einer Teestube oder einem Kaffeehaus hängen, und ich ließ den Lärm, die Gerüche und die Schwüle der Stadt hinter mir. Von der kulinarischen Seite her betrachtet bot Georgetown ein Paradies sondergleichen. Da die Stadt auch schon von den Engländern als wichtiger Handelsstützpunkt während der Besatzungszeit entdeckt wurde, genoss ich hier wieder einmal ein richtiges englisches Frühstück mit »Baked Beans, Saussages, Eggs and Toast«. Zum Mittag konnte ich entweder chinesisch essen, indischen Curry probieren oder ein letztes Mal »Nasi Goreng«, das indonesische Nationalgericht aus Reis, Ei und Gemüse zu mir nehmen. Es war herrlich, in diesem Schlemmer-Tempel umher zu marschieren, und die verbrannten Kalorien während der »Bananenkur« in den Cameron Highlands wieder anzufuttern. Ich entschied mich für die chinesische Essenvariante. Knusprig, goldbraun gebratene Hähnchen hingen in Reih und Glied im Schaufenster des Restaurants am Kopf aufgehängt direkt zum Verzehr geeignet. Mit einem Hackbeil wurde das Federvieh in mundgerechte Stücke zerkleinert, mit Bambussprossen dekoriert und mit einem Reisberg serviert. Eine knallrote Soße, die durch ihre Schärfe garantiert alle Bakterien abtötete, gab es als Extra dazu.

Schließlich kehrte ich Malaysia den Rücken. Ich genoss die Tage, die ich hier verbrachte, aufs Äußerste. In diesem Land geht es nicht ganz so chaotisch zu, wie im zuvor bereisten Indonesien, der Kulturmix war riesig und das Essen paradiesisch. Von Georgetown fuhr ich mit einer Fähre hinüber zum Bahnhof Butterworth der auf dem malaysischen Festland liegt. Von dort nahm ich den »Internasional Ekspres«, den Direktzug in die thailändische Hauptstadt Bangkok. Die Fahrt führte an endlosen hellgrün schimmernden Reisfeldern entlang in Richtung Grenze. Bisher war SARS für mich eher eine bedeutende aber nicht greifbare Nachricht aus dem Internet geblieben. Doch dies änderte sich schlagartig an der Grenze. Das Personal war vermummt, als ob es sich bei den abzufertigenden Passagieren um »Aliens«, »Gremlins« oder »E. T.«[164] persönlich handeln würde. Bevor ich nach Thailand einreisen durfte, wurde mir ein Fieberthermometer unter die Achseln gesteckt und die Lunge abgehorcht. Anscheinend war ich nicht SARS-verdächtig, denn ich durfte thailändischen Boden betreten. Der erste Eindruck meines neuen Gastlandes wurde mir durch die thailändische Eisenbahngesellschaft vermittelt. Das Wort Service wurde in Großbuchstaben geschrieben. Zunächst bekam ich eine riesige Speisekarte mit einem Lächeln präsentiert. Es gibt sicherlich nicht viele Länder, in denen man frische Meeresfrüchte im Zug serviert bekommt. Nach dem guten Abendessen wurde mir schließlich das Bett bereitet. Der Sitz wurde vom Steward umgeklappt, eine Matratze hervorgezaubert, frisches Bettzeug gebracht, ein Vorhang aufgehängt und die Nachttischlampe angeknipst: Willkommen in Thailand! Dass der Zug nach 21 Stunden Fahrt pünktlich in Bangkoks Hauptbahnhof einlief, war für mich die Krönung.

Das erste was ich in Bangkok unternahm, war eine schnelle Taxifahrt mit Sack und Pack zur indischen Botschaft, um mein Visum zu beantragen. Die Inder erklärten sich bereit, mir ein solches auszustellen. Eigentlich hatte ich vor, erst in Bangkok zu entscheiden, wie nun meine Reise weitergehen sollte. Von Mainz bis Bangkok, also rund 280 Tage dieser Reise, hatte ich im Groben geplant. Doch bei meiner Abfahrt im August 2002 in Mainz, wusste ich noch nicht, wohin mich meine Reise ab Bangkok führen würde. Eigentlich wäre ich gerne von China aus nach Pakistan eingereist. Doch Pakistan erschien bereits 2002 als zu gefährlich. Daher wollte ich stattdessen von Thailand aus nach Myanmar, Bangladesch, Indien in den Nahen Osten reisen. Diese Variante erschien bis Weihnachten 2002 plausibel, ehe die

---

[164]Aliens, Gremlins, E. T: außerirdische Wesen aus der amerikanischen Filmgeschichte

Amerikaner im Irak Ernst machten. Daher zog ich danach vor, von Thailand über Kambodscha, Laos und Vietnam nach China zu reisen, um mit der Transsibirischen Eisenbahn in Richtung Europa zurückzukehren. Schließlich erfuhr ich Mitte März von SARS und Ende April entschied ich mich, China nicht so sehr wegen SARS zu umgehen, sondern wegen der eingeleiteten Konsequenzen, die da lauten: gesperrte Grenzübergänge, Straßensperren und Quarantäne. So entschied ich mich nun doch von Thailand nach Myanmar weiterzureisen.

# Leben im Jahr 2546

Etappe: Von Bangkok, Thailand 14° Nord 100° Ost (GMT+7) nach Chiang Mai, Thailand 19° Nord 99° Ost (GMT+7): 1.321 km – Total: 83.396 km

Chiang Mai, 29. Mai 2003

Kaum in Bangkok angekommen, ließ ich die Reise zunächst einmal Reise sein und widmete mich Geschehnissen auf Deutschlands Fußballplätzen. Seit meiner Abfahrt im August 2002 konnte ich dank Internet immer die Geschehnisse um den 1. FSV Mainz 05 in der 2. Fußball-Bundesliga mitbekommen. Nachdem der Fastnachtsverein bereits 1997 und 2002 denkbar knapp den Aufstieg in die 1. Fußball-Bundesliga verpasst hatte, bot sich den 05ern am letzten Spieltag der aktuellen Spielzeit erneut die Chance erstklassig zu werden. Dank der schnellen Leitung in den Internetcafés von Bangkok, konnte ich die Mainzer Tragödie in einer Internet-Konferenzschaltung mithören und war wahrscheinlich noch nie in meinem Leben nach einem Mainzer 4:1 Sieg so frustriert, wie an diesem Sonntag Abend in der thailändischen Hauptstadt, als Eintracht Frankfurt nach einem 6:3 Sieg gegen den SSV Reutlingen in die 1. Liga aufstieg und Mainz wieder »nur« Vierter wurde, da die Mannschaft in 34 Spielen insgesamt ein Tor zu wenig schoss. Mit meiner Soja-Milch, statt einem Chang Bier, war ich nach dem Spiel völlig verstört in meinem Hostel angekommen und wurde dort getröstet. Ausgerechnet von Peter, einem Holländer, mit dem ich seit einer Woche gemeinsam unterwegs war! Aber Holländer kennen sich bekanntlich spätestens seit der WM-Qualifikation zum letztjährigen Turnier in Japan und Korea mit Frust und Trauer aus, und somit war ich bei Peter richtig aufgehoben, vielleicht auch gerade deshalb, weil Peter kein Fussballfan war.

Auch die Fans von Mainz 05 ließen ihre Mannschaft nicht hängen und so wurde die Mannschaft von 10.000 Menschen am Tag darauf auf dem Mainzer Marktplatz gefeiert. Der ehemalige Trainer von der Frankfurter Eintracht, Dragoslav Stepanovic, sagte einmal »Das Lebbe geht weiter« und so geht nun auch meine Reise weiter und mein 05er-Wimpel begleitet mich auch weiterhin von Ort zu Ort! Der 1. Spieltag der Saison 2003/2004 würde in den ersten Augusttagen stattfinden. Vielleicht werden am Ende dieser nächsten Spielzeit schließlich die Meenzer doch endlich mal die Nase vorn haben – wer weiß?

Die Ankunft in Thailands Hauptstadt Bangkok brachte für mich wieder einige Neuerungen in meinen Reisealltag. Wer glaubt, so langsam müsste ich alles gesehen und erlebt haben, täuscht sich gewaltig. Zum ersten Mal auf dieser Reise fühlte ich mich nun als Analphabet, da die Thais hauptsächlich ihre Schriftzeichen zur Beschilderung nutzen. Nur wenige lateinische Schriftzüge finden sich in englischer Sprache. So war es auf einmal gar nicht mehr so einfach, eine Speisekarte zu entziffern, Fahrpläne zu lesen oder in den richtigen Bus einzusteigen. Außerdem hörte ich erstmals die für ein mitteleuropäisches Standard-Ohren-Paar ungewöhnlichen Sprachlaute um mich herum. Schließlich ist Thai eine klischeemäßig asiatische Sprache, bei der ich einfach manchmal schmunzeln musste, wenn alles um mich herum so für mich fremd klingende Töne von sich gab. Indonesien und Malaysia nutzen die lateinischen Buchstaben, und auch die Laute hörten sich für meine Ohren »normal« an. Was mir bereits in Malaysia und mir nun auch in Thailand auffiel, ist die wieder existierende Privatsphäre. Anquatschen à la »Hello Mister« schien eine Spezialität Indonesiens gewesen zu sein. Thais lächeln, ja sie lächeln sogar sehr oft, aber niemand würde mich einfach so anquatschen. Das macht das Reisen wirklich wieder angenehm. Außerdem gehen die Kinder anscheinend alle zur Schule, da all der Kram, der hier, wie in allen anderen asiatischen Ländern auf der Straße verkauft wird, von Erwachsenen und nicht aus Kinderhänden stammt. Es besteht in Thailand eine 9-jährige Schulpflicht und anders als in vielen armen Ländern ist die Schule zwölf Jahre lang kostenlos. Ein sehr erfreuliches Zeichen, dass hier den Kids vielleicht eine bessere Zukunft beschert ist, als in Indonesien und Ost-Timor oder auch in allen lateinamerikanischen Ländern, von Afrika gar nicht zu sprechen. Auch die Bettler waren wesentlich zurückhaltender als bisher gewohnt. Schon das Ausstrecken der Hand gehörte sich anscheinend nicht. In Thailand begegnete ich dem eher »zurückhaltenden« Asien, das auf mich sehr angenehm und kraftsparend wirkte.

Aber die thailändische Hauptstadt Bangkok konnte mitunter auch ganz schön anstrengend sein. Allein das sich fortbewegen fiel in dieser Metropole schwer. Den bundesdeutschen durchschnittlichen Verkehrsstau zur Rushhour konnte man getrost vergessen. In Bangkok war 24 Stunden am Tag Rushhour angesagt. Alles stand: tausende gelbgrüne und blaurote Taxis, hunderte Stadtbusse, dutzende Lkws sowie unzählige dunkelblaue »Tuk-Tuks«, dreirädrige Taxis, deren Fahrer gerne astronomische Summen für eine Taxifahrt nahmen. Beim Tuk-Tuk handelte es sich um eine Art Luxusmodell der Bajajs aus Indonesiens Hauptstadt Jakarta. Sie waren zwar schneller als ein Bajaj, aber auch größer, und sie passten nicht in die Lücken zwischen den endlosen Reihen stehender Pkws. Also mussten auch die Tuk-Tuks permanent warten, und das bei 40 Grad Celsius im Schatten und im Gestank der Abgase.

Die Situation als Fußgänger sah nicht wesentlich besser aus, da die überall vorhandenen Gehwege permanent durch die unzähligen Stände der Händler oder durch Blumenkübel, in denen Seerosen trotz des Dauersmog erblühten, versperrt waren. Ganz Bangkok schien ein riesiger Marktplatz zu sein, in dem es alles zu kaufen gab, was der Mensch auch nur im Entferntesten benötigen konnte. In der Stadt ließen sich zwei grundverschiedene Zonen unterscheiden: »Thanon Khao San«[165] und der Rest Bangkoks. Erstgenannte sah in etwa so aus, wie die »Straße des 17. Juni« in Berlin nach dem Ende der Loveparade. Hunderte von Weißen pilgerten zwischen Ramschläden herum, in denen schwarzgebrannte CDs verkauft wurden, die Bässe der Techno-Musik dröhnten in ohrenbetäubender Lautstärke über die Straße, Felafel wurde genauso angeboten wie so »einfallsreiche« T-Shirt à la »Mc

[165]Thanon Khao San: <thailänd.> Khao San Straße

Shit«. Dahinter stand schließlich der obligatorische McDonald's oder für den gehobenen Anspruch auch ein Burger King. Die Spezies vom weißen Menschen trug eine »Uniform«, an der man sich erkannte: Mindestens ein Piercing, eine Tätowierung, Sonnenbrille, Teva-Sandalen, blondierte Haare oder Rasta-Frisur und den Lonely Planet in der Hand. Ich kam mir plötzlich wie zu Hause vor, als ich diese Spezies erblickte. Denn seit Australien sah ich praktisch kaum mehr größere Ansammlungen von Rucksackreisenden. Irgendwie gab mir dieser Anblick einerseits das gute aber natürlich trügerische Gefühl der Sicherheit. Wenn ich wochenlang alleine reise, von SARS-Meldungen bombardiert werde, CNN permanent Kriegsberichte aus dem Irak sendet und ständig neue Terroranschläge stattfinden, fühle ich mich selbstverständlich beim Anblick anderer Reisender unwillkürlich sicherer. Andererseits sind diese Gegenden natürlich das favorisierte Ziel von möglichen Terroranschlägen. Aber ich wollte in diesem Backpacker-Ghetto sowieso nicht allzu lange bleiben. Thanon Khao San gehört zwar zu Bangkok, diese Straße könnte jedoch in jede Metropole der Welt transferiert werden, ohne dass sich etwas an ihrem Äußeren ändern würde. Aber natürlich gönnte ich mir auch wieder einmal einen Whopper, um einer Reis- oder Nudelphobie vorzubeugen.

Der Rest Bangkoks besteht aus unzähligen kleinen Essenständen, die von Sonnenaufgang bis spät in die Nacht die Stadt in ein kulinarisches Paradies verwandelten. Wie wäre es morgens beispielsweise mit einem thailändischen Frühstück à la »Reisporridge«? Der herzhafte Reisbrei enthielt kleine Hackfleisch-Bällchen, viel fremdartiges Gemüse und das rohe Ei wurde direkt in den Porridge hineingeschlagen und anschließend in der siedenden Brühe sogleich fest. Dazu wurde Kaffee wahlweise heiß oder mit einem Dutzend Eiswürfel serviert. Oder wie wäre es mit Wassermelonen, Honigmelonen, Papayas oder Ananas, die an jeder Ecke zerhackt und in eine Tüte mit großem Zahnstocher als Gabelersatz gepackt werden? Aus hunderten von Töpfen brodelte und blubberte es. Oft konnte ich die Zutaten Fisch,

Garnelen, Hühnchen oder Tintenfisch noch erkennen. Aber manche Gemüsesorten und Früchte hatte ich auch im rohen Zustand in meinem Leben noch nie vorher gesehen. Zum Nachtisch gab es Reisplätzchen mit Sirup oder glasierte Bananen auf dem Grill geröstet.

Aber nichtsdestotrotz, auch ich konnte nicht den ganzen Tag essen oder einkaufen, und so traf es sich gut, dass es in Bangkok rund 400 »Wat« gibt. Ein Wat ist ein buddhistischer Tempel und diese laden immer zum Besuch ein. So konnte ich mich vom Lärm der Stadt in den Tempel oder den davor liegenden Garten zurückziehen. Diese Tempel stechen hauptsächlich durch eine Farbe förmlich ins Auge: Goldgelb. Der Stupa, ein turmförmiges Gebilde, der an eine Glocke mit spitz auslaufendem Ende erinnert, ist oft vollkommen mit Gold überzogen. Die Tempelmauern hingegen sind entweder mit kleinen spiegelnden, in bunten Farben schimmernden Plättchen bedeckt, die ein Mosaik ergeben, mit bunten Kacheln ausgelegt oder mit handbemalten Blumendarstellungen verziert. Kaum befand ich mich im inneren Tempelbereich, war plötzlich das Gezwitscher von Vögeln zu hören, statt das Brummens von unzähligen Lkws. Oft befanden sich an den Tempeldächern kleine Glöckchen, die beim geringsten Luftzug in einem angenehm beruhigenden Ton klingelten. Der Geruch von Räucherstäbchen drang in meine zuvor vom Smog arg strapazierte Nase, und nun saß ich inmitten von Menschen, die meditierten statt durch die Straßen zu hetzen. Sie brachten die verschiedensten Opfergaben dar: Kokosnüsse, Blumengebinde, gelbe Kerzen, Geldscheine, hartgekochte Eier, knusprig gebratene Hähnchen oder auch Pflanzenöl.

Das Postamt, um meine Sendungen aus der Heimat abzuholen, erreichte ich mit dem besten Verkehrsmittel Bangkoks, dem Schnellboot. Dieses fuhr taktmäßig von Pier zu Pier. Der Kapitän saß vorne in einem riesigen Sessel und steuerte das langgestreckte Boot, auf dem mehr als 100 Menschen Platz fanden. Ein- und ausgestiegen wurde am hinteren Ende, an dem auch der Matrose mit Trillerpfeife stand und durch verschiedene Pfeiftöne den

Kapitän dirigierte. Kaum angelegt beziehungsweise eher angerammt, fuhr das Boot nach dem erneuten Pfiff schon wieder ab. So kam ich relativ schnell durch Stadt und Zeit zu meinen Briefen, ins Jahr 2546. Im Jahr 543 v. Chr. begann in Thailand die buddhistische Ära, und damit ist dieses Jahr gleichzeitig die Zeitenwende für die Thais.

Da ich mein Visum für Indien erst nach fünf Arbeitstagen erhalten sollte, floh ich in der Zwischenzeit aus dem Chaos Bangkoks hinaus aufs Land. Thailand war Eisenbahnland, und damit war mir dieses Land gleich sehr sympathisch. Statt an irgendeine in der Peripherie liegende Busstation mit dem Taxi zu fahren oder sich mit dem Lokalbus dorthin durchzuschlagen, konnte ich von Bangkoks Hauptbahnhof direkt aus dem Stadtzentrum losfahren. Der Dritte-Klasse-Zug nach Ayutthaya fuhr pünktlich auf die Minute ab. Dritte Klasse bedeutet in manchen Ländern mehr oder weniger beim Reisen zusammengepfercht zu sein wie ansonsten vielleicht Tiere oder Fußballfans auf dem Weg in ein deutsches WM-Stadion. Doch hier sah es eher aus, wie bei uns in der S-Bahn mit dem gewaltigen Unterschied, dass es funktionierende Ventilatoren en Masse an der Decke gab, die die Temperatur im Waggon erträglich machten.

In Thailand gilt man anscheinend nur mit Uniform als Autorität, denn die Kleidung des Bahnpersonals erinnerte mich stark an russische Armeeuniformen. Der Schaffner im khakifarbenen Outfit erschien mit riesiger Schirmmütze, die seine Autorität für mich ins Unermessliche steigerte. Hier wäre ich vor lauter Respekt nie auf die Idee gekommen, schwarz zu fahren. Der Bahnhofsvorsteher, in oliv gekleidet, rannte bei der Ankunft des Zuges mit roter und grüner Fahne ans Gleis. Die rote Fahne wurde solange ausgestreckt, bis der Zeiger der Uhr auf die entsprechende Abfahrtszeit umsprang, denn Thai-Züge kamen manches Mal mit Verfrühung im Bahnhof an. Bevor der Zug sich in Bewegung setzte, wurde die Glocke am Dach des Bahnhof-Häuschens geläutet und die grüne Fahne ausgestreckt. Schließlich rollte der Zug nach einem langgezogenen Hupton los. Anders als beim Bus

fahren, hielt der Zug nur an den Bahnhöfen und war immer relativ schnell wieder zurück auf dem Land. Zu Verspätungen kam es allerdings, wenn um acht Uhr morgens von irgendwoher die Nationalhymne erklang. Dann sprang jeder von den Sitzen auf und legte die Hand auf die Brust.
Die Reise führtet an unzähligen hellgrün leuchtenden Reisfeldern vorbei, durch die Reiher und Störche auf Nahrungsmittelsuche stolzieren. Die Bahnübergänge wurden mit rollenden Zäunen durch ebenfalls in Uniform erstrahlenden Beamten rechtzeitig versperrt und wieder geöffnet. Wäre die Bahn AG noch ein reiner Staatsbetrieb, könnte Kanzler Schröder sofort ein Jobwunder bewirken, indem alle deutschen Bahnübergänge mit rollenden »Gartenzaun-Managern« bestückt werden würden. Die kleinen Bahnhöfe mit ihren Minigartenzäunen und ihren gepflegten Blumenbeeten erinnerten mich sehr stark an die Märklin-Landschaft jedes Modellbau-Architekten. Dank der immer heruntergelassenen Glasfenster hatte ich direkten Ausblick auf die an mir vorbeiziehende Landschaft. Ich kam mir wie in einem Film vor. In einem Augenblick ein wunderschöner goldverzierter Wat, danach wieder grasende Rinder auf der Weide und kurz darauf Fischer beim Netz auswerfen.
Erstes Ausflugsziel war für mich die ehemalige Hauptstadt Thailands, Ayutthaya. Allerdings war diese nur eine Hauptstadt von vielen. Thailand als solches existierte bis ins 18. Jh. gar nicht. Vielmehr gab es mehrere Königreiche auf dem Boden des heutigen Thailand, das früher »Siam« genannt wurde. Ayutthaya war bis zur Zerstörung durch die Burmesen 1767 Hauptstadt des heutigen Südthailands. Die neue Hauptstadt Siams wurde erst nach Thon Buri und schließlich 1782 auf die gegenüberliegende Seite des Mae-Nam-Chao-Phraya-Flusses verlegt. Bangkok erblickte das Licht der Welt. Heute kann man in und um Ayutthaya viele Ruinen ehemaliger buddhistische Klöster und Tempel aus den goldenen Zeiten besichtigen. Glücklicherweise wurde nicht alles von den Burmesen in Schutt und Asche gelegt, und einige Objekte sind dank Zement und Restaurierung wieder in gutem

Zustand. Die Fassade vieler Tempel war mit Blattgold überzogen, das diese im Sonnenlicht so richtig erstrahlen ließ. Die Dächer waren durchweg mit farblich unterschiedlichen Ziegeln gemustert, und die Giebel waren ganz besonders verziert. Sie erinnerten an goldgelbe Feuerzungen die der Dachkante entsprangen, während auf dem Dachfirst vorn und hinten lange Hörner emporragten. In vielen Tempeln meditierten und beteten die Menschen. Allerdings konnte ich im Tempel auch essen und trinken oder Lottoscheine kaufen.

Ich war wieder einmal mit einem 1-Gang Fahrrad unterwegs, das für mich natürlich viel zu klein war. Gebückt zuckelte ich von Tempelchen zu Klösterchen, mich dem chaotischen Fahrverhalten thailändischer Autofahrer entgegenstellend durch die Gegend. Der Vorteil als Radfahrer in Thailand bestand darin, dass man als Verkehrsteilnehmer nicht Ernst genommen wurde. So konnte ich immer den direkten Weg durch das Getümmel wählen. Als Geisterfahrer unterwegs: kein Problem. In Deutschland wäre sofort gehupt worden, hier hingegen war man weitaus pragmatischer.

Ein weiteres interessantes Ausflugsziel war Lop Buri. Dort stieß ich auf einen Königspalast, der europäische Stilmittel mit südostasiatischen kombinierte. Die weißgetünchten Häuser im Palast wurden im französischen Kolonialstil erbaut, für die gewaltigen mit Zinnen versehenen Palastmauern aus dem 17. Jh. zeichnete sich ein italienischer Baumeister verantwortlich, und für den obligatorischen buddhistischen Tempel ein Khmer aus dem heutigen Kambodscha. Doch noch wesentlich interessanter war die »Big Brother Show« auf Thailändisch mitten in der Stadt. Auf einer riesigen Verkehrsinsel mit den Ausmaßen eines halben Fußballstadions, befand sich eine alte Tempelruine. Diese wurde von einer Affenhorde besiedelt, die dort ihrem Leben in der Ruine ungestört nachging. So wurde sich gegenseitig entlaust, freie Liebe praktiziert, aus der Regentonne getrunken und Mülleimer nach Essen durchstöbert, oder zur allgemeinen Belustigung versuchten die Bewohner Eindringlinge zu bespringen, oder die Kamera zu klauen. Die

Affen ließen sich durch den Verkehrslärm oder durch Besucher keineswegs stören, genauso wie die Spezies Big-Brother-Mensch, die es als ultimativen Kick empfindet, sich vor einem Millionenpublikum die Zähne zu putzen.
Ein weiterer Ausflug führte mich in die jüngere Geschichte Thailands, nach Kanchanaburi. Während des 2. Weltkriegs war praktisch ganz Südostasien von den Japanern besetzt. In Kanchanaburi begann die so genannte »Death Railway«. Der Name bezeichnet die Bahnverbindung von Thailand nach Burma. Sie wurde innerhalb eines Jahres von 1942-43 von so genannten »POWs«[166] gebaut, die im 2. Weltkrieg von den Japanern gefangen genommen wurden und hauptsächlich aus den USA, dem Vereinigten Königreich, Holland und Australien stammten. Die Trasse sollte den Nachschub an Munition für die Japaner nach Burma sichern, damit Japan den Krieg in Richtung Indien ausdehnen konnte. Neben etwa 30.000 POWs waren zur Arbeit auch ca. 100.000 Gefangene aus Indien, Malaysia, Singapur, Burma und Thailand eingesetzt. Mehr als die Hälfte aller Arbeiter starb aufgrund von Unterernährung, Tropenkrankheiten, der harten Arbeit und schlechter Behandlung durch die Angehörigen der japanischen Armee. Berühmtestes Bauwerk der Eisenbahnstrecke ist die Brücke über den River Kwai, die in einem Spielfilm mit fiktiver Geschichte traurige Berühmtheit erfuhr. Die Originalbrücke wurde von den Alliierten 1945 bombardiert. Bei den Luftangriffen sind viele POWs ums Leben gekommen, da die Lager als menschliche Schutzschilder direkt an die Brücke grenzten. Mir lief es eiskalt den Rücken runter, als ich die heutige Brücke, mit dem historischen Hintergrund im Kopf, betrat. Ein Museum mit Photos und Beschreibungen der Zustände sowie unzählige Soldatenfriedhöfe schockierten mich auch noch 60 Jahre danach.
Schließlich kam der Tag, an dem ich mein indisches Visum abholen sollte. Nun musste ich wieder Schlange stehen und lernen, dass Botschaften exterritoriale Gebilde sind. Anders als in Thailand, wo man sich brav in eine

---

[166]POW – »Prisoner of War« <engl.> Kriegsgefangener

Schlange stellt, drängelte in der indischen Botschaft jeder so gut wie er konnte, um als Erster bedient zu werden. Nachdem ich mich durchgekämpft hatte, meinen Pass abgab, eine weitere Stunde wartete und schließlich nochmals drängeln musste, bekam ich endlich mein Visum samt Pass zurück. Abends verließ ich Bangkok mit dem Zug in Richtung Chiang Mai, das im äußersten Nordwesten des Landes liegt. Die Stadt war einstmals Hauptstadt des Königreichs Lanna Thai zu Deutsch »Königreich der Millionen Thai Reisfelder«. Auch hier besuchte ich einige Wats, aber die Stadt gefiel mir nicht allzu sehr. Statt sich in den Wats erholen zu können, hatten diese oft richtigen Jahrmarkt-Charakter mit Bratwurst-, Eis- und Cola-Ständen. Dazu wurde eine plärrende äußerst gewöhnungsbedürftige Musik gespielt, die nicht sonderlich zur Meditation anregte. Vielleicht war ich aber auch nur ein bisschen des »ISO-9002-Thailands« überdrüssig. Viele Firmen werben mit diesem Qualitätssiegel und in der Tat bot Thailand dem Reisenden fast alles was er von zu Hause gewohnt war. Das Reisen war einfach und günstig, allerings nicht besonders abenteuerlich, wenn im gleichen Zug zwei Dutzend Rucksackreisende saßen. Daher war ich vielleicht etwas vom Massentourismus übersättigt, der trotz SARS und Nebensaison existierte. Aber das nächste Land versprach wieder das Reisen abseits ausgetrampelter Touristenpfade.

# Reise in die Vergangenheit

Etappe: Von Chiang Mai, Thailand 19° Nord 99° Ost (GMT+ 7) nach Bagan, Myanmar 21° Nord 95° Ost (GMT+ 6:30): 999 km – Total: 84.395 km

Bagan, 5. Juni 2003

Mein nächstes Reiseziel auf dem Weg in Richtung Europa war Myanmar, früher »Burma« genannt. Das Land wurde umbenannt, da Burma eine englische Verballhornung des Landstrichs Barma darstellt. Barma bezeichnet lediglich eine Region meines aktuellen Gastlands, das vom Himalaja bis zum Indischen Ozean reicht. Schon zu Zeiten Marco Polos im 14. Jh. wurde diese Gegend »Myanmar« genannt. Um die Kolonialzeit abzuschütteln, wurde der alte Name Myanmar Ende der 80er Jahre des letzten Jahrhunderts wieder eingeführt. Um in dieses Land zu gelangen, muss der Reisende seit mehr als 50 Jahren fliegen, da die Landesgrenzen zu seinen Nachbarn Indien, Bangladesch, China, Laos und meist auch Thailand geschlossen sind.

Die preisgünstigste Reservierung eines Fluges für die Strecke vom thailändischen Chiang Mai nach Mandalay gestaltete sich etwas schwierig, machte mich aber in Sachen bürokratische Hürden nehmen um eine Erfahrung reicher. Obwohl Myanmar vielleicht das einzige Land weltweit war, in dem Internet noch nicht allgemein verfügbar war, konnte ich dieses interessanterweise aber dennoch zur Reservierung meines Tickets bei Air Mandalay nutzen. Allerdings ging meine Reservierungs-Anfrage per E-Mail nicht nach Myanmar sondern nach Paris, in die europäische Zentrale der Fluggesellschaft aus Myanmar. Aus Paris erhielt ich eine Rechnung per E-Mail, die ich mit meinen Kreditkartenangaben von Thailand wieder nach Paris zurückfaxen musste. Danach schickte mir das Pariser Büro erneut per E-Mail einen Gutschein, den ich schließlich in Chiang Mai gegen den Flugschein eintauschen konnte. Warum einfach, wenn es auch kompliziert ging? Aber

schließlich hatte ich statt 151 US-Dollar lediglich 89 US-Dollar zu zahlen – da nahm ich jeden bürokratischen Aufwand gerne in Kauf.
Mit einer Propellermaschine des Typs Aerospatiale ATR 42-300 verließ ich Chiang Mai, um nach rund 440 Kilometern Flug in Mandalay anzukommen. Wie bei der Einreise nach Thailand waren alle Mitarbeiter vermummt, und mir wurde erneut die Temperatur wegen des Verdachts auf SARS gemessen. Danach »durfte« ich 200 US-Dollar in so genannte »FEC«[167] im Verhältnis eins zu eins zwangsumtauschen. Mit den FEC musste ich Hotels, Flüge, Züge und Boote bezahlen. Ein Rücktausch war unmöglich. Diese Prozedur erinnerte mich an Reisen nach Osteuropa vor dem Fall der Mauer. Nun nutzte ich drei Währungen: FEC, die lokale Währung Kyat und den allseits beliebten US-Dollar. Tauschte ich ganz offiziell, wäre Myanmar sicherlich das teuerste Land der Welt gewesen, denn für einen US-Dollar bekam ich sechs bis sieben Kyat. Tauschte ich bei Geldwechslern erhielt ich für einen FEC rund 750 Kyat und für einen US-Dollar 940 Kyat. Somit besaß Myanmar sicherlich weltweit das komplizierteste Währungssystem. Für die eingetauschten Dollar konnte ich gleich die Einkaufstüte zücken. Der 1.000 Kyat-Schein war die Banknote, mit dem höchsten Betrag und gerade etwas mehr als einen US-Dollar wert.
Nachdem ich mit dem Zwangsumtausch eine Zeitreise rund 15 Jahre zurückmachte, brachte mich die Reise durch das Land um weitere Jahrzehnte im 20. Jh. zurück. Es gab im Gegensatz zu Thailand keine Staus, da Autos Seltenheitswert besaßen. Pferde- und Ochsenkarren sowie tausende von Fahrrädern bevölkerten stattdessen die mit Schlaglöchern übersäten Straßen Myanmars. Näherte sich ein Auto, hupte dieses, um seine Ankunft anzukündigen. Dies war auch ratsam, da ich beim Radeln auf meinem Drahtesel so manches Mal bei der Ruhe und dem gemächlichen Tempo ins Träumen kam. Ähnlich erging es den einheimischen Radlern, die mit den Ein-Gang-Rädern »Made in Myanmar« oft nebeneinander mitten auf der Gasse entlangfuhren und sich

[167]FEC: Foreign Exchange Certificates – Touristenwährung in Myanmar

dabei unterhielten. Die freundlichen Menschen klingelten, wenn sie von mir überholt wurden und fingen auf dem Sattel oft eine Konversation mit mir an. Am besten kam ich als Passant mit einer »Trishaw« durch das weitläufige Mandalay. Bei dieser handelte es sich um ein Fahrrad, an das ein Doppelsitz mit drittem Rad seitlich des Gepäckträgers angebracht war. Auf einer Fahrt lernte ich den Trishaw-Fahrer Bamaung kennen. Da auch in Myanmar wieder die Verständigung oft ein Problem darstellte, zumal das Burmesische ebenfalls eine eigene Schrift besaß, war ich froh, dass Bamaung dem Englischen mächtig war. Wir fuhren abends zu den Unterhaltungsplätzen Mandalays schlechthin, den »Beer-Stations«. Dies waren Fassbier-Kneipen, in denen der Gerstensaft sehr süffig schmeckte und bei Temperaturen um die 40 Grad Celsius im Schatten glücklicherweise nicht sonderlich stark war. In der Beer-Station, wie auch in den Restaurants Myanmars, erlebte ich immer wieder, dass Essen und Trinken ein Erlebnis sein kann. Ich bestellte etwas von der Karte und bekam oft noch ein paar andere Dinge dazu. Orderte ich ein Glas Fassbier, erhielt ich zusätzlich Erdnüsse. Oder bestellte ich Delikatessen wie Nudeln in Kokosnuss-Soße, stand plötzlich noch eine Suppe oder fritierte Tofu-Stückchen, mit scharfgewürztem Hühnchen, gefüllte Teig-Taschen oder marinierte Mangos auf dem Tisch. War die Suppe ausgelöffelt, war sofort eine neue auf dem Weg zu mir. Die berühmte klebrige amerikanische Brause zum Essen? Gab es eigentlich nicht, und wenn doch, dann war diese aus Thailand hineingeschmuggelt worden. Zum ersten Mal auf dieser Reise begleitete mich nun nicht das süße Zeug aus dem Land der unbegrenzten Möglichkeiten. Stattdessen wurde Zuckerrohrsaft verkauft. Die Zuckerrohrstücke wurden zwischen zwei Walzen zermalmt und der olivgrüne Saft durch ein Sieb gefiltert. Das Ergebnis schmeckte wunderbar und war garantiert gesünder als die klebrige Brause aus Amerika.

Mit Bamaung und seiner Trishaw ging es auf Entdeckungstour durch Mandalay. Es wimmelte nur so von buddhistischen Tempeln, Stupas und Pagoden. Vollkommen aus Teakholz gezimmerte Klöster mit wunderschönen

Ornamenten, in denen Mönche, in bordeauxrote Gewänder gehüllt, der täglichen Arbeit nachgehen, bildeten den Anfang der Tour. Die angenehme Stille, die zur Besinnung einlud, gefiel mir am besten. Im Gegensatz dazu drängelten sich die Gläubigen in einer mit Gold überzogenen Pagode um einen Buddha. Lediglich Männer durften direkt an die Statue und Blattgold auf dem Buddha auftragen. Jeden Morgen um vier wurde deshalb das Gesicht des Buddhas vom vorangegangenen Tag gereinigt. Der Tumult und die vielen Andenkenläden mit Buddha-Bildchen für die Gläubigen stießen mich eher ab. Ruhe fand ich schließlich wieder im »größten Buch der Welt«, einem Tempelbezirk mit 729 kleinen weißgetünchten Tempelchen, in denen jeweils ein Kapitel eines Buddha-Kanons in Stein gemeißelt zu lesen war. Es würde über 400 Tage dauern, alle Kapitel bei acht Stunden täglichem Lesen durchzuarbeiten. Mittlerweile war die Mittagshitze aufgezogen und die Temperatur im Schatten betrug über 40 Grad Celsius. Da ich wie in Thailand in allen Tempeln und Häusern die Schuhe ausziehen musste, wurde die Besichtigung der Tempel zur Tortur für die Füße, denn der Steinboden war eher fürs Pizzabacken geeignet als zum drauf Herumlaufen. Die Füße fingen bald an zu »qualmen« und es tat weh, sich auf dem Boden fortzubewegen. Die Schweißperlen liefen mir von morgens bis abends vom ganzen Körper herab und meine Haut sah wegen der permanent herrschenden Feuchtigkeit manchmal so verschrumpelt aus, wie die der alten Mütterchen, die in Myanmar am Straßenrand Obst verkauften.

Trotz der Hitze machte mir das Reisen wieder richtig Spaß, nachdem ich in Thailand einen kleinen Durchhänger hatte. Irgendwie war mir Thailand ein bisschen zu sehr dem Westen angepasst. McDonald's, Burger King und an jeder Ecke ein 7 Eleven[168], wo ich Eiskaffee kaufen konnte oder High-Speed-Internetcafés waren für mich zwar anfangs eine angenehme Abwechslung vom Reisealltag gewesen. Doch schließlich kam ich mir in Thailand vielleicht auch wegen der vielen Touristen fast wie in Europa vor.

[168]7 Eleven: moderne 24-Stunden-Variante des Tante-Emma-Ladens

Gleichzeitig merkte ich, dass ich meine Familie und meine Freunde so langsam vermisste. In Myanmar angekommen, war ich nun wieder von der völlig fremdartigen Kultur und den sehr freundlichen Menschen fasziniert. Hier fühlte ich mich wieder wohl und das Weiterreisen bereitete mir die allergrößte Freude.

Am folgenden Tag startete ich von Mandalay aus mit einen etwa 50 Jahre alten Taxi auf Entdeckungsreise in die ländliche Umgebung Myanmars. Beim Kastenwagen der Marke Mazda handelte es sich um das erste Modell japanischer Produktion nach dem 2. Weltkrieg. Das Armaturenbrett bestand aus einem nicht funktionierenden Tachometer. Die Hupe wurde betätigt, indem man ein loses Elektrokabel, das am Zündschlüssel hing, mit genau diesem in Kontakt brachte. Die Rückbank fehlte. Dafür waren zwei Pritschen eingebaut, auf denen die Passagiere Platz nahmen. Lediglich das kleine Schild »Taxi« erinnerte mich an ein Taxi der westlichen Welt. Wo das Taxi nicht hinkam, ging es mit dem Pferdekarren auf Feldwegen durch schattenspendende Palmenwälder und an saftig-grün leuchtenden Reisfeldern entlang. Die vielen Menschen, denen ich begegnete winkten, lächelten und grüßten freundlich zurück. Wieder konnte ich viele Pagoden und Klöster auf dem Weg besuchen, die zu Hunderten verstreut in der Umgebung von Mandalay zu finden sind.

Schließlich verließ ich die Stadt im Morgengrauen um halb sechs mit einem staatlichen Fährschiff, gebaut 1957 in Papenburg, Ems. Während die Einheimischen ca. 20 Cent für die Fahrt nach Bagan zahlten, musste der Fremde zehn FEC an den Staat abdrücken, um einen Platz auf dem Holzboden des oberen Decks der Fähre zu bekommen. Schließlich wurden für die drei Ausländer an Bord Gartenstühle hervorgezaubert, um eventuell den massiven Fahrpreisunterschied zu rechtfertigen. Wie die Einheimischen machten wir es uns mit unseren Schlafsäcken auf dem Holzboden so bequem wie möglich und ließen die Fluss-Landschaft an uns vorüberziehen. Anders als auf den indonesischen Schiffen, wo mich jeder mit dem berühmten »Hello

Mister« anquatschte, dauerte es dieses Mal seine Zeit, ehe Kontakt zwischen Einheimischen und Fremden hergestellt war. Wir teilten unser Essen, das aus Bananen und Honigmelonen bestand mit unseren Platznachbarn, die uns wiederum guten chinesischen Tee ständig nachschenkten.

Unter dem verblichenen Segeltuch war die immer stärker brennende Sonne relativ gut zu ertragen. Doch im Allgemeinen diktierte mir mittlerweile eindeutig das Klima meinen Reisealltag: frühes Aufstehen und Aktivitäten bis etwa elf Uhr. Danach war alleine das Sich-Fortbewegen so strapaziös, dass ich, wie die Einheimischen eine Ruhepause bis ca. halb vier nachmittags einlegen musste. Die Temperatur stieg häufig über 40 Grad Celsius im Schatten bei fast 100 Prozent Luftfeuchtigkeit. Gegen die massive Sonneneinstrahlung trugen die Einheimischen eine gelbe Paste auf, die aber nicht in die Haut einzog. So sahen viele, vor allem weibliche Wesen, oft wie lebende »Mumien« aus, die perfekt einbalsamiert waren. »Mumien« wie Männer liebten es, möglichst dicke Zigarren, in grünlich schimmernde Blätter gehüllt, zu qualmen. Jeder Rauchmelder würde bei uns sofort anspringen, denn die Gestalt hinter der Zigarre war nach dem Anzünden teilweise tatsächlich nur noch schemenhaft zu erkennen. Das früher legal konsumierte Opium war mittlerweile nur noch entlegenen Bergvölkern im so genannten »Goldenen Dreieck«[169] legal zugänglich.

Die Reise ins 300 Kilometer entfernte Bagan auf dem Ayeyarwady, dem Fluss, der Myanmar von den Hängen des Himalaja im Norden bis zu seiner Mündung in den Indischen Ozean im Süden durchquert, führte an hoch über dem Fluss gelegenen aus Bambusrohr errichteten Hütten entlang. Wegen fehlender Häfen wurde die mitgeführte Fracht über dünne Planken an Land gebracht beziehungsweise an Bord verladen. Schließlich nutzte ich einen der bisher sinnlos in der Gegend herumstehenden Stühle doch noch, um gediegen an Deck den Sonnenuntergang über den Hügeln westlich des Ayeyarwady zu

---

[169]Goldenes Dreieck: Grenzgebiet von Laos, Myanmar, Thailand

genießen. Nach 17 Stunden Fahrt kam das Schiff endlich in Nyaung U bei Bagan, dem Ziel meiner »Fluss-Kreuzfahrt« an.
Bagan war ein reiche, mächtige Stadt und buddhistisches Zentrum von der Mitte des 11. Jh. bis zum Anfang des 14. Jh., ehe es von Chinesen und Mongolen weitgehend zerstört wurde. Lediglich die Tempel der Stadt, die sich auf ca. 100 Quadratkilometern erstreckten, waren aus Stein gebaut. Von den profanen Gebäuden ist nichts mehr zu sehen. Doch in diesem weiten Areal sind bis heute mehr als 2.000 Buddha-Tempel in mehr oder weniger gutem Zustand zu entdecken. Es war ein Genuss sondergleichen, mit dem Rad durch die Landschaft von Tempel zu Tempel zu ziehen und auf Besichtigungstour zu gehen. So weit das Auge reichte, konnte ich zwischen Bäumen und Büschen bis zum Horizont Tempel in allen Größen erblicken. Manche Tempel ließen sich auf sehr schmalen Stufen besteigen. Oft führten die Treppen auch im Tempelinnern hinauf. Kleine Kerzen auf den Stufen leuchteten mir den Weg nach oben. Neben dem wunden Hintern vom Radfahren auf einem Damensattel, bekam ich nun im Dunkel auch noch kleine Beulen auf dem Kopf, denn wie sooft sind die Menschen fremder Kulturen weitaus kleiner als ich, sodass ich mir in diesen Gängen natürlich permanent den Kopf stieß. Aber die Aussicht war immer die Strapazen und Torturen wert. Die vielen kleinen Tempel sahen im Licht der untergehenden Sonne aus wie hunderte kleiner rötlich schimmernder Maulwurfshügel.
Myanmar bot dem Reisenden auch immer etwas Zerstreuung vom Reisealltag, sodass es garantiert nicht langweilig wurde. Hatte ich gerade eine Kakerlake aus dem Weg gekickt, stellte sich mir im Hotel auch einmal eine Schlange in den Weg. Das gerufene Hotelpersonal wagte sich »todesmutig« an das Reptil heran, packte es am Kopf, um den ungebetenen Gast aus dem Hotel zu tragen und in die Natur zu entlassen. Vom gerade Erlebten erholt, ging es in die Dusche, die aber gerade wieder einmal kein Wasser ausspuckte, sondern nur gurgelnde Geräusche von sich gab. Schließlich fiel auch noch

der Strom aus. Das machte aber das Essen bei Kerzenschein nur um so gemütlicher und angenehmer.

## Rückkehr zur Meinungsfreiheit

Etappe: Von nach Bagan, Myanmar 21° Nord 95° Ost (GMT+ 6:30) nach Kolkata, India 23° Nord 88° Ost (GMT+ 5:30): 2.038 km – Total: 86.433 km

Kolkata, 13. Juni 2003

Mit der Ankunft in Indien hatte ich die Meinungsfreiheit zurückgewonnen, die in Myanmar leider ein Fremdwort war. Daher ging ich im vorangegangenen Kapitel nicht auf die politischen Verhältnisse ein. Grundlage dieses Buches waren regelmäßig von mir verschickte E-Mails, die in Myanmar unter Umständen von der dort herrschenden Junta gelesen worden sind, bevor sie über einen burmesischen Account verschickt wurden. Eine allzu kritische Beschreibung der politischen Lage hätte mir eventuell viel Ärger eingebracht. Aus diesem Grund ging ich erst in Indien auf dieses Thema ein.

Myanmar war von der Mitte des 19. Jh. bis zum Beginn des 2. Weltkriegs von den Briten besetzt. Die Japaner drängten während des Kriegs die Briten nach Indien zurück. Nach Kriegsende erkämpfte sich Myanmar 1948 die Unabhängigkeit von den Briten. Kommunistische Gruppen, moslemische Vereinigungen, Bergstämme und buddhistische Mönche ließen sich schwer »unter einen Hut« bringen, und so kam mit der Unabhängigkeit das Chaos ins Land.

1962 putschte sich ein Militärgeneral an die Macht, und Myanmar ist seither eine sozialistische Diktatur. Während andere Länder der Region wirtschaftlich gesehen beachtliche Fortschritte machten[170], stagnierte die Wirtschaft

---

[170]so genannte »Tigerstaaten« wie Malaysia, Singapur und Taiwan

Myanmar und brachte das Land auf den Stand vor dem 2. Weltkrieg zurück. Nach 25 Jahren Diktatur hatten die Bewohner Myanmars genug von der Militärjunta und gingen in den Jahren 1987/88 auf die Straße und protestierten. Allein 3.000 Zivilisten wurden bei den größten Demonstrationen während einer sechswöchigen Periode von Militärs getötet. 1989 versprach die Militärregierung endlich demokratische freie Wahlen. Die Opposition einigte sich auf die Kandidatin Aung San Suu Kyi, die Tochter eines populären Freiheitskämpfers, der sein Leben für die Unabhängigkeit Myanmars von den Briten gelassen hatte. Die Militärs setzten Frau Suu Kyi bis zum Wahltag unter Hausarrest. Trotzdem gewann ihre »Nationale Liga für Demokratie« fast Dreiviertel aller Wählerstimmen.

Anstatt die Regierungsgeschäfte zu übernehmen, wurden Frau Suu Kyi und andere prominente Oppositionspolitiker verhaftet und ins Gefängnis gesteckt. Frau Suu Kyi erhielt während ihrer Gefangenschaft u. a. den Friedensnobelpreis. Dadurch kam 1991 diese Tragödie endlich an das Licht der Weltöffentlichkeit. Im Juli 1995 wurde sie aus der Haft entlassen, durfte die Hauptstadt Yangon aber nicht verlassen. Geheime Gespräche zwischen Frau Suu Kyi und den Militärs zwischen Oktober 2000 und Mai 2002 brachten erneut Hoffnung auf Demokratie. Frau Suu Kyi durfte wieder das Land bereisen und sich politisch betätigen, nachdem die Militärs erkannt hatten, dass Frau Suu Kyi trotz oder gerade wegen des oftmaligen Hausarrestes, unter der Bevölkerung immer noch sehr populär war. Während ich durch Myanmar reiste, bekam die Demokratiebewegung erneut einen Dämpfer, als Frau Suu Kyi in der Nähe von Mandalay während einer politischen Veranstaltung erneut verhaftet wurde und unter Hausarrest gesetzt wurde.

Das Leben in Myanmar im Jahre 2003 war vor allem durch die Angst der Militärs geprägt, ihre Macht zu verlieren. Daher wurde mit allen Mitteln versucht, das Volk von jeglicher Information politischer Art auszuschließen. Internet gab es nicht. Es wurde lediglich ein E-Mail-Service von einigen Hotels über ihren einheimischen Account angeboten. So können die

Machthaber jede E-Mail lesen, zensieren oder gar löschen. Einheimischen war es verboten, mit Ausländern über Politik zu reden. Diese taten dies, soweit ihre Sprachkenntnisse es zuließen aber trotzdem, gerade nach der erneuten Gefangennahme von Frau Suu Kyi. Noch nie in meinem Leben hatte ich Menschen gesehen, die den wenigen Militärs, die sich auf der Straße blicken ließen, die Zunge herausstreckten. »Government no good« oder »Germany very good democracy« bekam ich täglich mehrmals zu hören. Um das Volk künstlich »dumm« zu halten, sind die Universitäten die meiste Zeit über seit 1996 geschlossen. Viele der Taxifahrer waren halb ausgebildete Ärzte, Lehrer etc. Einer ganzen Generation blieb die berufliche Entfaltung versagt.

Nun fragt man sich vielleicht, ob es Sinn macht, ein solches Land zu besuchen. In der Tat hatte ich mich dies vor der Reise auch gefragt, zumal Teile der Oppositionspartei zum Boykott Myanmars aufrufen. Außerdem sponserte ich mit meinem Zwangsumtausch von 200 US-Dollar das Regime und nutzte staatliche Fähren, Busse etc. Dazu kommt noch die Tatsache, dass in Myanmar noch die Zwangsarbeit zum Straßenbau und oft zur Renovierung von Touristenattraktionen an der Tagesordnung ist. Schließlich hatte ich mich aber für einen Besuch Myanmars entschieden, da mit dem Geld, das ich in privaten Hotels, Bussen, Restauratns und für Trishaws und Souvenirs ausgab, direkt die Einheimischen unterstützte. Würden die Touristen ausbleiben, hätten diese Menschen ein wesentlich geringeres Auskommen. Die Sehenswürdigkeiten, wie der Palast von Mandalay, der von Zwangsarbeitern renoviert wurde, strich ich von meinem Besuchsprogramm. Ein weiterer Grund, warum ich Myanmar besuchte, war mein Bedürfnis, mir von den Verhältnissen im Land selbst ein Bild zu machen. Letztendlich hatte ich meinen Besuch nicht bereut. Die freundlichen und dankbaren Menschen machten diese Visite für mich zu einem besonderen Aufenthalt, ohne dabei die politische Situation zu vergessen.

Nachdem ich bisher von der Nutzung des Öffentlichen Personennahverkehrs in Myanmar verschont blieb, kam ich schließlich doch noch in den Genuss, mit einem so genannten »Pick-up-Truck« die Umgebung von Bagan kennen zu lernen. Auf dem Pick-up war eine Laderampe mit zwei klappbaren Holzpritschen angebracht. Die hintere Ladeklappe war permanent nach unten geklappt und ermöglichte so die Mitnahme von weitereren fünf Passagieren auf Holzschemeln. Auf dieser Reise hatte ich bereits gelernt, dass die Definition für Platz ein dehnbarer Begriff ist, der von Land zu Land sehr stark variierte. So dürfte Myanmar weltweit das Schlusslicht bilden, was die Umwandlung dieses Begriffs in konkrete Quadratzentimeter-Größen anbetrifft. »Voll« bedeutete in diesem Land, dass es tatsächlich keinen Raum mehr zum Atmen und Festhalten gab. Um den Stauraum des Pick-ups auch komplett auszunutzen, befand sich über den Pritschen ein Metallgitter, das sozusagen die Treppe zum Oberdeck bildete. Denn ich fuhr teilweise wieder auf dem Dach des Pick-ups mit. Das Metallgitter war mit Bambusrohr ausgelegt, sodass das Sitzfleisch den Ausflug einigermaßen überstehen konnte.
Glücklicherweise fuhren Pick-ups in Myanmar manches Mal nach einem Fahrplan, und nicht erst ab, wenn sie als voll galten. So durfte ich die Fahrt zum Klosterberg Mount Popa teilweise alleine auf dem Dach verbringen. Die Reise führte an Hüttchen vorbei, die aus Palmwedeln errichtet worden waren. Das Schrägdach reichte wie bei Häusern in Nordeuropa bis auf den Boden hinunter. Der Kamin, aus Backsteinen erbaut, bildet den einzig stabilen Teil der Hütte. Dieser diente eher als Kochstelle denn als Wärmequelle, da es selbst nachts meist mehr als 25 Grad Celsius warm war. Ich bekam in der Region des Mount Popa zum ersten Mal den von Südwesten aufziehenden Monsun zu spüren. Statt feuchter Hitze war ich plötzlich in den Bergen von Wolken umhüllt, und es war sogar relativ kühl. So sah ich von dem Klosterberg gar nichts und konnte getrost auf dem Dach des Pick-up-Trucks wieder nach Bagan zurück tuckern.

Von dort aus führte die Reise mit einem Bus weiter nach Süden. An anstrengende Busfahrten gewöhnt, erwartete ich bereits das Schlimmste. Aber es bestand immer die Möglichkeit einer Steigerung und das Wort schlimm ist auch ein sehr dehnbarer Begriff. Nachdem der Bus pünktlich abfuhr, stoppte der Fahrer nach sage und schreibe 200 Metern an der nächsten Werkstatt, um einen Reifen wechseln zu lassen. Chef des Busses war ganz eindeutig »Herr Müller«, der Busfahrer, der ein olivgrünes Bundeswehrhemd eines gewissen »Müller« und einen karierten Sarong trug. Nachdem der Reifen nach etwa 50 Minuten zur Zufriedenheit von Herrn Müller gewechselt war, fuhren wir wieder ca. 200 Meter weiter, ehe der erste von mehreren Militärposten auf uns wartete. Alle Passagiere mussten aussteigen, die Pässe zeigen, und das Gepäck präsentieren. Nach einer knappen halben Stunde konnte Herr Müller endlich losbrausen. Zu diesem Zeitpunkt war ich bereits dermaßen ermattet von der Fahrt, weil ich mir wie eine Sardine eingequetscht vorkam. Die alte Dame vom Vordersitz lag mit ihrem Sitz auf meinen Knien, da sich die Lehne nicht in die normale Sitzposition klappen ließ. Hinter mir konnte sich ein Pärchen nur eine einzige Fahrkarte leisten, und teilte sich den Sitz. Daher saß er mir permanent mit seinen Armen und seinem Kopf in meinem Genick. Ich machte wie sooft auf dieser Reise den Fehler und rechnete meine erwartete Ankunftszeit an meinem Zielort Pyay aus. Eigentlich sollte ich nach zehn Stunden Fahrt und etwa 300 Kilometern um halb zwei Uhr morgens dort ankommen. Doch mittlerweile ging ich schon eher von drei Uhr aus – eine viel zu optimistische Prognose.

Nach einer weiteren Stunde stand Tanken auf dem Programm. Zapfsäulen existierten noch nicht. Auf einem Schemel stand ein Blecheimer mit einem langen Plastikrohr, das in den Tank gesteckt wurde. Das Tankstellen-Personal schleppte fässerweise den Diesel an und schüttete diesen in den Eimer. Nach einer halben Stunde war schließlich auch diese Prozedur beendet. Danach fuhren wir für ca. eineinhalb Stunden weiter, ehe Herr Müller stoppte, da eines der Fernlichter seinen Geist aufgegeben hatte. Herr Müller hatte

sich seine Bundeswehrjacke redlich verdient, da er genauso pedantisch und gründlich war wie der »typische« Deutsche. Trotz aller Unannehmlichkeiten war ich für Herrn Müllers Pedanterie eigentlich froh, denn meist wird in fremden Länder gefahren, bis nichts mehr geht, und manchmal fahren die Busse grundsätzlich mit defekten Lichtern. Es dauerte wieder eine Dreiviertelstunde, ehe der Bordmechaniker das Kabel des defekten Fernlichts ersetzt hatte. Danach rollten wir eine weitere halbe Stunde durch die burmesische Nacht, ehe Herr Müller auf die Idee kam, Abend zu essen. Eine gute Idee eigentlich, aber warum musste dieses Ereignis geschlagene zwei Stunden in Anspruch nehmen? Völlig ermüdet von dieser Schlafen-Unmöglich-Fahrt kamen wir um fünf Uhr morgens in Pyay an.
Eigentlich wollte ich in Pyay weitere archäologische Stätten in der Umgebung besuchen. Doch nach dieser Fahrt und lediglich ein paar Stunden Schlaf in einer Bretterbude, »Guest House« genannt, änderte ich mein Besuchsprogramm und ging lieber in der Stadt spazieren. Mir war seit langem klar, dass diese Reise mit Tourismus und Sehenswürdigkeiten abklappern nicht mehr viel gemein hatte. Viel zu sehr wurde ich tagtäglich von meiner Umgebung geprägt. Da waren touristische Highlights eigentlich nur noch Beiwerk. Vielmehr standen die Menschen meiner Gastländer bereits seit Monaten im Mittelpunkt dieser Reise. Im aufziehenden Gewitter von Pyay stapfte ich durch die schlammigen Gassen am Ufer des Ayeyarwady entlang. Kinder rannten aus den ärmlichen, meist aus Bambusrohr errichteten Häusern auf die Straße, um mir zuzuwinken oder mich mit ihren großen Augen anzuschauen. Jedes Kind fing irgendwann zu lächeln oder sogar zu lachen an. Bei dem Spaziergang durch dieses Armenviertel ruhte überall für einen Augenblick die Arbeit, während dieser große Weiße mit dem Regenschirm durch die schlammigen Gassen stapfte. Den Menschen in Pyay ging es vielleicht im Verhältnis zu anderen Armen in der Welt »gar nicht so schlecht«, aber in der Tristesse dieses Augenblicks realisierte ich, wie gut es uns zu Hause doch geht. Vielleicht musste ich zehn Monate

hauptsächlich durch die armen Regionen dieser Welt reisen, um zu kapieren, was es bedeutet, ein festes Dach über dem Kopf zu haben, zu wissen, dass ich auch morgen genug zu essen habe, bei Krankheiten einen Arzt aufsuchen zu können und sogar Geld für Investitionen und Rente zurück legen zu können. Dazu kam außerdem die politische Freiheit, über die Bundesregierung zu lästern – wohingegen Leute für politische Witze in Myanmar zu sieben Jahren Zwangsarbeit verurteilt werden. Dass den Bewohnern Myanmars die Situation ihrer Heldin Frau Suu Kyi nicht einerlei ist, sah ich in Pyay und anderen Orten am laufenden Band. Mit kleinen Transistorradios versuchten sie den Sender der BBC[171] zu empfangen, der auf burmesisch Nachrichten sendet, um die Menschen auf dem aktuellen politischen Stand der Dinge zu halten.

Von Pyay setzte ich meine Reise in die Hauptstadt Yangon, dem früheren Rangoon, fort. Die Stadt bestand aus breiten Boulevards und teilweise aus wunderschönen Häusern der britischen Kolonialzeit. Die großen Straßen waren auch nötig. Erstens gab es tatsächlich relativ viele Autos und zweitens waren die Bürgersteige wie in Bangkok mit Verkaufs- und Essenständen völlig blockiert, sodass ich als Fußgänger am besten auf der Straße vorankam. Von der kulinarischen Seite her betrachtet, bot mir Yangon wieder ein Paradies sondergleichen. Angefangen mit dem typischen Frühstück à la Fischsuppe mit Nudeln, über frisch gemachten Papaya- und Mango-Joghurt bis zu leckeren indischen Gerichten wie »Toeshay«[172], chineschischen Spezialitäten, wie mit Hühnchen gefüllte Dampfnudeln oder bestem Lavazza-Kaffee. Letzterer war das eigentlich Groteske in Yangon. Trotz eingeschränkter Meinungsfreiheit konnte ich in den 4-Sterne-Hotels MTV, Deutsche Welle Fernsehen oder BBC empfangen und mich über die aktuelle Situation Myanmars informieren. Anscheinend ging die Junta davon aus, dass sich die Einheimischen beispielsweise einen Lavazza-Kaffee für

---

[171]BBC: British Broadcasting Company
[172]Toeshay: <ind.> Kartoffelcrepes

umgerechnet 50 Cent in diesen Etablissement sowieso nicht leisten können und somit vom politischen Weltgeschehen nichts mitbekommen.

Schließlich war ich ein bisschen froh, dieses Land und Südostasien zu verlassen. Denn mit zunehmenden Aufenthalt ekelten mich das permanente Spucken und andere Geräusche aus dem Mund- und Rachenraum wirklich an. Da wie in Indonesien die Betelnuss gekaut wurde, und das rote Extrakt postwendend auf dem oralen Weg den Konsumenten verließ, erinnerten mich die Straßen Myanmars zum Teil an einen großen roten Spucknapf. Mich wunderte es nicht, dass SARS sich gerade in dieser Region so schnell verbreiten konnte. Weder in Südamerika noch in Afrika habe ich je soviel Spucken und sowenig Sinn für Hygiene erlebt wie in Südostasien.

Bevor ich Myanmar verlassen durfte, wurde mir wieder die Temperatur gemessen und nachdem ich kein Fieber hatte, erhielt ich ein Zertifikat mit dem Statement »Fit for Travel«. Mit einer Boeing 737-300 der Biman Bangladesh Airlines flog ich mit 30-minütiger Verfrühung von Yangon nach Dhaka, der Hauptstadt von Bangladesch. Nachdem die Bangladescher mir ein Visum in Kuala Lumpur verweigert hatten, »durfte« ich wenigstens den eisgekühlten Flughafen kennen lernen und mir eine starke Erkältung zuziehen. Die blumengemusterten Sitze der Fokker 28 von Biman auf dem Weiterflug nach Kolkata erinnerten mich stark an Wohnzimmer der 60er Jahre, und in diesem Zeitraum musste auch dieses niederländische Flugzeug gebaut worden sein. Aber es erfüllte seinen Job und brachte mich in 30 Minuten von Dhaka in die Hauptstadt des indischen Bundesstaats West-Bengalen.

# Erholung am Dach der Welt

Etappe: Von Kolkata, India 23° Nord 88° Ost (GMT+ 5:30) nach Varanasi, India 25° Nord 83° Ost (GMT+ 5:30): 1.521 km – Total: 87.954 km

Varanasi, 19. Juni 2003

Auf meinen vorangegangenen Reisen war ich oftmals einer Bevölkerung indischer Herkunft begegnet: ob in Ostafrika, in Südafrika, in den USA, auf Trinidad, auf Mauritius, in Surinam, auf den Fidschiinseln, in Malaysia oder zuletzt in Myanmar. Doch bisher hatte es mich nie ins eigentliche Mutterland dieser Menschen verschlagen. Entsprechend neugierig war ich bei meiner Ankunft in Kolkata auf das »wahre« Indien, das ich nun bereisen würde. Kaum aus dem Flughafengebäude getreten, machte ich sofort meine ersten lehrreichen Erfahrungen mit Indern. Noch von der Freundlichkeit Südostasiens verwöhnt, ließ ich meinen Rucksack in den Kofferraum des Taxis hieven, in der Annahme, es handele sich bei der Person um den zuvorkommenden Taxifahrer. Falsch gedacht – die Person verlangte Bakschisch[173] nach vollendetem Werk. O.k. die Zeiten der Nettigkeiten waren vorbei, in Indien musste ich wieder aufpassen, meinen Rucksack nicht vom Rücken gerissen zu bekommen, um danach noch dafür blechen zu dürfen.

Auf der Fahrt vom Flughafen in die Stadt erkannte ich, dass der indische Straßenverkehr der Chaotischste war, den ich je miterleben durfte. Etwa alle zehn Sekunden drückt ein indischer Taxifahrer auf sein Allerheiligstes, die Hupe. Ein Auto ohne Hupe wäre für einen Inder sicherlich genauso grauenhaft, wie für einen Deutschen ein Bier ohne Alkohol. Da auf der Straße, um den sich permanent auf der Flucht befindenden Fußgänger, ständig Dutzende von Taxis und andere Gefährte herumdüsen, ist die Hupe ein monotones Geräusch, das vom Gehirn eines Menschen, der mehr als zwei Tage in Indien verbracht hat, nicht mehr wahrgenommen wird. Das Chaos entsteht allerdings nicht durch das Hupen, sondern durch das Nicht-Beachten sämtlicher

---

[173]Bakschisch: Almosen; Trinkgeld

grundlegender Verkehrsregeln. Einbahnstraßen werden gerne in der Gegenrichtung genutzt, da man seinem »Gegner«, dem Gegenverkehr, genau ins Auge schauen kann, und letztlich der »Schwächere« nachgeben muss und an die Seite fährt. Gegenfahrbahnen auf mehrspurigen Boulevards laden den indischen Autofahrer zum richtig lohnenden Überholen vieler »Verkehrsgegner« ein. Sogar der seit mehr als 100 Jahren existierende Linksverkehr wird im Eifer des Gefechts schon einmal aufgegeben, und man führt eine neue Fahrweise in Form von Links-Rechts-Verkehr ein. Sowohl links als auch rechts wird in die eine Richtung gefahren und in der Mitte oder auch am jeweiligen Rand rollt der Gegenverkehr. Zur Not wird auch auf den Schienen der Straßenbahn versucht schneller voranzukommen als der Rest. Zum Überfluss stehen sie dann mitten im Verkehrschaos, die heiligen Kühe, und jeder macht einen respektvollen Bogen um diese Viecher, die ziemlich verloren im Stau wirkten. Wahrscheinlich würden sie sich auf einer grünen Weide wesentlich wohler fühlen als im Getümmel einer indischen Großstadt. Eigentlich ist es überflüssig zu erwähnen, dass rote Ampeln von indischen Verkehrsteilnehmern, Kühe inklusive, oftmals ignoriert werden, sofern sie nicht mit der Hand betrieben werden, wie mir stolz ein Polizist vorführte. In einem kleinen Hüttchen an einer stark befahrenen Kreuzung in der Innenstadt Kolkatas zeigte er mir sein Reich: einen Plan der Kreuzung mit den dazugehörigen Ampeln und Knöpfen zum Betätigen der Ampeln. So spielte er extra für mich ein bisschen mit den Knöpfen, um mir die Funktionsweise anschaulich zu präsentieren. Tatsächlich hielten die Fahrzeuge an den Ampeln und fuhren erst bei grün wieder los. Der Horror aller Autofahrer war auf dem Schaltpult sicherlich der Knopf »All Red«.

Da das Verkehrschaos eigentlich seit Monaten zu meinem Alltag gehörte, scheute ich mich anfangs wenig vor dem indischen Straßenverkehr. Die selbst für mich extrem aktive bis aggressive Fahrweise der Inder war mir aber äußerst unangenehm, da ich nie wusste, ob die Bremsen der relativ betagten Fahrzeuge auch tatsächlich funktionierten, um im letzten Moment doch noch abstoppen zu können. In all dem Getümmel taten mir die Rikscha-Läufer am meisten Leid. Statt eines Fahrrads nutzten diese Menschen ihre nackten Füße, um den Passagier im Laufschritt durch die Gassen Kolkatas auf einem Sitz mit zwei riesigen hölzernen Wagenrädern zu transportieren. Wer hier Skrupel bekommt, dem sei gesagt, dass viele dieser Rikscha-Läufer protestierten, als die indische Regierung ihre Abschaffung durch Einsatz von Fahrrad-Rikschas forcieren wollte. Denn wer kann sich schon ein Fahrrad leisten?

Nachdem ich in Kolkata, dem früheren Calcutta, meine Erkältung auskuriert hatte, lernte ich das Indien der Straße kennen. Auf dieser Reise hatte ich bereits vorher viel Armut gesehen, von daher schockierte mich der Anblick der Obdachlosen dieser 14-Millionen-Metropole nicht mehr übermäßig. Aber wenn wir bedenken, dass Indien eine Atommacht ist und Milliardensummen für Rüstung ausgibt, dann macht das Gesehene fast krank. In Lumpen gehüllt, leben Millionen von Menschen in den zumeist stinkenden, von Müll überhäuften Gassen dieser Metropole im Nordosten des Subkontinents. Überall stehen am Straßenrand Wasserpumpen, um die Menschen wenigstens mit dem wichtigsten Gut zu versorgen. Hier wird öffentlich gebadet, gewaschen, gekocht und auch die Notdurft verrichtet. Um diese Menschen kümmerte sich die berühmteste Bewohnerin der Stadt, Agnes Gonxha Bajaxhiu, gebürtige Serbin mit albanischen Eltern, besser bekannt unter dem Namen Mutter Theresa. 1937 kam sie als Ordensschwester an eine Schule in Kolkata und sah wahrscheinlich eine noch schlimmere Situation, als die oben beschriebene. Sie gründete einen neuen Orden im Jahre 1950, der sich den Ärmsten der Armen widmet. 1979 bekam sie den Friedensnobelpreis überreicht. Im Vordergrund ihrer Arbeit stand die Hilfe am Nächsten, nicht das Missionieren von anderen. Im Alter von 87 Jahren starb Mutter Theresa in Kolkata, wo sie auch begraben liegt.

Natürlich fällt mir das Schreiben über die schönen Seiten der Stadt bei soviel Armut schwer, und diese schlimmen Tatbestände können die wahrhaft netten

Erlebnisse überhaupt nicht aufwiegen. Aber vielleicht war ich von all der Armut auch mittlerweile schon abgestumpft und konnte daher auch Freude in dieser Stadt empfinden. Viele koloniale Gebäude, errichtet während der britischen Herrschaft, erstrahlten trotz des umgebenden Drecks in ihrem Weiß, als wären sie erst gestern errichtet worden. Tatsächlich wurde die Stadt vor etwas mehr als 300 Jahren als Handelsposten von den Briten in der Nähe des Hooghly-Flusses am damaligen Dorf Kalikata errichtet. Die Briten passten den Dorfnamen ihrer Sprache an und nannten den Posten fortan Calcutta. Als sie schließlich das gesamte heutige Indien, Pakistan und Bangladesch unter ihre Kontrolle gebracht hatten, war Calcutta bis 1911 Hauptstadt. Da in diesem Teil Indiens, dem so genannten »Bengalen«, die Ressentiments gegen die Besatzer besonders groß waren und die Unabhängigkeitsbewegung hier ihren Ursprung nahm, wurde die Hauptstadt schließlich nach Delhi verlegt. Nachdem Britisch-Indien kurz nach dem 2. Weltkrieg unabhängig wurde und das hinduistisch geprägte Indien sowie das muslimisch geprägte Pakistan entstanden, strömten Hunderttausende von Hindus aus dem nahegelegenen so genannten »Ostpakistan«[174] in die Stadt. 1971 kam es zu einem Krieg zwischen Indien und Bangladesch in dessen Folge abermals Hunderttausende von Flüchtlingen in die Stadt drängten. Aus dem ehemaligen Dorf war eine riesige Millionenmetropole geworden. Im Jahre 2001 legte die Stadt ihren Kolonialnamen ab und nennt sich nun Kolkata.

Die Howrah-Brücke, die den Hooghly-Fluss überspannt, erinnerte mich stark an die Sydney-Harbour-Bridge. Allerdings ist es sicherlich in Sydney undenkbar, dass die Einheimischen direkt unterhalb der Brücke massenhaft baden gehen. Nachdem ich in den letzten Wochen oftmals Pagoden aufsuchte und von der dort herrschenden Ruhe angetan war, schreckte mich der Khali Ghat Hindu-Tempel etwas ab. Jeden Morgen werden dort Ziegen für die blutrünstige Göttin Khali geopfert. Ich konnte die Blutlachen noch auf dem Boden sehen, und die einzelnen Teile der Ziegen wurden mir stolz

[174]Ostpakistan entspricht dem heutigen Bangladesch

präsentiert. Bis ins 19. Jh. wurden Khali sogar Menschenopfer dargebracht. Das einzig Positive an diesen Opfer-Orgien ist die Tatsache, dass das Fleisch als Armen-Speisung der Bevölkerung zugute kommt.

Schließlich lernte ich in Kolkata auch zum ersten und sicherlich nicht letzten Mal die indische Bürokratie kennen. Um ein kleines Päckchen Filme nach Hause zu schicken, musste ich zunächst zu einem Angestellten im Postamt gehen, der sich das Päckchen ansah und feststellte, dass es nicht dem Standard der indischen Post entsprach, da ich es mit Klebestreifen versehen hatte, um es vor Beschädigungen zu schützen. Für fünf Cent musste ich daher einen Umschlag kaufen und diesen über den anderen Umschlag darüber stülpen. Anschließend begab ich mich zur »Wiege-Madam«. Diese war aber gerade über ihrem Schreibtisch eingenickt. So musste ich mich einige Minuten gedulden ehe »ihre Majestät« ihr Nickerchen beendet hatte. Nach dem Wiegen kritzelte sie den Betrag auf den Umschlag, und ich wandte mich an die »Porto-Madam«. Diese rückte etwas unwirsch ihre Briefmarken heraus, schließlich störte ich sie beim Schwätzchen halten mit einem Kollegen. Nun hatte ich ein Date mit dem »Klebe-Mister«, der mir die Briefmarken auf den Umschlag kleisterte und »By Airmail« darauf schrieb. Da ich das Päckchen nur per Einschreiben schicken durfte, stand danach ein Rendezvous mit der »Einschreiben-Madam« auf dem Programm. Sie stellte mir eine Quittung für die Einlieferung aus, die natürlich völlig sinnlos war. Wenn das Päckchen nicht ankommen wird, würde ich bestimmt nicht wieder nach Kolkata zurückkehren, um dies zu reklamieren. Schließlich führte mich meine Rundreise durch die Hauptpost von Kolkata zum »Stempel-Mister«, der gerade am Tee trinken war. Bevor er den Stempel auf das Päckchen drückte, hatte er zunächst sein Gläschen genüsslich in kleinsten Zügen geleert und warf nun die Sendung schließlich im hohem Bogen in die Ecke. Ein paar Wochen später erreichte diese dann tatsächlich ihren Empfänger in Deutschland.

Dank der Briten, die das ganze Land mit Gleisen durchzogen, ist Indien ein Bahnland. Indian Railways beschäftigt 1,6 Millionen Menschen und ist der weltweit größte Arbeitgeber. Jeden Tag befördert dieses Unternehmen mehr als elf Millionen Menschen auf dem Subkontinent durch die Gegend. Da ich Bahnfahrten dem Bus fahren auf jeden Fall vorzog, freute ich mich auf die erste Zugfahrt wie ein kleines Kind. Pünktlich fuhr der »Darjeeling Mail« aus dem hektischen Bahnhof in Kolkata ab. Während der Zugfahrt kam ich mit meinen relativ wohlhabenden Abteilgenossen ins Gespräch. Diese beherrschten ein sehr gutes Englisch, waren gebildet und weltoffen. Schließlich bekam ich Kartoffelcurry mit Fladenbrot als Abendessen geschenkt, da ich mir selbst nichts zum Essen mitbrachte, und es meine Mitreisenden einfach nicht verstehen konnten, dass so eine große Person nicht hungrig war. Nach rund zwölf Stunden Fahrt schnurstracks nach Norden, kamen wir an den südlichsten Ausläufern des Himalajas pünktlich an. Die Fahrt verlief so ereignislos, dass ich kaum glauben konnte, mich auf dem chaotischen Subkontinent zu bewegen.

Mit einem Jeep führte die Reise auf einer extrem steilen kurvenreichen Bergstrasse auf über 2.000 Meter nach Darjeeling, dem berühmten Tee-Anbaugebiet. Obwohl der Monsun jeden Tag auftauchen konnte und dieser dann Dauerregen mit sich bringen würde, wollte ich dorthin. Es war kühl, feucht und neblig. Genau das Richtige, um mich von der Hitze zu erholen. Diese begleitete mich die letzten Monate, seitdem ich Patagonien im Februar verlassen hatte. In Darjeeling genoss ich die relative Ruhe, die die Stadt in ihren kleinen Gässchen ausstrahlte, in die kein motorisierter Verkehrsteilnehmer hineingelangen konnte. Kaum hatte ich die Stadt verlassen, konnte ich kleinere Spaziergänge in den Teeplantagen unternehmen und in kleinen unauffälligen Bretterbuden herrlichen ungesüßten Darjeeling-Tee der Marke First Flush Super Fine Tippy Golden Flowery Orange Pekoe I schlürfen. Die Sonne zeigte sich von Tag zu Tag mehr und versetzte die Teebüsche in herrlich grün leuchtende Landschaften vom Höhenrücken Darjeelings bis tief hinunter in die eng eingeschnittenen Täler. Der Nähe zu Nepal, Bhutan und Tibet wurde ich plötzlich mit einem Mal morgens um sechs bewusst. Vom Hoteldach bot sich eine unglaubliche Bergkulisse, wie ich sie eher in den genannten Ländern, als in Indien vermutet hatte. Zwischen Darjeeling und dem Himalaja-Massiv des Kanchenjunga, mit knapp 8.600 Metern der höchste Berg Indiens, lag ein Wolkenteppich, doch die nach Süden ziehenden Gletscher unterhalb des Gipfels glitzerten im Licht der aufgehenden Sonne. Dieses Spektakel bot sich mir nochmals zum Sonnenuntergang, wobei sich das ewige Eis leicht rot färbte. Mit einem heißen Tee in den Händen ließ sich dieses Naturschauspiel natürlich am besten verfolgen.

Auch kulinarisch wurde mir die Nähe zu den Bergnationen des Himalajas bewusst. Ich genoss leckere »Momos«, eine tibetanische Spezialität, die Maultaschen, mit Gemüse gefüllt, ähnelte. Überhaupt befand ich mich in Indien wieder in einem kulinarischen Paradies, vor allem für Vegetarier. »Lassi«, ein Milchgetränk und »Curd«, eine Art Joghurt waren meine absoluten Favoriten, um meine Kalzium-Vorräte wieder aufzufüllen, da in Südostasien Milchprodukte nahezu unbekannt waren. Dazu wurden Frischkäse mit Spinat, viele Linsengerichte und Kartoffelcurry mit »Chapati«[175] serviert. In Darjeeling fühlte ich mich plötzlich auch wegen der Menschen eher wie in Nepal oder Tibet. Sie hatten zum Großteil asiatische Gesichtszüge und waren meist Buddhisten. So stand ich plötzlich vor einem tibetanischen Kloster. Die aufziehenden Wolken ließen im Klosterkomplex eine mystischen Stimmung entstehen, da die Nebelschwaden zwischen den Gebetsfahnen emporzogen und außer dem Rattern der Gebetsmühlen praktisch nichts, auch kein Gehupe, mehr zu hören war. Von irgendwoher stieg mir der Duft von Räucherstäbchen in die Nase, und ich konnte mich in dem buddhistischen Kloster vom indischen Alltagschaos für kurze Zeit erholen. Doch um die nächste Ecke war er wieder da, der Krach der Autos, der mich fast 24 Stunden am Tag auf dem Subkontinent umgab.

---

[175]Chapati: Fladenbrot

Schließlich sagte ich Darjeeling »Good Bye« und begab mich wieder ins Flachland des Ganges. Schon die Jeepfahrt war eine Anstrengung für sich. Im Platzregen wollte niemand hinunterfahren. So war das Auto erst nach über einer Stunde voll besetzt, bevor es endlich abfuhr. Danach hielt mein Fahrer laufend an, um Schwätzchen zu halten, oder plötzlich kam er auf die Idee an einem Bach sein Gefährt zu waschen. Nach vier Stunden war die 80-Kilometer-Fahrt beendet, und ich kam am Bahnhof an. Das Ticket für den Zug erhielt ich zwei Tage zuvor, nachdem ich die Bürokratie der Indian Railways kennengelernt hatte. Ein Getümmel vor einem kleinen Loch in der Wand von Darjeeling Hbf. signalisierte mir, dass es dort Fahrkarten gab. Nach einem endlosen Kampf an der Fahrkartenfront, war ich mir meines Sieges sicher und wollte nun den Triumph mit dem Erhalt einer Fahrkarte feiern. Doch mein Zug war bereits ausgebucht. Aber ich hatte Glück, denn ein Kampfgefährte suchte mit dem nicht englischsprechenden Bahnbeamten einen Zug heraus, der in etwa in dieselbe Richtung fuhr. In eben diesen Zug stieg ich nun ein und machte es mir bequem, wie es eben geht, wenn man zu acht im Abteil sitzt. Gegen Abend verkroch ich mich auf meine Liege, um wenig später festzustellen, dass auf einmal sechzehn Leute, auf die anderen sieben Liegen verteilt, versuchten zu schlafen. Eigentlich sollte ich um zehn vor vier morgens in Patna ankommen. Da ich irgendwie im Entferntesten noch einen Krümel von deutscher Pünktlichkeit im hintersten Teil meines Langzeitgedächtnises vorfand, stellte ich den Wecker entsprechend. Aber es wurde vier Uhr und der Zug fuhr in den Morgendunst hinein. Es wurde fünf und der Zug hielt irgendwo in der indischen Einöde. Schließlich meinte einer meiner Abteilgenossen, der Zug bräuchte noch mindestens zwei Stunden bis Patna. Klasse, da wachte ich nun um kurz vor vier auf, um anschließend drei Stunden im Halbschlaf herumzulungern, immer auf der Hut nicht die Station zu verschlafen.

In Patna angekommen, fühlte ich mich richtig schlecht. Ich war dreckig, verschwitzt, musste auf Toilette und um mich herum das übliche Chaos, bestehend aus Menschenmassen, Händlern und Rikscha-Fahrern. Dies war einer der Momente, in denen ich diese Reise verteufelte. Nach dem ich eine saubere Toilette gefunden, die Zähne geputzt und mich halbwegs gewaschen hatte, war ich wieder total glücklich. Manchmal waren es die kleinen, eigentlich unbedeutenden Dinge, die mich wieder in Reiselaune brachten. Danach kaufte ich eine Anschluss-Fahrkarte nach Varanasi, dem eigentlichen Ziel dieser Etappe. Der Schalterbeamte wusste natürlich nicht, wann und von welchem Gleis der Zug abfahren würde. Anzeigetafeln gab es auch nicht. So musste ich von Gleis zu Gleis springen und die Reisenden fragen, da Schaffner bei Indian Railways so gut wie gar nicht arbeiteten. Schließlich bestätigten mir mehr als zwei Leute, dass ich vor dem richtigen Zug stand, also stieg ich ein, nachdem mir auch mein Kompass die richtige Fahrtrichtung bestätigt hatte. Weit kam ich nicht, da der Waggon bereits überfüllt war. So machte ich es mir auf dem Rucksack mit ein paar Mitreisenden »bequem«. Der Express-Zug hielt spätestens alle Viertelstunde meist auf dem freiem Feld. Der Grund: Permanent wurde die Notbremse gezogen, da Passagiere aussteigen wollten, um zu ihrem in der Nähe liegenden Dorf zu gelangen. Es blieb mir nichts anderes übrig, als viel »Chai«[176] zu trinken. Der Spruch »Abwarten und Tee trinken« bewahrheitete sich tatsächlich. 6 Stunden später hatte der Zug die restlichen 229 Kilometer zurückgelegt und ich kam schließlich nach insgesamt 29 Stunden des Reisens in Varanasi an.

---

[176]Chai: <ind.> Tee

# Das »Aschram« von Varanasi

Etappe: Von Varanasi, India 25° Nord 83° Ost (GMT+ 5:30) nach Agra, India 27° Nord 78° Ost (GMT+ 5:30): 1.018 km – Total: 88.972 km

Agra, 26. Juni 2003

Varanasi gilt als eine der heiligsten Städte der Hindus und zählt gleichzeitig zu den ältesten Städten weltweit, die immer noch besiedelt sind. Mittlerweile ist Varanasi eine Millionenstadt, in der man leider nichts mehr von ihrer fast 3000-jährigen Geschichte entdecken kann, da die Stadt von muslimischen Afghanen im Mittelalter komplett zerstört wurde. Für Hindus ist Varanasi die Pilger-Stadt und der Ort zum Sterben schlechthin. Dem hinduistischen Glauben nach werden Verstorbene normalerweise wiedergeboren. War man ein besonders schlimmer Mensch, besaß man also schlechtes Karma[177], besteht die Gefahr, als Tier wiedergeboren zu werden. War man ein guter Mensch, hatte man gutes Karma und  hingegen die Möglichkeit, in eine höhere Kaste[178] hineingeboren zu werden. Stirbt man aber in Varanasi, steht die Befreiung von der Wiedergeburt in Aussicht. Daher existierten in der Stadt unzählige Altenheime, in denen alte und kranke Menschen auf den Tod warteten.

Die Toten, in goldene Gewänder gehüllt, werden von ihren Verwandten durch die engen Gässchen der Altstadt von Varanasi mit Hilfe einer Trage aus Bambus zum Ufer des heiligen Ganges im Jogging-Tempo oft singend geschleppt. Vor der öffentlichen Einäscherung wird der Leichnam in den Ganges getaucht, um das heilige Wasser zu erhalten. Währenddessen errichten die Menschen direkt am Ufer ein Scheiterhaufen mit über 200 kg Brennholz. Das Familienoberhaupt, in weiße Kleider gehüllt, Kopf- und Barthaar abgeschoren, bringt nun die Flamme des ewigen Feuers aus einem

---

[177]Karma: Das den Menschen bestimmende Schicksal

[178]Kaste: Gruppe in der hinduistischen Gesellschaftsordnung

nahegelegenen Tempel zum Scheiterhaufen. Der Leichnam wird anschließend auf das Brennholz gelegt, und das Familienoberhaupt zündet das Feuer an. Die Einäscherung dauert etwa drei Stunden, in denen die Verwandten am Feuer ausharren. Danach werden die verbliebenen sterblichen Überreste von Helfern im Ganges versenkt. Die Familie wendet sich gleichzeitig vom Scheiterhaufen ab und verlässt den Platz des Geschehens, da mit dem Leben des Verstorbenen nun abgeschlossen ist.

Es war für mich beeindruckend zu sehen, mit welcher Natürlichkeit und Selbstverständlichkeit, die Hindus diese Einäscherungen begehen. Der Platz der Einäscherung war öffentlich zugänglich, und bereitwillig gaben mir Einheimische Auskunft über das Geschehen. Nur wenige Meter neben den massenhaft lodernden Feuern, fand ich Getränkestände, und die Menschen gingen ihrem Alltag nach. Lange konnte ich an diesem Platz allerdings nicht ausharren, denn der Rauch umhüllte mich total, und brennende Leichen anzuschauen fand ich doch etwas abstoßend. So flüchtete ich zu einem anderen Ghat, einer Treppe wenige Meter flussabwärts, auf der Hindus ein Bad im Ganges nahmen.

Das Bad wäscht die Menschen von den Sünden rein, die sie im Laufe ihres Lebens begangen haben. Daher sollte jeder gläubige Hindu einmal in seinem Leben eine Pilgerfahrt nach Varanasi unternehmen. Mir graute es davor, auch nur einen Schritt in das Wasser zu setzen, da nicht alle Hindus verbrannt werden. Kinder beispielsweise gelten als rein und der Fluss als Ursprung von allem. Daher werden Kinderleichen im Fluss mit Steinen versenkt, damit die Kinder wieder zum Ursprung zurückkehren können und neu geboren werden. Das freudige Erlebnis der Befreiung von Sünden und das traurige Erlebnis des Sterbens so nah beieinander, ist unserem Kulturverständnis sicherlich fremd. Ich fand diesen Umgang mit dem Tod aber nicht verkehrt, denn gibt es etwas Natürlicheres als den Tod?

Trotzdem war ich froh, in das Labyrinth der Altstadt von Varanasi zu verschwinden, da der Gestank von Urin, Kuhfladen sowie rauchender Feuer am Ufer, für meine Nase bei Temperaturen von 40 Grad Celsius zuviel war. Die Kuhfladen stammten von den vielen heiligen Vierbeinern, die die gesamte Stadt bevölkerten. Statt auf einer Wiese zu grasen, liefen die Tiere frei durch die engen Gassen und bekamen von den Bewohnern Essenreste oder Tierfutter auf den Boden gestreut. In den engen Gassen kam ich mir bereits ein bisschen vor, wie im Basar einer orientalischen Stadt. Überall kleine Geschäfte, die gassenweise die verschiedenen Warentypen anboten. Dank Indian Railways wurde mein Aufenthalt in Varanasi noch ein wenig verlängert. Eigentlich sollte ich um halb zwölf nachts mit dem Express weiterreisen. Hundemüde stellte ich mich ans Gleis, nachdem es dieses Mal sogar einen Fahrplan mit Angabe der Gleisnummern im Bahnhof gab. Plötzlich hörte ich eine Ansage auf Englisch, dass der Zug verspätet sei und gegen viertel nach zwei einträfe. Wohlweislich kaufte ich mir schon eine Fahrkarte für die bessere Klasse und durfte nun das Privileg in Anspruch nehmen, in einem Wartesaal, entweder auf unbequemen Schalensitzen oder auf dem Boden, auf den Zug zu hoffen. Wäre ich in der billigeren Klasse gereist, hätte ich mir unter tausenden schlafender Inder auf dem extrem dreckigen, vollgerotzten, mit Kuhfladen überzogenen Bahnsteig ein Plätzchen suchen müssen, an dem ich im Viertelstundentakt gefragt worden wäre: »Which country ... what's your name ... are you married?« und Schluss mit der Konversation mangels Vokabular, bis die nächste Person gefragt hätte »Which country ... what's your name ... are you married?« Den Indern fiel bei »Germany« meist nur »Hitler« ein. Dann versuchte ich immer den Menschen zu erklären, dass Hitler nicht gut für Deutschland war, dass Hitler schließlich auch Inder zu vernichten versucht hätte, und dass Hitler für den Holocaust verantwortlich war. Meine Überzeugungsversuche waren immer kläglich gescheitert, da Inder denken »Hitler was a great man for Germany«. Manchmal wünschte ich mir in diesem Land wirklich eine andere Nationalität.

Überhaupt war für mich das Indien im Juni 2003 eine zweischneidige Sache. Geprägt wird ein Land meiner Meinung nach hauptsächlich durch seine Bewohner. Wegen des tagtäglichen Kontakts entstand bei mir eine Art »Hassliebe« gegenüber den Indern und ihren Kindern. Inderinnen hingegen traten mit mir kaum in Kontakt, sodass ich mir über sie keine Meinung bilden konnte. Aber ihre männlichen Landsleute und die Kids waren ein Kapitel für sich. Einerseits wurde ich permanent von Kindern angebettelt, die meist von ihren Eltern geschickt wurden. Grundsätzlich gab ich Kids kein Geld, sondern Essen, das sie sofort verzehren konnten. Gab ich nichts, wurde ich betatscht, es wurde an meinem Hemd gezogen, und ich gab natürlich erst recht nichts. Aber ich lächelte dabei, und wenn ich mich entfernt hatte, winkten andererseits die Kinder lächelnd zurück, schrien »Bye Bye«, und ich war wieder versöhnt – indische Hassliebe.
Einerseits drängelten sich beim Einsteigen in den Bus oder am Fahrkartenschalter die Herren immer vor, mir wurde auf den Füßen herumgetrampelt, und ich wurde abgedrängt oder mein Rucksack ungefragt als Sitzplatz benutzt. Aber plötzlich half mir dann andererseits wieder jemand in gutem Englisch beim Kauf des Fahrscheins, oder die Menschen rückten für mich zusammen, damit ich auch noch einen Platz fand, wo es längst keinen Platz mehr gab – indische Hassliebe.
Dass man in Indien immer die Preise aushandeln musste, war mir von vornherein klar. Dass mir immer zunächst ein Touristenpreis genannt wurde, den ich auf das Niveau indischer Realität herunterzuhandeln hatte, war ebenfalls klar. Dass aber nach vereinbarten Preis der Käse auf dem Markt plötzlich teurer wurde, und dadurch auf einmal ein »Käsezuschlag« verlangt wurde, der Rikscha-Fahrer einen »Sonnenscheinzuschlag« forderte, oder der Taxifahrer nicht mehr »happy« mit dem Preis war und einen »Happy-werde-Zuschlag« verlangte nervte doch sehr. Manches Mal wurde mir auch absichtlich zu wenig Wechselgeld herausgegeben, das war noch nerviger.

Andererseits wurden krumme Rechnungsbeträge oftmals zu meinen Gunsten großzügig abgerundet – indische Hassliebe.

Leider wurde ich Tag aus Tag ein von morgens bis abends angequatscht – entweder um mit mir ein Geschäft zu machen – »come to my shop« – oder um Prestige zu gewinnen. Anscheinend haben Inder immer noch ein geringes Selbstbewusstsein, das sie durch ein »Gespräch« mit einem Europäer aufzupeppen versuchen, da viele Landsleute des Englischen überhaupt nicht mächtig sind und man sich so von diesen abheben kann. Ein Interesse an mir persönlich bestand sehr selten. Aber schließlich traf ich wieder die wenigen Menschen, die gutes Englisch sprachen und mit denen ich sehr viel gemeinsam gelacht oder viel über ihren Alltag gelernt habe, wie vielleicht in keinem anderen Land zuvor – indische Hassliebe.

Aber es existieren in diesem Land Verhaltensweisen und Riten, für die ich leider kein positives Gegenbeispiel nennen kann. Ich trat vom Anfang an den Menschen, wie im Rest der Welt auch, mit dem nötigen Respekt entgegen, der mir als Gast in einem Land eine Pflicht ist, wie ich meine. Doch damit kam ich in Indien nicht sehr weit. Die Menschen waren oft sehr ruppig, auch ihren Landsleuten gegenüber. Den Respekt, der mir in allen anderen Ländern zumindest auf den ersten Blick entgegengebracht wurde, bekam ich auf eine andere Art und Weise. War man herrisch und autoritär, so bekam man letztendlich das was man wollte – traurig aber wahr. Die überschäumende Neugierde war ein weiterer sehr anstrengender Aspekt, der sich in »Giraffen-Hälsen« äußerte. Alle meine Handlungen, wie Lesen oder Tagebuchschreiben, wurden von sich reckenden Hälsen begleitet. Manchmal spürte ich den Atem des »Giraffen-Halses« direkt neben mir, oder ich sah die Schuhspitzen über dem Rand meines Tagebuchs – auch das war für mich Indien. Weiterhin war die meist nicht vorhandene Hygiene ein Punkt, der mich wirklich abstieß. Es wurde zwar nicht so penetrant auf die Straße gespuckt, wie in Myanmar, aber dafür wurde permanent auf die Straße gepinkelt und die Kühe mit Abfällen gefüttert. Es stank bei Temperaturen von 40 Grad Celsius

sehr oft bestialisch zum Himmel. Zu guter Letzt sei das immer noch bestehende Kastensystem genannt, das mich zur Weißglut treiben konnte, wenn ein Passagier der unteren Kasten seinen bezahlten, reservierten Sitzplatz plötzlich mit einem Passagier einer höheren Kaste teilen musste, und dieser sich auch noch breit machte, obwohl er diesen Platz nicht reserviert hatte.
Schließlich erzählte mir der 16-jährige Rikscha-Fahrer Lucky, dass er jeden Tag fast 2 Euro als Rikscha-Miete an seinen Boss abdrücken musste, unabhängig davon, ob er auch nur eine Rupie am Tag verdient hatte. Wenn es gut lief, verdiente Lucky am Tag 4 Euro, falls die Touristen erschienen. Lief es schlecht, wie zum Zeitpunkt meiner Reise, verdiente er keine einzige Rupie. Eine fabrikneue Rikscha kostete nicht einmal 100 Euro, sodass sein Boss nach 50 Tagen Rikscha-Vermieten bereits wieder eine neue Rikscha kaufen konnte. Lucky hingegen musste seine sechsköpfige Familie mit der Rikscha durchbringen und konnte keine Rupie zurücklegen, um sich irgendwann einmal seine eigene Rikscha zu kaufen. Dies ist ein Beispiel für die gesamte so genannte »Dritte Welt«. Die Armen werden immer ärmer und die Reichen oder relativ Reichen werden immer reicher.
Ich zog den Boden den Schalensitzen im Wartesaal von Varanasi vor, denn dort hatte ich wenigstens die Möglichkeit ein Nickerchen zu machen, obwohl die Präsenz von Geckos[179] und Kakerlaken, die um mich herumkrabbelten, nicht unbedingt zum Ausruhen einlud. Im Halbschlaf beobachtete ich das Geschehen auf dem Bahnsteig und traute meinen Augen nicht, als sogar auf Gleis 5 eine anscheinend vom »Rinderwahn« befallene Kuh den Bahnsteig auf- und abmarschierte und Pappkartons wiederkäute. Auf meiner Fahrkarte war die zynische Bemerkung »Happy Journey« vermerkt, und als die zweite Ansage kam, der Zug würde nun um halb vier Uhr morgens erwartet, machte ich mir langsam Gedanken über Sinn und Unsinn dieser Reise. Was musste ich in einer heißen Juninacht zwischen Kakerlaken und Geckos mitten in Indien sitzen und auf den verdammten Zug warten? Einige Ausländer zieht

[179]Gecko: tropische Eidechse

es bekanntlich nach Indien, um eine geistige Erneuerung in einem »Aschram«[180] zu erhalten. Mein »Aschram«, die Wartehalle in Varanasi-Hauptbahnhof, führte bei mir nur zu fast vergessenen Gefühlen, in Form sich aufbauender Aggressionen gegenüber Bahnunternehmen. Zum ersten Mal seit Monaten, platzte mir fast der Kragen, als um halb vier gar keine Ansage mehr über den Verbleib des Zuges gemacht wurde. Aber Indian Railways schaffte es nicht, mich und meine Reiselaune zu zermürben, denn nach knapp fünf Stunden Warterei traf der Zug um halb fünf ein, und ich nahm erschöpft und todmüde auf meiner Liege im Schlafwagen Platz.
Glücklicherweise ließ mich der Schaffner im Abteil lange schlafen und so konnte ich die durchgemachte Nacht in meinem »Aschram« alias Wartehalle halbwegs wegstecken. Statt wie geplant um kurz nach sechs traf der Zug erst um halb eins am Nachmittag an meinem Zielbahnhof ein. Von dort startete ich erstmals in Indien mit dem Bus, um eine Strecke von 100 Kilometern zurückzulegen. Im Armaturenbrett des Busses befand sich ein riesiges Loch und das Kühlwasser schoss, einem Geysir ähnlich, ab und zu aus dem Motorenraum in die Fahrgastzelle empor. Die Straße konnte sich nicht entscheiden, ob sie in besseren Zeiten einmal geteert war, und dieser Teer praktisch vollständig abhanden gekommen war, oder ob die Straße nie geteert war und lediglich einige Teerklumpen »vom Himmel gefallen waren«. Die Landschaft änderte sich während der 5-Stunden-Schlagloch-Pisten-Reise nur gering. Seitdem ich die leuchtend grünen Teeterrassen an den Südhängen des Himalajas verlassen hatte, dominierte nun seit Tagen das Braun – Indien kurz vor dem Monsun. Aber mit dem Monsun verhielt es sich so, wie mit Indian Railways. Irgendwo waren beide auf dem riesigen Subkontinent hängengeblieben.
Diese eher öde Landschaft, bestehend aus abgeernteten Äckern und vereinzelten Büschen, war nicht der Grund meiner Reise ins Herz von Indien nach

[180] Aschram: Zentrum für Meditation in Indien

Khajuraho. Vielmehr interessierten mich die rund 1.000 Jahre alten Hindu- und Jain-Tempel, die an diesem abgeschiedenen Flecken Erde, jenseits der großen Metropolen, errichtet wurden. Die Tempel befanden sich so weit entfernt vom Weltgeschehen, dass die muslimischen Eroberer sie während ihrer Herrschaft in Indien nie entdeckten. Ansonsten wären sie sicherlich sofort zerstört worden. Die Tempel sind nicht so sehr wegen ihrer Bauweise interessant, sondern aufgrund der unzähligen Figuren, die die Tempelfassaden zieren. Sie zeigen oft Alltagsszenen, aber auch unzählige Varianten des Liebesspiels. Die muslimischen Eroberer wären sicherlich noch empörter gewesen als die prüden englischen Archäologen des 19. Jh., die diese Sandstein-Tempel »entdeckten«. Die Treue zum Detail, die jede der Figuren auszeichnet, beeindruckte mich am meisten. Das Schönheitsideal, was die weiblichen Maße anbetrifft, hat sich in den letzten 1.000 Jahren nicht geändert, genauso wie die Phantasie beim Liebesakt. Allerdings sahen die Frauen allesamt aus, als ob sie gerade von einem Schönheitschirurgen an den kritischen Stellen mittels Silikon-Kissen aufgeplustert wurden – Pamela Anderson in der »Hindu-Version«.

Die anstrengende Fahrt hinaus aufs Land hatte noch einen weiteren Grund. Endlich konnte ich wieder der Großstadt entfliehen und dem Vogel-Gezwitscher lauschen, statt vom Dauergehupe einen Gehörschaden zu erleiden. Ich konnte wieder Rad fahren, statt am beliebten Adrenalin-Schocker »Extreme-Street-Crossing-made-in-India« teilzunehmen. Schließlich konnte ich auch wieder in aller Ruhe mit den Einheimischen kommunizieren, statt den ständig sich auf der Lauer befindenden »Buy Postcard – take Riksha – come to my shop – just looking – very cheap« Genossen auszuweichen. So traf ich Narayan, einen Schüler in der vierten Klasse, der sowohl des Englischen, als auch des Spanischen mächtig war. Gemeinsam besuchten wir seine Schule, die ausschließlich von Spendengeldern lebte. Ein Lehrer schilderte mir die Probleme des indischen Schulsystems, wie z. B. von Lehrern, die auf den öffentlichen Schulen nicht zum Unterricht erschienen, oder

Schüler, die mittels Bestechung bessere Noten erzielten. Daher wurde diese Privatschule gegründet, um die Kids besser auf den Ernst des Lebens vorzubereiten, und die genannten Probleme in dieser Schule nicht aufkommen zu lassen. Danach besuchten wir Narayans Familie, und bei einem gemeinsamen Tee auf dem Hausdach konnten wir eine Hochzeitsprozession unten in der Gasse verfolgen. Mit lauten Trommeln und Trompeten zog das Brautpaar durch das Dorf. Der Bräutigam schritt in traditioneller Tracht voran, die Braut durch ein Tuch mit ihrem neuen Ehemann verbunden. Sie wurde von den Brautjungfern geführt, da sie von nun an für einen Monat in der Öffentlichkeit völlig verschleiert auftreten musste.
In der Nacht kam wieder ein bisschen Abwechslung in die Hotelbude – in Form einer Heuschrecken-Plage. Plötzlich war der gesamte Boden im Hotelzimmer mit den hüpfenden Insekten übersät. Mit einem Becher brachte ich die Viecher raus auf den Gang, um kurze Zeit später festzustellen, dass die Tierchen irgendwie von woanders geradewegs wieder die Bude stürmten und aufs Bett sprangen. Glücklicherweise hatte ich vom Ayers Rock noch mein Fliegennetz dabei, das mich in dieser Nacht vor Heuschrecken im Mund schützte.
Mit einem weiteren baufälligen Bus reiste ich wieder über das Land nach Orchha, das heute nur noch ein Schatten seiner selbst ist, wenn man die prächtigen Paläste und Hindu-Tempel sieht, die hier errichtet wurden, als das Nest Hauptstadt eines regionalen Königreichs vom 16. bis 18. Jh. war. Es war herrlich, die riesigen Paläste mit ihren zahlreichen verwinkelten Gängen und Treppen zu entdecken, und von wackeligen Balkonen den Blick auf die ausgetrockneten Flussbetten und die ausgedörrte erdfarbene Landschaft zu genießen. Auf einer Anhöhe an einem Hindu-Tempel fegte mir der Wind um die Ohren und brachte Fetzen von Musik zu mir hinauf, während die Sonne als roter Glutball im Dunst Halbwüste verschwand, während am Grund des Hügels Frauen Wasserkrüge auf ihren Köpfen nach Hause trugen. Hier kam

ich endlich wieder einmal ins Träumen und fand genug Erholung, um meine nächsten Tage in Indien durchzustehen.
Danach rollte ich mit Indian Railways pünktlich nach Agra, in die frühere Hauptstadt der Großmoguln. Eigentlich war die Stadt eine Gründung von Hindus. Doch sie wurde, wie im Indien zur ersten Jahrtausendwende n. Chr. üblich, von den muslimischen Afghanen-Königen genauso wie Varanasi zerstört. 400 Jahre lang blieb die Stadt ein Trümmerfeld, ehe sie 1526 die Hauptstadt der muslimischen Großmoguln wurde, die aus Kabul, also ebenfalls aus Afghanistan kamen. Die Moguln waren die ersten in der Geschichte, die ein Reich aufbauten, das sich über weite Teile des heutigen Indiens erstreckte. Vorher bestand Indien aus vielen kleinen Hindu-Königtümern. Die Moguln hatte in Agra die Idee, sich und ihren Verwandten protzige Mausoleen zu errichten. Das berühmteste Mausoleum ist das Tadsch Mahal, das als das extravaganteste Bauwerk gilt, das aus purer Liebe errichtet wurde. Der damals herrschende Großmogul Shah Janan verlor seine Ehefrau Mumtaz Mahal 1631 bei der Geburt ihres Kindes. Als Shah Janan vom Tod seiner Frau erfuhr, färbte sich angeblich sein Haar über Nacht grau. Noch im selben Jahr befahl er die Bauarbeiten für dieses aus purem Marmor erbaute Mausoleum, das nach 22 Jahren Bauzeit durch etwa 20.000 Menschen fertiggestellt wurde.
Ich genoss den beginnenden Tag im großen Garten, der das Tadsch umgab, lauschte dem Vogel-Gezwitscher und beobachtete Streifenhörnchen beim Hinauf- und Hinabklettern von den Bäumen. Zwischen den Ästen lugte das Tadsch hervor, und ich fühlte mich ein wenig wie in Tausendundeiner Nacht. Die aufsteigende Sonne brachte den weißen Marmor auf der Kuppel des Tadsch und den umgebenden Minaretten so richtig zum Glänzen. Die Halbedelsteine, die auf den Wänden des Tadsch, die Blumen darstellen, die Mumtaz Zeit ihres Lebens so gemocht hatte, leuchteten in Grün-, Blau- und Rottönen. Der Alltagslärm war hinter die turmhohen roten Sandstein-Mauern verbannt, die das Areal umschließen. Es herrschte sogar Spuck- und

Essverbot – einmalig für Indien. Überhaupt fühlte ich mich nicht mehr wie im Indien des Jahres 2003, sondern eher wie im Orient im 17. Jh. Mit der Ankunft am Tadsch ließ ich nun endgültig buddhistische Tempel, Pagoden und Stupas hinter mir.

# Vom Chai zum Scheich

Etappe: Von Agra, India 27° Nord 78° Ost (GMT+ 5:30) nach Dubai, Daulat Al-Imaraat Al-Arabiyyah Al-Muttahida 25° Nord 55° Ost (GMT+ 4:00): 3.399 km – Total: 92.371 km

Dubai, 3. Juli 2003

Von Agra aus begab ich mich zur Geburtsstätte des Hindu-Gottes Krishna. Eigentlich ist Krishna nicht exakt ein Gott sondern eine Inkarnation[181] des Gottes Vishnu, dem so genannten »Bewahrer des richtigen Verhaltens«. Neben Vishnu haben die Hindus noch zwei weitere Hauptgötter Brahma, der das Universum aufgebaut hat und Shiva, der Zerstörer, ohne den aber kein Leben entstehen kann. Vor knapp 3500 Jahren wurde Krishna, dem Glauben der Hindus nach, in Mathura unweit von Agra geboren. Seit etwa tausend Jahren existiert in Mathura ein Zwist zwischen Moslems und Hindus, denn der Hindu-Tempel an der Geburtsstätte Krishnas wurde beim Afghanen-Überfall im 11. Jh. vollkommen zerstört. Danach bauten die Hindus wieder einen Tempel auf. Dieser wurde vom letzten Großmogul Aurangzeb erneut dem Erdboden gleichgemacht. Stattdessen ließ Aurangzeb eine riesige Moschee auf dem Areal errichten. Schließlich kamen die Briten, die Moschee blieb stehen, die Hindus bauten direkt neben die Moschee eine künstliche Grotte und einen um vielleicht ein bis zwei Meter höheren Tempel als die benachbarte Moschee.

Bevor ich die Geburtsstätte besichtigt durfte, musste ich einen Körpercheck über mich ergehen lassen, da Terroranschläge von Moslem-Extremisten befürchtet wurden – und das nicht etwa seit 09/11, sondern wirklich bereits seit hunderten von Jahren. Moschee und Hindu-Tempel waren mit riesigem Stacheldrahtmauern voneinander getrennt. Religiöser Fanatismus war wohl schon immer ein Grund für Terrorismus. Wie weise war da ein Vorgänger Aurangzebs, der Großmogul Akbar. Eigentlich Moslem, umgab er sich mit

---

[181] Inkarnation: Menschwerdung

christlichen und hinduistischen Religionsgelehrten. Er stellte seinen Untertanen die Religion frei. Schließlich formulierte er eine eigene Philosophie aus Grundsätzen der drei genannten Weltreligionen und dies im 16. Jh., wo bei uns noch das tiefste Mittelalter mit Inquisition herrschte.

In Mathura und dem Nachbarort Vindavan fand ich unzählige Tempel, meist Krishna gewidmet. Leider konnte ich in indischen Hindu-Tempeln überhaupt keine meditative Ruhe finden, da permanent geschwatzt und geplappert wurde. Unvorstellbar ist für mich die Tatsache, dass Yoga aus Indien stammen soll. Eine Einführung in die Chaos-Theorie des indischen Alltags durch einen Oberchaoten wäre für mich wesentlich glaubhafter, als dieses Yogi-Gehabe im ringsum herrschenden, Trommelfell strapazierenden, Hup- und Hetznirwana. Wie angenehm waren da die buddhistischen Tempel in Myanmar, in denen ich einfach einmal abschalten konnte. In Indien herrscht anscheinend immer und überall »High-Life«. Wenigstens waren die Menschen in Mathura ausländische Touristen nicht gewöhnt, gingen ihrem gewohnten Alltag nach und beachteten mich nicht weiter. In den verwinkelten Gassen der Stadt und an den Ghats zum Baden, am heiligen, aber natürlich biologisch toten Fluss, herrschte eine angenehme Ruhe – ganz anders als das hektische Varanasi, wo ich als Ausländer einem Spießrutenlaufen zwischen Postkartenverkäufern, Bootsmännern und Hotelwerbern ausgesetzt war. Lediglich die Kids brachten in Mathura die Energie in der Hitze auf, mir allesamt nachzulaufen. Ich kam mir wie der Rattenfänger von Hameln vor, obwohl die obligatorische Flöte fehlte, die Krishna immer bei sich trägt.

Schließlich lernte ich noch eine neue Art des Fortbewegens kennen. Hier entwickelte ich eine Freude am »Tempo-Surfen«. Tempos bezeichnen in Indien keine Taschentücher, auch keine Economy-Class einer französischen Fluggesellschaft sondern größere Tuk-Tuks oder Bajajs. In einen Tempo passen normalerweise etwa acht frisch gepresste Inder hinein. Aber es gab ja auch noch Haltegriffe am Dachgestell. Im Tempo saßen bereits die Gepressten acht, also surfte ich, die Füße irgendwo eingeklemmt an der

Fahrzeugaußenseite, und mich mit den Händen am Dach festhaltend, die nächsten Kilometer mit, bis einer der Insassen ausstieg. Das ganze war nicht sonderlich gefährlich, da der Tempo aufgrund der Überladung nur im Schneckentempo bei gleichzeitigem Stakkato-Gehupe vorankam. Ich hatte mich schon seit Monaten gefragt, wie die Fahrer all dieser betagten Kisten ihren Sprit-Konsum berechneten, denn die Tankuhr, wenn es denn eine gab, funktionierte in all diesen Gefährten nie und nimmer. Auf dieser Fahrt bekam ich nun die Antwort. Sie kalkulierten gar nicht. Plötzlich blieben wir auf dem offenen Feld stehen. Daraufhin wurde jemand mit einem Kanister zur nächsten Tankstelle geschickt. So schmorten wir ein bisschen in der Mittagshitze bis der nötige Sprit eintraf und es wieder auf Tucker-Tour ging.

Nach meinem Besuch der Geisterstadt Fatehpur Sikri, die Akbar in die Halbwüste bauen ließ, und die nach seinem Tod 1605 wegen akutem Wassermangel aufgegeben wurde, verließ ich Agra und kam im Bundesstaat Rajasthan im Westen Indiens an. Das Transportmittel war dieses Mal ein Jeep. Nachdem ein Kühlschrank im hinteren Teil des Jeeps Platz gefunden hatte, wurden die beiden Bankreihen mit jeweils fünf Menschen belegt, wo unter normalen Umständen jeweils drei Menschen Platz gefunden hätten. Da der Jeep keine Türen besaß, ließ sich natürlich wunderbar zuladen, denn das menschliche Frachtgut kann bekanntlich problemlos einfach links und rechts aus dem Fahrzeug hinaushängen. So fuhr der Fahrer eigentlich fast vollkommen im Freien über das Land, den Hintern in die frische Luft gestreckt. Durch diese unkonventionelle Fahrerposition konnten wir wenigstens nicht rasen und fuhren in vernünftigen Tempo an Strohhütten und Lehmhäusern vorbei. Die Außenwände der Lehmbauwerke waren mit geriffelten Mustern verziert. Der Wind blies heiße Staubwolken auf die Straße, und ich merkte, dass ich mich langsam der Wüste im Grenzgebiet von Indien zu Pakistan näherte, wo die dritte Welt-Nation-Indien ab und zu ihre Atomtests veranstalten musste. Ich werde dieses Land nie verstehen – bittere Armut, aber Atommacht. Indien ist einfach total verrückt – vom durchgeknallten dauerhupenden Busfahrer bis zu den Politikern, die Unsummen für Waffen und Armee ausgeben, statt ihrer Bevölkerung die grundlegendsten Dinge, wie z. B. eine Kanalisation zur Verfügung zu stellen.[182]

Rajasthan war bis ins 20. Jh. die Heimat der Maharajas. Diese hinduistischen Clan-Fürsten führten die so genannten »Rajputs« an, die man mit den Rittern in Europa vergleichen kann. Jeder Clan hatte seinen eigenen Staat und die Rajputs waren als Kämpfer weit über ihre Grenzen gefürchtet. Bis zur Ankunft der Briten bewahrten die Clans ihre Unabhängigkeit sogar weitgehend von den Großmoguln in Agra. Mit den britischen Besatzern gingen die Rajputs Allianzen ein und besaßen auch weiterhin faktisch ihre Unabhängigkeit innerhalb Britisch-Indiens. Statt weiterzukämpfen, hatten die Maharajas im 20. Jh. ein leichtes Leben und reisten mit einem weitaus dickeren Budget um die Welt, als ich es tat. Mitsamt Konkubinen und Gefolge schliefen sie natürlich in 5-Sterne-Hotels, statt wie ich in 5-Dollar-Etablissements. Nach der indischen Unabhängigkeit verloren die Maharajas 1970 ihre Privilegien, wie Titel und staatliche Zuwendungen. Die meisten verdienen seither ihr Geld durch Verpachtung ihrer Paläste als Luxushotels.

Erste Station in Rajasthan war Barathpur, die schläfrigste Millionenstadt, die ich je zu Gesicht bekommen habe. Lediglich im innersten Stadtkern kam Leben in den engen Straßen des Basars auf. Die Außenbezirke waren weitläufig, und ich kam mir mehr wie in einem Dorf vor als in einer Metropole. Die Menschen erinnerten mich bereits stark an die arabische Welt. Frau und Mann waren in Tücher gehüllt unter denen oft nur das Augenpaar hervorschaute. Die Tücher dienten als Schutz vor Staub und Hitze. Zum ersten Mal auf dieser Reise begegnete ich Männern mit riesig langen Bärten und geschickt gewickeltem Turban. Die Jungs von ZZ-Top würden vor Neid erblassen, was Bartbreite und -länge angeht. Diese bärtigen Inder sahen sehr würdevoll aus und waren mir äußerst sympathisch. Sie winkten oft von weitem, boten mir immer ein einziges Mal ihren Rikscha-Service an und

[182]gleiches gilt für den Nachbarn Pakistan

waren trotzdem gut gelaunt und höflich, falls ich gerade einmal keine Fahrrad-Rikshafahrt geplant hatte. Überhaupt Rikshas: Sie sind das Nahverkehrs-Transportmittel Nummer eins, und da möchte ich die Inder tatsächlich loben. Ich hätte praktisch keinen Meter in diesem Land zu Fuß zurücklegen müssen. Überall wartete ein Rikshafahrer auf mich und brachte mich im gemächlichen Tempo an meinen Zielort. Dazu war dieser Service trotz Touristenaufschlag bezahlbar und bei der herrschenden Hitze ersparten mir die Fahrer sicherlich den einen oder anderen Sonnenstich.

Direkt hinter der Stadt Bharatpur liegt eines der bedeutendsten Vogelreservate der Welt, der Keoladeo National Park. Bis ins 18. Jh. war diese Gegend Halbwüste und wurde lediglich während des Monsuns zu einem Feuchtgebiet. Der Maharaja von Bharatpur hatte Mitte des 18. Jh. die Idee gehabt, aus nahegelegenen Flüssen Kanäle abzuleiten, damit auf dieser Fläche ein ganzjähriges Sumpfgebiet entstehen würde. Der Maharaja war kein früher Greenpeace-Anhänger sondern hatte einfach Lust, das ganze Jahr Vögel mit seiner neu erstandenen Knarre abzuknallen. Bis 1965 gingen die Maharajas und andere prominente Inder in diesem Feuchtbiotop auf Vogeljagd. Schließlich war die Jagd nicht mehr zeitgemäss und das Areal, das mittlerweile über 300 verschiedene Vogelarten pro Jahr anzog, wurde zum National Park und später zum Weltnaturerbe der UNESCO erklärt. Leider überwintern die meisten Vögel lediglich in Keoladeo und waren gerade in Europa unterwegs, während hier nur die einheimischen Vögel ihre Nester bauten und brüteten. Trotzdem hatte ich mich bei Sonnenaufgang wieder einmal auf einen Drahtesel »Made in India« geschwungen, bin ein bisschen durch den Park geradelt und trotz allem einigen Viechern begegnet. In den Tümpeln paddelten Wasserschildkröten am Ufer entlang. Störche stolzierten umher und Antilopen ähnelnde Vierbeiner grasten auf den ausgetrockneten Flächen, während kleine Wildkatzen die gerade erlegte blutrote Beute verzehrten. Affen hüpften nun endlich einmal in ihrer natürlichen Umgebung von Baum zu Baum, statt auf Hindu-Tempeln herumzuklettern.

Dieses Vogelreservat war gleichzeitig ein »Touristenreservat«. In aller Ruhe konnte ich durch den Park radeln, und keine Menschenseele störte mich, im Unterschied zum Augenblick, in dem, beim Tippen dieser Zeilen im Internetcafé, mich mindestens ein Dutzend Augenpaare anschauten. Ich genoss im Park die »Freiheit« und das Fehlen von Menschenmassen. Denn in Indien begegnete ich immer gleich riesigen Rudeln des Typs Homo Sapiens, die viel redeten, extrem laut Hindu-Pop hörten oder hupten. Nein, das alles ließ ich an diesem wunderschönen Junimorgen hinter mir. Stattdessen begleitete mich ständig sich änderndes Vogel-Gezwitscher und ich radelte durch saubere Natur. Mülleimer fanden sich in Indien etwa so häufig, wie Hindu-Tempel bei uns. Daher wurde alles in die wirklich noch existierende Gosse gekippt. Das war ein kleiner Graben, in dem alles landete, was irgendwie am Ende einer Kette hing: Müll, Abwasser und Fäkalien. Anders in Keoladeo, in dem sogar für Umweltschutz geworben wurde: »In your next Incarnation you might be an endangered species.«[183]

Bharatpur war Sitz des lokalen Maharajas, und da ein Palast in der Stadt nicht genug war, wurde in einem kleinen Örtchen in der Umgebung ein weiteres riesiges Domizil errichtet. Der Palast in Deeg bestand aus mehreren, aus hellbraunen Sandstein erbauten Gebäuden, deren Außenwände mit Musterungen übersät waren. Zwischen den Gebäuden wurde ein riesiger parkähnlicher Garten angelegt, der mit seinem Grün im starken Kontrast zur umgebenden Halbwüste stand. Er wurde mit kleinen gemauerten Gräben durchzogen, in denen in besseren Zeiten hunderte von Springbrunnen plätscherten. Wegen akutem Wassermangel wurden die Springbrunnen nicht mehr allzu oft angestellt. Der Palast war von großen Mauern und zwei tiefen Gräben umgeben, die von Pavillons flankiert wurden. Heutzutage dienen die Gräben den Einheimischen als Waschstelle und als öffentliche Toilette. Das Innere der Paläste, die mit Marmor ausgelegt waren, ließen den Prunk

---

[183] <engl.>: »Bei Deiner nächsten Wiedergeburt kannst Du eine vom Aussterben bedrohte Art sein!«

vergangener Zeiten erkennen. Die Holzmöbel stammten aus Europa und die großen Himmelbetten ließen mich von besseren Matratzen träumen, denn seit über zehn Monaten nächtigte ich meist auf der »Sparbrötchen-Matratzen-Variante«, die nicht viel dicker als ein aufgeschlagener Lonely Planet »India« war.

Es war hart anzusehen, in welchem Luxus der Maharaja sein Leben genoss, während die Bewohner von Deeg auch heute noch das Wasser am Brunnen außerhalb des Palastes holten und das Feuerholz zum Kochen in der Umgebung suchen mussten. Wenigstens können die Einheimischen nun die Abkürzung durch den Palastgarten zum Brunnen nehmen, seitdem der Palast nicht mehr vom Maharaja genutzt wurde. Dieser wäre sicherlich nicht gerade erfreut gewesen, permanent Menschen mit Krügen auf dem Kopf durch seinen Garten spazieren zu sehen. Vielleicht hätte dies ihm allerdings die Augen für den ungleich verteilten Reichtum geöffnet. Er, mitten im mit Springbrunnen durchzogenen Garten sitzend, schaut auf seine Untertanen, die noch nicht einmal einen Wasseranschluss besaßen und täglich am Dorfbrunnen Wasser holen mussten.

Meine Reise durch das Indien der starken Gegensätze führte weiter in die Halbwüste nach Westen hinein. Der Bus schlängelte sich an unzähligen Schafherden vorbei, die die Straße immer wieder blockierten. Statt Ochsen sah ich mittlerweile immer häufiger Kamele vor die Karren gespannt. Die Vierbeiner marschierten mit hochnäsigen Blick in würdevollem Schritt die Gassen entlang. Schließlich erreichte ich die Hauptstadt Rajasthans, die »Pink City« Jaipur. Sämtliche Gebäude innerhalb der Stadtmauern waren in einem pinkfarbenen Ton gehalten. Diese Farbe gilt als Zeichen der Gastfreundschaft, und in der Tat schien Jaipur sich für alle schlechten Erfahrungen mit Indern entschuldigen zu wollen. Eigentlich wollte ich während meines Aufenthalts die Sehenswürdigkeiten, wie den Palast des Maharajas anschauen. Aber ich kam einfach nicht dazu. Ich lernte in den Basaren der Stadt die interessantesten Inder kennen. Allesamt gebildet und gut Englisch

sprechend, kamen wir schnell über die banale »What's-your-country-name-and-whatsoever-Konversation« hinaus und diskutierten über Kaschmir, Pakistan, die USA und das unterschiedliche Leben in Deutschland und Indien. Meist zogen wir uns nach ein paar Minuten in ein Teehaus zurück, um den stark gesüßten mit viel Milch aufgekochten ockerfarbenen Tee zu genießen. Raj war sicherlich der schillerndste Zeitgenosse, als bekennender Kiffer, der sich mindestens zehn Joints am Tag drehte, aber nicht im Mindesten abgedreht erschien. Die anderen Gesprächsgenossen waren Basar-Händler oder Studenten, die weniger mit ihren Exzessen prahlten, als am Leben im fernen Europa interessiert waren. Durch die Gastfreundschaft und die vielen netten Stunden in Jaipur schien ich mich so langsam mit dem Land zu versöhnen. Je länger ich hier reiste, desto mehr konnte ich mich auf die etwas anstrengenden Gegebenheiten einstellen und rastete glücklicherweise nicht wie manch anderer Reisender aus, die mit der Plastikwasserflaschen auf anquatschende Inder einschlugen.
In Jaipurs Gewirr von pinkfarbenen Palästen, Innenhöfen, Minaretten und Moscheen, gespickt mit ein paar Hindu-Tempeln, fühlte ich mich wie in Tausendundeiner Nacht. Ich genoss diese orientalische Stimmung sehr. Dazu kam die Tatsache, dass ich seit Wochen zum ersten Mal wieder in einem Hotelzimmer schlief, das auch europäischen Standards entsprechen würde. Da sei die Tür zu nennen, die sich tatsächlich schließen ließ und aus massivem Holz bestand – nicht aus Pressspan mit Vorhängeschloss. Oder eine Matratze, die diesen Namen auch verdient hatte – nicht diese Strohmatten-Variante. Ein Tisch und zwei Stühle im Zimmer – der pure Luxus, den ich von den »Mönchszellen« der vergangenen Wochen nicht mehr gewohnt war. Ein Handtuch, eine Toilettenpapier-Rolle und eine Seife im Zimmer vorzufinden – diese Dekadenz hatte ich bereits monatelang nicht mehr genossen. Schließlich musste ich dieses Mal mal nicht den Duschkopf mit dem Schraubenzieher entkalken, ehe ein bisschen Wasser heraustropfen konnte, sondern ich hatte nur den Griff umzudrehen und schon sprühte das kühle Nass auf

meine verklebte Haut hinab. Mit dem Fernseher allerdings wusste ich trotz 60 Programmen nicht viel anzufangen, da es nur Hindu-TV gab, und ich mich für MTV mit Hindu-Pop nicht sonderlich erwärmen konnte. Schließlich gab es dieses Mal keinen Zoo aus Ameisen, Heuschrecken und Kakerlaken zu bewundern.

Eigentlich hätte meine Reise von Jaipur aus, geradewegs durch die Wüste nach Pakistan geführt. Wäre da nicht 09/11 und die folgende Bombardierung Afghanistans durch die USA gewesen. Denn als Westler konnte ich mich nicht in Pakistan blicken lassen. Viele Menschen sympathisierten mit den sich versteckenden Taliban. Eventuell wäre im Falle einer Konfrontation mit diesen Taliban-Fans nicht auf meine Nationalität geachtet worden, und ich als Amerikaner angesehen worden. Die Konsequenzen einer solchen Konfrontation haben bereits zu viele Westler nach 09/11 in Pakistan mit dem Leben bezahlt. Also entschied ich mich, dieses Land zu umgehen. Stattdessen vertraute ich meine Seele wieder Indian Railways an. Mit dem »Superfast Train« rollte ich durch die indische Nacht nach Süden, überquerte den nördlichen Wendekreis und landete ein letztes Mal in den Tropen und am Arabischen Meer pünktlich in der Metropole Mumbai. Die heutige 16-Millionen Einwohner zählende Stadt besteht aus mehreren Inseln, die schon vor der Zeitenwende besiedelt waren, und bis ins 14. Jh. von Hindu-Dynastien regiert wurden. Danach kamen die Moslems, die die Inseln schließlich Portugal im Jahr 1534 zuschusterten, die diese Region »Bombaim« nannten. Bombain wurde angeblich von den portugiesischen Worten »bom bahia«[184] abgeleitet. Eine portugiesische Prinzessin heiratete später den englischen König Karl II. und als Mitgift wurde Bombain britisch. Die Briten passten den Namen ihrer Sprache an und bis 1996 hieß die Stadt nun Bombay. Sie wurde unter den Briten das Handelszentrum des gesamten Westteils des indischen Subkontinents. Während des amerikanischen Bürgerkriegs Mitte des 19. Jh. wurde der Baumwollnachschub aus den Südstaaten nach England

[184]bom bahia: <port.> gute Bucht

unterbrochen und Bombay sprang ein. Bis heute ist die Stadt »very busy«, und sie stieg mittlerweile zum Finanzzentrum des Landes auf. Außerdem ist sie Heimat der anstrengend anzusehenden Bolywood-Filme.[185] 1996 wurde der Name der Stadt in Mumbai geändert, um die koloniale Vergangenheit abzulegen, die lokale Maratha-Sprache und die Region Maharashtra zu fördern. Der Name ist wahrscheinlich von der Hindu-Göttin Mumba abgeleitet – aber wie alles in Indien ist das nicht ganz so sicher.

Schließlich stand ich nun am »Gateway to India«, nach dem ich den Subkontinent von Kolkata im Osten bis nach Mumbai im Westen durchreist hatte und schaute aufs Arabische Meer hinaus. Das Gateway ist ein riesiger Triumphbogen, der von den Engländern zwischen 1911 und 1924 errichtet wurde. Diesen durchschritten 24 Jahre nach dem Ende der Fertigstellung die letzten Briten der ehemaligen Kolonie Britisch-Indien, bevor Indien 1948 unabhängig wurde. Mumbai unterscheidet sich grundlegend von allen bisher bereisten Städten auf dem Subkontinent. Ich kam mir kaum noch wie in Indien vor. Während all die bereisten Millionenstädte eher wie gigantische Dörfer wirkten, kann Mumbai im Zentrum den Charakter einer Stadt aufweisen. Es existierten ausschließlich geteerte Straßen und meist sogar Bürgersteige, wohingegen ich davor oft auf Staubpisten durch die Städte gezogen war. Eine Kanalisation schien in Indien für eine Stadt außerhalb Mumbais der pure Luxus zu sein – hier stank es plötzlich nicht mehr nach Abfall, Fäkalien und Zweitakter-Benzin. Ich entdecke in der Innenstadt keine Rikschas sondern Taxis, wenn auch im Baustil der 50er Jahre. Kaum aus dem Taxi ausgestiegen, umgab mich eine nicht mehr gewohnte Stille. Es wurde nur im Notfall, nicht im Normalfall gehupt, und ich musste nicht permanent um mein Leben fürchten, kam ich auf die abstruse Idee, die Straße per pedes zu überqueren. Hier wurde sich wieder auf normalem Adrenalinpegel fortbewegt – während im Rest des Landes permanent der Ausnahmezustand auf der Straße herrschte. An den existierenden Ampeln standen nun

[185]Bolywood Film: Film, der in Mumbai hergestellt wurde

plötzlich richtige aus Stahl gebaute Autos mit vier Rädern, oft sogar mit Stern versehen, wohingegen der Verkehr im Rest des Landes aus Auto-Rikschas, Mopeds, Fahrrädern und den omnipräsenten heiligen Kühen bestand. Ein letztes Mal verbrachte ich ein paar Tage in den Tropen. Überall finden sich kleine Parks mit Palmen und anderen Grünpflanzen, statt Müll in den Straßen. Die Menschen saßen im Gras, hielten Schwätzchen und machten Mittagspause. Die Frauen bewegten sich schleierfrei durch die Straßenschluchten der Metropole und liefen oft in Jeans und T-Shirts herum, statt im traditionellen Sari. Business war jedermanns Sache und ich wurde zum ersten Mal kaum beachtet oder angequatscht. Die Zeit war viel zu teuer, um sie für »What's-your-country-name-Konversationen« zu verschwenden. Westliches Futter war total hip – auch wenn es im McDonald's keinen Hamburger und Big Mac gab. Stattdessen standen Mc Curry und Chicken Maharaja Burger auf der Speisekarte. Dank des wirklich guten vegetarischen Essens konnte ich auf das amerikanisierte »Mc-Hindu-Futter« verzichten. Es war wieder feucht-heiß, und ich kam mir wie in einer Art London in den Tropen vor. Die Engländer bauten riesige Häuserkomplexe im viktorianischen Stil, die sich im besten Zustand befanden und mich teilweise bereits wie in Europa vorkommen ließen, spätestens dann, wenn einer der knallroten Doppeldecker-Busse an mir vorbeirauschte.

Nach über 4.000 Kilometern des harten Reisens verließ ich Indien leider wieder auf dem Luftweg aufgrund der Gefahren in Pakistan. Es war ein komisches Gefühl, ohne Ticket am Flughafen aufzutauchen, lediglich Kreditkarte und Pass vorzuzeigen und schließlich eine Bordkarte für den Flug der Cathay Pacific nach Dubai ausgehändigt zu bekommen. Das Internet machte es möglich. Im dritten Anlauf, nach zwei Stromausfällen, konnte ich in einem Internetcafé in Varanasi den Flug buchen, einen Sitzplatz reservieren und ein vegetarisches Essen bestellen. Tatsächlich erhielt ich den Sitzplatz und das Essen, aber hoffentlich kein SARS. Denn Cathay Pacific stammt aus Hongkong und der Flieger kam aus Hongkong.

# Unterwegs auf der »Achse des Bösen«

Etappe: Von Dubai, Daulat Al-Imaraat Al-Arabiyyah Al-Muttahida 25° Nord 55° Ost (GMT+ 4:00) nach Shiraz, Dschomhuri-je-Islami-je Iran 30° Nord 53° Ost (GMT+ 4:30): 1.641 km – Total: 94.012 km

Shiraz, 10. Juli 2003

Das Reisen in den Vereinigten Arabischen Emiraten (VAE), zu denen das Emirat[186] Dubai gehört, lässt sich mit dem Wort »einfach« charakterisieren. Die Einreise war sicherlich die unkomplizierteste seit Tahiti, das als »Territoire Outre Mer« zu Frankreich gehört, und daher noch als »halb europäisch« gilt, obgleich es sich am anderen Ende der Welt befindet. Weder wollten die Scheichs ein Visum, noch eine der aus dem Zeitalter der Ablagebürokraten stammenden Einreisekarten, auf denen beispielsweise immer nach einer Adresse im Gastland gefragt wird, und ich irgendeinen Schuppen angebe, damit der Einreisebeamte zufrieden gestellt wird. Der Pass wurde gestempelt, und das war es auch schon. Kein sinnloses Pilgern zu arroganten Botschaftsangestellten, die manchmal fast ein halbes Dutzend Passfotos von mir verlangen, reichlich Kohle abzocken und schließlich eine Woche für das Anbringen des Aufklebers oder Stempels in den Pass benötigen, oder wie die Bangladescher in Kuala Lumpur mir das Visum verweigerten. Interessant zu sehen, dass die reichen Scheichs kapiert haben, was fast alle armen Länder noch nicht begreifen. Diese Visa-freie Einreise generiert ein zusätzliches Touristenaufkommen, und das bedeutet schlicht mehr Geld für die einheimische Wirtschaft. In den so genannten Entwicklungsländern wird leider noch viel zu sehr nach dem Motto »wie du mir, so ich dir« gehandelt: »Verlangt Deutschland ein Visum von uns, dann verlangen wir ein Visum von Deutschen.«

Statt unnötiger Wartezeit in einer Schlange vor der Einreisebehörde zu verbringen, waren alle 20 Einreise-Schalter besetzt, und innerhalb einer

[186]Emirat: arabisches Fürstentum

Minute war ich in die VAE eingereist. Wartezeit war hier als Konsummöglichkeit definiert. So war es einfach, in den VAE Geld auszugeben. Am besten bereits, während ich auf mein Gepäck am Ausgabeband des Flughafens wartete. Welcher Flughafen, außer Dubai, bietet dem ankommenden Passagier zollfreies Einkaufen am Gepäckband, statt gelangweiltem Herumstarren auf das sich bewegende Band, auf dem schließlich im Glücksfall irgendwann der Koffer auftaucht?

Das Klischee, dass die VAE ein teures Reiseland sind, stimmte nur zum Teil. Es war einfach, günstig zu wohnen, denn die Scheichs hatten Jugendherbergen eingeführt. Diese waren natürlich etwas teurer als ein indischer Hinterhof-Schuppen, dafür war die Definition für Schlafsaal mit zwei Betten pro Zimmer sehr human ausgelegt. Dazu existierten dicke Bettdecken, um die sehr effektiv arbeitende Klimaanlage zu »überleben«. Morgens wurde ich am Frühstückstisch bedient statt herumkomandiert. So manche Jugendherberge könnte von den Scheich-Herbergen einiges lernen. Natürlich hätte ich auch ganz einfach einmal 37 Euro loswerden können, um ins 7-Sterne-Hotel Burj-al Arab einen kurzen Blick hineinzuwerfen. Das Hotel war im Stile eines wehenden Segels erbaut und sah vor allem bei Nacht tatsächlich phantastisch aus. Allerdings kam ich mir am Strand vor der hohen Hotelmauer ein bisschen wie ein Zaungast vor.

Statt wie in vielen so genannten Entwicklungsländern relativ teure Taxis innerorts zu nutzen, da die örtlichen Busse des Nahverkehrs entweder ein Buch mit sieben Siegeln sind, was Frequenz und Ziel anbetrifft, oder vor Überfüllung fast platzen, fand ich plötzlich Busfahrpläne und Karten, auf denen die Busrouten eingezeichnet waren. Für Cent-Beträge kam ich letztendlich überall im Großraum Dubai hin, auch wenn es manchmal so seine Zeit dauerte, da eigentlich immer Stau auf den mindestens 6-spurigen innerstädtischen »Gassen« herrschte. Denn mit der Nobellimousine aus Stuttgart oder München musste natürlich möglichst oft »Gassi gegangen« werden.

Reisen von Emirat zu Emirat waren ebenfalls ziemlich einfach, allerdings nur, wenn man in besiedelte Gebiete wollte, aber welcher Einheimische will schon zur »Düne sieben« gelangen? Minibusse, mit Klimaanlage ausgestattet, fuhren stündlich von Emirat zu Emirat, und bei Sprit-Preisen von einem Euro für zehn Liter waren die Fahrtkosten auch für den Minibus fahrenden Backpacker relativ niedrig. Im Bus bekam jeder seinen Sitz zugewiesen, wobei Frauen im vorderen Teil saßen und Männer hinten, damit diese nicht permanent die Mädels anglotzten. Statt Hindu-Pop kam nun Britney-Pop, der für meine Ohren wesentlich akzeptabler war, als diese Hochfrequenz-Dudel-Musik vom indischen Subkontinent.

Dubai besteht praktisch aus zwei Gebäudetypen: Einkaufszentren und Hotels. Für andere Gebäude scheint es keinen Platz zu geben, und es wird immer weitergebaut. Dass Dubai das Hong Kong des Nahen Ostens ist, wird heute kaum bestritten. Dabei ist der Aufstieg zur Handelsmetropole aus Not geschehen. Durch seine Lage am Horn der Arabischen Halbinsel war das Territorium der VAE schon immer für fremde Mächte attraktiv, da man den Schiffsverkehr vom Persischen Golf nach Indien und den fernen Osten kontrollieren konnte. Die Einheimischen lebten bis in die Mitte des 20. Jh. vom Perlen-Tauchen und Fischfang, falls sie nicht als Beduinen mit Kamelhandel, Landwirtschaft in den Oasen oder von Abgaben durch Karawanen lebten. Erste Europäer, die diese Region besetzten, waren, wie so häufig, die Portugiesen, die rund 150 Jahre bis 1633 blieben. Später tauchten die Briten auf, die sich bald darauf mit dem lokalen Clan Qawasim[187] anlegten, da diese mit Piraterie gutes Geld machten. Schließlich zerstörten die Briten sämtlich Schiffe der Qawasim und sorgten fortan für Ruhe am Persischen Golf. Im Landesinnern hatte der Beduinen-Clan der Bani Yas[188] das Sagen, wurde aber von den Briten in Ruhe gelassen, da dieser den Handel durch den persischen Golf nie gefährdete. Die Besatzer aus Europa kümmerten sich wenig

---

[187]Clan Qawasim: heutige Scheichs der Emirate Sharjah und Ras al-Khaimah
[188]Can Bani Yas: heutige Scheichs der Emirate Abu Dhabi und Dubai

um ihr Protektorat. Schließlich galt es, in der Kolonie Indien möglichst viel Geld zu machen. Was wollte man schon mit Perlentauchern und Kamelhirten anfangen? Für die bitterarme Region kam schließlich 1958 der Wandel. Öl wurde im Emirat Abu Dhabi gefunden, und es wurde sehr schnell sehr reich. Im Emirat Dubai wurde hingegen zunächst kein schwarzes Gold gefunden. Daher baute Dubai seinen Hafen aus und tat alles, um seinen Ruf als guten Handelsstandort zu sichern. Schließlich wurde auch 1966 in Dubai Öl gefunden. 1971 verließen die Briten die Golfregion und es entstand das Land der Vereinigten Arabischen Emirate, zu denen neben den bekannten Emiraten Abu Dhabi und Dubai noch Sharjah, Fujairah, Ajman, Um al-Qaiwain und Ras al-Khaimah gehören. Seit der Unabhängigkeit wird das Land von Scheich Zayed aus Abu Dhabi regiert. Die VAE sind eines der politisch stabilsten und liberalsten Länder am Golf. Zwischen den Emiraten herrscht allerdings manches Mal Streit, vor allem was Bestimmungen über Alkohol und Kleidungsvorschriften betrifft. In Sharjah, zehn Kilometer nördlich von Dubai gelegen ist Alkohol strikt verboten und Klamotten, die nicht Arme und Beine bedecken, sind tabu. In Dubai hingegen rennt jeder so rum, wie es ihm gefällt und die Dutyfreeshops sind bis zum Anschlag mit Suff gefüllt.
Das wunderbare an Dubai war die Tatsache, dass zwischen all den imposanten Hochhäusern, den palmengesäumten Schnellstrassen, den in allen Farben blühenden Wiesen und an Golfplätze erinnernde Rasen und den in bunten Farben erstrahlenden Springbrunnen, es auch noch die alten hölzernen Schiffe gab, die direkt vor den Glaspalästen andockten und ihre Waren ausluden. Ich konnte es kaum glauben, dass ich schließlich doch noch restaurierte ältere Gebäude fand, die aus Lehm errichtet worden waren. So war der ehemalige Palast des Scheich ringsum von Hochhäusern umgeben und sah etwas fehl am Platz aus. Schließlich fand ich sogar mitten in Dubai noch ein wenig Wüstensand, der an den geographischen Lebensraum erinnert, in dem diese Stadt erbaut wurde.

Dank der relativ guten Busverbindungen war es für mich endlich einmal einfach, ein paar Tagesausflüge über mehr als die üblichen 30 Kilometer hinauszumachen. Denn die Minibusse flitzten auf der 6-spurigen Palmen-Allee mit mehr als 100 km/h durch die Wüste. Auf der Wüstenautobahn herrschte ein richtiges »indisches Kastensystem«. Die linke Spur war lediglich Luxuslimousinen vorbehalten, die trotz Radarfallen mit vielleicht 150 Sachen durch die Wüste donnerten. Da mochte niemand mehr mit seinem Golf GTI oder dem Minibus die Spur blockieren. Die Oase Al-Ain war ein herrlicher Ort zum Entspannen. Da die Temperatur im Schatten die 50-Grad-Marke erreichte, war ich über jeden Quadratzentimeter Schatten dankbar. Der Spaziergang durch die Dattelpalmen-Plantage unter dem schattenspendenden Dach der Palmzweige abseits von Shoppingcenter und Luxushotels war einfach traumhaft. Kein Verkehrslärm sondern das Gezwitscher der Vögel und die Freitagspredigt des Iman[189] waren entfernt zu hören. Rote, goldgelbe und grüne Datteln hingen büschelweise in den Kronen der Palmen, um abgeschlagen zu werden, und auf dem Teller in den Restaurants als Dessert zu landen. Überhaupt war das Essen wieder sehr gut. Es gab Hühnchen mit Reis. Jawohl – und ich habe es genossen, denn der Reis war mit Safran gewürzt und das Hühnchen hatte seinen Namen auch verdient – nicht wie die Haut-und-Knochen-Variante in Südamerika. Auch lernte ich »richtig zu essen« – ohne Besteck. Es war gar nicht einfach, lockeren Reis mit der rechten Hand zu fassen, und diesen in den Mund zu manövrieren, ohne dass die halbe Portion auf meiner Hose landete. Die linke Hand gilt in den arabischen Ländern als unrein und wird am besten gleich unter dem Tisch geparkt – für mich als Linkshänder eine wahrlich ungewohnte Situation.

Von Al-Ain konnte ich einen Besuch zu Fuß in den Oman unternehmen, da die benachbarte Oase bereits zu diesem Sultanat gehört. Wenn man sich die Landkarte dieser Region einmal genau anschaut, wäre Oman auch das Land

[189]Iman: <arab.> Vorbeter, Prediger

gewesen, das ich auf meiner Reise von Indien kommend als nächstes hätte ansteuern können. Doch die Visa-Regelungen auf der arabischen Halbinsel machten mir einmal mehr einen Strich durch die Rechnung. Die Einreise in den Oman wäre Visa-frei am Flughafen in der Hauptstadt Muscat möglich gewesen. Auch wäre ich ohne Probleme aus dem Oman hinausgekommen, aber nicht in die VAE hineingekommen. Denn diese haben an der Oase Al-Ain, wie die Omaner auch, gar keine Büros zur Grenzabfertigung. Denn Omaner können in die VAE ohne Papiere ein- und ausreisen. Daher wäre ich ohne Einreisestempel illegal in die VAE eingereist und hätte bei der Ausreise großen Ärger bekommen, da der Flughafen Dubai die einzige für mich mögliche Ausreisestelle war. Ansonsten grenzen die VAE nur an Saudi-Arabien, das keine Visa für Touristen ausstellt, und an der Autobahn nach Katar existieren wieder keine Grenzposten, aber auch keine Busverbindung dorthin, sodass mir letztendlich nichts anderes übrig blieb, als legal via Dubai Flughafen ein- und wieder auszureisen.

Dass der Reichtum in den sieben Emiraten nicht gleich verteilt ist, zeigte mein Besuch in Um-al-Quaiwain. Lediglich 50 Kilometer nördlich von Dubai gelegen, kam ich mir wieder wie in der so genannten »Dritten Welt« vor. Die Häuser waren funktionelle zum Teil lediglich halbfertig gebaute Anwesen. Die Wüste fegte permanent Sand in die engen Straßen, und es gab keine Shoppingcenter oder Hotels. Das Leben war um einiges beschaulicher als in Dubai, da es anscheinend nicht viel Arbeit gab. Dafür waren die Menschen um so freundlicher. Lediglich ein Viertel aller Bewohner der VAE stammt aus den Emiraten. Der große Rest setzt sich aus Gastarbeitern aller Herren Länder zusammen. Die meisten stammen aus Indien und Pakistan und verdienen hier ein Vielfaches eines Arbeiters im Heimatland. Dafür darf die große Mehrheit ihre Familie nicht hierher bringen und fliegt nur einmal pro Jahr zum Besuch zurück auf den Subkontinent. Daher war ich auch der einzige Europäer im Flieger von Mumbai nach Dubai, der mit Indern auf dem Weg zur Arbeit voll besetzt war. Am einfachsten kam ich mit den indischen beziehungsweise pakistanischen Taxifahrern ins Gespräch über Gott und die Welt. Aber auch die Araber waren neugierig, einen Menschen mit riesigem Rucksack zu »beschnuppern«. Schließlich traf ich keine anderen Rucksackreisenden.

Auf andere Touristen stieß ich in den unzähligen Einkaufszentren, die sich von denen außerhalb der arabischen Welt kaum unterschieden. Allerdings bemerkte ich doch kleine aber feine Unterschiede. Nicht nur auf den »stillen Örtchen« wurde Geschlechter-Trennung praktiziert, sondern auch beim Beten im so genannten »Prayer Room« während des Shoppings. Die Einkaufszentren schienen eine Arche Noah für Kaufwütige aus aller Welt zu sein. Hier dicke afrikanische Muttis in ihre wunderschönen bunten luftigen, der Temperatur angepassten Klamotten gehüllt. Da plapperte jemand spanisch und zwischendrin ein arabischer Gigolo im Muskel-Shirt mit Gold-Kettchen behängt, die Sonnenbrille ins Haar geklemmt. Schnauzbart, zu große Jeans und Polo-Shirt mit darunter versteckter »Kugel« – der deutsche Touristen war auch vertreten. Amerikaner im Bürstenhaarschnitt, die ausnahmsweise etwas Neues zum Anziehen statt Saddam oder Osama suchen, waren genauso dabei, wie zahlreiche Doppelgänger von den beiden gerade erwähnten. Am interessantesten war die Kleidungswahl der Damen für mich gewesen. Von der »Total-Cover-Version«, völlig in den schwarzen Schleier gehüllt ohne auch nur einen Spalt zum Sehen, über die »Augen-Frei-lass-Variante« und das »Otto-Normal-Kopftuch« mit zu bewunderndem Haaransatz bis zum kurzen Minirock und engen Top inklusive Bauchnabel-Piercing war alles vertreten. Letzteres verwunderte mich wirklich, schließlich ist Dubai ein arabisches Emirat, und einen solchen »Bauchtanz« hatte ich zuvor das letzte Mal am Strand von Bali erblickt.

Schließlich hieß es Abschied nehmen von den Emiraten. Trotz oder gerade wegen des gravierenden Unterschieds zu Indien war ich von diesem Land angetan. Aber auf die Dauer wäre es mir doch langweilig geworden, von Einkaufszentrum zu Einkaufszentrum zu pilgern, statt Tempel, Moscheen oder Landschaften zu entdecken. So flog ich mit einer Fokker 50 der Kish Airlines auf die iranische Insel Kish im Persischen Golf. Die Insel ist – natürlich – eine Duty-free-Zone und folglich ein weiteres Einkaufsparadies in der Golfregion. Für mich bot die Insel eine andere besondere Attraktion: die Visa-freie Einreise in die Islamische Republik Iran. An Bord der Maschine befanden sich auch drei Japanerinnen, die zunächst bei der Ankunft am Flughafen von einer Sittenwächterin in einen Raum geführt wurden, da die Touristinnen adäquat »verpackt« werden mussten. Die Japanerinnen bekamen einen Trenchcoat-artigen dünnen sandfarbenen Kittel angelegt und ein Kopftuch übergehängt, und fertig war die »Under-Cover-Touristin«. Wer nun denkt, im Iran laufen alle Frauen im Schleier durch die Gegend hat sich getäuscht. Die Iranerinnen tragen meist Jeans, und das Kopftuch sitzt zumeist sehr locker, sodass oft die Hälfte des Kopfhaars sichtbar ist, ohne dass sich irgend jemand daran stören würde. In der Schlange vor dem Einreisebeamten wurden die Frauen sofort vorgelassen, ohne dass sich auch nur einer der Herren beschwert hätte. Es wird wieder richtig Schlange gestanden, und ich scheine Indien nun tatsächlich hinter mir gelassen zu haben.

Bei der Einreise bekam ich eine 2-wöchige Aufenthaltsgenehmigung, gültig für die Insel nicht aber für das Festland. So fuhr ich direkt vom Flughafen in ein Apartmentviertel, in dem sich in einer Wohnung ein Büro des iranischen Außenministeriums befand. Der Beamte führte mich ins Wohnzimmer, und als er hörte, dass ich Deutscher sei, sagte er gleich, das mit dem Visum sei »no problem«. Er versprach mir das Visum für den nächsten Morgen. Dies war wirklich ein netter Zug, wenn ich bedenke, dass die Erteilung eines Visum für Deutsche außerhalb von Deutschland etwa so häufig vorkommt, wie ein Aufstieg von Mainz 05 in Liga eins.

So konnte ich beruhigt das Highlight von Kish bestaunen: das riesige Einkaufszentrum. Die Insel ist vollkommene Wüste und außer dem Einkaufszentrum hatte ich nichts Erwähnenswertes gefunden. Dass es in den

Geschäften allerdings alle bekannten US-amerikanischen Produkte gab, wunderte mich wegen des US-Embargos gegen den Iran schon ein wenig. Essen und Trinken kamen ausschließlich aus Deutschland. Von den Neapolitanern aus dem Lidl, über Ritter Sport Schokolade und Nimm 2 Bonbons war die ganze Palette deutschen Süsskrams erhältlich. »Holsten knallt am Dollsten« – aber nicht im Iran. Hier gab es natürlich nur alkoholfreies Holsten zu kaufen. Die »Krönung« war die von Jakob's aber leider gab es in meinem Hotel kein »Verwöhnaroma«, sondern das bekannte schweizerische lösliche Kaffeeextrakt, das mich bereits seit Island immer wieder begleitet hatte. Ein Produkt fehlte schließlich doch: die berühmte klebrige Brause aus Amerika.

Am folgenden Tag erhielt ich tatsächlich mein Visum und konnte direkt mit dem nächsten Boot durch den persischen Golf gondeln, um ans Festland zu gelangen. Vor dem Fahrtantritt trat im Bord-TV ein Vorbeter auf, der zum Mittagsgebet aufrief. Neben mir äffte ein Kind den Vorbeter nach und ich musste zu lächeln anfangen. Schließlich interessierte sich irgendwie keiner für den Mullah,[190] sondern eher für Chips und Limonade, denn der Bordkiosk wurde gerade geöffnet. Diese Fahrt war wahrscheinlich die angenehmste der gesamten Reise. Die Crew setzte mich nach dem Ablegen sofort auf die Kommandobrücke, wo ich vom ersten Offizier die Funktionsweise seines Schiffes erklärt bekam. Da er den Autopiloten auf 104 Grad Ost einstellte, konnten wir anschließend auf der Brücke ungestört Wasserpfeife rauchen, Datteln, Kirschen, Pfirsiche und Schokolade essen, sowie Kaffee und Tee trinken, der immer frisch aus der Bordküche kam. Eine solch große Gastfreundschaft war mir während meiner Reise noch nicht gewährt worden, und dementsprechend positiv war natürlich der erste Eindruck dieses islamischen Gottesstaates.

---

[190]Mullah: <arab.> Titel von islamischen Geistlichen und Gelehrten

Nachdem ich die Nacht in Bandar-e-Lange verbracht hatte, reiste ich mit dem Bus die Küste des persischen Golfs entlang in Richtung Nordwesten. Der Mercedes-Benz-Bus aus den späten 60ern oder frühen 70ern war leider dem Wetter nicht ganz angepasst. Bei feucht-heißem Klima und Temperaturen im Schatten nahe der 50-Grad-Marke, war die 10-Stunden-Fahrt nach Bushehr alles andere als ein Vergnügen. Da es keine Klimaanlage gab, machte ich das Fenster auf, aber der heiße Wüstenwind tat alles andere, als mich zu kühlen. An der Decke baumelten Wasserbecher, die von Wäscheklammern gehalten wurden. Permanent musste den Fahrgästen Wasser ausgeschenkt werden, um diesen rollenden Ofen heftig schwitzend durchzustehen. Die Fahrt war zudem alles andere als eine romantische Reise an einer Meeresküste entlang. Der Großteil führte durch eine Steinwüste, die ins ebenfalls wüstenartige Küstengebirge im Osten überging. Manchmal passierten wir Ölraffinerien oder im gleißenden Licht der brennenden Sonne daliegende nichtssagende Dörfer. Aber trotz dieser öden Natur, war ich frohen Mutes, denn seit der Ankunft im Iran fühlte ich mich bereits fast wie in Europa. Zunächst lebte ich wieder in der Sommerzeit und genoss den Rechtsverkehr, den ich mit Ausnahme von Myanmar und den VAE seit Tahiti nicht mehr vorgefunden hatte. Nun bestand nicht mehr die Gefahr, wegen Halsverrenkungen in die falsche Richtung, plattgefahren zu werden. Außerdem wurde zum ersten Mal seit Australien fürs Anschnallen geworben. In den meisten Ländern der vergangenen Monate exisiterten gar keine Anschnallgurte. Die Menschen sahen allesamt sehr südeuropäisch aus, und dementsprechend kam ich mir ein bisschen wie in einem mediterranen Land vor.

# Ansichten über den großen »Satan«

Etappe: Von Shiraz, Dschomhuri-je-Islami-je Iran 30° Nord 53° Ost (GMT+ 4:30) nach Qazvin, Dschomhuri-je-Islami-je Iran 36° Nord 50° Ost (GMT+ 4:30): 1.257 km – Total: 95.269 km

Qazvin, 17. Juli 2003

Als ich auf der Fahrt von Bushehr nach Shiraz vom Persischen Golf Abschied nahm, wurde mir auch bewusst, dass ich mich gleichzeitig vom Indischen Ozean verabschieden musste. Seitdem ich Anfang April in Darwin, Australien an dieses Weltmeer gestoßen war, begleitete es mich auf meiner Reise quer durch Asien immer wieder aufs Neue. Die Busfahrt führte schnurstracks ins wüstenartige Bergland, und mit einem Mal gehörte die feuchte Hitze der Vergangenheit an. Es war weiterhin heiß aber trocken. Dieses Klima mit Temperaturen bis zu 40 Grad Celsius war angenehm, und ich hatte die Hoffnung, dass dieses mich die nächsten Wochen begleiten würde.

Shiraz liegt in einem Hochtal und ist von kargem Bergland umgeben. Es muss schon immer für Reisende wie eine Oase in der Wüste gewirkt haben. Für mich war die Stadt schlicht und einfach angenehm. Trotz seiner Größe, des starken Verkehrs und der vielen Menschen auf der Straße, kam die Stadt mir sehr ruhig, fast zu ruhig vor. Nirgends wurde dauernd gehupt oder herumgebrüllt. Selbst in den tunnelartigen Gängen des Basar-Labyrinths ging es sehr gemächlich zu. Die Gerüche, die mir in die Nase zogen, verrieten es mir am Schnellsten. Ich war endlich im Orient angekommen. Aus riesigen Säcken wurden Weihrauch, Nelken, Zimt, Safran, alle Sorten von Nüssen und Pistazien, sowie Dutzende anderer Kräuter und Gewürze verkauft. Teppiche in allen Größen, Tücher in allen Farben und Parfums in allen Düften standen ebenfalls zur Auswahl. Daneben gab es auch den alltäglichen Ramsch und Kitsch »Made in China«, den ich auf allen Märkten

dieser Welt gesehen habe. Ich ließ mich von Geschäft zu Geschäft treiben und genoss die Kühle in den riesigen überdachten hallenartigen Gängen.
Kaum aus dem Basar hinausgekommen, konnte ich mich von der Hitze in einem der vielen Innenhöfe der unzähligen Moscheen wieder erholen. Die Fassaden und zwiebelförmigen Kuppeln dieser Gebetshäuser waren mit wunderschönen bemalten Kacheln verziert, die durch die Sonnenstrahlen so richtig zum Leuchten gebracht wurden. Nirgends begegnete ich einem dieser bärtigen Mullahs, die wir immer im Fernsehen sehen, wenn es um den Iran geht. Die Menschen hielten im schattigen Innenhof Siesta, und niemand störte sich an meiner Präsenz. Neben den vielen Moscheen luden auch einige Mausoleen zum Verweilen ein, die für Poeten und Dichter errichtet wurden. Diese befanden sich in großzügig angelegten Gartenanlagen, in denen Springbrunnen plätscherten, Blumen in verschiedenen Farben blühten und riesige Zypressen- und Palmen-Alleen genug Schatten zum Ausruhen spendeten.
Der angenehmste Ort zur Erholung war sicherlich das Teehaus, an das sich ein Garten mit Wasserspiel anschloss. Das Teehaus war von hohen Mauern umgeben. In den Nischen der Mauern befanden sich Kissen und kleine Tischchen. Am besten ließ sich dieses Ambiente mit einer Wasserpfeife oder einem Gläschen starkem Tee bei orientalischer Musik genießen. Anders als in vielen arabischen Ländern hingen hier Männlein und Weiblein an der Blubber. Dies wäre sicherlich die angenehmste Art und Weise, um nach der Berliner Loveparade so richtig zu chillen. Karibischer Strand und Reggae oder iranisches Teehaus und orientalische Musik – das waren meine absoluten »Limin' Locations« dieser Reise.
Aber im Iran gibt es keine Loveparade und noch nicht einmal einen Platz zum Tanzen, wie mir Mohammed, Friseurlehrling mit riesiger Elvis-Locke, erklärte. Mohammed hat ein großes Ziel: Raus aus diesem, seiner Meinung nach rückständigen Land. Er und viele seiner Altersgenossen hatten es satt, abends lediglich in den Straßen herumzulungern, statt den mittlerweile illegal

gekelterten berühmten Shiraz-Wein oder einen der leckeren Melonen-Säfte trinken zu gehen. Denn selbst für den Saft fehlte den meisten Jugendlichen das Geld, da sie oft keinen Job fanden. In der Tat war die Arbeitslosigkeit unter den jungen Iranern besonders hoch, und rund die Hälfte des 75 Millionen Volks ist unter 20 Jahre alt. Die Regierung sah sich nicht in der Lage, Arbeitsplätze zu schaffen. Gerade als er mir dies alles erklärte, erklang der Muezzin, der zum Abendgebet quer durch die ganze Stadt rief. »You hear it? You'll get mad, if you hear that everyday!«[191], sagte Mohammed und war voll und ganz von meiner Beschreibung der Loveparade beeindruckt. So ließ sich Mohammed von seinem Ziel nicht abbringen. Durch die Konversation mit den wenigen Touristen war sein Englisch mehr als passabel und sein Deutsch gar nicht so schlecht. Er trainierte sozusagen für den »Ernstfall«. Sobald er genug Geld hatte, würde er legal oder illegal nach Europa gehen, möglichst nach Deutschland oder England oder noch besser nach Amerika. Es klang unglaublich, aber die Leute waren total verrückt nach Amerika. Die Hass-Tiraden der Regierung gegen den großen »Satan« USA nahm keiner mehr ernst, auch wenn George W. Bush sicherlich eher schlecht ankam. Kritisiert wurde er in meiner Gegenwart auch nicht.

In der Tat hätte Bush hier sogar seinen »Fanclub«. Im Basar traf ich einige asiatisch aussehende Menschen, und es stellte sich heraus, dass sie Flüchtlinge aus Afghanistan waren. Nun musste ich diesen Menschen erklären, warum ich ihr Idol, Präsident Bush, nicht gut fand. Für sie war er ein Held, schließlich ließ er doch die verhassten Taliban aus ihrem Heimatland herausschmeißen. Diese Afghanen verteidigten Bush gegen alle Argumente und freuten sich bereits auf ihre Rückkehr einige Monaten später in ihre Heimat. Verkehrte Welt – wer hätte gedacht, dass ich im Iran erklären musste, warum ich die Politik der USA nach 09/11 nicht unterstützen konnte? Es fand auch kein Iraner irgendwelche negativen Worte gegen Israel. Für die meisten war der Konflikt mit den Palästinensern sehr weit entfernt und

[191] <engl.>: »Hörst Du es? Du wirst verrückt, wenn Du dies jeden Tag hörst!«

schien sie nicht zu interessieren. Als Deutscher im Iran genoss ich einen guten Ruf, aber glücklicherweise einmal nicht wegen unserer jüngeren Vergangenheit sondern endlich wieder wegen Klinsmann, Matthäus und Borusia Dortmund sowie Bayern München.

In der Nähe von Shiraz befindet sich eine Art Geburtsstätte der persischen Kultur, das Ruinenfeld Persepolis. Im 6. vorchristlichen Jh. ließ der Perserkönig Darius einen riesigen Palast bauen, um das persische Neujahrsfest Narooz, das immer zu Frühlingsanfang gefeiert wird, dort begehen zu können. Das Reich der Perser erstreckte sich in seiner größten Ausdehnung bis nach Griechenland, Ägypten und Nordindien. Als Kyrus, einer von Darius' Vorgängern Babylon besetzte, erstellte er dort die erste Menschenrechtscharta, die interessanterweise einige Gemeinsamkeiten mit der gerade niedergeschriebenen europäischen Verfassung des Jahres 2003 hat. Kyrus schaffte die Sklaverei ab, führte die Religionsfreiheit ein, baute zerstörte Städte wieder auf und ließ geschlossene Tempel wieder öffnen. Er errichtete neue Häuser für Flüchtlinge oder ließ sie in ihre Heimat zurückkehren und setzte sich für ein friedliches Zusammenleben aller Bürger ein – und dies vor etwa 2600 Jahren, wo bei uns noch die Keule geschwungen wurde. Diese Hochkultur und der Palast von Persepolis, zu Deutsch »Stadt der Perser«, wurde im 4. vorchristlichen Jh. vom Makedonier Alexander »dem Großen« dem Erdboden gleichgemacht. Warum er diesen Titel sich verdient hat, ist mir schleierhaft, denn von Persepolis war leider nicht mehr sehr viel übrig geblieben und das Perserreich verschwand von der geschichtlichen Bildfläche. Erst besetzten es die Griechen, dann die Römer, Byzantiner und schließlich die Araber und Türken, die den Islam einführten sowie zwischenzeitlich die Mongolen.

Seit dem 16. Jh. ist Persien wieder weitgehend unabhängig. Bis ins 20. Jh. wurde das Land von einem Shah regiert. Der letzte Shah von Persien, das seit 1934 »Iran« heißt, führte ein dekadentes Leben, insbesondere seitdem man Öl gefunden hatte. Zwar wurde die Analphabeten-Rate reduziert,

Frauen gleichgestellt, das Gesundheitswesen verbessert und das Ackerland neu verteilt, aber die Mehrzahl der Iraner fristete in sehr bescheidenen Zuständen ihr Dasein, während eine kleine Oberschicht in Saus und Braus lebte. Dieses soziale Ungleichgewicht führte schließlich 1978 zu Unruhen in der Bevölkerung. Die Studenten wollten weitergehende Reformen, die konservativen Mullahs wollten die eingeleiteten Reformen rückgängig machen. Es einte beide Gruppen lediglich der Hass auf den Shah. Dieser flüchtete 1979 aus dem Land, und aus dem französischen Exil kam Ajatollah Khomeini, der 1962 gegen Reformen, wie die Emanzipation der Frau und die Reduzierung der Macht der Mullahs, protestierte und des Landes verwiesen wurde. Khomeini wurde unter dem Beifall von Millionen Iranern im Land begrüßt und führte den islamischen Gottesstaat ein. Die Opposition verschwand oder wurde umgebracht, und die USA, die eng mit dem Shah zusammenarbeiteten, brachen jeglichen Kontakt mit dem Iran ab. Seitdem ist der Alkohol verbannt, Frauen müssen ab dem siebten Lebensjahr das Kopfhaar und den gesamten Körper mit Ausnahme der Füße und Hände bedecken. Weibliche Formen müssen durch die Kleidung völlig verdeckt werden.

Das Chaos im Nachbarland nutzen wollend, erklärte Saddam Hussein 1980 dem Iran den Krieg, um sich iranische Ölquellen zu sichern. Interessanterweise wurde auf beiden Seiten mit amerikanischen Waffen gekämpft. Der Iran unter dem Shah-Regime hatte massenhaft US-Waffen gekauft, und der Irak bekam diese von den USA im Kampf gegen den Iran gestellt. 1988 einigten sich Iran und Irak auf ein Kriegsende und eine Grenzziehung, die der vor dem Krieg entsprach. Ein Jahr später starb Khomeini und ca. zehn Millionen Iraner nahmen von ihrem Führer persönlich Abschied. Auf meiner Reise sah ich immer noch überall sein Bild. Auf Geldscheinen und täglich auf Dutzenden von riesigen Plakaten, teilweise mitten in der Wüste. Doch die Popularität der Mullahs nahm mit dem Tod von Khomeini rapide ab. 1997 wurde der gemäßigte Mohammed Khatami in demokratischen Wahlen zum Präsidenten bestimmt. Khatami hat aber praktisch keine Macht, Reformen durchzusetzen. Die Macht im Staat geht immer noch von den Mullahs unter der Führung von Ajatollah Khamenei aus. Daher wird Iran im Westen auch nicht als Demokratie anerkannt und Iraner selbst bezeichnen Khatami als Marionette der Mullahs. Das Verhältnis zu den USA ist weiterhin, von der Regierunsseite betrachtet, sehr angespannt. Zwar kooperierten die beiden bei der Vertreibung der Taliban, deren Regime vom Iran nie anerkannt wurde. Auch wird Saddam Hussein keine Träne nachgeweint, hatte er doch den Krieg gegen den Iran angezettelt. Aber Bushs Bezichtigung, Iran baue Massenvernichtungswaffen und unterstütze den internationalen Terrorismus, trägt nicht unbedingt zu einer Entspannung der Lage bei. Die Unzufriedenheit des Volkes mit den Regierenden führt von Zeit zu Zeit zu massenhaften Protesten. Es bleibt abzuwarten, inwieweit sich die Mullahs auch in Zukunft an der Macht halten können. Gleichzeitig bleibt zu hoffen, dass möglichst viele Iraner in ihrer Heimat bleiben, damit dem Land nicht seine geistige Elite abhanden kommt.

Von Shiraz führte meine Reise im betagten Mercedes-Bus anfangs durch fruchtbare Täler, in denen das goldgelbe Korn kurz vor der Ernte stand. Je weiter sich der Bus von Shiraz entfernte, desto wüstenhafter wurde die Landschaft. Die fruchtbaren Äcker verschwanden, und schließlich erinnerten nur noch bläulich schimmernde Disteln an Anzeichen von Leben. Die Straße führte über Hochebenen und Pässe, an denen Schilder das Anlegen von Schneeketten empfahlen. Später sah ich sogar noch einen Schneepflug am Straßenrand auf den nächsten Winter warten, während der Asphalt sich in der Mittagszeit zu verflüssigen drohte – Kontinentalklima in seiner extremsten Art und Weise.

Während der Fahrt erinnerte mich erneut einiges an das näher rückende Europa. Zum ersten Mal sah ich einen Bus mit Endstation Stuttgart. Glücklicherweise hatte ich noch einige Zeit zum Reisen und muss diesen fast 1-wöchigen Masochisten-Trip nicht auf mich nehmen. Auf der Landstrasse begegneten wir permanent Lkws, die allesamt mit dem Deutschlandkennzeichen beklebt waren und vor gut 20 Jahren auf deutschen Autobahnen rollten. In einer »Reinkarnation« wickelten sie nun den Transport von Waren im Iran ab. Mit Khomeini kamen aus dem französischen Exil auch die französischen Pkws ins Land. Überall düsen 2CV und Renault 5 durch die Straßen und Peugeot baut im Land Autos der Marke Peugeot Persia. Außerdem rollte eine Art iranischer Lada über die Straßen, der mich zusammen mit der »Ente« und den vereinzelt noch tuckernden »Käfern« an mein Geburtsjahr 1973 erinnerte. Als letztes Zeichen des einstig engen Verhältnisses zwischen dem Iran und den USA rauschten noch die alten Ami-Schlitten wie Chevrolet, Corvette und Buick über die breiten Boulevards – gebaut alle sicherlich vor 1979. Die Polizei fuhr hingegen unter dem guten Stern aus Stuttgart in der C-Klasse durchs »Ländle«.

Nach einer Tagesfahrt auf sehr guten Straßen erreichte ich schließlich Esfahan, eine der angenehmsten Städte der gesamten Reise. Rund 2.000 historische Gebäude sind in dieser Metropole zu entdecken. Moscheen mit riesigen blau und gelb gekachelten Motiven an den Fassaden und türkisfarbenen Kuppeln und Minaretts luden zum Verweilen ein. Weit und breit waren in diesen Gotteshäusern keine Mullahs zu sehen, doch schließlich traf ich noch jemand von der geistlichen Elite des Landes im Teehaus. Statt Hasstiraden auf den großen »Satan« USA abzulassen, unterhielten wir uns über Gemeinsamkeiten von Judentum, Christentum und Islam. Ich bekam einen Einblick in die Koran-Schule und niemand fing an, über Amerika zu schimpfen. Mein Nachwuchsmullah mit leichtem Bartansatz hatte nicht viel mit dem Quotenmullah aus dem Fernsehen gemein. Überhaupt hatte ich den Eindruck, dass hier einfach eine große Scheinheiligkeit an den Tag gelegt wurde. Die jungen Frauen kleideten sich in den großen Städten immer legerer. Man konnte via Satelliten-Fernsehen alle europäischen, oft auch freizügigen Programme anschauen, im Internet die westliche Welt mit all ihren guten und schlechten Seiten betrachten und mit ihr kommunizieren.

Alkohol war offiziell verbannt, aber auf dem Schwarzmarkt erhältlich. In die Moschee ging kaum jemand zum Beten, und die Religionsverdrossenheit aus dem Westen schien längst auch den Iran erreicht zu haben. Kurz und gut – die Mullahs hatten sich schlicht und einfach das falsche Land für die Errichtung eines Gottesstaates ausgesucht. Aber von ihrer Macht lassen die geistlichen Väter auch nicht, und wenn die Jugend auszieht, um für mehr Freiheit zu demonstrieren, reagieren die Mullahs oft mit massivem, brutalem Polizeieinsatz.

Schließlich entdeckte ich doch noch einen verblichenen anti-amerikanischen Slogan »Down with USA« auf einer Mauer. Niemand erneuerte die Farbe und niemand wusch sie ab. Irgendwie schien überhaupt niemand die Worte wahrzunehmen, bei all der Schönheit des Platzes, auf dem der Slogan angebracht wurde. Der Eman-Khomeini-Platz, mit ähnlichen Ausmaßen wie der Rote Platz in Moskau, wird auf allen vier Seiten von Arkaden-Gängen abgegrenzt. Zwei wunderschöne Moscheen mit ihren gekachelten Eingängen, ein säulengestützter Palast, Springbrunnen, schattenspendende Hecken, Liegewiesen und Teehäuser runden diesen Hort des Friedens auf wunderbare Art und Weise ab. Überhaupt Teehäuser: hier ließ ich es mir so richtig gutgehen. Ein Kännchen starken, gut gesüßten Tees, ein Tablett mit zuckersüßem Blätterteig-Desserts bestückt und die Wasserpfeife, wahlweise in Apfel-, Bananen-, Orangen- oder Minze-Geschmack, bildeten die Standart-Ausstattung zum Spätnachmittag-Genuss, entweder mit einer wunderschönen Aussicht auf den Eman-Khomeini-Platz, oder in einem der zahlreichen alten Bogenbrücken, die den Fluss Esfahans überspannten.

Mangels Biergärten und Kneipen zogen allabendlich die lokalen Schönheiten, in mehr oder weniger viel Tuch gepackt, in die Teehäuser, um sehen und gesehen zu werden, und an der Blubber zu hängen. Was für eine Verschwendung der Natur, diese wunderschönen Wesen unter ein Kopftuch zu verbannen. Dadurch wirkten die Frauen unnahbar. Bei der brutalen Scharia, dem islamischen Recht, das jegliche Beziehung zwischen Moslems

und Nichtmoslems mit dem Tode bestrafen kann, verging doch wirklich schnell die Lust, sich mit den Mädels zu unterhalten, denn schlimmstenfalls hätte ich kurzerhand die Polizei am Hals gehabt. Da zog ich lieber an meiner Blubber, ließ mich von dem süßlichen Rauch ein bisschen einlullen und trank noch einen Tee.
Esfahan war seit Darwin vielleicht die erste Stadt, die eine sehr hohe Lebensqualität, auch an westlichen Standards gemessen, aufwies. Zum einen wurde an allen Ecken und Enden geschrubbt und gewischt, der Müll in Mülleimer geworfen und von der Müllabfuhr abgeholt. Zum anderen wurde endlich nicht mehr auf den Boden gespuckt. Das gesamte Flussufer verwandelte die Stadtverwaltung in einen Park, statt es wie in den meisten Städten zwischen Australien und Iran zur Müllkippe verkommen zu lassen. Es existierten Radwege, endlose Pfade zum Joggen und riesige Wiesen zur Erholung von der immerwährenden Hitze. Außerdem zeichnete Irans Bewohner im Allgemeinen eine nie zuvor gekannte Ehrlichkeit aus. Taxifahrer, normalerweise der große »Satan« eines jeden Backpackers, da sie einen grundsätzlich mit dem Fahrpreis immer über das Ohr hauen wollen, waren im Iran hingegen ehrlich und verlangten Cent-Beträge, um mich quer durch die Stadt zu fahren. Auch sonst wurde kein Touristenpreis seitens der Händler gefordert. Dies machte das Reisen im Iran noch ein bisschen angenehmer als es ohnehin schon war.
Mit dem Essen allerdings war es hingegen eine zweischneidige Sache. Das Frühstück stand und fiel mit dem Brot, das meistens quadratmetergroßen Fensterledern ähnelte. Dieses erhielt ich zerknüllt oder gefaltet auf einem Teller mit Käse und Karotten-Marmelade. Zum ersten Mal seit Monaten musste ich beim Brotessen wieder meine Kauwerkzeuge, sprich Zähne, richtig benutzen. Das iranische Brot war zäh und schmeckte wahrscheinlich tatsächlich wie ein Fensterleder. Ich ging daher meist in eine Bäckerei und besorgte mir Fladenbrot, wie wir es vom Kebab-Laden her kennen. Felafel,

riesige Hamburger und leckere Pizza waren der absolute Renner bei den iranischen Jugendlichen.
Von Esfahan erreichte ich nach einer weiteren Fahrt durch die Wüste die Oasen-Stadt Kashan. Anscheinend war hier alles noch ein Stück konservativer als im relativ offenen Esfahan. Die Frauen trugen fast alle schwarze Kopftücher und Gewänder, sodass ich mir entweder wie in einem »Freilicht-Kloster« oder wie bei den Gruftis vorkam. Mit der Hand am Kragen, damit ich unter keinen Umständen einen Quadratzentimeter Haut unterhalb des Kinns erkennen konnte, huschten die Frauen mit wehendem Schleier durch die Gassen. Aber niemand verdeckte sein Gesicht oder den Haaransatz, sodass mir die berühmten Bilder der Frauen aus Afghanistan erspart blieben, die völlig vermummt herumlaufen mussten. Dass die Bewohner dieser Oase dank des Handels reich wurden, konnte ich noch an den prächtigen Häusern mit den großen Innenhöfen erkennen. Diese waren mit Bogengängen, Treppchen in jeden Raum und unzähligen Wandfresken ausgestattet. Im Hof selbst befanden sich Gärten und Wasserspiele, die zum Verweilen einluden. Um diese Paläste lagen, zerstreut in einem Labyrinth aus Gassen, die Lehmhäuser der ärmeren Bevölkerung. Mitten durch das Labyrinth führte in einem langgestreckten Tunnel der Basar, der wieder alle Düfte des Orients bot.
Aufgrund der moderaten Sprit-Preise von sechs Cent pro Liter Benzin, konnte ich es mir leisten, mit einem Taxi in die Berge südlich von Kashan zu fahren, um einmal das Landleben im Iran kennen zu lernen. Im Bergdorf Abyaneh wurde ich von den Menschen sehr freundlich empfangen und bekam als Reisender sofort frisches Quellwasser gereicht. Die Menschen trugen noch ihre traditionelle Tracht. Die Tücher waren mit Blumen verziert, das Kopftuch saß sehr locker und nackte Arme waren scheinbar alltäglich. Die islamische Revolution hatte es wahrscheinlich bis hierher nie so ganz geschafft. Das Dorf, das ausschließlich aus rotbraunen Lehmbauten bestand, war wie mit Klebstoff an den Berg geheftet. Unterhalb des Dorfes befanden sich die kleinen Äckerchen, die die Bewohner mit dem Esel erreichten.

Plötzlich entdeckte ich noch etwas Ungewöhnliches. Auf den flachen Lehmdächern einiger Dächer gediehen bei dem trockenen Klima Rebstöcke mit vielen dicken Weintrauben, die angeblich zu Rosinen verarbeitet wurden, wie mir ein alter Mann verschmitzt lächelnd erzählte. Wer es glaubt, wird selig.

# Abschied von der Abstinenz

Etappe: Von Qazvin, Dschomhuri-je-Islami-je Iran 36° Nord 50° Ost (GMT+ 4:30) nach Göreme, Türkiye 39° Nord 35° Ost (GMT+ 3): 1.919 km – Total: 97.188 km

Göreme, 24. Juli 2003

Auf meiner Reise durch den Iran in Richtung türkischer Grenze erinnerten mich immer mehr Details an Europa, das ich im September 2002 in Island verlassen hatte. Fuhr ich in den letzten Monaten meist auf halb asphaltierten Straßen, die mehr Löcher pro Quadratmeter hatten als ein Schweizer Käse, ging es auf den Ausfallstrassen um die Hauptstadt Teheran immer auf 6-spurigen Autobahnen mit blauen Verkehrsschildern und Standstreifen entlang. Allerdings wurde der Standstreifen im Iran schließlich doch zu anderen Zwecken genutzt, als im nicht mehr allzu fernen Deutschland. Da die Busse nicht bei jeder Ausfahrt in die Städte hineinfuhren, wurden die Standstreifen zur Bushaltestelle, an der Taxifahrer bereits auf die Fahrgäste warteten. Die Beschilderung der Autobahnen erinnert mich stark an die USA. Die Verkehrsader hieß »Expressway« beziehungsweise »Freeway« und war, wie in den USA üblich, nach Himmelsrichtungen und geraden Nummern für West-Ost beziehungsweise ungeraden Nummer für Nord-Süd ausgelegt.

Alle bedeutsamen Verkehrsschilder waren neben der Landessprache Farsi in arabischen Schriftzeichen auch in Englisch in lateinischen Buchstaben angegeben. Denn seitdem ich nach Thailand eingereist war, fühlte ich mich eigentlich als Analphabet. Weder konnte ich die dem Sanskrit[192] ähnelnde Schrift der Thais, noch die »Kringel-Schrift« Myanmars, das »Gekrakel« der Inder oder die »Schnörkel« arabischer Schriftzeichen entziffern. Diese Tatsache verbunden mit dem Umstand, dass die Menschen oft kein Englisch sprachen, führte natürlich unweigerlich zu Kommunikationsproblemen und Missverständnissen. Letztendlich war ich aber immer am richtigen Ort

[192]Sanskrit: Literatur- und Gelehrtensprache des Altindischen

angekommen, habe immer ein Dach über dem Kopf gefunden und zu essen bekommen. Doch manchmal klappte es mit der Kommunikation überhaupt nicht. Ich wollte einmal nach einem üppigen Abendessen in einem anderen Restaurant noch einen Tee trinken. Irgendwie schien gerade kein Tee verfügbar gewesen zu sein, denn mir wurde auf die »Chemie-Limo« gedeutet und irgendwas von »Chai-Blabla« in Farsi mitgeteilt. So nahm ich halt die Chemiekeule in der Hoffnung, davon keinen »Haarausfall« zu bekommen. Doch plötzlich wurde mir noch ein Fleischspieß mit Fladen, Tomaten und Gurken serviert – ohne je etwas von Kebab erzählt zu haben. Wie machte ich nun den Leuten klar, dass ich vor Fülle gleich platze, ohne sie zu kränken? Da half nur futtern bis zum Umfallen. Aber insgesamt klappte die Verständigung mit einem Kauderwelsch aus Arabisch, Farsi, Englisch und manchmal Französisch bisher ganz gut. Allerdings machten die Iraner es mit ihrem Zahlenwerk dem Fremden doppelt schwer. Schließlich nennen sie ihre Währung Rial oft Torman, wobei zehn Rial einem Torman entsprechen. Dazu kam der Umstand, dass 10.000 Rial beziehungsweise 1.000 Torman gerade etwa einen Euro wert sind. Der Reiseführer listete aber nur Zahlen von 1 bis 100 im Sprachteil auf. So musste das Mobiltelefon als Zahlen-Tipp-Maschine herhalten, um sich irgendwie auf einen Preis in Torman oder Rial zu einigen. Danach konnte ich in meine Plastiktüte greifen und zahlen, da der Geldschein mit dem höchsten Betrag die 10.000 Rial-Banknote war, die gerade einem Euro entsprach.

Da im Norden Irans die Winter ziemlich hart sein können, gab es deftiges Essen, das ich nur noch im Entferntesten aus Deutschland kannte. Eintöpfe aus Kartoffeln, Bohnen, fettem Lammfleisch, Tomaten und Paprika füllten meinen Magen wie Backsteine, da dieser noch an die federleichte Küche Südostasiens gewöhnt war. Während der Fahrt von Qazvin nach Tabriz im äußersten Nordwesten Irans, sah ich im gerade herrschenden Hochsommer Schneereste auf den bis etwa 3.700 Metern hohen Berggipfeln. Im Tal standen die goldgelben Kornfelder und die grünen Salatäcker kurz vor der

Ernte. Schafherden schauten den unzähligen Lkws auf der Straße hinterher. Diese Straße bildete die einzige sichere Route von Europa nach Südasien und daher sah ich nun die ersten Autos aus dem langsam näher rückenden Europa. Ein VW-Bus aus Berlin und ein Caravan aus Zürich zeigten mir, dass mein Heimat-Kontinent nicht mehr fern war. Je näher Tabriz rückte, desto bergiger wurde das Land und bald darauf führte die Straße von Tunnel zu Tunnel an einem reißenden Bergfluss entlang. Dieses bergige Land, das etwas weiter westlich »Kurdistan« genannt wird, teilen sich mehrere Nationen.[193] Dieser Völkermischmasch wurde in Tabriz sofort erkennbar. Zum ersten Mal seit Australien sah ich Einheimische mit nicht schwarzen Haaren. Hier traf ich auf braunhaarige und sogar blonde Menschen. Die Bewohner sprachen Aserbaidschanisch, Farsi und manche wie Herr Tabrizi sogar Berlinerisch.

Herr Tabrizi hatte die letzten 25 Jahren in der deutschen Hauptstadt gearbeitet und konnte mir viel über die Entwicklung seiner Heimatstadt Tabriz erzählen. Für mich war die Unterhaltung auch deshalb prima, da ich das erste Mal seit mehreren Wochen wieder Deutsch sprechen konnte. Herr Tabrizi und einige andere Iraner, die ich getroffen habe, warteten sehnsüchtig auf Veränderungen in der Islamischen Republik. Aber fast niemand wünschte einen Einmarsch der USA in ihr Land. Die Mehrzahl der Bewohner hoffte auf eine Revolution von innen. Wie Herr Tabrizi haben sicherlich die meisten Iraner keine Lust mehr auf die Gängelei, das Alkoholverbot und die Kleiderordnung, die insbesondere die Frauen schikaniert. Am Ende unseres Gesprächs flüstert Herr Tabrizi mir noch zu »Christoph, am meisten vermisse ich hier das deutsche Bier – Sch… Mullahs.«

Von Tabriz aus konnte ich mit Ali, einem Taxifahrer, einen Ausflug in ein Bergtal der iranischen Region Ost-Aserbaidschan unternehmen. Durch vulkanische Aktivität bildeten sich an einem Talrand unzählige spitz zulaufende Felstürme. Diese wurden von Menschen besiedelt, und das fruchtbare

[193] Länder mit kurdischer Bevölkerung sind Türkei, Syrien, Irak, Iran

Ackerland am Talboden musste nicht für Häuser vergeudet werden. So wohnen bis heute die Menschen in diesen Felsen, in die sie sogar Fenster eingelassen haben und mit Strom versorgt werden. Als Brennmaterial wurde jetzt im Sommer Esel- und Schafmist für die bitterkalten Winter getrocknet. Es war einfach angenehm sich am Dorfrand hinzusetzen und den Geräuschen zu lauschen. Da das Ächzen eines Esels, hier permanentes Vogel-Gezwitscher und dort Kindergeschrei. Es störte mich keinerlei Verkehrslärm, denn auf den engen gepflasterten Gassen und den rutschigen sandigen Pfaden passte kein Auto hindurch, das diesen Hort des Friedens hätte stören können. Zurück in Tabriz wanderte ich ein letztes Mal durch den Bazar, der sich aus einem Gewirr von Tunnels zusammensetzte. Jeder Tunnel bestand aus unzähligen Kuppeln, in die in der Mitte ein großes Loch für genügend Sonnenlicht eingelassen war. Bei Tee und süßem Blätterteig-Gebäck las ich die englischsprachige Iran News und stellte verwundert fest, dass sogar über Themen wie die Besetzung des Irak durch die USA relativ neutral berichtet wurde. Der Redakteur merkte zwar an, dass Iran gegen diesen US-Einsatz war, aber gleichzeitig wurde gelobt, dass iranische Moslems nun wesentlich einfacher irakische Pilgerstätten aufsuchen konnten als während der Saddam-Zeit. Die Photos von Frauen in der Tageszeitung mussten anscheinend per Computer verändert werden, da das Bild der spanischen Außenministerin sie mit Kopftuch zeigte, gemäß iranischer Kleiderordnung. Ich glaube nicht, dass die Frau Außenministern in Europa mit dem Kopftuch in einer Pressekonferenz erschien. Beim Sportteil wurde in großen Lettern über den Liga-Pokal in Deutschland, über die Tour de France sowie US-Sport wie beispielsweise Basketball wertneutral berichtet.

Schließlich reiste ich von Tabriz aus an der Grenze zu Aserbaidschan und Armenien entlang zur türkisch-iranischen Grenze. Der Sicherheitsstandard beim Bus fahren im Iran ist sicherlich einer der höchsten in der Welt. Bei allen Fahrten über vier Stunden Dauer wechselten sich zwei Fahrer ab – ein Umstand, den ich seit Australien nie gesehen hatte. Außerdem wurden in regelmäßigen Abständen das Fahrtenbuch und der Fahrtenschreiber von der Polizei kontrolliert. Dies hatte ich bisher noch in keinem anderen Land erlebt. Dementsprechend waren die etwas mehr als 3.000 Kilometer, die ich im Iran mit dem Bus zurücklegte eine angenehme Abwechslung, vor allem im Gegensatz zu den vollkommen durchgeknallten indischen Busfahrern. Außerdem galt in Iran die Regelung ein Passagier pro Sitz und nicht die sonst gültige Auslegung, dass ein Bus erst dann voll war, wenn keiner mehr hineinpasste.

Die Ausreise aus dem Iran war allerdings noch einmal für einen Adrenalin-Schock gut. Der Beamte untersuchte meinen Pass von vorne bis hinten und verschwand schließlich in einem anderen Büro. Nach etwa zehn Minuten wurde ich in das Büro zitiert. Während der Wartezeit schwante mir schon Böses, da es viel zu einfach gewesen wäre, auf der iranischen Insel Kish so mir nichts dir nichts ein Visum für die islamische Republik zu erhalten. Im Büro wurde mir mehrmals die Frage gestellt, um wieviel Uhr ich im Iran angekommen sei. Erst im Nachhinein kapierte ich die Fragerei, schließlich war ich am 6. Juli ohne Visum eingereist. Das Visum wurde erst am 7. Juli ausgestellt. Aber die Stempel in meinem Pass konnte ich ohnehin nicht entziffern, da alles in arabischen Schriftzeichen verfasst war, und zudem nicht das Jahr 2003 sondern der moslemische Hejira-Kalender zu Grunde gelegt wurde, demgemäß ich mich im 14. Jh. befand, da das Jahr 0 in unserem Jahr 622 liegt. Damals war Mohammed von Mekka nach Medina geflohen, weil er gegen die vorherrschende Religion gepredigt hatte.

Nachdem ich mein freundlichstes Lächeln aufgesetzt und die Fragen nach der Einreisezeit nach bestem Wissen und Gewissen beantwortet hatte, sagte der Chef »finish« und ich bekam meinen Ausreisestempel und den Pass zurück. Endlich trabte ich zur Grenzlinie. Doch genau vor dieser stand noch ein Polizist und wollte ein letztes Mal meinen Pass sehen. Dieser Beamte stellte mir dann etwas listigere Fragen, wie ich beispielsweise zur Politik des Iran stand. Ich holte weit aus und erzählte von Persepolis und Darius dem

Großen, statt meine Meinung zu den Mullahs kundzutun. Dies schien den Polizisten zufriedenzustellen, und ich durfte den Iran verlassen.

»Guten Morgen!« war das erste, was ich einen Meter hinter der Grenze auf türkischem Boden vernahm. Der Arzt, der mir die Temperatur zur Sicherheit wegen der allgegenwärtigen SARS-Gefahr maß, sprach ein bisschen Deutsch »wegen Bruder in Munisch« und schenkte mir zunächst eine Cola. Ein Pils wäre mir zwar nach der Abstinenz im Iran und dem Schock bei der Ausreise lieber gewesen, aber trotzdem war ich von der Freundlichkeit angetan und glücklich, in der Türkei angekommen zu sein. Da können die Leute noch soviel über angebliche Unterschiede zwischen europäischer und türkischer Kultur diskutieren – ich fühlte mich wie in Europa. Die erste Frau war ohne Kopftuch und »nur« mit T-Shirt und Rock bekleidet. Ich musste tatsächlich zweimal hinschauen und war den Blick auf langes Haar und nackte Arme bereits nicht mehr gewöhnt. Das erste Essen – bezahlt mit American Express. Im Iran war diese Karte so nützlich wie ein Cocktailglas. Seit dem Passieren der Grenze fuhr ich nun auf der E 80, der Europastrasse 80, die von Polo, Lupo und Twingo befahren wurde – Autos, die ich seit Island nicht mehr gesehen hatte. Plötzlich sah ich seit Dubai wieder einige Touristen – in zehn Minuten etwa so viele, wie in zwei Wochen Iran. Nein, Europa war nicht mehr weit entfernt – noch ca. 1.500 Kilometer waren es bis nach Istanbul.

Bei dem ganzen Trubel um meine Ausreise aus dem Iran hätte ich fast die wunderschöne Kulisse übersehen, die sich meinem Augen bot. Hinter der Straße führten kilometerweit gelbgrüne Wiesen langsam bergan, und plötzlich schoss aus dieser Hochebene ein riesiger Vulkankegel empor. Auch jetzt im Hochsommer war der Ararat mit einem dicken Eispanzer überzogen. Dieses Bild der Wiesen beziehungsweise Steppen mit dem Schneeberg im Hintergrund erinnerte mich an den Kilimandscharo auf der tansanischen Seite von Arusha aus gesehen. Allerdings sprangen hier keine Antilopen herum, sondern nur gewöhnliche Schafe. Das Bild dieses imposanten thronenden Gipfels hat die Menschen schon seit Jahrtausenden bewegt. Der Geschichte nach war auf dem Gipfel Noahs Arche gestrandet. Natürlich machte ich gleich im nächsten Ort hinter der Grenze Station, um wandern zu gehen. Zinnen-artige graue Basalt-Wände, weiß leuchtende sandige Pässe mit grünen Büschen und rote Felsen ließen mich wie in einem farbigen Gemälde vorkommen. Dahinter lugte immer der weiße Gipfel des Ararat hervor, während Bauern mit der Sichel das gelbe Korn schnitten und mit hölzernen Rechen das Heu für den Winter einbrachten.

Abends gönnte ich mir endlich das erste Bier seit Wochen. Mir hätte jeder Gerstensaft geschmeckt – wahrscheinlich sogar ein deutsches Supermarkt-Billigbier, das es im Iran als alkoholfreie Version für umgerechnet 1,30 Euro gab – wobei man dort für ca. 0,20 Euro einen Kebab bekam. War die Küche Irans nicht sonderlich attraktiv, bewegte ich mich nun wieder im kulinarischen Paradies. Eingelegte Auberginen, Lahmaçun, Döner-Kebab und supersüße Desserts ließen mich all die kulinarischen Entbehrungen Südamerikas endgültig vergessen, und es gab endlich keinen Reis mehr.

Am nächsten Tag machte ich mich schließlich auf die erste Etappe der anstehenden Türkeidurchquerung. Die Strecke nach Istanbul entsprach fast der Strecke Istanbul – Wien, und da ich keine Lust auf eine Marathon-Busfahrt hatte, machte ich in Städten am Wegesrand immer wieder Pausen. Dabei lernte ich eine sehr sympathische Türkei kennen. Die Menschen waren in Anatolien an Touristen gewöhnt, aber trotzdem waren Türken und Kurden noch sehr gastfreundlich und beim Anbieten von Tee keinesfalls auf einen Teppichverkauf aus. Viele Teppichhändler sprachen gutes Deutsch, da sie einige Jahre in Deutschland gearbeitet hatten. Ich lernte viel über die Probleme von Kurden in der Türkei, die immer noch unterdrückt werden. Der Anführer der kurdischen Guerillabewegung PKK Abdullah Öcalan wird trotz oder gerade wegen seines Gefängnisaufenthalts als Held, auch von vielen nichtmilitanten Kurden, verehrt. Dass die Türkei trotz der Gefangennahme Öcalans immer noch Angst vor der PKK hatte, zeigte die massive

Militärpräsenz in diesem Teil des Landes. Pass- und Gepäckkontrollen waren beim Bus fahren an der Tagesordnung. Passierte ich im Iran niemals Straßensperren, wurde ich im NATO-Land Türkei permanent kontrolliert – verkehrte Welt.

Der Staat Türkei, wie wir ihn heute kennen, existiert erst seit 1923. Vorher war das Gebiet der Türkei, Teil des Osmanischen Reichs, das seit dem letzten Mongolen-Einfall im 13. Jh. bis zum 1. Weltkrieg Bestand hatte. Als Kriegsverlierer wie Deutschland wurde das Osmanische Reich aufgeteilt, welches in seiner Hochzeit bis vor die Tore Wiens gereicht hatte. Die letzten Gebiete, die abgegeben werden mussten, waren Syrien, der Irak, Palästina, das später entstandene Israel und Arabien. Nach dem Krieg kam Mustafa Kemal an die Macht, der seither »Atatürk«[194] genannt wird. In einem Unabhängigkeitskrieg vertrieb er die einfallenden Griechen und rief die türkische Republik aus. Atatürk unterzog den traditionellen islamischen Staat einer sagenhaften Modernisierung und Ausrichtung nach Westen. Die Trennung von Religion und Staat, die Einführung der Demokratie, der Wechsel von arabischen zu lateinischen Schriftzeichen, die Abschaffung der Trage-Pflicht von Kopftuch für die Frau und die Gleichstellung von Mann und Frau waren die wichtigsten Reform-Projekte, die aber bis heute oft noch nicht vollkommen umgesetzt sind. Atatürk wird bis heute von den Türken wie ein Heiliger verehrt, doch es existiert auch eine Schattenseite, da nicht-türkische Minderheiten wie Armenier und Kurden seit der Gründung der türkischen Republik einen schweren Stand hatten, und viele Menschen ließen beim teils friedlichen, teils gewaltsamen Kampf für Autonomie beziehungsweise Unabhängigkeit ihr Leben. 35.000 Menschen starben alleine während des kurdisch-türkischen Konflikts. Den rund zwölf Millionen Kurden sollen nun gewisse Autonomierechte eingeräumt werden, nachdem die EU dies zur Vorbedingung für Beitrittsverhandlungen gemacht hat. Viele Kurden trauen dem Frieden jedoch nicht. Für sie ist Öcalan ihr Ché Guevara,

---

[194] Atatürk: <türk.> Vater der Türken

wie mir einige mitteilten. Die Kurden in der Türkei schauen nun gespannt in den Nordirak, wo ebenfalls Kurden leben, und diese eventuell eine weitgehende Autonomie im Rahmen der Neuordnung des Iraks erhalten werden.
Erzurum war die erste Station auf dem Weg in die Zentraltürkei. Während meiner Reise Richtung Europa fand ich täglich kleine Mosaiksteine, die ein Stück Heimat-Kontinent repräsentierten und mich immer öfter bereits wie auf dem alten Kontinent vorkommen ließen. Dieses Mal fand ich im Hotelzimmer einen Fernseher mit deutschem Programm. Meinen Einstieg nach einem Jahr Fernsehabstinenz hatte ich mir wirklich angenehmer vorgestellt. Die Nachmittagstalkshows von RTL liefen immer noch. Sie ließen mich nur noch kopfschüttelnd vor dem Fernsehen sitzen. Nach zehn Minuten schaltete ich wieder ab und war gar nicht mehr davon überzeugt, gerne wieder nach Hause zu kommen. Es hatte sich natürlich nichts in Deutschland geändert. Thema in der Sendung war dieses Mal: Haarprobleme, zu viel, zu wenig, zu struppig. Mir stieß wieder das grundlegende Problem mancher Deutscher auf. Haben sie kein Problem, schafft sich mancher bundesdeutsche Durchschnittsbürger eines, um wieder jammern zu können. Konnte ich vor der Reise darüber lächeln, war ich jetzt schon fast stinksauer, nachdem ich die weltweit verbreitete Armut gesehen hatte und mir nun diesen Quatsch anhören musste. All diese Menschen haben morgen genug zu essen, ein Dach über dem Kopf und können wahrscheinlich sogar noch Geld sparen, um sich eine Enthaarungscreme zu kaufen oder sich Haare anschweißen zu lassen. Von Indien hatte ich da ganz andere Erinnerungen in meinem Kopf.
Erzurum hatte noch einige alte Gebäude als Touristenattraktion zu bieten. Ich fand es allerdings spannender, in den Häuserschluchten um die Altstadt herumzulaufen. Kids, mit schwarz-gelbem BVB-Fußball-Trikot bekleidet, spielten vor den tristen Fassaden der Blocks Fußball. Diese Trabantenstädte sind in den 60er Jahren entstanden. Um die Ecke befand sich ein Gemüseladen und daneben die obligatorische Döner-Bude. Die Alten tranken am Hauseingang einen Tee. Nur die zum Trocknen aufgehängte Schafwolle

passte nicht ins rechte Bild. Ansonsten kam ich mir wie in Berlin-Kreuzberg und nicht wie in Ost-Anatolien vor.

Am nächsten Tag reiste ich wieder einige 100 Kilometer weiter gen Westen. Die Straße führte an mäandernden Flüssen entlang, die von Birken gesäumt wurden. Links und rechts ging es später in einer Schlucht steil bergauf und es war kaum noch Leben zu erkennen, denn das gesamte Erdreich war von der Erosion in den Fluss gespült worden. Ein paar Kilometer weiter fuhren wir an Grashügeln entlang, auf denen sich Skilifte befanden. An den Nordhängen waren sogar jetzt im Hochsommer noch einige Schneewächten zu sehen und als ich in Sivas ankam, musste ich mir zum ersten Mal seit Darjeeling im Himalaja wieder warme Kleidung anziehen, denn es war tatsächlich kühl geworden. Ich lief in die Sonne, die mich nun endlich mit ihren Strahlen wärmte, statt mich wie in den vergangenen Wochen zum Dauer-Einschmieren mit Sonnencreme zu nötigen.

In Sivas gab es auch wieder eine angenehme Chill-out-Zone. Das im 13. Jh. gebaute Hospital, welches eher an eine Mischung aus Burg und Moschee erinnerte, hatte man in ein Kaffeehaus mit Teppichladen umfunktioniert. Die Eingänge des Hospitals und die Fenstersimse waren mit wunderschönen detaillierten Reliefs überzogen. Den starken süßen türkischen Mokka im Innenhof mit Rosengarten und langärmeligen Pulli zu genießen war nach der Busfahrt prima, und er gab mir Kraft für die nächste Busfahrt am Folgetag – Anatolien ist weit und groß.

# Merhaba Europa – Güle güle Asia

Etappe: Von Göreme, Türkiye 39° Nord 35° Ost (GMT+ 3) nach İstanbul, Türkiye 41° Nord 29° Ost (GMT+ 3): 955 km – Total: 98.143 km

İstanbul, 31. Juli 2003

Die Ankunft im zentralanatolischen Göreme schockierte mich ein wenig. Zum ersten Mal seit Bangkok begegnete ich wieder Touristen en masse und um mich herum wurde Englisch, Französisch und Deutsch gesprochen. Allerdings freute ich mich wieder einmal mit Leuten richtige Konversation zu betreiben. Dieses tägliche »Hello-Mister-Where-do-you-come-from-What's-your-name-Are-you-married-Ausquetschen« wurde zwar im Iran durch die Frage »Are you travelling in a group?« erweitert, doch stellte dies mein Bedürfnis nach Kommunikation nicht gerade zufrieden.

Nach und nach fand ich Göreme und seine Umgebung immer attraktiver, sodass ich dort einige Tage hängengeblieben bin. Das Dorf befindet sich in der Region Kappadokien südlich von Ankara. Die Landschaft wird von zwei Vulkanen im Westen und Osten dominiert. Im Verlauf der Jahrtausende hatte sich in der Umgebung der Vulkane Asche abgelagert, die heute als poröser Tuffstein sichtbar ist. Mit der Zeit setzte sich über der Asche Basalt-Lava ab, die wesentlich härter als der Tuffstein war. Extreme Sonneneinstrahlung im Sommer und Dauerfrost im Winter führten im Verlauf der Jahrtausende zu einem Bruch der Basalt-Schicht. Der darunterliegende Tuffstein wurde vom Regen ebenfalls mit der Zeit abgetragen. Übrig geblieben sind heute bizarre Landschaften. Dominiert werden die entstandenen Täler von spitz zulaufenden hellbraunen Erdhügeln, die meist von einem Basalt-Block bedeckt sind. Die Türken nennen diese Formationen »Peribacalari« zu Deutsch »Feen-Türme«. In der Tat sehen diese an den Talrändern entstandenen und bis zu 20 Meter hohen Gebilde aus, wie aneinander gereihte »Harry-Potter-Kappen«.

Im porösen Tuffstein Kappadokiens fand der Mensch seit Jahrtausenden die Möglichkeit, ganze »Apartments« in den Fels zu hauen. Wegen akuter Erdbebengefahr mussten in Kappadokien die meisten Höhlendörfer aufgegeben werden, da bei den häufig auftretenden Erdstößen in der Türkei, am ehesten diese »Naturwohnblöcke« vom Einsturz bedroht sind. Kappadokien liegt im Herzen der anatolischen Halbinsel, die bereits immer eine Brücke zwischen Orient und Okzident, Ost und West beziehungsweise Asien und Europa war. Daher fanden in dem Gebiet zahlreiche Schlachten statt und es wechselte häufig seinen Besitzer. Um sich vor den fremden Armeen zu schützen, legten die Bewohner Städte unter Tage an, die bis zu acht Stockwerke tief gegraben wurden und dem Bürger alles Notwendige zum Überleben boten. Für mich war der Besuch dieser Städte wegen der angenehmen Kühle eigentlich ein herrliches Erlebnis gewesen, wenn ich nicht permanent in gebückter Haltung, teilweise auf dem Boden herumkriechend, mich hätte fortbewegen müssen.

Da die Region zurzeit der Entstehung des Islams christlich geprägt war, boten die Täler Kappadokiens den Christen Schutz vor Moslem-Extremisten. Zahlreiche Kirchen und die darin zu entdeckenden Fresken sind auch heute noch zu bewundern. Die Motive an Wände und Decken der Felsen gemalt, stellen zahlreiche Szenen aus der Bibel dar, da die meisten Bewohner am Ende des ersten nachchristlichen Jahrhunderts Analphabeten waren, die die Bibel nicht hätten lesen können.

Das Wandern durch die von Mutter Natur geschaffenen Täler war aufgrund der unterschiedlichen Landschaften immer sehr abwechslungsreich. Talnamen wie »Rosa Tal«, »Weißes Tal« oder »Rotes Tal« stehen Pate für die jeweilige Farbe der Felsen, die die Talränder formten. Die Feen-Türme änderten sich in ihrer Form ebenfalls von Tal zu Tal. Einmal sahen die Türme aus wie riesige Champignons mit ihrem Schirm aus Basalt. Im »Tal der Liebe« hingegen wanderte ich an etwa 20 Meter hohen Phallus-Symbolen vorbei. Faltige Talseiten mit den in der Sonne blendend weißen und im

Schatten tiefschwarzen Windungen sahen aus als wäre ein riesiger Zebrastreifen an die Wand geklebt worden. In den Talgründen wuchsen Aprikosen-Bäume, die gerade von den Bauern abgeerntet wurden. Oftmals füllten die freundlichen Bauern mir den Rucksack mit den reifen Früchten, sodass mein Vitaminbedürfnis perfekt gestillt wurde.

Die Wanderung durch die Ihlara-Schlucht unternahm ich im Kreis von netten Backpackern aus Slowenien und Brasilien. Gemeinsam ging es über Stock und Stein an 200 Meter hohen Felswänden entlang. Die Wanderung war schon deshalb interessant, weil meine Wandergenossen aus Ländern stammten, deren Einwohner für das Reisen nicht unbedingt berühmt sind. Holländer, Schweizer, Australier und Briten traf ich praktisch überall auf diesem Planeten. Amerikaner müssen sich »dank« der Politik ihrer Regierung immer mehr auf den eigenen Kontinent beschränken, wollen sie nicht Gefahr laufen, permanent sowohl von Touristen als auch von Einheimischen als Zielscheibe von Kritik gegenüber amerikanischer Politik genutzt zu werden. Slowenen und Brasilianer waren ein Novum für mich. Die interessanteste Frage war natürlich, wie Einheimische auf die Nationalitäten meiner Wanderpartner reagierten. Als Deutscher bekam ich meist Fußballernamen an den Kopf geknallt, wenn Adolf Hitler nicht wieder zu meinem Landsmann mutierte. Tatjana hatte es da leichter. Entweder wurde Slowenien mit der Slowakei verwechselt, oder man kannte das Land erst gar nicht. Daher bekam sie auch keine Schlagwörter präsentiert. Marcelo hingegen konnte die Namen Ronaldo, Cafu, Rivaldo und Carlos schon nicht mehr hören, denn bei Brasilianern dachte jeder an Fußball und die genannten brasilianischen Zauberkünstler. Bei unserer sonntäglichen Wanderung am Fluss der Schlucht entlang, wurden wir mit Aprikosen, gerösteten Sonnenblumen-Kernen und Tee durch Einheimische gesponsert, die dort ihr Picknick veranstalteten. Obwohl die Türkei ein islamisches Land ist, hat Atatürk bestimmt, dass der christliche Sonntag der wöchentliche Feiertag ist.

Kappadokien den Rücken kehrend, führte meine Reise durch Zentral-Anatolien in die türkische Hauptstadt Ankara. Vom Reiseführer allgemein als nicht sehenswert eingestuft, bot mir Ankara ein letztes Mal vor Istanbul die Möglichkeit dieses sympathische Land ohne den faden Beigeschmack des Massentourismus zu genießen. Die Altstadt um die Zitadelle ist ein großes altertümliches »Shoppingcenter« mit engen Gassen und kleinen Geschäften, die hauptsächlich Alltagskleidung und Hochzeitsgewänder, Haushaltswaren und Essen anboten. Überall wurde durch Geklopfe oder Gehämmer den Blechwaren der letzte Schliff verliehen, ehe sie für den Kunden, an den Häuserwänden angebracht, zum Verkauf dargeboten wurden. Manche Häuser erinnerten mich durch die Fachwerk-Fassaden ein bisschen an eine typische deutsche Altstadt. Innerhalb der dicken Festungsmauern spielten die türkischen Nachwuchskicker auf den gepflasterten Gassen Fußball, wobei der mittelalterliche Torbogen als Fußballtor diente. Von der Festungsmauer bot sich eine herrliche Aussicht auf das darunterliegende Häusermeer. Nach Osten hin leuchteten tausende rostroter Dachziegel auf den Dächern hunderter kleiner Häuser, neben denen jeweils eine hochaufschießende grüne Pappel zu stehen schien. Nach Westen hingegen waren die Hochhausschluchten des modernen Ankara zu sehen. Bezeichnenderweise konnte ich durch einen Blick von Ost nach West den Werdegang der Türkei in die Moderne durch eine bloße Kopfbewegung miterleben. Dementsprechend traf ich in Ankara sowohl Frauen im Kopftuch, als auch Mädchen im engen Top mit Bauchnabel-Piercing, oder betende Moslems, die dem Aufruf vom Minarett folgten, aber auch tätowierte langhaarige Jugendliche. Wegen seiner angeblichen fehlenden Attraktivität sah ich in Ankara keine Touristen und wurde daher nie von irgendjemandem zum Tee trinken mit anschließendem Teppichkauf angequatscht, wie es später mir relativ oft in Istanbul passierte. Daher machte Ankara auf mich einen sympathischen Eindruck und zeigte gleichzeitig, wie abhängig man sich manches Mal von Reiseführern

machte, die dem Leser die angeblich besten Orte und Plätze eines Landes suggerierten und damit letztendlich nur die Touristenströme lenkten.
Meine letzte Busfahrt auf dem asiatischen Kontinent von Ankara nach Istanbul war sicherlich eine der angenehmsten der gesamten Reise. Die türkischen Mercedes-Busse Baujahr 2003 waren bequem, meist nur halb gefüllt und fuhren pünktlich nach Fahrplan ab. Dazu wurde ich an Bord von einer Busbegleiterin auf einem ausgelegten Teppich mit eingewebtem Mercedes-Stern zum Platz geführt. Die »rollende Stewardess« reichte nach Fahrtbeginn Getränke, und ich wurde mit Kölnisch Wasser besprengt. Danach wurde Tee und Kuchen bei Tempo 90 auf der Autobahn gereicht. Die 450 Kilometer nach Istanbul legte der Bus in sechs Stunden zurück – in Indonesien hätte ich für diese Distanz sicherlich das 3-fache an Zeit gebraucht. Nachdem ich im Busbahnhof Harem auf der asiatischen Seite der türkischen Metropole ausgestiegen war, trennte mich nur noch der etwa ein Kilometer breite Bosporus von Europa. Ich merkte gar nicht, dass ich gleichzeitig auch am Atlantik wieder angekommen war. Diesen hatte ich sieben Monate vorher in Cartagena in Kolumbien nach der Sylvester-Party verlassen.
An Bord einer »Interkontinental-Fähre« nahm ich Abschied von Asien, das ich Anfang April 2003 in Dili, Ost-Timor betreten hatte. Nach oft anstrengenden 23.569 Kilometern verabschiedete ich mich vom Kontinent der Indonesier, Inder und Iraner. Zwar war der Umgang mit den Einheimischen nicht immer einfach, dafür hatte ich dort aber auch meine schönsten Erlebnisse mit den Menschen. Gerade die islamisch geprägten Länder Iran und Türkei waren durch die Freundlichkeit ihrer Bewohner eine Reise wert. Anders als in vielen Medien dargestellt, waren Moslems dem Fremden gegenüber in der breiten Mehrheit sehr gastfreundlich eingestellt. Gleichzeitig war in diesem Teil der Welt die Kriminalitätsrate im Allgemeinen und gegenüber Touristen im Besonderen sehr niedrig, was ich anhand der Terrormeldungen aus den Medien vorher kaum glauben konnte. Es war für mich schön zu erleben, dass sich trotz all der Ereignisse nach 09/11 die islamische

Welt immer noch genauso sympathisch dargestellt hat, wie ich sie von früheren Reisen her bereits gekannt hatte.

Nach einer 20-minütigen Überfahrt von Asien nach Europa kam ich auf meinem Heimat-Kontinent wieder an. Seitdem ich das »alte Europa« vom Flughafen Keflavík in Island in seinem äußersten Nordwesten in Richtung neue Welt verlassen hatte, war ich in Amerika, Australien und Asien 317 Tage unterwegs und hatte 92.676 Kilometer voller Abenteuer erlebt, um nun im Südosten des Kontinents wieder gewohnten Boden zu betreten. Strahlende Sonne über dem Topkapi-Palast und der Hagia Sophia machten mir die Ankunft leicht, und ich war wieder einen Schritt näher am Ende dieser Reise angelangt.

Gleichzeitig erwartete mich in Istanbul Post aus der Heimat. Den weitesten Weg hatte die Karte einer Freundin, die gerade in Ecuador unterwegs war. Geschrieben von La Mitad del Mundo, also vom Schnittpunkt von Interamericana und Äquator war diese Karte nur 14 Tage hierher unterwegs. Ich hingegen verließ La Mitad del Mundo am 8. Januar und brauchte nach Istanbul 201 Tage. Außerdem gelang einer Freundin aus Holland eine große Überraschung, denn sie schickte mir ein Photo von unserem Aufenthalt im kanadischen Halifax vom 29. September 2002. 304 Tage später musste ich beim Betrachten des Photos feststellen, dass sämtliche damals getragene Klamotten mittlerweile in den ewigen Jagdgründen verschwunden waren. Das Shirt hielt es nur noch bis San Francisco aus, die Hose ging bei meiner Dschungelexpedition in den malaysischen Cameron Highlands drauf und die Schuhe hielten trotz »Boxen-Stopp« im mexikanischen San Cristobal de las Casas mit neuer »Bereifung«, sprich dem Selbst-Schnitzen meiner Sohlen, nur noch bis ins chilenische La Serena.

# Von den Türken nach Siebenbürgen

Etappe: Von İstanbul, Türkiye 41° Nord 29° Ost (GMT+ 3) nach Braşov, România 46° Nord 26° Ost (GMT+ 3): 1.041 km – Total: 99.184 km

Braşov, 7. August 2003

Anders als bei meinem ersten Besuch Istanbuls vor ein paar Jahren, entkam ich jedem noch so listigen Teppichverkäufer oder getarnten Touristenführer. Die Erwähnung des Schlagworts »Iran« ließ meine Anquatscher die Flucht ergreifen, da sie genau wussten, dass Teppiche im Iran ein Bruchteil von dem kosten, was Teppichhändler Touristen in Istanbul abknüpfen können. Auf die Anquatsch-Tricks, mit denen ich letztendlich eine Tour durch die Stadt bekommen hätte, ohne dies zu wollen, fiel ich nicht mehr herein, da ich kurz und knapp die Wahrheit sagte, dass ich keinen Cent für die »Freundlichkeit« zu zahlen bereit war. Von den penetranten anquatschenden Zeitgenossen abgesehen, die es immer wieder trotzdem versuchten, war daher mein Aufenthalt in Istanbul wirklich wunderbar. Viele Plätze verändern sich mit der Zeit nicht immer zum Guten, Istanbul hingegen ist immer eine Reise wert. Jedes Stadtviertel hat seine Besonderheiten, und es war leicht, dem Trubel im Touristenviertel Sulthanahmet zu entfliehen. Üsküdar auf der asiatischen Seite bot mir schöne Blicke zurück über den Bosporus auf die europäischen Stadtviertel mit der für Istanbul so einmaligen Skyline. Hatte ich in anderen Metropolen der Erde meist riesige Hochhaustürme in den Himmel ragen sehen, so schossen in Istanbul hauptsächlich unzählige Zahnstocher-dünne Minaretts und Mohrenkopf-dicke Kuppeln der Moscheen in den blauen Himmel. Dementsprechend war während der Gebetszeit eine wahre Quadrophonie von Vorbetern zu hören. Aus allen Ecken und Enden riefen die Muezzins zum Gebet und übertönten dabei sogar den Verkehrslärm.

Das Stadtviertel Beşiktas wird vom berühmten Fußballstadium und seinen Flutlicht-Masten dominiert. Neben Beşiktas konkurrieren noch Galatasaray

und das asiatische Fenerbahçe um die Gunst der Fußballnarren. Somit ist die Stadt dreigeteilt, genauso wie die gesamte Türkei eigentlich einem dieser drei Clubs fanatisch anhängt. Neben den Fußballflaggen der drei Vereine boten überall fliegende Händler wehende Türkeiflaggen feil, und es exisiterten zahlreiche Fan-Shops, in denen man das türkische Nationaltrikot kaufen konnte. Die Türkei war das patriotischste Land, das ich bereiste – alles war tatsächlich »getürkt«. Sogar die Cola, denn Cola-Turka machte der berühmten amerikanischen Brause mächtig Konkurrenz und war mit der peruanischen Inka-Cola vielleicht die einzige Limonade, die dem süßen Gesöff im jeweiligen Heimatland tatsächlich Paroli bieten konnte.
Istanbul war die vom Westen am stärksten beeinflusste Stadt seit Bangkok. Es existierten Fußgängerzonen, in denen alle berühmten Labels mit Dependancen ihre Präsenz vor Ort zeigten. Glaspaläste, die auch in Deutschland oder den USA stehen könnten, fand ich um den Taksim-Platz, von dem aus eine altertümlich ratternde Straßenbahn, durch die Gassen rollte. Die Passanten waren meist sehr westlich gekleidet, überall piepste das Mobiltelefon, die Sonnenbrillen hatten Hochkonjunktur und dezentes bauchfrei war bei den jungen Frauen angesagt – und das bei 99-prozentiger Moslem-Bevölkerung. Hier kam ich mir tatsächlich wie in Europa vor, spätestens als ich in die kleinen Straßen in der Nähe der Hagia Sophia lief. Kneipe an Kneipe, aus der jeweils unterschiedliche westliche Musik dröhnte, und in denen Efes vom Fass in Strömen zu fast mitteleuropäischen Preisen floss. Das beste an den Hostels in dieser Straße waren die Dachterrassen, von denen ich auf die Hagia Sophia und die Blaue Moschee schauen konnte und diese praktisch zum Greifen nahe hatte. Um ehrlich zu sein, hat mir dieses Flair gefallen, da ich wochenlang ohne Touristen und Kneipen reiste und diese Abwechslung einfach genießen konnte. Außerdem musste ich meist nur um zwei Ecken biegen, und sofort befand ich mich wieder im orientalischen Istanbul mit Teehaus und Wasserpfeife. Ein letztes Mal genoss ich auf bequemen kuscheligen Kissen meinen Tee. Die Wasserpfeife war leider kaum noch zu

bezahlen, und ich fragte mich, wie die Türken sich ein Leben in Istanbul noch leisten konnten. Die Inflation und die Wirtschaftskrise zeigten ihre Wirkung. Verwirrt zählten japanische Touristen die Nullen auf den Geldscheinen und bei Preisen von einer Million Lira beziehungsweise 65 Cent für einen Döner-Kebap war es wahrlich nicht mehr einfach, die Nullen in den Griff zu bekommen. Aufgrund der massiven Konkurrenz war das Essen gut und günstig. Etwa alle zehn Meter stolperte ich über Döner-Buden oder Lahmaçun-Läden, bei denen die türkische Pizza wie eine »Rolling-Stone-Zunge« von der Theke hing. Dazu wurde Ayran serviert und zum Nachtisch gab es die zuckersüßen Baklava, von denen ich lediglich zwei oder drei Stück vertrug, bevor die Gefahr bestand, dass ich an Überzuckern kollabierte. Das für Touristen typische »Turkish Breakfast« bestand aus Oliven, Schafskäse, Gurken, Tomaten, Marmelade, Ei und gutem Weißbrot. Doch das aßen die Türken wahrscheinlich niemals zu Tagesanbruch. Vielmehr fand ich im Osten deftige Eintöpfe, die mit Zitronensaft versehen wurden. Wesentlich mehr hat mir Börek zugesagt, eine Mehlspeise mit Schafskäse gefüllt. Oder Pasteten mit Käse und Hackfleisch als Hauptbestandteil waren ebenfalls leckere Tagesstarter und dazu der obligatorische Tee. Zwischendurch konnte ich meinen Vitaminvorrat bei den vielen mobilen Obsthändlern auffrischen, die Pfirsiche und Pflaumen auf einem Holzkarren durch die Gassen schoben. Oder wie wäre es mit den krossen Sesam-Kringeln, die einem Bagel ähnelten. Von der kulinarischen Seite her betrachtet war Istanbul ganz eindeutig ein Paradies. Genauso faszinierte mich seine einzigartige Lage. Es hatten mich auf dieser Reise gerade diejenigen Metropolen in ihren Bann gezogen, die an Landzungen am Meer entstanden sind, und die man am besten mit dem Boot bereiste. Ob San Francisco, Sydney oder Istanbul, die Fähren waren die besten Sightseeing-Boote, die zu jeder Tageszeit dem Reisenden einzigartige Blicke boten. Natürlich lud die unmittelbare Nähe zum Meer auch zum Probieren von dessen Früchten ein. Eine »schwankende« Qualität boten die Fischerboote, bei sehr starkem

Wellengang, die direkt an Bord die gerade gefangenen Fische grillten. Diese schoben sie den hungrigen Mäulern an Land in Form eines Fisch-Kebabs mit viel Zwiebeln, Salat und Tomaten in den Rachen.
Ich stattete den Hauptattraktionen Istanbuls, wie dem Topkapi-Palast und der Hagia Sophia einen Besuch ab. Aber bei Eintrittspreisen von bis zu 30 US-Dollar frage ich mich, wer sich diese Sehenswürdigkeiten überhaupt noch anschauen konnte, ohne ein dickes Loch in seinem Budget vorzufinden. Ich war mittlerweile am Ende der Reise angelangt und konnte es mir leisten, diese Beträge auszugeben, aber irgendwo war ein Punkt erreicht, wo ich mich frage, ob ich als Tourist dieses Abzocken noch mitmachen sollte, vor allem wenn wie in Indien oder auch hier der einheimische Multimillionär mit dem Mercedes vorfuhr und ein Zehntel in Indien oder ein Drittel in der Türkei für die Sehenswürdigkeiten berappen musste. Der Durchschnittsinder konnte sich den Luxus, Kulturgüter anzuschauen, leider sowieso nicht gönnen, da er meist ums Überleben kämpfen musste und er jede Rupie für Essen und Familie ausgab.
Der Topkapi-Palast, einst Schlafplatz des Sultans, besteht aus mehreren Gebäuden, jeweils um große Innenhöfe angelegt und mit herrlicher Sicht auf den Bosporus gesegnet. Wunderschöne gekachelte Fassaden und zahlreiche Gartenkioske ließen mich in Gedanken nochmals im Iran verweilen. Trotz des großen Touristenaufkommens fand ich immer einen Platz in den riesigen Grünanlagen zum Erholen. Statt wie oft in der Natur Schafherden zu begegnen, fand ich nun Menschenherden, einem Führer mit hochgehaltenem Schild hinterhertrotten. In der Viehwirtschaft wird den Tieren mit Spray eine Ziffer eingesprüht, damit sie nicht verloren gehen. Ähnlich waren hier die Herden mit Sticker versehen, damit alle wieder notfalls vom Aufsichtspersonal in den richtigen Bus verfrachtet werden konnten. Da jeder so reisen sollte, wie es ihm gefällt, sage ich nichts weiter zu diesem Herdentrieb. Dass man sich aber als Gast in einem muslimischen Land aufhält, sollte noch das eingeschworenste Herdentier tolerieren. Dies schien aber nicht immer so zu sein,

was ein Besuch der Blauen Moschee bewies. Da Türken tolerante Menschen sind, wurden vor dem Betreten der Moschee die Shorts- und Muskel-Shirt-Anhänger mit Tüchern ausgestattet, die die nackten Körperstellen und das weibliche Kopfhaar verdecken sollten. Statt die Tücher zu tragen, wurden sie oftmals locker umgehängt und höchstens für ein Photo korrekt zum Verhüllen genutzt. Dass schließlich noch das Mobiltelefon zu klingeln anfing und der Anruf entgegengenommen wurde, während andere Menschen in der Moschee beteten, war immer nur noch eine Frage der Zeit. Wer Moslems als intolerant hinstellt, sollte sich die Türken anschauen. Gelassen blickten sie über das Verhalten der Touristen hinweg und widmeten sich ihren Suren.[195]

Von Istanbul aus konnte ich wieder mit dem Zug weiterreisen und Busse, auf denen ich während der gesamten Fahrt auf dem Platz verweilen musste, gehören nunmehr der Vergangenheit an. Mit dem Bosfor-Ekspresi fuhr ich in einem Schlafwagen »Made in GDR« durch die türkische Nacht in Richtung Bulgarien. Das Abteil der VEB Wagonbau Görlitz war sogar mit Garderobe und klappbarem Waschbecken ausgestattet. Nur seine eigentliche Funktion zu nutzen, also eine geruhsame Nacht darin zu verbringen, war mir nicht vergönnt. Um halb vier Uhr morgens erreichten wir den türkischen Grenzübergang. Schlaftrunken wankten die Reisenden in den Bahnhof, um den Ausreisestempel zu ergattern. Danach ging es zurück ins Abteil, und ich schlief wieder ein, bis der türkische Beamte an die Abteiltür hämmerte und meinen Pass auf den Ausreisestempel hin kontrollierte. Warum ich erst den Zug verlassen musste, um schließlich doch noch einmal kontrolliert zu werden, bleibt mir als letzte Impression des Orients im wahrsten Sinne des Wortes »schleierhaft«. Ich werde über deutsche Bürokratie sicher nie mehr schimpfen.

Zwei Stunden später hämmerte es wieder gegen die Tür. Dieses Mal waren die Bulgaren an der Reihe. Insgesamt hielt der Zug vier Stunden an den beiden Grenzposten, um irgendwann doch noch in den bulgarischen Morgen

[195]Sure: <arab.> Kapitel des Korans

zu rollen. »Grenzenloses Europa« existierte hier leider noch nicht. Im gemütlichen Schneckentempo setzte der Zug seine Fahrt durchs Balkangebirge, nordwärts an grüngelben Wiesen und sanften Hügellandschaften entlang, fort. Hinter Stara Zagora wurde es etwas alpiner, und der Zug bahnte sich seinen Weg durch enge, mit Nadelwald bewachsene Schluchten. Schließlich erreichte ich mein Tagesziel Veliko Tarnovo und seinen gottverlassenen Bahnhof. Über die Nachbargleise gelangte ich zur Straße, und ich merkte sofort, dass ich wieder zum Analphabeten geworden bin, da das Bulgarische in kyrillischen Schriftzeichen geschrieben wird. So konnte ich nichts lesen, hatte keine bulgarischen Leva in der Tasche und fühlte mich an das Ende der Welt versetzt. Nach einem Spaziergang in die Stadt fand ich schließlich jemanden, der mir ein Privatzimmer anbot, das ich gerne annahm, denn Hotels sah ich keine. So hatte ich meine eigene Ferienwohnung mit RTL und SAT1 als Bonus. Statt fernzusehen zog es mich sofort in Veliko Tarnovos Biergärten, Bistros, Cafés und Irish Pubs. Noch an türkische Preise auf Westniveau gewöhnt, konnte ich die 24-stündige »Very happy hour« von 20 Cent pro halben Liter Bier gar nicht fassen. Neben diesen wunderbaren Plätzen zum Verweilen bot Veliko Tarnovo, das vom 12. bis 14. Jh. während des zweiten bulgarischen Zaren-Reichs die Hauptstadt war, eine mitteleuropäisch wirkende Altstadt. Gepflasterte, von der Natur wellenartige verformte und mit Unkraut überwucherte Gassen, mit wildem Wein überzogene Jahrhunderte alte Häuschen mit rostroten Ziegeln gedeckt und orthodoxe Kirchen mit grünem Kupferdach zeigten mir, dass ich im Herzen Europas angekommen war.

Floss das Bier in Strömen, scheint es hingegen bei der Textilproduktion Bulgariens einen Engpass zu geben. Die Frauen konnten sich anscheinend nur die knappsten Miniröcke und engsten Tops leisten. Doch dank Mutter Natur, die die Sonne auf die knackig braunen Körper schienen ließ, musste ich nicht um die Gesundheit der meist sehr hübschen Wesen bangen, die ohnehin bereits genügend Probleme hatten, mit ihren Stöckelschuhen nicht im Pflaster hängenzubleiben. Dank der manches Mal noch anzutreffenden »Vokuhila-Frisur«,[196] oder der »Pudeldauerwelle« und den vielen Ladas und Trabbis bekam ich wahre Ostalgie-Gefühle. In der Tat war seit dem Ende der kommunistischen Ära nicht alles so positiv verlaufen, denn selbst Intellektuelle, wie der fließend Englisch sprechende Archäologe Viktor, waren auf Nebenverdienste wie Zimmervermietung angewiesen, um das Leben im heutigen Bulgarien zu bestreiten.

Veliko Tarnovo bot mir neben den angenehm preiswerten Gerstensäften ganz eindeutig das beste Internetcafé der gesamten Reise. Megaschnelle DSL-Verbindung, eine gutbestückte Bar, Lavazza Espresso und Preise von etwa 45 Cent pro Stunde »Surfen« ließen mich in den Cyber-Himmel aufsteigen. Was hatte ich in den vergangen zwölf Monaten nicht manches Mal zu kämpfen, die Grundlagen dieses Buches als wöchentliche E-Mail niederzuschreiben. Das geringste Problem waren die Keyboards, die sich meist auf eine englische Tastatur umschalten ließen. Bill Gates kam allerdings auf die Idee, »Windows« in chinesischer und arabischer Version anzubieten. In vielen Ländern fand ich daher oft die gesamte Fensterleiste in chinesischen beziehungsweise arabischen Schriftzeichen vor, und ich konnte mich nur mit Hilfe meiner grauen Zellen an die englischsprachige »Windows«-Version erinnern, um nicht plötzlich statt »copy« »delete« anzuklicken. Oder die Übertragungsraten – manches Mal brachte ich ein Buch ins so genannte Internetcafé mit, um während zwei Klicks ein paar Absätze zu lesen, ehe ich am Computer weiterarbeiten konnte. Oftmals passierte nach längerem Tippen auch gar nichts mehr auf dem Bildschirm. Entweder war der Computer vorher abgestürzt oder irgend jemand teilte mir lapidar mit, der Computer sei »disconnected«, weil beispielsweise die Leitung zum Telefonieren gebraucht wurde, und man hatte »vergessen«, dass ich gerade eine E-Mail schrieb. Daher war ich seit Ost-Timor mit einer Diskette ausgestattet, auf der ich in Ländern mit zweifelhaften Internet-Anschluss die Texte abspeichern

[196] Vokuhila: vorne kurz, hinten lang

konnte, bevor ich sie abschickte. Es gab natürlich auch das eine oder andere Mal einen Stromausfall – der absolute Supergau beim E-Mail-Schreiben. Viele Internetcafés dienen den heimischen Kids als Cyber-Kriegsschauplatz, und um mich herum ballerte es oftmals in einer Höllenlautstärke, sodass ich mir eher wie in einer Gefechtsstellung vorkam. In den USA war es manches Mal kaum möglich, ein Internetcafé zu finden, und so musste ich mich in den Bibliotheken des Landes mit der US-Bürokratie auseinandersetzen, um nach oft stundenlangem Warten endlich schreiben zu können. In Tahiti und England sprengte das »Surfen« mit rund 10 Euro pro Stunde meine Reisekasse. Gerade als ich dabei war, diese Zeilen als E-Mail in Rumänien zu schreiben, schaltete die alte Dame, die die Gewalt über den PC hatte, fälschlicherweise meinen Computer ab, statt den meines Nachbarn. Somit durfte ich die vergangenen Abschnitte ein weiteres Mal schreiben. All dies gehörte zwischenzeitlich in Veliko Tarnovo der Vergangenheit an, und ich genoss dort einmal mehr das Schreiben und Lesen von E-Mails aus meiner Heimat.

Von Veliko Tarnovo setzte ich meine Reise am Folgetag mit dem Bosfor-Ekspresi nach längerem Warten fort. Wie am vorangegangenen Tag hatte der Zug zwei Stunden Verspätung, die ich im Bahnhof-Biergarten beim sonntäglichen Frühschoppen gelassen aushalten konnte, ohne gleich wieder an mein indisches »Aschram« von Varanasi denken zu müssen. Schwankend wankend kam ich in meinem Abteil an, und der Zug setzte seine Fahrt in der Mittagshitze fort. Wir passierten unzählige Sonnenblumen-Felder und Flüsse, in denen die Bulgaren angelten oder Abkühlung beim Baden suchten. Die Fahrgäste hingegen wurden dank fehlender Klimaanlage und lediglich leichtem Fahrtwind und aufgrund extremer Schneckengeschwindigkeit im metallenen Waggon so richtig durchgebraten. In Ruse erreichten wir die Donau, die gleichzeitig die Grenze zwischen Bulgarien und Rumänien bildet. Nachdem die Bulgaren den halben Zug auseinandergenommen und nach illegalen Ausreisenden gesucht hatten, rollten wir über die

»Freundschaftsbrücke« nach Rumänien ein. Nach einer weiteren Stunde war Bukarest erreicht. Die rumänische Hauptstadt zählt nicht unbedingt zu den attraktivsten Metropolen dieser Welt. Daher sprang ich gleich auf den nächsten Zug nach Braşov auf.

Dass in Braşov, im Herzen Rumäniens, etwa genauso oft Deutsch gesprochen wird, wie in Istanbul hat mich doch ziemlich stark verwundert. Während die deutsche Sprache dank unserer türkischen Freunde um einen Dialekt erweitert wurde, handelt es bei dem Deutsch der deutschsprachigen Rumänen, um Altdeutsch, das bei uns vor 400 Jahren gesprochen wurde. Diese haben oft Probleme mit der Sprache bei Aufenthalten in Deutschland, wie mir mein Taxifahrer erklärte. Statt »Entschuldigen Sie bitte« sagte dieser bei einer Polizeikontrolle in München »Ich entschulde Sie«, sodass die Polizistin bei diesem ungewohnten Ausdruck zu lachen anfing und mehrmals auf seinen rumänischen Pass mit dem Passbild eines blonden Menschen schaute. Schließlich meinte sie: »Sie kommen doch gar nicht aus Rumänien, die sind doch alle schwarzhaarig und Zigeuner.«

Oft wird Rumänien mit Zigeunern gleichgesetzt, doch dieses Bild wird weder Zigeunern noch Rumänen gerecht. Das Wort »Zigeuner« ist ein Sammelbegriff, der meist im negativen Sinne benutzt wird. Roma ist der korrekte Begriff für die Menschen in Rumänien und Sinti für die Menschen in Deutschland, für die die Definition »Zigeuner« ein Schimpfwort darstellt, wohingegen die Roma den Begriff »Zigeuner« selbst benutzen. Sinti und Roma stammen ursprünglich aus dem Norden Indiens, leben aber mittlerweile seit 1.000 Jahren in Europa und fühlen sich als Deutsche beziehungsweise Rumänen. Bis Mitte des 19. Jh. lebten Roma in Rumänien in der Sklaverei. Die Nazis brachten rund 200.000 Sinti und Roma um. Sinti und Roma leben in vielen Gebieten Europas und werden noch heute oft als Bürger zweiter Klasse angesehen. Im Gegensatz zu anderen Minderheiten in Europa im Allgemeinen, und in Rumänien im Speziellen, haben Sinti und

Roma keine andere Heimat mehr und daher keine Lobby, die sich für sie einsetzen könnte.

In Braşov sah es aus, wie in einer mittelalterlichen deutschen Kleinstadt: Markplatz mit Rathaus, Raiffeisenbank, Volksbank, gepflasterte Straßen, zahlreiche verschnörkelte Fensterfassaden mit Engelsgesichtern und Fratzen, viele evangelische und katholische Kirchen und noch viele kleine Tante-Emma-Läden. Außerdem war ich in Braşov schon der ersten Aldi-Tüte seit Chicago begegnet. Das war das definitive Zeichen, dass Deutschland vor der Tür stand. Der Straßenverkehr erinnerte mich ebenfalls bereits an Mitteleuropa. Zebrastreifen, bisher meist gar nicht vorhanden, wurden vom Autofahrer erkannt und der Fußgänger konnte guten Gewissens die Straße kreuzen. Weiterhin ließ ich nun endlich die in Asien so beliebte »Ziel-ins-Loch-Toilette« hinter mir. In den letzten Monaten konnte ich täglich das »Einlochen« trainieren, und ich denke, dass mein »Handicap« mittlerweile recht passabel geworden war. Nun konnte ich mich auf dem stillen Örtchen endlich wieder hinsetzen, musste mich nicht mehr aufs exakte Zielen konzentrieren und eventuelle Kollateralschäden wie Überschwemmungen im Klo beim Betätigen der Spülung in Kauf nehmen.

# Rückkehr ins Euro-Land

Etappe: Von Braşov, România 46° Nord 26° Ost (GMT+ 3) nach Innsbruck, Österreich 47° Nord 11° Ost (GMT+ 2): 1.958 km – Total: 101.142 km

Innsbruck, 14. August 2003

Vom mittelalterlichen Braşov aus folgte ich wieder einmal den Spuren einer Sage. Weder regte sich bei meinem Aufenthalt am Loch Ness das berühmte Monster im vergangenen August, noch sah ich vor einigen Wochen die Arche Noah am Ararat, sodass ich nun das Schloss Bran besuchte, in der Hoffnung, Graf Dracula zu begegnen. Doch statt eine gruselige Szenerie vorzufinden, musste ich mir wieder einmal den Kopf an allen Ecken und Enden in den engen kleinen Räumen stoßen, und mich, im von Touristen völlig überfüllten Schloss, richtig »durchbeißen«. Schließlich stellte ich fest, dass es sich bei dem Schloss eigentlich um eine Zollstelle aus dem Mittelalter handelte, die vom Warenverkehr zwischen der südlich gelegenen Walachei und dem nördlich angrenzenden Siebenbürgen profitierte. Der Schriftsteller Bram Stoker nahm die Legende des Grafen Dracula auf. Er verfasste 1897 einen Roman über den blutrünstigen Grafen und sein Schloss, das eigentlich ein paar hundert Kilometer weiter nördlich liegt, aber dem Klischee eines einsamen in den Wäldern gelegenen Schlosses nicht entsprach. Stoker beschrieb vielmehr mein besuchtes Schloss Bran als Dracula-Heimat, da das eigentliche Schloss ein potthässliches Gebäude war. Der Bewohner Graf Vlad Dracul gehörte dem Nürnberger Drachenorden an. Das erklärt den rumänischen Beinamen »Dracul«, zu Deutsch »Drachen«. In der Tat waren die Draculs blutrünstige Fürsten, die ihre Gegner am liebsten pfählten. Stoker nahm sich den Lebenslauf dieses Fürsten zum Vorbild und schrieb den berühmten Roman.

Nach soviel falschem Horror hatte ich Lust, der Realität in Form wunderbarer Natur ins Auge zu blicken. Ich begab mich auf eine Wanderung im Karpaten-Bogen von Braşov. Da auf diese Idee ebenfalls hunderte von rumänischen Touristen kamen und stundenlang für die Seilbahn Schlange standen, machte ich mich per pedes auf, 1.600 Höhenmeter zu bewältigen. Der gutmarkierte Wanderweg führte durch dichten Tannenwald von Felsstufe zu Felsstufe steil bergan. Die Baumgrenze lag, wie in den Alpen bei knapp 2.000 Metern, und bald stand ich auf blumenübersäten Almwiesen. Blaue Glockenblumen, weißgelbe Margeriten und lila Disteln leuchteten in ihren herrlichen Farben auf den sattgrünen Almmatten. Kühe grasten geruhsam auf dem Hochplateau, denn anders als in den Alpen ragten die höchsten Gipfel lediglich 2.500 Meter empor, und sie waren mit endlosen grünen Wiesen überzogen.

Später stieg ich durch eine Geröll-Rinne in ein weit ausladendes Tal hinunter. Links und rechts ragten mehrere hundert Meter hohe, graue Felswände senkrecht empor. Der Talboden war mit einer grünen Wiese durchsetzt. In der letzten Eiszeit gab es hier Gletscher, die den Fels glatthobelten. Jetzt im Hochsommer erinnerte nur noch ein letzter Schneerest an die Kälte, die in ganz Mitteleuropa vor ein paar Tausend Jahren geherrscht hatte. Den einzigen Lebewesen, denen ich in dieser kargen Bergregion begegnete, waren Schafe, die sich wie ein weißschwarzer Wurm ihren Weg durch die Felsen bahnten. Der Schäfer dirigierte mit Pfiffen seine beiden Hunde, die wiederum der Herde den richtigen Weg durch das Geröll »bellten«. Am Talausgang erreichte ich auf etwa 2.000 Metern Höhe die ersten Nadelbäume und eine Schutzhütte, auf der einige Rumänen rasteten. Die Wanderer waren allesamt Rumäniendeutsche, die ihrer alten Heimat nach dem Ende des »kalten Kriegs« den Rücken gekehrt hatten und in der Heimat ihrer Vorfahren im süddeutschen Raum ihre neue Bleibe fanden. Wie mir die Menschen berichteten, haben praktisch alle jüngeren Deutschen Siebenbürgen verlassen, da sie dort keine Zukunft mehr gesehen hatten. Lediglich die Alten blieben zurück und wurden in den Sommermonaten von den Aussiedlern besucht. Als meine Gesprächspartner von meiner Reise erfuhren, wurde ich sofort zu einem Gläschen rumänischen Weißwein eingeladen, und es erfüllte die Menschen mit Freude, dass ich ihre alte Heimat, die sie natürlich noch immer liebten, auf dieser Fahrt besuchte. Bevor ich meinen Weg ins Tal durch den Wald fortsetzte, rieten sie noch möglichst viel Krach zu machen, da im Unterholz noch zahlreiche Bären unterwegs waren. Wie mache ich als einsamer Wanderer Krach, um Meister Petz von einem ungebetenen Besuch abzuhalten? Dank des Alkohols im Blut, fiel es mir leicht, Mainz 05 Lieder singend durch den Wald zu stiefeln. Da ich völlig unmusikalisch bin, war mein »Gesang« tatsächlich schief und schräg, sodass ich von den zottigen Genossen nur ihre zahlreichen Haufen auf dem Weg entdeckte.

Mit einem Inter-City-Zug fuhr ich von Braşov weiter. Die rumänische Eisenbahn war noch in der Bürokratie längst vergangen geglaubter Zeiten hängen geblieben, aber das System funktionierte wunderbar. Bevor ich einen Zug bestieg, hatte ich einen Sitz reservieren müssen. Diese Reservierung konnte ich allerdings nur am Ausgangsbahnhof einige Stunden vorher erhalten. Stieg ich irgendwo auf dem Weg ein, wurden die Plätze erst etwa eine Stunde vor der Abfahrt verkauft, da von Bahnhof zu Bahnhof, die leeren Sitzplätze per Telefon durchgegeben wurden. Computer existierten bei der rumänischen Bahn noch nicht. Trotz dieses antiquierten Systems hatten die Züge meist kaum Verspätung.

Das alte Sighişoara, zu Deutsch Schässburg, war meine letzte Station in Siebenbürgen. Die kleine Altstadt lag auf einem Hügel von dichtem Wald umgeben. Die dicke Stadtmauer schützte das gesamte Städtchen. Selbst die Häuser innerhalb der Stadt hatten mit ihren meterdicken Mauern und kleinen Fenstern Festungscharakter. In den gepflasterten Gassen hing ein Geruch von Mist, und oft bog statt einem Auto eine Pferdekutsche um die Ecke. Viele Waren wurden im ländlichen Rumänien noch immer mit einem PS durch die Gegend gekarrt. Beim Anblick der alten Häuser mit ihren kleinen Erkern und den verwinkelten Gassen, die mit alten Laternen durchzogen waren, kam ich mir eher wie im Mittelalter vor, als im 21. Jh. – und das in Mitteleuropa.

Dazu drang aus der Musikschule Flötenspiel und Klaviermusik an meine während dieser Fahrt ansonsten allzu oft überstrapazierten Ohren. Diese angenehme Atmosphäre war der ideale Platz, um in einem Biergarten das eine oder andere Bierchen gemeinsam mit den deftigen Speisen der Region zu genießen. Pürierte Bohnen mit Würstchen und Sauerkraut roch und schmeckte bereits ziemlich nach gutbürgerlicher deutscher Küche.

Zwischen bewaldeten Hügeln hindurch, an kleinen Dörfchen mit roten Ziegeldächern und verrottenden Kraftwerken vorbei, fuhr der Zug schließlich in Richtung ungarische Grenze. Plötzlich öffnete sich die Landschaft, die Hügel traten zurück, und ich erreichte die Puszta-Ebene. Die rumänischen Grenzbeamten drückten mir den letzten von ca. 40 Stempeln in meinen Reisepass. Ein kurzer Blick in selbigen, und ich war nach Ungarn eingereist. Trotz dieser unbürokratischen Einreise, hatte der Zug auf seinem Weg nach Budapest mittlerweile 70 Minuten Verspätung angesammelt. Eigentlich wäre mir die Verspätung ziemlich egal gewesen, wartete doch sowieso seit Monaten niemand mehr bei meiner Ankunft am nächsten Zielort auf mich. Doch dieses Mal holte mich mit Joachim wieder jemand am Ende eines Reisetages ab. Es war ein schönes Gefühl, nach fast 100.000 Kilometern und 359 Reisetagen wieder einen meiner Freunde zu Gesicht zu bekommen. Dank des Tagebuchs, das mir meine Freunde vor meiner Abreise aus Mainz geschenkt hatten und den vielen Photos auf dem Einband, kam mir Joachim gar nicht fremd vor. Er ersparte mir auch die Frage: »Wie war's denn?« Was hätte ich auch darauf antworten sollen? Statt mich mit Taxifahrern auf einen Fahrpreis zu einigen, wartete sein Auto vor dem Bahnhof auf mich, und das war am nahenden Ende dieser Reise wahrlich Luxus pur für mich. Vom Bahnhof fuhren wir ins 30 Kilometer entfernte Vać direkt zu seinem Häuschen in der wunderschönen barocken Altstadt.

Da Joachim seinen beruflichen 7-jährigen Ungarnaufenthalt gleichzeitig mit meiner Ankunft beendete, bekam ich einen Megaride in seinen betagten Mercedes Baujahr 1983. Nach sieben Jahren hatte sich bei ihm eine Menge

Kleinkram angesammelt, sodass das Auto bereits ohne meinen Rucksack eher einem burmesischen Pick-up-Bus ähnelte, als dem Fortbewegungsmittel eines deutschen Mercedes-Fahrers. Joachim ersparte mir die in Burma obligatorisch gewesene Fahrt auf dem Dach. Ich durfte auf dem Beifahrersitz Platz nehmen und sein Nachmieter erhielt eine Menge Zeug, das nicht mehr in den Wagen passte. Die Fahrt führte auf einer Autobahn voll von deutschen Urlaubern an bewaldeten Hügeln entlang, die mich an unsere Mittelgebirge erinnerten. Durch das langsame Annähern an Deutschland lebte ich mich praktisch auf der Heimreise bereits ein – und ich war auf den bevorstehenden Alltag vorbereitet.

Die ungarische Grenzbeamtin schaute nur flüchtig in den Pass, fünf Meter weiter stand die österreichische Kollegin, wünschte »Grüß Gott!«, sah den Supergau auf dem vollbeladenen Rücksitz und war bei der großen Hitze doch etwas arbeitsmüde, die beiden Gestalten und ihr Vehikel auf eventuelle Schmuggelware zu untersuchen. Stattdessen hieß es nun »Willkommen in Österreich!« und »Willkommen zurück in der EU!«. Das gesamte Jahr über fühlte ich mich dank des Euro sowieso eher als Europäer denn als ein Deutscher und so kam ich mir im österreichischen Burgenland wie zu Hause vor. Die langsam etwas angeschwärzten Euro-Geldscheine, die ich im französischen Reims im August 2002 in einer Bank erhielt, reisten einmal um die Welt, um nun endlich in Österreich ausgegeben zu werden. Die erste Bild-Zeitung mit dem Titel: »Wir bekommen Viagra vom Sozialamt« lag auch bereits am Kiosk bereit. Ich merkte, dass Deutschland mich fast wieder hatte und in einem Jahr hatte sich natürlich nichts verändert. Joachim fuhr für mich einen riesigen Umweg quer durch die Alpenrepublik, um mich bei einem alten Bekannten abzuliefern, da das nächste Treffen schon auf dem Plan stand.

In Innsbruck traf ich mich mit Peter, den ich am Knackpunkt meiner Reise im Mai 2003, irgendwo im malaysischen Dschungel der Cameron Highlands, kennen lernte. Wir verbrachten einen erholsamen Nachmittag in seinem hölzernen Geburtshaus. In der Ferne war das Rauschen des Gebirgsbachs zu hören, während der Duft von altem Holz mir um die Nase schwebte. Dazu gab es kräftigen Bohnenkaffee. Die Zeit des »pulverisierten Grauens«, sprich der Start in den Tag mit dem berühmten löslichen schweizerischen Kaffeeextrakt, hatte definitiv ein Ende gefunden. Die grünen Almwiesen und die grauen Felswände leuchteten in der Abendsonne, und wir beide hatten natürlich einiges zu erzählen. Am nächsten Morgen sind wir nochmals in ein kleines Abenteuer aufgebrochen, um unser angekratztes Selbstbewusstsein zu kurieren, das während der malaysischen Odyssee aufgrund unseres Umherirrens doch arg gelitten hatte. Um drei Uhr morgens machten wir uns, mit Stirnlampen und Kompass ausgestattet, bei hell leuchtendem Vollmond auf den Weg, einen Berg am Beginn des Stubai-Tals zu besteigen. Um uns herum herrschte fast beklemmende Stille im Tannenwald. Lediglich das Geknirsche der Schuhe auf dem vom Vollmond hellerleuchteten Schotter war ab und an zu vernehmen. Nach dem Passieren der Baumgrenze warf das helle Mondlicht lange Schatten auf den Fels. Die umliegenden Bergketten lagen wie schwarze schlafende Riesen da. In unregelmäßigen Abständen waren Wetterleuchten am Firmament auszumachen, die die Szenerie nur noch gespenstischer machten. Schließlich war ich froh, einige andere Wanderkameraden auf dem Weg auszumachen, und meine anfängliche Beklemmung löste sich dadurch. Über eine Leiter und an Stahlseilen entlang, meisterten wir im Mondlicht den kleinen Klettersteig, und bald waren wir auf dem Gipfel angekommen.

Dort oben war ich schließlich sehr froh, Fleece-Pullover, wind- und wasserdichte Jacke, Mütze und Handschuhe auch durch den heißen Iran geschleppt zu haben, denn es war bitterkalt. Das Morgenrot zog über den östlichen Bergketten des Alpen-Hauptkamms auf. Leider war der Sonnenaufgang durch aufziehende Wolken verdeckt, doch später trat plötzlich doch noch der rotglühende Feuerball hinter den schwarzen Zacken hervor. Nach Süden hin konnten wir die Auswirkungen der Dauerhitze in Mitteleuropa ausmachen.

Die Gletscher in den Stubaier Alpen waren stark abgeschmolzen und Schnee sah ich nicht einmal mehr auf den Nordhängen. In der wärmenden Morgensonne traten wir anschließend den Rückweg ins Tal an – hocherfreut uns dieses Mal nicht verlaufen zu haben.

## Mainz bleibt meins

Etappe: Von Innsbruck, Österreich 47° Nord 11° Ost (GMT+ 2) nach Mainz, Deutschland 50° Nord 08° Ost (GMT+ 2): 644 km – Total: 101.786 km

Mainz, 17. August 2003

Von Innsbruck aus fuhr ich mit dem Zug in Richtung Westen zum Arlberg-Tunnel. Dicke graue Wolken versperrten mir den Blick auf die Gipfel der Alpen, und es fing nun zum ersten Mal seit dem indischen Darjeeling zu regnen an. Trotz des grauen Himmels gefiel mir der Anblick der kleinen Dörfchen, deren Häuser wie Würfel zerstreut am steilen grünen Wiesenhang lagen. Mittelalterliche Kirchen mit hochaufragenden Kirchturmspitzen bildeten das Zentrum des Dorfes, um das sich die »Würfel« scharten. Hinter dem Arlberg-Tunnel besserte sich das Wetter, und als der Zug in die Rheinebene im Dreiländer-Eck Liechtenstein, Schweiz, Österreich einbog, war auf der schweizerischer Seite das gewaltige dunkle Säntismassiv im Gegenlicht zu erkennen, da die Sonne es geschafft hatte, sich ihren Weg durch die Wolkenhaufen zu bahnen. Bald darauf schien der Zug an einem Meer entlangzufahren, denn das Wasser des Bodensees glitzerte bis zum Horizont. Irgendwo zwischen Bregenz und Lindau passierte ich den für mich einfachsten Grenzübergang der gesamten Reise – schließlich konnte ich nicht einmal mehr erkennen, wo die Grenze zwischen Österreich und Deutschland verlief. Weder Zoll noch Grenzpolizei ließen sich im Zug blicken, und ich war so mir nichts dir nichts in mein Heimatland eingereist, ohne dass sich auch nur eine Person dafür interessiert hätte. Der Zug rollte auf einem Damm auf die Insel, die die Stadt Lindau beherbergt und hielt in der mittelalterlichen Altstadt direkt am Hafen. Segelboote schaukelten bei leichtem Wellengang hin und her, Menschen genossen die warmen, aber nicht heißen Sonnenstrahlen an der Uferpromenade im Café, und die Fahnen aller EU-Staaten flatterten im Wind, sodass ich eigentlich gar nicht wusste, in welchem Land ich mich gerade befand. Überhaupt Fahnen. Ich bereiste Länder, in denen sah ich die Landes-Fahne kaum, wie im Iran. Dann bereiste ich Länder wie die USA, wo ich sie sogar auf der Corn Flakes Packung fand. Andere Länder in Südosteuropa, wie Bulgarien oder Rumänien, freuten sich bereits auf den noch in den Sternen stehenden EU-Beitritt und hissten die Europafahne gemeinsam mit der Nationalflagge. Deutschland war weltweit das einzige Land, das immer ein Fahnenmeer zu bieten hatte. Aber Deutschland wartete neben diesem Orientierungsproblem noch mit weiteren Hürden auf, die ich eigentlich nicht mehr erwartete hätte. Die Bahnen der Welt verbindet anscheinend die Liebe, dem Kunden den Fahrschein-Erwerb nicht immer ganz so einfach zu machen. Beispielsweise musste ich in Bolivien endlos lange für die Fahrkarte anstehen, und die Schlange wurde von Polizisten mit Maschinengewehren bewacht. In Indien war das schlagkräftige Prinzip des Schlange Stehens und der Verteidigung der Position angesagt, wohingegen beim Kauf von Fahrkarten in Mitteleuropa erstklassige Geographiekenntnisse und eine Menge Geduld und Glück von Nöten waren.

Da das Bahn fahren in Mitteleuropa zu den eher hochpreisigen Erlebnissen einer Reise gehört, musste ich mich über Sondertarife informieren, um dem drohenden Bankrott zu entgehen, da Bahnangestellte Mangelware waren und diese oft sowieso nicht mehr durchblickten. Von Innsbruck nach Bad Krozingen eine Fahrkarte zu erstehen war unmöglich, da der österreichische Bahncomputer die badische Kleinstadt nicht kannte. So kaufte ich schließlich eine Fahrkarte nach Friedrichshafen, da dies in Baden-Württemberg lag, und ich mit dem »Baden-Württemberg-Ticket« günstiger fuhr, als mit einem Fahrschein Friedrichshafen – Bad Krozingen. Da aber mein Zug von Innsbruck nur bis Lindau fuhr, das bekanntlich in Bayern lag, galt das Baden-Württemberg-Ticket dort natürlich nicht. Andererseits fuhr aber der Zug ab Lindau in Richtung Bad Krozingen. So musste ich mir das Baden-Württemberg Ticket im exterritorialen Freistaat Bayern besorgen, was eine äußerst komplizierte Angelegenheit wurde, trotz der Tatsache, dass ich stolzer Besitzer zweier Kreditkarten und einer EC-Karte sowie einer 50 Euro Banknote war. Leider war das Ticket nicht am rotgepinselten Automaten für »deutschlandweite Fahrkarten« erhältlich, der die erwähnten Karten akzeptiert hätte. Das Ticket gab es stattdessen am weißgestrichenen Nahverkehrs-Automaten, der keine Karten und lediglich Banknoten bis zum Nennwert von 20 Euro akzeptierte. Dumm gelaufen, zumal die Fahrkartenschalter mit dicken »Geschlossen«-Plakaten versperrt waren. Schlauerweise wollte ich die 50 Euro im nächsten Laden tauschen, der mir aber meine Hoffnungen bereits mit dem Pappschild »Hier kein Geldwechsel« zunichte machte. Also ging ich  in die Bäckerei, um drei bayerische Brezeln mit der 50 Euro Note zu kaufen. Leider bekam gerade die Kassiererin die Kasse nicht, da zunächst die Schublade klemmte und die Kassiererin lautfluchend »Abendgymnastik« beim Hin- und Herziehen der Schublade betrieb. Nach mehrmaligen Eintippen war die »sportliche Einlage« beendet, die Schublade öffnete sich von selbst und schließlich war ich stolzer Besitzer zweier 20 Euro Scheine. Schein Nummer eins verschwand im Automaten und flog kurzerhand wieder hinaus, sodass meine ganze Hoffnung auf dem zweiten Schein lag, der mir endlich den Kauf des Baden-Württemberg-Tickets ermöglichte.

Im Zug erkannte ich, warum, anders als in Indien, deutsche Züge eher als nicht völkerverbindend anzusehen waren. Die Passagiere stierten mehr oder weniger gelangweilt aus dem Fenster und leider kam auch kein Chai-Schreier vorbei, der mir einen kleinen stark gesüßten Tee hätte anbieten können. Wenigstens holperte der Pendolino[197] dermaßen über die betagten Gleise, dass ich mir doch noch ein wenig wie in Indien vorkam. Zudem legte er sich bei jeder Kurve in die Schräge, und ich saß in Gedanken auf dem Dach eines burmesischen Pick-up beim Schlagloch umkurven. Schließlich war meine erste Bahnfahrt auf deutschem Boden pünktlich, aber ziemlich unspektakulär beendet.

---

[197]Pendolino: Hochgeschwindigkeitszug mit besonderer Neige-Technik

In Bad Krozingen empfingen mich meine Freunde Ruta und Meik, und es ging zu meinem letzten Schlafquartier dieser Reise ins idyllisch gelegene Münstertal. Das Tal wird vom Hausberg Belchen und einen riesigen Kloster dominiert. Als Meik und ich am nächsten Morgen eine Wanderung unternahmen und im Hochnebel losmarschierten, konnte ich es kaum glauben, dass hier noch vor kurzem der Hochsommer herrschte. Ziel der Tour war der Belchen, der mich mit seinen lila Lavendel-Büschen eher an einen Hügel in der Lüneburger Heide erinnerte.

Dann hieß es zum letzten Mal Abschied nehmen, und ich fuhr mit dem »Schönen-Wochenende-Ticket« langsam in Richtung Heimat. Dank meines mit Flaggen übersäten Rucksacks fand ich doch noch Gesprächspartner, die mir die Fahrten in den bummelnden Regionalbahnen verkürzten. Lautlos glitt der knallrote Doppelstock-Zug wie auf Federn das Rheintal hinunter. Zur Rechten boten sich immer wieder Blicke in den von dunkelgrünen Tannen durchsetzten Schwarzwald, während zu meiner Linken mit Pappeln bewachsene Rheinauen zu sehen waren. Der Kauf einer Plastikflasche Apfelsaftschorle führte mich schließlich in die einzige deutsche Neuerung des letzen Jahres ein: das Dosenpfand. Noch nicht ganz mit dieser überaus komplizierten Thematik vertraut, landete die Flasche letzten Endes doch im »Gelben Sack«, denn ich rechnete nicht damit, dass ich in den folgenden Tagen wieder in den kleinen Laden in Bad Krozingen zurückkommen würde, um meine 25 Cent Pfandgeld zurückzuerhalten.

Hinter Mannheim überquerte ich den Rhein, und wenig später rollten wir an den ersten grünen Weinbergen vorbei, durch die sich schneeweiße Feldwege schlängelten. Die braunrot leuchtende immer noch über der Stadt thronende Katherinenkirche Oppenheims zeigte mir, dass in meiner Heimat noch alles stand. Bald darauf passierte ich die Mainzer Stadtgrenze, um wenige Minuten später im Mainzer Südbahnhof pünktlich einzutreffen. Die letzten Kilometer in meinen Mainzer Vorort legte ich mit dem Stadtbus Nummer 70 zurück. Dieser erreicht meinen Wohnort von Süden her, während ich exakt vor 365 Tagen diesen mit der Linie 54 nach Norden verlassen hatte, sodass ich tatsächlich erst an der Bushaltestelle den Kreis geschlossen und die Weltkugel umrundet hatte.

Nach 101.786 Kilometern war ich zu Hause angekommen. Während der vergangenen 365 Tage hatte ich einige nette Menschen kennengelernt. Diesen Menschen, genau wie den zahlreichen nicht namentlich bekannten Leuten bin ich sehr dankbar, da eine Reise ohne menschliche Kontakte, für mich nicht durchführbar gewesen wäre. Daher möchte ich Danke sagen an:

Peter aus Berlin, Deutschland für den schönen Aufenthalt in Paris. Angela aus Stirling, Schottland für die wunderbare Tour auf Bressay Island. Astrid aus Sidney BC, Kanada für das Trampen durch NF und den moralischen Aufbau während der Abwesenheit meiner besseren Hälfte, dem Rucksack. Therry und Monna aus Victoria BC, Kanada für den komfortabelsten Teil der gesamten Reise in einem BMW. Danielle aus Valkenswaard, Niederlande für die schöne Zeit in Halfifax, NS. Andria aus Boston MA, USA für das Teilen der Ärgernisse mit Greyhound. Alexander aus Mainz, Deutschland für die schöne Zeit in Norman, OK und Dallas, TX. Birgit aus Sidney BC, Kanada für die besten Burger der Reise. Ulrike aus Kiel, Deutschland für die ADAC-mäßige Pannenhilfe auf Vancouver Island. Gerry aus Sidney BC, Kanada für das pannenerprobte Auto. Katia aus Leysin, Schweiz für den Tipp mit der Spanisch-Sprachschule. Leo aus Genf, Schweiz für die nette Zeit in Xela. Alma aus Quetzaltenango, Guatemala für die Geduld, mir Spanisch beizubringen. Manolo und Patricia Vega aus Quetzaltenango, Guatemala für die Gastfreundschaft. Brina aus Frankfurt, Deutschland für den Bildungsurlaub in Sachen Hängemattenmuchachasherunterhandeln und Preisstrategien für zahlungsschwache Backpacker. Juana aus Medillin, Kolumbien für den Salsa-Tanzkurs an Sylvester. Paula, Martha und Freunde aus Pasto, Kolumbien für die Gastfreundschaft während des »Carnaval de los negros y blancos«. Markus aus Köln, Deutschland für den Tipp, dass sich Milben in der Haut einnisten können. Molly und Matt aus Houston TX, USA für die interessanten Reiseberichte der eigenen Weltreise. Patrick aus Paris, Frankreich für die wunderschöne Zeit in Patagonien. Felix aus Innsbruck, Österreich für den wunderbaren Aufenthalt auf Rapa Nui. Lydie und Mireille aus Frankfurt, Deutschland für die große Hilfe beim Ticketkauf in Papeete. Sandra aus Leipzig, Deutschland für die nette Zeit in Suva, Fidschiinseln. Karin und Phil aus Sydney, Australien für den wunderbaren Abend im 3 Monkeys Pub in Sydney. Vicki aus Denmark, Australien für das Übersetzen von Bahasa und Tetun ins Englische auf Timor. Ruslan aus Brinchang, Malaysia für das Aussenden von 16 Polizeibeamten in den malaysischen Dschungel, um Peter und mich zu suchen. Peter aus Axams, Österreich für die gemeinsame Zeit des Verschollen-Seins im malaysischen Dschungel und die wunderbare Gastfreundschaft zu Hause. Peter aus Pulau Pangkor, Malaysia für die Tröstungsversuche in Bangkok, als der 1. FSV Mainz 05 den Aufstieg verpasste. Chris aus Cardiff, Wales für die harten Nächte in Yangons besten Beer Stations. Tatjana aus Ljubljana, Slowenien für die schöne Zeit in Kapadokien und Istanbul. Joachim aus Nieder-Olm, Deutschland für die wunderbare Zeit in Vać und das 350 Kilometer Umweg-Fahren nach Innsbruck. Ruta und Meik aus Münstertal, Deutschland für den schönen letzten Abend dieser Reise. Antje und Jens aus Mainz, Deutschland für die nette Begrüßung im Bahnhof Mainz Süd. Schließlich möchte ich auch meinen Eltern danken, die mich sponserten, mir die Dia-Filme hinterherschickten und mir einige bürokratische Hürden aus dem Weg räumten.

# Nachbetrachtung

Ob man sich in einem Jahr des Reisens verändert, kann man selbst sicherlich am wenigsten nachvollziehen. Ich denke allerdings, dass ich eine gewisse Toleranz gegen anders reisende, lebende und denkende Menschen entwickelt habe. Man kann viele Probleme sicherlich nicht in Schwarz-Weiß-Malerei-Marnier beantworten. Ich habe von vielen Menschen auf dieser Reise gelernt und sicherlich ein riesiges Stück Lebenserfahrung dazugewonnen. Gleichzeitig gehe ich an viele Dinge mit einer neuen Gelassenheit heran. Meist hatte ich nur zwei Möglichkeiten, auf Probleme zu reagieren. Mich aufregen und herumschreien oder akzeptieren und die Gewissheit haben, dass ich die Situation sowieso nicht ändern konnte. Gewiss, es war es mir manches Mal schwergefallen, beispielsweise fünf Stunden im Bahnhof von Varanasi cool zu bleiben, aber was sollte ich auch anderes tun? Gleichzeitig nahm ich die tägliche Ungewissheit als positiv auf. Natürlich wusste ich morgens oft nicht, wo ich mittags essen werde, wo ich abends schlafen werde und wann ich irgendwo ankomme. Aber mit der Zeit lernte ich, diese Ungewissheit als Chance zu sehen, neue Dinge zu erleben. Aus Ungewissheit wurde schließlich Neugierde, diese Welt zu entdecken.

Neben Toleranz, Gelassenheit und Neugierde entwickelte sich in mir eine Dankbarkeit, dass ich in Europa geboren wurde und nicht jeden Tag um mein Überleben in Lateinamerika, Afrika oder Asien kämpfen muss. Wir Menschen in Europa haben ebenfalls Alltagsprobleme, aber was sind diese im Gegensatz zur Ungewissheit, wie man den nächsten Tag Essen, Trinken und einen Schlafplatz finden soll?

Bestürzt hat mich neben der Armut in vielen Ländern die Verschandelung der Landschaft mit Müll, die fast weltweit täglich stattfindet: keine Straße ohne obligatorischen danebenliegenden Müllstreifen. Recycling ist fast unbekannt und Mülleimer haben Seltenheitswert. Daneben hat mich die Trockenheit der Erde geschockt. In 365 Tagen hatte ich vielleicht 25

Regentage, sechs davon alleine auf den Fidschiinseln. Die Klimakatastrophe ist sicherlich eines der wenigen Themen in den Medien, das tatsächlich der Wahrheit entspricht. Denn ich habe eine andere, eine freundlichere Welt kennengelernt, als uns CNN, die Tageschau oder die Radio-Nachrichten uns tagtäglich mit Kriegs- und Terrorneuigkeiten suggerieren. Es besteht in großen Teilen der Welt eine unglaubliche Hilfsbereitschaft und Gastfreundschaft, gerade in solchen »bösen, schlimmen« Ländern wie El Salvador, Kolumbien oder dem Iran, aber auch den USA.

Den Zahlen-Liebhabern unter den Lesern möchte ich einige Statistiken nicht vorenthalten. Diese Reise kostete alles in allem etwa 13.600 Euro, was einem Durchschnittsbetrag von 37 Euro pro Tag entspricht. Meine Euro musste ich in 32 andere Währungen in insgesamt 39 Ländern und Territorien umtauschen. Wie angenehm waren Länder wie Frankreich, St. Pierre et Miquelon und Österreich, die allesamt den Euro nutzten, genauso wie die USA, El Salvador, Panama, Ecuador und Ost-Timor, die den US-Dollar zur Zahlung verwendeten. Im Vereinigten Königreich und in Myanmar hingegen hatte ich gleich zwei Währungen im Geldbeutel. Auf vier Kontinenten passierte ich 44 Grenzübergänge mit mehr oder weniger großen Problemen. Ein einziges Mal wurde ich wegen fehlendem Visum bei der Einreise nach Indonesien zurückgewiesen. Ich musste mir insgesamt nur fünf Visa[198] besorgen. Bei meiner Reise durch insgesamt 21 Zeitzonen musste ich fünfunddreißigmal die Uhr umstellen, da ich manches Mal auch wieder nach Osten reiste. Den nördlichsten Punkt (66°N 18°W) erreichte ich auf der Insel Grimsey in Island. Das chilenische Punta Arenas (53°S 71°W) bildete den südlichsten Punkt der Fahrt. Obwohl ich einmal um die Erde fuhr, stellte die Insel Rarotonga, Cook-Inseln (21°S 159°30'W) den westlichsten Punkt dar auf dem ich mich befand, während Suva auf den Fidschiinseln (17°S 178°O) den östlichsten Punkt markierte. Die höchste Erhebung mit etwas über 5.000 Metern war die Laguna Blanca in Bolivien. Die längste Busfahrt führte in 28

[198] Australien, Indonesien, Myanmar, Indien und Iran

Stunden von Salt Lake City UT, USA ins 1.875 Kilometer entfernte Vancouver BC, Kanada. Die längste Zugfahrt ging in 20 Stunden von Adelaide SA, Australien ins 1.612 Kilometer entfernte Alice Springs NT, Australien. Der längste Flug führte in sechs Stunden vom chilenischen Rapa Nui ins 4.165 Kilometer entfernte Tahiti, Französisch-Polynesien. Die längste Überland-Strecke ohne Flug führte vom 17. September 2002 von St. John's NF, Kanada aus bis zum 31. Dezember 2002 in 25.537 Kilometern nach Panama-Stadt, Panama. Die teuerste Übernachtung mit 28,75 Euro war der 10-Bett-Schlafsaal in der Jugendherberge von Chicago IL, USA. Die günstigste bezahlte Übernachtung mit 95 Cent war der Drei-Bett-Schlafsaal von Darjeeling, Indien. Die günstigste Fahrkarte kostete sechs Cent für die sieben Kilometer lange Zugfahrt von Ghum, Indien nach Darjeeling, Indien. Der wärmste Ort mit etwa 55°C im Schatten war die Oase Al-Ain in den Vereinigten Arabischen Emiraten, wohingegen die kältesten Nächte mit Temperaturen weit unter dem Gefrierpunkt der Vulkan Tajumulco in Guatemala, die Salar de Uyuni in Bolivien und der Torres del Paine Nationalpark in Chile waren. Die ebenfalls wirklich kalte Zeltnacht am Myvatn See in Island brachte mir neben Patagonien den einzigen Schneefall während der gesamten Reise.

Der Leser kann sich sicher sein, dass ich gerne wiederkam, und ich bin mir sicher, dass ich die Zeit in Mainz am Rhein mit dem besten Fastnachtsverein der Welt genießen werde.

Busbahnhof in San Salvador, El Salvador

Busfahrt von Ibarra nach Quito, Ecuador

Busfahrt von Moni nach Ende, Indonesien

Mainz 05 Fan in Ubud, Indonesien

LKW als Busersatz in Nyaung U, Myanmar

Der Rucksack als 2. Passagier in Pyay, Myanmar

Dampflokomotive in Darjeeling, Indien

Der Autor umgeben von Schulkindern, Borobudur, Indonesien